DIE GOLDENE TRUHE

DIE GOLDENE TRUHE

Chinesische Novellen aus zwei Jahrtausenden
übertragen von
Wolfgang Bauer und Herbert Franke

BASTEI
LÜBBE

Lizenzausgabe des Carl Hanser Verlages, München
Herausgeber: GUSTAV LÜBBE VERLAG GmbH,
Bergisch Gladbach
Printed in Western Germany 1976
Einbandgestaltung: Mannstein Design
Titelfoto: Bavaria
Gesamtherstellung: Ebner, Ulm
ISBN 3-404-00438-8

Der Preis dieses Bandes versteht sich einschließlich
der gesetzlichen Mehrwertsteuer.

Inhalt

ANONYM, AUS DEN »PLÄNEN DER KÄMPFENDEN STAATEN«
3.–2. JAHRHUNDERT V. CHR.

Yü Jang

Yü Yang, der Enkel des Bi-yang aus Djin, diente anfänglich in den Familien Fan und Dschung-hang, doch war er unzufrieden mit seinem Dienst und begab sich deshalb zu dem Baron von Dschï, der ihm reichliche Gunst erwies. Als die drei Staaten von Djin das Land des Barons von Dschï unter sich aufteilten, da war es der Freiherr Hsiang von Dschau, der am heftigsten gegen den Baron von Dschï ergrimmte. Er nahm seinen Schädel, überzog ihn mit Lack und machte ein Trinkgefäß daraus. Yü Jang floh in die Berge und rief aus: »O wehe! Ein Ritter muß für seinen Freund sterben, eine Frau ihrem Liebhaber zu Willen sein. Meine Pflicht ist es, den Baron von Dschï zu rächen!«

Er änderte seinen Namen und gab sich für einen Sträfling aus. Dann ging er in den Palast und mörtelte dort die Unratgrube aus, in der Absicht, so eine Gelegenheit zu finden, den Freiherrn Hsiang zu ermorden. Als Hsiang einmal da vorbeikam, ließ er, mißtrauisch geworden, den Mörteler festnehmen und verhören: da war es niemand anders als Yü Jang, der schon seine Kelle mit einer scharfen Klinge versehen hatte und zu dem Freiherrn sprach: »Ich wollte den Baron von Dschï an Euch rächen!«

Als aber das Gefolge ihn niedermachen wollte, sagte Freiherr Hsiang: »Er ist ein treuer Ritter. Ich will ihn nur außer Landes jagen lassen. Überdies ist der Baron von Dschï schon tot und ohne Erben. Wenn trotzdem dieser Mann als sein früherer Vasall noch hierher kommt, um Rache zu üben, so ist er wahrlich ein tüchtiger Mann im Reiche.« Damit ließ er ihn laufen.

Nun bestrich Yü Jang seinen Körper mit Lack, so daß er wie ein Aussätziger aussah. Bart und Augenbrauen schnitt er ab und verstümmelte sich derart, daß sein Aussehen völlig verändert wurde. Bettelnd zog er umher, und selbst seine Frau erkannte ihn nicht. Sie sagte: »Deine Gestalt und dein Aussehen sind zwar gar nicht meinem Mann ähnlich, doch warum gleicht deine Stimme so der seinen?«

Da schluckte Yü Kohle, um seine Stimme heiser zu machen und ihren Klang zu ändern. Einer seiner Freunde sprach zu ihm: »Ihr wählt Euch einen gar schwierigen Weg und doch habt Ihr nicht

Erfolg. Man kann fürwahr sagen, daß Ihr es an Vorsatz nicht fehlen laßt, wohl aber an Einsicht. Mit Eurer Begabung müßtet Ihr es fertigbringen, dem Freiherrn Hsiang trefflich zu dienen. Dann wird er Euch sicher als Vertrauten in seine Nähe ziehen. Sobald Ihr ihm nahe gekommen seid, könnt Ihr auch Eure Absicht leicht durchführen und Eure Tat kann dann nicht mehr mißlingen.«

Yü Jang aber lachte und gab zur Antwort: »Das hieße ja, als Wissender an einem Unwissenden Rache üben und um des früheren Herrn willen an einem neuen Herrn zum Verräter werden. Die Bande der Pflicht zwischen Herr und Vasall so sehr zu verwirren, ist nicht meine Sache. Was ich tue, soll doch nur dazu dienen, diesen Pflichten klaren Ausdruck zu geben. Nicht will ich den leichten Weg beschreiten. Denn wenn ich mich höflich anböte und bei dem Freiherrn Dienst nähme, nur um nach einer Gelegenheit zu suchen, ihn zu töten, dann hieße das, mit zwei Herzen in der Brust einem Herren dienen. Weswegen ich mir all dies Schwere angetan habe, ist, weil ich alle diejenigen im Reich beschämen will, die in künftigen Zeiten etwa als Vasallen mit zwei Herzen in der Brust ihrem Herrn dienen möchten!«

Dabei blieb es eine Zeitlang. Als nun einmal Freiherr Hsiang ausritt, da versteckte sich Yü Jang unter einer Brücke, über die er ziehen mußte. Das Pferd des Hsiang scheute aber, als es sich der Brücke nahte. Da sprach Hsiang: »Sicher ist da der Yü Jang«, schickte Leute zur Erkundung aus, und wirklich fanden sie Yü dort. Hsiang ließ ihn vor sich bringen und schalt ihn also: »Habt Ihr nicht früher den Häusern Fan und Schung-hang treu gedient? Der Baron von Dschï hat aber diese beiden Häuser ausgelöscht, und doch habt Ihr keine Blutrache an ihm geübt, sondern Euch höflich angeboten und Dienst bei ihm genommen. Nun da der Baron tot ist, warum dürstet Ihr gerade für ihn so nach Rache?«

»Als ich den Häusern Fan und Schung-hang diente, da haben sie mich behandelt wie einen Alltagsmenschen. Darum habe ich mich auch nur wie ein Alltagsmensch zu ihnen verhalten. Der Baron von Dschï aber behandelte mich wie einen im ganzen Land berühmten Ritter, und darum übe ich auch Rache für ihn, wie es solchen Rittern geziemt.«

Da seufzte der Freiherr tief auf und sprach unter Tränen: »Wehe um Euch, Herr Yü! Was Ihr für den Baron von Dschï getan, gereicht Euch zum Ruhm, und ich habe Euch darum vergeben. Damit könnte es sein Bewenden haben, aber daß Ihr von Euch aus einen Anschlag plantete, das kann ich nicht vergeben.«

Damit gab er seinen Soldaten Befehl, den Yü Jang zu umzingeln. Der aber rief aus:

»Ich habe vernommen: Ein erleuchteter Herrscher unterdrückt nicht andrer Menschen Rechtsgefühl, und einen treuen Vasallen reut nicht der Tod, wenn er damit Ruhm erwirbt. Ihr habt, o Herr, mir schon einmal voll Großmut vergeben. Keiner ist im Reich, der Euch darob nicht als trefflich priese. Sicher ist mir der Tod für meine heutige Tat, doch bitte ich Euch um Euer Gewand, damit ich wenigstens dort hineinstechen kann. Dann soll mich der Tod nicht gereuen. Weiter will ich nichts von Euch, nur meine Gefühle dadurch zeigen.«

Das hielt Freiherr Hsiang für gar recht, ließ einen Diener das Gewand nehmen und dem Yü geben. Der zog sein Schwert und stieß dreimal hinein, indem er den Himmel anrief und schrie: »Könnte ich doch den Baron von Dschï rächen!« Dann stürzte er sich in sein Schwert und verschied.

Die Ritter in Dschau, die von seinem Tod hörten, vergossen alle Tränen um ihn.

ANONYM, AUS DEN »PLÄNEN DER KÄMPFENDEN STAATEN«
3.–2. JAHRHUNDERT V. CHR.

Niä Dschëng

Als Han Kue Kanzler war in Han, da genoß Yän Sui große Gunst beim Fürsten. Die beiden Männer haßten aber einander sehr. Yän gab seinem Herrn aufrichtigen Rat und wies ohne Umschweif auf die Fehler des Han. Darob beschimpfte ihn Han Kue einmal bei Hofe vor aller Augen. Yän zog sein Schwert und stürzte auf ihn los, doch gelang es Han, sich mit Hilfe anderer zu retten. Da mußte Yän Bestrafung fürchten und floh außer Landes. Weit umher reiste er und suchte jemanden, der für ihn an Han Rache üben könnte.

Als er nach Tji kam, sagte ihm dort einer: »Der Niä Dschëng, ein Mann aus dem Dorf Schën-djing im Kreise Dschï, ist ein tapferer und kühner Ritter. Wegen einer Blutrache ist er geflohen und hält sich hier unter den Metzgern verborgen.«

Yän trat darauf insgeheim mit Niä in Verbindung und wollte ihn reichlich beschenken. »Was habt Ihr im Sinn«, fragte Niä, »daß Ihr mich anstellen wollt?«

»Die Leute, die mir zu dienen bereit waren, sind alles schäbige Gesellen. Ich selbst lebe in Bedrängnis – wie könnte ich es wagen, eine solche Bitte zu tun?«

Yän ließ aber alsbald Wein auffahren und trank auf das Wohl der Mutter des Niä Dschëng. Auch überreichte er ihr als Geschenk hundert Barren reinen Goldes. Erschreckt ob dieser Freigebigkeit, lehnte Niä das Geschenk hartnäckig ab und sprach, als Yän es ihm aufdrängte: »Ich habe eine alte Mutter und bin aus armem Hause. In die Fremde mußte ich ziehen und bin Hundemetzger geworden. Nur von einem Tage zum andern ist es mir möglich, süße und knusprige Speisen herbeizuschaffen, um meine Mutter zu ernähren. Aber dafür reicht es noch, und so kann ich von Rechts wegen nicht so vermessen sein, Eure Gnadenerweise anzunehmen.«

Da entfernte Yän alles Gefolge und sprach zu Niä: »Ich, Euer Diener, habe eine Blutrache zu vollbringen und ziehe deshalb von einem Lehensfürsten zum andern. Als ich nach Tji kam, hörte ich von Eurer hohen Rechtlichkeit. Wenn ich Euch unvermittelt hundert Goldstücke bot, so allein deshalb, damit Ihr für Eure Frau Mutter die Kosten von einigen schlichten Mahlzeiten damit bestreiten könnt. Es geschah aber auch aus Freude darüber, daß ich mit Euch Umgang pflegen darf. Wie kann ich es da wagen, auf Grund dieses Geschenks eine Bitte zu äußern?«

»Ich habe meinen hohen Sinn gedemütigt«, entgegnete Niä, »und tat mir Schande an, indem ich hier unter gemeinem Volk hause. Zum Glück aber kann ich meine Mutter noch ernähren und darf nicht wagen, mich einem andren anzugeloben, solange sie lebt.«

Und obwohl Herr Yän ihm seine Geschenke hartnäckig aufdrängte, nahm Niä nichts von ihm an. Da verabschiedete sich Herr Yän, nachdem er die von der Sitte geforderten Höflichkeiten zwischen Gast und Gastgeber ausgetauscht hatte.

Nach einer langen Zeit starb die Mutter des Niä Dschëng. Sobald sie begraben war und er die Trauerkleidung wieder abgelegt hatte, sagte er sich: »Ach! Ich bin wie ein Mann des niedrigen Volks und schwinge als Metzger mein Messer. Der Herr Yän aber ist Ratgeber eines Lehensfürsten gewesen. Ihm waren tausend Meilen nicht zu weit, um mit Wagen und Gespann zu mir zu reisen und meine Freundschaft zu suchen. Dabei habe ich ihn in niedrigster Art behandelt. Noch keine große Tat habe ich vollbracht, wegen der man mich rühmen könnte, und doch war er bereit, meiner Mutter hundert Goldstücke zu schenken. Das zeigt, wie richtig er mich eingeschätzt hat, wenn ich auch nichts von ihm angenommen habe. Ein würdiger Mann ist er; von innerem Groll bewegt, kam er mit zornigem Blick und brachte einem Menschen in Armut und Not freundschaftliches Vertrauen entgegen. Wie kann ich da weiter für mich allein bleiben, mich still verhalten und gar nichts unternehmen? Außerdem lehnte ich ja nur der Mutter wegen seine Aufforderung ab. Nun hat sie ihre vom Himmel zugemessenen Jahre vollendet, und ich kann in die Dienste dieses Mannes treten, der mich schätzt.«

So zog er denn gen Westen nach Pu-yang im Staate We, suchte Herrn Yän auf und sprach zu ihm: »Nur weil meine Mutter noch lebte, habe ich mich damals Euch nicht angelobt. Jetzt ist sie, geklagt sei es, gestorben. Sagt mir, an wem ich Euch rächen soll. Gern übernehme ich den Auftrag.«

Jetzt erzählte ihm Yän den ganzen Hergang und fügte die Worte hinzu: »Mein Feind Kue, der Kanzler von Han, ist der Onkel des Fürsten. Zahlreich ist seine Sippe, und gar streng wird er von Soldaten bewacht. Wenn ich einen einzelnen Mann schicke, ihn zu erdolchen, wird er nie bis zu ihm vordringen können. Nun, da Ihr mir die Gnade erweist, meinen Vorschlag nicht abzulehnen, möchte ich Euch einige Wagen mitgeben und tapfere Edelleute, damit Ihr einen Schutz habt.«

»Der Weg nach Han ist nicht weit von We aus«, entgegnete Niä, »und wenn man den Kanzler eines Staats, den Onkel des Fürsten, töten will, kann man unmöglich viele Leute einsetzen. Sind viele dabei, bleibt es nicht aus, daß über Erfolg oder Scheitern des Planes gesprochen und etwas davon bekannt wird. Ist aber erst einmal etwas bekanntgeworden, wird Han sein ganzes Land aufbringen und gegen Euch zu Felde ziehen. Das wäre zu gefahrvoll.«

So lehnte er denn Wagen und Gefolge ab, nahm Abschied und wanderte ganz allein, sein Schwert in der Hand, nach Han. Dort traf es sich gerade, daß in dem Orte Dung-mëng ein Treffen stattfand, auf dem der König von Han und sein Kanzler zugegen waren, umgeben von einer großen Schar Bewaffneter, die Wache hielten. Niä schritt geraden Wegs herein, stieg auf die Estrade und stach auf Han Kue ein. Der floh und hielt sich fest an dem Kronprinzen, dem Markgrafen Ai. Niä stach den Kanzler nieder und traf auch den Prinzen. Im Gefolge erhob sich große Wirrnis, und Niä brüllte laut, während er einige Dutzend der Gefolgsleute tötete. Dann schnitt er sich selbst seine Gesichtshaut ab, stach sich die Augen aus und schlitzte seinen Leib auf, so daß die Gedärme heraustraten, und starb.

Man nahm die Leiche und stellte sie öffentlich auf dem Markt zur Schau. Tausend Goldstücke wurden dem geboten, der sie erkannte, aber lange Zeit wußte keiner, wer es gewesen war. Da erfuhr die ältere Schwester des Niä, Jung mit Namen, hiervon und sagte: »Mein jüngerer Bruder war so trefflich, daß es nicht angeht, wenn aus Liebe zu mir sein Name ruhmlos untergeht. Das wäre nicht im Sinne meines Bruders.«

Darauf ging sie nach Han, betrachtete des Bruders Leiche und sprach zu sich: »Ein Held fürwahr, und überragend in seiner Tapferkeit. Er übertrifft die Recken des Altertums, Mëng Bën und Hsia Yü; größer ist er als der kühne Tschëng Djing. Wenn er jetzt im Tode ruhmlos bliebe, wo Vater und Mutter tot sind, wo kein Geschwister mehr am Leben, so geschähe das nur meinetwegen. Ich kann es nicht ertragen, daß aus Liebe zu mir der Bruder ruhmlos bleibt.«

Dann umarmte sie den Leichnam und rief klagend aus: »Das ist mein Bruder Niä Dschëng, aus dem Dorfe Schën-djing im Kreise Dschï«, und gab sich selbst den Tod zur Seite des Toten.

Überall in Djin, Tschu, Tji und We, wo man das erfuhr, sagten die Leute: »Nicht nur Niä Dschëng war tüchtig — auch seine Schwester war eine heldenhafte Frau. Daß der Ruhm des Niä sich in der Nachwelt verbreiten wird, liegt daran, daß seine Schwester selbst die Strafe der Zerstückelung nicht scheute, um seinen Ruhm zu künden!«

Prinzessin Purpurjade

Fu-tschai, der König des Landes Wu, besaß eine kleine Tochter, die hieß Purpurjade. Sie zählte achtzehn Jahre und war von vollendeter Schönheit. Am Hofe ihres Vaters aber lebte auch ein Jüngling, Han Dschung mit Namen, der ein Jahr älter war als sie und als Beruf die taoistischen Lehren studiert hatte. In ihn nun verliebte sich das Mädchen, und es dauerte nicht lange, da gingen heimliche Liebesbriefe hin und her, und am Ende versprach sie dem Jüngling, sie wolle seine Frau werden.

Eines Tages aber mußte Dschung zur Abreise rüsten, denn er wollte nach dem Osten ziehen, um in den Ländern Tji und Lu seine Bildung zu vollenden. So schickte er denn einen Abgesandten zu den Eltern des Mädchens und ließ um der Tochter Hand anhalten. Doch der König erzürnte bloß und schlug die Bitte aus. Als aber der Jüngling nun allein von dannen zog, brach Purpurjade das Herz vor Liebesweh. Und man trug ihren Leichnam hinaus vor den Palast und bestattete ihn mit allem Pomp.

Drei Jahre waren vergangen, da kehrte Han Dschung heim in das Land Wu und fragte den König und die Königin nach ihrer Tochter. Sie antworteten: »Weil wir so schrecklich zürnten und deinem Wunsche nicht willfahrten, ist sie aus Liebeskummer dahingeschieden. Ihr Körper ist bereits begraben.«

Als der Jüngling dies vernahm, schossen ihm die Tränen aus den Augen, und der Schmerz wühlte in seinem Innern. Er kaufte ein Opfertier und Seidenballen und zog hinaus ans Grab, um sie der Toten darzubringen. Doch als er an jener Stelle angekommen, stieg Purpurjades Seele aus der Totengruft und ward dem Jüngling sichtbar. Mit Tränen in den Augen trat sie auf ihn zu und sprach schluchzend: »Nachdem du damals von mir gegangen, überlegte ich, daß ich wohl sicherlich dem größten Wunsche meines Lebens würde entsagen müssen, da ich dich liebte, der du nur ein Gefolgsmann meiner königlichen Eltern warst, und ich konnte mir nicht ausmalen, wie uns nach dieser Trennung das Schicksal wieder hätte zusammenführen sollen. Was sollte ich da anderes tun als sterben?«

Sie wendete den Kopf ab und sang:

»Am Südberg hausen Krähenschwärme,
am Nordberg legt man Netze für sie aus.
Doch wenn sie unerreichbar in den Lüften fliegen,
was nützt dann Netz und Fadenwerk?
Mein Herz wollt folgen deinem Weg,
denn mächtig flossen deine Worte ohne Zahl.
Doch dann im Liebesweh ward tödlich Fieber mir geboren,
und in die braune Erde sank mein junges Fleisch und Blut.
Ein ungelebtes Leben –
Gibt es wohl Ärgeres auf Erden?
Die adeligsten unter allen Federtieren
sind Liebesvögel: Phoenix und Fasan.
Wenn sie einmal verlieren den Geliebten,
blutet drei Jahre lang ihr Herz,
und auch der andern Vögel vollen Schwarm vor Augen,
bleiben sie trauernd in der Einsamkeit.
So erscheine denn auch ich in meiner niedrigen Gestalt
dir, dem Geliebten, der du im vollen Glanze stehst.
Mein Leib ist fern, mein Herz so nah,
wie sollt ich wohl so plötzlich dich vergessen?«

Nachdem sie so gesungen, brach sie erneut in lautes Weinen aus und bat Dschung, sie zurückzubegleiten in ihre Totengruft. Aber der Jüngling zögerte und sprach: »Tod und Leben gehen getrennte Wege. Ich bange davor, noch mehr Schuld auf mich zu laden, und so wage ich es nicht, deinem Wunsche zu entsprechen.«

Doch Purpurjade entgegnete: »Daß Tod und Leben getrennte Wege gehen, das weiß auch ich recht wohl. Wenn wir uns aber in dieser Stunde trennen, werden wir einander in Ewigkeit nicht wiedersehen. Fürchtest du vielleicht, ich sei ein böser Geist und möchte dir Schaden zufügen? Ich will doch wahrhaftig nur dein Bestes, wie könntest du mir nicht dein Vertrauen schenken?«

Dschung ward von ihren Worten gerührt und folgte ihr zurück in die Totengruft. Purpurjade aber gab ihm Wein zu trinken und nötigte ihn zum Bleiben drei Tage und drei Nächte lang. In dieser Zeit nun vollzogen sie ihre Vermählung, genau nach den Vorschriften der Riten. Als aber die Abschiedsstunde nahte, gab sie ihm als Abschiedsgeschenk eine leuchtende Perle, die war einen Zoll groß, und sprach: »Mein Name ist unter den Lebenden vergessen, meine Wünsche sind nicht in Erfüllung gegangen – was sollt ich dir noch weiter sagen! Von Zeit zu Zeit denke an mich in

Liebe. Und wenn du dereinst in den Palast meines Vaters kommst, so zeige ihm auch weiter deine Verehrung als einem großen König!«

Als Dschung das Grab verlassen, ging er sogleich zum König und berichtete ihm persönlich, was er mit Purpurjade erlebt hatte.

Der König aber glaubte seinen Worten nicht, sondern schrie im höchsten Zorn: »Mein Töchterlein ist tot, und da kommst du mit einer lügnerischen Geschichte, um ihren hingeschiedenen Geist mit Kot zu bewerfen! Nichts anderes hast du im Sinn, als Gräber zu erbrechen und Kostbarkeiten zu erraffen und dann Dämonenspuk als Ausflucht zu erfinden.«

Und auf der Stelle ließ er ihn von den Wachen ergreifen.

Dschung jedoch gelang es, aus dem Gefängnis zu entfliehen. Er eilte zu Purpurjades Grab und erzählte ihr, was vorgefallen. Da sprach sie: »Sorge dich nicht! Jetzt werde ich selbst zu meinem königlichen Vater gehen und ihm die Wahrheit sagen.«

Und wirklich, einige Tage später, als der König eben damit beschäftigt war, sich anzukleiden, erschien ihm Purpurjades Geist. Erschreckt und betroffen schwankte sein Sinn zwischen Freude und Beklemmung.

»Aus welchem Grunde bist du wieder erwacht zum Leben?« fragte er. Da beugte das Mädchen das Knie und sagte: »Zu Euch, mein königlicher Vater, kam einst ein junger gelehrter Mann, und bat Euch heiß um Eurer Tochter Hand. Er ist, nachdem ich diese Welt verlassen, zurückgekehrt aus weiter Ferne. An meinem Grabe, wo er opferte und betete, sind wir einander neu begegnet, weil unsere Liebe rein gewesen war bis in den Tod. Dort hab ich ihm die Perle als Geschenk gegeben, er hat niemals mein Grab erbrochen. Ich wünschte, Ihr beflecktet nicht mit Blutschuld Euer Regierungsamt.«

Im Nebenzimmer vernahmen die Frauen das Gespräch. Doch als sie herauseilten und die Erscheinung fassen wollten, zerfloß sie leicht wie Rauch.

Der Kaiser und die beiden Schwestern

Die Kaiserin Dschau Fe-yän, ›Flugschwalbe‹ genannt, hatte zum Vater den Fëng Wan-djin, zum Großvater den Fëng Da-li, die beide als Musikinstrumentenbauer und Musiker im Hoforchester des Prinzen von Djiang-du tätig waren. Ihr Vater erregte dadurch Aufsehen, daß er von der bis dahin in seiner Familie überlieferten Musikform abging. Er lehrte statt dessen eine Musik, die sich nicht mehr an feste Klangregeln hielt, sondern kunstvolle Variationen und melancholische Grundstimmung bevorzugte. Er selbst nannte sie ›Elegische Musik‹. Alle Leute, die sie zu Gehör bekamen, wurden von diesen Tönen in ihrem Herzen zutiefst gerührt.

So ging es wohl auch der Enkelin des Prinzen, der Prinzessin Gu-su, die mit dem Armeegeneral Dschau Man verheiratet war. Dschau Man hatte den Wan-djin ursprünglich außerordentlich geschätzt, so daß ihm ein Mahl, bei dem er nicht mit am Tische saß, unvollständig zu sein schien. Auf diese Weise war es denn gekommen, daß Wan-djin mit der Prinzessin enge Beziehungen hatte anknüpfen können, und es dauerte nicht lange, da ward Gu-su schwanger. Die Prinzessin fürchtete nun das Schlimmste, denn ihr Gemahl war sehr eifersüchtig und hatte sich anderseits wegen eines geheimen Leidens ihr schon seit langem nicht mehr genähert. Sie schützte daher eine Krankheit vor und bezog wieder im Palaste ihres Großvaters Wohnung. Dort gebar sie Zwillinge, zwei Mädchen, von denen man der einen den Namen I-dschu, der anderen den Namen Ho-dö gab. Sie kamen beide in Wan-djins Haus, erhielten aber trotzdem den Familiennamen Dschau nach dem betrogenen Gemahl der Prinzessin.

I-dschu war schon als Kind ungewöhnlich klug. Als sie daheim das medizinische Buch ›Peng-dsus Adernsystem‹ entdeckte, las sie so lange darin, bis sie die Kunst der Regelung des Atems und der Körpersäfte vollkommen beherrschte. Als sie dann älter ward, entwickelte sie sich zu einer zarten Schönheit von grazilem, leichtem Körper, so beschwingt in ihren Bewegungen, daß man ihr allgemein den Namen ›Flugschwalbe‹ gab. Aber auch ihre Schwester Ho-dö stand ihr an Reizen nicht nach: ihre Haut war so glatt, daß das Wasser daran herabrann, ohne Tropfen zu hinterlassen, wenn sie dem Bade entstieg. Sie konnte hervorragend singen und besaß eine weiche, tiefe Stimme, der man gerne lauschte. Beide Mädchen waren in ihrer Art außergewöhnlich.

Als Wan-djin, ihr Vater, starb, löste sich die Familie auf. Die beiden Mädchen, die nun kein festes Heim mehr besaßen, zogen nach der Metropole Tschang-an, wo die Leute sie bald die ›Kinder der Prinzessin Dschau‹ oder die ›anderen Kinder des Dschau Man‹ nannten. Der Zufall wollte es, daß sie in einer Straße Wohnung bezogen, wo auch der Hausverwalter einer kaiserlichen Prinzessin Yan A-dschu namens Dschau Lin lebte. Es gelang ihnen, unter seine Obhut zu kommen, nachdem sie ihm wiederholt kunstvolle, mit reizvollen Mustern versehene Stickereien verehrt hatten, die sie selbst anfertigten. Da er sich schämte, sie so ohne weiteres in sein Haus zu nehmen, ließ er die Mädchen sich als seine Töchter ausgeben, was wegen des gleichlautenden Familiennamens leicht zu bewerkstelligen war.

Lin hatte ehemals wirklich eine Tochter besessen, die im Palaste der Prinzessin Dienste tat. Man hatte sie aber wegen einer schweren Krankheit wieder nach Hause holen müssen, wo sie dann gestorben war. Flugschwalbe wußte das auszunutzen und gab sich beim nächstbesten Zeitpunkt als die Verstorbene aus. So erreichten es die beiden Mädchen, bei der Prinzessin als Dienerinnen zugelassen zu werden und auch im Palaste leben zu dürfen. Dort ließen sie sich dann keine Gelegenheit entgehen, sich heimlich im Singen und Tanzen weiterzubilden. Sie waren so sehr mit ganzem Herzen bei der Sache, daß sie an manchem Tag vor lauter Lernen zu keiner Mahlzeit kamen. Das Gehalt, das sie für ihre Dienste erhielten, war freilich äußerst kärglich, oft hatten sie kaum Geld für das Nötigste. Wenn es aber um Schönheitsmittel ging, wie etwa Salben, feine Bademittel und Puder, vergaßen sie all ihre Sparsamkeit. Ihre Gefährtinnen zeigten deswegen spöttisch mit dem Finger auf sie und hielten sie für töricht. In dieser Zeit knüpfte Flugschwalbe auch ein Verhältnis an mit einem jungen Vogelsteller aus der kaiserlichen Palastgarde. Da sie wegen ihrer Armut mit ihrer Schwester Ho-dö in einem Bett schlafen mußte, konnte sie ihren Geliebten nicht in ihrem Gemach empfangen. Eines Nachts im Winter, als frischer Schnee gefallen war, verabredete sie sich mit ihm vor ihrem Hause. Dort stand sie dann, mitten im Eisgeriesel; doch da sie die Kunst verstand, verhalten zu atmen und den Luftstrom auf rechte Weise zu lenken, fröstelte sie nicht im geringsten. Als der Vogelsteller erschien, staunte er sie an und glaubte, einen Geist vor sich zu haben.

Dieses Liebesverhältnis brachte Flugschwalbe jedoch ein wenig später beinahe in größte Verlegenheit. Mit Hilfe der einflußreichen Verwandten der Prinzessin hatte sie es nämlich durchgesetzt, in die kaiserlichen Frauengemächer aufgenommen zu werden. Eine Base von ihr, Fan I, war dort Leiterin des Palais des ›Empfangenen Glanzes‹ und wußte von den früheren Beziehungen ihrer jungen Verwandten mit dem Vogelsteller. Als daher der Kaiser danach verlangte, Flugschwalbe seine Gunst zu erweisen, gefror der Fan I fast das Blut in den Adern vor Angst, der Fehltritt würde nun herauskommen.

Aber Flugschwalbe wußte sich geschickt zu benehmen. Als der Kaiser sich ihr näherte, preßte sie fest die Augen zu, hielt ihn mit aller Macht von sich, und während die Tränen ihr die Wangen hinunterrannen, wehrte sie sich wie verzweifelt, um ihn nicht zu sich kommen zu lassen. Drei Nächte hintereinander versuchte so der Kaiser, sie zu gewinnen, doch immer vergebens. Dennoch schien er darob durchaus nicht mißgelaunt. Denn als ihn in einer Mußestunde die einfacheren Konkubinen ausfragten, wie es um Flugschwalbe denn eigentlich bestellt sei, gab er zur Antwort: »Üppig ist sie wie ohne Maß, weich ist sie wie ohne Knochen. Einmal herausfordernd, dann wieder schüchtern, wie fern und nah zugleich. Ein sittsames, anständiges Mädchen ist sie! Wie könnte man sie mit euch buhlendem, Süßholz raspelndem Weibervolk vergleichen!«

Als dann am Ende der Kaiser doch Besitz von ihr ergriff, erhielt er sogar noch zu allem Beweise für ihre Jungfräulichkeit.

»Habt Ihr denn nicht mit jenem Vogelsteller einst intime Beziehungen gehabt?« fragte sie da heimlich voll Verwunderung die Base Fan I ein wenig später.

»Ja, dreimal«, erwiderte Flugschwalbe. »Und es hatte dort auch alles seine Richtigkeit. Doch des Kaisers Männlichkeit war viel gewaltiger.«

Von diesem Tage an genoß Flugschwalbe als Lieblingsfrau des Kaisers eine Sonderstellung im Frauenpalast. Und es dauerte nicht lange, da erhielt sie den offiziellen Titel ›Kaiserin Dschau‹ und ward damit zur Hauptgemahlin des Kaisers.

Eines Tages, als der Kaiser sich gerade im ›Mandarin-Enten-Paar-Schlößchen‹ innerhalb des Frauenpalastes aufhielt, fiel es ihm ein, noch ein paar Akten zu überprüfen. Fan I, die die Papiere zu bringen hatte, erfaßte die günstige Gelegenheit, um dem Kaiser zu erzählen, daß die Kaiserin auch eine Schwester namens Ho-dö habe. Sie sei von schöner Gestalt und von ungezierter, freimütiger Wesensart, ganz vertrauenswürdig und in dieser Hinsicht mit der Kaiserin gar nicht zu vergleichen. Neugierig geworden, sandte der Kaiser hierauf einen Haremsaufseher in einem mit hundert Kostbarkeiten, Phoenixfedern und Jadesteinen geschmückten handgezogenen Wagen, um Ho-dö im Palaste willkommen zu heißen. Ho-dö aber ließ sich entschuldigen und sprach zu dem Boten: »Wenn es nicht meine kaiserliche Schwester ist, die mich rufen läßt, so wage ich es nicht, in den Palast zu gehen. Eher wollte ich, daß man mir den Kopf abschlägt. Meldet das im Palast!«

Als der Haremsaufseher diese Antwort zurückbrachte, nahm Fan I im Auftrage des Kaisers das mit fünffarbigen Kordeln gezierte Armpolster der Kaiserin und sandte es an Ho-dö als Zeichen des Einverständnisses ihrer Schwester. So erreichte sie es denn, daß Ho-dö kam.

Ehe sie aber dem Kaiser gegenübertrat, hatte sie sich erst frisch gebadet, gesalbt mit dem ›Neun-Flußwindungs-Tauchwasser-Parfüm‹, die Haare gelockt nach der sogenannten ›Neuen Frisurmode‹, die Augenbrauen dünn gemalt nach der Mode ›Ferne Bergeslinie‹ und ein wenig Rouge aufgelegt mit dem Puder ›Lässiges Kommen‹. Gekleidet war sie in ein nach altertümlicher Art kurzgehaltenes Gewand mit gesticktem Rock, gestutzten Ärmeln, sowie dazu passenden Strümpfen, die Kirschblütenmuster als Verzierung trugen.

Der Kaiser, der auf sie im ›Wolkenglanz-Pavillon‹ wartete, ließ sie sich durch Fan I vorstellen. Da sprach Ho-dö: »Meine kaiserliche Schwester ist gar schrecklich eifersüchtig. Sie wird, wenn ich im Palast Einzug halte, es nicht für unmöglich halten, daß sie Eure kaiserliche Huld verliert. Falls ihr diese Schmach angetan würde, gäbe sie sich den Tod. Da meine Gegenwart also wider die Absichten meiner Schwester ist, werde ich es zu meiner Aufgabe machen, was mich angeht, jegliche Beschämung von ihr fernzuhalten, wenn mir schon die Hoffnung nicht vergönnt ist, augenblicklich wieder nach Hause zurückkehren zu können.«

So sprach sie mit verhaltener, doch vollendet klarer Stimme. Alle Anwesenden brachen gerührt in Lobesrufe aus. Da blieb dem Kaiser nichts anderes übrig, als sie nach Hause zu entlassen. In dem Frauenpalast lebte aber auch eine weißhaarige Matrone,

›Dame Dschau‹ genannt, die zur Zeit Kaiser Hsüan-dsungs, eines Vorgängers des regierenden Kaisers, Besorgerin der Weihrauchbecken gewesen war und sich jetzt als Lehrerin im Harem betätigte. Hinter dem Rücken des Kaisers spuckte sie aus, wenn der Name Ho-dö fiel, und sprach: »Dieses Weib ist das unglückbringende Wasser, das mit Gewißheit das Feuer unserer Dynastie zum Erlöschen bringen wird!«

Der Kaiser aber wandte sich an Fan I um Rat, wie er die Kaiserin dazu bestimmen könnte, ihre Schwester als Nebenfrau zu dulden. Ihrem Vorschlag folgend, ließ er der Kaiserin alsbald ein eigenes Schloß errichten mit dem Namen ›Umfassendes Gesetz‹ und verehrte ihr auch ein purpurrotes, wolkenweiches Himmelbett, einen mit Edelsteinen eingelegten Tisch, sowie einen neunfach gefalteten rotgoldenen Bo-schan-Stellschirm. Nachdem er sich so bei ihr eingeschmeichelt hatte, ließ er sie durch Fan I mit folgenden Worten beschwatzen: »Seine Majestät der Kaiser entbehrt schon seit langem eines Thronerben – wie müßte man da nicht auch in den Frauengemächern über eine Möglichkeit nachdenken, die Fortsetzung der Dynastie über tausend und zehntausend Jahre zu sichern? Weshalb solltet Ihr dem Kaiser nicht hin und wieder eine andere Frau zuführen, um seines Wunsches nach einem Sohne willen?«

Die Kaiserin hieß den Rat ihrer Base gut, und noch in der gleichen Nacht schickte sie selbst ihre Schwester zum Kaiser. Der Kaiser war vor Entzücken außer sich und feierte mit Ho-dö ein Liebesfest, das keine Grenzen kannte. Voll Begeisterung sprach er hinterher von Ho-dö als dem Heimatland alles Warmen und Weichen.

»In diesem Lande will ich alt werden«, sagte er zu Fan I. »Meinem Vorgänger, dem Kaiser Wu-Huang-di, der nach dem ›Reich der Weißen Wolken‹, dem Land der Unsterblichen strebte, kann ich ohnehin nicht gleichkommen.«

Hier rief Fan I: »Zehntausend Jahre!« und beglückwünschte den Kaiser mit den Worten: »Majestät haben wahrhaftig ein Feenmädchen für sich gewonnen!«

Da schenkte ihr der Kaiser noch zur selben Stunde als Dank für ihre Dienste vierundzwanzig Rollen Haifischmuster-Goldbrokat. Ho-dö aber, die sich auch weiterhin der Gunst des Kaisers erfreuen konnte, erhielt den Ehrentitel ›Schöne Dame Dschau‹. Trotz dieser Auszeichnung nahm sie jedoch ihrer kaiserlichen Schwester gegenüber weiterhin eine dienende Haltung ein und hielt sich ihr gegenüber an die Grußformen, wie sie sonst ein Kind gegenüber seinen Eltern beachtet. Einmal, als die Kaiserin aus Versehen beim Sprechen auf den Ärmel von Ho-dös Gewand spuckte, sagte sie etwa: »So, wie du, verehrte Schwester, diesen meinen vom Färber purpurn gefärbten Ärmelstoff mit deinem Speichel geziert hast, sieht es richtig aus wie Moosmuster auf einem Felsen. Selbst wenn sich die geschicktesten Tuchmacher daransetzten, solch ein Kleiderdessin brächten sie nicht zustande. Ich werde das Kleid den ›Weiten Steinmoos-Ärmel‹ nennen!« — Die Kaiserin indessen knüpfte in ihrem Palais, das den Namen trug ›Kultur in die Ferne tragen‹, intime Beziehungen an mit zahlreichen Hoflakaien und Leibdienern, von denen sie wußte, daß sie schon viele Kinder besaßen, um mit ihrer Hilfe ein Kind zu bekommen. Ho-dö deckte sie bei diesen Machenschaften mit allen Kräften, indem sie immer wieder zum Kaiser sagte: »Meine Schwester ist von etwas spröder Natur. Wenn irgendwann einmal jemand versuchte, sie zu Unrecht in einen Skandal zu verwickeln, so wäre es aus mit ihrer Gebärfähigkeit.«

Während sie diese Worte sprach, pflegte sie herzzerbrechend zu weinen. So kam es, daß der Kaiser allen Leuten, die die Kaiserin des Ehebruchs bezichtigten, ohne Umstände den Kopf abschlagen ließ. Die von der Kaiserin begünstigten Hoflakaien und Leibdiener aber stolzierten herum in den schönsten Kleidern und in der feinsten Aufmachung und konnten sich seelenruhig in dem Palais der Kaiserin einnisten, ganz wie es ihnen paßte. Kein Mensch wagte ein Wort mehr. Doch die Kaiserin bekam trotz alledem keinen Sohn. —

Jeden Tag nahmen die Kaiserin ein Bad mit fünf verschiedenen Zusätzen und sieben Duftstoffen; sie thronte auf einem Sitz von wohlriechendem ›Tauchwasser-Holz‹ und besprengte sich mit dem ›Hundert-Ingredienzien-Parfüm der im Regenstrom herniedergestiegenen Himmelsgeister‹. Ho-dö dagegen badete bloß in Muskatnußwasser und puderte sich mit Blütenstaubpuder. In einem vertraulichen Gespräch mit der Base Fan I aber äußerte der Kaiser: »Die Kaiserin strömt zwar einen exotischen Wohlgeruch aus — doch mit dem Eigenduft, der von Ho-dös Körper ausgeht, läßt sich das nicht vergleichen.«

Eine besondere Kennerin von Schönheitsmitteln, von der sich die Kaiserin ständig beraten ließ, war die betagte Frau Li Yanghua, eine angeheiratete Tante, die in ihrem Alter in der Familie Fëng, aus der ja die beiden Mädchen stammten, Schutz gesucht hatte und von ihnen wie eine Mutter verehrt wurde. Sie empfahl der Kaiserin Salbungen mit ›Neunfach behandeltem Tauchwasseraroma‹, sowie ein aus dem Nabel der männlichen Moschusochsen gewonnenes Medikament zur Erholung der Muskeln, das auch Ho-dö verwandte. Allerdings hatte die Erfahrung immer gezeigt, daß dieses Mittel, wenn es von Frauen genommen wurde, auf die Dauer ein Schwächerwerden der Regel bewirkte. Als die Kaiserin gelegentlich mit Schang-guan Wu, der Leibärztin der Frauengemächer, über dieses Medikament sprach, griff die sich erschreckt an die Brust und sprach: »Wenn dem so ist, wie könnten Majestät da fähig sein, Kinder zu gebären.« Auf ihren Rat hin machte die Kaiserin Spülungen mit ›Schönblumen-Absud‹. Doch auch das verhalf ihr nicht zu Kindersegen.

Allmählich aber neigte sich die Liebe des Kaisers immer mehr der Schwester Ho-dö zu. Als er sich nach dem Ort I-dschou begab, wo er drei Jahre bleiben sollte, ließ er für Ho-dö eigens ein mit siebenerlei Brokatstickerei ausgestattetes Himmelbett, das zudem Verzierungen von ›Tauchwasser-Duftholz‹ trug, nachtransportieren. Dann lebte er mit ihr gemeinsam am ›Großen Saft-See‹. Auch ließ er ein Festboot bauen, das tausend Menschen tragen konnte, und nannte es ›Schiff des Palastes der Vereinigung‹. Mitten im See aber ließ er einen Turm errichten, den ›Paradiesturm‹, der vierzig Fuß hoch war.

Dort oben stand er eines Tages zusammen mit der Kaiserin, die ihn gleichfalls begleitet hatte, und genoß den weiten Blick ringsum – er in einem nahtlosen Gewand mit eingesticktem Wellenmuster, sie in einem Kleid aus glitzerndem Purpurstoff, einem Tributgeschenk der Südvölker, und einem Umhang aus leichter mit roten und grünen Edelsteinen besetzter Gaze. Dann sang sie und tanzte das Lied ›Heimkehrender Wind, du kommst aus der Ferne‹, indes der Kaiser mit einem verzierten Haarpfeil aus Rhinozeroshorn auf einem Jadebecken den Takt dazu schlug, und der von der Kaiserin geliebte Höfling Fëng Wu-fang geheißen wurde, die Handflöte zur Begleitung zu blasen. Mitten in dem Gesang, in der höchsten Stimmung, erhob sich unvermutet ein starker Wind. Je stürmischer aber der Wind wehte, desto lauter sang die Kaiserin, während Wu-fang gewaltig die Luft in die Lungen einsaugte und auf zart-feinsinnige Weise einstimmte. Da plötzlich raffte die Kaiserin ihr Gewand empor und schrie mit lauter Stimme:

»Seht mich an! Seht mich an!«

Und die weiten Ärmel hochreckend gleich Flügeln, rief sie wie von Sinnen:

»Bin ich ein Geist? Bin ich ein Geist? Er hat seine alte Liebe verlassen und wendet sich einer neuen zu! Wie konnte er vergessen, was einst er in seinem Herzen empfunden?«

Schon drohte sie in dem Sturm vom Turm herabzustürzen, da schrie der Kaiser: »Wu-fang, halt mir die Kaiserin!«

Wu-fang warf die Flöte fort und bekam die Kaiserin gerade noch bei ihren Schuhen zu fassen und konnte sie retten. Nach einer Weile ließ der Wind nach, da brach die Kaiserin in Tränen aus und sprach: »Majestät haben mir Eure Gnade erwiesen und es nicht zugelassen, daß ich in das Land der Feen entschwand!«

Kummervoll schluchzte sie lange Zeit, und immer wieder rannen ihr die Tränen die Wangen hinunter. Da fühlte der Kaiser Gewissensbisse, weil er sie um Ho-dös willen lange Zeit vernachlässigt hatte, und liebte sie wieder etwas mehr. Dem Wu-fang aber schenkte er tausend oder zehntausend Silberstücke und erlaubte ihm, die Kaiserin in ihrem Schlafgemach zu besuchen.

In den darauffolgenden Tagen nähten sich manche Palastdamen, die mit des Kaisers Gunst beehrt wurden und bei dieser Gelegenheit von dem Ereignis erfuhren, eine Falte in ihren Rock, die so aussah wie das Gewand der Kaiserin, als sie es emporgerafft hatte, und nannten das spöttisch: Rockmode ›Bewahrung vor dem Feenland‹.

Ho-dö jedoch stieg fortwährend weiter in des Kaisers Huld. Sie empfing den Ehrentitel Dschau-i ›Glänzend Sittliche‹, und als sie den Wunsch äußerte, in der Nähe des Palais der Kaiserin zu leben, ließ ihr der Kaiser das ›Klein Gattinheim‹, die ›Taublütenhalle‹ , die ›Windschnapphalle‹, die ›Liedverbreitungshalle‹ und die ›Friedenswunschhalle‹ bauen, alle mit Vorder- und Hinterhöfen. Daneben waren sie versehen mit heizbaren Zimmern, solchen mit Eiskrügen zur Kühlung, mit Orchiedeenbaderäumen, mit verwinkelten Schlafgemächern und Verbindungsgängen, alles verziert mit Gold und weißem Jadestein, die Wände außen und innen mit tausendmal varrierten, zehntausendfach gestalteten Motiven bemalt.

Indessen verfiel die Kaiserin aus Furcht, den Kaiser zu verlieren, was die Liebe anging, mehr und mehr auf die tollsten Gedanken. So schickte sie auch ihre Leute aus und ließ überall im Lande nach Magiern Ausschau halten, in dem Wunsch, ein Verjüngungsmittel zu bekommen. Zur selben Zeit kam eine Tributgesandtschaft von den Be-po-Fremdvölkern im Südwesten des Reiches. Der Führer dieser Gesandtschaft war ein außergewöhnlicher Mann, der mit einem einzigen Bissen Nahrung so viel Kraft in sich aufnahm, daß er Tage und Nächte nicht zu schlafen brauchte. Das Fremdvölkeramt meldete diese Tatsache und fügte hinzu, daß mitunter ein wundersames Leuchten die Gestalt des Mannes umfließe. Als die Kaiserin von dieser Sache hörte, ließ sie den fremden Mann fragen, welcher Art sein Zauber sei. »Mein Zauber besteht darin«, antwortete er, »daß Himmel und Erde in mir ausgeglichen, Leben und Tod ein und dasselbe sind. Werden und Vergehen, Sein und Nichtsein prägen verwandelnd die zehntausend Gestalten – ich aber bleibe ewig unverändert.«

Die Kaiserin ließ ihm durch einen Diener Fan Is tausend Goldstücke übersenden, um ihn für sich zu gewinnen. Aber der Fremdling sandte die Nachricht: »Wer meine Kunst erlernen will, muß abstehen von Lüsternheit und Lüge.« Hierauf gab ihm die Kaiserin keine Antwort mehr.

Am anderen Tag half Fan I der Kaiserin beim Baden, und beide kamen, laut miteinander schwätzend, in ausgelassene Stimmung. Da erzählte die Kaiserin ihrer Base, was der Fremdling gesagt hatte. Fan I klatschte in die Hände und rief: »Das erinnert mich an eine Geschichte, die Tante Li Yang-hua erlebt hat, als sie noch in Djiang-du wohnte. Sie züchtete damals Kampfenten auf einem Teich, mußte aber zu ihrem Kummer bemerken, daß Ottern sich über die Enten hermachten. Frau Ne aus dem Dorf Hsia-dschu besorgte ihr darauf eine auf Ottern dressierte Wildkatze, schenkte sie der Tante und sagte: ›Diese Wildkatze muß allerdings mit Entenfleisch gefüttert werden, etwas anderes frißt sie nicht.‹ Vor lauter Wut hat die Tante damals die Katze erdrosseln lassen. Die Kunst dieses Fremden scheint mir wahrlich fast ebenso zu sein wie jene Katze.«

Die Kaiserin lachte Tränen und sagte dann: »Wie wäre es dieser stinkende fremde Kerl wert, daß ich mir die Finger beschmutzte, um ihn zu erdrosseln!« –

Unter den Palastsklaven, zu denen die Kaiserin intime Beziehungen hatte, befand sich auch ein gewisser Yän Rot-Phoenix, der die angenehme Fähigkeit besaß, mit der Behendigkeit eines Hahnes die höchsten Gebäude hinaufklettern zu können. Er war gleichzeitig der Geliebte von Ho-dö. Einmal geschah es, daß er eben das ›Klein-Gattinheim‹, Ho-dös Wohnung, verließ, als die Kaiserin dort ihrer Schwester einen Besuch abstatten wollte, so daß er von ihr bemerkt wurde. Nun war gerade der fünfte Tag des zehnten Monats, wo man, einem alten Brauch im Palaste folgend, festlich zum ›Geisterfrieden-Tempel‹ hinaufzog. Man blies die Okarina, schlug die Pauke, stand in Reihen Schulter an Schulter und stampfte im Tanz den Boden. Da erschien Rot-Phoenix, um sich an dem Gesang zu beteiligen.

»Für wen ist Rot-Phoenix eigentlich gekommen?« fragte die Kaiserin ihre Schwester Ho-dö spitz.

»Selbstverständlich deinetwegen«, antwortete Ho-dö. »Für wen denn sonst?«

Kochend vor Wut nahm die Kaiserin ihr Glas und goß es über Ho-dös Rock. »Kann solch eine Ratte denn überhaupt einen Menschen beißen?« zischte sie.

»Oh, es genügt ihr, wenn sie sein Gewand durchnagt und sich an seinem Intimsten ergötzt. Weshalb sollte sie ihn noch beißen?« erwiderte Ho-dö höhnisch.

Die Kaiserin, gewöhnt, daß Ho-dö ihr unterwürfig entgegentrat, war völlig verblüfft ob dieser heftigen Antwort. Sie sah ihre Schwester nur durchdringend an und sprach kein Wort weiter. Fan I aber zog den Haarpfeil aus ihrer Frisur und machte Kotau vor Ho-dö, bis das Blut hervorkam, und drang in sie, sich bei der Kaiserin zu entschuldigen. Schließlich bat Ho-dö wirklich um Verzeihung und sagte dann weinend:

»Schwester, wie konnte ich die langen Nächte vergessen, da wir gemeinsam unter einer Decke im Bette lagen und zitternd vor Kälte nicht richtig zu schlafen vermochten und du mich an deinen warmen Rücken kuscheln ließest! Jetzt haben wir eine Ehrenstellung erreicht, in der wir über allen anderen stehen und kein Fremder mehr uns etwas anhaben kann. Wie könnten wir beiden Schwestern es da über uns bringen, uns einander innerhalb der Familie als Rivalen zu begegnen?«

Auch der Kaiserin traten die Tränen in die Augen, und sie faßte Ho-dö bei den Händen. Dann nahm sie eine Spange aus purpurrotem Jade mit neun eingeschnitzten kleinen Vögeln und steckte sie ihrer Schwester ins Haar. So begruben sie ihren Streit.

Der Kaiser aber vernahm insgeheim von dem Vorfall. Da er die Kaiserin fürchtete, wagte er es nicht, sie zu fragen, sondern erkundigte sich bei Ho-dö nach den Einzelheiten. »Ach, die Kaiserin ist nur auf mich etwas eifersüchtig gewesen um Euretwillen«, erwiderte Ho-dö geistesgegenwärtig, »und weil unsere Dynastie, die Familie Han, mit Hilfe des Elements Feuer regiert, sprach sie von Eurer Majestät als von dem ›Roten Drachen‹ oder dem ›Roten Phoenix‹.«

Der Kaiser glaubte ihren Worten und freute sich von Herzen. –

Eines Tages geriet der Kaiser, als er frühmorgens zur Jagd ausgezogen war, in ein Schneegestöber und zog sich dadurch eine heikle Krankheit zu. Seine Manneskraft ward dabei so geschwächt, daß er nahezu impotent erschien. Nur wenn er mit Ho-dö zusammenlag und ihre Beine berührte, kehrte seine Kraft mit Macht zurück. Ho-dö aber drehte sich immer rasch auf die Seite, so daß er ihre Beine nie längere Zeit fühlen konnte. Fan I, die das mit Verwunderung beobachtete, sagte zu Ho-dö: »Seine Majestät hat schon die besten Wunderheilmittel von allen möglichen Magiern eingenommen, um seine volle Stärke wiederzugewinnen, ohne daß es etwas genutzt hätte. Und nun braucht man ihm nur die Möglichkeit zu geben, Euere Beine zu berühren, und schon regt sich wieder seine Männlichkeit – das bedeutet doch, daß der Himmel Euch, erlauchte Frau, mit einem großen Reichtum beschenkt hat. Wie könnt Ihr Euch da ständig zur Seite wenden, anstatt ihn Erfüllung finden zu lassen?«

»Es ist gerade ein Glück, daß ich mich zur Seite drehe und ihn nicht an mich heranlasse«, gab Ho-dö zur Antwort. »So kann ich sein Begehren noch am Leben erhalten. Wenn ich ihn gleich meiner Schwester zu Berührungen aufforderte, hätte er mich doch in kürzester Zeit satt, und wie könnte man ihn dann noch reizen?«

Die Kaiserin aber zog sich, in ihrem Stolz tief verletzt, von allen zurück. Sie legte sich wegen einer leichten Krankheit zu Bett und konnte auf einmal weder allein mehr essen noch trinken, sondern bestand darauf, daß der Kaiser ihr eigenhändig Löffel und Eßstäbchen halte. Bitter schmeckende Arznei schluckte sie nur noch hinunter, wenn sie sie aus seinem Munde entgegennehmen durfte. –

Ho-dö pflegte alle Nächte in ihre Orchideenbaderäume zu gehen, um sich zu waschen. Ihr naßglänzender nackter Körper strahlte dort heller als die angezündeten Kerzen und Lampen. Der Kaiser aber versteckte sich hinter den Türvorhängen und sah ihr heimlich beim Bade zu. Als eine Dienerin das Ho-dö berichtete, nahm sie rasch ein Handtuch, um sich zu bedecken, und ließ die Kerzen forttragen.

Am anderen Tag besprach sich der Kaiser mit den Dienerinnen und gab ihnen Gold, damit sie ihn nicht verrieten. Doch als er abends wieder an der gleichen Stelle stand, traf er zufällig auf eine Kammerzofe, mit der er noch nichts vorher vereinbart hatte. Sie erblickte ihn, als sie durch den Türvorhang hinausgehen wollte, hinter dem er sich verborgen hatte. Unverzüglich eilte sie wieder hinein und sagte Ho-dö Bescheid. Und abermals verbarg sich Ho-dö, so rasch sie konnte.

Von da an trug der Kaiser, wenn er hinter den Türvorhängen Ho-dö beim Baden beobachtete, stets eine ganze Menge Goldstücke in seinem Ärmel, und jedesmal, wenn er mit einer Dienerin oder Kammerzofe zusammentraf, hielt er sie schnell fest und steckte ihr ein Goldstück zu. Die Dienerinnen aber gewannen an diesem Goldsegen alsbald Geschmack, und so war in dem Baderaum mit einem Male ein ständiges Kommen und Gehen, so daß der Kaiser in einer Nacht mehr als hundert Goldstücke aus seiner Schatzkammer opfern mußte.

Seine krankhafte Schwäche jedoch blieb weiter ungeheilt. Die berühmtesten Ärzte der Welt wußten dafür keine Abhilfe. Endlich war man so weit, daß man nach Wundermitteln forschte, und man fand tatsächlich eines. Es trug den Namen ›Vorsichtsrettungsleim‹. Man vertraute es Ho-dö an, und sie ließ den Kaiser jedesmal eine Pille einnehmen, wenn es notwendig war.

Doch eines Nachts hatte sie zu viel Wein getrunken und gab ihm in ihrem Rausch sieben Pillen auf einmal. Die Wirkung blieb nicht aus. Der Kaiser umarmte Ho-dö die ganze Nacht hindurch und erreichte neunmal die höchsten Wonnen. Dabei aber lachte er fortwährend wie wahnsinnig. Schließlich graute der Morgen, und er erhob sich, um seine Kleider anzulegen. Der Strom seiner Manneskraft indes rann weiter aus seinem Körper, unaufhörlich, unstillbar, und wenige Augenblicke später gab er seinen Geist auf.

Entsetzt meldeten die Palastdiener der Kaiserin, was geschehen. Die Kaiserin ordnete an, man solle Ho-dö verhören. Da aber sprach Ho-dö hoheitsvoll: »Ich habe meinen Herrscher immer so liebevoll in den Armen gehalten wie eine Mutter ihr kleinstes Kind, und er hätte für seine Liebe zu mir das ganze Reich verderben lassen. Soll ich jetzt vielleicht mit gefesselten Händen Befehle aus den Frauengemächern entgegennehmen und intimste Dinge erörtern?«

Sie schlug sich an die Brust und schrie: »Mein Kaiser, wohin seid Ihr gegangen?« Dann brach ein Blutstrom aus ihrem Mund, und sie fiel tot zu Boden.

GAN BAU 1. HÄLFTE 4. JAHRHUNDERT

Der Freund aus dem Jenseits

In dem Landstrich Tai-yüan lebte einst ein junger Mann namens Wang Dsï-dschën, der hatte in seiner Jugend keine besondere Erziehung genossen. Als er etwas älter geworden war, begannen seine Eltern mit ihm Mitleid zu haben und sprachen seufzend: »Ach, unser Kind hat eigentlich seit seiner Geburt nie einen rechten Unterricht erhalten. Er sollte zu Meister Biän Hsiän-schëng nach Ding-dschou gehen, um dort einen ordentlichen Beruf zu erlernen. Das ist ein Mann, der weit herum gekommen ist, sich gehörig mit den Weisheiten des Altertums beschäftigt hat und bei keiner Frage in Verlegenheit gerät. Seit Meister Konfuzius die Welt verließ, ist er der erste Mensch, bei dem sich wieder sagen läßt, daß er die Masse der Lehrer in der Fülle seines Wissens beschämt, und daß kein einziger sich unter ihnen befindet, der ihm überlegen wäre. Kein Wunder, daß daher alle Wißbegierigen innerhalb der Vier Meere zu ihm strömen, um zu seinen Füßen zu sitzen.«

Dsï-dschën nahm sich die Worte seiner Eltern zu Herzen, und schon am nächsten Tag machte er sich auf die Reise nach Dingdschou, das von seiner Heimat mehr als dreihundert Meilen weit entfernt lag.

Nun rastete er einmal am Wegesrand im Schatten eines Baums, als es geschah, daß ihn ein Geist einholte, der die Gestalt eines lebenden Menschen angenommen hatte. Er lagerte sich an Dsï-dschëns Seite und verschnaufte sich dort, ohne daß dieser den geringsten Verdacht schöpfte. Nach einer Weile begann er auch Dsï-dschën nach seinem Namen zu fragen und sich zu erkundigen, woher er komme und wohin er wolle.

»Mein Vater und meine Mutter«, gab Dsï-dschën unbefangen zur Antwort, »haben mich wegen meiner kärglichen Ausbildung nach Ding-dschou zu Meister Biän Hsiän-schëng auf die Reise geschickt, damit ich einen Beruf erlerne. Das ist alles. Ich bin der Wang Dsï-dschën aus Tai-yüan.«

»Was mich angeht«, sprach hierauf der Geist, »so bin ich aus dem Distrikt am Po-hai-Meerbusen gebürtig. Mit Familiennamen heiße ich Li, mit meinem persönlichen Namen ›Dunkelstein‹. Meine Eltern sind schon früh gestorben. Meine Brüder aber, die in einem fremden Lande leben, haben mich — wie Euch Vater und Mutter — wegen meiner Unwissenheit fortziehen lassen, damit ich den Meister Biän besuche und mich von ihm belehren lasse. Nun, da wir beide das gleiche Ziel haben, sind wir ja Studienbrüder!« —

»Wohlan denn, Bruder«, sagte hierauf Dsï-dschën, »Ihr zählt gewiß mehr Jahre als ich. Erlaubt, daß ich Euch wie einem älteren Bruder diene.«

»Es ist mir eine Ehre, Euren Vorschlag zu vernehmen«, erwiderte Dunkelstein.

Nun zogen sie also zu zweit weiter. Als sie schließlich Dingdschou erreicht hatten und in einem Haus untergekommen waren, tranken sie Wein miteinander und aßen Fleisch und sprachen dabei die Schwurworte: »Ob Tod oder Leben, ob Ehre oder Schande, alles wollen wir in unserem Herzen gemeinsam haben.«

Nachdem sie so geschworen, gingen sie zu Meister Biän und baten ihn gemeinsam um Aufnahme in seinen Kreis. Der Meister fragte sie, weshalb sie gerade zu ihm kämen, und als sie ihm berichteten, wie die Verhältnisse lagen, unterwies er sie in den Lehren der klassischen Schriften.

Als aber drei Jahre um waren, hatte Dunkelstein es so weit gebracht, daß er mit seinen Fähigkeiten den Meister übertraf. Da sprach der Meister: »Dunkelstein, Ihr müßt ein begnadeter heiliger Mann sein! Wie könntet Ihr mich sonst an Klugheit und Einsicht in den Schatten stellen! Ich bin jetzt wohl bereits zu alt und hinfällig geworden und tauge rein zu gar nichts mehr. Worin Eure Kunst besteht — ich wünschte, Ihr zeigtet es mir!«

»Durch eine wohl in meinem Vorleben bestimmte Fügung war es mir vergönnt, Euch, mein Lehrer, dienen zu dürfen; das Karma, das einem zugeteilt, kann niemand erkennen. Aber wahrlich, wenn man nichts vergißt, was man jemals beim Studium der Bücher aufgenommen hat, bedeutets doch noch lange nicht, daß man im Stande eines Heiligen sich befindet!«

Von dieser Zeit an erteilte Dunkelstein dem Dsï-dschën Belehrung, wenn ihm bisweilen in seinem Studium die Bedeutung mancher Worte nicht aufging, und Dsï-dschën huldigte seinem Freund bald wie einem Vater und bezeugte ihm Ehrfurcht wie einem alten Lehrmeister. So machten denn Dsï-dschëns Studien gute Fortschritte.

Bald darauf geschah es, daß ein Palastsekretär am Hofe des Kronprinzen, ein gewisser Wang Dschung-hsiän in Ding-dschou vorbeikam. Er stammte wie Dsï-dschën aus Tai-yüan und war mit ihm auch weitläufig verwandt. Als er dem alten Meister Biän seine Aufwartung machte, blieb er in seinem Hause, bis es Abend ward, so daß er dort übernachten mußte. Und da merkte er plötzlich, daß Dunkelstein, den er bei dieser Gelegenheit kennengelernt hatte, ein Geist war. Am nächsten Morgen zog er Dsï-dschën heimlich beiseite und sprach zu ihm: »Ich bin mit dir, mein Brüderchen, verwandt, so darf ich es nicht verschweigen, wenn dir Gefahr droht. Dein jetziger Freund, dieser Herr Li Dunkelstein, ist in Wirklichkeit ein Gespenst, kein lebendiger Mensch!«

»Dunkelstein«, widersprach Dsï-dschën, »ist ein Heiliger unter den höchsten Heiligen! Er ist in den klassischen Schriften aufs beste bewandert; es gibt nichts, worüber er nicht genau Bescheid wüßte. Selbst unser Meister bewundert ihn. Wie könnte er da kein Mensch von Fleisch und Blut sein?!«

Da sagte Dschung-hsiän: »Nichts liegt mir ferner, als durch das, was ich dir verraten habe, irgendwelche ränkevollen Absichten zu verfolgen. Doch du, mein Brüderchen, bist nun einmal ein Mensch, und Dunkelstein ist ein Geist. Die Kluft zwischen den Lebenden und den Toten aber ist so tief! Wie könnte da eine Bekanntschaft dieser Art für den Menschen gut sein! Immerhin, wenn du meinen Worten keinen Glauben schenkst, so schütte doch heute Nacht bei euren Lagerstätten unter den Matten neue Blätter auf und lasse deinen Freund in dem einen Bett schlafen und lege dich in das andere. Wenn du dann am Morgen nachsiehst, wirst du feststellen können, ob etwas Wahres an meinen Worten ist oder nicht. Wo nämlich du geschlafen haben wirst, werden die Blätter fest zusammengepreßt sein, wo der Geist aber schlief, werden sie noch locker aufeinanderliegen.«

Nachdem er so gesprochen, sagte er Lebewohl. Dsï-dschën aber begann nun wirklich Verdacht zu schöpfen, und als es Abend wurde, schüttete er in den Betten neue Blätter auf, wie ihm Dschung-hsiän geraten. Und tatsächlich war es am Morgen ganz so, wie sein Vetter vorausgesagt hatte. Da erst wurde er davon überzeugt, daß Dunkelstein ein Geist war.

Am nächsten Tag sprach er sich mit seinem Freunde aus. »Die Leute behaupten«, begann er vorsichtig, »du seiest ein Geist, mein älterer Bruder. Ich sage dir das bloß, weil ich gerade neulich dies Gerede vernommen habe.«

»Oh, ich bin tatsächlich ein Gespenst«, erwiderte Dunkelstein.

»Das war kein anderer als Herr Dschung-hsiän, der dir das verraten hat, Brüderlein. Jetzt, da du es ohnehin schon weißt, muß ich wohl alles von Anfang an erzählen. So wisse denn, daß mich in meinem letzten Dasein der Verwalter der Unterwelt zum Chronikschreiber am heiligen Berg Tai-schan ernannt hatte, ein Amt, das ich lange Jahre ausfüllte, bis es so weit war, daß ich es aufgeben mußte, um mich wieder auf die Wanderschaft zu begeben. Nun wollte der König der Unterwelt einen anderen Mann für diese Aufgabe auswählen, doch konnte er keinen dazu ernennen, denn alle, die er in Aussicht genommen hatte, erwiesen sich als ungeeignet. – Nun hatte ich aber«, fuhr Dunkelstein mit erhobener Stimme fort, »eines Tages Gelegenheit gefunden, mich von deinen außergewöhnlichen Geistesgaben zu überzeugen, die dich für jenes Amt wohl geeignet erscheinen ließen. Allerdings war deine Bildung wegen des ungenügenden Unterrichts, den du genossen, damals noch zu gering, und so solltest du dich erst in der Menschenwelt, dem Rat der Eltern ehrfürchtig Folge leistend, um Berufskenntnisse bemühen. Sobald das geschehen wäre, hätte ich dir das Amt des Chronikschreibers am heiligen Berge übertragen können. Nun fürchtete ich freilich, man könnte hier auf Erden vor meiner wahren Gestalt erschrecken, und so nahm ich die eines lebenden Menschen an und wählte mir den gleichen Lehrer wie du. Meine eigene Ausbildung war zwar schon vollendet, noch ehe ein Jahr verflossen, da es aber zur Übernahme des genannten Amtes für einen gewöhnlichen Menschen zweier weiterer Jahre bedurfte, blieb ich als Gefährte bei dir, weil ich dich über alles liebte, mein Brüderlein. Nun freilich, da du mich durchschaut hast, wird es mir gewiß unmöglich sein, noch länger bei dir zu weilen. Jetzt heißt es Abschied nehmen. Doch gibt es da noch eine Sache, die ich dir vorher kundtun muß: Kürzlich habe ich schlimme Schmerzen auf meinem Rücken erdulden müssen, weil ein Feind deines Vaters beim König der Unterwelt eine Klage gegen ihn vorgebracht hat. Er gab an, dein Vater habe seine, des Klägers, Enkel ermordet und seine Geschwister aufgegessen. Diese Anzeige wurde von ihm immer wieder eingereicht, da ich aber so sehr für dich fühlte, habe ich sie einfach nicht zur Entscheidung weitergeleitet. Nun bekam jedoch zufällig der König der Unterwelt selbst den Schriftsatz zu Gesicht und war über diese Eigenmächtigkeit von mir so sehr erzürnt, daß er mir als Strafe einhundert Schläge mit dem Bambusknüppel geben ließ, und das war es, weswegen mein Rücken leiden mußte. Der König der Unterwelt hat aber nun die Strafverfolgung selbst in die Hand genommen, deinen Vater höchstpersönlich peinlich verhört und entschieden, daß er auf die Totenliste gesetzt werden soll. Darum rate ich dir, kehre so schnell wie möglich nach Hause zurück und sieh nach deinem Vater. Wenn er zu der Zeit noch am Leben ist, könnte es vielleicht gelingen, ihn zu retten. Du mußt dann etwas klaren Wein und Hirschfleisch nehmen, mir damit an dem Krankenbett ein Opfer darbringen und dreimal laut meinen Namen rufen – dann werde ich bestimmt erscheinen. Wenn aber dein Vater bereits tot ist, dann kommt freilich alle Hilfe zu spät. Im übrigen ist deine Lehre hier wohl abgeschlossen bis auf die Kunst, den eigenen Körper bei Kräften zu erhalten. Doch fürchte nichts. Ich werde dir helfen, dein Leben zu verlängern, und werde beim höchsten Herrscher des Himmels für dich bitten, daß eine glänzende Laufbahn dir beschieden sei und du vor Krankheit und Gebrechen behütet werdest.«

Nachdem Dunkelstein so gesprochen, verbeugte sich Dsï-dschën vor ihm voll Rührung und nahm Abschied von ihm. Dann sagte er auch seinem alten Meister Lebewohl und machte sich eilends auf den Weg nach Hause.

Als er daheim anlangte, sah er, daß sein Vater tatsächlich todkrank darniederlag; aber es war noch etwas Leben in ihm. Eilends stellte er nun Wein, Fleisch, auch etwas Geld und einige Wertsachen an das Bett und opferte sie Dunkelstein, indem er ihn dreimal beim Namen rief. Kaum hatte er geendet, da ward auch schon Dunkelstein sichtbar. Er ritt gar prachtvoll auf einem weißen Pferd, ein rotes Gewand umwallte ihn, und vor und hinter ihm trug man die Insignien seiner Würde. Einige zehn Berittene bildeten sein Gefolge, außerdem aber sah man zwei blaugekleidete Ehrenboten, die, mit ihren Beglaubigungsstäben in der Hand laut die Ankunft verkündend, als erste in die Empfangshalle einzogen. Als aber Dsï-dschën seinen Freund näher betrachtete, bemerkte er, daß er trotz allen Prunkes in seinem Aussehen genauso war wie ehedem.

»Du mußt jetzt deine Augen schließen, Brüderlein«, sagte er zu Dsï-dschën, »denn es wird notwendig sein, daß du deinen Vater zu Gesicht bekommst.«

Dsï-dschën tat wie ihm geheißen, und schon fand er sich im Palast des Königs der Unterwelt wieder. Die Tore dort gingen alle nach Norden hinaus, und es herrschte eine beklemmende Stille.

»Ich habe dich gerade hierher geführt, weil ich dir deinen Vater zeigen wollte«, hub da Dunkelstein wieder an zu sprechen, »aber er befindet sich jetzt im Kerker, und sein Äußeres ist schrecklich zugerichtet. Könnte ich dir nicht statt dessen den Feind deines Vaters zeigen, der die Klage gegen ihn vorgebracht hat? Er wird gleich erscheinen. Wenn du jemanden siehst, der in einem weißen Gewande barfuß daherschreitet mit einer purpurroten Kappe auf dem Haupte und einer Schriftrolle in den Händen, so ist ers. Jetzt am Nachmittag wird er nämlich zum Gerichtshof gehen, um in den Zeugenstand zu treten. Ich werde es so für dich einrichten, daß du ihm hier allein mit Pfeil und Bogen auflauern kannst. Wenn du merkst, daß er kommt, mußt du auf ihn schießen und ihn töten – dann wird dein Vater gewiß am Leben bleiben. Gelingt dirs aber nicht, so gibt es keine Rettung mehr.«

Während Dunkelstein noch sprach, näherte sich ihnen eine Gestalt, die just so aussah, wie Dunkelstein beschrieben.

»Da ist er schon!« flüsterte Dunkelstein mit einem Blick dorthin und reichte Dsï-dschën die Waffen. »Achte darauf, sorgfältig zu zielen. Ich selbst muß rasch ins Gerichtsgebäude, damit ich bei der Verhandlung zugegen bin.«

Inzwischen begannen die Leute bereits auf die beiden aufmerksam zu werden und betrachteten sie mißtrauisch. So eilte denn Dunkelstein in die Gerichtshalle, um sich um den Prozeß zu kümmern. Alsbald trat der geheimnisvolle Feind vor die Schranken des Gerichts und entwickelte mit Worten, die von seinem abgrundtiefen Hasse zeugten, seine Anklage. In diesem Augenblick aber spannte Dsï-dschën den Bogen und schoß. Der Pfeil bohrte sich in das linke Auge des Klägers. Entsetzt ließ er seine Schriftrolle fallen und floh aus dem Saal. Als man das Papier näher besah und las, was darin aufgezeichnet, da war es die Anklageschrift gegen Dsï-dschëns Vater.

Dsï-dschën aber brach in Zornestränen aus, weil er so schlecht geschossen, und rief nach Dunkelstein.

»Wo hast du denn den Kerl mit deinem Pfeil getroffen?« fragte Dunkelstein herbeieilend.

»Am linken Auge«, erwiderte Dsï-dschën. Da sprach Dunkelstein: »Wenn du keine lebenswichtigere Stelle verletzt hast, so wird dein Vater, selbst wenn er sich zunächst erholen mag, einen schlimmen Rückfall erleiden, denn die Gerichtsklage gegen ihn wird später dann noch schwerwiegender sein. Du solltest jetzt am besten heim eilen, nach dem Feind deines Vaters suchen lassen und ihn töten. Dann wird dein Vater gewiß genesen.«

»Wer ist denn dieser Mensch?« fragte Dsï-dschën.

»Wenn du jemanden siehst«, gab Dunkelstein zur Antwort, »der diesem Kläger irgendwie ähnelt und eine frische Pfeilwunde trägt, so töte ihn.«

Nun drängte Dsï-dschën seinen Freund, gleich auch alles übrige zu sagen. Doch es gelang ihm nicht, eine Antwort auf seine Frage zu erhalten, wie dieser Feind der Familie mit Namen hieße.

So kehrte er denn nach Hause zurück und nahm sich Dunkelsteins Rat zu Herzen, aber es gelang ihm nicht, des Familienfeindes noch einmal ansichtig zu werden. Vor Kummer und Sorge darüber aß er sieben Tage lang keinen Bissen. Da geschah es, daß ihm Leute aus seinem Hausgesinde meldeten, daß der alte weiße Hahn vom Hühnerhof verschwunden sei. Sieben Tage lang wisse man schon nicht mehr, wo er stecke. Dsï-dschën gab Befehl, daß alle Bediensteten gemeinsam nachsuchen sollten, und wirklich entdeckten sie ihn schließlich auf einer hölzernen Schiebewand sitzend – das linke Auge aber war ihm durchbohrt. Als Dsï-dschën, der zufällig zugegen war, ihn betrachtete, wurde ihm mit einem Male alles klar: Kein anderer als dieser Hahn war der Feind seines Vaters. Das weiße Gewand, in dem er ihn zuerst gesehen, war das weiße Gefieder gewesen, die purpurrote Kappe der Hahnenkamm, die unbeschuhten Füße die Hahnenkrallen, und das fehlende Auge war das, das er ihm selbst herausgeschossen. So hatte denn das Suchen ein Ende. Dsï-dschën ließ den Hahn ergreifen und schlachten, und eine Suppe von ihm kochen, die er seinem kranken Vater zu trinken gab. Und von diesem Tag an erholte sich sein Vater zusehends und war alsbald völlig genesen.

Dsï-dschën aber stieg in seinem späteren Leben zu den höchsten Beamtenstellen auf und erreichte ein Alter von hundertachtunddreißig Jahren. Das alles geschah nur, weil sein Geisterfreund Dunkelstein stets eine schützende Hand über ihn hielt. Denn eigentlich gilt ja der Spruch:

›Ein Hahn im Haus soll nicht an Jahren älter sein als drei,
ein Hund nicht älter denn als sechs.
Einen weißen Hahn jedoch und einen weißen Hund
darf man nicht essen, man fügt sonst seinem Leben Schaden zu.‹

Das Schneckenmädchen

Unter den Leuten des Herzogs An von Djin gab es einmal einen Mann mit Namen Hsiä Duan, der hatte bereits in frühester Jugend Vater und Mutter verloren und war, da er sonst keine Verwandten besaß, von Nachbarsleuten großgezogen worden. Als er schließlich ein Alter von siebzehn oder achtzehn Jahren erreicht hatte und auf eigenen Beinen stand, gab er strengstens darauf acht, sich wohlanständig zu verhalten und nichts Böses zu begehen. Schließlich trennte er sich von der Nachbarsfamilie, bei der er aufgewachsen, und gründete einen eigenen Hausstand. Geheiratet hatte er freilich noch nicht, und so forschten seine Dorfgenossen, die an seinem Geschick großen Anteil nahmen, mitsammen im weitesten Umkreis nach einem Mädchen, das er hätte zur Frau nehmen können. Aber sie fanden keines.

Duan jedoch arbeitete inzwischen unverdrossen weiter auf dem Felde, soviel es seine Kräfte zuließen; immer erhob er sich in aller Frühe und legte sich erst spät abends nieder, ohne je auch nur einen Tag oder eine Nacht zu vergeuden.

Einmal nun, als das schon längere Zeit so dahingegangen war, fand er bei seiner Arbeit nahe der Stadtmauer eine riesige Schnecke. Sie war so groß wie ein Drei-Pinten-Kessel. Da er glaubte, daß es sich bei diesem Ding um eine Seltenheit handeln müsse, nahm er die Schnecke mit sich nach Hause und tat sie in einen Trog aus Stein, um sie darinnen aufzubewahren.

In den zehn folgenden Tagen aber geschah etwas Seltsames: Jedesmal, wenn er morgens früh aufs Feld hinausging oder abends heimkehrte, sah er, daß in der Stube für ihn Speise und Trank fertig bereitstand, daß das Feuer im Herde angezündet war und das Wasser kochte, gerade als ob ein Mensch da sei, der sich darum bemühe.

»Das werden wohl die Nachbarsleute aus Freundlichkeit getan haben«, sagte sich Duan in der ersten Zeit, und als es eine weitere Reihe von Tagen immer wieder dasselbe war, machte er sich schließlich auf zu seinen Nachbarn, um ihnen Dank zu sagen. Doch alle Nachbarsleute, die er auch aufsuchte, wehrten ab.

»Wir haben so etwas niemals getan«, erklärten sie, »wie könnten wir uns dafür danken lassen!«

Zunächst meinte Duan, sie trieben nur Scherz mit ihm und wüßten in Wirklichkeit genau, wovon er spreche; als sie aber nicht aufhörten, immer wieder die gleiche Auskunft zu geben, wurde er irre und begann ernstlich nach dem wirklichen Tatbestand zu forschen. Allein die Nachbarn lachten bloß und sprachen: »Ihr habt Euch wohl schon alleine eine Frau gesucht und laßt sie heimlich bei Euch das Mahl bereiten; und jetzt behauptet Ihr, daß wir für andere Leute kochen!«

Völlig verwirrt, sagte Duan hierauf kein Wort; er wußte nicht mehr, was er von allem halten sollte.

Am nächsten Morgen verließ er, kaum daß die ersten Hähne gekräht hatten, das Haus. Als aber die Sonne aufging, kehrte er unbemerkt zurück und lugte von draußen durch die Vorhänge heimlich in die Stube. Da — o Wunder — sah er ein kleines Mädchen aus dem Steintrog herausklettern, in dem die Riesenschnecke lag, auf den Herd zutreten und darin Feuer machen. Duan zögerte keinen Augenblick, eilte ins Haus und stürzte zu dem Ort, wo der irdene Trog stand, um nach der Schnecke zu schauen — doch sie war verschwunden. Statt dessen sah er nur das Mädchen, das immer noch am Herd stand. Leise trat er von hinten an sie heran und fragte plötzlich: »Ei, mein neues Weibchen, woher kommst du denn und warum hilfst du mir kochen?«

Verwirrt und zu Tode erschrocken, drehte sich das Mädchen um und versuchte wieder in den Trog zurückzuschlüpfen. Doch als sie sah, daß das unmöglich war, hub sie an zu sprechen: »Ich bin das reine Töchterlein des Geistes vom Flusse ›Weißwasser‹ im westlichen Han-dschung-Lande. Der Herrscher des Himmels hatte Mitleid gehabt mit Euch, der Ihr schon so früh Waise geworden, und da es ihm wohlgefiel, wie sorgfältig Ihr auf Euren Wandel achtet, schickte er mich, um Euch das Haus zu führen und das Essen zu bereiten. In zehn Jahren wollte er Euch zu Reichtum gelangen und eine Frau finden lassen, und dann sollte ich nach Hause zurückkehren. Nun aber habt Ihr, ohne daß ich Anlaß dazu gab, mich heimlich betrachtet und überrascht. Da Ihr jetzt meine wirkliche Gestalt gesehen, darf ich nicht länger mehr bei Euch bleiben, sondern muß von Euch Abschied nehmen. Wenngleich Ihr auch durch Eure Torheit nun in Eurem Leben bloß niedrige Ämter mehr erreichen werdet, rate ich Euch, fleißig zu sein bei der Bebauung der Felder und auch mit der Fischerei den Lebensunterhalt zu suchen. Ich lasse dieses mein Schneckenhaus hier zurück. Wenn Ihr es stets mit Reis und Körnern füllt, so wird die Not in Eurem Hause niemals wohnen.«

Verzweifelt versuchte Duan das Mädchen zum Bleiben zu bewegen; doch sie beharrte fest auf ihrem Willen. Und plötzlich erhob sich ein mächtiger Gewittersturm, der sie erfaßte und in die Lüfte entführte.

Duan aber nahm die Muschelschale, die zurückgeblieben, stellte sie auf in der Andachtsnische seines Hauses, und immer, wenn Festtage waren, betete er dort und brachte Opfer dar. Sein Lebtag lang hatte er ein recht gutes Auskommen, wenn er es auch nie zu großem Reichtum brachte. Später führten ihm seine Dorfgenossen ein Mädchen zur Frau zu, und am Ende erreichte er sogar noch den Posten eines Distriktsverwalters.

»Daß ich mein Glück nun doch gemacht«, so pflegte er immer zu sagen, »ist das Verdienst des reinen Schneckenmädchens.«

SCHEN DJI-DJI 750–800

Die Fuchsfee

Fräulein Jen war ein weibliches Zauberwesen. Das hier ist ihre Geschichte:

Es war da einmal ein kaiserlicher Offizier, der den Namen We Yin trug und als der neunte Sohn seiner Familie geboren war. Schon in jungen Jahren führte er ein recht haltloses, dem Wein zugetanes Leben. Er besaß einen Schwager, ›Dschëng Nummer Sechs‹ gerufen — sein wirklicher Name ist vergessen —, der zwar ehemals Kriegstechnik studiert hatte, gleich Yin aber vor allem Wein und Weib liebte. Da er arm war und ohne elterliche Familie, hatte er in dem Hause seiner Frau, die Yins Kusine war, Unterschlupf gesucht und in Yin den richtigen Freund gefunden. Wohin auch immer der Weg sie führte, die beiden waren unzertrennlich.

Im sommerlichen sechsten Monat des neunten Jahres der Ära ›Himmelsschatz‹ (750 n. Chr.) ritten Yin und Dschëng einmal miteinander durch die Straßen der Hauptstadt Tschang-an, um sich zu einem Trinkgelage in dem Stadtteil Hsin-tschang zu begeben. Als sie südlich der Region Hsüan-ping angekommen waren, erklärte Dschëng, daß er noch etwas zu besorgen habe und sich deswegen ein Stück Wegs allein weiterbegeben wolle; er werde jedoch bald ebenfalls zu dem Gelage erscheinen. So sprengte denn Yin auf seinem weißen Schimmel weiter ostwärts, während Dschëng auf seinem Eselein den Pfad nach dem Süden einschlug und durch das Nordtor des Stadtteils Schëng-ping davontrottete.

Dschëng war noch nicht weit gekommen, da holte er auf der Straße drei junge Frauen ein. Die in der Mitte trug ein glänzend weißes Gewand und war von bezaubernder Schönheit. Als Dschëng sie erblickte, hüpfte ihm das Herz vor Freude. Er gab seinem Eselein den Stachel und ritt unvermittelt einmal ein paar Schritte vor den drei Mädchen her, dann wieder plötzlich hinter ihnen, um ihre Aufmerksamkeit zu erregen, hatte aber nicht den Mut, sie anzusprechen. Die Dame in Weiß warf ihm jedoch von Zeit zu Zeit liebevolle Blicke zu, in denen zu lesen stand, daß sie eine Annäherung gerne sähe. So faßte er sich denn ein Herz und sprach scherzend: »Wie kann man nur so reizend aussehen und zu Fuß des Weges gehn!«

Das weißgekleidete Mädchen lachte und sagte: »Wenn ein bestimmter Reiter sich nicht von seinem Tiere trennen kann, um es mir anzubieten – was soll man da schon anderes tun, als im Staub einherziehen?«

»Mein kümmerliches Reittier ist es nicht würdig, einer solchen Schönheit die Schritte zu ersparen«, erwiderte Dschëng. »Jetzt aber will ichs Euch trotzdem überantworten. Wenn ich zu Fuß Euren Spuren folgen darf, will ich mich glücklich preisen!«

Sie sahen einander in die Augen und fingen beide herzlich an zu lachen. Die zwei Begleiterinnen blinzelten Dschëng aufmunternd zu, und so kam es, daß er mit der schönen Reisenden binnen kurzem aufs innigste vertraut war. So zogen sie mitsammen weiter, bis sie im Osten den ›Lustwandel-Park‹ erreichten. Die Nacht hatte sich schon herniedergesenkt, und es war ganz finster. Da entdeckte Dschëng einen Palast, umgeben von einer dicken Mauer, mit einer breiten Toreinfahrt und Gebäuden von eindrucksvollen Ausmaßen. Die Dame in Weiß schickte sich an, die Eingangspforte zu durchschreiten.

»Wartet bitte noch ein wenig, ehe Ihr eintretet«, sagte sie dabei zu Dschëng gewandt.

Eine der beiden Dienerinnen, die sie begleitet hatten, blieb am Tor stehen und fragte ihn nach seinem Namen und der Ranghöhe innerhalb seiner Familie. Nachdem er darüber Auskunft gegeben hatte, erkundigte er sich in gleicher Weise nach der weißgekleideten jungen Dame und bekam zur Antwort, daß sie Jën heiße und das zwanzigste Kind ihrer Familie sei.

Einen Augenblick später führte man ihn auch schon in den Palast hinein. Er hatte eben sein Eselein neben dem Tor festgebunden und seinen Reisehut auf den Sattel gelegt, da erschien eine Dame, die dreißig Jahre oder etwas älter sein mochte, und hieß ihn willkommen. Es war die ältere Schwester von Fräulein Jën. Sie gab sogleich Befehl, daß Kerzen entzündet und Speisen aufgetragen würden, und als Dschëng einige Becher Wein zu sich genommen hatte, kam auch Fräulein Jën frisch geschmückt und gepudert aus ihren Gemächern wieder hervor.

Nun ergötzten sie sich am süßen Wein und gerieten in die ausgelassenste Stimmung. Als endlich die Nacht schon weit fortgeschritten war, begaben sie sich gemeinsam zur Ruhe. Der anmutige Reiz der jungen Frau und der Schmelz ihrer Schönheit, ihre Lieder, ihr Lachen und die Eleganz ihrer Haltung, all das war erfüllt von einem Zauber, der von einer anderen Welt zu stammen schien.

Als der Morgen graute, sprach Fräulein Jën zu ihrem Geliebten: »Jetzt mußt du aber gehen. Meine Brüder sind bekannte Lehrer an der kaiserlichen Musikschule im Palast. Ihr Amt liegt im südlichen Stadtviertel, sie verlassen es gewöhnlich in der Morgendämmerung. Du darfst nicht länger verweilen!«

Sie trafen noch rasch eine Verabredung für die nächsten Tage, dann sagte Dschëng Lebewohl und machte sich auf den Weg. Als er an das Tor des Stadtbezirkes kam, fand er es noch verschlossen. An der Seite des Tores hatte ein Ausländer aus dem Norden eine Bäckerei eingerichtet. Er war eben dabei, Kohle aufzuschütten und im Backofen Feuer zu machen. Dschëng machte es sich unter dem Schutzdach bequem, um auf das morgendliche Trommelzeichen zu warten, bei dem alle Stadttore geöffnet wurden.

»Wem gehört denn der Palast von hier aus gesehen im Osten, der mit dem großen Portal?« fragte er beiläufig den Bäcker.

»Da ist doch bloß ein Ruinengrundstück, erwiderte der erstaunt. »Es steht dort überhaupt kein Haus!«

»Aber ich bin doch eben daran vorübergegangen«, versetzte Dschëng unwillig. »Wie könnt Ihr behaupten, daß es gar nicht vorhanden sei?«

So stritt er sich eine Weile hartnäckig mit dem Bäcker, bis dem plötzlich ein Licht aufging.

»Ah — jetzt verstehe ich«, rief er aus. »An jenem Ort haust ja eine Fuchsfee, die immer wieder junge Männer dazu verlockt, die Nacht in ihrer Gesellschaft zuzubringen. Dreimal ist sie bisher schon aufgetaucht, und jetzt habt wohl auch Ihr, mein Herr, mit ihr zu tun gehabt?«

Dschëng errötete, aber er verschwieg sein Abenteuer und leugnete, daß er etwas Ähnliches erlebt habe. Sobald es jedoch hell geworden war, besichtigte er noch einmal den Platz, wo er genächtigt hatte. Da bemerkte er, daß zwar die dicke Umfassungsmauer und die Toreinfahrt noch so dastanden wie vorher, doch als er sich innerhalb der Umfriedung umsah, entdeckte er nur mehr wuchernde Unkrautbüschel neben einem verwilderten Gemüsegarten.

Als er nach Hause zurückgekehrt war und dort seinen Freund Yin wiedertraf, mußte er sich manche Vorwürfe anhören wegen der nicht eingehaltenen Verabredung. Trotzdem gab er sein Geheimnis nicht preis, sondern erfand statt dessen irgendeine Ausrede. In seinen Sinnen war er noch immer völlig bestrickt von den zauberhaften Reizen seiner geheimnisvollen Geliebten, und sehnlichst wünschte er, sie noch einmal wiederzusehen. Er bewahrte ihr Bild in seinem Herzen und konnte es keinen Augenblick vergessen.

Zehn Tage etwa waren so verflossen, als Dschëng einmal am Westmarkt spazieren ging und bei dieser Gelegenheit einen Tuchladen betrat. Da sah er plötzlich Fräulein Jën vor sich, wie das erste Mal begleitet von ihren beiden Dienerinnen. Sofort rief er sie an, sie aber entwischte durch einen Seitenausgang und versuchte, in dem Gedränge des Marktplatzes unterzutauchen, um nicht mit ihm zusammenzutreffen. Dschëng stürzte vorwärts und verfolgte sie, ununterbrochen schreiend, bis er sie schließlich eingeholt hatte. Sie wandte ihm den Rücken zu, verbarg ihr Antlitz hinter ihrem Fächer und sprach flüsternd: »Da du jetzt doch alles weißt — warum näherst du dich mir da noch?«

»Und wenn ich es weiß«, erwiderte Dschëng, »was schadet das?«

»Ich würde mich entsetzlich schämen und könnte dir nicht länger in die Augen sehen«, sagte Fräulein Jën. Er aber rief: »Wie vermöchte ich es zu ertragen, von dir getrennt zu sein, wo ich dich über alle Maßen liebe?«

»Dann freilich will ichs nicht wagen, dich zu verlassen«, antwortete sie. »Doch fürchte ich, daß du einmal vor mir Ekel empfinden könntest.«

Dschëng bestürmte sie aufs neue mit Liebesschwüren, und seine Rede ward mit jedem Worte leidenschaftlicher. Da wandte sie sich ihm endlich zu und blickte ihm in die Augen. Dann ließ sie den Fächer sinken, und in überwältigendem Glanze enthüllte sich ihre Schönheit wie ehedem.

»Daß Mädchen wie ich sich unter die Menschen mischen, ist durchaus kein Sonderfall«, sprach sie hierauf, »bloß kannst du das gewöhnlich nicht so ohne weiteres erkennen. Du darfst dich nur nicht vor mir grausen! Den Wesen unserer Art bringen die Menschen freilich ausnahmslos Haß und Abscheu entgegen, weil wir angeblich den Männern nichts als Schaden zufügen. Bei mir aber ist das anders. Wenn ich bei dir keinen Abscheu spüre, will ich dir als treue Gemahlin dienen mein Leben lang.«

Dschëng war entzückt von ihren Worten. Nun berieten sie, wie man für sie ein Heim gründen könnte.

»Östlich von hier«, sagte da die Fuchsfee, »befindet sich ein Haus, auf dessen Dach ein riesiger Baum wächst. Es liegt in einer stillen abgelegenen Straße. Das könnte man als Wohnung mieten. Übrigens – damals, als wir uns das erste Mal trafen, hatte sich doch vorher ein junger Mann südlich des Stadtbezirkes Hsüän-ping von dir getrennt und war auf einem Schimmel ostwärts davongeritten – das war doch dein Schwager, nicht wahr? In seinem Hause befinden sich eine Menge überzähliger Möbelstücke, die könnten wir uns eigentlich leihen.«

Tatsächlich waren damals einige Onkel von We Yin durch ihre Beamtenlaufbahn in alle Winde zerstreut worden. Das gesamte Mobiliar ihrer drei Wohnungen hatten sie bei Yin abgestellt. Dschëng tat, wie Fräulein Jën ihm geraten. Er erkundigte sich zunächst, wo das von ihr beschriebene Haus stand, und stattete dann seinem Schwager einen Besuch ab, um ihn zu bitten, ihm die erforderlichen Einrichtungsgegenstände zu leihen. Als Yin ihn fragte, wozu er sie denn benötige, bekannte Dschëng: »Ich habe seit kurzem eine wunderschöne Nebenfrau für mich gewonnen. Ein Haus habe ich ihr schon gemietet, jetzt will ich mir noch einige Sachen leihen, um es wohnlich einzurichten.«

Yin lachte. »Wenn ich mir ansehe, wie abgezehrt du aussiehst, mußt du ja geradezu einer Lustdirne in die Hände gefallen sein«, meinte er, »wie kann so ein Mädchen schön sein!«

Er borgte Dschëng alles, was er wollte, Vorhänge, Betten, Teppiche und derlei mehr, und gab ihm zur Begleitung einen aufgeweckten Diener mit, dem er heimlich befahl, die Augen offen zu halten. Viel eher als erwartet, kam der alsbald zurückgelaufen, um Bericht zu erstatten; ganz außer Atem war er, und der Schweiß rann ihm von der Stirn. Yin kam ihm entgegen.

»Also – stimmt es tatsächlich mit dem Mädchen?« fragte er gespannt. »Wie sieht sie denn aus?«

»Märchenhaft! So etwas hat man bisher noch nicht gesehen auf Erden!« keuchte der Diener.

Nun besaß Yin eine weitverzweigte weibliche Verwandtschaft; zudem kannte er infolge seines lockeren Lebenswandels eine ganze Anzahl berühmter Schönheiten.

»Welchem Mädchen sieht sie denn ungefähr ähnlich?« forschte er.

»Sie läßt sich darunter in keiner Weise einordnen«, gab der Diener zur Antwort. Yin nannte jetzt nacheinander vier oder fünf schöne Frauen, doch bei allen rief der Diener bloß: »Kein Vergleich!«

Damals galt aber eine Kusine von Yin, die sechste Tochter des Prinzen von Wu, ob ihrer zauberhaften, überirdischen Anmut allgemein als die vollkommenste Schönheit des Landes.

»Ragt jenes Mädchen etwa gar an den Liebreiz der Tochter des Prinzen von Wu heran?« fragte daher Yin. Indessen der Diener entgegnete: »Selbst sie läßt sich mit jener nicht vergleichen!«

Da klatschte Yin in die Hände und rief fassungslos: »Ja, wie könnte es wohl solch ein Mädchen auf Erden geben!?«

Augenblicklich ließ er sich Wasser bringen, wusch sich Gesicht und Hals, setzte seinen Amtshut auf, zog die würdevollsten Gewänder an und machte sich auf den Weg zu seinem Freund.

Als er dort ankam, traf es sich, daß Dschëng gerade ausgegangen war. Er trat trotzdem ein und bemerkte einen jungen Diener, der damit beschäftigt war, mit dem Besen den Boden zu fegen, daneben eine Sklavin, die an der Pforte lehnte; außer ihnen war kein Mensch zu sehen. Er begann nun den jungen Burschen auszufragen, doch der grinste bloß und behauptete, es sei niemand zu Hause.

Yin ließ seine Augen in der Stube schweifen. Plötzlich entdeckte er, daß unter einer Tür der Saum eines roten Kleides hervorlugte. Dreist trat er vor, um nachzusehen, wer wohl dahinter stünde – da erblickte er Fräulein Jën, die sich schamvoll zusammengekauert hinter ihrem Fächer versteckte. Er zog sie hervor ans Licht und betrachtete sie. Ihre Schönheit übertraf alles, was ihm berichtet worden war. Yin wurde so von Leidenschaft übermannt, daß er völlig den Verstand verlor. Er riß sie in seine Arme, um ihr Gewalt anzutun. Sie wehrte sich verzweifelt. Als er nahe daran war, sie durch seine überlegene Stärke zu besiegen, stöhnte sie: »Ich will ja nachgeben. Bitte laßt mich aber erst ein wenig Atem schöpfen.«

Doch sobald er sie freigelassen, sträubte sie sich wieder ebenso heftig wie zuerst. So geschah es vielleicht viermal hintereinander, schließlich aber ließ sich Yin nicht mehr von ihr betrügen, sondern hielt sie fest mit aller Macht. Da versagten Fräulein Jën die Kräfte, wie Regentropfen standen die Schweißperlen auf ihrer Haut. Als sie einsah, daß es für sie kein Entrinnen mehr gab, ließ sie ihren Körper erschlaffen und leistete keinen Widerstand mehr, über ihr geisterhaft blasses Antlitz aber legte sich ein Ausdruck erschütternder Traurigkeit.

»Was blickst du so mißgelaunt?« fragte Yin befremdet.

Fräulein Jën stieß einen langen Seufzer aus und sprach: »Ich muß voll Kummer an Herrn Dschëng denken.«

»Was soll das heißen?« sagte Yin.

»Seht«, erwiderte die Fuchsfee, »Dschëng ist zwar mit seinen sechs Fuß äußerlich ein Baum von Mann, aber seine Mittel reichen nicht einmal hin, um einer einzigen Frau Unterschlupf zu bieten. Er ist noch gar nicht recht erwachsen! Ihr dagegen habt schon von Kindheit an in Prunk und Ehren leben dürfen und konntet viele schöne Frauen erobern, ehe Ihr mir, die ich nichts Außergewöhnliches an mir habe, heute begegnetet. Dschëng aber besitzt seiner Armut wegen einzig und allein mich zu seinem Glück. Wie könnt Ihr es übers Herz bringen, im Übermut ob Ihres Reichtums einem anderen, der ohnehin nicht genug hat, das wenige zu rauben! Es schmerzt mich, daß Dschëng seiner Armut und Not wegen nicht auf eigenen Beinen stehen kann! Weil er sich in Eure Kleider kleidet und Euer Essen ißt, nur darum ward er von Euch in Abhängigkeit gezwungen. Nie und nimmer würdet Ihr so weit gehen, wenn er sich sein eigen Brot verdienen könnte.«

Yin war im Grunde von vornehmem Charakter und besaß ein starkes Rechtsempfinden. Als er sich so angesprochen sah, hielt er inne, ließ das Gewand des Mädchens los und sprach beschämt: »Ich bitte um Vergebung! Niemals würde ich so etwas wagen.«

Einen Augenblick später erschien auch Dschëng, und beide begrüßten einander voll Herzlichkeit als echte Freunde.

Von diesem Tage an bekam Fräulein Jën alles von Yin, was Dschëng und sie zum Leben brauchten: Feuerholz, Korn und Fleisch. Er blieb mit ihr auch weiter ständig in Verbindung, ging in dem Hause ein und aus und unternahm mit ihr bisweilen Ausflüge, entweder zu Pferd oder zu Wagen oder auch zu Fuß.

So entwickelte sich zwischen beiden eine dauerhafte Freundschaft. Alle Tage, an denen er mit ihr spazierengehen durfte, wurden ihm zu einem vollen Genuß. Wenn er allerdings vertraulich werden wollte, kam er damit nicht zum Ziel, denn sie achtete peinlich darauf, daß sich keine unerlaubten Beziehungen zwischen ihnen anspannen. Seine Liebe zu ihr vertiefte sich freilich dadurch nur noch mehr, er geizte nirgends, um ihr das Leben schön zu gestalten, kein Bissen, kein Schluck von ihr, an den er nicht vorher gedacht hätte.

Fräulein Jën wußte, daß er in sie verliebt war, und so sprach sie denn eines Tages zu ihm voll Dankbarkeit: »Es beschämt mich sehr, von Euch so viel Gutes entgegenzunehmen, obgleich ich mir bewußt bin, daß ich mit meinen kläglichen Fähigkeiten Eure Gnadenbeweise nie werde entgelten können. Da ich Herrn Dschëng nicht verlassen darf, ist es mir auch nicht einmal möglich, Euch mit meiner Liebe Freude zu bereiten. Indes – ich stamme aus dem Lande Tjin und bin hier in der Hauptstadt unseres Reiches geboren. Meine Eltern waren Schauspieler; ich besitze daher zahlreiche weibliche Verwandte von der väterlichen wie auch von der mütterlichen Seite her, die sehr geschätzte Kurtisanen sind. Ich kann mich bester Beziehungen zur gesamten Lebewelt der Metropole Tschang-an rühmen. Wenn Ihr irgendein schönes Mädchen kennt, das Euch gut gefällt, Ihr aber nicht bekommen könnt, ich wollte es Euch wohl verschaffen, um Euch meine Dankbarkeit zu beweisen.«

»Eure Liebenswürdigkeit kennt keine Grenzen«, erwiderte Yin. »Auf dem Markt gibt es eine junge Frau, die dort Kleider verkauft. Sie heißt ›Dschang Jungfer Fünfzehn‹ und besitzt eine klare Haut und einen zierlichen Körper. Immer schon hat ihr Anblick mein Entzücken erregt. Dürfte ich mir die Frage erlauben, ob Ihr sie kennt?«

»Oh, die ist eine entfernte Kusine von mir«, antwortete Fräulein Jën. »Es kostet mich nicht die geringste Mühe, sie Euch zuzuführen!«

Und wirklich, es dauerte kaum länger als zehn Tage, da hatte sie Yin mit der Frau zusammengebracht. Als er ihrer jedoch schon nach etlichen Monaten überdrüssig wurde und die Beziehungen abbrach, sagte Fräulein Jën: »Mädchen vom Markt zu bekommen, ist keine Kunst. Es lohnt sich nicht, auf sie viel Mühe zu verwenden. Vielleicht jedoch wißt Ihr ein streng behütetes Mädchen, für das zu erringen es schwerfällt, Rat zu schaffen. Stellt mein Versprechen nur auf die Probe. Ich will gern all meine Klugheit für Euch aufbieten.«

Yin besann sich.

»Neulich beim ›Kalt-Mahl-Fest‹ ging ich mit ein paar Kameraden in der Nähe des ›Tausend-Glück-Tempels‹ spazieren. Da sah ich, daß dort in der Vorhalle General Tiau Miän seine Musikantinnen hatte Aufstellung nehmen lassen. Unter ihnen befand sich eine Flötenbläserin von vielleicht achtundzwanzig Jahren. Zwei Zöpfe hingen ihr an den Ohren herab, ihre Schönheit war von ganz ungewöhnlichem Reiz. Ist sie Euch vielleicht bekannt?«

»Das ist die Lieblingsfrau des Generals«, erwiderte Fräulein Jën. »Ihre Mutter war eine nahe Kusine von mir. Ich will versuchen, was ich tun kann.«

Yin verneigte sich auf seiner Matte, die Fuchsfee aber sicherte ihm noch einmal ihre Hilfe zu. Von diesem Tage an erschien sie häufig als Gast im Hause des Generals Tiau. Als über ein Monat ergebnislos verstrichen war, erkundigte sich Yin ungeduldig, wie es mit ihren Plänen stehe. Fräulein Jën jedoch hüllte sich in Schweigen und bat bloß um zwei Ballen Seide, die sie als Bestechungsgeschenke benötige. Yin ließ sie ihr aushändigen.

Zwei Tage später, als er mit ihr gerade beim Essen saß, erschien ein alter vertrauter Diener des Generals mit einem herrlichen, blauschwarz schimmernden Rappen am Zügel und äußerte den Wunsch, Fräulein Jën als Gast in das Haus des Generals geleiten zu dürfen. Da lächelte die Fuchsfee befriedigt und flüsterte Yin zu: »Endlich, der Plan scheint zu gelingen.«

Es war nämlich so, daß sie die Lieblingsfrau des Generals heimlich mit einem Leiden belegt hatte, bei dem weder Arzneimittel noch Akupunktur helfen wollten. Tief bekümmert wegen der schweren Erkrankung, hatten die Mutter der jungen Frau und der General die verschiedensten Magier zu Rate gezogen. Einer von ihnen, der von Fräulein Jën mit den zwei Seidenballen bestochen worden war, hatte bedeutungsvoll mit dem Finger auf die Lagerstätte der Kranken gedeutet und erklärt, die Frau müsse zu ihrem eigenen Heile und zur Überwindung ihres Leidens möglichst rasch ihren Wohnsitz verlegen. »Es hat keinen Zweck«, so hatte er hinzugefügt, »daß sie im Hause bleibt, vielmehr empfiehlt es sich, ihr südöstlich von hier ein Obdach anzuweisen. Dort ist es, wo ich den Lebensodem für sie schöpfen kann.« Als die Mutter und der General Näheres über die Lage dieses Ortes zu erfahren verlangten, hatte er das Haus von Fräulein Jën genannt. So ließ sie denn der General jetzt zu sich holen, um sie zu bitten, seiner Lieblingsfrau Wohnung zu geben.

Zum Schein sträubte sich Fräulein Jën zuerst noch ein wenig und behauptete, ihre Behausung sei für solch einen Zweck viel zu eng und schmutzig. Doch als er fortfuhr, inständig zu bitten, gab sie schließlich ihre Zustimmung. Wenig später zog das Mädchen, gefolgt von vielen Wagen mit Kleidern und Schmucksachen, und begleitet von ihrer Mutter, bei Fräulein Jën ein. Kaum war sie dort, als sich ihre Krankheit auch schon besserte, und ehe noch ein paar Monate verflossen waren, hatte sie die Fuchsfee heimlich mit Herrn Yin zusammengebracht. Bald darauf aber merkte die Frau, daß sie ein Kind erwartete. Ihre Mutter bekam Todesangst und schickte sie schleunigst nach Hause zu General Tiau. So nahm denn das Abenteuer ein plötzliches Ende. –

Obgleich Fräulein Jën in dieser Weise unermüdlich um Herrn Yings Wohlergehen bemüht war, galt ihre Hauptsorge doch weiterhin Dschëng, ihrem Geliebten. Eines Tages sagte sie zu ihm unvermittelt: »Wäre es dir vielleicht möglich, fünf- bis sechstausend Kupfermünzen aufzubringen? Ich könnte dir einen Hinweis geben, sie nutzbringend anzulegen.«

Dschëng meinte, das ließe sich wohl machen. Er bat Bekannte, ihm das Geld zu leihen, und bekam tatsächlich sechstausend Geldstücke zusammen.

»Auf dem Markt ist ein Pferdehändler, der ein Roß mit einem Fleck auf der Kruppe feilbietet«, sprach Fräulein Jën. »Du mußt es kaufen und heimbringen!«

Dschëng ging auf den Markt und bemerkte wirklich einen Mann, der ein Pferd am Strick hielt und zum Kauf aufforderte. Das Pferd hatte links hinten auf dem Fell ein dunkles Mal. Dschëng erwarb es und führte es nach Hause. Seine Schwäger lachten ihn aus, als sie ihn mit dem Tier sahen, und erklärten: »Das ist doch hinausgeworfenes Geld! Wozu hast du denn diesen Gaul gekauft?!«

Kurze Zeit später aber sagte Fräulein Jën zu ihm: »Jetzt mußt du das Pferd wieder verkaufen. Laß es dir aber nicht für weniger als dreißigtausend Geldstücke abhandeln!«

Dschëng begab sich also wieder auf den Markt, um das Tier zu verkaufen. Da trat ein Mann herzu und bot zwanzigtausend Kupfermünzen. Dschëng aber dachte an die Ermahnung und schlug nicht ein. Alle Händler strömten zusammen und riefen: »Was ist denn da geschehen? Der eine will unglaublich teuer kaufen, und der andere mag sich trotzdem vor lauter Geiz nicht von seiner Ware trennen!«

Dschëng jedoch schwang sich ungerührt auf das Pferd und ritt heim. Der Käufer lief unentweg hinter ihm her, bis sie Dschëngs Haus erreicht hatten, und steigerte sein Angebot allmählich auf fünfundzwanzigtausend. Dschëng gab nicht nach, sondern sagte: »Unter dreißigtausend kommen wir zu keinem Geschäft.«

Und so verkaufte er das Pferd denn am Ende wirklich um ganze dreißigtausend Kupfermünzen.

Später zog er unter der Hand Erkundigungen ein über den Käufer. Da erfuhr er die Zusammenhänge. Im kaiserlichen Marstall zu Dschau-ying war vor drei Jahren schon ein Pferd mit einem Fleck auf der Kruppe verendet. Ein untergeordneter Stallmeister, bei dem es sich um niemand anderen handelte als um den Käufer, hatte es damals versehentlich unterlassen, das Pferd rechtzeitig aus der amtlichen Liste auszutragen. Nun wurde er von seiner übergeordneten Behörde aufgefordert, Schadenersatz für das verschwundene Tier zu zahlen. Der Schätzpreis war auf sechzigtausend Geldstücke festgesetzt worden. Durch den Kauf jenes Pferdes, das er nun an Stelle des toten unterschieben konnte, zum halben Preis, hatte der Stallmeister also allein schon viel Geld gespart, er konnte aber darüber hinaus noch den ganzen Betrag geltend machen, den er angeblich während dreier Jahre für Heu und Hirse aufgebracht hatte, um das Pferd zu versorgen. So war denn die Summe, die er aus eigener Tasche hinzuzahlen mußte, um seine Nachlässigkeit wiedergutzumachen, recht gering, und nur deswegen hatte er sich auf den Handel eingelassen. –

Einmal wandte sich Fräulein Jën an Herrn Yin mit der Bitte, ihr neue Kleider zu kaufen, denn die ihrigen waren schon alt und abgetragen. Yin wollte sich sofort aufmachen, um ihr Goldbrokat und bunten Seidenstoff zu besorgen. Sie aber hielt ihn zurück und sprach: »Ich hätte am liebsten fertig genähte Gewänder!«

Yin sandte also einen Händler aus einer Schneiderei am Markt, damit sie bei ihm einkaufen könne, und befahl ihm, sich bei seinem Besuch angelegentlich nach ihren Wünschen zu erkundigen.

Als der Händler von dem Gang zurückkam, war er völlig außer Fassung und sagte zu Yin: »Dies Mädchen kann nur die erhabene Verwandte eines himmlischen Geistes sein, die Ihr heimlich entführt habt. Uns Menschen ist es nicht gestattet, solche Wesen zu besitzen. Ich möchte den Wunsch äußern, Euren Auftrag ausschlagen und schleunigst nach Hause zurückkehren zu dürfen, damit ich nicht mit in irgendein Unheil verwickelt werde.«

Hieraus mag man ersehen, welchen überwältigenden Eindruck der Anblick von Fräulein Jën auf die Menschen machte. Doch was der eigentliche Grund war, daß sie fertige Kleider gegenüber den nach Maß geschneiderten bevorzugte, das freilich blieb ihr Geheimnis.

Über ein Jahr war vergangen, da geschah es, daß Dschëng von der Militärbehörde zum leitenden Offizier der Bezirkstruppe von Huai-li ernannt wurde. Das Truppenlager, in dem er sich einzufinden hatte, befand sich in dem Ort Djin-tschëng. Nun war es so, daß Dschëng ja auch eine rechtmäßige Ehefrau besaß, und obgleich er tagsüber sein Haus nach Belieben verlassen konnte, mußte er doch ihretwegen nachts immer daheim bleiben. So und so oft hatte es ihn schon erbittert, daß er nie eine ganze Nacht mit Fräulein Jën hatte zubringen können. Als jetzt seine Reise zur Übernahme der Militärstelle bevorstand, bestürmte er daher Fräulein Jën mit Bitten, ihn auf seinem Weg zu begleiten. Zu seiner Verwunderung aber wollte sie sich damit nicht einverstanden erklären.

»Zehn Monate lang sind wir einander verbunden gewesen«, sagte sie. »Ist das nicht Freude genug? Bitte rechne dir aus, was ich an Unterhalt benötige, während du fort bist, und laß mir soviel hier, dann will ich sittsam lebend auf deine Rückkehr warten.«

Je heftiger Dschëng sie anflehte, desto hartnäckiger ward ihr Widerstand. Schließlich wandte sich Dschëng an seinen Schwager mit der Bitte, daß er ihm beistehen möge. Auch Yin versuchte die junge Frau mit aller Macht zu überreden, und fragte sie am Ende, weshalb sie sich überhaupt derartig sträube. Fräulein Jën zögerte lange mit der Antwort, doch schließlich sagte sie: »Es gibt eine Wahrsagerin, die mir den Spruch erteilt hat, daß es unheilvoll für mich sei, in diesem Jahre westwärts zu reisen. Nur deswegen will ich nicht mit.«

Dschëng hatte ihr erst nicht so recht getraut. Als er nun merkte, daß nichts anderes als diese Weissagung den Grund für ihre Weigerung zu bilden schien, stimmte er vereint mit Yin ein großes Gelächter an und rief: »Was? So geistreich und gebildet und dabei doch so abergläubisch?« Und er fuhr fort, inständig zu bitten.

»Wenn nun aber der Spruch der Wahrsagerin sich dennoch bewahrheitet – was hättest dann du davon, daß ich für dich in den Tod gegangen wäre?« entgegnete Fräulein Jën mit matter Stimme.

Doch die beiden Männer schrien bloß: »Wie könnte man so etwas ernst nehmen!« und beschworen sie ebenso heftig wie zuvor. Da wußte sich Fräulein Jën nicht mehr zu helfen und versprach mitzukommen. Yin lieh ihr ein Pferd für die Reise, dann geleitete er das junge Paar noch bis zum Dorfe Lin-gau und nahm Abschied.

Nach einigen Tagen erreichten die beiden den Ort Ma-guai. Fräulein Jën ritt auf ihrem Roß an der Spitze, hinter ihr Dschëng auf seinem Esel, zuletzt folgten in einem gewissen Abstand die Dienerinnen und Diener auf ihren Tieren. Zur nämlichen Zeit waren zufällig die Bediensteten des kaiserlichen Zwingers am Westtor damit beschäftigt, in den Auen des Loh-Flusses Jagdhunde abzurichten. Zehn Tage schon hielten sie sich in der Gegend auf. Als nun Fräulein Jën und Herr Dschëng mit ihrem Zug ahnungslos den Weg dahergeritten kamen, sprang plötzlich ein grauhaariger Hund in dem hohen Gras auf und stürzte heraus auf die Straße. Da bemerkte Dschëng mit Entsetzen, daß sich Fräulein Jën blitzschnell vom Sattel auf den Boden niedergleiten ließ und behende in ihrer wahren Gestalt als Füchsin südwärts davonstob, gefolgt von der graublauen Bestie. Dschëng ritt so schnell er konnte hinterdrein und schrie aus Leibeskräften, aber er mühte sich vergebens, den Hund zurückzuhalten. Nach einer Meile schon hatte er die arme Füchsin eingeholt und zerrissen.

Mit versteinertem Gesicht die Tränen hinunterschluckend, nahm Dschëng Geld aus seiner Reisetasche und bezahlte den Hundehaltern, was von seiner Geliebten übriggeblieben war. Dann bestattete er ihren Leichnam, schnitt ein Bäumchen ab und schrieb auf das Holz einen Grabspruch. Fassungslos vor Schmerz, kehrte er hierauf zur Straße zurück. Er sah Fräulein Jëns Pferd am Wegesrand Gras rupfen. Ihre Kleider hingen noch am Sattel, ihre Schuhe und Strümpfe in den Steigbügeln gleich der leeren

Haut einer Zikade, nur der Kopfputz war zur Erde gefallen. Sonst aber deutete nichts mehr auf sie, selbst ihre Dienerinnen und Diener waren spurlos verschwunden.

Zehn Tage später kehrte Dschëng in die Stadt zurück. Als Herr Yin ihn zu Gesicht bekam, freute er sich sehr und begrüßte ihn mit der Frage: »Nun, Fräulein Jën befindet sich wohlauf?«

»Sie ist tot«, erwiderte Dschëng schluchzend.

Aufs tiefste erschüttert, vernahm Yin diese Nachricht. Er faßte Dschëng bei den Händen und führte ihn in sein Haus. Als sie sich beide ausgeweint hatten, erkundigte sich Yin vorsichtig, an welcher Krankheit sie gestorben sei.

»Sie ist von einem Hund zerrissen worden«, gab Dschëng zur Antwort.

»Wie denn«, — rief Yin ungläubig, »selbst der wildeste Hund vermag doch keinen Menschen zu zerreißen!«

»Sie war ja auch kein Mensch«, bekannte nun Herr Dschëng.

»Kein Mensch? Ja was denn dann?« stammelte Yin betroffen.

Da erzählte ihm Dschëng alles Wort für Wort, wie es sich zugetragen hatte, und Yin fand kein Ende in mitleidsvoller Klage. Am Tage darauf gab er Befehl, anzuspannen, und begab sich in Begleitung seines Freundes nach Ma-guai. Sie öffneten noch einmal das Grab der armen Fuchsfee und weinten angesichts der Toten lange Zeit, ehe sie betrübt nach Hause zurückkehrten. Vor ihren Augen zogen noch einmal die Ereignisse vorüber, die sie mit Fräulein Jën verbanden. Und sie entdeckten voll Erstaunen, daß sie, außer in ihrer Scheu vor Kleidern nach Maß, sich in nichts von uns Menschen unterschieden hatte.

YÜAN DSCHËN 799–831

Goldamsel

In der Ära »Glückverheißender Urbeginn« (785–805) lebte einst ein junger Gelehrter mit Namen Dschang. Er war von milder, vornehmer Wesensart und schmuck von Gestalt. Was aber tiefere, leidenschaftliche Gefühle anging, so zeigte er sich noch spröde, zurückhaltend und unzugänglich für alle Abenteuer, die mit der guten Sitte nicht im Einklang standen. Bisweilen begleitete er zwar seine Freunde auf ihre ausgelassenen Feste, um sich in ihrem Kreis zu zerstreuen. Doch während die anderen hemmungslos wie außer Rand und Band herumtollten, konnte er höchstens äußerlich ein beteiligtes Gesicht zur Schau tragen; denn im Grunde sagten ihm derlei ausschweifende Vergnügungen nichts.

So war er denn dreiundzwanzig Jahre alt geworden, ohne sich noch je einem Mädchen in Liebe genähert zu haben. Wenn Fremde, denen das aufgefallen war, ihn verwundert darob befragten, pflegte er zu seiner Verteidigung zu sagen: »Ein Mann wie Dëng-du-dsï, der immer als vorbildlicher Liebhaber genannt wird, suchte bei seinen Abenteuern in Wahrheit doch nicht Liebe, sondern Wollust. Ich aber bin einer, der nach wirklicher Liebe trachtet, wenngleich ich ihr bisher noch nie begegnet bin. Immer, wenn ich sehe, wie sich im Leben der Natur zwei Wesen einander nähern, fühlt sich mein Herz ihnen tiefinnerlich verbunden. Und daher weiß ich, daß in mir der Gefühle feinerer Empfindung gewiß nicht erstorben ist.«

Doch er erntete nur Gelächter.

Einige Zeit war vergangen, da mußte Dschang einmal von der Metropole Tschang-an aus, wo er lebte, eine Reise unternehmen nach der Stadt Pu. Etwa zehn Meilen östlich dieser Stadt gab es ein buddhistisches Mönchskloster mit einem Tempel, der der Göttin Guan-yin, der ›Allumfassenden Retterin‹, geweiht war. Dort nahm Dschang sein Nachtquartier. Nun wollte es der Zufall, daß zur nämlichen Zeit auch die Witwe eines Mannes namens Dsui auf einer Reise, die sie von der Stadt Pu zurück in ihre Heimat Tschang-an führen sollte, in diesem Kloster Rast machte. Sie war eine geborene Dschëng. Da Dschang von der mütterlichen Seite her aus einer Familie Dschëng stammte, versuchte er herauszubringen, ob verwandtschaftliche Bindungen zwischen ihnen beiden bestünden, und stellte tatsächlich fest, daß die Witwe eine Tante zweiten Grades von ihm war.

Nun hatte in dem Jahre, da all dies geschah, in jener Gegend der amtierende Marschall Hun Djiän das Zeitliche gesegnet. Sein Stellvertreter, Ding Wën-djia, ein alter vertrauter Untergebener, hatte bei der Behandlung der ihm unterstellten Armee keine gute Hand gezeigt. Die Soldaten begannen daher, gerade wähernd der Trauerfeierlichkeiten, zu meutern und plünderten weithin im Umkreis die Gegend von Pu. Die Witwe Dsui, die mit ihrer gesamten, nicht unbeträchtlichen Familienhabe und zahlreichen Sklaven und Dienern unterwegs war, geriet bei dieser Nachricht in höchste Aufregung und wußte nicht, an wen sie sich in ihrer Bedrängnis wenden sollte. Da kam ihr Dschang zu Hilfe, der schon von früher her ein recht gutes Verhältnis zu der Offiziersgruppe um den Militärkommandanten von Pu unterhalten hatte. Er bat, das Kloster durch eine Schutzmannschaft unter Führung eines Unteroffiziers bewachen zu lassen, und so ging die Witwe heil aus der Gefahr hervor. Denn schon zehn Tage später etwa übernahm auf kaiserlichen Befehl der Zivilkommissar Du Dscho die gesamte Heeresleitung, und auf sein Geheiß legten die rebellierenden Soldaten die Waffen nieder.

Die Witwe Dsui empfand tiefe Dankbarkeit gegenüber Dschang, der sie gerettet hatte. Sie ließ ihn zu einem köstlichen Mahle bitten und hielt ihm zu Ehren ein frohes Festgelage in der Haupthalle des Klosters ab. Bei Tische wandte sie sich an ihn und sprach: »Daß Eure schutzlose, einsame Tante nicht schon unter den Toten weilt und ihre zarten Sprößlinge noch an den Händen halten darf, statt daß sie unselig in den Strudel der Soldatenwirren gerissen worden wären – das verdankt sie wahrlich nicht ihrem eigenen Schutz! Nur durch Euch ist mein unmündiger Sohn, ist meine schwache Tochter am Leben geblieben – wie könnten sie in Ewigkeit je Euch diese Gnade belohnen! Von heut an sollen sie Euch demütig, gleich einem älteren Bruder, begrüßen und sich bemühen, Euch Eure Güte zu entgelten.«

Sie befahl ihren Sohn ›Freudenbub‹ zu sich, einen hübschen, fein aussehenden Knaben von etwa zehn Jahren. Dann rief sie nach ihrer Tochter: »Goldamsel, komm und verneige dich vor deinem älteren Bruder. Er hat uns das Leben gerettet!«

Aber sie wartete lange Zeit vergebens, das Mädchen sträubte sich und erklärte, es sei krank. Schließlich ward die Mutter zornig und schalt: »Bruder Dschang hat auch dich gerettet. Ohne seine Hilfe säßest du jetzt irgendwo als Sklavin gefangen. Wie kannst du da nur so unfreundlich und abweisend sein!«

Wieder dauerte es eine ganze Weile, endlich trat Goldamsel hervor, in ihr gewöhnlichstes Gewand gehüllt, mit einem Ausdruck der Verwirrung in den Zügen. Sie hatte keinerlei besonderen Schmuck angelegt, ihr Haar hing ungeordnet in Strähnen herab, die Tusche auf ihren Augenbrauen war ineinandergelaufen, das Rot von ihren Wangen abgegangen. Doch ihr Antlitz war erfüllt von einem wunderbaren, merkwürdigen Zauber und erstrahlte in einem Glanz, der ans Herz griff. Dschang erschauerte tief, als er sie erblickte, und verneigte sich. Sie aber ließ sich an der Seite ihrer Mutter nieder, begrüßte den Fremden zwar ganz kurz auf Drängen ihrer Mutter, starrte dann aber gefrorenen Blicks geradeaus und wandte sich widerwillig von ihm ab, als sei ihr seine Gegenwart unerträglich. Schließlich erkundigte sich Dschang höflich, wie alt sie sei.

»Goldamsel ist in dem ›Blauen Rattenjahr‹ geboren, das in die Regierungszeit unseres heute regierenden Kaisers fällt (784 n. Chr.)«, erwiderte die Mutter. »Jetzt haben wir das ›Weiße Drachenjahr‹ der Ära ›Glückverheißender Urbeginn‹ (800 n. Chr.) — sie steht also im siebzehnten Lebensjahr.«

Dschang richtete nun ein paar belanglose Worte an das Mädchen. Es gab aber keine Antwort, und bald wurde auch schon die Tafel aufgehoben.

Von Stund an war Dschang in heißer Liebe zu Goldamsel entbrannt. Sehnsuchtsvoll wünschte er, einen Weg zu ihrem Herzen zu finden, doch er wußte nicht, wie er es anfangen sollte.

Nun besaß Goldamsel eine Dienerin, die den Namen Rotmaid trug. An sie richtete Dschang in einer günstigen Stunde, nachdem er ihr schon vorher etliche Male verstohlen zugenickt hatte, das Wort und berichtete ihr, was ihn bedrückte. Sie aber erschrak bloß heftig bei seiner Rede und lief Hals über Kopf davon. Dschang tat sein Vorgehen sofort leid, und schon am nächsten Tag, als die Dienerin wieder erschien, entschuldigte er sich bei ihr tief beschämt und versprach, sie mit seinen Wünschen fürderhin nicht mehr zu behelligen. Doch da sprach sie zu ihm: »Das, was Ihr mir gestern geoffenbart, wage ich tatsächlich weder öffentlich kundzutun, noch heimlich weiterzutragen. Indessen, da Ihr mit meiner Herrin verschwägert seid, ist das Ganze doch eine Angelegenheit, die Ihr unverzagt bereden könnt. Warum haltet Ihr nicht, vertrauend auf Euren angesehenen Ruf, in aller Form um die Hand des Mädchens an?«

»Schon seit meiner ersten Jugend«, entgegnete Dschang hierauf, »war ich meiner Natur nach für Liebeleien nicht geschaffen. Und wenn ich auch bisweilen meine Zeit im Kreise eleganter Frauen vertändelte, so hat mich doch nie eine locken können. Ich hätte nie geglaubt, daß zuletzt doch noch einmal der Tag kommen sollte, da ich von solch einer Leidenschaft ergriffen würde. Seit jenem Festmahl jüngst kann ich mich selbst kaum noch im Zaume halten. Während der wenigen Tage, die seither vergangen, vergaß ich schon beim Umherwandern, wann ich zu rasten hatte, und beim Essen, wann eine Pause nottat, und ständig bin ich erfüllt von Angst, wie ich die Stunden des Tages und der Nacht nur überstehen soll. Wenn ich darum versuchen wollte, auf regelrechte Art um sie zu freien, mit Heiratsboten, Brautgeschenken und den rituellen Fragen nach den Namen – es gingen wohl drei Monate drüber hin und mehr, und mich könntet Ihr derweil suchen in den Läden, wo man gedörrten Fisch verkauft. Was sollen mir da Eure Worte?«

»Meine Herrin«, erwiderte die Dienerin, »ist sittsam und besonnen. Selbst Menschen edelsten Geblüts vermöchten nicht, sie mit unschicklichen Worten zu verleiten, viel weniger fände der Rat eines einfachen Mädchens, wie ich es bin, bei ihr Gehör. Indessen will ich Euch verraten, daß sie ein inniges Verhältnis zur Literatur besitzt. Häufig geschieht es, daß sie tief versonnen Prosastücke oder Reime rezitiert und dabei in eine Stimmung kommt voll banger Leidenschaft. Ihr müßtet versuchen, in Liebesgedichten Euch zu erklären und so ihr Herz zu regen. Fruchtet das nichts, so wüßte ich wahrhaftig keinen Rat.«

Dschang war entzückt. Sogleich entwarf er zwei Frühlingslieder und bat Rotmaid, sie als Liebesbotschaft zu überbringen. In der gleichen Nacht noch kam die Dienerin zu ihm zurückgeeilt und reichte ihm ein Brieflein, auf buntem Zierpapier geschrieben, mit den Worten: »Das sendet meine Herrin.«

Dschang entfaltete das Schreiben und fand ein Gedicht, das den Titel trug: ›Strahlender Vollmond in der fünfzehnten Nacht‹:

›Im Westgemach harr ich des Mondes Untergang
und laß, den Nachtwind im Gesicht, die Türe angelehnt.
Der Blütenschatten Regung leicht die Mauer streichelt –
ich ahns, das ist das Nahen des Geliebten.‹

Dschang glaubte den verborgenen Sinn des Gedichtes wohl zu kennen: Es war nämlich gerade die vierzehnte Nacht des zweiten Frühlingsmonats, und an der östlichen Einfriedung des Klosterflügels, in dem die Familie Dsui untergebracht war, befand sich ein blühender Aprikosenbaum, an dem emporkletternd man die Mauer leicht übersteigen konnte.

Am nächsten Abend, als der Vollmond hell am Himmel stand, benützte also Dschang das Bäumchen als Leiter und schwang sich über das Gemäuer. Er eilte leise auf das Westgemach zu und fand die Türe dort tatsächlich halb geöffnet. Doch als er eintrat, sah er zu seiner Überraschung Rotmaid in dem Bette liegen.

Durch sein Erscheinen aufgeweckt, rief sie mit ängstlicher Stimme: »Herr Dschang, wie kommt Ihr denn hier herein?«

»Fräulein Dsui hat mich in ihrem Brief gebeten, herzukommen«, erwiderte Dschang, ein wenig übertreibend. »Bitte ruft sie mir.«

Rotmaid lief davon und erschien alsbald wieder mit dem gedämpften Ruf: »Sie kommt, sie kommt!«

Zwischen Entzücken und Bangigkeit hin- und hergerissen, glaubte Dschang bereits, nun gleich aus seiner Herzenspein erlöst zu werden. Doch da trat Goldamsel hervor, von Kopf bis Fuß würdevoll gekleidet und mit ernster Miene. In mißbilligendem Tone begann sie zu sprechen: »Daß Ihr durch Euer Mitgefühl unsere Familie vor dem Tod gerettet habt, zeugte von großem Edelsinn — durch diese Tat botet Ihr einer herzensguten Mutter, einem unmündigen Sohn und einer zarten Tochter Schutz. Doch wie — habt Ihr mich etwa vor der Schande der Gefangenschaft bewahrt, um mich nunmehr mit schamlosen Anträgen zu verleiten? Erst hieltet Ihrs für recht, mich vor der Wollust fremder Menschen zu bewahren, und jetzt am Ende laßt Ihr selber Eurer Wollust freien Lauf, im Wunsch, mich zu besitzen! Heißt das nicht, die eine Schändlichkeit durch eine andere ersetzen — wo liegt denn da ein Unterschied? — Durch Eure Handlung geriet ich in eine häßliche Lage: Ließ ich Eure unwürdigen Liedverse einfach unbeachtet, so deckte ich damit Euer unsittliches Begehren — das war nicht recht. Eröffnete ich alles meiner Mutter, so zeigte ich mich undankbar gegenüber Eurem großmütigen Dienst von damals — das war nicht glücklich. Ließ ich Euch Mitteilung geben durch meine Dienerin, so mußt ich fürchten, daß Ihr die volle Wahrheit nicht erfahret, benutzte ich ein kurzes Schreiben, um meine Ansicht zu eröffnen, so mußt ich fürchten, daß man Euch

Schwierigkeiten macht. Darum eben nur hab ich jene albernen, unsinnigen Verse Euch geschrieben, damit ich sichergehen konnte, daß Ihr selbst hierher kommt. Dieses ungewöhnlichen Schrittes brauch ich mich nicht zu schämen. Denn er entsprang allein dem Wunsche, meine Keuschheit zu bewahren. Niemals hatte ich dabei unreine Gedanken!«

Kaum hatte Goldamsel so ihre Rede beendet, da wandte sie sich um und verschwand. Dschang saß da, lange Zeit, fassungslos wie vom Donner gerührt. Endlich erhob er sich, kletterte wieder zurück über die Mauer und begrub all seine Hoffnungen.

Eines Nachts, einige Tage später, schlief Dschang für sich allein in der luftigen Vorhalle seines Quartiers, als er sich plötzlich von jemandem sachte geweckt fühlte. Verstört schreckte er empor, da sah er, daß es Rotmaid war, die, mit einigen zusammengerollten Decken unter dem Arm und Kissen in der Hand, eingetreten war. Sie berührte ihn leis mit den Fingerspitzen und flüsterte: »Sie kommt, sie kommt! Wie könnt Ihr schlafen!«

Sie richtete mit den Decken und Kissen ein bequemes Lager her und huschte davon. Dschang rieb sich die Augen und saß taumelnd eine ganze Weile hochgereckt in seinem Bett; es war ihm, als träume er. Schließlich aber nahm er doch eine geziemende Haltung ein und wartete. Mit einemmal ward Rotmaid wieder sichtbar, ihre Herrin sachte an der Hand geleitend. Goldamsel kam, ein wenig schüchtern und befangen, hinschmelzend aber und vergehend vor Liebesglut. Kaum besaß sie noch die Kraft, ihre Glieder, ihren Körper zu bewegen, völlig gewichen von ihr war die steif-gestrenge Haltung, die sie kürzlich noch zur Schau getragen.

Es war die achtzehnte Nacht desselben Monats im Frühling. Der kristallklar-kalte Schein des schon ein wenig schmaler werdenden Mondes lag in geheimnisvollem Glanze als weißer Streifen über ihrem Lager, und im Sturme nie gekannter Leidenschaft meinte Dschang ein Feenmädchen zu umarmen, nicht eine Frau von dieser Welt. Nur ein Augenblick schien ihm vergangen, da ertönte schon vom nahen Tempel her das Geläut der Glocken, und am Himmel zeigten sich die ersten Anzeichen des neuen Morgens. Rotmaid mahnte zum Aufbruch. Mit einem leisen Seufzer gab Goldamsel ihrem Drängen nach und eilte, von der Dienerin geführt, davon. Die ganze Nacht hindurch hatte sie nicht ein einziges Wort gesprochen.

Dschang erhob sich im Zwielicht der Dämmerung und murmelte an sich selber zweifelnd: »War alles ein Traum?« Doch als es Tag geworden, sah er noch Puderstaub von ihr an seinem Ärmel, atmete ihr Parfüm in seinen Gewändern, und einige Tränen, die sie geweint, glitzerten noch, gleich Edelsteinen, auf der Bambusmatte.

Mehr als zehn Tage blieb sie vor ihm verborgen. Er aber verfaßte für sie in dieser Zeit ein Preislied in dreißig Doppelstrophen, das er ›Stelldichein mit einem Feenmädchen‹ nannte. Kaum hatte ers vollendet, als er zufällig eines Morgens Rotmaid sah; er gab ihr das Gedicht und bat sie, es ihrer Herrin zu überbringen. Und von Stund an erlaubte ihm Goldamsel, sie bei Nacht zu besuchen. Morgens schlüpfte er heimlich hinaus, abends huschte er wieder verstohlen hinein – und so waren sie beide einen Monat lang glücklich miteinander im ›Westgemach‹, von dem sie in ihrem ersten Lied an ihn gesprochen. Er aber fühlte mitunter Gewissensbisse und fragte sie ständig, was wohl ihre Mutter denken würde, wenn sie von allem wüßte. Sie aber antwortete immer wieder: »Ach, was soll das, ich weiß, wie ungesittet mein Benehmen ist.«

So reifte in ihm der Wunsch, sie zu seiner rechtmäßigen Frau zu machen.

Nun traf es sich aber just zu dieser Zeit, daß Dschang unbedingt für eine Weile nach Tschang-an zurückkehren mußte. In aller Behutsamkeit eröffnete er das Vorhaben seiner Geliebten. Demutsvoll äußerte sie kein Wort der Widerrede, aber ihr betrübtes Gesicht mußte jeden aufs tiefste bewegen. Zwei Nächte, ehe seine Reise begann, ließ sie ihn nicht mehr bei sich ein. Und so mußte sich Dschang auf die Reise nach dem Westen machen, ohne von ihr Abschied genommen zu haben.

Mehr als ein Vierteljahr war vergangen, ehe er wieder in die Gegend von Pu kam und dort Goldamsel für etliche Monate wiedersah. Sie beschäftigte sich in dieser Zeit hingebungsvoll mit Kalligraphie und glänzte in allerlei literarischen Künsten. Zwei- oder dreimal versuchte er, erneut engere Beziehungen zu ihr anzuknüpfen, aber sie wollte ihn durchaus nicht mehr empfangen. Häufig sandte er ihr daher, um sie werbend, selbst verfaßte Essays, doch sie würdigte diese Schreiben kaum eines Blickes. Wenn sie sich unter fremde Menschen begab, pflegte sie jedoch stets aufzutreten mit dem ganzen Zauber ihres Wesens; an ihrer Miene vermochte niemand abzulesen, was in ihr vorging. Bei Unterhaltungen wußte sie geistvoll zu plaudern, und nur bei Festgelagen blieb sie ein wenig einsilbig. So wartete sie beharrlich darauf, daß Dschangs Liebe wieder wirklich voll erblühe, ohne ihn freilich auch nur ein einziges Mal durch ein ausgesprochenes Wort an sich zu ziehen. Wenn Trübsal in ihrem Herzen aufstieg und dunkle Gedanken ihr Gemüt durchzogen, blieb ihre Haltung so unverändert, daß keiner davon etwas merkte, aber auch wenn Freude ihr Inneres bewegte, war das an ihrem Antlitz nur selten zu bemerken. Bisweilen spielte sie mitten in der Nacht, versonnen ihren traurigen Gedanken nachhängend, schwermütige Lieder auf der Laute. Doch wenn Dschang leise herzuschlich, um zuzuhören, und sie bat, weiterzuspielen, legte sie wortlos die Laute beiseite.

Nachdem so die Zeit dahingegangen war und Dschangs Gefühle bei all dem nach und nach immer mehr in Verwirrung gerieten, rückte plötzlich der Tag heran, an dem er erneut nach dem Westen aufbrechen mußte, um sich in der Hauptstadt der literarischen Prüfung zu unterziehen. Am Abend vor seiner Abreise saß er bedrückten Sinns, hin und wieder seufzend, an Goldamsels Seite. Diesmal hatte er es nicht über sich gebracht, ihr zu gestehen, welche Gedanken ihn bewegten; dennoch ahnte sie dunkel, daß die Abschiedsstunde gekommen. Ein wenig feierlich und in einem Ton, der vergnügt klingen sollte, sprach sie langsam: »Zuerst den Kopf verdrehen, am Ende verlassen, ja sicher, so gehört es sich. Ich wage nicht einmal, darob Haß zu empfinden. O gewiß! Es war eine Gnade von dir, damals Beziehungen zu mir anzuknüpfen und heute sie zu lösen, und deine Schwüre, mich zu lieben bis in den Tod, die sind natürlich ausgelöscht. Weshalb eigentlich sollt ich jetzt tief bewegt sein, wenn du diese Reise antrittst? Doch freilich, da du ein wenig mißgestimmt zu sein scheinst, will ich keine Mühe scheuen, dein Gemüt aufzuheitern. Du hast doch immer schon gesagt, ich schlüge so herrlich die Laute. Damals hab ich aus lauter Schüchternheit nicht weiterspielen können. Damit ists vorbei, jetzt magst du dich überzeugen von meiner Kunst.«

Sie ließ sich die Laute in die Hände legen und begann das Vorspiel zu dem Lied ›Regenbogenkleid, Gewand aus Federn . . .‹. Doch sie hatte kaum ein paar Akkorde erklingen lassen, da ward ihr Spiel zu einem zornerfüllten, wirren Tönen herzzerreißender Mißklänge, in dem die Melodie des Liedes unterging. Ein Stöhnen ging durch den Raum. Abrupt hielt sie in ihrem Spiel inne, schmetterte die Laute zu Boden und stürzte, während ihr die Tränen in unaufhaltsamem Strome aus den Augen schossen, zurück in die Gemächer ihrer Mutter. Sie kam nicht mehr hervor.

Am nächsten Morgen begab sich Dschang auf die Reise. Er hatte Unglück bei der Prüfung, die im Jahre darauf folgte, und mußte daher weiter in der Hauptstadt bleiben, um es noch einmal zu wagen. In dieser Zeit sandte er an Goldamsel zusammen mit einigen Geschenken einen Brief, in der er ihr sein Herz ausschüttete. Und sie gab ihm Antwort mit folgenden Zeilen:

»Ich habe Deinen Brief empfangen und gelesen und streichle ihn, voll überströmender Zärtlichkeit, während zwiespältige Empfindungen, halb Traurigkeit, halb Freude, in mir emporsteigen. Du sendest mir in Deiner Güte ein Schächtelchen mit Blütenkränzen und fünf Stäbchen Lippenrot, damit ich mir das Haupt ziere und den Mund färbe – doch so sehr ich Dir auch danke für Deine Großzügigkeit, für wen sollte je ich wieder mein Antlitz schmücken? Beim Anblick dieser Dinge fühle ich nur mein Sehnen immer stärker werden und Gram und Kummer sich vermehren in meinem Herzen.

Ehrfürchtig erfahre ich, daß Du erfreulich in der Hauptstadt Deinen Studien obliegst und so voranschreitest auf einem vielversprechenden Weg: Sicherlich werden Glück und Zufriedenheit Dir zufallen. Dann aber wirst Du nur um so ärger mich unwürdige, niedrige Person verabscheuen und mich auf ewig meiden und verlassen. So ists wohl vom Schicksal her bestimmt; da ich das weiß, was helfen noch viele Worte?

Seit letztes Jahr der Herbst ins Land gezogen, bin ich beständig unruhvoll, so als hätte ich, unbestimmbar, ein Stück von mir verloren. Im klatschsüchtigen Trubel der Menge freilich zwinge ich mich bisweilen zum Sprechen und zum Lachen, doch wenn ich dann müßig nachts alleine bin, gibts keinen Tag, an dem ich nicht ganz kläglich weine. Dann aber, wenn der Schlaf mich überkommt und ich eintrete in das Land der Träume, geschiehts zuweilen, daß ich im Übermaß der Liebe den Trennungsschmerz hinunterschlucke, und dann vermeine ich, in seliger Umstrickung bei Dir zu liegen, wies ehedem so oft geschah. Doch eh wir uns noch ganz vereint, schrickt meine Seele auf und findet sich erneut von Dir getrennt. Mir scheint es dann, als sei mein Bett noch warm an jener Seite, wo Du gelegen, und doch weiß ich ja, daß Du so unerreichbar fern. Gestern erst, glaub ich oft, wars, daß wir uns getrennt, und dabei ist ein ganzes Jahr darüber hingegangen.

Tschang-an ist eine Stadt, sprühend vor Lebenslust, in der man wohl sein Herz verlieren kann. Wie sollte mir das Glück beschieden sein, daß Du all dem zum Trotz mich unerleuchtetes niedriges Wesen nicht vergäßest, sondern Dich vielleicht gar nach mir sehntest, statt Überdruß bei dem Gedanken an mich zu empfinden? In meinem plumpen, einfallslosen Sinn wüßte ich Dir solche Gnade niemals zu entgelten. Aber eines vermag ich. Meinen Schwur, Dir ewig treu zu bleiben, werde ich nicht brechen. Wie begann es doch? Damals saßen wir zwei beim Fest zusammen, weil wir ja doch Verwandte waren. Und dann kam ich, verführt durch einer Sklavin Wort, zum heimlichen Beisammensein. Ach, eines jungen Mädchens Herz kann seiner selbst nie sicher sein! Du locktest mich mit Liedern wie einst der Dichter Hsiang-ju seine Geliebte, ich aber besaß nicht die Stärke der keuschen Gau, die sich mit dem Weberschiffchen des Liebhabers Frechheit erwehrte. Dann sank ich auf weicher Matte hin in Deine Arme, voll besten Glaubens, voll tiefer Liebe, und meinte in meinem törichten Sinn, daß ich mich für immer an Dich hängen könnte. Wie hätte ich auch, nachdem ich Dich einmal besucht, meine Gefühle wieder im Zaume halten sollen. Jetzt aber, da ich, meine Scham überwindend, mich Dir geschenkt habe, ists mir verwehrt, in vollen Ehren einem anderen bei ›Tuch und Kappe‹ zu dienen, und ich muß mich ewig grämen bis ans Ende meiner Tage. Gibt es noch Worte für solch einen Jammer?

Wenn ein Mann von Herz, seinem Gefühle folgend, sich herniederließe zu einem einfachen, ungebildeten Mädchen, so wäre er selbst in der Stunde seines Todes von ihrer Liebe so gewiß umgeben wie in all den Jahren seines Lebens. Wenn aber ein Gelehrter voll Ehrgeiz, zarte Gefühle für nichts erachtend, das Kleine verwürfe, um dem Großen nachzujagen, wenn er seine erste Liebesbeziehung für eine Schande hielte und glaubte, seine heiligsten Eide brechen zu dürfen, so würde das Mädchen dennoch ihrem ehrlichen Gelübde nicht untreu werden, sondern dem ›klaren Staub‹, der aufsteigt von seiner Wagenspur, folgen, selbst wenn man sie abschütteln wollte, wie der Wind von den Blättern den Tau. Das ist, bei meinem Leben, die Wahrheit, und sie erschöpft sich in diesen Worten.

Vor diesem Brief habe ich so viele Tränen vergossen, daß mirs nicht gelang, mein Fühlen in rechte Worte zu fassen. Tausendmal, zehntausendmal gehab Dich wohl, gehab Dich wohl tausendmal, zehntausendmal!

Ich sende Dir hier einen Ring aus Jade, mit dem ich schon als kleines Kind gespielt. Du sollst ihn unter Deinem Gürtel tragen. Von seinem Jadestein nehme Deine Liebe an die klare Festigkeit, die ohne Trübung ist, von seiner Rundung die Unendlichkeit, die keine Unterbrechung kennt. Zugleich schick ich Dir ein Schmucktuch aus gewirkter Seide und eine Teemühle aus geflecktem Bambus. Es sind beides keine wertvollen Dinge, aber wie beim Jadering will ich Dein Herz rühren durch den verborgenen Sinn: wie Tränenspuren sind die Tupfer auf dem Bambusholz, und wie meines Kummers verworrene Gedanken die Maschen des Gewirkes. So versuche ich, mit diesen Geschenken Dein Innerstes zu treffen, nimm sie als Liebespfand für alle Zeit. Denn scheint mir auch Dein Herz so nah, unsere Körper sind so weit getrennt. Unbestimmt ists, wann wir uns wiedersehen, und doch — hat dunkles Sehnen nicht die Geister einander finden lassen oft über tausend Meilen?

Behüt Dich wohl, tausendmal, zehntausendmal. Die Frühlingswinde wehen oft rauh, zwing Dich zum Essen, auf daß Du bei Gesundheit bleibest, achte auf die Wahl Deiner Worte, sieh auf Dich selbst und mach Dir nicht zu viel Gedanken um Deine unwürdige Dienerin.«

Dschang zeigte den Brief all seinen Bekannten, und aus ihrem Munde erfuhren viele Leute von Goldamsels Geschick. Ein Freund schrieb ihr zu Ehren ein Gedicht, ›Das Mädchen Dsui‹ betitelt, ein anderer, Yüan Dschën mit Namen, verfaßte eine Fortsetzung in dreißig Doppelversen zu Dschangs Preislied ›Stelldichein mit einem Feenmädchen‹, das allgemein bewundert wurde.

Und dennoch, in Dschang hatte der Wille, von Goldamsel zu lassen, unumstößlich Macht gewonnen. Zu Yüan Dschën, der ihm sein Preislied zeigte, sprach er nachdenklich:

»Mir will scheinen, als ob alle Menschenwesen von höchster Vollkommenheit, denen der Himmel das Leben schenkt, wie unter einem magischen Zwang entweder sich selbst oder andere unaufhörlich verwandeln müssen. Wenn mein kleines Fräulein Dsui jetzt einen reichen, vornehmen Mann als Gatten bekäme, von dem sie liebevoll umsorgt wäre, dann würde sich abermals ihr Wesen ändern, gleich einer Wolke, die zu Regen, gleich einem geschuppten Drachen, der zum gehörnten wird. Ich aber für meinen Teil wüßte nie, mit welchen Wandlungen ich zu rechnen hätte, und käme nie zur Ruhe. Im Altertum herrschten die Könige

Dschou-hsin von Yin und Yu von Dschou über Länder mit tausend mal tausend Bürgern und ihre Macht war grenzenlos. Durch eine Frau haben sie beide alles verloren. Ihr Volk ward zersprengt, sie selbst getötet, und bis auf den heutigen Tag sind sie verspottet und geschmäht. Da ich glaube, daß auch mein Charakter nicht stark genug ist, um solchen Versuchungen zu widerstehen, nur darum habe ich mein Herz hart gemacht.«

Alle, die seine Rede vernahmen, waren darüber tief bewegt.

Einige Jahre später, als Goldamsel dennoch einen anderen Mann geheiratet und auch Dschang eine Gemahlin gefunden hatte, führte ihn zufällig eine Reise an ihrem neuen Heim vorüber. Er trat ein, sprach mit ihrem Gatten und bat, sie als ihr Vetter besuchen zu dürfen. Der Gatte meldete Goldamsel seinen Wunsch, sie aber weigerte sich hartnäckig, aus ihren Gemächern hervorzutreten. Dschang zürnte über ihre Haltung und gab sich auch keine Mühe, seinen Mißmut zu verbergen. Als Goldamsel alsbald davon berichtet wurde, ließ sie ihm heimlich ein Zettelchen mit einem kurzen Gedicht zustecken:

›Seit Du mich verlassen, bin zu einem Schatten ich geworden
und habe verloren meine Schönheit.
Tausendmal mich wendend, zehntausendmal mich wälzend,
lieg ich erschlafft in meinen Kissen,
nicht, daß ich mich vor anderer Menschen Augen schämte
und es von mir wiese, aufzustehen,
vor Dir allein jedoch verstecke ich voll Scheu mein Angesicht,
das so vergrämt um Deinetwillen.‹

Um nichts in der Welt aber hätte sie sich bewegen lassen, den Besucher zu empfangen. Ein paar Tage später mußte Dschang jene Gegend wieder verlassen und weiterreisen. Da sandte er ihr zum Abschied noch ein letztes Gedicht:

›Was sagst Du nur, Du seist verlassen,
da Du doch einen Gatten jetzt Dein eigen nennst?
Halte zurück in Deinem Herz die Leidenschaft von ehedem
und richte dafür Dein liebend Auge auf den Mann, der vor Dir ist.‹

So trennte er sich von ihr für immer.

Die Dame in der Hauptstadt

In der Ära ›Himmelsschatz‹ (742—756 n. Chr.) lebte einst als Präfekt von Tschang-dschou ein Fürst von Ying-yang, dessen Namen ich lieber übergehen und nicht dem Pinsel anvertrauen möchte. Seine Zeitgenossen nahmen ihn als Vorbild und verehrten ihn tief. Sein Hausgesinde war unübersehbar.

Gerade als er fünfzig Jahre alt wurde — die Zeit, da man, wie es in den Klassikern heißt, den Sinn seines Lebens erkennt — empfing sein Sohn, zwanzigjährig, in der Großjährigkeitsfeier den Männerhut. Er war ein strebsamer, kluger Jüngling mit ungewöhnlicher literarischer Begabung, der weit aus der Masse herausragte. Alle seine Altersgenossen huldigten ihm. Sein Vater liebte ihn innig und war von dem Glauben an sein überragendes Talent durchdrungen.

»Dies ist das junge ›Tausend-Meilen-Pferd‹ in meiner Familie«, pflegte er immer im Scherz zu sagen.

Schließlich war es so weit, daß sich der junge Mann, nachdem er die Kreisprüfung und das Magisterexamen bestanden hatte, der Doktorprüfung zu stellen hatte, die in der Hauptstadt abgehalten wurde. Der Vater versah ihn aufs üppigste mit den kostbarsten Gewändern und Schärpen, den schönsten Pferden und Wagen und übergab ihm, wohlgezählt, die Geldmittel für seinen Unterhalt in der Hauptstadt.

»Wenn ich mir deine Begabung vor Augen halte, so denke ich, du müßtest eigentlich schon beim ersten Wettstreit der Geister als siegreicher Held hervorgehen«, sagte er. »Ich habe dir aber dennoch für zwei Jahre einpacken lassen und zwar so reichlich, daß du dir keinen Wunsch zu versagen brauchst.«

Der Jüngling war gleichfalls von seinen kommenden Erfolgen überzeugt und glaubte an die bestandene Prüfung so unzweifelhaft und sah sie nahe vor sich, wie die gespreizte Hand vor den Augen. Er brach von Pi-ling auf, und wenig mehr als ein Monat war vergangen, da erreichte er Tschang-an, die Hauptstadt. Dort mietete er sich ein im ›Regierungsverbreitungs-Viertel‹.

Eines Tages kehrte er von einem Spaziergang am Ostmarkt heim und begab sich durch das östliche ›Friedenstor‹, um dort im Südwesten der Stadt noch einen Freund aufzusuchen. Als er durch die ›Schellenklang-Gasse‹ kam, fiel ihm ein Anwesen auf, dessen Toreinfahrt und Vorhof ein wenig eng wirkten, während das weit hingezogene Hauptgebäude dafür um so prachtvoller hervorstach. In der geöffneten Tür sah er eine junge Dame stehen, an ein jugendliches Mädchen gelehnt, das man nach Haartracht und Kleidung als ihre Dienerin erkennen konnte. Sie war von solch hinreißender Schönheit, wie es sie weder vorher noch hinterher jemals gegeben.

Bei ihrem unvermuteten Anblick zügelte der Jüngling unwillkürlich sein Pferd und verharrte lange Zeit wie gebannt. Dann ritt er eine Weile hin und her, ohne die Entschlußkraft aufzubringen, seinen Weg fortzusetzen. Endlich ließ er wie von ungefähr seine Reitpeitsche zu Boden fallen, um weiter Zeit zu gewinnen. Während sein hinter ihm herreitender Diener abstieg, um auf seinen Befehl die Peitsche wieder emporzureichen, hing er mit seinen Augen an der geheimnisvollen Schönen, und auch sie erwiderte seinen Blick und betrachtete ihn unverwandt, bis auf beiden Seiten die Leidenschaft hell emporloderte. Dennoch wagte es der Jüngling nicht, das Wort an sie zu richten; er riß sich schließlich los und ritt weiter. Von Stund an aber war ihm, als habe er ein Stück seines Herzens verloren.

Bei der nächsten sich bietenden Gelegenheit erkundigte er sich bei einem Freund, der sich in der Hauptstadt aufs beste auskannte, nach dem Haus in der ›Schellenklang-Gasse‹.

»Dort wohnt eine berüchtigte Kurtisane namens Li«, erklärte der Freund.

»Hat man irgendwelche Aussichten, wenn man sich um sie bemüht?« fragte der Jüngling.

»Sie ist außerordentlich wohlhabend«, entgegnete der Freund. »Die Männer, mit denen sie früher verkehrte, gehörten meist dem Hochadel oder sonstigen vornehmen Familien an, und die Summen, die sie empfangen hat, waren dementsprechend hoch. Mit einem Geschenk von weniger als tausend mal tausend Münzen dürfte man ihr Herz nicht rühren können.«

»Wenn ich schon das Unglück hätte, ihr nicht ohne dies zu gefallen«, rief der Jüngling aus, »wie wäre es mir da noch um dieses Geld leid!«

Am nächsten Tag kleidete er sich in seine prächtigsten Gewänder und begab sich mit einem reichen Gefolge von ergebenen Freunden und Dienern in die ›Schellenklang-Gasse‹. Er klopfte an das Tor, und eh er sichs versah, erschien ein Bursche und öffnete.

»Wem ist dies Anwesen hier zu eigen?« fragte der Jüngling würdevoll.

Der Diener gab keine Antwort, sondern eilte bloß geschwind davon und schrie laut ins Haus hinein: »Der junge Herr ist gekommen, der kürzlich seine Peitsche vor dem Hause fallen ließ!«

Mit erkennbarer Freude in der Stimme hörte man Fräulein Li rufen: »Biete ihm einstweilen einen Platz an. Ich will nur noch ein wenig Puder auflegen und mich umziehen, dann komme ich.«

Mit heimlichem Entzücken vernahm der Jüngling diese Worte. Er ließ sich hineingeleiten und sah sich, nachdem er ins Obergeschoß des Hauses geführt worden war, einer weißhaarigen alten Dame gegenüber, der Mutter des schönen Fräulein Li. Er beugte das Knie, neigte ehrerbietig das Haupt und sprach: »Ich habe gehört, daß hier ein paar Zimmer frei sind. Ich würde mir gerne die Ehre geben, sie als Wohnung zu mieten — falls ich recht unterrichtet bin.«

»Ich fürchte, daß diese unsere Räume zu winzig und gemein, zu schmutzig und eng sind, um Eurer Erlauchtheit als Wohnsitz zu dienen«, entgegnete die Alte, »wie könnte ich es auch nur wagen, Euch einen Preis dafür zu nennen!«

Mit diesen Worten wies sie dem Jüngling den Weg zu einem besonderen Pavillon, der für den Empfang der Gäste eingerichtet war. Er enthielt ungewöhnlich hübsch eingerichtete Räume. Die Alte ließ sich neben dem Jüngling auf einem Sitz nieder und fuhr dann fort zu sprechen: »Ich habe eine Tochter, recht hübsch und auch sehr jung, wenngleich in ihrer fraulichen Ausbildung noch äußerst unvollkommen, ich will Euch mit ihr bekannt machen.«

Damit gab sie Befehl, ihre Tochter herbeizuholen, und Fräulein Li trat aus ihren Gemächern hervor. Hell strahlten ihre Augen, weiß schimmerte die Haut ihrer Arme, leicht war ihr Schritt, verführerisch gleißend ihr Schmuck. Zutiefst verwirrt sprang der Jüngling von seinem Sitz empor und ohne zunächst den Mut aufzubringen, auch nur die Augen zu ihr zu erheben, begrüßte er sie mit demütiger Verneigung. Hierauf plauderten sie beide ein wenig über das Wetter, aber der Blick des Jünglings blieb weiter gebannt von der zauberhaften Schönheit des Mädchens; nie hatten seine Augen dergleichen geschaut.

Schließlich nahmen sie alle miteinander wieder Platz. Duftender Tee ward aufgetragen, Wein eingeschenkt, alle Becher und

Kelche aber, aus denen sie tranken, blitzten vor Sauberkeit. So verrannen die Stunden, und der Tag neigte sich dem Abend zu. Von draußen vernahm man den viermaligen dumpfen Ton der Pauken, die die zweite Nachtwache, die Zeit, da die Tore geschlossen werden, ankündigten. Die alte Dame fragte den Jüngling, ob er es weit nach Hause habe.

»Meine Wohnung befindet sich etliche Meilen außerhalb des ›Langenfried-Tores‹«, log der junge Mann in der Hoffnung, daß er angesichts der weiten Entfernung aufgefordert werde, dazubleiben.

»Die Trommel hat schon geschlagen, da müßt Ihr aber rasch aufbrechen, damit Ihr nicht gegen das Ausgehverbot verstoßt«, sagte die Alte.

»Bei der lustig-vergnügten Unterhaltung, die mit Euch zu verleben ein glückliches Geschick mir vergönnte, habe ich den Wechsel von Tag und Nacht vergessen«, versetzte der Jüngling. »Der Weg zu meinem Dorf ist leider etwas weit, noch dazu besitze ich hier in der Stadt keinerlei Verwandte. Was soll ich bloß machen?«

»Falls Ihr nicht Anstoß nehmt an der Häßlichkeit und Enge unserer Gemächer«, sagte da Fräulein Li, das Wort ergreifend, »könntet Ihr doch gleich hier Wohnung nehmen. Was würde das schon schaden!«

Der Jüngling blickte fragend die alte Dame an, und zu seiner Freude murmelte sie ein ›Einverstanden‹.

Nun rief er rasch seinen Diener zu sich, ließ ihn zwei Ballen wasserdichter Seide hereinbringen und bat, sie als Erkenntlichkeit für Übernachtung und Bewirtung überreichen zu dürfen.

Fräulein Li wehrte lächelnd ab und sprach: »Wie verträgt sich denn das mit den Gepflogenheiten zwischen Gast und Gastgeber! Ich möchte gerne, daß unser armselig-bescheidenes Haus die Ausgaben heute abend trägt — vorausgesetzt, daß Euch die rauhe Kost mundet, die wir Euch vorsetzen können. Alles andere hat Zeit bis später!«

Sie blieb unerbittlich bei ihrer Weigerung und war durch nichts umzustimmen. Hierauf wechselten sie den Raum und zogen in das behagliche West-Zimmer, das eine üppige Einrichtung besaß: Vorhänge, Teppiche und hinter durchscheinenden Gardinen schwellende Ruhelager, prunkvoll, von einem Glanz, der schier die Augen blendete, daneben Schminktischchen, Putzkästlein, Kissen und Decken, ausnahmslos von verschwenderischer Pracht.

Kerzen wurden entzündet, und ein Mahl, das aus vollendet zubereiteten Gerichten bestand, ward aufgetragen.

Nachdem die Schalen wieder hinausgetragen worden waren, stand die alte Dame von ihrem Sitz auf und zog sich zurück. Zwischen dem Jüngling und der Schönen aber kam jetzt gerade erst das muntere Geplauder so recht in Fluß. Sie scherzten übermütig miteinander, lachten um die Wette und gerieten auf die seltsamsten Einfälle.

»Seit ich gestern zufällig an Eurem Hause vorüberkam, wo Ihr in der Tür standet, hat mein Herz vor Sehnsucht keine Ruhe mehr gefunden«, gestand der Jüngling endlich. »Ob ich im Schlafe liege, ob ich beim Mahle sitze, nie kann ich Euer Bild vor meinen Augen vertreiben.«

Die Schöne lächelte. »Mit meinem Herzen steht es nicht anders«, sagte sie.

»Daß ich heute bei Euch erschienen bin«, fuhr der Jüngling fort, »geschah natürlich nicht bloß, um mich nach einer Wohnung umzusehen. Vielmehr ging es mir darum, den höchsten Wunsch meines Lebens Wirklichkeit werden zu lassen. Doch weiß ich noch nichts von Eurer Entscheidung — wie steht es wohl damit?«

Er hatte die Worte noch nicht zu Ende gesprochen, als unvermutet die alte Dame wieder ins Zimmer trat und sich erkundigte, worüber das Gespräch gehe. Als der Jüngling die Wahrheit bekannte, verzog sie schmunzelnd das Gesicht und sprach: »Das höchste Begehr der Menschen bleibt doch stets, sich als Mann und Frau zu finden. Wo zwei Liebende einander verbunden sind, hat selbst das Machtwort der Eltern seine Kraft verloren. Indes, mein Töchterlein ist von niederster Herkunft, wie könnte sie es verdienen, Euer Kissen, Eure Matte zu teilen?«

Der Jüngling sprang von seinem Polstersitz empor, und unter vielen Verneigungen und Worten des Dankes rief er leidenschaftlich: »Ich kenne nur noch den Wunsch, mich zu Eurem Knecht zu machen, der Euch mit seinem Dienst versorgt.«

Nachdem er so gesprochen, begrüßte ihn die alte Dame als ihren Schwiegersohn. Sie trank noch ein paar Schälchen Wein mit dem jungen Paar zusammen und entfernte sich dann.

Am nächsten Morgen siedelte der Jüngling mit Sack und Pack in das Anwesen der beiden Frauen über und ließ sich dort häuslich nieder. Von Stund an führte er ein heimlich zurückgezogenes Leben und ließ den Verkehr mit all seinen Verwandten und Bekannten abreißen. Tag für Tag hockte er zusammen mit Singmädchen, Komödianten und ähnlichem Gelichter, liederliche Späße treibend und von Fest zu Fest eilend. Nachdem das Geld in seiner Reiseschatulle erschöpft war, verkaufte er nacheinander Pferd und Wagen, am Ende sogar auch seinen jungen Sklaven, den er noch von Zuhause mitbekommen hatte. So war kaum ein ganzes Jahr vergangen, als er dastand, ohne Geld und Essen, ohne Roß und Diener. Schon begann die alte Dame ihn zusehends unhöflicher zu behandeln, die Liebe von Fräulein Li indessen schien unverändert blühend und stark wie eh und je.

Eines Tages wandte sich das Mädchen an ihn und sprach: »Wir kennen einander nun schon mehr als ein Jahr, und doch ist uns noch kein Kindersegen beschert worden. Nun habe ich mir über unsere wunderkräftige ›Göttin vom Bambushain‹ draußen vor der Stadt sagen lassen, daß sie allezeit fromme Bitten einem Echo gleich erhöre. Wie wäre es, wenn wir dorthin eine Pilgerfahrt unternähmen und der Göttin ein Trankopfer darbrächten, um unser beider Wunsch erfüllt zu sehen?«

Der Jüngling, weit davon entfernt, ihre arglistigen Hintergedanken zu durchschauen, war außer sich vor Freude. Er verpfändete seinen Mantel in einem Laden, um dafür den Opferwein und die Opferspeisen zu besorgen, und begab sich mit Fräulein Li auf den Weg zum Tempel der ›Göttin vom Bambushain‹. Dort brachten sie ihre Opfer dar, sprachen Gebete und erst am dritten Tag brachen sie auf, um heimzukehren. Der Jüngling folgte, auf einem armseligen Eselein sitzend, der prächtigen Karosse seiner Geliebten. Als sie endlich das Nordtor des Stadtteils Hsüän-yang erreichten, sagte das Mädchen zu dem Jüngling: »Ostwärts von hier, im nächsten kleinen Sträßchen befindet sich das Anwesen einer Tante von mir. Hättest du etwas dagegen, wenn wir ihr für eine kurze Rast einen Anstandsbesuch machten?«

Der Jüngling erklärte sich einverstanden. Sie waren noch nicht hundert Schritte vorangekommen, da sahen sie tatsächlich eine große Wageneinfahrt vor sich auftauchen. Wenn man durch die Torritzen lugte, konnte man erkennen, daß sich dahinter ein großangelegtes Bauwerk hindehnte. Die Dienerinnen von Fräulein Li, die hinten im Wagen saßen, ließen die Karosse anhalten und riefen: »Wir sind da!«

Der Jüngling kletterte von seinem Esel. Im selben Augenblick öffnete sich das Tor, und ein Mann trat heraus und fragte, wer die Gäste seien.

»Die schöne Dame Li«, war die Antwort.

Der Mann ging wieder hinein und meldete den Besuch. Gleich darauf erschien eine würdige ältere Dame von vielleicht etwas über vierzig Jahren, trat auf den Jüngling zu und begrüßte ihn höflich.

»Meine Nichte ist gekommen, nicht wahr?« fragte sie. Fräulein Li stieg vom Wagen herab. Die Tante hieß sie aufs herzlichste willkommen und fragte dann: »Weshalb hast du dich nur so lange nicht mehr sehen lassen?«

Dabei tauschte sie mit ihrer Nichte einen verstohlenen Blick und lachte laut. Das Mädchen indes stellte den Jüngling vor und ließ ihn seine Verbeugung machen. Nachdem diese Förmlichkeit vollzogen war, betraten sie durch ein westwärts sich öffnendes Tor, vor welchem Wachen standen mit Hellebarden in den Händen, einen Garten, der sich längs der einen Seite des Anwesens erstreckte. Ein schmaler Pavillon erhob sich dort, errichtet auf einem kleinen künstlichen Berg, umgeben von Bambusbäumen und Buschhecken, zu seinen Füßen eine einsame Gartenlaube inmitten eines stillen, dunklen Weihers.

»Gehört dieses ganze Anwesen wirklich deiner Tante allein?« fragte der Jüngling verwundert seine Geliebte. Doch die lächelte bloß und ohne auf seine Frage einzugehen, antwortete sie auf etwas gänzlich anderes. Und gleich darauf wurde auch schon herrlich duftender Tee und köstliches Gebäck aufgetragen.

So war eine Weile vergangen, als plötzlich ein Mann bei dem Hause erschien, auf einem Ferghana-Roß heransprengend, welches er mit der Peitsche zu solcher Eile angetrieben hatte, daß ihm der Schweiß in Strömen herablief. Nach Atem ringend, wandte er sich an Fräulein Li und sprach: »Eure Frau Mutter hat ganz überraschend einen heftigen Anfall erlitten. Es steht schlimm um sie, sie vermag bereits niemanden mehr zu erkennen. Ihr sollt so schnell wie möglich heimkehren.«

»Es wird ihr Herz sein!« sagte das Mädchen hastig zu ihrer Tante. »Ich werde rasch vorausfahren und dann den Wagen zurückbringen lassen, damit dann auch du in Begleitung meines Gemahls nachkommen kannst.«

Der Jüngling erbot sich, das Mädchen auf seinem Weg zu begleiten, indes hielt ihn die Tante nach einem kurzen Getuschel mit ihrer Dienerin durch eine Handbewegung zurück und befahl ihm, vor dem Tor zu warten.

»Meine Schwester«, sagte sie, »ist im Augenblick sicherlich bereits tot. Ihr müßt mit mir über die Trauerfeierlichkeiten beraten, damit ich die zahlreichen Maßnahmen, die es bei solch einem schlimmen Ereignis zu bedenken gilt, rechtzeitig in die Wege leiten kann. Es kommt gar nicht in Frage, daß Ihr jetzt mit meiner Nichte fortfahrt.«

So blieb er denn in dem Anwesen der Tante zurück, und sie erörterte mit ihm, wie man wohl bei dem Begräbnis und danach bei den Opferfeiern in der Trauerhalle am besten verführe. Unterdessen wurde es schon allmählich dunkel, doch der Wagen war immer noch nicht zurück. –

»Was mag bloß geschehen sein, daß sie den Wagen nicht schickt?« sagte endlich die Tante. »Vielleicht eilt Ihr doch am besten zu Fuß ein wenig voraus und seht nach dem Rechten; ich werde gleich hinter Euch herkommen.«

Der Jüngling tat, wie ihm geheißen. Als er aber bei dem ihm schon vertraut gewordenen Hause anlangte, fand er unerwartet die Flügel des Haupttores fest versperrt und überdies mit Tonerde versiegelt. Aufs tiefste bestürzt, erkundigte er sich bei den Nachbarn, wohin die beiden Damen verschwunden seien.

»Frau Li hatte dieses Anwesen bloß gemietet«, erwiderten die Nachbarsleute. »Nachdem kürzlich der Mietvertrag abgelaufen war, hat der Hauseigentümer den Besitz wieder übernommen. Die alte Dame ist bereits vor zwei Tagen ausgezogen.«

»Weiß man, wohin?« fragte der Jüngling.

»Es ist nichts Genaueres darüber bekannt«, antworteten die Nachbarn.

Verstört wollte der Jüngling zurück ins Hsüan-yang-Viertel eilen, um bei der Tante nachzuforschen. Da es aber bereits zu spät am Abend war, erkannte er bald, daß er die Entfernung nicht mehr würde bewältigen können. So lockerte er denn sein Kleiderbündel, den einzigen Besitz, der ihm geblieben, und erstand sich für ein paar Stücke daraus ein Mahl und ein Lager zum Schlafen. Schmerz und Wut aber tobten in seinem Innern so sehr, daß er die ganze Nacht hindurch kein Auge zutun konnte. Am nächsten Morgen rappelte er sich auf, völlig zerschlagen, und machte sich wieder eilig auf den Weg. Schließlich hatte er das Anwesen der Tante erreicht. Er hämmerte mit den Fäusten gegen das Tor, wieder und wieder, aber längere Zeit antwortete überhaupt niemand. Nun begann er laut zu rufen, etwa vier- oder fünfmal – da endlich schlurfte ein Mann heran, der seinem Aussehen nach als Amtsaufseher zu erkennen war, und trat vor das Tor.

»Ist die Tante von Fräulein Li zu Hause?« fragte ihn der Jüngling hastig.

»Hier gibt es keine solche Tante«, erwiderte der Mann barsch.

»Aber sie war doch gestern abend hier, weshalb wollt Ihr sie verleugnen?« rief der Jüngling und er erkundigte sich, wem das Anwesen gehöre.

»Es ist der Wohnsitz seiner Exzellenz des Herrn Ministers Tsui. Gestern hatte allerdings eine Dame den äußeren Gartenhof für einen Tag gemietet. Sie erklärte, sie wolle dort entfernte Verwandte, die von weither gekommen seien, bewirten. Sie hat das Anwesen aber noch vor Einbruch der Dunkelheit verlassen.«

Der Jüngling war so verwirrt und außer Fassung gebracht, daß er nahezu den Verstand verlor. Er wußte sich keinen Rat, was er nun anfangen sollte. Schließlich kehrte er um und fragte sich durch zu seiner alten Wohnung im ›Regierungsverbreitungs-Viertel‹. Sein ehemaliger Hauswirt hatte Mitleid mit ihm und bot ihm reichlich zu essen an, doch der Gram erfüllte des Jünglings Herz ganz und gar, so daß er keinen Bissen hinunterbringen konnte. Nach drei Tagen ward er ernstlich krank, und sein Zustand verschlimmerte sich immer mehr, bis nach zehn Tagen der Hauswirt zu fürchten begann, er werde nicht mehr aufkommen. Um der Peinlichkeit eines Trauerfalles im eigenen Hause zu entgehen, meldete er ihn daher kurzerhand in einem Bestattungsunternehmen an und ließ ihn mit dem ganzen Bettzeug dorthin übersiedeln. Die Leichenträger aber, die in dem Geschäft tätig waren, bejammerten gemeinsam sein Geschick und zwangen ihn reihum mit den besten Speisen zum Essen. So erholte er sich allmählich ein wenig und konnte sich schon bald, auf einen Stock gestützt, von seinem Lager erheben.

Von dieser Zeit an versah er alle Tage Aushilfsdienste in dem Bestattungshaus. Man ließ ihn vor allem die quastenbesetzten Baldachine bei den Trauerzügen tragen. Mit dem Geld, das er dafür einnahm, vermochte er sein Leben zu fristen, und nach etlichen Monaten fühlte er sich wieder voll bei Kräften. Jedesmal aber, wenn er die Lieder der Trauersänger hörte, vermochte er ein tiefes Seufzen nicht zu unterdrücken, und wenn die Teilnehmer bei einem Leichenbegängnis laut jammerten und weinten, konnte auch er seine Tränen nicht zurückhalten. Nach Hause in seine Stube zurückgekehrt, summte er für sich die Trauerhymnen nach, die er tagsüber vernommen, und da er ja ein kluger, ideenreicher Kopf war, gab es in Kürze kein Lied, das er nicht in letzter, wunderbarer Vollendung vorzutragen wußte. In der ganzen Hauptstadt, so groß sie war, fand man nicht seinesgleichen.

Nun standen damals schon seit geraumer Zeit zwei Bestattungsunternehmen in Wettbewerb miteinander, das im Osten und das im Westen der Stadt, bei dem der Jüngling Anstellung gefunden hatte. Das östliche Unternehmen verfügte über prachtvolle, schöne Wagen und Karossen und brauchte darin die Gegenseite nicht zu fürchten. Nur was die Güte der Trauersänger anging, so ließ es zu wünschen übrig. Als dem Leiter des Unternehmens daher zu Ohren kam, daß der Jüngling bei der Gegenseite eine sinnberückende, unvergleichliche Stimme besitze, bestach er ihn mit zwanzigtausend Kupfermünzen, damit er zu ihm übergehe. Seine alten Sänger mußten ihm gemeinsam alles beibringen, was sie konnten, lehrten ihn heimlich verschiedene neuartige Melodien und übten mit ihm den Wechselgesang im Chor. Dreißig oder vierzig Tage vergingen so, ohne daß ein Mensch davon erfuhr.

Nun geschah es einmal, daß sich die Leiter der beiden Unternehmen trafen und zueinander sprachen: »Wir wollen all die Dinge, die ein jeder von uns für die Ausrüstung von Trauerfeierlichkeiten verwendet, in der ›Himmelstor-Straße‹ der Öffentlichkeit vorführen, damit die Leute beurteilen können, wer von uns beiden mehr zu bieten hat. Der Verlierer zahlt fünfzigtausend Kupfermünzen und trägt damit die anfallenden Auslagen für Wein und Speisen – wie wärs?«

Beide Geschäftsleiter waren einverstanden. Ein förmlicher Vertrag wurde alsogleich aufgesetzt und in Anwesenheit von Zeugen unterschrieben.

Einige Tage später fand die Wettschau statt. Männer und Frauen aus den besten Familien strömten in großer Zahl zusammen, bald bildete sich ein Haufen von Zehntausenden von Köpfen. Da der Stadtbezirksleiter, der vorher sein Einverständnis zu der Veranstaltung hatte geben müssen, dem Polizeikommandanten von dem bevorstehenden Ereignis Mitteilung gemacht hatte und der wiederum dem Statthalter, kamen auch aus den umliegenden Stadtteilen die Leute von allen Seiten eilig herbeigelaufen. Die Straßen lagen menschenleer – alles war ausgezogen, um der Schaustellung zuzusehen. Vom frühen Morgen bis zum hohen Mittag wurden nacheinander Trauerwagen und Karossen, Zeremonialgeräte und Sarkophage vorgeführt. In alledem aber zeigte sich das westliche Unternehmen der Gegenseite nicht gewachsen; die Vorsitzenden dort machten verlegene Gesichter.

Nun traf man jedoch die Vorbereitungen für den Wettstreit der Trauersänger. An der Südecke des Platzes ward aus mehreren übereinandergeschichteten Polstern ein Podium errichtet, und der Sänger des westlichen Unternehmens machte den Anfang. Es war ein hochgewachsener Mann mit langem Bart. Er trat hervor, eine Trauerschelle in den Händen schwingend, begleitet und geschützt von etlichen Leibwächtern. Er schüttelte erst gravitätisch den Bart, hob gewichtig die buschigen Augenbrauen, verschränkte die Arme und verbeugte sich würdevoll nach allen Seiten. Dann endlich bestieg er das Podium. Er stimmte die Trauerweise an vom ›Schimmelrößlein‹. Voll Stolz auf seine unzähligen früheren Siege blickte er dabei, die Zuhörer hochmütig musternd, rechts und links, als wisse er schon, daß niemand ihm gleichkommen könne. Einhelliger Beifall rauschte auf, als er sein Lied beendet, und mit der Überzeugung, er selbst sei einzigartig in seiner Zeit und könne niemals überwunden werden, zog er sich zurück.

Einen Augenblick später aber ließ der Leiter des östlichen Unternehmens an der Nordecke des Platzes ebenfalls aus Polstern ein Podium errichten, und da erschien auch schon, begleitet von fünf oder sechs Dienern, ein jugendlicher Mann mit einer rabenschwarzen Kappe auf dem Haupt, einen Trauerfächer aus weißen Federn in den Händen – kein anderer als unser Jüngling. Die Gewänder zurechtlegend, ernst-gemessen sich verneigend, räusperte er sich ein wenig und begann dann sein Lied anzustimmen. Seine Miene war bescheiden und ohne alle Siegeszuversicht. Er sang die Trauerweise ›Vergänglicher Tau auf Schalottenkraut‹; klar und beschwingt ertönte seine Stimme und doch auch so mächtig, daß ihr Echo Bäume und Wälder erzittern ließ. Ehe er noch eine Strophe zu Ende gesungen, seufzten die Zuhörer auf aus übervoller Brust und mußten ihre Tränen verbergen. Die Leiter des westlichen Unternehmens aber wurden letztlich von der Menge ausgelacht und schämten sich noch mehr denn zuvor. Heimlich zahlten sie die vereinbarte Summe, die sie damit verloren hatten, und machten sich unauffällig aus dem Staube. Auf den Jüngling indessen blickten die Zuhörer von allen Plätzen hingerissen vor Entzücken, und keinen gabs, der nicht begeistert Beifall gespendet hätte.

Nun wollte es der Zufall, daß kurz vor diesem Ereignis ein kaiserlicher Erlaß ergangen war, daß einmal im Jahre alle Statthalter in den Provinzen bei Hof erscheinen sollten, um im Angesicht des Kaisers Zeitprobleme zu erörtern. So war es geschehen, daß gerade zu der Zeit, da die Wettschau stattfand, des Jünglings Vater, der Präfekt von Tschang-dschou, in der Hauptstadt weilte. Er selbst und einige seiner Amtskollegen vom selben Rang waren gleichfalls von dem Ereignis angelockt worden. Sie hatten ihre Beamtenroben und Amtsinsignien mit einfachen Gewandungen vertauscht und waren heimlich zu dem Platz gekommen, um zuzuschauen. In ihrer Begleitung befand sich des Präfekten Leibdiener, der ein Schwiegersohn der Amme war, die den Jüngling einst genährt hatte. Als der den Jüngling auf dem Podium erblickte, glaubte er ihn sofort an seiner Haltung und seinen Bewegungen zu erkennen, aber er wagte nicht, sich näher zu erkundigen, sondern weinte nur still vor sich hin. Betroffen erkundigte sich der alte Herr, was ihm fehle.

»Ach«, erwiderte da der Diener, »der junge Sänger dort gleicht in seinem Äußeren so erschreckend Eurem dahingeschiedenen Sohn.«

»Mein Sohn ist doch gewiß von Räubern erschlagen worden wegen des vielen Geldes, das ich ihm mitgegeben«, entgegnete der Vater. »Wie sollte er auf einmal hier sein?«

Aber, obwohl er so sprach, traten doch auch ihm die Tränen in die Augen, ehe er sich rasch umwandte und in seine Herberge zurückkehrte. Der Diener indes benützte die Gelegenheit des Alleinseins, um schleunigst zu den Begleitern des Jünglings zu eilen und sie auszuhorchen.

»Wer war denn der junge Mann«, sagte er, »der da gerade gesungen hat? Das klang ja zauberhaft!«

»Er ist der Sohn aus irgendeiner besseren Familie«, erwiderten sie gemeinsam. »Wir haben ihn zwar seinen Namen nennen hören, doch das war sicher nicht der richtige.«

Bei diesen Worten lief es dem Diener kalt den Rücken hinunter, er schauderte. Langsamen Schrittes ging er nun auf den Jüngling zu, der gerade in der Nähe stand. Als dieser den Diener auf sich zutreten sah, zuckte es in seinem Gesicht; hastig kehrte er den Rücken und floh, um in der Menschenmenge unterzutauchen. Der Diener aber lief hinter ihm her, ergriff ihn am Ärmel und rief: »Seid Ihrs nicht?« Da fiel der Jüngling dem Diener in die Arme und schluchzte.

Der Diener bestieg mit ihm einen Wagen, und so fuhren sie zur Wohnung des Vaters. Als sie aber das Haus erreicht hatten und der Jüngling vor seinen Vater hintrat und ihm seine Geschichte erzählte, ergrimmte der und schrie in maßlosem Zorn: »Durch dieses dein Lotterleben hast du Schande gehäuft auf mein Haus. Wie besitzt du die Frechheit, noch vor meinem Antlitz, meinen Augen zu erscheinen?«

Und er schleppte ihn hinaus auf das Feld zwischen dem ›Krummfluß‹ im Osten und dem ›Aprikosenpark‹ im Westen, riß ihm die Kleider vom Leibe und versetzte ihm mit der Reitpeitsche ein paar hundert Schläge, bis der Jüngling den Schmerz nicht mehr ertragen konnte und ohnmächtig niedersank. Erst dann ließ der Vater von ihm ab und ging davon.

Der Leiter des westlichen Bestattungshauses aber hatte, als der Jüngling plötzlich fortgegangen war, einem Vertrauten befohlen, ihm heimlich zu folgen und ihn zu beobachten. Als der Mann nun zurückkehrte und den Berufsgenossen mitteilte, was geschehen war, erhoben sie ein lautes Wehklagen, denn alle glaubten, daß der Jüngling tot sei. Man schickte zwei Männer mit einer Bahre von geflochtenem Schilf auf das Feld, um ihn würdig zu bestatten. Allein, als die Männer dort anlangten, fanden sie, daß sich der Körper in der Gegend des Herzens noch ein wenig warm anfühlte. Sie richteten ihn auf, und wirklich, nach längerer Zeit kam wieder Atem in ihn. So nahmen sie denn den Jüngling auf ihre Schultern und trugen ihn heim. Dort flößten sie ihm Nahrung ein durch ein Bambusrohr, das sie ihm in den Mund steckten, gaben ihm zu trinken mit einem Löffel, den sie an seine Lippen führten, und endlich, als eine Nacht vergangen war, erwachte er wieder zum Leben. Über einen Monat jedoch brauchte es, ehe er seine Arme und Beine wieder gebrauchen und sich aufrecht halten konnte. Die Stellen aber, wo ihn die Schläge der Peitsche getroffen hatten, begannen zu schwären und zu eitern und verbreiteten alsbald einen solch eklen Gestank, daß es seinen Berufsgenossen unerträglich wurde. Eines Nachts ergriffen sie ihn und setzten ihn aus am Rande einer großen Straße. So begann für den Jüngling ein kümmerliches Dasein. Die Menschen, die des Weges einhergezogen kamen, wurden alle von seinem Anblick bewegt. Viele warfen ihm Speisereste zu, und er erhaschte sie gierig, um seinen leeren Magen zu stopfen. Dreißig oder vierzig Tage vergingen, da erst vermochte er sich an einem Stock emporzuziehen. Sein Kleid war ein Fetzen, zusammengeflickt aus hunderterlei Stücken von Stoff und Pelz, daß man an eine Schnur aufgereihter, gefangener Wachteln denken mußte. Eine zerbrochene Tonschale in der Hand, humpelte er von einem Stadttor zum anderen und hielt sich mit Bettelei am Leben. Als dann Schritt um Schritt der Herbst überging in die ersten rauhen Wintertage, verkroch er sich nachts in Kloaken und finsteren Höhlen, tagsüber irrte er wankend durch die Buden und Stände auf den Märkten.

Eines Morgens, als er erwachte, schneite es in dichten Flocken. Von Hunger und Kälte getrieben, des Schneegestöbers nicht achtend, kroch er aus seinem Unterschlupf. Erfüllt von Bitterkeit wie noch nie, erklang seine nach Essen rufende Bettlerstimme, und jeder, der ihn hörte oder sah, fühlte sich im Innersten erschüttert und bewegt. Doch da das Schneegewitter allzu arg war, hielten die Leute bei ihren Häusern die Außenpforten zumeist fest geschlossen. Endlich kam er durch das Osttor des Stadtteils ›Friedensstadt‹ und bog dahinter nach Norden in eine Straße ein, die sich am ›Ordnungs-Wall‹ hin entlangschlängelte. Er hatte vielleicht das siebente oder achte Haus erreicht, als er plötzlich ein Tor entdeckte, dessen linker Flügel ungewöhnlicherweise offen stand. Es war, was er freilich nicht wissen konnte, die derzeitige Wohnung seiner alten Geliebten. Sogleich ließ er, wie gewohnt, ein übers andere Mal seine heisere Stimme erschallen und klagte so arg seine Not in Hunger und Kälte, daß der Ton ins Herz schnitt und schier unerträglich zu hören war.

Fräulein Li saß still in einem Seitengemach und horchte auf, als sie sein Rufen vernahm.

»Das ist ganz sicher mein ehemaliger Geliebter«, sprach sie zu ihrer Dienerin gewendet. »Ich kann seine Stimme erkennen.«

Sie erhob sich und eilte flinken Schritts hinaus. Da sah sie ihn denn vor sich stehen — abgemagert bis zum Skelett, über und über bedeckt mit Hautflechten und Geschwüren, in einem Zustand, der schon fast nicht mehr menschenähnlich war.

»Bist du nicht mein Geliebter?« fragte sie erschüttert.

Der Jüngling, gramerfüllt und schmerzgebeugt, brachte kein Wort aus dem Munde, sondern konnte nur schwach mit dem Kopfe nicken. Da stürzte sie vorwärts, schlang ihre Arme um seinen Nacken, legte ihr gesticktes Jäcklein über seine Schultern und geleitete ihn hinein zu sich, in das ›Westliche Gemach‹. Mit versagender Stimme, von Rührung überwältigt, stieß sie hervor: »Durch das Werk eines einzigen Tages hab ich dich in solch ein Elend gestürzt. Ein Verbrechen war es von mir. Jetzt aber soll alles ein Ende haben, ich will bei dir all meine Schuld abtragen.«

In diesem Augenblick kam die alte Mutter des Mädchens hastig und verstört herbeigelaufen.

»Wer ist denn der da?« rief sie verwundert.

»Mein Geliebter von damals«, erwiderte das Mädchen.

»Man muß ihn schleunigst vor die Tür setzen!« schrie sofort die Alte zungenfertig. »Was fiel dir ein, ihn hier hereinzulassen!«

Doch da runzelte das Mädchen die Brauen, und mit einem abweisenden Blick in den Augen hub sie an zu sprechen: »Nicht so! Dies ist der Sohn aus vornehmer Familie. Dereinst kam er in unser Haus, hoch zu Roß, mit prächtiger Karosse, Gold in den Händen und herrliche Gewänder. Und wir? Als er nach kurzer Frist all sein Hab und Gut vertan, ersannen wir gemeinsam jenen tückischen Plan, um ihn schmählich im Stich zu lassen. In unmenschlicher Weise lähmten wir seine Willenskraft und bewirkten so zuletzt, daß er nicht mehr im Kreis rechtschaffener Männer leben konnte. Und, obgleich die Liebe zwischen Vater und Sohn doch eingeboren ist ins Menschenherz, brachten wir es so weit, daß der eigene Vater seine Gefühle so sehr vergaß, daß er den Sohn sogar töten wollte und ihn verstieß. Bald wird jedermann im Reich es wissen, daß wir es waren, durch die er soviel Leid und Mühsal erfahren hat. Seine Verwandten und Schwäger füllen den Kaiserhof, und ein Tag wird kommen, da sie mit der Macht des Gesetzes Nachforschungen werden anstellen lassen nach allem, was geschehen; dann wird uns das Unglück ereilen. Und da wir den Himmel betrogen und den Menschen Böses angetan, wird kein Geist, kein Gott uns seine Hilfe leihen, und nichts wird von uns übrigbleiben, wenn das Verhängnis über unsere Häupter kommt. — Nun bin ich freilich deine Tochter. Heute zähl ich zwanzig Jahre, und wenn ich überlege, was du seit meinem ersten Lebenstag an mich gewendet, sinds wohl nicht weniger als tausend Münzen Gold. Du bist jetzt ein wenig über sechzig, so wünsche ich denn, dir zu geben, was du an Kleidung und Essen für zwanzig Jahre brauchst — genausoviel, wie ich von dir erhalten —, um mich von dir loszukaufen. Dann will ich mit jenem jungen Mann zusammen mir eine eigene Wohnung suchen. Sie wird nicht allzu ferne sein von hier, und jeden Morgen, jeden Abend werde ich sehen können, wie es dir geht. Ist dir mein Wunsch genehm?«

Die Alte erkannte, daß sie dem Willen des Mädchens nichts entgegensetzen konnte. Es blieb ihr nichts anderes übrig, als ihr Einverständnis zu geben.

Nachdem Fräulein Li ihrer Mutter die vereinbarte Summe ausgezahlt hatte, blieben ihr selbst nur mehr hundert Goldstücke. Nun mietete sie eine kleine Wohnung, fünf Räume, die nach Norden hinaus gingen, bereitete dem Jüngling als erstes ein Bad und zog ihm neue Gewänder an. Dann kochte sie ihm ein leichtes Süpplein und etwas Reis, um seinen Magen an Kost zu gewöhnen, und reichte ihm als nächstes Kefir und Milch, um seine Eingeweide zu befeuchten. Zehn Tage später aber bot sie ihm dann zum erstenmal die leckersten Speisen, die Land und Meer zu bieten haben, kaufte ihm Kappen, Schuhe und Strümpfe und kleidete ihn ein, indem sie bei allem das Feinste und Kostbarste wählte. Ehe noch ein paar Monate vergangen, ward seine Gestalt schon ein wenig voller, und als das Jahr zu Ende war, hatte er sich völlig erholt und fühlte sich so gesund wie ehedem.

Da richtete Fräulein Li eines Tages das Wort an ihn und sagte: »Dein Körper ist nun wieder voll bei Kräften und auch dein Wille neu erstarkt. Ich aber mache mir im stillen Gedanken, habe Kummer im geheimen und überlege all die Zeit, ohne bisher etwas zu sagen, ob deine Gelehrsamkeit aus jenen Tagen wohl zu neuer Blüte gebracht werden könnte.«

Der Jüngling verharrte nachdenklich eine Weile. »Von zehn Dingen, die ich einst gelernt, habe ich nur noch zwei oder drei behalten«, erwiderte er.

Auf diese Worte ließ das Mädchen gleich einen Wagen kommen und fuhr darin aus der Stadt; dem Jüngling befahl sie, auf einem Renner hinterdrein zu reiten. Nach einiger Zeit erreichte sie das südliche Seitentor des ›Flaggen-Pavillons‹, wo sich die großen Bücherläden befanden, in denen klassische und historische Werke feilgeboten wurden. Sie hieß den Jüngling die Bücher auszusuchen, die er brauchte, und sie einzuhandeln; und als sie am Ende die Ausgaben zusammenrechnete, beliefen sie sich auf genau hundert Goldstücke – die gesamte Barschaft, die das Mädchen noch besaß. Unbeirrt aber ließ sie die Bände in den Wagen laden und fuhr damit nach Hause.

Von diesem Tag an ermunterte sie den Jüngling, sein Herz frei zu machen von allen Sorgen und dafür seine gesamte Willenskraft aufs Studium zu richten. Die Nacht oftmals zum Tage machend, mühte er sich ab mit Feuereifer, sie aber saß allezeit an seiner Seite und begab sich erst zu Bett, wenn es Mitternacht geworden. Bemerkte sie, daß er todmüde auf seinem Stuhl zusammensinken wollte, so riet sie ihm, zur Erholung ein Gedicht oder ein Lied zu schreiben. Als zwei Jahre vergangen waren, hatte er in seinen Studien große Fortschritte gemacht. Unter den Büchern und Schriften innerhalb der vier Meere gab es keines, das er nicht seinem Wert entsprechend kannte.

»Jetzt könnte ich wohl die Prüfung schon bestehen«, sagte er zu seiner Geliebten. Sie aber riet ihm: »Noch nicht! Verfeinere dein Wissen und laß es erst zu voller Reife kommen, damit du wohl gerüstet bist im Examenskampf.«

Als abermals ein Jahr vergangen war, sprach sie zu ihm: »Nun magst du dich prüfen lassen.«

Der Jüngling meldete sich zur Prüfung an. Als weitaus bester, mit den höchsten Auszeichnungen versehen, ging er daraus glanzvoll hervor. Die Kunde von seinem Triumph ließ selbst die Pforten des Ministeriums für Kultur und Wissenschaft erzittern, die ältesten Gelehrten beugten sich über seine Aufsätze, und keinen gab es, der ihm nicht gern gehuldigt und seine Freundschaft gesucht hätte. Das aber war vergebliches Bemühen, denn Fräulein Li hatte dem Jüngling empfohlen: »Noch nicht! Jetzt, da du als anerkannter Gelehrter die höchste Staatsprüfung als Bester bestanden hast, sagst du dir vielleicht, du könntest damit die glanzvollsten Ehrenstellen im Palaste des Kaisers erringen und dir mit Gewalt den schönsten Namen im ganzen Reiche machen. Allein, du bist ja eine Zeitlang schmutzige Wege gegangen und hast verachtenswerte Spuren hinterlassen, anders als andere Gelehrte. Schleife und härte darum weiter die Waffen deines Geistes und versuche, dich einer neuen Prüfung zu unterziehen — dann erst vermagst du, die Masse der Gelehrten auszustechen und als Sieger im Wettstreit der Besten hervorzugehen.«

Der Jüngling folgte ihrem Rat und widmete sich von Stund an noch eifriger, noch hingebungsvoller seinen Studien. Alle Welt war seines Lobes voll.

In jenen Jahren traf es sich, daß eine große Auswahlprüfung abgehalten wurde, zu der der Kaiser die hervorragendsten Männer aus den vier Himmelsrichtungen hatte kommen lassen. Der Jüngling, der gleichfalls geladen war, errang für sich die beste Note mit der Schrift ›Offene Worte, höchste Ermahnung‹, in der er kritisch zu Regierungsbestimmungen Stellung nahm. Der Kaiser ernannte ihn sogleich zum Militärkommandanten des Kreises Tschëng-du, und die höchsten Minister, noch mehr die niedrigeren Beamten, bewarben sich jetzt um seine Freundschaft.

Als es so weit war, daß er zu seinem Amtssitz aufbrechen

mußte, trat Fräulein Li vor ihn und sprach: »Nun hast du wieder zu dir selbst gefunden, und meine Schuld ist getilgt. Ich will den Rest meiner Jahre zubringen im Haus meiner Mutter, um sie zu pflegen. Du aber solltest dir ein schönes Mädchen aus namhafter Familie als Gemahlin nehmen, die würdig deine Ahnenopfer mitvollziehen kann. Keine Verwandte, ob nah, ob fern, sollen deinen guten Ruf beschmutzen – überlege das wohl und denke an dich! Ich muß in dieser Stunde von dir scheiden.«

Dem Jüngling traten die Tränen in die Augen. »Wenn du mich verläßt«, rief er, »werde ich mir selbst den Hals durchschneiden und in die Grube fahren!«

Doch das Mädchen weigerte sich beharrlich, mit ihm zu ziehen. Erst als sie der Jüngling immer mehr bestürmte, ward ihr Herz von Mitleid erfüllt.

»Gut«, sagte sie, »ich will dich begleiten über den großen Strom bis an den ›Schwert-Tor-Paß‹. Dort laß mich dann umkehren.«

Der Jüngling wars zufrieden, und nach etwa einem Monat erreichten sie zusammen den ›Schwert-Tor-Paß‹.

Es hatte sich aber begeben, daß der Jüngling, noch ehe er zu seiner Reise aufgebrochen, durch ein amtliches Schreiben davon Kenntnis erhalten hatte, daß sein Vater von Tschang-dschou versetzt und zum Präfekten von Tschëng-du ernannt worden war und damit gleichzeitig zum Inspekteur des Gebietes südlich vom ›Schwert-Tor-Paß‹. Zwölf Tage vorher war er zufällig am ›Schwert-Tor-Paß‹ angelangt, und der Jüngling schickte ihm daher – wie es die Bestimmungen vorschrieben – seine Karte in den Amtsgasthof, um ihm seine Aufwartung zu machen. Der alte Herr traute seinen Augen nicht, als er auf der Karte den Namen und Titel seines Sohnes, samt den Namen von Vater und Großvater vermerkt fand, und er war tief bewegt. Er gab Befehl, den jungen Mann die Stufen hinaufzuführen, und klopfte, als er seinen Sohn nun wiedersah, erst stumm vor Rührung seinen Rücken und weinte. Nach einer Weile endlich sprach er: »Jetzt sind wir beide, du und ich, wieder Vater und Sohn wie ehedem.«

Hierauf begehrte er zu hören, wie alles so gekommen sei. Als der Jüngling ihm seine ganze Geschichte vom Anfang bis zum Ende erzählt hatte, verwunderte er sich höchlichst und erkundigte sich angelegentlich, wo sich Fräulein Li befinde.

»Sie hat mich bis hierher begleitet«, gab der Jüngling zur Antwort. »Ich soll sie aber – nach ihrem eigenen Wunsch – wieder nach Hause schicken.«

Da rief der alte Herr: »Das darf nie und nimmer geschehen!«

Am nächsten Morgen schon ließ er einspannen und begab sich in Begleitung seines Sohnes voraus nach Tschëng-du. Fräulein Li ließ er am ›Schwert-Tor-Paß‹ zurückbleiben und richtete für sie eine eigene Herberge ein als Wohnung. Tags darauf sandte er eine Heiratsvermittlerin, um formell die Liebesbande zwischen den beiden Familien zu knüpfen. Unter Einhaltung der sechs Heiratszeremonien ward dann die Braut eingeholt und Hochzeit gefeiert nach dem uralten Ritus der Fürstengeschlechter von Tjin und Djin.

Die junge Frau aber versah alle Jahre, sommers wie winters, ihre weiblichen Aufgaben treu und gewissenhaft, hielt ihr Haus in strenger Ordnung und ward der Liebling ihrer Schwiegereltern.

Als nach etlichen Jahren Vater und Mutter des Jünglings das Zeitliche segneten, trauerte das junge Paar mit solcher Pietät, daß Wunderzeichen um es sichtbar wurden: ein glückverheißender Geisterpilz sproß aus dem Dach der Trauerhütte, die am Grabe der Eltern stand, das Korn trug dreifache Ähren an einem Halm, und weiße Schwalben nisteten zu Dutzenden unter dem Ziegeldach des Hauses. Dies alles wurde von der Provinzialbehörde nach oben dem Kaiser vermeldet, und das ganze Reich war voll Bewunderung. Noch üppiger floß da der Strom der Gunstbezeugungen und Geschenke, und in rascher Folge empfing der Jüngling immer neue Ämter, eines herrlicher als das andere; im Lauf von zehn Jahren kam er in vier oder fünf verschiedene Kreise. Seine Gemahlin aber ward als ›Edle vom Lande Djiän‹ in den Adelsstand erhoben. Sie schenkte vier Söhnen das Leben, von denen alle hohe Ämter errangen — der niedrigste ward immerhin noch Präfekt von Tai-yüan. Sie wählten ihre Frauen aus den mächtigsten Sippen des Landes. So wuchs denn am Ende, außen wie innen, das Glück der Familie zu einer Vollkommenheit, die in ihrer Größe unerreicht war in der Welt.

DU GUANG-TING 850–933

Der Fremde mit dem Lockenbart

In jenen Jahren, als Kaiser Yang-di (605–617) der Sui-Dynastie nach dem Süden reiste, um das Gebiet von Djiang-du zu besuchen, hatte er Yang Su, den Minister für öffentliche Arbeiten, damit betraut, die westliche Hauptstadt zu verwalten. Yang war ein hochmütiger Adelsmann. Er meinte, in dieser wirren Zeit gäbe es niemanden, der sich mit ihm messen könnte an Macht und Ansehen. Er gestattete sich riesigen Prunk, maßte sich hohe Ehren an und führte an seinem Hofe Riten ein, die zu einem Untertanen keineswegs mehr paßten. Wenn Fürsten und Grafen in sein Haus kamen, um das Wort zu ergreifen, wenn fremde Gäste erschienen, um ihre Aufwartung zu machen – stets empfing er sie auf weichen Polstern ruhend und befahl Palastdamen, ihn an der Hand geleitend herauszuführen. Diener und Dienerinnen umstanden seinen Thron, dicht gestaffelt, gleich Fäden eines Netzes. Auf diese Weise nahm er sich verwegen die Vorrechte eines Kaisers heraus. In späteren Jahren wurde es mit ihm noch ärger: er kümmerte sich keinen Deut mehr um das Elend im Lande und besaß keinen Funken Gefühl dafür, den wankenden Staat in seiner Not zu stützen und vor dem Untergang zu bewahren.

Eines Tages nun meldete sich ein junger Mann bei ihm zur Audienz, um geheimnisvolle Pläne vorzutragen zur Rettung der Dynastie. Es war kein Geringerer als Li Djing, der spätere Herzog von We, damals indes noch ein einfacher Mann. Auch ihn empfing Yang Su wie alle anderen, weit in die Polster zurückgelehnt. Da trat Li vor, verbeugte sich und sprach: »Das Reich steht gerade in diesen Tagen in hellem Aufruhr, heldenhafte Recken erheben allenthalben ihre Häupter. Müßt Ihr, der mächtigste Minister unserer Dynastie, da nicht im Herzen danach brennen, Euch selbst mit einem dichten Ring von weisen Männern und Heroen zu umgeben, statt ungebührlich Eure Gäste sitzend zu empfangen?« Betroffen runzelte Yang die Brauen, stand aber auf von seinem Sitz und bat um Verzeihung. Dann unterhielt er sich mit dem Fremden und fand solch großen Gefallen an ihm, daß er sich mit dem Versprechen zurückzog, seine Ratschläge zu beherzigen.

Während Li mit dem Minister angeregt plauderte, war ihm eine kleine Dienerin von ungewöhnlicher Schönheit aufgefallen.

Sie stand, mit einem roten Flederwisch in den Händen, vor dem Sessel des Ministers und sah ihn während seiner ganzen Rede unverwandt an. Als er dann den Palast verlassen hatte, war das nämliche Mädchen mit dem roten Flederwisch neben dem Wagen aufgetaucht und hatte mit einer Handbewegung einen Unterbeamten aufgefordert, das Wort an Li zu richten und zu sagen: »Ist die Frage gestattet, wie der Herr, der uns jetzt verläßt, mit Namen heißt und wo er seinen Wohnsitz hat?«

Li gab dem Beamten bereitwillig genaue Auskunft. Das Mädchen stand daneben, hörte alles mit an und schlenderte dann, leise vor sich hinsummend, davon. Li aber begab sich, ohne dem Begebnis Bedeutung beizumessen, zurück in seine Herberge.

Mitten in der Nacht, die fünfte Nachtwache hatte eben begonnen, vernahm er plötzlich ein Pochen an der Tür und eine gedämpfte Stimme, die seinen Namen rief. Er erhob sich von seinem Lager, um nachzuforschen, wer draußen sei. Da sah er vor sich eine Gestalt, gehüllt in einen purpurnen Mantel, mit einer Mütze auf der Stirn, in der Hand einen langen Stock, an dessen oberes Ende ein Reisebündelchen geknotet war.

»Wer seid Ihr denn?« fragte er neugierig.

»Ich bin das Mädchen mit dem roten Flederwisch aus dem Hause des Ministers Yang«, erhielt er zur Antwort. Ohne zu zögern, bat Li den unerwarteten Gast zu sich herein, ließ ihn den Mantel von den Schultern nehmen und die Mütze ablegen — tatsächlich, da war es jene Dienerin, ein Mädchen von berückender Schönheit im Alter von vielleicht achtzehn oder neunzehn. Sie besaß eine zarte helle Haut, die sich prachtvoll von den bunten Farben ihres Kleides abhob. Nachdem sie zur Begrüßung sich tief verneigt und Li es ihr höflich, wenn auch mit etwas bangen Gefühlen, nachgetan hatte, begann sie zu sprechen: »Ich stehe lange Jahre schon im Dienste des Ministers Yang und habe während dieser Zeit wahrlich schon viele edle Männer zu Gesicht bekommen — Euch aber glich kein einziger. Mir geht es wie der rankenden Glyzine, die nicht allein gedeihen kann, sondern sehnsuchtsvoll Halt sucht an einem starken hohen Baum. Nur darum bin ich zu Euch geeilt.«

»Der Minister Yang besitzt aber doch alle Macht hier in der Hauptstadt«, versetzte Li besorgt. »Was wird geschehen?«

»Jene Mumie von einem Kanzler liegt ohnehin schon in den letzten Zügen«, erwiderte das Mädchen unbekümmert. »Vor ihm braucht man sich nicht länger mehr zu fürchten. Die letzte Zofe merkt bereits, daß aus ihm wohl nichts mehr werden wird. Eine ganze Anzahl von Mädchen hat ihn schon verlassen; er bemüht sich auch nicht einmal allzusehr, sie wieder einzufangen. Seid nur beruhigt, ich habe alles genauestens bedacht!«

Nun erkundigte er sich nach ihrem Namen und der Stellung in ihrer Familie. Sie berichtete ihm, ihr Familienname sei Dschang, und sie selbst sei die Älteste von ihren Geschwistern.

Als Li sie jetzt näher betrachtete, ihren prangenden Körper vor sich sah und ihre feine Gestalt, ihre wohlklingende Rede auf sich wirken ließ und ihr natürliches Temperament, da war ihm, als habe er wahrlich ein Wesen vor sich, das vom Himmel zu ihm herabgestiegen sei. Nie hätte er sich träumen lassen, daß er jemals solch ein Mädchen für sich gewinnen würde. Je größer aber sein Entzücken war, desto größer war auch seine Sorge. Alle Augenblicke fühlte er sich in tausend Ängste gestürzt und ständig befallen von quälender Unruhe, zumal die Leute nicht davon ablassen wollten, bei jeder Gelegenheit neugierig durch seine Tür zu spähen. Nach ein paar Tagen drangen an sein Ohr sogar die Stimmen der Häscher, die Nachforschungen anstellten nach dem Mädchen; ihr Eifer freilich schien in der Tat nicht allzu groß. Kurz entschlossen ließ da Li das Mädchen die Kleider eines Ritters anlegen, dann schwangen sie sich jeder auf ein Pferd und sprengten geschwind zum Tor hinaus, um nach Tai-yüan, in Lis Heimat zu gelangen.

Als es Abend geworden, hielten sie Rast in einem Gasthof nahe dem Orte ›Geisterstein‹. Bald war das Bett bereitet, und im Kohlenbecken lag brutzelnd schon das Fleisch über der Flamme, um gar zu werden. Das Mädchen hatte sein Haar gelöst, das lang bis auf die Erde niederfiel, und kämmte es, versonnen vor dem Lager stehend, indes Li eifrig die Pferde striegelte.

Da tauchte mit einem Male ein Mann vor ihren Augen auf, mittelgroß, mit einem roten Bart, der sich in kleinen Locken um sein Kinn legte. Auf einem kümmerlichen Eselein kam er herangeritten. Mit nachlässiger Gebärde warf er eine lederne Reisetasche vor das Kohlenbecken, holte unverfroren ein Kissen vom Lager des jungen Paares und machte es sich bequem. Dann starrte er frech auf das Mädchen, das sich noch immer ihr Haar kämmte. Li fühlte einen gewaltigen Grimm in sich hochsteigen, fuhr aber fort, die Pferde zu striegeln, noch unentschlossen, wie er sich verhalten sollte. Das Mädchen betrachtete unterdessen voll angespannter Aufmerksamkeit das Gesicht des Fremden. Mit der einen Hand kämmte sie dabei weiter ihr Haar, mit der anderen gab sie hinter ihrem Rücken Li heimlich einen Wink, er möge seinen Zorn zügeln. Dann knotete sie ihr Haar mit einer raschen Bewegung, hüllte sich in einen Überwurf, trat vor und fragte den Fremdling nach seinem Namen.

»Aus der Familie Dschang gebürtig«, antwortete der kurz angebunden, ohne es für notwendig zu halten, sich vom Boden zu erheben.

»Auch ich trage den Familiennamen Dschang«, sagte da das Mädchen. »Gestattet, daß ich mich Euch als eine jüngere Schwester verbunden fühle.«

Eiligst vollzog sie eine Verneigung. Dann erkundigte sie sich danach, der wievielte Sohn er in seiner Familie sei.

»Der drittgeborene«, erwiderte der Fremde und stellte nun an das Mädchen die gleiche Frage. Als sie ihm erklärte, daß sie die älteste sei, sagte er mit freudiger Miene: »So habe ich also heute abend das große Glück, die Erstgeborene unter meinen jüngeren Schwestern getroffen zu haben.«

Nun erhob das Mädchen die Stimme und rief zu Li hinüber: »Komm doch her! Ich möchte dir den drittgeborenen meiner älteren Brüder vorstellen.«

Li eilte herbei und verneigte sich. Dann lagerten sie sich im Kreis um das Kohlenbecken.

»Was für Fleisch wird denn da gebraten?« fragte der Fremde.

»Hammelfleisch«, erwiderte Li. »Nach meiner Schätzung dürfte es eben gar sein.«

»Ich bin hungrig«, sagte drauf der Mann mit dem Lockenbart.

Während Li noch rasch auf den Markt ging, um ausländische Kuchen einzukaufen, zog der Fremde einen kurzen Dolch aus dem Gürtel und zerteilte das Fleisch. Hierauf aßen sie gemeinsam. Als das Mahl beendet war, sammelte der Fremde die umherliegenden Speisereste zusammen, brachte sie zu seinem Esel und fütterte ihn geschwind. Schließlich ergriff er wieder das Wort: »Wenn ich mir so Euren Aufzug ansehe, Junker Li, seid Ihr doch nichts weiter als ein armer Gelehrter. Wie habt Ihr es bloß zustande gebracht, solch eine wunderbare Frau zu erringen?«

»Ich mag zwar arm sein, deswegen besitze ich aber nicht minder ein Herz«, versetzte Li etwas unwillig. »Wenn ich sonst von jemandem so gefragt worden wäre, hätte ich ihn gewiß keiner Antwort gewürdigt. Nur weil Ihr es seid, älterer Bruder, der an mich die Frage richtet, will ich das Geheimnis nicht für mich behalten.«

Und er erzählte dem Mann mit dem Lockenbart alles genau, wie es sich zugetragen.

»So steht es also«, sagte der Fremde, als er geendet. »Und wohin geht jetzt die Reise?«

»Wir wollen uns in die Gegend von Tai-yüan zurückziehen«, erwiderte Li.

»Aha, dacht ichs mir doch von Anfang an, daß nicht Ihr es seid, der alleine dies vollbracht hat«, rief da der Fremde zu Lis Verwunderung, und erst nach einer kurzen Pause fuhr er fort zu sprechen: »Übrigens – habt Ihr nicht etwas Wein da?«

»Westlich von der Herberge hier ist ein Weinladen«, gab Li zur Antwort, erhob sich und ging fort, um Wein zu kaufen. Nachdem er mit einem Fäßchen zurückgekehrt war und die Becher die Runde machten, sagte der Fremde: »Ich habe ein paar Kleinigkeiten zum Essen bei mir, die gut zum Wein passen. Wollt Ihr mithalten, Junker Li?«

»Ich wage nicht, nein zu sagen«, erwiderte Li ahnungslos. Darauf öffnete der Mann mit dem Lockenbart seine lederne Reisetasche und ließ daraus ein bluttriefendes Menschenhaupt, ein Herz und eine Leber zum Vorschein kommen. Den Kopf warf er wieder zurück in die Tasche, Herz und Leber aber zerschnitzelte er und aß sie zum Wein.

»Das war ein Mann, der treulos am Reiche handelte«, sprach er dabei ungerührt. »Zehn Jahre lang beobachtete ich ihn in verhaltenem Grimm, heute endlich geriet er in meine Hand, und ich kann den Gefühlen meines Herzens freien Lauf lassen.«

Er schwieg eine Weile und nahm dann seine Rede wieder auf: »Wie ich sehe, Junker Li, zeigt Ihr würdige Haltung und guten Verstand, Ihr seid wirklich ein Mann mit dem Herzen auf dem rechten Fleck. Habt Ihr vielleicht von irgendeinem außerordentlichen Mann in Tai-yüan gehört?«

»Tatsächlich«, antwortete Li, »ich habe einst einen solchen Mann kennengelernt, den ich bei all meiner Beschränktheit als ›wahren Menschen‹ bezeichnen würde; freilich war es nur ein einziger, alle anderen waren bloß gewöhnliche Führer und Generäle.«

»Wie hieß er denn?«

»Er trug den gleichen Familiennamen wie ich: Li.«

»Und wie alt war er?«

»Kaum zwanzig.«

»Was treibt er denn jetzt?«

»Oh, er ist der Sohn eines Provinzgenerals.«

»Das scheint ja fast der Mann zu sein, nach dem ich forsche«, sagte da der Fremde. »Ich muß ihn unbedingt sehen. Wäret Ihr in der Lage, Junker Li, mich zu ihm zu führen und mir eine Unterredung zu vermitteln?«

»Ein guter Bekannter von mir, Liu Wën-djing, ist mit ihm eng befreundet. Durch seine Vermittlung ließe sich ein Treffen wohl vereinbaren. Aber wozu soll das dienen, älterer Bruder?«

»Ein Weiser, der einen Blick hat für das Weben himmlischer Mächte, verkündete mir, daß in Tai-yüan eine wunderbare geistige Kraft wirksam geworden sei. Er hieß mich, dorthin zu reisen und nachzufragen. — Wenn Ihr morgen in aller Frühe aufbrecht, Junker Li, wann werdet Ihr wohl in Tai-yüan sein?«

Li rechnete die Tage aus und sagte es dem Fremden. »Gut«, erwiderte der, »erwartet mich am Tage nach Eurer Ankunft zu Sonnenaufgang bei der Fën-yang-Brücke.«

Nach diesen Worten schwang er sich auf sein Eselein, trabte so geschwind davon, als ginge es mit Flügeln, und schon war er im Dunkel der Nacht den Augen entschwunden.

Halb verängstigt, halb entzückt, verharrten Li und das Mädchen eine ganze Weile. »Solch ein heldenhafter Mann hintergeht keinen Menschen«, sagten sie sich endlich. »Wir brauchen uns nicht zu sorgen.« Am nächsten Morgen brachen sie auf und zogen, die Pferde mit der Peitsche zur Eile antreibend, weiter. Genau zum errechneten Termin ritten sie in Tay-yüan ein und trafen tatsächlich zu ihrer großen Freude den Fremden mit dem Lockenbart wieder. Sogleich machten sie sich auf zum Haus des Liu Wën-djing. Dort angekommen, erdachte sich Li schnell eine List und sprach zu Herrn Liu: »Dieser Herr hier, ein ausgezeichneter Wahrsager, hat den Wunsch geäußert, den jungen Herrn zu sehen. Könntet Ihr ihn bitte dazu bewegen, daß er uns die Ehre erweist?«

Herr Liu hatte den jungen Herrn Li, nach dem er gefragt wurde, immer schon für einen ungewöhnlich vielversprechenden Jüngling gehalten. Kaum hörte er daher, daß ein Wahrsager gekommen sei, um über ihn ein Urteil abzugeben, als er auch schon eiligst einen Boten schickte, um seinen Schützling herbeizuholen; nach einer Weile kehrte der Bote mit dem Jüngling zurück.

Der Jüngling war so mitgekommen, wie man ihn eben angetroffen hatte: ohne ein richtiges Hemd am Körper, ohne Schuhe an den Füßen, nur mit einem leichten Überwurf und einem abgeschabten Pelz bekleidet. Aber in seinem Antlitz leuchteten Erhabenheit und Würde, und ein unvergleichlicher Zauber ging von seiner Person aus. Dem Manne mit dem Lockenbart, der schweigend am Ende der Tafel Platz genommen hatte, setzte das Herz aus, als er diese Erscheinung vor sich sah. Er stürzte hastig ein Paar Becher Wein hinunter, winkte dann Li heran und flüsterte: »Wahrhaftig, der neue Sohn des Himmels!«

Li gab den Spruch weiter an Herrn Liu; der freute sich ungemein und blickte äußerst selbstzufrieden.

Nachdem sie Herrn Lius Haus wieder verlassen hatten, sprach der Fremde: »Ich bin mir meines Urteils fast völlig sicher, dennoch halte ich es für unumgänglich, daß ich den Jüngling auch noch einem ehrwürdigen Freund von mir zeige, einem Taoistenmönch. Begebt Ihr Euch, Junker Li, und Ihr, meine erstgeborene Schwester, wieder zurück in die Stadt und fragt nach mir gegen Mittag in einer Weinwirtschaft östlich des Ortes ›Pferdeweg‹. Wenn Ihr dort unter dem Vordach dieses mein Reittier angebunden findet, neben einem zweiten, jedoch viel magereren Eselein, dann wißt Ihr, daß ich mich drinnen befinde, in Gesellschaft meines taoistischen Freundes, und könnt gleich eintreten.«

Sie trennten sich also erneut und gingen verschiedener Wege.

Li und das Mädchen hielten sich wieder genau an die Anweisungen, die sie erhalten hatten. Als der verabredete Zeitpunkt heranrückte, suchten sie nach der Weinwirtschaft, fanden sie auch bald und bemerkten, wie vorhergesagt, die beiden Grauschimmel vor dem Hause stehen. Ihre Gewänder hochraffend, stiegen sie die Stufen zum Obergeschoß empor – da saß tatsächlich wieder der Mann mit dem Lockenbart, ihm gegenüber ein taoistischer Geistlicher. Sie schienen eben mit dem Trinken begonnen zu haben und winkten dem jungen Paar, als sie es sahen, voll freudiger Erregung, näher zu treten und Platz zu nehmen.

Nachdem sie, gemütlich im Kreise zusammenhockend, mehr als zehn Runden genossen hatten, sagte der Mann mit dem Lockenbart zu Li: »Unten im Erdgeschoß werdet Ihr in einer Truhe hunderttausend Kupfermünzen finden. Gebraucht sie, um einen verschwiegenen Wohnsitz zu finden, wo meine junge Wahlschwester für eine Zeit leben kann. An dem und dem Tag möchte ich Euch dann wieder auf der Fêng-yang-Brücke treffen.«

Li tat, wie ihm geheißen. Als der festgesetzte Tag gekommen

war, begab er sich zu der Brücke. Der Taoist und der Mann mit dem Lockenbart warteten dort bereits. Nun machten sie sich zu dritt auf den Weg, um Herrn Liu erneut einen Besuch abzustatten

Als sie bei ihm eintraten, saß er gerade beim Schachspiel. Nachdem sie ihn höflich begrüßt und vorgetragen hatten, was ihnen auf dem Herzen lag, schickte Herr Liu sogleich einen Eilboten mit einem Schreiben an den Jüngling, der ja niemand anders war, als der spätere Kaiser Wën der Tang-Dynastie, und lud ihn herzlich ein, beim Schachspiel zuzusehen. Der Taoistenpriester setzte sich an das Schachbrett Herrn Liu gegenüber und begann mit ihm ein Spiel, während Li und der Mann mit dem Lockenbart es sich seitwärts bequem machten.

Plötzlich öffnete sich die Tür, und der Jüngling trat ein. Mit einer Vornehmheit, die jeden ehrfürchtig erschauern ließ, vollzog er eine tiefe Verneigung und nahm Platz. Wie ein leichtes Wehen verbreitete sich ein Hauch reiner, heller Geistigkeit um seinen Sitz, und ein geheimnisvoll loderndes Feuer lag in seinen Augen. Der Taoistenpriester hatte kaum einen einzigen Blick auf den Jüngling geworfen, als sich ein Zug von tiefem Weh über sein Gesicht legte. Er warf seine Figuren auf dem Schachbrett um und murmelte: »Das Spiel ist aus. Durch diesen Zug hab ichs verloren. Ich sehe keinen Ausweg mehr, was helfen da noch lange Worte!«

Er erhob sich vom Schachtisch und bat um die Erlaubnis, sich empfehlen zu dürfen. Draußen wandte er sich an den Mann mit dem Lockenbart und sprach in ernstem Ton: »Diese Welt hier ist nicht Eure Welt. In anderen Ländern wird Euch dafür Erfolg blühen. Schöpfet Mut und lasset den Kopf nicht sinken!«

Sie machten sich beide miteinander auf den Weg in die Stadt, zu Li aber, der wegen des Mädchens zunächst zurückbleiben mußte, sprach der Mann mit dem Lockenbart: »Wenn ich mir überlege, wie weit Ihr zu reisen habt, Junker Li, um meine Schwester zu treffen, so scheint es mir, daß Ihr beide wohl an dem und dem Tag in der Stadt eintreffen werdet. Am Morgen nach Eurer Ankunft müßt Ihr mich unbedingt zusammen mit der jungen Dame in meinem kleinen Häuschen in der Straße Sowieso besuchen; dort wollen wir miteinander plaudern. Ich weiß auch, daß Euer Verhältnis zu meiner Schwester noch gänzlich in der Schwebe ist, gleich einem Klangstein, der an einem dünnen Faden hängt. Daher möchte ich gerne, daß Ihr mit diesem Eurem jungen

Weib in meinem Hause, als geehrte Gäste lebend, in Ruhe Eure Hochzeit feiern könnt. Lehnt bitte nicht voreilig ab.«

Nachdem er so gesprochen, seufzte er auf aus tiefer Brust und ritt davon. Li indessen gab seinem Pferd den Stachel und sprengte zu dem Haus, wo er das Mädchen zurückgelassen, und reiste mit ihr dann unverzüglich wieder in die Stadt. Als sie zusammen in die Straße kamen, die der Mann mit dem Lockenbart angegeben hatte, sahen sie sich dort zunächst vor einer kleinen, ärmlichen Brettertür. Li klopfte an, und sogleich ward die Pforte von einem Diener geöffnet.

»Der hohe Herr, der Drittgeborene, hat mir bereits vor geraumer Zeit befohlen, auf Euch, Junker Li, und auf die junge Dame zu warten«, sagte er mit einer tiefen Verbeugung. Er führte sie durch ein Doppeltor, das ungleich größer war als die bescheidene Holztüre, hinein in einen Palast. Vierzig Dienerinnen hatten zum Empfang in der Vorhalle Aufstellung genommen, während ein Zug von zwanzig Sklaven die beiden Besucher in den Ost-Saal geleiteten. Dort breiteten sich vor ihren entzückten Augen die kostbarsten, seltensten Putzgegenstände aus: in edlen Truhen lagen feine Schminkkästchen, bestickte Kappen, Spiegel, Kopfschmuck – alles in Hülle und Fülle und von einer Pracht zeugend, wie sie Menschen nicht kennen. Nachdem sich die beiden mit Hilfe dieser Dinge säuberlich gepflegt und nachdem sie Kappe und Schmuck angelegt hatten, wurden sie aufgefordert, neue herrliche Gewänder anzuziehen, die man ihnen darbot. Kaum waren sie fertig, als eine Stimme ertönte: »Der hohe Herr, der Drittgeborene, kommt.«

Und da trat der Mann mit dem Lockenbart hervor, eine Kappe aus leichter Seide auf dem Haupt, einen feinen Pelz um die Schultern, eine Würde ausstrahlend wie Tiger und Drache, daß einem das Herz höher schlug bei dem Anblick. Auch seine Gemahlin verließ zur Begrüßung die Gemächer – eine Frau von überirdischer Schönheit. Hierauf begaben sie sich alle in den Mittelsaal, wo Matten und Schüsseln für ein verschwenderisches Mahl vorbereitet waren, wie es selbst ein König oder Herzog nicht üppiger hätte gestalten können. Während sie zu viert an der Tafel saßen, bewegte sich vor ihren Augen eine Schar von zwanzig Sängerinnen, deren Lieblichkeit glauben ließ, sie seien gerade vom Himmel herniedergestiegen: von göttlichem Wohlklang waren die Melodien, die sie vortrugen.

Als man, nachdem das Mahl zu Ende war, schließlich beim

Wein zusammensaß, brachte die Dienerschaft aus der Ost-Halle zwanzig bettähnliche Gestelle, sämtlich zugedeckt mit bestickten Stoffen von Brokat. Sie wurden niedergesetzt, die Tüchter entfernt — da zeigte sich, daß sie beladen waren über und über mit lauter Rechnungsbüchern und Schlüsselbünden.

»Was Ihr hier seht«, sprach der Mann mit dem Lockenbart zu Li gewendet, »bildet den Zugang zu all meinem Reichtum, zu allen meinen Schätzen, und dies möchte ich Euch hiermit zum Geschenke machen. Fragt Ihr, warum? Diese Dinge sollten nur meinem Wunsche dienen, hier in dieser Welt ein hohes Amt für mich zu finden. Zwanzig oder dreißig Jahre lang wollte ich gleich einem Drachen darum kämpfen, mich zur Regierungsmacht emporzuschwingen. Jetzt aber ist ein anderer Herrscher schon erschienen, was hätte da mein Bleiben noch für einen Sinn! Der junge Li aus Tai-yüan nämlich, er ist in Wahrheit der heldenhafte Herr der Zukunft. In drei oder fünf Jahren wird wieder Friede einkehren im Lande. Ihr aber, Junker Li, werdet ob Eures wunderbaren, ungewöhnlichen Talentes diesem von klarer Harmonie erfüllten Herrscher helfen können und in der vollkommenen Güte Eures Herzens der höchste Diener jenes erlauchten Mannes werden. Diese meine Schwester, leuchtend in himmlischer Schönheit, begabt in allen Künsten einer anderen Welt, sie wird ihren Gemahl auf seinem steilen Ehrenpfad begleiten und ihn mit einer Fülle von Frohsinn und Lieblichkeit umgeben. Nur sie, Junker Li, konnte erkennen, was in Euch steckt, nur Ihr aber konntet ihr auch die Herrlichkeit verleihn, die sie verdient. Es ist schon so: die Edlen, die zu Hohem geboren, erheben sich genau zu der Stunde, die ihnen bestimmt, und so wenig es Zufall ist, daß der Wind sich erhebt beim Brüllen des Tigers und die Wolken sich ballen beim Stöhnen des Drachens, so wenig geschieht dieses alles von selbst. Nehmt das, was ich Euch schenke, um dem wahren Herrscher zu helfen, und unterstützt ihn bei seinem großen Werk, ohne zu zaudern. In zehn Jahren aber werden sich in einem Lande, etliche tausend Meilen südöstlich von hier, merkwürdige Dinge ereignen — dann wisset, daß auch ich die Ernte für meine Taten einbringe. Dann, Schwester und Junker Li, müßt Ihr als Glückwunsch Eure Becher nach dem Südosten leeren!«

Nach diesen Worten hieß er seine gesamte Dienerschaft sich in einer Reihe aufstellen und verneigen und sagte: »Junker Li und diese meine erstgeborene jüngere Schwester sind von nun an eure Herren.«

Hierauf bestiegen er und seine Gemahlin die Pferde, sprengten, nur von einem einzigen Sklaven begleitet, davon und waren schon nach wenigen Schritten spurlos den Augen verschwunden.

Li aber nutzte die Möglichkeit, gestützt auf sein neues Besitztum — es war gewaltig —, dem Jüngling, der später Kaiser Wên-di der Tang-Dynastie werden sollte, die Mittel an die Hand zu geben, seine Herrschaft zu errichten und so das Land zu retten.

Im zehnten Jahre der Ära ›Glückverheißender Ausblick‹ (636 n. Chr.), als Li mit dem Titel eines Ministers zur Linken die Staatsgeschäfte eines Kanzlers leitete, kam von den südlichen Barbarenländern eine überraschende Nachricht: »Eine gewaltige Hochseeflotte von tausend Schiffen mit hunderttausend Schwerbewaffneten an Bord ist an der Küste des Staates Fu-yü gelandet. Der Führer der Armee hat den Herrscher des Landes getötet und selbst den Thron bestiegen. In dem Reiche herrscht bereits wieder Ruhe.«

Da wußte Li, daß der Fremde mit dem Lockenbart sein Ziel erreicht hatte. Er begab sich nach Hause und berichtete seiner Gemahlin, was geschehen. Sie kleideten sich beide in ihre Zeremonialgewänder, um dem fernen Freund ihren Glückwunsch darzubringen, leerten ihre Becher nach dem Südosten und vollzogen ehrfurchtsvoll grüßend ihre Verneigung.

PE HSING UM 860

Rotfaden

Im Hause des Truppengrenzwartes von Lu-dschou, Hsiä Sung, lebte einst eine junge Dienerin mit Namen Rotfaden, die sich ausgezeichnet darauf verstand, die Yüan-hsiän-Laute zu spielen, zudem aber auch äußerst bewandert war in der Lektüre der Klassiker und Geschichtswerke, so daß Hsiä Sung sie immer herbeiholte, damit sie ihm die amtliche Schreibarbeit abnehme; er nannte sie einfach seine Privatsekretärin.

Ihre Klugheit bewies Rotfaden schon sehr früh. Als bei der Armee einmal ein großes Fest begangen wurde, sprach sie zu Sung, nachdem sie ein wenig der Musik gelauscht hatte: »Der Ton der

Hirschfell-Pauke klingt heute so unermeßlich traurig und abgerissen. Der Mann, der sie schlägt, hat gewiß einen Kummer.«

Sung, der gleichfalls von Musik etwas verstand, horchte aufmerksamer hin.

»Tatsächlich, es ist, wie du sagst«, sagte er schließlich. Er ließ den Paukenschläger kommen und fragte ihn, ob ihm etwas fehle.

»Mein Weib ist gestern nacht gestorben«, erwiderte der Mann. »Ich habe aber nicht gewagt, um Urlaub zu bitten.«

Da erkannte Sung, daß sich Rotfaden nicht geirrt hatte, und schickte den Mann nach Hause.

In jenen Tagen, die auf die Ära ›Höchste Tugend‹ (756–758) folgten, während der es blutige Aufstände gegeben hatte, waren die beiden nördlichen Flußprovinzen noch nicht zur Ruhe gekommen. Der Ort Gan-yang wurde daher zum befestigten Platz erklärt, und Sung erhielt den Befehl, ihn als Garnison zu verteidigen und die Rebellion in der Provinz östlich der Berge zu unterdrücken. Als jedoch ein Großteil der Truppen gefallen oder verwundet war, der Rest aber sich in Auflösung befand, erging eine kaiserliche Verfügung, daß Sung seine Tochter verheiraten solle an den Sohn des Tiän Tschëng-sï, des Truppengrenzwartes von We-bo, und seinen Sohn an die Tochter des Ling-hu Dschang, des Truppengrenzwartes von Hua-tai, um so diese drei befestigten Plätze durch Verwandtschaft miteinander zu verbinden und einen leichteren Verkehr zwischen ihnen zu ermöglichen.

Tiän Tschëng-sï indessen war mit dieser Regelung keineswegs einverstanden. Er war ein Mann, der an einer Lungenkrankheit litt. Als er mit dem heißen Klima von We-bo bekannt wurde, verschlimmerte sich sein Leiden, und er sprach so und so oft voll Neid: »Wenn ich doch bloß in die Provinz östlich der Berge als Militärbefehlshaber versetzt worden wäre wie Hsiä Sung und die kühle Luft dort atmen dürfte – damit hätte ich mein Leben um etliche Jahre verlängern können!«

Nun wählte er aus seinem Heer eine Truppe von dreitausend Kriegern aus, die an Tollkühnheit andere ums Zehnfache übertrafen, und nannte sie seine ›Männer des Außendienstes‹. Sie erhielten einen besonders reichen Sold; dreihundert von ihnen mußten auf seinen Befehl hin nachts ständig bei seinem Amtssitz Wache halten. Er wartete nur noch darauf, daß durch das Orakel ein günstiger Tag ausgewählt würde, um dann Lu-dschou seinem Gebiet einzuverleiben.

Als Hsiä Sung von diesen Vorbereitungen erfuhr, war er Tag

und Nacht voll Angst und Niedergeschlagenheit. Vor sich hinstöhnend, führte er endlose Selbstgespräche, aber ein Ausweg wollte ihm nicht einfallen.

Einmal nun machte er früh am Abend, als die Wachtore bereits geschlossen waren, einen Spaziergang in seinem Garten. Die Dienerin Rotfaden war seine einzige Begleiterin. Da ergriff sie das Wort und sprach zu ihm: »Seit einem Monat schon, mein Gebieter, habt Ihr nicht mehr in Ruhe gegessen und geschlafen. Irgend etwas bedrückt Eure Seele. Es handelt sich um Euer Nachbargebiet, nicht wahr?«

»Allerdings«, gab Sung zur Antwort. »Doch bei dieser Sache geht es um Leben und Tod, da kannst du keinen Rat wissen.«

»Ich bin zwar tatsächlich bloß eine niedrigstehende Person«, entgegnete hierauf Rotfaden, »trotzdem wäre ich in der Lage, Euch von Eurem Kummer zu befreien!«

Als Sung sie so sprechen hörte, stutzte er und sagte: »Ich hatte keine Ahnung, daß du ein Wundermensch bist. Mein Sinn war wohl verdunkelt.« Und er schilderte Rotfaden die Lage in allen Einzelheiten.

»Ich habe dieses Amt«, so schloß er, »von meinem Großvater und meinem Vater übernommen und vom Kaiserhaus große Gnaden empfangen. Durch den Tag, an dem ich diese Festung verlöre, wären die Verdienste etlicher hundert Jahre zunichte gemacht!« »Das ist eine ganz leichte Aufgabe, die Euch, mein Gebieter, weder Mühe noch Kummer bereiten sollte«, sprach da Rotfaden. »Lasset mich doch gleich nach We-bo reisen, damit ich die Lage mit eigenen Augen sehe und die Vor- und Nachteile prüfe. Wenn ich mich jetzt zur ersten Nachtwache auf den Weg mache, kann ich um die fünfte Nachtwache schon wieder zurück sein und Bericht erstatten. Ich bitte Euch bloß, mir ein schnelles Pferd bereitstellen und die notwendigen Beglaubigungsschreiben ausfertigen zu lassen, dann braucht Ihr nur noch auf meine Rückkehr zu warten.«

»Wenn aber irgend etwas nicht gut geht und dir bei der Rückkehr ein Unglück zustößt — was dann?« fragte Sung besorgt. Doch Rotfaden beruhigte ihn: »Wenn ich solch eine Sache unternehme, wird es keine Schwierigkeiten geben.«

Dann eilte sie in ihr Gemach und richtete ihr Reisegepäck her. Sie ordnete ihr Haar nach der Art der Raben-Man-Barbaren, befestigte eine goldene Agraffe, die einen Vogel darstellte, an ihrer Frisur, legte ein Kleid an mit Purpurstickerei und kurzen Ärmeln und wählte Schuhe mit blauen Seidenverzierungen auf der Kappe. In den Gürtel steckte sie sich einen mit Drachen geschmückten Dolch und malte auf die Stirnseite ihrer Mütze den Namen der taoistischen Gottheit ›Große Einheit‹. Auf diese Weise in einen Mann verkleidet, verneigte sie sich zum Abschied vor Sung mehrere Male, und schon war sie mit einem Schlag in der Dunkelheit verschwunden.

Sung aber wandte sich um, kehrte ins Haus zurück und verschloß die Tür hinter sich. Die Lampe im Rücken, setzte er sich voller Unruhe nieder. Gewöhnlich nahm er abends nur ein paar Becherchen Wein zu sich, in dieser Nacht aber trank er mehr als zehn Humpen, ohne eine Wirkung zu verspüren. Plötzlich hörte er, wie vor der Tür im Säuseln des Morgenwindes ein Blatt raschelnd zu Boden fiel. Er schreckte auf und fragte, wer draußen sei – da war es Rotfaden, die schon wieder zurückgekehrt war. Außer sich vor Freude, überschüttete er sie mit lieben Worten und erkundigte sich gespannt, ob sie Erfolg gehabt habe oder nicht.

»Ich hätte nicht gewagt, meinem Auftrag untreu zu werden«, erwiderte Rotfaden, und als Sung weiter fragte, ob sie etwa jemanden verwundet oder gar getötet hätte, antwortete sie: »So weit ist es nicht gekommen. Ich habe bloß eine goldene Schatulle, die am Kopfende des Bettes Eures Feindes stand, mitgenommen, als Zeichen, daß ich dort gewesen.«

Und sie begann zu erzählen: »Noch ehe eine dreiviertel Stunde verronnen war, erreichte ich die Stadt We-bo. Ungehindert durchschritt ich dort mehrere Tore, bis ich schließlich in das Schlafgemach Eures Gegners gelangte. Ich hörte die ›Männer des Außendienstes‹, die sich in den Seitenräumen aufhielten, schnarchen wie Donnergrollen und vernahm die Soldaten der Leibwache, die in den Vorhallen auf und ab gingen, miteinander schreien wie Sturmeswehen. Ich hob den linken Bettvorhang und beugte mich über das Lager – da lag denn der gute alte Herr Tiän in den Kissen und schlief schnaubend, daß er rasselte wie Trommelwirbel. Seine Kopfrolle war verziert mit einem Rhinozeroshornmuster, seine Frisur eingebunden in ein gelbes Gazetuch. Unter der Kopfrolle lugte ein ›Siebengestirndolch‹ hervor, und davor lag diese goldene Schatulle. Als ich sie öffnete, sah ich, daß innen Herrn Tiäns Geburtsdatum und der Name des Sterngottes des ›Großen Bären‹, des Schutzpatrons der Krieger, eingraviert war. Gefüllt war sie bis oben hin mit Räucherwerk berühmtester Herkunft und mit den schönsten Perlen. Nun denn, wie er, Herr Tiän, warm gebettet in seinem nach Orchideen duftenden Gemach, das seine Macht repräsentieren und ihm Bequemlichkeit bringen sollte im Leben, wie er da so vor mir lag, ahnungslos, daß sein Schicksal in meiner Hand lag — wie hätte ich mir da noch Gedanken machen können, ob ich ihn am Leben lassen oder ihn töten oder auch nur verletzen sollte!

Mit der Zeit waren die Kerzen in dem Raum herabgebrannt, und das Räucherwerk in den Becken ging zur Neige. An allen Ecken und Enden wurden die Dienstleute allmählich unruhig: die einen stießen mit den Köpfen gegen die Wandschirme und hörten auf zu schnarchen, die anderen tappten mit den Händen nach ihren Tüchern und reckten sich im Halbschlaf. Da raubte ich Herrn Tiän noch schnell den Haarpfeil und das Ohrgehänge und zog ihm seine Gewänder vom Leibe. Wie bei einem Kranken, einem sinnlos Betrunkenen, konnte auch all dies ihn nicht erwecken. Schließlich ergriff ich die Schatulle und machte mich mit ihr wieder aus dem Staube. Ich verließ We-bo durch das Westtor, durcheilte zweihundert Meilen, bis ich meinen Blick hinauf zur ›Kupfer-Pagode‹ schweifen lassen konnte, sprengte dann entlang dem nach Osten weisenden Lauf des Dschang-Flusses, wo sich mit dem Blinken des Morgensterns die ersten Hähne auf den Feldern regten und die schräg am Himmel hängende Mondsichel die dunkle Waldeslinie berührte. Voll Haß auf diese Reise und zugleich voll Freude auf die Heimkehr, stockte ich bisweilen und war nahe daran, meinen Auftrag zu vergessen, aber immer wieder wurde mir bewußt, wieviel ich Euch verdanke — und so erfüllt ich denn mein Versprechen. Während der drei Doppelstunden der heutigen Nacht habe ich hin- und zurückreisend siebenhundert Meilen überwunden, gefährliche Länder besucht und in einem Zug fünf bis sechs Städte durchmessen, aus sorgendem Begehren, Euren Kummer zu lindern — doch wie könnt ich es wagen, von diesen Mühsalen zu sprechen?!«

Nun schickte Sung alsogleich einen Boten nach We-bo und ließ ihn die Schatulle bei Tiän Tschëng-sï überreichen zusammen mit einem Schreiben, in dem zu lesen stand: »Letzte Nacht wurde bei uns ein Fremdling aufgegriffen, der von We-bo kam. Er behauptet, vom Kopfe Eures Bettes, Herr Oberbefehlshaber, diese goldene Schatulle weggenommen zu haben. Ich besitze nicht die Kühnheit, sie zu behalten, sondern übermittele sie Euch hiermit ehrerbietigst.«

Der Sonderbote jagte davon schnell wie der Blitz und erreichte We-bo am nächsten Tag genau um Mitternacht. Das ganze feindliche Heer geriet in Aufregung und Verwirrung, als es sah, daß er die goldene Schatulle mit sich führte. Der Bote aber klopfte mit seiner Pferdepeitsche an das Hauptportal und bat, unverzüglich zur Audienz vorgelassen zu werden. Tiän Tschëng-sï kam eilends hervor, und der Bote überantwortete ihm die Schatulle.

Tiän war vor Schreck und Überraschung außer sich, als er so sein Eigentum entgegennehmen mußte. Er lud den Boten zum Dableiben ein, ließ ihn in seiner eigenen Wohnung nächtigen, setzte sich mit ihm auf vertraulichste Weise beim Wein zusammen und überhäufte ihn mit Geschenken.

Am nächsten Morgen vertraute er ihm dreißigtausend Rollen Seide, zweihundert Pferde edelsten Geblüts und verschiedene ungewöhnliche Kostbarkeiten an als Geschenk für Sung und ließ ihn folgende Botschaft übermitteln: »Mein Haupt, mein Nacken war Eurer Großmut ausgeliefert – nun kommt es mir zu, das Unrecht einzusehen, das ich jüngst begangen. Ich will es nicht weiter mehr von mir weisen, Euer Verwandter zu werden, sondern nur noch Euren Anregungen entsprechen. Ich wage es, nun selbst zu einer ehelichen Verbindung zwischen unseren Familien zu raten. Wenn von mir aus Wagenzüge an Euch abgehen, so soll aus den hintersten Wagen ein anfeuerndes Trommeln zu hören sein, und wenn sie von Euch zu mir kommen, so möge man die vordersten Pferde mit der Peitsche vorwärts treiben. Mit meinen Leuten, die ich als die ›Männer des Außendienstes‹ ursprünglich wirklich nur zur Landesverteidigung formiert hatte, werde ich keine besonderen Pläne mehr verfolgen. Laßt uns jetzt gemeinsam die Kriegspanzer ablegen und uns wieder dem friedlichen Ackerbau zuwenden!«

Ein bis zwei Monate nach diesem Ereignis war es zwischen den beiden Flußprovinzen tatsächlich zu einem friedlichen Verkehr gekommen, und Hsiä Sung war von seinen Sorgen befreit. Da trat eines Tages Rotfaden vor ihn hin, um Abschied von ihm zu nehmen.

»Du bist doch in meinem Hause zur Welt gekommen«, rief Sung aus, »wohin willst du denn gehen? Auch bin ich ja geradezu abhängig von dir – wie wüßte ich Rat ohne dich bei meinen Geschäften!«

Da sprach Rotfaden: »Wisse, in meinem vorigen Leben war ich ein Mann und durchzog als Wandergelehrter die Strom- und Seeprovinzen im Süden. Ich hatte gelegentlich das Kräuterbuch des ›Heiligen Landmannes‹ gelesen, und mit den Kenntnissen, die ich daraus gewonnen, rettete ich meine Mitmenschen vor Seuchen und Krankheit. Nun war da in einem Dorf einmal eine schwangere Frau, die hatte plötzlich starke Leibschmerzen bekommen. Ich gab ihr, in Wein gelöst, Korianderblüten ein, und sie starb darauf – mit zwei Kindern unter ihrem Herzen. Das bedeutete, daß ich auf einen Schlag drei Menschen getötet hatte. Die Mächte der Dunkelheit ließen mich meine Strafe empfangen und verdammten mich dazu, in diesem Leben eine Frau zu werden und unter niedrigem Gesinde zu hausen, dessen Geistesgaben gewöhnlich recht primitiv sind. Nun hatte ich aber das Glück, in Eurer Familie wiedergeboren zu werden. In den neunzehn Jahren, die ich jetzt unter Eurem Dache zugebracht habe, wurde ich von Euch mit den elegantesten Gewändern gekleidet, mit den leckersten Speisen verköstigt, und Eure Liebe und Fürsorge, die all dies noch übertraf, ließ mich voll erblühen. Wieviel mehr noch aber erlebte ich ein Glück über alle Maßen, als es mir in einer entscheidenden Staatsangelegenheit zuteil wurde, einen Verstoß gegen die himmlische Ordnung durch meine Überlegung zunichte zu machen. Als ich neulich in das We-bo-Gebiet ging, geschah das, um Euch die mir erwiesene Gnade zu vergelten. Heute stehen die beiden Provinzländer schützend hinter ihren Hauptstädten, und zehntausend Menschen leben zusammen nur noch ein einziges Leben. Daß ich auf diese Art bewirkte, daß ein rebellischer Untertan Ehrfurcht kennenlernte und ein reiner Edelmann Frieden schließen konnte, das ist doch für ein einsames Weib wie mich als Verdienst wohl nicht geringzuschätzen. Unzweifelhaft habe ich damit mein früheres Verbrechen sühnen können und darf aufs neue eingehen in meine ehemalige Gestalt. Es wird mir wohl glücken, aus der Bahn des Erdenstaubes auszuscheiden und mit dem Herzen jenseits aller Wesenheiten zu wohnen, den Odem in meinem Körper von allen Schlacken zu reinigen und mein Leben zu verewigen.«

»Hieltest du es nicht für richtig, tausend Goldstücke, die ich dir gerne schenken möchte, für deinen Wohnort auf dem Götterberg mitzunehmen?« fragte schließlich Hsiä Sung das Mädchen. Sie aber gab zur Antwort: »Wie könnte man auf diese Weise Vorsorge treffen für die Verhältnisse in jener Welt, der ich entgegengehe!«

Da erkannte Sung, daß er sie nicht mehr zu halten vermochte.

So ließ er denn ein verschwenderisches Abschiedsmahl vorbereiten, zu dem er all seine Freunde und Kollegen einlud. Und als dann der Abend hereinbrach, begann man in der großen Mittelhalle zu feiern. Mit Gesängen auf den Lippen reichte Hsiä Sung den Wein an Rotfaden und bat auch einen Gastfreund, ein Lied für diesen Augenblick zu singen:

»Wehmütig klingt der Ling-Kastanien-Pflückerinnen Lied
herüber ins Magnolien-Boot,
wo wir der Freundin sanft erloschene Seele
geleiten zu dem Turm von hundert Fuß.
Sie ähnelt der Prinzessin Lo, die einst, auf Nebelwolken
wandernd, uns entschwand
im ungemessenen Raum des blauen Firmaments und
in der Wasser hohlen Fluten.«

Als man das Lied zu Ende gesungen hatte, war es Sung unmöglich, seinen Schmerz noch länger zurückzuhalten. Rotfaden verneigte sich vor ihm, und die Tränen strömten auch ihr aus den Augen. Doch dann tat sie plötzlich so, als sei sie ein wenig trunken vom Weine. Sie verließ ihre Matte und blieb seitdem verschwunden auf immer.

HSÜ TANG 2. HÄLFTE 9. JAHRHUNDERT

Die beiden Freunde

Es lebte einmal ein Mann namens Wu Bau-an, der aus der Provinz nördlich des Gelben Stromes kam und in Sui-dschou als örtlicher Militärkommandant Dienst tat. Er hatte einen Freund, Guo Dschung-hsiän geheißen, der aus dem gleichen Dorf stammte wie er. Er war ein Neffe zweiten Grades des allmächtigen Kanzlers Guo Yüan-dschën und besaß eine überragende geistige Begabung. Sein Onkel wollte ihn zu einem Staatsdiener mit klingendem Namen heranbilden.

Damals traf es sich gerade, daß bei den Südbarbaren Unruhen ausgebrochen waren. Der General Li Mëng wurde zum Militärgouverneur von Yau-dschou ernannt, um in diesem Gebiet eine

Strafexpedition gegen sie zu leiten. Kurz vor seinem Abmarsch suchte er den Kanzler auf, um sich von ihm zu verabschieden. Der Kanzler benutzte diese günstige Gelegenheit, um ihm seinen Neffen vorzustellen, und auf seine Bitten hin ernannte der General den jungen Mann zum Heeresrichter und nahm ihn mit auf den Feldzug nach dem Süden.

Als das Expeditionsheer eben kämpfend im Lande Schu im Südwesten angelangt war, erreichte Guo Dschung-hsiän ein Brief von der Hand seines Freundes Wu Bau-an, in dem es hieß:

»Mir ist das Glück zuteil geworden, in dem gleichen Dorf geboren und in die nämliche Geburtenliste eingetragen worden zu sein wie Ihr, dessen Bildung über alle Maßen ist. Obgleich die weite Entfernung es mir verbietet, mich vor Euch niederzuwerfen, ist doch mein Herz beständig verehrungsvoll bei Euch. Als Neffe des Kanzlers kamt Ihr, mein Herr, gleichwohl nur Eurer ungemessenen Begabung wegen in das Feldherrnzelt, und durch Euer Können allein erwarbt Ihr Euren Auftrag. General Li, der, mit den Geschäften des Friedens so gut vertraut wie mit denen des Krieges, den Befehl zu diesem besonderen Feldzug entgegennahm und persönlich die Armee zusammenschloß, um die kümmerlichen Feinde zur Ordnung zu bringen, er verband mit Recht den heldenhaften Mut seiner Generäle mit den Kräften Eures Geistes, damit er sie vereint leite zur machtvollen Vernichtung der Empörer. So wird Euch denn der Erfolg Tag und Nacht begleiten.

Ich, der Bau-an dagegen! Wohl habe ich in meiner Jugend die Studien heiß geliebt und, als ich älter ward, mich in besonderem Maße mit den Klassikern beschäftigt, doch mein Talent reichte nicht aus, um den Anschluß an andere zu gewinnen. So verfolgte ich denn als Beamter einzig und allein meine Karriere. Was es an Missetätern gab, befand sich außerhalb des Bereiches meines Schwertes. Wenn doch mein Bezirk näher dem Gebiete der Südbarbaren läge! Doch von meiner Heimat bis dorthin sind es ein paar tausend Meilen, durchzogen von hindernden Pässen und Flüssen. Wie aber sollte ich schon von diesem meinen Beamtenpöstlein ausgefüllt sein, bei dem man sich kaum errechnen kann, wann ich einmal von ihm fortkommen werde! Bei meiner Unfähigkeit wird es mir schwerfallen, ausgewählt zu werden, um als Beamter Dienst an der Front zu tun, und gar an etwas Gehalt zu denken – wie könnt ich solch vermessene Hoffnung hegen! Ich war nahe daran, vor Verzweiflung heimzukehren zu den Gräbern meiner Ahnen, um mich dort niederzulegen zum Sterben.

Doch wollt ich Euch hiermit erst den Kummer Eures Freundes kundtun. Wenn Ihr nicht das Gefühl für Eure alte Heimat verloren habt, so laßt Ihr vielleicht unverhofft erfolgverheißende Fürsorge über den Freund herabströmen und gebt ihm die Möglichkeit, in Eurer Abteilung einen Peitschenstiel oder ein Bogenholz als Knecht zu halten, damit er Euch mit aller Hingabe diene. Mag der Sold auch noch so gering sein und die Aussicht, Kriegsruhm zu erlangen, auch noch so dürftig — wenn ich den Triumph erränge, dort bei Euch einen Posten — und wäre es der allerletzte — anzutreten, es wäre ein Gnadenerweis von Euch, höher als die Gebirge in den Himmel ragen, und den Tag, an dem dies geschähe, würde ich in meinem Herzen eingravieren. Aber ich wag es nicht, darauf meine Hoffnung zu setzen, sondern bitte bloß, von Euch einen Rat empfangen zu dürfen.«

Als Guo diesen Brief empfing, war er tief gerührt. Er setzte sich augenblicklich mit General Li ins Vernehmen, und so veranlaßte er, daß Wu als Heeresschriftführer zur Südarmee beordert wurde.

Ehe aber Wu noch in dem Militärlager eingetroffen war, ereignete es sich, daß die Südbarbaren erneut Angriffe unternahmen. General Li stieß daraufhin bis nach Yau-dschou vor, stellte die Barbaren zum Kampf und brachte ihnen eine Niederlage bei. Im Siegesrausch drang er jedoch allzu tief in das feindliche Gebiet vor und wurde am Ende vernichtend geschlagen. Er selbst fiel im Gefecht, seine ganze Armee ward vernichtet. Guo aber geriet in Gefangenschaft.

Nun muß man wissen, daß die Barbaren in China gefertigte Waren außerordentlich schätzten. Sie boten daher einem jeden Soldaten, der in ihre Hand gefallen war, die Möglichkeit, eine Nachricht an seine Angehörigen zu senden und sie zu bitten, ihn für ein Lösegeld freizukaufen. Für jeden Mann forderten sie dreißig Rollen einfacher Seide.

Als Wu in Yau-dschou eintraf, verbreitete sich gerade die Kunde vom Untergang der Armee. Er beschloß daraufhin abzuwarten, blieb in der Stadt und kehrte zunächst noch nicht nach Hause zurück. Bald erhielt er auch einen Brief, den Guo aus dem Gebiet der Barbaren auf vielen schwierigen Umwegen an ihn gesandt hatte. Darin stand folgendes zu lesen:

»Meine Natur ist nicht so stark wie die des Dschung-i, der sich in aller Ruhe die Fesseln anlegen ließ, auch reiche ich nicht heran an Dji-dsï, der es alle Tage hinnehmen mußte, Sklavendienste zu tun. Wie käme ich Su Wu gleich, der für die Nordbarbaren am Meeresstrande Schafe hüten mußte, wie könnt ich mich messen mit Li Ling, der, am Hofe der Wildvölker gefangen, Wildgänse zu erlegen hatte! – Die Südbarbaren«, so hieß es weiter in dem Schreiben, »fordern nach ihrer Gewohnheit, da ich der Neffe des Kanzlers in unserem Lande bin, für mich ein Lösegeld von tausend Rollen einfacher Seide – aus diesem Grunde nur haben sie diesen Brief durchgelassen. Daneben verlangen sie noch hundert Rollen wasserdichten Stoffes. Nun bitte ich Euch von Herzen, so frühzeitig wie möglich einen Brief an meinen Onkel aufzusetzen und ihn von meiner Lage zu unterrichten. Es ist keine Stunde zu verlieren, damit ich recht bald durch das Lösegeld den Weg in die Heimat erlange und in den Stand gesetzt werde, meine Seele, die sich schon von dem Körper trennen will, zurückzuholen und mein absterbendes Gebein wieder mit Fleisch zu umhüllen. Wenn freilich mein Onkel die Gnade des Kaisers eingebüßt haben sollte, so ist guter Rat teuer. Ich würde Euch dann anflehen voll Inbrunst, mich mit Eurer Kraft aus diesem Grabe zu befreien und die Fessel, die mich an die Barbaren bindet, zu durchschneiden!«

Wu schmerzte es bitter, als er diese Zeilen von der Hand seines Freundes empfing. Guos Onkel, der Kanzler, war damals nämlich bereits gestorben und konnte nicht mehr helfen. So beschloß denn Wu, aus eigener Kraft die erforderliche Summe aufzubringen, um Guo seine Dankbarkeit zu beweisen. Er verkaufte seinen gesamten Familienbesitz und begab sich mit dem Erlös – zweihundert Seidenballen – auf die Wanderschaft. Zehn Jahre lang kehrte er nicht mehr in seine Heimat zurück, sondern wohnte weiter in dem fremden Land im Süden, besuchte dort nacheinander die Truppenlager und trieb bei ihnen Handel. Auf diese Art bekam er schließlich im ganzen siebenhundert Seidenrollen zusammen – die geforderte Menge jedoch war damit noch immer nicht erreicht.

Die ganze Zeit über hatte er in den allerbescheidensten Verhältnissen gelebt. Seine Frau und sein Sohn mußten mutterseelenallein in der Heimat Sui-dschou hausen. Seit dem Tage, da er in dem Wunsche, Guo auszulösen, von seiner Familie fortgegangen war, hatte er alles, was er von den Leuten je empfing, aufgespart und beiseite gelegt, selbst wenn es sich nur um einen Fußbreit Tuch oder eine einzige Pinte Hirse handelte. Nachdem so die Jahre verrannen, geriet seine Familie in solche Not, daß Frau und Kind Hunger und Kälte zu erleiden hatten. Als es so weit war, daß sie sich nicht mehr alleine am Leben erhalten konnten, nahm die Frau ihr schwaches Kindlein an der Hand, spannte einen Esel an und machte sich persönlich auf nach dem südlichen Lu-nan, um an den Ort zu kommen, wo Wu sich aufhielt. Mitten auf dem Wege aber, als sie noch etliche hundert Meilen von dort entfernt war, ging ihr Reiseproviant zu Ende. Da wußte sich die arme Frau wirklich nicht mehr zu helfen. Weinend setzte sie sich an den Wegesrand, und ihr Jammer erschütterte alle, die vorüberzogen.

Es traf sich aber, daß just zu dieser Zeit der Militärkommandant von Yau-dschou, Yang An-djü, sich mit der Pferdepost zu seinem Amtssitz begab. Als er Wus Frau so neben der Straße weinen sah, erkundigte er sich, was ihr fehle, und die Frau erzählte ihm ihre Geschichte. Da verwunderte sich der Kommandant sehr und sprach: »Ich werde bis zur nächsten Poststation vorausreiten. Dort will ich auf Euch warten und Eure Angelegenheit in Ordnung bringen!«

Nachdem er die Poststation erreicht hatte, gab er für die Frau tatsächlich ein paar tausend Kupfermünzen aus, um ihr ein Gefährt zu bezahlen und sie mit ihrem Kind herbeiholen zu lassen. Sobald er danach an seinem Amtssitz angekommen war, forderte er als allererstes Herrn Wu auf, sich bei ihm vorzustellen. Als Wu der Aufforderung Folge geleistet hatte, nahm er ihn bei den Händen, geleitete ihn hinauf zu seiner Halle und sagte:

»Ich habe immer die Schriften der Alten gelesen und mich mit der Verhaltensweise der Männer des Altertums vertraut gemacht — aber selbst da war niemals von solch einer Haltung die Rede, wie ich sie heute mit meinen eigenen Augen bei Euch, mein Herr, beobachten kann. Leider habe ich gerade erst mein Amt angetreten und besitze daher noch kein Vermögen, womit ich Euch auszuhelfen vermöchte. Im staatlichen Magazin meiner Behörde lagern jedoch vierhundert Rollen Seide als öffentliches Leihgut. Ich möchte sie Euch zur Verfügung stellen, um Euch damit aus Eurer bedrängten Lage zu befreien. Ich kann mir dann hinterher, wenn Euer Freund wieder da ist, in aller Ruhe die Zeit nehmen, die Bestände allmählich neu zu ergänzen.«

Wu war überglücklich. Sowie er die Seide in Empfang genommen hatte, ließ er einen Mann, der mit den Südbarbaren in Verbindung stand, mit dem Lösegeld in das feindliche Gebiet reisen. Und zweihundert Tage später traf Guo Dschung-hsiän tatsächlich als freier Mann in Yau-dschou ein. Verhärmt und abgemagert sah er aus, schon beinahe nicht mehr menschenähnlich.

Als nun so die zwei Freunde einander endlich wiedersahen, brachen sie beide beim Erzählen vor Rührung in Tränen aus.

Guo war, nachdem er in Gefangenschaft geraten war, einem Barbarenhäuptling als Sklaven überlassen worden. Sein Herr schätzte ihn sehr und ließ ihn zusammen mit sich und seinen Leuten am gleichen Tische speisen. Nach einem Jahr aber bekam Guo trotzdem Heimweh nach dem Norden und floh, um nach Hause zurückzukehren. Man verfolgte ihn aber und ergriff ihn wieder. Nun wurde er in das südliche Höhlengebiet verkauft. Der Herr, den er dort bekam, war grausam und mitleidslos. Sobald er Guo in seiner Gewalt hatte, trug er ihm die härtesten Arbeiten auf und prügelte ihn bis aufs Blut. Guo nahm aufs neue Reißaus, ward jedoch abermals eingefangen und wieder in die gleiche Gegend verkauft, zu einem Stamm, der den Namen ›Bodhisatva-Barbaren‹ trug. Ein ganzes Jahr hielt er es dort aus, dann machte er sich wegen der harten Behandlung erneut davon. Als die Barbaren ihn wieder gefaßt hatten, verkauften sie ihn an ein anderes Höhlenvolk. Der neue Herr dort nahm ihn in Empfang, indem er in grimmigem Tone sprach: »Du Sklave fliehst wohl gern. Glaubst du vielleicht, es sei schwer, dich zum Bleiben zu bewegen?« Er ließ zwei Bretter holen, ein jedes etliche Fuß lang, befahl Guo, sich darauf zu stellen und ließ Nägel durch seine Füße hindurch in das Holz treiben. So mußte denn Guo, ständig an diese beiden Bretter genagelt, alle Arbeiten verrichten. Des Nachts aber sperrte ihn sein Herr eigenhändig in einen unter die Erde versenkten Käfig. Mehrere Jahre vergingen, ehe die schwärenden Wunden an seinen Füßen verheilten, sieben ganze Jahre aber dauerten die Quälereien, die er durch die Bretter und den feuchten Käfig erdulden mußte – dabei hatte er erst gemeint, daß er all dies nicht einen Augenblick lang würde ertragen können. Als Wus Beauftragter sich zu den Barbaren begeben hatte, um Guo auszulösen, war er glücklicherweise gleich mit jenem Häuptling zusammengetroffen, der Guo einst gern gehabt hatte. Nur dadurch, daß dieser in der Lage gewesen war, überall Nachforschungen anzustellen nach Guos Aufenthalt und ihn so herbeizuholen, hatte Guo zurückkehren können. –

Der Kommandant Yang, der ehemals noch unter dem Kanzler Guo Yüan-dschën gedient hatte, ließ jetzt für den Heimgekehrten ein Bad herrichten, schenkte ihm kostbare Kleider und führte ihn in sein Haus, um ihm zu Ehren ein Freudenfest abzuhalten. Tief ergriffen von der Treue Wus, schloß auch er den Guo in sein Herz und ernannte ihn zu seinem Unterbefehlshaber.

Guo hatte durch die lange Zeit, die er bei den Südbarbaren zubringen mußte, etwas von deren krausen Sitten angenommen. So schickte er Leute in die Höhlenstädte der Barbaren und ließ sich zehn Mädchen von dort bringen, allesamt von bestechender Schönheit. Sie waren gerade angekommen, als er dem Kommandanten Yang, der sich anschickte, in seine nördliche Heimat zurückzukehren, einen Abschiedsbesuch machen mußte. Als Dank für seine Wohltaten äußerte er den Wunsch, ihm die Mädchen zum Geschenk machen zu dürfen. Der Kommandant aber lehnte ab.

»Ich bin doch kein Händler vom Markt«, rief er, »wie sollte ich bei Euch auf irgendeine Gegenleistung erpicht sein! Die Ehre gebührt übrigens dem, was Herr Wu geleistet hat. Nur durch diesen Mann ist Eure Befreiung Wirklichkeit geworden! Auch habt Ihr droben im Norden noch Eure alten Eltern, die Ihr eher mit dem Geld, das Ihr für die Mädchen bekämt, verwöhnen solltet!«

»Entschuldigt bitte«, entgegnete Guo hierauf, »daß mein kümmerliches Leben unversehrt blieb, ist tatsächlich Eurem Geschenk zu danken. Wie könnte ich jemals, selbst wenn ich dereinst die Augen schließe, Eure Hochherzigkeit vergessen! Diese Wildvolk-Mädchen habe ich einzig und allein zur Befriedigung Eurer Sinne herbeikommen lassen. Ich bitte Euch bei meinem Leben, diese meine Abschiedsgabe wohlgefällig entgegenzunehmen.«

Auf diese Worte hin konnte der Kommandant das Geschenk kaum mehr abschlagen. Er warf daher seinen Blick auf das kleinste der zehn Mädchen und sprach: »Da Ihr mich schon so mit Euren Worten bestürmt, fällt es mir schwer, Eurem edlen Wunsch nicht zu willfahren. Dies Mädchen dort ist recht zierlich, ganz von der Gestalt, wie ich sie schon immer am liebsten hatte. Nun, ich möchte von all diesen Mädchen nur die Kleine da aus Eurer Hand empfangen.«

Die anderen neun Mädchen anzunehmen, weigerte er sich nachdrücklich. Dafür bedachte ihn allerdings Wu, der andere Freund, so reichlich mit Geschenken, daß er am Ende wohlversehen mit Geld und Proviant aufbrach in seine Heimat.

Wenig später reiste auch Guo zurück an den Ort seiner Familie. Fünfzehn Jahre war es her, seit er seinen Eltern das letzte Mal Lebewohl gesagt hatte. Bald darauf aber begab er sich in die

Hauptstadt des Reiches und wurde dort seiner Verdienste wegen zum Militärberater für das Armeeprotokoll in dem Bezirk Yü-dschou berufen. Er ließ seine Eltern dorthin nachkommen und blieb zwei Jahre lang in seiner Stellung. Danach betraute man ihn auf Grund seiner hervorragenden Leistungen mit dem Posten eines Militärberaters für das Bevölkerungswesen in dem Bezirk Dai-dschou. Zehn weitere Jahre waren so verstrichen, da starben seine Eltern. Nachdem die Beerdigung stattgefunden hatte, legte Guo Trauerkleider an und hielt gewissenhaft die vorgeschriebene Trauerzeit ein. Als sie schließlich um war, sprach er:

»Nur weil mein heldenhafter Freund, Herr Wu, mich aus der Gefangenschaft erlöst hat, war es mir vergönnt, ein Amt zu übernehmen und dadurch meinen Eltern bis zu ihrem Tode Unterhalt zu geben. Jetzt, da sie das Zeitliche gesegnet haben und die Trauerfrist beendet ist, kann ich endlich nach meinem freien Entschluß handeln.«

Er machte sich nun auf den Weg, um seinen Freund Wu zu suchen. Wu war unterdessen wegen seiner ehrlichen und gerechten Gesinnung zum Hilfspräfekten des Pëng-Berg-Bezirkes im Kreise Me-dschou erwählt worden. Als aber Guo in die Nähe jener Gegend kam, die an der Westgrenze des Reiches liegt, und sich dort nach seinem Freund erkundigte, erfuhr er, daß der, nachdem er zehn Jahre in seinem Amt verbracht hatte, aus Geldmangel keine Möglichkeit mehr gehabt habe, nach Hause zurückzukehren, und da am Pëng-Berg zusammen mit seiner Frau gestorben sei. Man habe die beiden vorläufig in einem Buddhistentempel beigesetzt.

Guo vergoß viele Tränen, als er dies hörte, und war untröstlich. Er ließ sich ein hänfenes Gewand machen, schlang einen Trauerflor aus weißem Linnen um seine Hüften, nahm einen Stock zur Hand und ging ungeachtet seiner durchbohrten Füße von der Provinz Schu aus, wo er die Nachricht empfangen, zu Fuß weiter. Ununterbrochen vor sich hinschluchzend, erreichte er so den Pëng-Berg-Bezirk.

Am Grabe des Freundes angelangt, brachte er ihm zunächst ein großes Dankopfer dar. Nachdem dies geschehen, hob er behutsam die Gebeine aus dem Sarg und schrieb auf jedes Knöchelchen mit Tusche ein Zeichen, um sie später wieder richtig zusammensetzen zu können. Nachdem er sie alle beisammen hatte, verschnürte er sie in einem Beutel. Hierauf nahm er auch die sterblichen Überreste von Wus Gemahlin aus dem Grab, versah sie ebenso mit Tuschezeichen und bettete sie in einen Bambuskorb.

Dann stemmte er die beiden Lasten auf seine Schultern und begab sich zu Fuß weiter. So wanderte er mehrere Tausend Meilen, bis er schließlich in die Provinz kam nördlich des Gelben Flusses, in ihre gemeinsame Heimat. Dort hatte Wu seinen einzigen Sohn zurückgelassen. Guo nahm sich seiner in fürsorglicher Liebe an wie eines jüngeren Bruders.

Er ließ den Leichnam seines Freundes und den seiner Gemahlin mit allem Prunk in dem Familientempel der Sippe Wu bestatten und opferte dafür nicht weniger als zweihunderttausend Geldstücke — sein gesamtes Vermögen. Auf den Grabstein ließ er zu ihrer Verherrlichung eine Ehreninschrift einmeißeln. Daneben aber baute er für sich selbst mit eigenen Händen eine Laubhütte, die er zum Aufenthalt nahm, und drei Jahre lang ging er in Trauerkleidern.

Als diese Zeit vorüber war, nahm er das Amt eines Staatssekretärs in Lan-dschou an und war in dieser Stellung den verschiedensten Großwürdenträgern von Nutzen. Wus Sohn konnte er dadurch einen aussichtsreichen Beamtenposten zuteilen und eine vornehme Heiratsverbindung vermitteln. So groß aber auch die selbstlose Fürsorge war, die er damit bewies, seine Dankbarkeit gegenüber dem verstorbenen Freund erschöpfte sich darin noch immer nicht. Im zwölften Jahr der Ära ›Himmelsschatz‹ (753 n. Chr.) nämlich begab er sich zu Hofe. Dort verzichtete er in aller Form auf seinen Ehrengrad und seine Beamtenstellung zugunsten von Wus Sohn, um seine Schuld so voll abzutragen.

Alle Leute seiner Zeit rühmten ihn.

DJIANG FANG 9. JAHRHUNDERT

Die verlassene Geliebte

In der Ära ›Bedeutsamer Zeitenlauf‹ (766—780) lebte einst ein junger Gelehrter mit Namen Li I. Erst zwanzig Jahre alt, hatte er bereits sein Doktorat mit Auszeichnung bestanden und bereitete sich nun für das nächste Jahr auf eine Auswahlprüfung beim Kaiserlichen Hofamt vor. Zu diesem Zweck begab er sich denn im hochsommerlichen sechsten Monat in die Hauptstadt Tschang-an, wo die Prüfung abgehalten werden sollte, und mietete sich ein kleines Haus im ›Neu-Glück-Viertel‹.

Li stammte aus einer vornehmen, feingebildeten Familie. Schon seit frühester Jugend war er durch seine ungewöhnlichen Geistesgaben aufgefallen; er verstand es, reizende Lieder zu komponieren und hinreißende Gedichte zu verfassen, so daß man damals bereits von ihm sagte, solch ein Kind gebe es kein zweites Mal. Seine späteren Lehrer lobten ihn einstimmig und bekannten, daß er ihnen überlegen sei. Er war freilich infolgedessen auch recht hochmütig geworden. Immer, wenn er wohlgefällig über seine eigene erlesene Bildung redete, dachte er bekümmert daran, wie er wohl eine ihm ebenbürtige Gefährtin finden könnte. Lange Zeit suchte er unter den berühmtesten Kurtisanen weit und breit, indes er traf keine, die ihm entsprochen hätte.

Nun gab es aber in Tschang-an eine Heiratsvermittlerin, Bau ›Jungfer Elf‹ geheißen, die ehemals in der Familie eines kaiserlichen Schwiegersohns als Magd gedient hatte, dann jedoch — es mochte zehn Jahre her sein — aus der Stellung ausgeschieden war, um zu heiraten. Sie war eine durchtriebene, glattzüngige Frau, die durch ihre früheren Beziehungen zu einer angeheirateten Verwandten des Kaisers in allen Häusern Zutritt besaß, das Gras wachsen hörte, immer voller Pläne steckte und überall die erste Rolle spielte. Sie wurde ständig von allen Studenten und Gelehrten für galante Aufträge herangezogen und ließ sich dafür gehörig beschenken. So wandte sich denn auch Li an sie, um die Bekanntschaft eines geeigneten Mädchens zu machen, und bedachte sie reichlich mit allerlei Gaben, die ihr Freude bereiteten.

Einige Monate waren seitdem vergangen, als Li es sich eines Mittags im Süd-Pavillon seines Hauses bequem gemacht hatte. Plötzlich ward er aus seiner Ruhe aufgeschreckt durch ein hastiges Klopfen, das von der Tür her zu ihm drang.

»Bau Jungfer Elf ist da!« rief es laut.

Li raffte sein Gewand zusammen und ging zur Tür.

»Nun, Mutter, Bau, was führt Euch denn heute so unerwartet zu mir?« fragte er die Alte zur Begrüßung. Frau Bau kicherte.

»Su Gu-dsï, die Göttin der Liebespaare, hat Euch wohl gute Träume geschickt, nicht wahr?« sagte sie. »Tatsächlich — ich habe für Euch ein himmlisches Mädchen, das durch einen glücklichen Zufall auf unsere staubige Welt herniedergestiegen ist. Sie fragt nicht nach Geld noch Gut, sondern verlangt nur nach Anstand und Bildung. Ein Wesen dieser Art wäre genau das, was zu Euch passen würde.«

Als der junge Gelehrte diese Worte vernahm, hüpfte er vor Begeisterung von einem Bein auf das andere und hätte sich am liebsten gleich einem Geist in die Lüfte erhoben, so leicht wurde ihm ums Herz. Er faßte Frau Bau bei den Händen, und abwechselnd sich verneigend und Dankesworte stammelnd, sprach er: »Das ganze Leben lang will ich euer Sklave sein und auch im Tode Eure Dienste nicht vergessen.«

Dann erkundigte er sich, wie dieses ungewöhnliche Mädchen heiße und wo es wohne. Frau Bau begann in aller Ausführlichkeit zu erzählen: »Sie ist die jüngste Tochter des verstorbenen Prinzen von Huo und trägt den Namen ›Klein-Jade‹. Der Prinz hatte sie ganz besonders gern, denn ihre Mutter ›Lauterfest‹ war seine Lieblingskonkubine. Als aber der Prinz verschied, machten seine rechtmäßigen Söhne geltend, daß das Mädchen wegen seiner niedrigen Abkunft von der Mutterseite her nicht rechtmäßig in die Familienbücher aufgenommen werden könne. So zahlten sie ihr einfach eine gewisse Summe Geldes als Abfindung, stießen sie aus dem Haus und gaben ihr einen anderen Familiennamen, nämlich Dschëng, so daß die Leute nicht mehr wissen, daß sie die Tochter eines Prinzen ist. Ihre Schönheit und Anmut sind von solch seltenem Reiz, wie ich ihn mein Lebtag lang niemals gesehen. In der Leidenschaftlichkeit des Gefühls, in der Gewandtheit des Auftretens ist sie allen überlegen, und ob es sich um Musik handelt oder um klassische Studien, nichts gibt es, worüber sie nicht umfassend Bescheid wüßte. Gestern nun hat sie mich damit betraut, einen liebenswerten jungen Mann für sie zu suchen, der sich mit ihrem Wesen harmonisch verbände. Ich habe ihr darauf alles über Euch erzählt, was ich wußte. Sie kannte Euren Namen bereits und freute sich ganz ungemein. Ihre Wohnung befindet sich in der ›Alten-Tempel-Gasse‹ im Schëng-yä-Viertel, gleich in dem Haus bei der ersten Toreinfahrt. Ich habe auch schon mit ihr eine Verabredung für Euch getroffen. Morgen mittag braucht Ihr nur an die Ecke der ›Alten-Tempel-Gasse‹ zu gehen und nach einer Dienerin namens ›Zimtmaid‹ Ausschau zu halten – sie wird Euch zu der jungen Dame bringen.«

Nachdem Frau Bau sich verabschiedet hatte, begann Li sogleich seine Vorbereitungen für das Unternehmen zu treffen. Er befahl seinen Diener ›Herbstschwan‹ zu sich und entlieh sich von seinem Vetter, der Militärintendant in Djing-dschau war, einen prachtvollen, blauschwarzen Rappen mit goldbeschlagenem Zaumzeug. Als es Abend wurde, zog er neue Gewänder an, badete sich und pflegte seinen Körper. Die ganze Nacht hindurch tat er aus lauter Freude über das bevorstehende Abenteuer kein Auge zu. Als es dann allmählich hell wurde, sprang er aus dem Bett, setzte seinen Amtshut auf und trat vor den Spiegel, um sich zu betrachten, aus lauter Sorge, dem Mädchen nicht zu gefallen. Unruhig in seinem Gemach auf und ab wandernd, vertrödelte er die Zeit, bis es Mittag ward, dann befahl er, das Pferd vorzuführen, und sprengte aufgeregt in das Schëng-yä-Viertel.

Als er den verabredeten Ort erreichte, sah er dort tatsächlich eine Dienerin stehen und warten. Sie trat auf ihn zu und fragte: »Ihr seid Herr Li, nicht wahr?«

Er bejahte. Hierauf stieg er vom Pferd, hieß die Dienerin das Tier in den Stall führen und öffnete hastig das Tor zu dem Haus seiner unbekannten Geliebten. Kaum war er eingetreten, da erblickte er Frau Bau. Sie trat aus den inneren Gemächern hervor, lächelte ihm schon von weitem zu und scherzte: »Ei, welcher Herr kommt denn da so frech zu uns hereinspaziert?«

Während Li eine muntere Antwort gab, führte sie ihn in den Innenhof. Vier Kirschen- und Pfirsichbäume spendeten ein wenig Schatten, an der Nordwestseite hing ein Käfig mit einem Papagei darinnen. Sowie er Li zu Gesicht bekam, krächzte er: »Ein Mann kommt! Schnell die Vorhänge herunter!«

Li, von Natur aus etwas empfindlich und überfeinert, hatte sich ohnehin schon recht unsicher und scheu gefühlt. Als er nun unversehens die Stimme des Papageien vernahm, erschrak er derart, daß er sich keinen Schritt mehr weiter traute. Während er noch verschüchtert dastand, geleitete Frau Bau die Mutter des Mädchens, die ehemalige Lieblingsfrau des Prinzen von Huo, die Stiegen herab. Die Mutter hieß Herrn Li herzlich willkommen, forderte ihn auf einzutreten und setzte sich ihm gegenüber. Sie war eine Frau kaum über die Vierzig, von freundlich-zurückhaltendem Wesen und voller Grazie. Nachdem sie eine Weile aufs bezauberndste mit Li gescherzt und geplaudert hatte, sagte sie: »Von Eurer Begabung und Eurer feinen Bildung habe ich immer schon reden hören. Jetzt bemerke ich, daß Ihr überdies auch recht schmuck und nett ausseht. Den Ruf eines fähigen Gelehrten habt Ihr somit gewiß nicht ohne Grund gewonnen. Ich besitze eine Tochter, die zwar, was ihre Bildung angeht, ziemlich schwachköpfig ist, in Aussehen und äußerer Gestalt hingegen nicht zu den Häßlichsten gerechnet werden kann. Wenn ich sie Euch als Weib überlassen dürfte, entspräche das meinen Wünschen genau. Frau Bau hat mich eben über Eure Absichten unterrichtet, jetzt würde auch ich meine Tochter gerne bewegen, Euch ihre Hand zu geben.«

»Ich bin ein rechter Tölpel und Dummkopf«, entgegnete hierauf Li unter vielen Dankesbezeigungen. »So viel an fürsorglicher Güte von Eurer Seite hatte ich mir nicht träumen lassen. Wenn es mir heute vergönnt ist, aus Eurer Hand dieses Glück zu empfangen, so werde ich mir das mein Lebtag lang zur Ehre anrechnen.«

Nachdem er so gesprochen, ließ die Mutter Wein und Speisen auftragen und befahl ›Klein-Jade‹, ihrer Tochter, aus ihrem Gemache in der Ost-Halle hervorzutreten. Li verneigte sich tief vor ihr. In dem Augenblick aber, da er ihrer ansichtig wurde, war ihm, als habe sich alles in dem Raum verwandelt in einen Wald aus Karfunkelstein, voller Bäume aus Jade in leuchtendem Glanze stehend, und wenn das Mädchen in die Runde blickte, traf ihn, einem Blitzstrahl ähnlich, der gleißende Lichtstrom ihrer Augen. Sie ließ sich sittsam an der Seite ihrer Mutter nieder, und die Mutter wandte sich an sie und sprach: »Du hast doch immer gerne die Verse gesungen:

›Ich hebe den Vorhang, gezeichnet von windbewegten
Bambus' Schattenspiel,
denn mir will scheinen, als sei ein alter Freund gerad
gekommen.‹

Siehe, Herr Li hier hat das gedichtet. Du hast ganze Tage lang seine Verse vorgetragen — wie wäre es, wenn du ihm einen Blick schenktest?«

Klein-Jade senkte das Haupt, lächelte ein wenig und sagte leise: »Der Anblick seines Gesichts entspricht nicht ganz der Höhe seines Ruhmes. Wie nur kommt es, daß solch ein talentvoller Gelehrter nicht auch ein Äußeres besitzt, das dem entspricht?«

Li warf sich auf diese Worte hin ein übers andere Mal zu Boden und rief: »Ihr, edles kleines Fräulein, liebt das Talent, ich dummer Tölpel verehre die Schönheit. Wenn unser beider Gefühle sich glänzend entfalten, könnten wir Talent und Schönheit zu einem Bund vereinigen!« Mutter und Tochter warfen einander Blicke zu und begannen zu lachen.

Nachdem sie einige Becher Wein zu sich genommen hatten,

stand Li auf und bat Klein-Jade, ein Lied vorzutragen. Sie zierte sich zunächst ein wenig, als aber auch ihre Mutter sie ausdrücklich darum bat, ließ sie ihre helle, klare Stimme ertönen und sang eine Melodie von wunderbarer Zartheit.

Schließlich ging der Wein zur Neige, und es ward allmählich dunkel. Frau Bau führte den jungen Gelehrten in den West-Pavillon des Hauses, um ihm dort seine Ruhestätte anzuweisen – einen weiten Raum, umschlossen von einem versunkenen Innenhof, mit Vorhängen und Tapeten aus feingemustertem Brokat. Frau Bau wies die Dienerinnen Zimtmaid und Klarsand an, ihn von seinen Schuhen zu befreien und ihm den Gürtel abzunehmen.

Einen Augenblick später erschien Klein-Jade. Geschmackvoll und vergnüglich plaudernd, verbreitete sie mit ihren Worten eine angeregt-verzaubernde Stimmung. Dann löste sie sacht ihr leichtes Gewand. In beseligender Anmut sank sie nieder auf die Decken und bettete sich in den Kissen. Sie ließ den jungen Gelehrten den Gipfel der Liebeslust erleben, so daß er wähnte, selbst die Fee vom Zauberberg und das Geistermädchen vom Flusse Lo könnten ihn nicht glücklicher machen.

Mitten im Dunkel der Nacht aber brach sie jählings in Tränen aus, und Li ihr Gesicht zuwendend, sprach sie: »Ich bin im Grunde doch nicht mehr als eine Kurtisane. Ich weiß darum recht wohl, daß ich dein rechtmäßiges Eheweib nicht werden kann. Heute freilich, da du mich noch um meiner Reize willen liebst, kann ich mich auf deine edle Menschenfreundlichkeit verlassen. Doch graut mir vor dem Tage, da deine Gnade, wenn meine Schönheit verblüht, zu wandern beginnt, deine Gefühle erlöschen und du mich zurückläßt gleich einer Glyzinie, die ihres Haltes beraubt ist, gleich einem Fächer, der im Herbste fortgeworfen wird. Das ists, weswegen auf dem Höhepunkt der Freude unbewußt mich Traurigkeit beschleicht.«

Li wurde von Rührung überwältigt, als er das Mädchen so sprechen hörte. Er seufzte und bettete ihr Haupt auf seiner Schulter.

»Heute nacht haben sich in mir die Wünsche meines ganzen Lebens erfüllt«, sagte er zu ihr langsam und eindringlich. »Selbst wenn meine Knochen zu Mehl gemahlen und mein Körper zu Staub würde – ich schwöre dir, niemals würde ich von dir lassen. Wie nur kannst du solche Worte sprechen, geliebte Frau! Gestatte es mir, dir diesen meinen Treueschwur auf weißer Seide niederzuschreiben!«

Klein-Jade trocknete ihre Tränen und befahl ihrer Dienerin Kirschpfirsich, die Bettvorhänge hochzuschlagen, eine Kerze herbeizubringen und dem jungen Gelehrten Pinsel und Tuschestein zu reichen. Da sie es liebte, sich mit Poesie und Prosa zu beschäftigen, solange sie nicht vom Flöten- und Lautenspiel gefesselt war, besaß sie hübsche Kästchen für Bücher und Papiere sowie Pinsel und Tuschesteine, die allesamt noch aus dem Hause ihres Vaters, des Prinzen, stammten. Nun ergriff sie ein gesticktes Beutelchen, entnahm ihm ein glänzend weißes Stück Seide von drei Fuß Länge, nach der Mode der Prinzessin von Yüä eingefaßt mit einem rabenschwarzen Streifen, und übergab es dem Gelehrten.

Li besaß eine besondere Begabung dafür, seine Gedanken aus dem Handgelenk in feinstem Stil niederzuschreiben. So schwor er denn bei den Bergen und Strömen, berief als Zeugen Sonne und Mond und setzte in tiefem Ernst Vers an Vers, so daß es einen rührte, wenn man die Worte vernahm. Als er die letzten Zeichen gemalt, hieß Klein-Jade ihre Dienerin, dies Gelübde in ihr Schmuckkästlein zu legen. Von dieser Stunde an fanden sie einander in der Seligkeit ihrer Liebe und erlebten das Glück des Eisvogelpärchens, das vereint seine Bahn durch die Wolken zieht.

So vergingen zwei Jahre, während derer die beiden keinen Tag, keine Nacht voneinander ließen. Im Frühling des dritten Jahres aber meldete sich Li zur Prüfung, bestand sie tatsächlich als Bester und ward ernannt zum Protokollführer im Kreise Dschëng. Es war im vierten Monat, als er zu seiner Reise nach dem fernen Amtssitz rüsten mußte, und um ihm Lebewohl zu sagen, strömten aus der Hauptstadt alle seine Verwandten zu einem Abschiedsmahl zusammen. Das Knospen des Frühlings wandelte sich gerade in jenen Tagen in den ersten prangenden Glanz des Sommers, und als der Wein zu Ende war und der letzte Gast geschieden, begannen wehmutsvolle Abschiedsgedanken sich um die Herzen der beiden Liebenden zu legen.

»Der Ruhm deines Talents hat sich verbreitet über die Erde«, sagte da Klein-Jade, »so werden denn viele Mädchen deiner voll Sehnsucht gedenken, und auch eine Heirat wünschen mit dir werden gewiß nicht wenige. Und zudem — deine strengen Eltern daheim vermissen die Gemahlin für ihren Ältesten! Wenn du also von hier scheidest, wirst du dich einem schönen Mädchen nähern müssen, und aller Schwüre Wort ist dagegen nichts als Schall und

Rauch. Doch hab ich eine kleine Bitte, die ich dir gerne sagen möchte. Willst du sie noch anhören, eh ich für alle Zeit dein Herz verliere?«

»Habe ich denn irgend etwas verbrochen, daß du mit einem Male so zu mir sprichst?« erwiderte Li erregt und verärgert. »Versuch es nur und sage frei heraus, was du auf dem Herzen hast, ich werde dir gewiß jeglichen Wunsch genauestens erfüllen.«

Da sprach Klein-Jade: »Sieh, ich zähle an Jahren gerade achtzehn und du nicht mehr als zweiundzwanzig. Bis für dich die volle Reife gekommen, um ein eigenes Haus zu gründen, bleiben uns noch acht Jahre, denn dreißig ist für den Mann das rechte Heiratsalter. Ich wünschte nun, die Liebesfreude meines ganzen Lebens mit dir zusammen zu durchleben, bis dieser Termin herangerückt ist. Hiernach magst du ein schönes Mädchen in den hochstehenden Familien für dich suchen, gleich den Fürstengeschlechtern Tjin und Djin, die sich im Altertum ehelich verbanden. — Es wird dann doch noch nicht zu spät sein für dich. Ich aber werde mich zurückziehen von der Welt der Menschen, mein Haar der Schere opfern und den Schleier nehmen, wie das mein Wunsch seit Kindertagen. Darin würde sich mein Leben erfüllen.«

Der Gelehrte, schwankend zwischen Beschämung und Ergriffenheit, vermochte seine Tränen nicht zurückzuhalten.

»Beim Glanz der Sonne!« rief er, »Sei es Tod oder Leben, mit dir zusammen will ich alt werden und doch noch voll Sorge sein, deine Wünsche nicht zufriedengestellt zu haben. Wie sollte ich es wagen, andere Frauen zu begehren! Ich flehe dich an, nicht an mir zu zweifeln, sondern in Ruhe meiner zu harren. Im achten Monat muß ich in Dschëng angekommen sein, dann will ich dir sogleich einen Boten senden, um dich zu mir zu holen. Unser Wiedersehen liegt nicht so fern!«

Etliche Tage später verabschiedete sich Li endgültig und begab sich auf seine Fahrt nach dem Osten. Zehn Tage nachdem er sein Amt angetreten hatte, bat er um Urlaub und reiste in die Osthauptstadt, um dort den Eltern seine Aufwartung zu machen. Nun war es aber so, daß seine Mutter, noch ehe er sich auf diese Weise in seiner Familie über seine Zukunftspläne aussprechen konnte, eine Heirat für ihn vereinbart hatte — mit einer entfernten Kusine aus dem Hause Lu. Die mündliche Absprache hatte bereits stattgefunden. Lis Mutter war eine strenge herrische Frau.

Der junge Gelehrte ließ sich völlig von ihr beherrschen und wagte keinen Widerspruch. So vollzog man denn die Verlobungszeremonien in aller Form und setzte die Hochzeit für einen baldigen Zeitpunkt fest.

Die Familie Lu war eine machtvolle Sippe, die auf der Vereinbarung bestanden hatte, daß ihre Tochter nur für ein Heiratsgeschenk von tausend mal tausend Geldstücken in die andere Familie gegeben werden sollte und daß die Eheschließung nicht erfolgen dürfe, ehe die Summe voll sei. Da aber die Eltern des jungen Gelehrten ziemlich arm waren, mußte sich Li auf die Suche machen nach Geldgebern, um von ihnen den notwendigen Betrag zu leihen. Er spürte weit in der Ferne Bekannte und Verwandte auf und durchstreifte zu Fuß die südlichen Länder an den Flüssen Yang-dsï und Huai. Vom Herbst des einen bis zum Sommer des anderen Jahres war er unterwegs. In seinem Herzen wußte er recht wohl, daß er die Schwüre gegenüber seiner Geliebten gebrochen und den Termin des Wiedersehens versäumt hatte. Aus Scham verhielt er sich daher still und gab Klein-Jade keinerlei Lebenszeichen, damit sie die Hoffnung auf ihn begrabe. Auch hieß er seine Freunde und Verwandten weit und breit, über ihn keine Silbe verlauten zu lassen.

Inzwischen erkundigte sich Klein-Jade überall, nachdem er zur ausgemachten Zeit nicht zu ihr heimgekehrt, um zu erfahren, wie es in Wahrheit um ihn stünde, doch sie empfing bloß leeres Gerede und falsche Worte, tagtäglich eine andere Nachricht. Sie lief endlich zu allen Wahrsagern und Magiern in der Runde und befragte Horoskope und Orakel, ihr Herz aber ward immer mehr von Schmerz verkrampft. Als über ein Jahr vergangen, brach sie entkräftet in ihrer einsamen Kammer zusammen und verfiel in schwere Krankheit. Denn obgleich Li ihr keine einzige Zeile gesandt hatte, blieb sie in ihrer Liebe unerschütterlich. Sie steckte Verwandten und Bekannten Geld zu, damit sie versuchten, Erkundigungen über ihren Geliebten einzuholen, und als ihre Mittel erschöpft waren, ohne daß die Nachforschungen zum Erfolg geführt hatten, beauftragte sie ein über das andere Mal heimlich ihre Dienerinnen, Kleider und Schmuck aus ihrem Privatbesitz unter der Hand zu verkaufen. Den Vermittler spielte dabei in den meisten Fällen ein Händler, der seinen Laden an einer Ecke des Westmarktes hatte.

Eines Tages sandte sie ihre Dienerin Klarsand mit einem Paar Haarspangen aus purpurrotem Nephrit zu diesem Händler, damit er sie verkaufe. Der Zufall wollte es, daß die Dienerin auf dem Wege einem Juwelier begegnete, der im Dienst des Kaiserhauses alt geworden war. Als er bemerkte, was Klarsand in den Händen trug, vertrat er ihr den Weg und sah zu seiner Überraschung, daß ihm die Gegenstände nicht unbekannt waren.

»Diese Haarspangen habe ich ja eigenhändig angefertigt!« rief er aus. »Damals vor Jahren, als das jüngste Töchterlein des Prinzen von Huo sich darauf vorbereitete, zu ihrer Großjährigkeitsfeier erstmalig das Haar aufzustecken, gab mir der Prinz den Befehl, diese Spangen hier zu schnitzen. Er zahlte mir dafür zehntausend Münzen Geld – das hab ich nie vergessen. Wer bist denn du und woher hast du diese Dinge?«

»Meine junge Herrin ist tatsächlich die Tochter des Prinzen von Huo«, stotterte das Mädchen. »Durch gewisse Umstände ist jedoch die Familie zerfallen, meine Herrin wurde durch andere um ihr Eigentum gebracht. Zudem ist ihr Gemahl vor einiger Zeit in die Ost-Hauptstadt gereist, und seitdem haben wir keine Nachricht mehr von ihm empfangen. Trübsal und Herzeleid hat meine Herrin darob in eine schlimme Krankheit gestürzt, die nun schon bald zwei Jahre währt. Jetzt hat sie mich geheißen, dies Geschmeide zu verkaufen, um damit Leute zu bezahlen, die ihr Kunde bringen sollen vom Verbleib ihres Geliebten.«

Dem Juwelier traten die Tränen in die Augen, so gerührt war er, als er diese Rede vernahm.

»So können also Menschen, aus edelstem Geschlecht entsprossen, über Nacht Geld und Rang verlieren!« rief er aus. »Die wenigen Jahre, die ich noch zu leben habe, werden ohnehin schon bald zu Ende sein, doch der Anblick von so viel Kümmernis überwältigt mich mit seinem Schmerz.«

Er führte die Dienerin zu der Prinzessin Yän-hsiän, die er durch seinen Beruf kennengelernt hatte, und erzählte ihr in allen Einzelheiten, was er soeben gehört. Die Prinzessin seufzte und klagte wieder und wieder bei diesem Bericht und gab der Dienerin für die Haarspangen den unerhörten Preis von hundertzwanzigtausend Münzen. –

Zur nämlichen Zeit war das Mädchen aus der Familie Lu, das man für Li, den jungen Gelehrten, bestimmt, ebenfalls in die Hauptstandt Tschang-an gezogen. Li seinerseits hatte inzwischen das Heiratsgeld zusammenbekommen, war zu seinem Amtsposten im Bezirke Dschëng zurückgekehrt, hatte dann aber, im zwölften Monat des Jahres, erneut um Urlaub nachgesucht und sich auf die Reise nach Tschang-an aufgemacht, um dort Hochzeit zu halten. Als Wohnsitz wählte er sich, um kein Aufsehen zu erregen, ein Haus in einem stillen, abgelegenen Viertel, das er keinen Menschen wissen ließ – aus Angst, von seiner verlassenen Geliebten entdeckt zu werden.

Er besaß jedoch einen entfernten Vetter, einen gewissen Magister Tsui Djiu-ming, einen Mann von edler, feiner Gesinnung. Der hatte in früheren Jahren seinem Vetter Li ständig Gesellschaft geleistet bei seinen Festen in Klein-Jades Haus, hatte mit ihm zusammen getrunken, gegessen, gelacht und geplaudert und war von ihm unzertrennlich gewesen. Jetzt war er mit Klein-Jade in Verbindung getreten. Wann immer er von Li eine Neuigkeit erfuhr, berichtete er Klein-Jade davon wahrheitsgemäß. Sie versorgte ihn dafür mit Brennholz und Bekleidung, worüber er sich stets äußerst gerührt zeigte. Als Li nun in die Hauptstadt kam, gab er Klein-Jade auch davon Nachricht.

Klein-Jade stieß einen bitteren Seufzer aus und sprach:

»Nein, wie kanns auf Erden bloß so etwas geben!«

Sie flehte Verwandte und Bekannte an, den Geliebten auf irgendeine Weise herbeizuholen. Li aber weigerte sich hartnäckig, sie zu besuchen. Denn da er nicht zur versprochenen Zeit zurückgekehrt war, sondern seinem Schwur untreu geworden war, so daß sie, wie er wohl wußte, so sehr erkrankt war, daß ihr Leben nur mehr an einem dünnen Faden hing, empfand er tiefe Scham ob seines treulosen Abschieds. Er ging immer frühmorgens aus dem Haus und kehrte spätabends erst heim, nur um dem Zwange eines Wiedersehens zu entgehen. Klein-Jade aber vergoß Tag und Nacht Tränen, sie vergaß zu essen und zu schlafen, nur in dem Gedanken auf ein Wiedersehen – doch Li kam trotzdem nicht zu ihr. Indessen sank sie immer mehr geschwächt zurück in ihre Kissen, je ärger Groll und Kummer an ihr fraßen. Allmählich verbreitete sich die Kunde von ihrem Schicksal in der ganzen Stadt. Alle Männer von Sitte und Feingefühl empfanden Mitleid mit Klein-Jades Seelenschmerz, und niemand von Bildung und hohem Rang fühlte nicht Abscheu vor Lis Erbärmlichkeit.

So zog der Frühling ins Land, der dritte Monat, die rechte Zeit, um Ausflüge zu unternehmen. Li wanderte in Gesellschaft von fünf oder sechs Kameraden zum buddhistischen ›Glaubensverehrungs-Tempel‹, um den Zauber der Päonienblüte zu genießen. Dort ergingen sie sich genußvoll in den westlichen Säulengängen und rezitierten abwechselnd Lieder und Gedichte. Einer der

Freunde, We Hsia-tsching aus Djing-dschau, der mit Li besonders vertraut war, spazierte mit ihm eine Zeitlang umher und sagte endlich: »Wie herrlich liegt da das Land, wie prachtvoll leuchten die Blüten der Blumen und Bäume! Ein Jammer ists, wenn man Fräulein Dschëng gedenkt, die gramvoll in ihrer einsamen Kammer dahinsiecht! Herzlos fürwahr ist es gewesen, daß du es über dich brachtest, sie einfach im Stich zu lassen. Ein Mann mit Gemüt würde so etwas niemals tun. Du solltest dir wahrhaftig über alles dies Gedanken machen!«

We war mit seinen Anklagen und Vorwürfen noch nicht zu Ende, da bemerkten sie mit einemmal einen vornehmen Edelmann, der in einen Umhang aus leichter gelber Seide gekleidet war und eine Armbrust in den Händen trug. Schmuck und stattlich war sein Äußeres, prächtig und erlesen seine Gewandung. Ein kleiner, fremdländischer Diener aus dem Norden mit kahlgeschorenem Kopf folgte ihm. Ungesehen waren die beiden Li eine Zeitlang gefolgt und hatten das Gespräch mit angehört. Plötzlich trat der Edelmann vor, machte vor dem jungen Gelehrten eine Verneigung und hub an zu sprechen.

»Ihr seid doch Herr Li, nicht wahr?« sagte er. »Meine Familie stammt aus der Provinz östlich der Berge und ist mit der Kaisersippe verschwägert. Was mich angeht, so bin ich ein leidenschaftlicher Verehrer der Meister des Pinsels, wenngleich es mir selbst an literarischer Begabung gebricht. Immer schon habe ich die Pracht Eurer Sprache bewundert und sehnsüchtig danach verlangt, Euch einmal zu begegnen. Nun hat es das Glück heute gewollt, daß ich mit Euch zusammentraf und Euer lichtvolles Antlitz sehen kann. Mein bescheidenes Heim liegt nicht weit von hier. Ich habe dort ein paar Sängerinnen, die Euch wohl angemessen zu unterhalten vermöchten, daneben acht oder neun reizende Mädchen und etliche zehn Pferde edelsten Geblütes, alles Dinge, mit denen Ihr Euch nach Herzenslust vergnügen könntet. Es wäre mein größter Wunsch, daß Ihr mir einen kurzen Besuch abstattet.«

Sobald Li und seine Freunde diese Worte vernahmen, brachen sie gemeinsam in laute Freudenschreie aus. Nach dem Beispiel des schmucken Edelmannes schwangen sie sich aufs Pferd, gaben den Tieren den Stachel und sprengten mit ihm zusammen davon.

Im Galopp ging es durch mehrere Stadtteile, bis man endlich im Schëng-yä-Viertel angelangt war. Als Li plötzlich erkannte, daß sich die Gesellschaft dem Hause näherte, wo Klein-Jade wohnte, sträubte er sich weiterzureiten. Dringliche Geschäfte vorschützend, wollte er eben sein Pferd kehrtmachen lassen, doch da sprach der Edelmann: »Es sind nur mehr ein paar Fuß bis zu meinem bescheidenen Heim. Wie könntet Ihr Euch jetzt mit einemmal verabschieden!«

Und er streckte seine Hand aus nach dem Zügel von Lis Pferd und zog es weiter. Einen Augenblick später ritten sie auch schon in Klein-Jades Anwesen ein. Furcht und Schrecken ergriff den jungen Gelehrten, er gab dem Pferd die Peitsche, um den Rückweg zu gewinnen, aber da hatte der Edelmann schon flugs einige Knechte herbeigerufen, die ihn festhielten, vom Pferd zerrten und vorwärts stießen. Rasch drängten sie ihn durch die Toreinfahrt hinein, ins Haus, ließen die Riegel vorschieben und meldeten dann mit lauter Stimme:

»Herr Li ist da!«

Sofort erschollen im ganzen Hause Rufe freudiger Erregung, die sogar bis nach draußen drangen.

In der Nacht zuvor hatte Klein-Jade geträumt, daß ein ehrfurchtsgebietender Herr mit dem jungen Gelehrten Li an der Hand zu ihrer Matte trete und ihr geböte, die Schuhe auszuziehen. Als sie vor Schreck erwachte, erzählte sie ihrer Mutter den Traum und deutete ihn auch sogleich selbst: »Die Schuhe bedeuten Vereinigung: Gemahl und Gemahlin werden einander wieder begegnen. Das Ausziehen aber bedeutet Trennung: Gemahl und Gemahlin werden nach der Vereinigung erneut scheiden müssen voneinander, und dies wird die Entscheidung sein für immerdar. Aus diesem Traum geht klar hervor, daß ich wohl meinen Geliebten wiedersehen, nach diesem Wiedersehen aber sterben soll!« Als der Morgen graute, hatte sie die Mutter gebeten, ihr den schönsten Schmuck anzulegen und das Haar zu bürsten. Die Mutter meinte, die Sinne des Mädchens hätten sich durch die lange Krankheit verwirrt, und so nahm sie den Wunsch nicht so recht ernst. Doch da Klein-Jade nicht abließ von ihrer Bitte, sah sich die Mutter am Ende gezwungen, sie zu erfüllen, und kaum hatte sie den Schmuck angelegt und die Frisur des Mädchens gerichtet, als Li auch wirklich erschien.

Klein-Jade war durch die ungezählten langen Tage, da sie krank darniederlag, so geschwächt, daß sie gewöhnlich Hilfe brauchte, um sich im Bette umzudrehen. Jetzt aber, da sie vernahm, daß Li gekommen sei, erhob sie sich ganz von allein blitzschnell, legte ihre Kleider an und trat hervor, mit einem geisterhaft abwesenden Ausdruck auf den Zügen. Als sie des Gelehrten ansichtig ward, schaute sie ihn zornerfüllt aus eisigen Augen an, ohne ein einziges Wort zu sagen. Abgezehrt am ganzen Körper, von durchscheinender, zarter Schönheit, schien sie überwältigt von innerer Ergriffenheit. Von Zeit zu Zeit bedeckte sie ihre Augen mit dem Ärmel ihres Gewandes, dann wieder durchbohrte sie den jungen Li mit ihren Blicken, so daß es ein jedes Wesen rührte und unter denen, die dabeisaßen, nicht einer war, der einen Seufzer hätte unterdrücken können.

Nach einer Weile kamen plötzlich von draußen eine Anzahl Leute, die ein paar Dutzend Gedecke mit Wein und Speisen auftrugen. Alle in der Runde starrten verwirrt auf die Gerichte und fragten hastig, was das bedeuten solle; es wurde ihnen geantwortet, daß jener Edelmann, der Li herbeigeleitet, diese Sachen habe bringen lassen. Nachdem das Essen angerichtet, begab sich die Gesellschaft gemeinsam zu Tisch, um Platz zu nehmen. Klein-Jade saß da, den Körper zur Seite gekehrt, das Antlitz abgewendet, und beobachtete den jungen Gelehrten aus den Augenwinkeln lange Zeit. Dann hob sie unvermittelt ihren Becher, schüttete den Wein auf den Boden und rief leidenschaftlich:

»So bitter ist das Los, das ich ertrug, ich armes Mägdlein, so arg der Treuebruch von dir, du starker Mann! Nun muß ich inmitten meiner Jugend mit glattem Antlitz und gesunden Zähnen an all der Bitternis, die ich hinunterschluckte, sterben und kann auch diese meine Mutter hier im Saal nicht mehr ernähren. Meine Gewänder aus Seide und Gaze, meine Lauten und meine Flöten, sie alle werden ruhen von heute an für immer. Nur dir verdanke ich es, daß ich leidvoll an den braunen Quell der Unterwelt treten soll. Herr Li, Herr Li, jetzt nahet unser Abschied für ewiglich! Doch wisse, wenn ich tot bin, werde ich unweigerlich zu einem bösen Geiste werden und dafür sorgen, daß künftig deine Frauen und Geliebten keinen Frieden haben bis ans Ende ihrer Tage!«

Sie umklammerte mit der Linken den Arm des Geliebten und schleuderte ihren Trinkbecher zur Erde. Dann stieß sie tränenüberströmt in tiefster Erschütterung ein paar laute Schreie aus und verschied. Ihre Mutter hob den entseelten Körper empor, legte ihn dem jungen Gelehrten an die Brust und hieß ihn, das Mädchen beim Namen zu rufen. Aber das Leben kehrte nicht mehr zurück.

Li hüllte sich in weiße Trauergewänder und weinte vor Schmerz überwältigt Tag und Nacht. Als aber der Vorabend des

Begräbnisses herangerückt war, erschien ihm Klein-Jade unversehens in den Vorhängen seines Bettes. Bestrickend schön sah sie aus, ganz wie zu Lebzeiten, angetan mit einem Kleid von Granatapfelblüten, einem purpurnen Mantel und einem rot-grün gemusterten Überwurf. Ihr Körper schmiegte sich in die Behänge, ihre Hände spielten mit den Bändern und Quasten, während sie die Augen auf ihm ruhen ließ und sprach: »In deiner Trauer hast du mir dein Geleit gegeben, du liebst mich wohl doch noch ein wenig. So brauch ich denn im dunklen Reich der Toten nicht ständig mehr zu trauern.«

Kaum hatte sie dies gesagt, da ward ihre Gestalt unsichtbar. Li aber war so bewegt, daß er mit zum Grabe ging, als Tags darauf Klein-Jade in Yü-su-yüan nahe der Hauptstadt beigesetzt wurde. Zu Tode betrübt kehrte er von diesem Weg zurück.

Doch wenig mehr als einen Monat später feierte er trotz allem Hochzeit mit der Verlobten aus der Familie Lu, wenngleich traurigen Gemüts und betrübten Herzens, voller Beklemmung und ohne Freude. Zur Sommerszeit, im fünften Monat, kehrte er mit ihr nach Dschëng, seinem Amtssitz, zurück.

Er war noch kaum zehn Tage dort, da ereignete es sich eines Nachts, als er wie gewöhnlich mit seiner jungen Frau zusammenschlief, daß er durch die Bettvorhänge hindurch von außen eine Stimme leise rufen hörte. Verstört reckte er den Kopf aus dem Bett, um nachzusehen. Da entdeckte er einen jungen Mann von vielleicht zwanzig Jahren, von schmuckem, angenehmem Äußeren, der hinter einem Sonnen-Wandschirm versteckt, seiner Gemahlin mehrmals verstohlen zuwinkte. Hitzig sprang er empor, stürzte auf den Wandschirm zu und umkreiste ihn einige Male — doch blitzschnell war die Gestalt verschwunden. Von dieser Stunde an hegte Li in seinem Herzen die schwärzesten Gedanken, die dunkelsten Ahnungen, und fand tausend Gründe zu Verdächtigungen für seine Frau. Erst als gelegentlich Verwandte und Bekannte ein vernünftiges Wort mit ihm sprachen, beruhigte er sich ein wenig.

Wiederum zehn Tage später, als er gerade das Haus betrat, während seine Frau auf ihrem Bette sitzend musizierte, sah er zu seiner Überraschung, daß von der Fenstertür her ein zollgroßes, rundes Döschen geworfen wurde, aus Rhinozeroshorn und Perlmutt gefertigt, mit Taft gefüttert und umschlossen von einem Liebesknoten. Es fiel mitten in den Schoß der jungen Frau. Li öffnete es und fand darinnen zwei rote Liebesbohnen, einen Kotau-Käfer, eine Kampfgrille und etwas Eselsfohlen-Balsam. Kaum hatte er diese verräterischen Dinge erblickt, da begann er in besinnungslosem Zorn wie ein Tier zu schreien, und mit einem Tigerbrüllen ergriff er die Laute, auf der seine Gemahlin gespielt hatte, schlug damit die arme Frau aus Leibeskräften und hieß sie die Wahrheit zu gestehen. Doch sie wußte sich ja selbst nicht das Begebnis zu erklären. Seitdem geschah es immer wieder, daß er sie heftig verprügelte, und er quälte und mißhandelte sie auf alle erdenkliche Weise. Schließlich klagte er auch bei Gericht gegen sie auf Ehebruch und ließ sich von ihr scheiden.

Nachdem sie das Haus verlassen hatte, knüpfte er hin und wieder flüchtige Liebesverhältnisse an mit Sklavinnen und einfacheren Konkubinen. Doch auch sie verfolgte er mit maßloser Eifersucht, und es gab sogar einige, die er aus solch nichtigen Anlässen zu Tode brachte. Als er einmal die Gegend von Guangling bereiste, fand er für sich eine berühmte Kurtisane, Ying Jungfer Elf genannt. Ihr Gesicht und ihr Körper erstrahlten in zauberhafter Schönheit, und der junge Gelehrte hatte an ihr seine helle Freude. Immer aber, wenn er mit ihr beisammen war, pflegte er ihr von seinen düsteren Untaten zu berichten: »Ich hatte einmal da und da eine Geliebte namens so und so, die ich wegen einer Verfehlung nach dem und dem Gesetz tötete ...«

So spann er seine Erzählungen Tag für Tag, um ihr solche Angst vor ihm einzujagen, daß sie nicht andere Liebhaber einließe in ihr Gemach. Wenn er das Haus verließ, bedeckte er sie in ihrem Bett mit einer Badewanne und versiegelte die Ränder ringsum, wenn er aber heimkehrte, untersuchte er erst peinlich genau die Siegel, ehe er die Wanne abheben ließ. Beständig führte er auch einen kurzen Dolch mit sich, der besonders scharf geschliffen war. Er ließ seine Sklavinnen einen Blick darauf werfen und sagte dann: »Das ist Go-tji-Stahl aus Hsing-dschou, eigens zum Abschneiden der Köpfe sündiger Frauen.«

So blieb er sein Leben lang erfüllt von Mißtrauen und Argwohn gegenüber allen Frauen, denen er begegnete. Er heiratete dreimal, doch seine späteren Frauen behandelte er um nichts besser als seine erste aus der Familie Lu.

Der betrogene Held

Es war einmal ein Krieger mit Namen We Dsï-dung, der hatte sich in seinem Leben den Kampf für die Gerechtigkeit zum Ziel gesetzt. Bei seinen Zügen durch die Lande kam er eines Tages auch am Hohen-Weiß-Berg vorbei und kehrte dort ein bei Duan Gung-dschuang, einem Einsiedler, der schon seit langem von des Kriegers Stärke und seinem Mute vernommen hatte und ihn daher mit Freuden einlud, für länger bei ihm zu bleiben.

Einmal nun, als sie zusammen einen Spaziergang unternahmen, um miteinander den weiten Blick über Berge und Täler zu genießen, entdeckte Dsï-dung zufällig an einer Stelle eine vom Wege abgehende schwache Spur, die den Eindruck erweckte, als wäre dort einstens ein von Menschen begangener Fußsteig gewesen. Sofort erwachte seine Neugierde.

»Wohin führt dieser Pfad?« fragte er den Einsiedler.

»Es ist schon länger her«, erwiderte er, »da gab es hier zwei Mönche, die wohnten auf dem Gipfel unseres Berges; der Pfad wurde von ihnen benützt. Dort oben, wo sie lebten, befanden sich weitausgedehnte, prachtvolle Tempelanlagen, umgeben von herrlichen Wäldern und sprudelnden Quellen. All diese Bauten waren noch während der Tang-Dynastie unter der Regierungsperiode ›Eröffnung des Ursprungs‹ (713–41) von den Jüngern des berühmten buddhistischen Erzabtes Wan-hui errichtet worden. Wie von Geisterhand geschaffen sahen sie aus, nicht als hätten Menschenkräfte dies vollbracht. Dann plötzlich hörte man, ein Holzfäller habe die Kunde mitgebracht, gespenstische Ungeheuer hätten die beiden Mönche aufgefressen. Jetzt sind es schon zwei oder drei Jahre her, daß keine Verbindung mehr besteht mit dort droben. Ich habe bloß die Leute erzählen hören, zwei Unholde hausten auf dem Berge, aber freilich, kein Mensch würde es wagen, diesem Geheimnis nachzugehen.«

Bei diesen Worten geriet Dsï-dungs Blut in Wallung. »Es fällt mir wirklich schwer, die Ruhe zu bewahren«, rief er zornbebend aus. »Was sind das für reißende Ungeheuer, die es wagen, Menschen zu verschlingen? So wahr ich hier stehe – noch heute werde ich ihnen die Köpfe abschlagen und sie vor deiner Tür niederlegen!«

Da warnte ihn der Einsiedler und sprach: »Der rasende Tiger, der sich in die Wogen stürzt, um den Großen Strom zu durchmessen, findet kein Mitleid, wenn ihn der Tod ereilt.«

Doch Dsï-dung achtete dessen nicht. Er packte sein Schwert, raffte seine Gewänder zusammen und machte sich auf den Weg. Keine Macht hätte ihn halten können. Der Einsiedler aber sagte betrübt vor sich hin: »Herr We wird nur in sein Unglück rennen!«

Inzwischen stieg Dsï-dung jedoch, an Beifußsträuchern Halt suchend, Felsbrocken mit den Füßen fortstoßend, unverzagt den Berg hinan, bis er endlich, auf dem Gipfel angelangt, gar prächtige Paläste vor sich liegen sah, die offensichtlich das alte Kloster bildeten. Über allen Gebäuden lastete eine beklemmende Stille, weit und breit war kein Mensch zu sehen. Dsï-dung aber machte sich daran, nach den Räumen der beiden Mönche zu suchen, von denen man ihm erzählt. Als er sie schließlich gefunden hatte und einen Blick hineinwarf, ward er starr vor Bestürzung: Ihre Sandalen und Mönchsstäbe und all ihre übrigen Sachen lagen unberührt auf den sorgsam hergerichteten Betten, dicker Staub aber hatte sich darauf niedergelassen. Als er sich jetzt eilends weiter in dem Kloster umsah, bemerkte er, daß mitten in der buddhistischen Andachtshalle aus feinen Gräsern und Kräutern ein großer Heuhaufen aufgeschichtet lag, bei dem es ganz den Anschein hatte, als diente er irgendwelchen riesenhaften Wesen zur Lagerstätte. An den vier Wänden der Halle aber klebten allenthalben dicke Borstenhaare, wie von Wildschweinen oder Urbären, und in der Küche fanden sich frische Aschenreste, daneben mehrere Tiegel und Brennholz für den Herd: Da ward es Dsï-dung offenbar, daß die Worte jenes Holzfällers, von dem der Einsiedler gesprochen, nicht auf Unwahrheit beruhen konnten.

Rasch traf er nun seine Vorbereitungen, um die Zeit auszunützen, da die geheimnisvollen Wesen noch nicht erschienen waren. Einen ganzen Zedernbaum von der Dicke eines Kochkessels riß er aus dem Boden, entfernte Äste und Blätter und machte sich so einen riesigen Balken. Damit verrammelte er das Eingangstor des Klosters und schob zur Sicherheit noch ein großes steinernes Buddhastandbild davor. Dann setzte er sich nieder und wartete.

Endlich brach die Nacht herein. Es war eine klare Nacht; der weiße Glanz des Mondes ergoß sich über das Land, so daß alles wie taghell erleuchtet schien. Mit einemmal, Mitternacht war noch nicht vorüber, tauchte eines der Ungeheuer auf, ein affenartiges Wesen, das in den Händen einen gerissenen Hirsch mit sich schleppte. Voll Zorn darüber, daß es das Tor verschlossen fand, fing es schaurig an zu schreien und rannte mit dem Kopf voraus gegen das Hindernis. Die Pforte zersplitterte zwar, aber als das Ungeheuer nun auf den dahinter stehenden Stein-Buddha prallte, fiel es bewußtlos mit dem Gesicht nach unten platt auf die Erde nieder. Flugs ergriff Dsï-dung da seinen Zedernbalken und schlug ihn mit Macht dem Ungeheuer übers Haupt. Ein zweites Mal erhob er die Waffe – und schon hatte er der Bestie den Garaus gemacht. Nun zog er den toten Körper herein in die Halle und verstellte das Tor erneut.

Kaum war er damit fertig, da erschien abermals solch ein Unhold, der dem ersten dicht nachgefolgt zu sein schien. Als er die Pforte erreichte, geriet er offensichtlich in Wut in dem Glauben, der zuerst Gekommene wolle ihn nicht einlassen in das Kloster. Auch er erhob ein grimmiges Gebrüll und rannte mit dem Kopf gegen das Tor; aber gleich dem ersten brach er bewußtlos auf der Schwelle zusammen. Dsï-dung jedoch ergriff seine Stange und erschlug ihn ebenso wie den ersten.

Nun fand der Held Gelegenheit, die zwei toten Wesen näher zu betrachten und stellte fest, daß sie männlichen und weiblichen Geschlechts gewesen waren.

»Da diese jetzt beide tot sind«, dachte er grimmig, »wird die Welt wohl für immer von dieser Sorte Tier befreit sein!«

Dann schloß er sich wieder in der Klosterhalle ein, briet sich in aller Ruhe ein Stück von dem Hirsch, den das eine Untier herbeigeschleppt hatte, und aß davon. Als der Morgen graute, schlug er den beiden Ungeheuern die Köpfe ab, packte zusammen, was von dem Hirschfleisch noch übrig war, und kehrte zurück zu Herrn Duan, dem Einsiedler. Als er dort die zwei Köpfe vorwies, rief der Einsiedler bewundernd aus: »Ihr seid doch wahrhaftig ein Allerweltskerl!«

Sie rösteten hierauf den Hirsch, tranken Wein zu ihrem Mahl und waren lustig und guter Dinge. Alsbald strömte von nah und fern das Volk herbei, um Dsï-dung zu bestaunen. In der Menschenmauer, die ihn dichtgedrängt umstand, befand sich aber auch ein Taoistenmeister, der trat mit einemmal aus der Menge heraus, verneigte sich tief vor Dsï-dung und sprach: »Ich habe einen Wunsch auf dem Herzen, den ich Eurer Exzellenz gerne vortrüge. Ists gestattet?«

»Mein Lebtag lang schlage ich mich mit den Nöten meiner Mitmenschen herum — wie sollte es Euch nicht erlaubt sein, Euren Wunsch zu äußern?« erwiderte Dsï-dung.

Da hub der Taoistenmeister an zu sprechen: »Wie es einem Taoisten wohl ansteht, strebe ich seit eh und je mit allen meinen Sinnen danach, das Mittel der Unsterblichkeit zu finden. Kein Tag, keine Nacht, da ich mich nicht darum bemüht hätte! Vor zwei oder drei Jahren nun war der Tag, da ich durch die Hilfe eines Heiligen im Himmel an den Schmelzofen in meiner Klausnerhöhle ein aus der Vereinigung von Drachen und Tiger gewonnenes Wundermittel empfangen durfte, das ich für das Unsterblichkeitselixier benötige. Damit hatte ich die größte Schwierigkeit überwunden, und gerade in diesen Tagen ist nun die Zeit gekommen, da das Elixier vor seiner Vollendung steht. Es ist aber kürzlich wiederholt geschehen, daß Hexen und Dämonen in meine Höhle eindrangen und sich dem Schmelzofen näherten, um das Wundermittel anzurühren. So kam es mir in den Sinn, nach einem wackeren Recken Ausschau zu halten, der dieses Pack mit dem Schwerte in der Hand abwehre. Wenn das Lebenselixier fertig ist, sollte er wohl seinen Anteil davon als Lohn bekommen. Wohlan — ich weiß nicht recht, könnten wir zwei uns nicht zusammentun?«

Dsï-dung tanzte vor Vergnügen. »Endlich eine Aufgabe, wie ich sie mir zeitlebens ersehnt habe!« rief er, packte sein Schwert und zog mit dem Taoistenmeister von dannen. Steilhänge emporstrebend und gefährliche Grate durchsteigend, erreichten sie endlich die halbe Höhe des Großen-Weiß-Berges. Dort ward eine Grotte im Felsgestein sichtbar, die etwas mehr als hundert Schritt in der Länge maß — die Klause des Taoistenmeisters, wo er auch das Lebenselixier kochte. Nur ein einziger Schüler war zugegen, der ihm dabei zu helfen schien.

»Ich bitte Euch nun«, sprach der Taoistenmeister, »Euch bis zur fünften Nachtwache morgen früh mit gezücktem Schwert vor dem Höhleneingang aufzustellen und, sobald Ihr ein Gespenst erscheinen seht, mit der Waffe darauf einzuschlagen.«

»Ganz zu Befehl«, gab Dsï-dung zur Antwort, befestigte eine brennende Fackel am Eingang der Grotte und wartete, indes der Taoistenmeister sich hineinbegab.

Es dauerte nicht lange, da tauchte plötzlich eine riesige Schlange auf, die wohl mehrere Klafter lang sein mochte und mit weitaufgerissenem goldgelbem Rachen und schneeweiß blitzenden Zähnen näher kam. Giftigen Odem ausstoßend, reckte sie sich auf zu furchterregender Größe und versuchte, in die Höhle hineinzukriechen. Dsï-dung aber erhob sein Schwert und hieb unerschrocken auf sie ein. Es war ihm, als habe er sie zwischen Kopf und Nacken getroffen — doch da zerfloß ihr Körper wie Nebeldunst und war verschwunden. Wieder verging eine Weile, da ward ein Mädchen sichtbar von bezaubernd schönem Antlitz. Eine Seerose in den Händen tragend, näherte sie sich mit feierlich-gemessenen Schritten. Dsï-dung jedoch setzte ihr unbeirrt mit seinem Schwerte zu — da löste sich ihre Gestalt auf wie Wolkenschleier. Abermals verrann die Zeit, und schon zeigten sich am Himmel die ersten Anzeichen des anbrechenden Tages, da erschien in den Wolken auf einem Kranich reitend, begleitet von einem großen Gefolge, ein Taoistenpriester. In majestätisch-würdevollem Tone wandte er sich an Dsï-dung und sprach: »Nun hat es ein Ende mit allem Geisterspuk: das Lebenselixier meines Jüngers steht vor der Vollendung! Ich bin gekommen, um bei dem letzten Akt Zeuge zu sein!«

Er zögerte noch ein wenig und wartete, bis die ersten Strahlen der Sonne übers Land fielen. Dann schritt er in die Grotte hinein, indem er dem verdutzt blickenden Dsï-dung zurief: »Wie freue ich mich, daß der Unsterblichkeitstrank deines Meisters geraten ist! Hier ist von mir der Anfang eines Gedichtes, diesem Tag zu Ehren, du magst daran anschließend weiter reimen. Paß auf, es lautet so:

›Drei Herbste sind vergangen, da flehte er inbrünstig um das Wundermittel,
das Wunderelixier, das aus der Drachen und der Tiger Paarung quillt.
Wenn heute nun der rote Schnee gefroren, kann jetzt der Körper übergehn
ins höchste Paradies Unsterblicher, wo bunte Wolken ihren Ursprung haben.‹«

Dsï-dung verstand die Bedeutung des Gedichtes wohl und dachte bei sich: Das ist kein anderer als der himmlische taoistische Heilige, der einstmals meinem Meister das Wundermittel gegeben hat.

So löste er denn sein Schwert vom Gürtel und verneigte sich ehrerbietig. Plötzlich aber wurde er mißtrauisch und stürzte in die Höhle hinein. Da entdeckte er zu seinem Schrecken, daß der Medizinkessel geborsten war und von dem Lebenselixier sich auch nicht ein Tropfen mehr darinnen befand. Der Taoistenmeister stand jammernd und klagend daneben, Dsï-dung aber war fassungslos vor Beschämung, daß er sich von einem dämonischen Trugbild hatte täuschen lassen. Doch was half's? Es blieb den beiden nichts anderes übrig, als den geplatzten Kessel wenigstens mit Quellwasser noch auszuschwenken und dies Wasser zu trinken.

Von jener Zeit an aber vollbrachte Dsï-dung keine großen Taten mehr, sondern zog sich in die Einsamkeit des heiligen Süd-Berges zurück. Kein Mensch weiß, wie er geendet.

DSCHANG SCHI 11. JAHRHUNDERT

Rotes Laub in den Wellen

Es war während der Tang-Dynastie unter der Regierung des Kaisers Hsi-dsung (874—89), als ein junger Student namens Yü Yu in den Alleen der kaiserlichen Palastanlagen einen Abendspaziergang unternahm. Der Sommer war vergangen; Tausende von Blättern wirbelten, von den Zweigen losgeschüttelt, durch die Luft. Wehmütig sang der Wind, in ihrer ganzen Kahlheit näherte sich die Herbstzeit, und während die Sonne, ihren Schein verlierend, sich dem Westen zuneigte, fühlte der junge Gelehrte, so sehr er sich auch dagegen wehren mochte, ein heftiges Sehnen in seinem Herzen aufsteigen. Versonnen verfolgte er mit den Augen den Weg der Blätter, die auf der Strömung eines künstlich angelegten, zum Palast gehörigen Wassergrabens in schier unendlicher Kette hinuntertrieben, und indem er, ans Wasser tretend, seine Hände vom Naß umspülen ließ, verharrte er lange Zeit. Da, mit einem Male, fiel ihm ein Blatt auf, das ungewöhnlich größer schien als alle anderen, und schon als er es in der Ferne entdeckte, war ihm, als ob sich Tuschespuren darauf befänden. In naß glänzender Röte trieb es allmählich näher, während sich in ungezügelter Erwartung bei Yu die Gedanken jagten. Endlich konnte er es erreichen, und als er's näher betrachtete, fand er es wirklich beschrieben mit einem Gedicht in vier Zeilen:

›Flutendes Wasser, wohin strömst du in ungestümer Eile?
Tief im Palast, gefangen bis ans Ende meiner Tage,
will ich dir danken ohn Unterlaß, du rotes Laub,
wenn heil du entkommst in die Welt der Menschen!‹

Gerührt nahm Yu das Blatt an sich und barg es in seinem Bücherkasten. Den ganzen Abend noch sang er voll Lust die Strophen und ergötzte sich an der Neuartigkeit und Schönheit der Zeilen. Indessen, niemand wußte, ihm zu sagen, wer sie verfaßt und niedergeschrieben hatte. Da aber der Wasserlauf, wo er das Blatt gefunden, aus den Palastanlagen der kaiserlichen Frauen herauskam, vermutete er, daß es von der Hand einer der Schönen des Palastes stammen müsse. So betrachtete er es denn als seinen höchsten Besitz, und obgleich es für ihn ja eigentlich nicht mehr war als ein Erinnerungsstück, besprach er doch das Erlebnis hin und wieder mit manchen neugierigen Bekannten.

Durch all dies Grübeln und Sehnen aber verzehrte er sich in seinem Inneren mehr und mehr. Als ihn eines Tages ein alter Freund zu Gesicht bekam, rief er: »Warum in aller Welt siehst du so durchsichtig und abgespannt aus? Das muß doch seinen Grund haben! Komm, erzähle mir!«

»Seit ein paar Monaten«, erwiderte Yu hierauf, »esse ich nur noch wie im Schlaf, so daß ich ganz verfalle.« Und er berichtete von dem Gedicht auf dem roten Blatte.

Da erhob der Freund ein unbändiges Gelächter und sprach: »Ei, was bist du nur so närrisch. Jene Dame, die das geschrieben, hat niemals dich gemeint, sondern du hast doch nur durch Zufall das Blatt in deine Hand bekommen! Wie kannst du da solch sehnsuchtsvollen Gedanken nachhängen! Und wenn dein Liebesbegehren auch noch so heftig wäre – tief verborgen sind die Frauengemächer des Kaiserpalastes; hättest du auch Flügel und Federn – noch niemand hat es je gewagt, dort einzudringen! Deine Torheit, sie ist wahrhaft lächerlich!«

»Der Himmel mag sich noch so hoch über uns wölben«, entgegnete hierauf Yu, »er vernimmt gleichwohl das niedrigste Geschöpf, und wenn der Mensch nur einen festen Willen hat, so wird der Himmel ohne Zweifel seinen Wunsch erfüllen. Ich habe gehört, wie Niu Hsiän-ko in den Schwierigkeiten, in die ihn seine Begegnung mit dem Mädchen ›Ohnegleich‹ gebracht hatte, schließlich dem Wunderrat des ›Alten Meisters‹ folgte. Das einzige Unheil, das es gibt, besteht darin, keinen festen Willen zu besitzen – niemals kann man wissen, ob ein Zustand von unverrückbarer Dauer!«

Yu hörte jetzt auf, sich weiter in untätigem Grübeln und Sehnen Kummer zu bereiten, sondern erdachte zwei Antwortverse, passend zu dem empfangenen Gedicht, und schrieb sie gleichfalls auf ein rotes Blatt:

›Gehört hab ich deinen auf Laub gebannten rotglühenden Kummer,
doch auf dem Laub das Lied – an wen ist es gerichtet?‹

Dann setzte er das Blatt auf die dahinströmenden Wellen des kaiserlichen Baches, damit sie es hineintrügen in den Palast. Die meisten Leute lachten ihn aus deswegen, doch es gab andere, die um des abenteuerlichen Reizes willen erklärten, sein Handeln sei das einzig rechte. Jemand schenkt ihm sogar ein Gedicht mit zwei Zeilen:

›Des Fürsten Gnade hindert das Bächlein nicht, nach ostwärts zu fließen wie alle Wasser,
denn um in seinem Strom das Sehnen des Frauengemachs herauszutragen, dafür ist's gedacht, das Rinnsal.‹

Die Zeit verging. Yu meldete sich an zu den Staatsprüfungen, aber zu seinem Kummer gelang es ihm nicht, sie zu bestehen, obgleich er es wiederholt versuchte. Allmählich war sein Familienerbe bis auf den letzten Rest dahingeschmolzen, so daß er sich schließlich an das gastliche Haus eines vermögenden Mannes aus Ho-dschung, Han Yung mit Namen, halten mußte, wo er Geld und Kleidung bekam und sein Leben mit Mühe fristete. Aber im Grunde wußte er sich keinen Rat, wie es mit ihm in Zukunft weitergehen sollte.

Dieser erbärmliche Zustand hatte schon eine ganze Weile gedauert, da rief ihn eines Tages Herr Han Yung zu sich und sprach: »Mehr als dreitausend Damen aus den kaiserlichen Frauengemächern konnten das allerhöchste Wohlgefallen nicht erlangen und haben daher die Erlaubnis erhalten, einen Mann zu ehelichen. Unter ihnen befindet sich auch eine Palastdame Han, die den gleichen Familiennamen trägt wie ich und sich längere Zeit in der Residenz aufgehalten hat. Sie ist, nachdem man sie aus den kaiserlichen Hallen entlassen, zu mir gekommen und wohnt zur Zeit in meinem Haus. Jetzt habt Ihr, mein Herr, bis heute keine Ehe noch geschlossen und da Ihr doch über Eure Jünglingsjahre schon hinaus seid, wird es Euch bitter ankommen, weiter als Junggeselle zu hausen, nicht zu wissen, wohin Ihr gehört, abgeschieden zu leben und einsam zu herbergen. Ich bedauere Euch in höchstem Maße! Nun hat Frau Han in ihrem Schatzkasten gewiß nicht weniger als tausend Schnüre Geldes liegen — sie stammt aus einer vornehmen Familie —, ist kaum dreißig Jahre alt, von anziehender Weiblichkeit und außerordentlicher Schönheit. Wie wäre es, wenn ich mit ihr spräche, um zwischen Euch eine Verlobung zustande zu bringen?«

Yu verließ die Matte, auf der er gesessen, warf sich zu Boden und rief: »Ich frettender Bücherwurm, der ich meinen Unterhalt unter Eurem Dache empfange, tagsüber mir den Bauch vollschlage, um nachts dann warm zu schlafen; ich, der ich Eure Wohltaten schon seit Ewigkeiten entgegennehme — voll Bitterkeit, daß ich nicht für eine einzige Sache tauge, unfähig, mir eine Gegenleistung zu ersinnen, und, von früh bis spät schwankend zwischen Scham und Scheu, doch niemals weiß, was werden soll — wie dürft ich noch solch ein Heil erhoffen?!«

Auf diese Antwort hin beauftragte Herr Yung ein paar Bekannte, als Heiratsvermittler zu wirken. Dann unterstützte er Yu bei der Beschaffung der Brautgeschenke, kümmerte sich bis in alle Einzelheiten um die Sechs Zeremonialbestimmungen und verhandelte, wenn einmal bei einer der beiden Familien Bedenken laut wurden. Und als endlich der Hochzeitsabend gekommen war, verging Yu schier vor Wonne. Am nächsten Morgen aber, als er bemerkte, wie dick und prall die Packsäcke von Frau Han da standen, wagte er kaum hinzusehen und kam sich vor, als sei er versehentlich ins Land der Feen geraten. Das Herz hüpfte ihm im Leib.

Wenig später sah sich Frau Han einmal Yus Bücherkasten an, und da entdeckte sie das rote Blatt, das Yu sorgfältig darin aufgehoben. Aufs höchste überrascht rief sie aus: »Das sind doch die Verse, die ich einst geschrieben! Wie sind sie in deine Hand gekommen.«

Da berichtete Yu, wie sich alles zugetragen, und nun begann auch Frau Han zu erzählen: »Auch ich habe«, so sagte sie, »im Wasser ein rotes beschriebenes Blatt gefunden, ohne zu erfahren von wem es stammte.« Und sie öffnete ihrerseits ihr Bücherkästchen, nahm das Blatt heraus — und es war wirklich jenes, auf das

Yu einst sein Gedicht geschrieben. Da brachen beide, übervoll von Ergriffenheit und Rührung, voreinander in Tränen aus und weinten zusammen lange Zeit. »Wie könnte dies ein Zufall sein!« sagte Yu. »Es gibt nichts auf Erden, das nicht vorherbestimmt wäre!« Frau Han aber sprach: »Eh ich noch dein Blatt bekommen, schrieb ich ein Gedicht, das ich noch heut in meinem Schatzkästlein bewahre.« Sie holte es, um es Yu zu zeigen:

›Einsam wandre ich entlang an den Ufern des erhabenen Flusses,
blick in die Fluten, harrend dem Augenblick, wo ein Blättlein ich fände.
Mein Sehnen — wer wohl hat es empfangen?
Eine Antwort wünscht sich mein Herz voll Verlangen.‹

Als das Schicksal der beiden bekannt wurde, war niemand, der nicht in Rufe des Erstaunens und der Rührung ausgebrochen wäre ob der wunderbaren Fügung.

Eines Tages aber richtete Yus alter Gönner Han Yung ein Festmahl her, lud Yu zu sich und sagte ihm, er möge auch seine Gemahlin mitbringen. Als sie dann im Freundeskreis beisammen saßen, sprach er: »Heut sollt Ihr Gelegenheit haben, Euren Heiratsvermittlern Dank zu sagen!«

Da lächelte Frau Han und sagte: »Daß Yu und ich einander gefunden, das war ein Werk des Himmels, nicht das Verdienst der Heiratsboten.« Als Herr Yung verwundert fragte, was das bedeuten solle, zog Frau Han ihren Pinsel aus dem Ärmel und schrieb.

›Ein einziges Paar anmutiger Verse, geschrieben in flutendes Wasser,
über zehn Jahre dunkler Sehnsucht in unseren einfältigen Herzen!
Heut aber hat sich erfüllt die Liebe eines Phoenixpärchens,
— wie wir allein es wissen — durch purpurner Blätter feines Vermitteln.‹

Da sagte Herr Yung bewegt: »Kein Begebnis unter dem Himmel kommt von ungefähr — heute hab ich's erfahren.«

Später geschah es, daß Kaiser Hsi-dsung die West-Provinz besuchte, wo Yu lebte. Yung gab bei diesem Anlaß dem Yu den Auftrag, an der Spitze seines hundertköpfigen Hausgesindes als

Wegführer dem Kaiser voranzuziehen, ihm selbst aber ward als einem nahen Hofbeamten eine Audienz gewährt. Da nutzte er die Gelegenheit, um dem Kaiser genau zu berichten, wie es Yu ergangen.

»Ich habe schon ein wenig von der Geschichte reden hören«, bemerkte der Sohn des Himmels. Er ließ Yu herbeiholen und sagte schmunzelnd zu ihm: »Nun, Exzellenz, Ihr seid ja bereits ein alter Freund meiner Familie.«

Tief beschämt warf sich Yu zu Boden, senkte das Haupt in den Staub und bat um Verzeihung. Als jedoch der Kaiser in die West-Hauptstadt zurückgekehrt war, wurde Yu von ihm als Beamter ins kaiserliche Hofgefolge übernommen, und dort machte er sich späterhin verdient durch seine geistvollen Ratschläge und sein Geschick in Fragen der Feldherrnkunst.

Frau Han aber schenkte ihm fünf Söhne, die ihrer Bildung wegen allesamt hohe Beamte wurden sowie drei Töchter, die in namhafte Familien einheirateten. Sie selbst leitete ihr Haus alle Tage mustergültig und blieb eine adelige Dame ihr Leben lang.

LIU SCHI-YIN 12. JAHRHUNDERT

Jungjade

Das Mädchen Wang Dschën-dji, das auch unter ihren zwei Beinamen ›Jungjade‹ und ›Geisttalent‹ bekannt war, stammte eigentlich aus unserer Hauptstadt, aber schon seit frühester Jugend zog sie in der Truppe ihres Vaters heimatlos im südchinesischen Hu-wai-Gebiet umher. Sie und zwei andere aus Hëngdschou gebürtige Mädchen, von denen das eine jünger, das andere älter war, hatten als Sängerinnen einen guten Namen in der Gegend und traten auch zusammen auf. Indessen in der Schönheit des Antlitzes und der Gestalt, in ihrem Gesang und ihrem Tanz übertraf Jungjade die anderen beiden bei weitem. Auch kein Singmädchen sonst hätte gewagt, sich mit ihr auf eine Stufe zu stellen.

Da sie denn in solchem Maße selbst unter diesen beiden Mädchen hervorstach, war es kein Wunder, daß die Männer, mit denen sie Verkehr pflog, fast ausnahmslos höchste Ämter und

Würden bekleideten. Von solch vornehmen Herren abgesehen, konnte kaum einer ihre Gunst erringen. Selbst die mächtigsten Kaufleute und reichsten Händler erhielten eine Abfuhr.

Eines Tages kam der Kanzler Hsia Kung-yu durch die Stadt Hëng-yang, die im Hu-wai-Gebiete liegt. Die Würdenträger der Stadt veranstalteten ein Festbankett ihm zu Ehren, bei dem auch er selbst zugegen war. Da, mitten in der Feier, sagte Herr Hsia plötzlich: »Ich habe gehört, daß es hierzulande ein Singmädchen namens Wang Jungjade geben soll, die nicht nur wundervoll singe und tanze, sondern auch außerordentlich schön sei. Welches von den anwesenden Mädchen ist es denn?«

Ein Würdenträger rief Jungjade bei Namen. Sie trat unter den anderen Mädchen hervor und machte ihre Verbeugung. Herr Hsia schnalzte mit der Zunge: »Ei, wenn du in einer der beiden Metropolen im Westen oder Osten lebtest, stündest du im Rang gewiß nicht unter unseren berühmtesten Tänzerinnen. Jetzt freilich, da du dich hier aufhältst, kann dein Name nicht in der Welt bekannt werden!«

Er wandte sich an die Umstehenden, ließ sich etwas Zierpapier reichen und schrieb ihr als Geschenk das folgende Gedicht:

›Ein wahrer Kanzler kennt nicht Freude für sich selbst,
sonst nimmt des Volkes Keckheit überhand.
So bewundre ich dich, der Orchideen Schönheit wohl,
doch halt mich fern vom Dunkel des tiefblauen Tals.
Der lautre Wind kann schon zum Blühen helfen,
Regen und Tau den tropfenweisen Trunk verleihn.
An einem Morgen wirst du stehn dereinst im
allerhöchsten Garten,
und Kirsch- und Pfirsichblüten werden sich im Dufte
vor dir neigen.‹

Von dieser Zeit an erhöhte sich der Glanz, der Jungjades Namen anhaftete, noch mehr. Sie selbst jedoch floh immer öfter, wenn sie einige freie Tage hatte, ihre reizvolle Schönheit verbergend, voll Schwermut in die Einsamkeit und wie vereist in ihrer duftigen Anmut blieb sie dann in sich verschlossen.

Manch einer suchte zu erfahren, was ihr wohl fehlte. Dann pflegte sie zu sagen: »Ach, dieses Leben ist nicht mehr nach meinem Sinn.«

Und wenn man weiter nach den Gründen forschte, sprach sie:

»Nun, so wie jetzt die Zeit verrinnt, sinds einmal Handarbeiter, dann wieder Kaufherren, einmal die Bauern, dann wieder Handelsleute, einmal Taoistenpriester, dann wieder Mönche Buddhas, die ich als Gäste bei mir habe. Damit reiche ich wohl hin, um mich am Leben zu erhalten, doch komme ich nicht mehr davon los, immerzu verdammt zu sein, mir Salbe ins Gesicht zu schmieren, Puder auf den Wangen einzureiben, kunstvoll daherzureden und die Lüsternheit herauszufordern – und alles bloß, um ihr Geld zu kriegen! Innerlich schäme ich mich zu Tode! Aber ich wurde ja von Vater und Mutter, von Bruder und Schwester zu diesem Stand getrieben, dem auszuweichen, hätt wohl kein Mensch vermocht. Oh, wenn ich doch einem guten Gatten angehören könnte, in einem Heim den Schwiegereltern diente und Opfer an den Ahnen der Familie vollzöge, so daß die Leute bei Gelegenheit dann auf mich wiesen mit den Worten: ›Die dort ist eine Ehefrau‹, dann hätte auch ich, wenn ich einst stürbe, den Platz für eine Ruhestätte meiner Gebeine gefunden.«

Nun geschah es, daß Jungjade einmal einem vornehmen, prächtig anzusehenden Mann namens Liu Fu begegnete, der aus der östlichen Hauptstadt kam. Kaum hatte sie einen Blick auf ihn geworfen, da sagte sie auch schon: »Das wäre mein Mann!« Aber auch Fu verliebte sich rettungslos in sie und besuchte sie fortwährend in ihrem Gemach. Das unstete Leben, das er bisher geführt, schien ihm mit einem Male schal. Liebesworte flüsternd im Säuseln des Windes und im Schein des Mondes, verflochten sie ihre Hände voll Leidenschaft, und eins konnte nicht vom andern lassen.

So verging geraume Zeit. Die jüngere Tanzpartnerin von Jungjade aber erfuhr insgeheim von jener zarten Liebe, und voll entflammter Eifersucht überfiel sie eines Tags Herrn Fu mit keifendem Geschimpfe: »Wenn Ihre es weiter treibt wie bisher, so kann ich Euch das nicht länger hingehen lassen, sondern werde Euch anzeigen bei der Behörde!«

Von da an besuchte Fu Jungjade nicht mehr länger. Einmal aber begegneten sie einander zufällig wieder bei einer Bootsfahrt auf dem Flusse. Jungjade vergoß Tränen über Tränen und sagte: »Dies schreckliche Ereignis mit meiner Gefährtin kam wirklich nicht durch meine Schuld, das kann ich dir beweisen! Sollten wir einstmals das Glück erfahren, einander verbunden zu sein auf ewig, dann hätten wir freilich nicht mehr diese Sorgen, die uns heut bewegen.«

Eng vereint tranken sie in dem schaukelnden Boot ein paar Becher Wein. »Eines Tages«, flüsterte Jungjade plötzlich versonnen, »werden meine Gebeine an der Seite der Gräber deiner Ahnen ruhen!« Und etwas später sprach sie: »Solange ich lebe, habe ich stets das Bewußtsein in mir getragen, daß doch fast immer Menschen, die einander wirklich lieben, trotz weitester Trennung einmal einander wiederfinden. Viel Worte über Liebe hinzureden, nur um des Mannes Geld und Gut zu erlangen, habe ich mir selbst — trotz meines Standes — nie erlaubt. Sieh dies mein Haar, das herniederfällt bis auf die Erde! Es bedeutet für mich einen Schatz wie Gold und Edelstein. Doch soll sich kein Mann hinfort erlauben können, danach zu schielen. Für dich ist mir kein Ding zu schade!«

Mit einem entschlossenen Schnitt trennte sie selbst den prachtvollen Haarknoten von ihrem Haupt, eine Strähne aber nahm sie heraus, um sie Herrn Fu zu schenken. Fu war aufs äußerste ergriffen vor Rührung und auch vor Freude. Als aber der Abschied kam, war der Kummer ob des Bannes, der über seiner Liebe lag und ihm das Wiedersehen verwehrte, so stark, daß ihn Krankheit in die Kissen warf. Tag und Nacht war Jungjade in höchster Sorge und schickte ihm Bekannte, damit sie den Kranken pflegten. Und als dann Fu endlich genesen war, widmete er Jungjade ein herrliches Lied, in dem es am Ende hieß:

›Des Jünglings Herz, Jungjades Sinn, sind voll erblüht in Liebe,
und ihre Neigung fester noch als Kiefergrün und Bambushaut.
Ich wünschte, es würde wahr des Jünglings Schwur unwandelbarer Liebe bis zum Tod
und seine Hoffnung, daß in aller Menschen Not von selbst sich fügt ein Wiedersehen.
Wenn einstens naht des Jünglings freie Wiederkehr,
solln Hand in Hand hinauf sie steigen durch die rotglühenden Abendwolken!‹

Fus Eltern aber drängten darauf, daß er nach Hause zurückkehre, und so mußte er denn zu dieser langen Reise rüsten, die ihn zu Schiff in seine Heimat bringen sollte. Jungjade traf ihn noch einmal heimlich vor der Stadt, um ihm Lebewohl zu sagen. In einer kleinen ländlichen Schenke sprachen sie miteinander beim Wein.

»Du hast glänzende Geistesgaben, ich ein hübsches Aussehen«, sagte Jungjade ernst. »Daß Talent und Schönheit einander finden, daß Liebesschwüre von keinem gebrochen werden können, das liegt im Willen der Natur. Unsere Gefühle und Empfindungen sind in allem von vergeistigter Klarheit, und so wird unsere Bindung schon Dauer besitzen gleich dem beständigen Grün, wie es die Kiefern haben, gleich der Härte, wie sie den Bambushülsen eigen. Du wirst gewiß irgendeinmal am Orte Hsiau-hsiang vorüberkommen. Dort werde ich auf deine Ankunft warten!«

Nun gelobten sie einander ewige Liebe, verbrannten als Zeugnis Weihrauchstäbchen und schütteten die Asche in den Wein, den sie sodann gemeinsam tranken. Die Nacht aber schliefen sie zusammen in der Herberge am Fluß.

Am nächsten Morgen schenkte Fu Jungjade einen Abschiedssang, den er für sie geschrieben hatte. Er nannte ihn ›Trunken im hohen Turm‹:

›Das Bitterste im Menschenleben, das Bitterste ist Abschiedsschmerz. Sie liebt mich und ich lieb sie. Hoch oben steht sie ganz allein in grünen Halmen am höchsten Punkt der Klippe, und ich entschwind im bunten Boot ostwärts nach und nach, indes die Ruder knirschen. Südlicher Himmel neigt sich, Hoffnung auf Wiederkehr, wir beide ungetrennt.

Ein Wiedersehn, du weißt es, ist mein ganzer Wunsch. Wann wird der Glückstag sein — wir wissens nicht zu sagen. Das Herz beugt sich wohl dem Zwang der Dinge, doch ist verwirrt es gleich verworrner Seide. Schöne Tage, köstliche Nächte aber sollen dereinst vergelten die Zeit, die nunmehr tot verrinnt, da ich, wie wir ja beide wissen, übel dich belohne. Könnt ich, ach, nur in deinem Hause sein, an deinem Herzen ruhn, vereint mit dir entschweben!‹

Aufs neue Wein bestellend, sang Fu diese Verse, aber der Wohlklang der Melodie, der Sinn der Worte trieb ihm die Tränen in die Augen, so daß er das Lied nicht zu Ende singen konnte. Sie tranken noch etwas Wein zusammen und ließen ihrem Kummer freien Lauf. Dann aber mußte Fu das Schiff besteigen.

Als er daheim in der Hauptstadt angekommen war, gelang es ihm jedoch nicht, sein Anliegen durchzusetzen, mit Jungjade eine gesetzliche Verbindung einzugehen. Seine Eltern waren schon zu alt, um das zu begreifen, und die weitere Familie wußte tausend Gegengründe vorzubringen. So blieb ihm denn nichts anderes übrig, als still vor seinem Spiegel hinzuweinen. Einmal kam ein Reisender aus Hëng-yang, der einen Brief von Jungjade brachte. Er wußte nur zu berichten, daß Jungjade in der jüngsten Zeit kränkelte und oft im Bett darniederliege. Ungeduldig riß Fu den Umschlag auf und las voll Hast das Schreiben. Zwei Verse beschlossen es:

›Seidenraupe des Frühlings, erst getötet hört sie auf zu weben.
Kerze aus Wachs, erst verbrannt fängt sie an, nicht mehr zu weinen.‹

Zutiefst getroffen, sandte auch Fu seiner Geliebten nun ein Schreiben, um ihr sein Gefühl zu schildern.

»Das Grübeln um unser dereinst geplantes Wiedersehen in Hsiau-hsiang läßt mich in Trübsal versinken. Ein Schiff hatt ich mir nehmen wollen und in einem Strom mich zu dir treiben lassen. Meine früheren Schwüre wollt ich erneuern und bekräftigen mein altes Verlöbnis! Um Deinen Trennungsschmerz zu lindern, gäb ich Dir gern die Freuden meines ganzen Lebens! Was aber soll ich tun, da meine Eltern zu alt, mein Klan zu mächtig und mein Herz durch all diese Dinge vergewaltigt ist? Verstört ist mein Sinn, gehemmt mein Gefühl, nur wenn ich allein, fließen die Tränen wie Regentropfen. Wenn Wind und Mond schöne Nächte versprechen, wenn man mit Wein und Schreibgerät ins Grüne zieht, die anderen Menschen fröhlich sind, dann hocke ich allein, dumpf brütend, als hätt ich etwas verloren. Bisweilen suche ich Trost im Wein, doch bin ich wieder nüchtern, ist mein Gemüt nur noch verzagter, so sehr, daß ich schon bisweilen wünschte, nicht länger mehr zu leben. Im Altertum die Liebespaare, bei ihnen gabs stets einen nur, der unglücklich liebte – sie zu vereinigen war leicht. Bei Dir und mir indes gehts beiden wider Willen – uns zu vereinigen ist schwer. Und doch, harr aus. Ists auch nicht einfach, den Lauf der Dinge zu ergründen, einmal müßt es doch nach unserem Willen ausschlagen. Und sollte es auch nicht so sein, sondern durch ein Naturgesetz die Geschicke mancher Menschen wirklich zu Lebzeiten nicht in Harmonie zu bringen sein, so gibt es doch noch die Vereinigung zwischen den Geistern jenseits der Himmelswölbung und den Genien auf tiefstem Meeresgrund! Wär es nicht gegen alle überirdische Bestimmung, wenn es allein uns beiden verwehrt sein sollte, in unserer Liebe Erfüllung zu finden? Du solltest dich fleißig zum Essen und

Trinken zwingen und es nicht dahin kommen lassen, daß deine Lebenskraft verfliegt. Wenn Du selbst Deinen Körper auszehren läßt, kannst Du mich nicht mehr wiedersehen, und ich, was hätte ich dann noch für eine Hoffnung?

Du hast für mich am Ende Deines Briefes zwei Verse gedichtet; auch ich will mit Versen mein Schreiben beschließen:

›Den Mond vor mir lehn ich am Strom, dunkel wühlt in mir der Schmerz.
Abgehärmt steh ich in des Ostwinds Kälte, schaudernd vor dem Frost.
Du, das schöne Weib vom Flusse Hsiang, gabst Botschaft, wie sehr Du krank,
und auch ich, der Gelehrte in der Kaiserstadt, spüre meine Schwäche kommen.
Seidenraupe des Frühlings, erst getötet, hört sie auf zu weben,
Kerze aus Wachs, erst verbrannt, fängt sie an, nicht mehr zu weinen.
Ach, zehntausend Meilen weit wolkenragende Gebirge, unwegsam, sind zwischen uns,
in sinnlosem Bemühen besucht meine Seele die Flußbänke des Hsiang, indes ich träume.‹

Eines Abends befand sich Fu allein in seinem dämmrigen Schlafgemach, in das durch die unverschlossenen Fenster die letzten schwachen Strahlen der untergehenden Sonne drangen. Da sah er plötzlich zwischen Wandschirmen ein halbverdecktes Gesicht herauskommen. Er blickte näher hin – es war Jungjade.

»Vor Sehnsucht nach dir«, sprach sie, »hab ich mir eine Krankheit zugezogen, und heut hat sich mein Körper aufgelöst. Ich wollte dich nur noch einmal sehen, deswegen bin ich hierher gekommen. Ich habe nie in meinem Leben etwas Böses getan, und so werde ich auch nicht in die Unterwelt verbannt werden, sondern soll bald wiedergeboren werden: abermals als Mädchen und zwar im Haus eines gewissen Dschang Sui am Westtor von Yän-dschou. Der Mann ist Kuchenhändler. Wenn du deine Freundin aus alten Tagen nicht vergessen hast, dann komm doch einmal vorbei und schau mich dort an! Ich werde mich zwar in dieser Gestalt nicht mehr an das Vergangene erinnern können, aber dennoch sollen deine Gefühle für mich die gleichen sein wie ehedem. Ich habe meinem jungen Diener ein paar Andenken für dich gegeben. Verlange sie als Beweis, daß wirklich ich es war, die dir hier erschienen. Tausendmal, zehntausendmal alles Liebe – Lebewohl!«

Nachdem sie so gesprochen, ward sie mit einem Male unsichtbar. Fu aber stand da, erschreckt und verstört, und konnte nur noch laut stöhnen vor Schmerz.

Ein paar Tage später kam ein Reisender aus Hëng-yang bei ihm vorüber und berichtete, daß Jungjade tatsächlich gestorben sei. Kurz vor ihrem Tode – so sei ihm erzählt worden – habe sie ihrem Diener noch Anweisungen gegeben und folgendes gesagt: »Weil ich meinen Geliebten nicht mehr habe sehen dürfen, muß ich sterben vor Herzeleid. Er hat immer meine Hände, mein Haar und meine Augenbrauen so sehr geliebt. All das sind freilich keine Dinge, die ich als Gruß ihm senden könnte. Aber ich will jetzt eine Strähne von meinem Haar abschneiden und auch einige Splitter von meinen Fingernägeln. Wenn mein Geliebter kommt und nach mir fragt, so gib ihm das!«

Und wenige Tage später sei sie dann wirklich verschieden.

GUO TUAN UM 1165

Die fürsorgliche Mutter

Es lebte einmal ein Richter – er stammte aus einer Familie Li, seinen persönlichen Namen hat man vergessen –, der besaß eine schöne Tochter. Als sie in die Jahre gekommen war, da sie als Zeichen ihrer Reife einen Haarpfeil am Haupte tragen durfte, begann Herr Li in aller Behutsamkeit nach einem passenden Schwiegersohn von Rang und Namen Ausschau zu halten. Geraume Zeit jedoch verrann, und er hatte immer noch keinen finden können, der seinen Anforderungen genügt hätte.

Eines Tages aber kam ein gewisser Herr Tschën zu Besuch, der von Beruf Staatsanwalt und deshalb mit Herrn Li bekannt war. Er und Herr Li waren seit langem innig befreundet, und so entwickelte sich zwischen ihnen bald eine vertraute Unterhaltung, bei der keiner von beiden dem anderen etwas verschwieg. Es dauerte nicht lange, da erzählte Herr Tschën, daß vor kurzem sein geliebtes Weib gestorben sei; gerade heute jähre sich der

Tag ihres Todes zum erstenmal. Bei diesen Worten traten ihm die Tränen in die Augen, und er weinte herzzerbrechend. Noch dazu habe er — so fuhr er fort — zwei Töchter, die beide bereits das heiratsfähige Alter erreicht hätten. Gerade um ihretwillen sei seine Verzweiflung, wenn er an die rührende Kinderliebe seiner Frau denke, schier unerträglich.

Während Herr Tschën all dies erzählte, hatte die Tochter des Richters Li neugierig durch einen Türspalt in die Gästehalle gespäht und den Herrn Tschën von Angesicht gesehen. Da sagte sie heimlich zu ihrer Kammerzofe: »Das ist ein Mann, der so richtig nach meinem Herzen wäre. Er ist so gar kein Leichtfuß und Springinsfeld wie die anderen. Es muß eine Wonne sein, ihn zum Gemahl zu haben.«

In der folgenden Zeit erkundigte sie sich immer wieder nach Herrn Tschëns Namen, und jedesmal, wenn die Rede auf ihn kam, stieg ihr die Röte ins Gesicht. Nun hatte Herr Tschën freilich seine besten Jahre schon lange hinter sich. Sein Antlitz war abgezehrt und voller Flecke, umrahmt von einem langen weißen Bart, sein Körper ungewaschen und etwas vernachlässigt. Dafür aber besaß er eine gelehrte Bildung, konnte feine Gedichte machen und vollbrachte wahre Meisterwerke bei der literarischen Behandlung von Fragen des richtigen zeremoniellen Verhaltens.

Der Richter Li unterhielt sich mit ihm köstlich und sagte soundso oft seufzend: »Ach, wenn er doch nur ein wenig jünger wäre — er wäre schon der einzig rechte Bräutigam für meine Tochter!«

Als das junge Mädchen dies einmal vernahm, bemerkte sie heimlich ihrer Erzieherin gegenüber: »Wenn man mich junges Ding einem Mann anvertrauen will, sollte man doch nur danach gehen, daß ich ein schönes Zuhause bekomme. Ob die Jahre nun viel oder wenig, ob das Äußere schön oder häßlich — wie kann man darüber so viel Worte machen!«

Von diesem Augenblick an wußten alle im Hause, was das Mädchen wünschte. Die Heiratsvermittler, die mit zu Rate gezogen wurden, schlugen freilich eine andere Verbindung vor, doch das Mädchen hüllte sich nur in mürrisches Schweigen, als es davon vernahm. Da waren die Eltern aufs höchste erstaunt und sagten: »Wie könnte so etwas nicht vom Schicksal vorherbestimmt sein!«

Sie sandten also die Heiratsvermittler zu Herrn Tschën, um eine Verlobung zu vereinbaren. Herr Tschën jedoch lehnte zuerst entschieden ab, indem er sagte, bei seinem Alter könne er unmöglich eine neue Ehe mehr eingehen. Als er sich aber immer aufs neue weigerte, ward das Mädchen mit einemmal von tiefer Traurigkeit befallen. Es gab Tage, an denen es vor Kümmernis nicht essen wollte, so daß die Eltern sich am Ende ernstlich sorgten. Sie baten nun Herrn Tschën aufs dringlichste, doch einzuwilligen, und so blieb ihm denn nichts anderes übrig, als nachzugeben und die Brautgeschenke zu übersenden. Da war das Mädchen von Herzen froh, und die Hochzeit ward gefeiert.

Nun lebten die beiden als Ehepaar zusammen glücklich und zufrieden. Um die beiden Töchter des Herrn Tschën kümmerte sich die junge Frau aber ganz besonders und mit solcher Liebe, als hätte sie sie selbst geboren. Eines Tages sagte sie zu ihrem Gatten: »Deine Töchter sind schon völlig erwachsen — es wäre just die Zeit, sie gut zu verheiraten. Wir können es doch nicht verantworten, damit noch länger zu warten.«

Mit diesem Wunsche aber lag sie von nun an Herrn Tschën Tag und Nacht in den Ohren. Auch erkundigte sie sich bei den Heiratsvermittlern weit und breit nach einer passenden Verbindung. Es dauerte kaum ein halbes Jahr, und sie hatte das ältere Mädchen verheiratet.

Als die Hochzeit vorüber war, die eine ansehnliche Summe Geldes gekostet hatte, sagte Herr Tschën aufatmend: »Nun, mit der Jüngeren hat es ja noch glücklicherweise zwei bis drei Jahre Zeit!«

»O nein, durchaus nicht!« rief da die Frau, ihm in die Rede fallend, »wir müssen ihre Verheiratung sogar mit noch größerem Nachdruck betreiben!«

Entsetzt wehrte Herr Tschën ab. »Wenn wir für sie ebenfalls einen Bräutigam fänden«, meinte er, »dann wüßte ich nicht mehr, womit ich die Mitgift bezahlen sollte.«

»Wir wollen uns erst einmal nur darum kümmern, solch einen Bräutigam für sie zu suchen«, erwiderte die Frau, »dann können wir ja weiterreden.«

Einige Monate später, als tatsächlich auch für die jüngere Tochter ein Mann in Aussicht stand, besprachen sie sich wiederum, wie sie wohl das Geld für die Brautaussteuer zusammenbringen sollten.

»So, und was nun?« fragte Herr Tschën mißgelaunt. Da wandte sich seine Frau an ihn und sprach ganz plötzlich: »Du hast doch vor Jahren einmal fünfzig Goldtaler in einer Steinkruke unter deinem Bett vergraben. Die könntest du eigentlich für diesen Zweck hervorholen. Wie solltest du da knausern, wo es doch um dein leibliches Töchterlein geht!«

Herr Tschën stand da wie vom Donner gerührt.

»Woher in aller Welt weißt du denn das?« rief er. Aber sie lächelte bloß und gab keine Antwort. Tatsächlich war es so, daß Herr Tschën vor langer Zeit einmal dies Gold vergraben hatte, doch außer ihm selbst war das keinem Menschen bekannt gewesen. Willig holte er es jetzt hervor und verwendete es nach den Plänen seiner Frau. Und so kam es, daß, noch ehe ein ganzes Jahr vergangen, beide Töchter unter der Haube waren. Da sprach die junge Frau zu ihrem Mann: »Nun hab ich meine Pflicht erfüllt, für mich gibts hier nichts mehr zu tun. Komm, laß uns Wein aufstellen und dies frohe Ereignis miteinander feiern!«

Sie setzte sich zu Herrn Tschën, und nun tranken sie zusammen nach Herzenslust, bis ihre Stimmung keine Grenzen mehr kannte. Dann gingen sie beide, vom Weine trunken, zu Bett.

Am nächsten Morgen aber, als die Frau allmählich aus ihrem tiefen Schlaf erwachte, begann sie plötzlich, während Furcht und Schrecken sich auf ihrem Antlitz malten, laut zu schreien: »Wo bin ich?« und als sie Herrn Tschën erblickte, rief sie: »Wer ist dieser Mann?«

Voll Entsetzen über ihr wunderliches Betragen meinte Herr Tschën, sie habe mit einem Male den Verstand verloren. Die Kammerzofe und ein Diener nahmen sich ihrer an und hielten sie im Zimmer fest. Die Frau jedoch zitterte weiterhin vor Angst am ganzen Leibe und war vollkommen außer sich.

»Was ist denn bloß geschehen, daß ich mich hier befinde?« fragte sie.

»Ihr seid, edle Herrin, vor einem Jahr Gemahlin des Herrn Tschën geworden«, entgegnete die Zofe und der Diener. »Wie könnt Ihr das nicht mehr wissen!«

Aber die Frau schien von allem nichts zu begreifen.

Unterdessen hatte jedoch Herr Tschën seinen Schwiegereltern Nachricht gegeben. Und kaum daß sie hurtig herbeigeeilt ins Zimmer traten, fiel ihnen die Frau voll Freude um den Hals und war im Nu getröstet. Doch als sie mit ihrer Tochter zu sprechen begannen und nach und nach auf alles kamen, da rief die Frau erregt: »Die Tochter, die Ihr geboren, ist diese Ehe niemals eingegangen. Jener Mann ist so häßlich doch und alt, daß man sich schier vor ihm grausen kann. Könnt Ihr es über Euch bringen, mich an solch einen wegzuwerfen?«

Und sie ließ sich um nichts in der Welt bewegen, noch weiter dazubleiben, so daß den Eltern denn nichts anderes übrig blieb, als sie wieder zu sich nach Hause zu nehmen.

Dort begann die junge Frau zu berichten, sie fühle sich so wirr im Kopf, als sei sei gerade erst aus einem schweren Traum erwacht. Von allem was vorher geschehen, seit sie die Ehe mit Herrn Tschën geschlossen, wußte sie nichts mehr.

Als nun Herr Tschën von ihren Worten hörte, fiel ihm ganz plötzlich ein, daß von dem Gold, das er dereinst vergraben, außer ihm selbst auch seine frühere Frau als einzige Kenntnis gehabt hatte. Und da ward ihm klar, daß sie es gewesen sein mußte, die, aus drängender Sorge um ihre beiden Kinder, als Geist in das Mädchen Li eingegangen war, um ihren beiden Töchtern zu einer glücklichen Ehe zu verhelfen.

TJIN TSCHUN 12. JAHRHUNDERT

Der Gelehrte und die Kurtisane

Tan I-go, mit Kindernamen Ying-nu gerufen, wurde als junges Mädchen in Ying-dschou, der Heimat ihrer Eltern geboren. Nach dem Tode ihres Vaters irrte sie heimatlos in dem Distrikt Tschang-scha, der heute Tan-dschou heißt, umher, und als dann, kaum daß sie acht Jahre alt war, auch ihre Mutter starb, mußte sie sich selbst das Dach über dem Kopf und ihr Essen damit verdienen, daß sie im Hause eines Mannes namens Dschang Wën kleine Arbeiten verrichtete; Dschang Wën bestritt seinen Unterhalt mit der Herstellung von Bambusgefäßen.

Eines Tages kam eine Staatskurtisane, Ting Wan-tjing mit Namen, bei ihm vorüber. Als sie I-go bemerkte, dachte sie bei sich, daß es eine große Bereicherung sein würde für ihr Haus, wenn sie das Mädchen gewänne. So ließ sie denn Herrn Wën herbeirufen, trank ein Schälchen mit ihm zusammen und ging dann wieder weiter, ohne vorerst noch ein Wort über ihre Absicht verlauten zu lassen. Am andern Tag aber erschien sie wieder, überschüttete den Bambusschnitzer mit zahlreichen Geschenken, mit

Schmucksachen und Seidenballen, um ihn sich so aufs tiefste zu verpflichten.

»Ich bin bloß ein armer Handwerker vom Markt«, sagte da Herr Wën, »ich mache mir ernsthaft Vorwürfe ob Eurer Großmut. Meine Familie ist mittellos, und so hab ich keine Möglichkeit, mich Euch erkenntlich zu zeigen. Wohin Eure Wünsche zielen, weiß ich zwar nicht, aber gewiß könnt Ihrs mir erklären. Darf ich mir denn erlauben, Euch zu bitten, mir Euer Anliegen kundzutun. Trotz all meiner Beschränktheit geht doch mein Wunsch dahin, Euch Dank zu zollen und Eure Hochherzigkeit wenigstens ein bißchen zu entgelten!«

»Ich habe so lange nicht darüber gesprochen, mein Herr«, erwiderte hierauf Frau Wan-tjing, »weil ich offengestanden fürchtete, Ihren Zorn zu erregen. Erst jetzt, da Sie mich inständig darum bitten, wage ich es, mein Anliegen zu äußern. Mir ist zu Ohren gekommen, daß das Mädchen I-go nicht Euer eigenes Kind ist. Mir gefällt sein Aussehen und sein Gesicht. Wenn Ihr mir das Mädchen verkaufen könntet, so würde ich Euch nicht nur heute reich bedenken, sondern Euch auch später noch üppigen Gewinn zukommen lassen. Laßt das Kind nicht weiter in Eurem Hause leben, wo es doch nur Kälte und Hunger erleiden muß! Nun, was ist Eure Meinung?«

»Ich finde Euren Gedanken ausgezeichnet«, sprach da Herr Wën. »Ich will gleich gehen und es dem Mädchen sagen. Wo die Verhältnisse so liegen – wie könnte ich es da wagen, nicht Eurem Wunsche zu willen zu sein!«

I-go zählte damals eben zehn Jahre. Als sie von dem Plan zwischen Wën und Frau Wan-tjing erfuhr, war sie aufs äußerste entrüstet und machte Herrn Wën heftige Vorwürfe.

»Ich bin gar nicht Eure Tochter«, schrie sie, »wie könnt Ihrs übers Herz bringen, mich in ein Hurenhaus zu stecken! Ihr könnt mich doch wohl verheiraten, auch wenn ich aus einer armen Familie komme. Das ist es, wonach mein Sinn mir steht!«

Aber es half alles nichts. Herr Wën schickte sie am Ende doch zu Frau Wan-tjing. Als I-go dort durchs Tor ins Haus hineingehen mußte, rief sie mit lauter Stimme unter Tränen: »O ich arme Waise, wie bitter empfinde ich mein Alleinsein. Tausend Meilen bin ich umhergeirrt, und immer fremde Gewalt gegen meine Kleinheit und Schwäche, fremde Verlebtheit gegen meine Frische und Jugend. Kein Mensch, der mich aus Mitleid rettete, verwehrt ists mir, einem guten Mann Gefährtin zu sein!«

Keinen gabs, der nicht bei Vernehmen dieser Klage geseufzt hätte und nicht tief bewegt gewesen wäre.

Frau Wan-tjing aber schmeichelte I-go alle Tage mit hundert verführerischen Worten. Mit roten Jadesteinen und eisvogelblauen Gehängen zierte sie ihr die Stirn, mit leichten und warmen Gewändern kleidete sie ihr den Körper, mit süßen Speisen und erlesenen Leckerbissen befriedigte sie ihr den Gaumen, und zwar, je mehr die Zeit verstrich, desto aufmerksamer, gleich einer liebevollen Mutter, die ihr Kleinstes hätschelt. Ob der Morgen heraufstieg, ob der Abend herniedersank, immer versuchte sie das Herz des Mädchens durch Wecken der Selbstliebe zu vergewaltigen und ihr Gemüt durch Anstacheln der Gewinnsucht zu wandeln.

Da vergaß I-go allmählich ihre guten Vorsätze, und ehe sie noch ihr heiratsfähiges Alter von fünfzehn erreicht hatte, war sie bereits zu einer Kurtisane erlesenen Ranges geworden. Ihre Haut leuchtete in bewunderungswürdiger Klarheit, ihr Körper prangte in voller Blüte, violettschwarz glänzte ihr Haar, weit offen strahlten ihre Augensterne, zart bewegten sich die Bambussprossen ihrer Hände, verführerisch bestrickend lockten ihre Reize – in all dem war sie unerreicht zu ihrer Zeit. Die Karossen und Pferdegespanne, die ihr gehörten, hatten keinen Platz mehr in den Schuppen, und ihre Häuser und Herbergen bildeten geradezu eine Stadt für sich. Es kam hinzu, daß sie von Natur aus geistreich war und klug, Melodien nach ihrer Gesetzmäßigkeit zu erklären wußte und sich sogar aufs Dichten und Malen verstand. Für ein Lächeln von ihr zahlten die jungen Männer tausend Goldstücke, und was ihre wirklichen Gunstbezeigungen anging, so fürchteten sie nur das eine, vor einem anderen zurückstehen zu müssen. Die ganze hohe Beamtenschaft drängte sich zu ihren Festen, und ständig empfing sie Freunde, die mit Pferd und Wagen vorfuhren.

Zu dieser Zeit geschah es einmal, daß ein Transportkommissar, Baron Dschou mit Namen, anläßlich seiner Dienstübernahme zu einem geselligen Beisammensein mit seinen Freunden einlud. Als I-go, die als Gesellschafterin teilnehmen sollte, noch etwas vor Beginn des Festes in das Amtsgebäude kam, erschien dort aus irgendeinem Anlaß auch ein Arzt, ein gewisser Dr. Dji, um in dem Büro vorzusprechen und dem Baron seine Aufwartung zu machen. Er hatte einen schöngepflegten Bart, auf den er schon stolz sein konnte. Der Baron neckte ihn darob und sagte: »Wenn ich auf Eure Kinntracht einen Vers dichtete, würdet Ihr da einen Gegenvers machen können?«

»Nun, lasset einmal hören!« erwiderte Dji. Da sprach der Baron:

»Ist der Doktor zu Besuch, streicht sanft sein Bart die Erde.«

Noch ehe Dji Zeit zur Antwort fand, warf I-go, die daneben saß, ein: »Ich würde zu gern für den Herrn Doktor den Gegenvers sagen.«

»Nur zu!« meinte der Baron, und I-go rezitierte:

»Sind wo die Edelleute froh beim Wein, stößt ihres Festsaals Dach am Himmel an.«

Der Baron war entzückt. Noch mehr in Stimmung aber kam I-go, als die eingeladenen Beamten eintrafen. Immer wieder behauptete sie von sich, daß sie in zwei Dingen nicht zu bändigen sei: im Weintrinken und im Dichten. Ein gewisser Djiang Tiän lachte sie gewaltig aus, als er sie so reden hörte, und forderte sie auf, mit ihm Gegenverse zu dichten. Er zeigte auf ihr sorgfältig geschminktes Antlitz und deklamierte:

»Die Melone scheint zur Winterszeit nach einer Reifnacht weiß gepudert.«

Da zupfte ihn I-go an den Ärmeln seiner dunkelroten Amtstracht, die seinen Rang anzeigte, und entgegnete:

»Die Dattelfrucht am Baum, wenn mal der Herbst gekommen, enthüllt ihr purpurnes Gewand.«

Der Alte kämpfte halb mit der Scham, halb mit dem Lachen, während die Gästerunde schallend applaudierte.

Kurze Zeit danach schloß sich I-go einem Herrn We Djiän-i an, der zum Militärkommandanten in ihrer Heimat Tschang-scha ernannt worden war. Während sie mitsammen zu seinem neuen Amtssitz am Heiligen Berg Hëng hinauffuhren, rief ihr Herr We, dem ihre dichterische Begabung nicht unbekannt war, zu: »Nun, könnt Ihr diesem meinem Vers etwas entgegensetzen?

Der Beamte im zinnoberroten Kleid zieht aufwärts an des Himmels blaue Grenze.«

Da rezitierte I-go als Antwort:

»Das Mädchen mit den brennendroten Ärmeln steht unterm Saum der weißen Wolken.«

Herr We zeigte sich begeistert und verlieh ihr als Zeichen seiner Achtung die beiden Namen ›Literaturschönheit‹ und ›Talentmädchen‹. Gerührt verbeugte sich I-go mehrmals vor ihm und sprach: »Ich bin ein schwaches Wesen von niedrigstem Rang. Glaubt mir, daß Ihr mir richtige Namen verliehen habt, ehrt mich mehr als ein Geschenk von tausend Goldstücken.«

Herr Wën blieb jedoch nicht allzu lange in seiner Stellung. Ein gewisser Liu Hsiang übernahm das Militärkommando in Tschang-scha. An einem schwülen Sommertag beschloß er einst, einen Bergausflug hinauf zum Pi-hsiang-Tor zu unternehmen, um die frischere Luft dort zu genießen; seine Amtskollegen sollten ihn begleiten. Da rief er I-go zu sich, die er durch seinen Vorgänger kennengelernt hatte, und bat sie, als seine Unterhaltungspartnerin mit ihm zu kommen.

»Ich kümmerliche Waise«, erwiderte I-go hierauf, »wie könnte ichs mir zutrauen, Euerm Genie standzuhalten! Weil Ihr es aber, Baron, ausdrücklich befehlt, wage ich nicht, Eurem Geheiß nicht zu entsprechen.«

So begleitete sie den Herrn Liu auf seinem Ausflug. In verschlungenem Pfad führte der Weg sie hinan. In der Ferne, auf der anderen Seite des Hsiang-Flusses, sahen sie, verstreut über die Sandbänke des Flusses, die Bambushäuschen und Strohhütten der Fischer liegen. Man konnte auch einen Fischer erkennen, der mit zwei Fischen in der Hand einen der lang hingezogenen, von Behausungen umsäumten Pfade einschlug.

»Zwei Fische wandern hinein tief in die Gasse«, deklamierte da Herr Liu im Scherz. Und flugs entgegnete I-go:

»An welches Haus wohl ist der Fischschwanz-Brief gerichtet?«

Herr Liu war außer sich vor Vergnügen über ihre geistreiche Antwort und lobte ihren Geschmack noch Stunden später.

Am anderen Tag unternahmen sie erneut einen Ausflug zum Heiligen Berg Hëng. Sie kamen vorbei an der ›Gelb-Hege-Grotte‹ und nicht fern davon, in der Rasthalle ›Bergesblick‹, ruhten sie sich schließlich aus und dichteten im Wettstreit mit anderen Gästen Verse, die die Schönheit der Aussicht besangen. Als alle anderen geendet hatten, kam die Reihe auch an I-go, und sie sprach:

»Die Heiligen der Berge sind hier verschwunden zwar seit tausend Jahren schon,
im schwindend hoch gebauten Pavillon allein blickt man wie einstmals weit, weit in die Ferne.
Wie viele wohl verloren auf Götterspur den Weg zum Inselreich des Paradieses,
wie viele sehnten sich vergebens wohl nach einer Himmelsfahrt in die fünffarbnen Wolken.
Heut aber tönt im hellen Mondlicht vereinsamt über tausend Gipfeln das Gekreisch der Affen,
und über alle steilen Pfade weint der Wind durch alte Wipfel.
Kranich und Wildgans ihr, wann kehrt ihr heim ins Heimatland,
um alten Freunden einen Gruß zu bringen von dieser Stadt am Fluß?«

Herr Liu seufzte ergriffen auf, als er dies Gedicht vernahm, und auch die Gäste in der Runde sahen sich nacheinander schweigend an, und es gab keinen unter ihnen, der sich nicht tief in seinem Innern angerührt gefühlt hätte. Und endlich stieß Herr Liu hervor: »Dieses Mädchen ist eine wahre Zauberin im Dichten!«

Nun begann er auch Fragen zu stellen, wie ihr bisheriges Schicksal gewesen sei, und als ihm I-go alles wahrheitsgemäß erzählt hatte, bedauerte er sie voll herzlichen Mitgefühls.

»Daß ich in die Liste der Unterhaltungsdamen eingetragen und gegen meinen Willen genötigt wurde, Gäste zu empfangen«, sagte schließlich I-go, »das alles ist schon so lange Jahre her, daß ich gar nicht mehr gewagt habe, deswegen zu klagen. Jetzt aber ist mir das Glück zuteil geworden, Euch zu begegnen. Wenn es mir durch Eure Hilfe gelänge, aus dieser unseligen Liste gestrichen zu werden und einem guten Mann als Ehefrau zu dienen, so würde ich Euch über meinen Tod hinaus danken!«

Herr Liu erreichte es tatsächlich, daß I-go aus dem amtlichen Verzeichnis der Freudenmädchen gestrichen wurde, und als sie ihn kurz darauf noch bat, überhaupt ihren ganzen Akt vernichten zu lassen, entsprach er auch diesem ihrem Wunsch.

Nun machte sie sich auf die Suche nach einem passenden Lebensgefährten. Lange Zeit jedoch verging, ohne daß sie den rechten hätte finden können. Eines Tages aber kam ihr ein Mann zu Gesicht namens Dschang Dschëng-dsi, der als Tee-Beamter in Tan-dschou beschäftigt war und aus Ju-dschou im Norden stammte. Auf den ersten Blick sagte sie zu den Leuten: »Ich habe meinen Bräutigam gefunden.«

Als man sie verwundert fragte, woher sie das so genau wisse, gab sie zur Antwort: »Sein Auftreten, seine Ausgeglichenheit, sein Können und seine Bildung, all das ist bei ihm genauso, wie ich es mir immer von einem Mann geträumt hatte!«

Herr Dschang aber erfuhr von ihrer Zuneigung, und er entflammte gleichfalls in Liebe zu ihr.

Schließlich kam auch der Tag, an dem sie sich zu einem Stelldichein abends im Flußpavillon verabredeten.

Wie zauberhaft war diese Nacht! Das hochragende Gästehaus, der geheimnisvoll flüsternde Wind, das unendliche Rauschen des Flusses, das helle Leuchten des vollen Mondes, die steil sich emporschwingende Kontur des Ruhezelts mit den sanft herabfallenden Kordeln aus Seide, der würzige Windhauch vom offenen Fenster, der sanfte Mondesglanz hinter durchscheinendem Türbehang, der Duft aus dem qualmenden Weihrauchbecken. Zarte Umarmung in kostbaren Kissen, seliges Versinken auf kunstvollen Linnen, dunkel gestammelte Worte, ineinanderströmendes Jauchzen — federleichtes Schweben der Frühlingsherzen. Gleich Paradiesblumen, die einander bestäuben, gleich einem Fischpaar, das sich vereint im Quellenwasser tummeln kann, vergingen sie im Entzücken aneinander, das ihnen über jeden Tod hinauszureichen schien.

Am nächsten Tage schon ließ I-go all ihre bewegliche Habe zusammensuchen und siedelte über in Dschangs Haus. Zartempfindende Freunde widmeten ihr zum Abschied ein Gedicht, in dem es hieß:

»Talent des Mannes und Klugheit der Frau haben hier einander gefunden,
schöner noch ist dies als der Lüfte und der Wogen Begegnung.
Seit der Entrückung der Päonie in die Residenz der Götter
gabs ostwärts des Flusses Hsiang keine schönere Blume mehr als diese Frau.«

Zwei glückliche Jahre vergingen. Eines Tages aber erhielt der Dschang, er war ja Beamter, die Mitteilung, daß er in die Hauptstadt versetzt werde: die Abschiedsstunde hatte für sie beide geschlagen. Gefaßt traf I-go für ihren Geliebten die Reisevorbereitungen und begleitete ihn dann hinaus bis vor die Stadt, um ihm Lebewohl zu sagen. Ehe er aber den langen Weg antrat, legte sie ihm die Hand auf den Arm und sagte beschwörend: »Du stammst aus einer namhaften Familie, ich dagegen gehöre im Grunde zur verachteten Klasse der Singmädchen. Schon wenn Niedriges sich mit Hohem paart, gibt's niemals einen guten Ehebund. Wie viel mehr, wenn in der Stube eine Frau sitzt, für die kein Ahnentempel betreut wird, während in der Halle Schwiegereltern thronen, die es gewöhnt sind, einfache Leute höchstens herablassend zu behandeln. Nach diesem unserem Abschied soll es nie mehr ein Wiedersehen geben!«

»Alle meine Worte«, rief Dschang aus, »mit denen ich Dir die Liebe geschworen, strahlen weiter ungetrübt wie Sonne und Mond. Meine Seele soll ob ihrer Falschheit verdammt sein, wenn ich mich von ihnen abkehre!«

Da sprach I-go nur: »Seit ein paar Monaten trage ich unter meinem Herzen ein Kind von Dir. Es ist dein Fleisch und Blut, denke daran!«

Rührung überwältigte sie beide, doch schließlich riß Dschang sich los und schritt davon. I-go aber kehrte heim, verriegelte die Türen ihres Hauses und ging keinen Tag mehr aus, so daß selbst die nächsten Nachbarsleute ihr Antlitz nicht mehr zu sehen bekamen.

Nach langer Zeit sandte I-go an Dschang einen Brief:

»Der Frühling ist wieder ins Land gekommen, trüb und dunkel. So sind denn ein Jahr und etliche Monate vergangen, seitdem Du mich verlassen. Die Vögel brüten in den Nestern, die Fische laichen auf des Wassers Grund. Im schroffen Wechsel von Warm zu Kalt, wie ihn des Lenzes erster Monat kennt, verlangt alles sehnsuchtsvoll nach schützender, bergender Liebe. So viele Reisekarren, die ich aus der Hauptstadt kommen sehe! Doch ach, nach des Mannes in der dunklen Ferne heimkehrenden Wagen späh ich klopfenden Herzens vergebens, und jeder Tag wird mir wie ein Jahr. Ein kleines Gedicht habe ich Dir geschrieben, damit es Dir vermelde, wie sehr ich mich nach Dir sehne. Darüber hinaus aber tausendmal, zehntausendmal alles Liebe.

›Auf den Flüssen Hsiau und Hsiang ahn ich des Frühlings Kommen,
geschmolzen, weggetrieben ist das Eis, Kirschblüten abgefallen und verweht.
Ich wünschte meinen Gatten zu umfangen, der Frühlingslust mich hinzugeben –
ein Jahr vereinsamt hier verbracht, harr ich des Einen Wiederkehr.‹«

Abermals verfloß ein Jahr, ohne daß Dschang zurückkehrte. Doch hatte man auch nie etwas davon gehört, daß er sich etwa eine andere Frau gewählt hätte. Da schickte I-go ein zweites Schreiben:

»Wieder ein neues Jahr seit unserer Trennung! Das Land östlich des Hsiang liegt da voll Wärme und saugt den Frühling in sich ein wie niemals noch zuvor. Weiß wie Gischt der fallende Juwelenstrom der Kirschblüten, brennend rot die aufgebrochenen Knospen des Aprikosenbaums am Tor. Die vorjährigen Schwalben sind gerade heimgekehrt, auch der zierliche Pirol hat bereits sein Lied erklingen lassen. Alles liegt vor mir wie ehedem, aber wenn ich darüber sinne, zerschneidet es mir das Herz. Manchmal will ich mich zum Lachen zwingen und merke nicht, daß ich dabei weine. Seit ein paar Monaten schmeckt mir keine Speise mehr, so als sei ich krank. Ich bin nicht wirklich krank, trotzdem aber kann ich nicht von selbst genesen.

Doch unser Kindchen, es kennt noch kein Weh und Leid von Sehnsuchtsschmerz. Eines Tages freilich, wenn ich ihm Rede und Antwort werde stehen müssen, wird es sich nicht täuschen lassen. Indessen, du darfst Dich den Worten Deiner Eltern nicht widersetzen und Deine eigene Zuneigung zu anderen Frauen nicht verbannen, denn es ist nicht so, daß ich mich auf unsere Bindung verlasse und Deine Hilfe von oben erwarte. Daß Du Dich einmal herabließest zu mir unbedeutenden Frau, die ich alles falsch tat vom ersten Tag an bis zum letzten, wie könnt ich Dir das vergelten, selbst wenn mir vergönnt wären hundert Jahre! Und müßte ich auch zugrunde gehen, so, wie es heute um mich steht, ich würde mit meinem Scheitel Deine Füße streifen und doch Deine Zuneigung zu mir nicht zu entgelten glauben. Um Dir Deine Herzlichkeit zu danken, könnte zehn Hasen an Pinselhaaren kahl ich schreiben und abholzen lassen all die Papierwälder der drei Flußprovinzen – und doch nicht fähig sein, Deiner Gnadenfülle zu entsprechen, sondern würde höchstens Dein Ohr beschmutzen.

Auch würde ich, wenn ich zum Pinsel griffe, des Tränenstroms nicht mächtig sein, der sich ergösse übern Tuschestein. Die Schwermut meiner Sinne, von selbst kann sie nicht schwinden . . .«

Als Dschang die Briefe erhielt, ward er im Herzen zutiefst beunruhigt und wußte lange nicht, wie er sich dazu stellen sollte. Im engsten Kreis zeigte er das Schreiben Freunden, die ihm nah vertraut waren, und alle, die noch etwas empfanden, seufzten auf vor Mitgefühl, wenn sie die Zeilen lasen.

Daheim aber wurde Dschang ständig von seiner Mutter beschworen, ein anderes Mädchen zu heiraten; nach außen freilich beteuerte er immer wieder die Bedeutungslosigkeit all dieser Verhandlungen, doch es dauerte nur ein Jahr, da hatten die Eltern für ihn die Ehe mit der Tochter eines Staatssekretärs vereinbart. Alle vorgeschriebenen Erkundigungen wurden eingezogen, die Heiratsvermittler wie üblich bestellt, nur ein glückbringender Hochzeitstag ward nicht gefunden. Weil aber die Eltern auf einen möglichst frühen Termin drängten, fand denn am Ende die Heirat ohne Rücksicht darauf statt.

Dschang jedoch zog sich mehr und mehr in sich zurück. Er mißtraute der Verbindung, und voll Kummer vergoß er heimlich Tränen. Selbst an den schönsten Tagen, selbst in der schönsten Landschaft, selbst mit allen Freuden der Welt vor Augen versank er in tiefste Schwermut. Vage sich verlassend auf einen Eingriff des Schicksals, unentschlossen auf die Zukunft hoffend, wurde er wortkarg und menschenscheu. I-gos Briefe aber zu beantworten, wagte er nie.

Als wieder ein Jahr vergangen, erfuhr I-go, daß ihr Geliebter eine andere Frau genommen. Da schrieb sie ihm einen letzten Brief:

»Wie tölpelhaft ordinär ich bin, das weiß ich selbst recht wohl, denn alle Entscheidungsgewalt lag ja bei Euch, wie könnt ich wagen, da noch lange nach den Gründen zu forschen. Daß ich Euch allezeit in meinem Gemach empfing, emsig meine Aufgaben als Frau erfüllte, von morgens bis abends ehrfürchtig Euch diente — wie wäre das ein Grund für mich, mir zu erlauben, gegen Euch zu klagen?

Und doch, den Hochzeitstag, den wir uns selbst gewählt, habe ich dreimal um ein ganzes Jahr verschieben müssen, und wenn er jetzt gar nicht mehr kommen soll, wär es wohl richtig, daß Ihr eine Belehrung mir gnädigst zuteil werden ließet; denn wenn ich mich plötzlich verstoßen sehe, liegt es doch sicherlich an mir, die ich Euren Vorstellungen nicht gerecht wurde. Freilich, das Betteln um die Liebe eines Menschen ist arg, gleich dem Verletzten eines unendlich zarten Pflänzchens, und es ist nicht erlaubt, des Himmels Gedanken nachzurechnen. Ich verzeihe Euch, was vergangen; ich kann ja Euch die Zukunft nicht beladen mit Gewissensschuld. Doch wenn es eine Gerechtigkeit gibt auf Erden, so hoffe ich auf sie, denn stets hab ich in meinen früheren Briefen taktvolle Demut nur gezeigt und keinen Anlaß je geboten, daß ich den Trennungsschmerz erdulden muß, der mich zutiefst verwundet in meinem kleinen schwachen Herz. Wenn ein Gelübde so einfach zu brechen wär, dann gäbs wohl keine Ordnung in dieser Welt.

Mein kleiner Sproß kommt jetzt bereits ins dritte Lebensjahr. Gerade kann er seine ersten Schritte machen. Er fühlt sich schon wie ein erwachsener Mann, doch hat es bis dahin freilich lange Zeit. Ich habe in meinem Packsack noch ein paar Geldscheine liegen, aber das Grundstück vor der Stadt werde ich dennoch verkaufen müssen. Täglich jäte ich dort das Unkraut aus, unterstützt von einem alten Bauern, aber kaum daß ich schweißbedeckt ein wenig raste, sprießt es von neuem. Auch einen Brunnen habe ich gebohrt und besprenge mit dem Wasser unseren Garten. Den Kleinen unterweise ich in Sprüchen aus dem Lieder- und dem Schriftenbuch und lehre ihn die Gesetze aus den Riten- und Gesetzestexten. Ich möchte gern, daß er, wenn er einmal erwachsen, mir bis an mein Lebensende Friede und Schutz gewähre. Wenns so weit reichte, dann seis genug.

Und sonst? Der würzige Wind weht noch wie einst über die Dächer jenes Gästehauses, des hellen Mondes Schein liegt schimmernd auf den Geländern des Pavillons, jedoch die Freude des Gemüts ist meinem Herz verweht so lange schon.

Wenn ich heute so zu Euch rede, werdet Ihr mir gewiß nicht glauben, aber andere Tage werden kommen, an denen Ihr erkennen werdet, was ich gefühlt. Bei Euch ists vielleicht, als seien des Frühlings Schwalben grad gekommen, als müßtet Ihr nur Freud verspüren – bei mir liegen des Herbstes herausgerissene Sonnenblumen über den Feldern, als gäbe es nur den Kummer um vergangene schöne Tage. Kein Mensch würde wieder noch vertrauen auf Oben, wenn er so sehr verstoßen. Ich aber will mit meinen Wünschen eindringen in die weißen Wolken und mit meiner Seele wandern bis an des Himmels höchsten Punkt. Dunkle Gefühle haben sich in meinem Busen angehäuft, ich kann ihr Maß schon nicht mehr voll ermessen. Den Wind werd ich als Boten meiner Stimme nehmen, Ihr mögt als Beamter sein, wo immer Ihr auch wollt, denn nichts anderes hab ich im Sinn, als daß Ihr wißt, wie es uns ergeht.

Meine Tränen hab ich getrunken beim Schreiben dieses Briefes, und meine Herzensnot war grenzenlos.

Tausendmal, zehntausendmal wünsche ich Euch, gebt acht auf Euch selbst!«

Seit Dschang diesen Brief empfangen hatte, ward er Tag und Nacht von Trauer und von Scham getrieben.

Als aber drei Jahre vergangen waren, geschah es, daß seine Frau starb. Die Kunde von ihrem Tod drang jedoch nicht über die Grenzen der näheren Umgebung, so daß I-go keine Nachricht davon erhielt. Wenig später wollte es der Zufall, daß in die Stadt, wo Dschang lebte, ein Fremder kam, der in Tschang-scha, I-gos Heimat, als Beamter abgelöst worden war und nun einen Posten als Bibliothekar an der Süd-Provinz-Bibliothek antrat. Dschang erkundigte sich bei ihm nach I-gos Ergehen. Da ballte der Fremde die Fäuste und erklärte zornbebend: »Sie war befreundet mit einem gewissen Herrn Dschang, einem Kerl aus Holz mit einem Herz von Stein. Wenn man auch nur ein bißchen Gefühl besaß und den Jammer der Frau mit ansah, mußte man den Tod selbst für diesen Burschen noch für gering halten!«

»Wie kommen Sie zu dieser Ansicht?« fragte Dschang, und der Fremde berichtete: »Seit dieser Dschang sie verlassen hat, ist I-go nicht mehr aus dem Haus gekommen, und seit sie erfuhr, daß er eine andere als Frau genommen, ist sie im Innern immer mehr versteinert. Erst kürzlich hat sie ihren Acker – es waren hundert Mou – verkaufen müssen, um ihr Leben zu fristen. Sie hält ihr Haus rein und sauber, und mit zweideutigen Absichten kann man bei ihr nicht im mindesten ankommen. Daneben sorgt sie für die Erziehung ihres Kindes wie Vater und Mutter zugleich. Ich behaupte, daß selbst das Mädchen Li Dschu-man aus dem Altertum es nicht besser machen könnte. Sollte mir dieser Dschang einmal unter die Augen kommen, müßt ich ihn anspucken, um ihm zu zeigen, was für ein Schuft er ist.«

Von Schamröte übergossen stand Dschang eine ganze Weile da, dann lud er den Fremden ein zu einem Trunk in die nahe gelegene Weinstube. Als sie dort waren, gestand er: »Seht, dieser Herr Dschang, von dem Ihr spracht, das bin ich. Alles das, was

Ihr gegen mich gesagt habt, ist vollkommen richtig, aber Ihr wißt nicht, was ich für Eltern daheim habe. Sie hinderten mich daran, mich nach meinem Herzen zu entscheiden.«

»Ich habe nicht gewußt, daß Ihr dieser Herr Dschang wart«, sagte der Fremde ein wenig verlegen. Sie saßen noch eine Weile beisammen, dann trennten sie sich.

Dschang aber machte sich auf nach Tschang-scha. Einige Tage, nachdem er dort angekommen, besuchte er in unauffälliger Kleidung die Weinhäuser und erkundigte sich, wie I-gos Lebenswandel sei. Da sah er, daß den Leuten die Worte fehlten, um ihre Tugend zu schildern. Nun fragte er nach ihr auch bei den Nachbarsleuten, doch niemand von ihnen hatte die Frau je gesehen. Als er aber hierauf selbst zu ihrem Hause ging, sah er, daß Tore und Türen glänzten wie frisch gereinigt, und daß die Vorhalle und Dächer hell und sauber waren. Da wurde er noch trauriger als zuvor.

In diesem Augenblicke ward I-go seiner ansichtig. Flugs verschloß sie das Haustor und um nichts in der Welt hätte sie sich bewegen lassen, herauszukommen. Da rief Dschang: »Nicht ohne Grund habe ich doch gefährliche Flüsse überschritten, die höchsten Pässe überstiegen und so ein Land von einigen tausend Meilen durchmessen! Mein Herz ist unwandelbar bei dir. Wie könntest du mir solch abgründige Verachtung zeigen, wie könntest du das, bei unserer alten innigen Liebe?!«

»Du hast doch schon ein anderes Heim«, erwiderte I-go. »Ich hab mir damals die Reinheit zum Gebot gemacht, und diesen Vorsatz will ich voll erfüllen. Du solltest gehen und mich nicht mehr mit deinen Bitten quälen!«

»Mein Weib ist doch schon tot!« entgegnete Dschang. »Rühr nicht an Dinge, die vergangen sind. All das vermag ich aufzuklären. Wenn ich dich nicht erlange, so schwör ich dir, werd ich hier auf der Stelle sterben!«

Da sprach I-go: »Ja, damals, als ich in Liebe zu dir entbrannt in dein Haus zog, ohne einen Augenblick zu zögern, da war es leicht, mich einfach wieder loszuwerden! Wenn du mich wirklich noch liebst, dann schicke Heiratsboten und lasse sie Zeremonien zu unserer glücklichen Hochzeit vorbereiten, dann erst kann ich es wagen, deine Wünsche zu erhören. Wo nicht — so gibts kein Wiedersehen!«

So sprach sie und öffnete um nichts das Tor. Dschang aber mußte sich ihrem Wunsche fügen. Er ließ ihr Brautgeschenke bringen und ihren Namen einholen – genau nach alter Sitte. Dann erst konnte er sie in seine Arme schließen und mit sich in die Hauptstadt nehmen.

I-go aber pflegte ihr Heim und war gründlich in der Befolgung aller Sitte, so daß die Schwiegereltern, wo sie lebte, ihr huldreich entgegentraten. So herrschten Wohlklang und Freundlichkeit in dem Familienkreis und die Bestimmung des Geschlechtes ward erfüllt. I-go gebar ihrem Gemahl noch einen zweiten Sohn, dem eine glänzende Laufbahn beschieden war. Sie selbst aber blieb ihr Leben lang eine außergewöhnliche Frau. Sie und ihr Mann wurden recht alt und hatten viele, viele Kinder und Kindeskinder.

Ach ja, es war schon eine Freude!

UNBEKANNTER VERFASSER 12. JAHRHUNDERT

Die Insel der Schwarzröcke

In der Tang-Zeit lebte einmal ein Mann namens Wang Hsiä. Er war geboren in der Stadt Djin-ling im Süden des Reiches und stammte aus einer sehr reichen Familie; sein Großvater war Reeder gewesen.

Eines Tages ließ Hsiä ein großes Schiff ausrüsten und stach damit in See, um ins Land der Araber zu segeln. Er war etwa einen Monat unterwegs, da erhob sich auf dem Meer plötzlich ein gewaltiger Orkan. Furchterregende Wogen türmten sich auf bis zum Himmel, Regenwolken jagten über das Firmament, schwarz wie Tusche, und riesige Wellen rollten heran gleich wandelnden Bergen. Waale und Seemonstren wurden aus dunklem Naß vertrieben, Fische und Drachen aus ihrem Unterschlupf ans Licht gebracht; das brüllende Fluten, das donnernde Strudeln, kein Mensch konnt es mehr ermessen. Aber des Sturmes Macht nahm noch zu. Wenn, in eins vereint, die Wasserriesen heranwogten, schien des Schiffes Rumpf aufzusteigen bis in den Neunten Himmel und dann, wenn die gigantischen Fluten zurückebbten, hinabzustürzen bis auf den Meeresgrund. Die Schiffsleute versuchten sich aufrecht zu halten, aber sie stürzten nieder und, schon gestürzt, kollerten sie weiter noch über den Boden. Es dauerte nicht lange, da brach das Schiff auseinander.

Hsiä war der einzige, dem es noch gelang, sich an ein Brett zu klammern und auf solche Weise die sturmgepeitschten Wogen, die strudelnden Wasser zu ertragen. Wenn er die Augen öffnete, sah er zu seiner Linken Seeungeheuer auftauchen, zu seiner Rechten Meeresbestien näher treiben. Mit weit geöffneten Glotzern und schauerlich aufgerissenen Mäulern kamen sie heran, um Hsiä zu verschlingen. Er konnte nur noch die Augen schließen und auf seinen Tod warten.

Nach drei Tagen aber wurde er heil an den Strand einer einsamen Insel gespült. Er ließ das Brett fahren und kletterte an Land. Nachdem er einige hundert Schritte gegangen war, bemerkte er eine greisenhafte Frau, die von Kopf bis Fuß in schwarze Gewänder gekleidet war und wohl schon über siebzig Jahre zählen mochte. Als sie seiner ansichtig wurde, rief sie voller Freude: »Das ist ja unser junger Herr Gebieter. Wie kommt denn Ihr hierher?«

Hsiä berichtete ihr darauf wahrheitsgemäß, was ihm zugestoßen. Da führte sie ihn zu sich in ihr Haus, bot ihm einen Platz an und sagte auch gleich: »Ihr seid von weit hergekommen, mein Gebieter, da werdet Ihr gewiß recht ausgehungert sein.«

Und sie tischte ihm ein Mahl auf. Die ganze Speisefolge bestand nur aus Seegetier und Meeresfrüchten.

Mehr als ein Monat verging, bis sich Hsiä endlich von seinen Anstrengungen erholt hatte, Speise und Trank aber blieb während all der Zeit so wie beim ersten Mal. In diesen Tagen wandte sich die alte Dame an ihn mit folgenden Worten: »Wenn jemand unser Land besucht, muß er gewöhnlich zuallererst unserem Fürsten seine Aufwartung machen. Damals, als Ihr hier ankamt, wart Ihr freilich noch zu sehr ermattet, um hinzugehen. Aber jetzt würde es Euch doch schon möglich sein.«

Hsiä bejahte, und so geleitete ihn die alte Frau über einen Weg von drei Meilen. Sie kamen vorüber an einem Marktplatz, wo viel Volk zu sehen war, das auch gleich neugierig-überrascht zusammenströmte. Dann überschritten sie eine weitgeschwungene Brücke, und von dort aus wurde der Blick frei auf Schlösser und Paläste, auf Türme und Pavillons, die sich weit angereiht und eng verschachtelt unendlich hinzogen. Alles machte den Eindruck der Residenz eines mächtigen Herrschers. Schließlich gelangten sie an ein großes Tor. Die Wachen führten sie hinein und meldeten sie an. Nach einer Weile erschien eine Frau in kostbaren, schönen

Gewändern, trat auf Hsiä zu und sagte: »Der König läßt Euch zur Audienz hereinbitten.«

Der König thronte in einem weiträumigen Saal; überall zu seiner Rechten und zu seiner Linken befanden sich junge Mädchen. Er selbst trug als Gewandung eine dunkle Robe und auf dem Haupte eine rabenschwarze Kappe. Als Hsiä sich den Thronstufen näherte, sprach der König: »Ihr seid vom Norden her übers Meer gekommen und beherrscht wohl noch nicht die Landessitten. Ihr braucht keine Verbeugung zu machen!«

»Warum sollte ich, da ich doch jetzt in diesem Staate bin, nicht vor Euch mein Haupt neigen?« entgegnete Hsiä und vollzog die Riten. Da verbeugte sich auch der König und bat selbst um Verzeihung, daß er seinem Gast solche Mühe bereite. Hierauf lud er Hsiä mit freudig erregtem Antlitz hinauf zum erhöhten Teil des Saals, ließ ihn sich setzen und fragte: »Aus was für einem Anlaß wohl habt Ihr unserem unwürdigen, weitabgelegenen Lande einen Besuch abgestattet?«

Hsiä berichtete, wie Wind und Wogen sein Schiff zerschmettert hatten und daß es gar nicht in seiner urprünglichen Absicht gelegen habe, zu dieser Insel zu kommen; er bitte nur um eines flehentlich: das Erbarmen seiner Majestät empfangen zu dürfen.

»Wo wohnt Ihr denn hier?« fragte der König.

»Ich wurde untergebracht bei einer alten Dame«, erwiderte Hsiä.

Der König ließ die Alte eilends kommen, und sie sprach: »Der Herr ist Gutsbesitzer in meinem Heimatdorf. Ich werde in allem und jedem dafür sorgen, daß ihm nichts fehlt.«

»Wenn Ihr irgendwelche Wünsche habt, braucht Ihr es bloß mitzuteilen«, sagte da der König, zu Hsiä gewendet. Und er ließ ihn aus dem Thronsaal hinausgeleiten und wieder Wohnung beziehen in dem Haus der alten Dame.

Diese alte Dame aber besaß eine Tochter, die äußerst lieblich anzusehen war. Manchmal, wenn sie Hsiä den Tee oder das Essen hereinbrachte, beobachtete er sie versteckt hinter den Fenstervorhängen und betrachtete sie heimlich; sie ihrerseits war auch nicht spröd und schüchtern. Eines Tages lud die alte Dame Herrn Hsiä ein zu einem Becher Wein. Als er schon ein wenig angeheitert war, schüttete er ihr sein Herz aus: »Ich lebe hier in einem fremden Land, und nur mit Eurer Hilfe, Mütterchen, friste ich mein Leben«, sprach er. »Wenn man so wie ich in der Fremde eine treusorgende Familie nicht zu entbehren braucht, ist man wahrlich zu tiefster Dankbarkeit verpflichtet. Und doch: Wenn man zehntausend Meilen von seiner Heimat getrennt allein dasteht und auf erbarmungswürdige Weise bittere Einsamkeit ertragen muß, dann genießt man im Schlaf nicht die volle Ruhe, beim Mahl nicht den ganzen Wohlgeschmack und macht sogar andere trübsinnig. Nur weil ich fürchte, wirklich meine Gesundheit zu verlieren und krank darniederzuliegen, belästige ich Euch mit meinem Kummer.«

Da sprach die alte Dame: »Ihr habt mir das Wort aus dem Mund genommen. Ich fürchte, ich bin recht gedankenlos gewesen. Hier im Haus lebt meine jüngste Tochter. Sie ist siebzehn Jahre alt und wurde unter Eurem Dache, Herr Gebieter, geboren. Wie würdet Ihr Euch dazu stellen, wenn ich sie Euch zur Frau geben wollte, um damit Euer Heimweh ein wenig zu lindern?«

»Das wäre wunderbar«, gab Hsiä zur Antwort. Nun wählte die alte Dame einen günstigen Tag aus und ließ zur Hochzeit rüsten. Selbst der König des Landes steuerte seinen Teil zu der Vermählung bei, indem er zu dem Feste Wein und allerlei Leckerbissen senden ließ.

Als nun, nachdem sie Mann und Frau geworden, Hsiä seine junge Braut näher betrachten konnte, da sah er erst, wie schön ihre Augen waren und wie schmal ihre Hüften, wie aprikosenhaft fein ihr Antlitz und wie dunkelviolett ihr Haar, und daß ihr Körper so leicht gebaut schien, als wolle sie fliegen, und ihre Bewegungen von bezaubernder Anmut.

Eines Tages fragte Hsiä seine junge Frau, wie denn der Name des Landes sei, in dem sie lebten. Sie gab zur Antwort, es hieße ›Schwarzrockreich‹. Da fragte er weiter: »Deine Mutter nennt mich seit dem ersten Male, da sie meiner ansichtig wurde, den ›jungen Herrn Gebieter‹. Das gehört auch zu den Dingen, die mir unerklärlich sind, denn wie könnte man mich, da ich hier doch gar keine Untergebenen habe, Gebieter nennen?«

Doch darauf sagte die Frau bloß: »Das wirst du schon noch früh genug erfahren!«

In der Zeit, die nun folgte, geschah es einmal, daß die junge Frau, als sie gerade im schönsten Trinken und Schmausen waren und glücklich vereint auf der Matte zusammensaßen, unvermittelt bitterlich zu weinen begann, so daß es einem Angst einflößen konnte. Mit vor Schmerz gerunzelten Augenbrauen blickte sie düster vor sich hin.

»Was ist dir?« fragte Hsiä.

»Ach«, erwiderte sie, »ich fürchte nur, daß wir bald voneinander getrennt werden.«

»Ich führe jetzt ja zwar ein Vagabundendasein, aber du hast es doch fertig gebracht, daß ich dabei bin, die Rückkehr in meine Heimat zu vergessen. Was redest du da von Abschiedsgedanken?«

Da sprach die junge Frau: »Alles wird dunkel vom Schicksal bestimmt, nichts hängt von den Menschen ab!«

Eines Tages lud sie der König zu einem Fest, das in dem ›Tusche-Preis-Palast‹ abgehalten wurde. Die Diener, die die Trinkgefäße und Schalen aufdeckten, waren alle ganz in Schwarz gekleidet, ebenso wie die Musiker, die in dem Festsaal musizierten. Während die Becher kreisten und Melodien erklangen, traten auch gar liebliche Mädchen mit Tanz und Gesang auf; nur konnte man den Text der Lieder, die sie vortrugen, nicht verstehen. Hierauf erhob der König seinen mit dunklem Nephrit verzierten Pokal, trank seinen Gästen zu und rief:

»Seit ältester Zeit bis auf den heutigen Tag sind erst zwei Fremdlinge in unser Land gekommen: Zur Han-Zeit ein gewisser Me Tschëng, und heute« — er wandte sich an Hsiä — »Ihr, Exzellenz. Ich würde gerne von Euch eine Ode in Empfang nehmen zu Ehren des außergewöhnlichen Tages heute.«

Er ließ Hsiä Zierpapier reichen, und Hsiä dichtete:

›Zu Schiff, das ich ererbt von meinen Ahnen, pflegt ich zu
gehn auf große Fahrt,
und oft gesehn ward ich als Gast zehntausend Meilen weit
auf allen Meeren.
Doch dieses Jahres Umlauf bracht für mich plötzliches
Mißgeschick,
denn unerwartet auf der Reise ward ich verstrickt in dräuende
Gefahr.
Ein wilder Wind trieb mich, nachjagend wie Soldatenmacht,
und tausend Wolken ballten sich, finster wie Tuscheschrift,
Fische und Drachen spuckten stinkenden Wassers Wogen
ins Gesicht,
während mein Schiff im Fische-Reich begraben war.
Getäuscht von trüber Flamme überm Firmament, schwankender
Purpurlohe,
irrt ich umher im Wellenmeer, genarrt von Himmels Macht.

Der Waale Augenglanz goß rot sich übers halbe Meer,
der Ungeheuer Köpfe Wasserschaum hob weiß sich bis zum Himmelszelt.
Des Schiffes Masten all versanken, zersplitternd, bis zum Meeresgrund,
und ihr Getös ertönte weit wie Donnerrolln,
doch konnte ich, geschützt durch Geisterhand, dem nassen Tod entgehen.
Auf einer Planke, die geblieben, erreicht ich heil dies feste Land.
Des Fürsten Gnade, reich gegossen über dem Fremden, zeigt sich auch hier bei diesem Fest,
doch ach, kein Mittel gibts, sein traurig Denken zu vertreiben.
Nach Heimkehr in sein Heimatland verlangt er, bitter klagend,
Unds kümmert ihn, daß seinem Körper keine Flügel sind gewachsen.‹

Der König las die Verse mit beifälliger Miene und sprach: »Euer Gedicht ist ausgezeichnet. Ihr solltet Euch aber nicht vor Heimweh grämen, denn ich werde in nicht allzulanger Zeit Befehl geben, Euch wieder nach Hause zurückzubringen. Und wenn Ihr Euch auch nicht mit Flügeln und Federn durch die Luft schwingen könnt – wie Ihr so schön gedichtet habt – so will ich Euch doch gleichwohl auf Dunst und Nebel reiten lassen.«

Während das Fest weiterging und auch alle anderen Gäste Gedichte verfaßten, sagte plötzlich die junge Frau zu Hsiä: »Warum nur hast du mich in deinem letzten Vers verhöhnt?!« Doch Hsiä begriff nicht, wovon sie sprach.

Nicht viel später, als einmal ein günstiger Wind über dem Ozean wehte und die Sonne warm vom Himmel schien, sprach die junge Frau schluchzend: »Jetzt ist der Tag der Rückkehr für dich gekommen!« Und wirklich kam ein Bote, vom König gesandt, der vermeldete: »Heute müßt Ihr Eure Heimreise antreten. Bitte, verabschiedet Euch von Eurer Familie!«

Die Frau trug Wein auf, aber sie war unfähig, auch nur ein Wort zu sagen. Unaufhörlich rannen ihre Tränen, wie Regen, der zarte Blüten berieselt, wie Tau, der schwache Weiden benetzt: grünlich-blasses Härmen, rotglühendes Klagen, weihrauchzartes Antlitz in tränennasser Schmalheit. Auch Hsiä trauerte. Sein junges Weib aber schrieb ihm ein Abschiedsgedicht:

›Glück der Vereinigung, vom ersten Anfang an empfunden, es
wird zu kummervollem Nichts,
zärtliche Liebe aus früheren Zeiten, sie geht in Scherben an
diesem Tag.
Heut nacht, allein und verlassen, trag ich das Weh von
tausend Jahren,
und meine Seele folgt im Traum dem Nordwind, der dich jetzt
entführt.‹

Dann sprach sie: »Von nun an werde ich nicht mehr übers Meer nach Norden reisen wie ehedem. Wenn du mich dort sähest, trüge ich nämlich nicht mehr meine heutige Gestalt, und vielleicht würdest du mich hassen und es bedauern, daß wir uns dereinst geliebt. Ich aber, wenn ich dich sähe, würde wohl krank werden vor Eifersucht. Da ich denn nicht mehr nach dem Norden kommen werde, wünsche ich dir von Herzen, daß du ein hohes Alter erreichen und in deiner Heimat dein Haupt zur Ruhe betten mögest. Ich möchte dir gerne ein Andenken an mich mitgeben, aber von all den Dingen hier kannst du keines mit auf die Reise nehmen. Nicht etwa, daß ich geizig wäre!««

Doch gleichzeitig schickte sie einen Diener, um eine geheimnisvolle Wundermedizin zu holen. Als er mit dem Gewünschten kam, sprach sie: »Mit dieser Arznei kann man die Geist- und Körper-Seele des Menschen, die zusammen sein Leben ausmachen, zurückrufen, so daß jeder Mensch, wenn er noch nicht länger tot ist als einen Monat, seine beiden Seelen sich also noch nicht weit voneinander getrennt haben, wieder zum Leben erweckt werden kann. Um das zu erreichen, muß man zunächst einen blanken Spiegel auf die Brust des Toten legen. Sobald man dann die Geisterarznei unter seinem Nacken ruhen läßt und auf seinem Körper ein Wermutstrauchstängelchen verbrennt, das von Zweigen an der Südostecke des Hauses genommen ist, richtet sich der Tote wieder auf und lebt. Dies Wundermittel wird von allen Meergeistern eifersüchtig gehütet, damit es nicht in die Hände anderer Wesen fällt. Deshalb kannst du auch nur dann den Ozean sicher überschreiten, wenn du dies Mittel in einem Döschen aus Jade vom Götterberge Kun-lun aufbewahrst, an das sie sich nicht heranwagen.«

Und sie brachte ein solches Döschen hervor, tat die Arznei hinein und nähte es ihm an seiner Schulter fest. Schließlich aber nahmen sie tief bewegt voneinander Abschied.

Auch der König sagte Hsiä Lebewohl. »In meinem Land«, sprach er, »gibt es nichts, was ich Euch schenken könnte. Doch nehmet das!«

Und auf Zierpapier schrieb er als Erinnerung das Gedicht:

›Eine Weile ist es her, da trieb auf dem Meere südwärts ein Schiff,
und unvermutet besuchte mein Land ein freundlicher Gast.
Heute aber ist Abschied, Abschied wohl ohne Wiederkehr.
Getrennt über zehntausend Meilen — Wind, Dunst Wolken und Wasser.‹

Da verneigte sich Hsiä zum Abschied. Der König hieß ihn nun von den vorbeiziehenden Wolken eine ergreifen und versuchen, darin wie in einem Wagen zu fahren. Und als es Hsiä gelungen war, auf einer Wolke Fuß zu fassen, da fand er, daß sie einem Sack aus schwarzem Filze glich. Der König gab Befehl, etwas Wasser vom ›Flügel-Verwandlungs-Teich‹ zu bringen, um den Wolkenwagen damit zu besprengen, und beauftragte die alte Dame, Hsiäs Heimreise zu lenken. Ihm selbst aber gab er noch die Ermahnung auf den Weg:

»Ihr müßt die Augen fest schließen, es dauert nur ganz kurz, und Ihr seid bei Euch zu Hause. Wenn Ihr aber auch nur ein bißchen die Augen öffnet, dann stürzt Ihr hinab ins Meer!«

Der Warnung eingedenk, schloß Hsiä die Augen. Plötzlich vernahm er nur noch das brausende Toben des Windes, das an ihm vorüberstrich. Und tatsächlich, nach einer Weile fand er sich daheim wieder, gemütlich in der Haupthalle sitzend. Nirgends war ein Mensch zu sehen, nur auf dem Türbalken, da hockten zwei Schwälbchen und zwitscherten vor sich hin. Und als er zu ihnen aufblickte, da wußte er mit einem Male, in welchem Land er so lange gewesen: im Schwalbenreich.

Einen Augenblick später stürzten auch schon alle Anverwandten aus ihren Gemächern hervor und überboten einander in erstaunen Fragen.

»Uns wurde berichtet«, riefen sie alle, »du seiest ertrunken, als dein Schiff in dem Orkan in Stücke brach. Wie kommt es, daß du jetzt plötzlich zurückgekehrt bist?«

»Es ist mir als einzigem gelungen, mich an eine Planke zu klammern und so am Leben zu bleiben«, erwiderte Hsiä nur. Von dem Lande aber, wo er in der Zwischenzeit gelebt, ließ er kein Wort verlauten.

Nun hatte Hsiä, der ja auch eine eigene Familie besaß, einen kleinen Sohn gehabt, sein einziges Kind, das vor der Unglücksfahrt eben drei Jahre alt gewesen war. Als er ihn nirgends erblickte, fragte er die Anverwandten, wo das Knäblein stecke. Da sprachen sie: »Es ist gestorben, vor einem halben Monat.«

Hsiä brach in Tränen aus. Dann aber besann er sich auf die Wundermedizin und dachte an das, was man ihm über sie gesagt. Rasch gab er Befehl, den Sarg zu öffnen und den Leichnam herauszunehmen. Dann verfuhr er genau nach dem Rezept, das er erhalten hatte, und – welche Freude – der Knabe erwachte wirklich wieder zum Leben.

Als der Herbst ins Land kam, erschienen eines Tags zwei nach dem Süden ziehende Schwalben und sangen wehmütig auf der Schwelle des Tores. Hsiä nahm sie auf, und sie ließen sich auf seiner Schulter nieder. Er aber ergriff ein Stückchen Papier und schrieb darauf in winzigen Zeichen ein Gedicht, das er sodann behutsam an den Federschwanz des einen Schwälbchens knüpfte:

›Mir ists verwehrt, zu Dir ins Paradies zu gehen,
wo Du, mein Jade-Kind, mich liebtest bis zum letzten Tag.
Seit ich im Wolkenwagen von dir schied, bleibt mein
Verzweifeln rettungslos.
Daß ich im Wind von Tränen übergossen stand, wie viele
hundert Male war es bloß?‹

Im Frühling darauf kamen die Schwalben wieder, und ohne zu zögern ließen sie sich auf Hsiäs Schulter nieder. Die eine hatte an ihrem Schwanz ein kleines Zettelchen hängen. Als Hsiä es löste und näher besah, fand er ein Gedicht:

›Daß wir dereinst einander fanden, ward uns gewiß durch
gütiges Geschick bestimmt.
Doch heut, da wir so weit getrennt, scheint meines Lebens
Ende nah.
Im Frühling nächstes Jahr wird Dich kein Brieflein mehr
erreichen,
und wenn des dritten Monats Wärme kommt, werden wir
Schwalben nicht mehr fliegen.‹

Als Hsiä dies las, legte sich tiefes Weh über seine Seele.

Und wie im darauffolgenden Jahr der Frühling ins Land zog, hielt er nach seinen Schwalben vergeblich Ausschau.

UNBEKANNTER VERFASSER 12. JAHRHUNDERT

Die Kokotte mit dem reinen Herzen

Das Mädchen Li Schï-schï, ›Mönchlein‹ genannt, ward in der östlichen Doppelvorstadt von Biän-djing in dem Viertel ›Immerwährendes Glück‹ geboren. Ihr Vater, Wang Yin mit Namen, besaß eine Färberei. Die Mutter des Mädchens war bei der Geburt gestorben; so mußte denn der Vater dem Kind an Stelle der Muttermilch Bohnenbrei einflößen, und tatsächlich gelang es ihm auf diese Weise, das Kleine am Leben zu erhalten. Doch war es auffallend, daß es die ganze Zeit, während es in Windeln und Steckkissen lag, nicht ein einziges Mal schrie.

Nun galt früher in Biän-djing die Sitte, daß die Kinder, die den Eltern am liebsten waren, in einem Tempel Buddha geweiht werden mußten, und da Wang Yin das Töchterlein, das so früh seine Mutter verloren hatte, besonders leid tat, machte auch er sich zum nahe gelegenen Bau-guang-Tempel auf, um es Buddha darzubringen. Das Mädchen war damals gerade so weit, daß es ein wenig lächeln konnte. Als sie in dem Tempel anlangten und dort ein alter Mönch herzutrat, um es zu betrachten und das Kind dabei mit den Worten ansprach: »Ei, von woher wohl bist du zu uns gekommen«, da begann es ganz plötzlich zum ersten Male in seinem Leben laut zu schreien. Doch kaum hatte der Mönch das Köpfchen ein bißchen mit den Händen gestreichelt, als es auch schon getröstet war. Wang Yin freute sich im stillen, als er all das beobachtete, und sagte: »Dies Mägdelein ist eine wahre Jüngerin Buddhas.« Und weil die Buddhajünger im Volksmund ›Schï‹ heißen, verlieh er dem Kind den Namen ›Schï-schï‹, was soviel wie ›Mönchlein‹ heißt.

Als Schï-schï jedoch gerade vier Jahre alt geworden war, geschah es, daß ihr Vater Wang Yin sich eines schweren Verbrechens schuldig machte, er wurde eingekerkert und fand im Gefängnis den Tod. Jetzt hatte Schï-schï kein Zuhause mehr; eine alte, behördlich registrierte Kokotte benützte die Gelegenheit, nahm die Kleine bei sich auf und gab ihr Unterhalt. Als sie aber schließlich herangewachsen war, da enthüllte sie sich in solch außergewöhnlicher Schönheit und Wohlerzogenheit, daß Männer von glänzendsten Namen und höchsten Rängen aus allen Stadtteilen bei ihr zusammenströmten.

Nun hatte in jenen Jahren Kaiser Hui-dsung (1101–1126) den Thron bestiegen. Er liebte es, verschwenderischen Aufwand zu treiben, und führte auf den Rat berüchtigter Hofschranzen hin die unpopulären staatlichen ›Verpfändungsbestimmungen des noch wachsenden Reises‹ wieder ein. In der Metropole Tschang-an wurde das Trugbild überschäumender Lebensfreude gezüchtet, während man andererseits als Markt- und Weinsteuern täglich Zehntausende von Geldschnüren zählen konnte und die dem Volke abgepreßten Kleinodien und Seidenballen die öffentlichen Lagerhäuser schier zum Bersten brachten. Die Höflinge und ihr Anhang verführten den Kaiser immer mehr zu allerlei Vergnügungen, die von der Begeisterung für Musik und Frauen bis zur Leidenschaft für Hunde und Pferde reichten, von der Sucht, Paläste über Paläste zu errichten, bis zum verschwenderischen Anlegen von Lustgärten. Nach wunderartigen Blumen und außergewöhnlichen Edelsteinen gar wurde die ganze Welt bis in die letzten Winkel hin durchsucht. Nördlich von Biän-djing aber ließ der Kaiser in der Abgelegenheit ein Schloß errichten, das er den ›Heiligen Berg der Ausschweifung‹ nannte, und gab sich dort hemmungslos seinen Lustbarkeiten hin. Als er aber auch dessen nach einiger Zeit überdrüssig zu werden begann, verfiel er auf den Gedanken, in Verkleidung durch die Lande zu ziehen, um so noch ungestörter seinen Vergnügungen frönen zu können.

Nun gab es da auch einen Haremswächter namens Dschang Di, einen Eunuchen, den der Kaiser zu seinem engsten Vertrauten machte. Ehe er in den Haremsdienst eintrat, war er ein stadtbekannter Wüstling gewesen, er hatte in allen Gassen verkehrt und so auch mit der alten Kokotte, bei der Schï-schï lebte, Umgang gepflogen. Eines Tages erzählte er von Schï-schïs Liebreiz und Kunstfertigkeit, und augenblicklich war des Kaisers Begierde erregt. Am nächsten Tag schon hieß er den Di, aus der Schatzkammer zwei Zobelfelle, zwei Rollen feinster rosaroter Seide sowie zwei Maß Lautenperlen und zwanzig Scheffel Silbergeld nehmen, sie zu der alten Kokotte bringen und dort vorgeben, Dschau I, ein Großkaufmann, wünsche ihrem Hause einen kurzen Besuch abzustatten. Die Alte, voll Gier nach Geld und Seidenballen, gab freudig ihre Einwilligung.

Als der Abend anbrach, legte der Kaiser andere Gewänder an, wählte aus den Haremsbediensteten einige vierzig Leute aus und verließ mit ihnen nachts den Palast durch das ›Ostblütentor‹. Nach etwa zwei Meilen Wegs erreichten sie das ›Friedensschutz-Viertel‹, wo die alte Kokotte wohnte. Mit einer Handbewegung ließ der Kaiser die übrigen anhalten und betrat, nur von Dschang Di begleitet, beflügelten Schrittes das Haus.

Der Empfangsraum und die Eingangspforte waren zwar recht niedrig und ärmlich, aber die Alte, die zur Begrüßung erschien, gab sich gänzlich ungezwungen und erkundigte sich eingehend nach dem Befinden ihrer Gäste. Hierauf bot sie allerlei Früchte der Jahreszeit an, darunter auch Delikatessen wie Duftschnee-Lotoswurz und Wasserkristall-Algenschön, sowie frische Datteln, groß wie Hühnereier – aller Leckerbissen, mit denen selbst ein Minister niemals hätte aufwarten können. Der Kaiser kostete von all den Dingen einen Bissen, während die Alte ihn unaufhörlich zum Essen nötigte. So ging es eine ganze Weile – nur Schï-schï war immer noch nicht zur Begrüßung aus ihren Gemächern hervorgetreten.

Dem Kaiser begann die Zeit allmählich lang zu werden. Dschang Di hatte sich auch schon verabschiedet und zurückgezogen. Da erhob sich die Alte und führte ihn in einen kleinen, behaglichen Raum. Eine Ruhebank von Eibenholz stand nahe dem Fenster, auf dessen vielfältig vorgezogenen zartgelb-weißlichen Behängen das regellose Schattenspiel der frischen jungen Bambusbüsche webte. Voll Erregung saß der Kaiser da, starr aufgerichtet in hochgespannter Erwartung der Erfüllung seiner Wünsche – nur, Schï-schï erschien noch immer nicht zu seinen Diensten.

Es dauerte ein wenig, da kam die Alte wieder und führte den Kaiser in die rückwärtige, den Frauen vorbehaltene Halle. Dort war auf einer Tafel allerlei geröstetes Wildbret angerichtet, Hühneressig, Fischfilet, in Streifen geschnittenes Lammfleisch und ähnliche Fleischspeisen, daneben Reis, der wie Weihrauch so fein duftete. Während der Kaiser von allem ein Häppchen zu sich nahm, saß die Alte zur Bedienung an seiner Seite und während sie ihn mit schwatzender Rede zum Zugreifen einlud, verrann die Zeit – nur Schï-schï, ließ sich abermals nirgends blicken.

Dem Kaiser begann dies alles schon seltsam vorzukommen, da forderte ihn die Alte mit einem Male auf, er möge ein Bad nehmen. Unwillig lehnte er dies Ansinnen ab. Doch die Alte trat vor ihn hin, neigte ihren Mund an sein Ohr und flüsterte: »Ach, seid doch nicht so eigensinnig. Das holde Kind ist nun einmal von Natur aus auf Sauberkeit versessen.«

So blieb denn dem Kaiser nichts anderes übrig, als nachzugeben.

Die Alte führte ihn in eine Badestube im Dachgeschoß des Hauses, und als er sich fertig gewaschen, geleitete sie ihn wieder zurück auf seinen Sitz in der rückwärtigen Halle. Dort waren wieder Fleischspeisen, Nüsse und überhaupt alle Arten von Leckereien, die Meer und Land bieten können, angerichtet und die Becher und Schalen frisch gespült. Die Alte mahnte erneut zum Trinken und Fröhlichsein — nur Schï-schï war auch jetzt noch nicht ein einziges Mal erschienen.

Endlich, nachdem wieder lange Zeit vergangen war, entzündete die Alte eine Kerze und führte den Kaiser vor ein Schlafgemach. Hastig riß er die Türvorhänge beiseite und eilte hinein — doch da brannte nur einsam eine flackernde Lampe, von Schï-schï aber war kein Haar zu bemerken. Noch mehr verwundert, ließ sich der Kaiser auf dem Ruhebett nieder. Da, nach einer Weile, kam die Alte wieder, den Arm um ein vornehmes Mädchen gelegt, das, indes sein Schmuckgehänge leis ertönte, näher schritt. Blaß war ihr Antlitz, ohne Schminke und Puder, schlicht war ihr Kleid, ohne reizenden Flitter; rein, wie eben dem Bade entstiegen, gleich einer Seerose, die aus dem Wasser emportaucht. Als sie des Kaisers ansichtig wurde, schien sie von ihm recht wenig erfreut; kaum daß sie ihren Körper leicht verneigte, eine förmliche Verbeugung vollzog sie nicht.

»Das Kind ist äußerst zurückhaltend veranlagt«, flüsterte die Alte dem Kaiser ins Ohr, »wundern Sie sich nicht darüber!«

Der Kaiser aber starrte nur gebannten Blickes, als sähe er ein Geisterwesen, auf die Erscheinung im Schein der Lampe, auf die dunkel-geheimnisvolle Schönheit, die aller Beschreibung spottete, und in die lichtvollen, ängstlichen Augensterne. Schließlich hub er an, das Mädchen nach ihrem Alter zu fragen. Doch sie gab keine Antwort, und als er weiter in sie drang, erhob sie sich und setzte sich an einen anderen Platz. Da näherte sich die Alte abermals dem Ohr des Kaisers und sagte: »Das Kind liebt es, sittsam dazusitzen. Verderbt nicht etwas durch einen plumpen Überfall!«

Hierauf ließ sie den Türvorhang herab und verschwand. Nun erst stand Schï-schï auf, löste ihr schlichtes schwarzes Gewand und ihr Kleid aus dünner einfacher Seide. Dann schlug sie den rechten Ärmel empor, nahm die Zither von der Wand und stimmte, auf einer Kante des Bettes sitzend, die traurige Weise an, die da heißt: »Wildgänse haben sie herabgelassen in gelben Sand.« Leicht bewegten sich ihre Finger das eine Mal, dann wieder langsam und stockend, und bald leise, bald laut flossen die Strophen von ihren Lippen. Wie verzaubert neigte der Kaiser sein Ohr zu dieser Musik und vergaß gänzlich seine Ermüdung. Doch als das Lied ein drittes Mal ertönt war, begannen bereits die Hähne zu krähen.

Da stand der Kaiser eilends auf, schob die Türbehänge beiseite und eilte hinaus. Die Alte, die draußen geschlafen hatte, erhob sich gleichfalls und bot ihm noch Aprikosenkefir an zum Trinken und Datteln zum Essen, sowie Kuchen und andere Dinge. Er nahm jedoch nur von dem Aprikosentrank einen Becher und eilte sogleich davon. Die Haremsdiener, die mit ihm gekommen waren, hatten draußen in einem Versteck auf ihn gewartet; in ihrem Schutz kehrte er wohlbehalten in den Palast zurück.

Die alte Kokotte aber redete inzwischen unter vier Augen Schï-schï ins Gewissen.

»Dieser Dschau«, sagte sie, »war doch seinem Auftreten und seinem Charakter nach nicht übel. Warum hast du dich eigentlich so widerborstig benommen?«

»Jener Lümmel«, erwiderte Schï-schï, »war höchstens der Pferdeknecht eines Kaufmannes. Was hätte ich wohl mit dem anfangen sollen?«

Da lachte die Alte und sprach: »Du bist ein Dickkopf, mein Kind. Dir darf man wohl nur noch einen kaiserlichen Zensor als Geliebten zumuten!«

In der Residenz Tschang-an aber war die Affäre zu einem Stadtgespräch geworden; alle Welt wußte, daß der Kaiser Schï-schï einen Besuch abgestattet hatte. Als auch die alte Kokotte davon erfuhr, ängstigte sie sich halb zu Tode. Tag und Nacht zeterte sie und sagte zu Schï-schï, während die Tränen ihr herabrannen: »Wenn das wirklich wahr ist, richtet man uns hin mitsamt der ganzen Sippe!«

Doch Schï-schï beruhigte sie. »Hab keine Furcht«, sprach sie, »der Kaiser hat mich recht gerne gesehen. Wie sollte er es da übers Herz bringen, mich zu töten! Überdies wurde ich damals in der Nacht von ihm zu nichts mit Gewalt gezwungen, gewiß fühlte er Mitleid mit mir. Es ist nur eine Sache, die mich persönlich im stillen beunruhigt: Die eigentlichen Absichten unseres Herrschers können zwar nicht durchschaut werden, am wenigsten von uns auf die abschüssige Bahn geratenem Gesindel – wenn aber wirklich der Ruf eines tugendsamen Lebenswandels sich nicht mehr mit dem Kaiser verbände, dann wäre solch eine Schmach selbst mit dem Tode noch nicht gebüßt. Da der Himmel mit Donnerstimme grollen kann und das Böse von ihm vernichtet wird und da der Kaiser in der Politik wie im Privatleben tiefstes Stillschweigen zu bewahren pflegt, werden wir gewiß niemals in äußerste Gefahr kommen. Hab keine Sorge!«

Und wirklich, ein Jahr darauf sandte der Kaiser seinen Vertrauten Dschang Di und ließ Schï-schï eine kostbar verzierte ›Schlangenrücken-Zither‹ sowie einen Beutel mit fünfzig Maß Silber überbringen. Drei Monate später aber legte er wieder seine Verkleidung an und begab sich zu Schï-schï.

Mit ungeschminktem Antlitz und in einfachem Gewande wie ehedem begrüßte ihn Schï-schï mit einer tiefen Verneigung auf der Schwelle des Tores. Da freute sich der Kaiser, daß sie sich nicht gewandelt, reichte ihr seine Hand und zog sie empor. Nun aber sah er, daß die früher so bescheidene Eingangspforte und die Empfangshalle ein prachtvolles Aussehen erhalten hatten. Der Sessel, in dem er damals gesessen, war mit kostbarer Seide mit eingestickten Drachenmustern ausgeschlagen. Den kleinen Raum, wo er dereinst den Schatten des Bambus vor dem Fenster gesehen, hatte man in einen riesigen Saal verwandelt, mit buntem Gebälk und roten Leisten – verschwunden war die frühere lauschige Behaglichkeit. Und erst die Alte! Kaum daß sie sich hervorwagte angesichts des kaiserlichen Besuchs, und als sie schließlich doch erschien, zitterte sie am ganzen Leibe und war nicht mehr fähig, gerade zu stehen – keine Spur mehr von ihrer ehemaligen, herzgewinnenden Wärme. Da ward der Kaiser recht betrübt, und mit enttäuschtem Gesicht herrschte er die Alte an, daß er wenigstens in einem einzigen Haus keine streng eingehaltene Etikette und keine ängstliche Scheu vor sich sehen möchte. Da verneigte sich die Alte und bat um Verzeihung.

Nun führte sie den Kaiser in ein mächtiges Herrenhaus, dessen Bau eben beendet worden war. Mit einer ehrfürchtigen Verbeugung bat Schï-schï den Kaiser, den Namen des Hauses zu bestimmen, der als Inschrift über dem Hauptportal erscheinen sollte. Er ergriff den Pinsel und schrieb die Zeichen: ›Turm trunkener Aprikosenblüten‹, denn vor dem Hause standen Aprikosenbäume, deren volle Blüten gerade durch die Luft stoben.

Nun wurde Wein aufgetragen. Schï-schï saß neben dem Kaiser, während die Alte sich bäuchlings niederwerfend die gefüllten Becher überreichte und langes Leben wünschte. Dann forderte der Kaiser Schï-schï auf, sich in einer Nische des Zimmers niederzulassen und ihm ein wenig auf der ›Schlangenrücken-Zither‹ vorzuspielen. Behaglich an seinem Becher nippend, lauschte er ihrem Lied, spendete dann begeistert Beifall und ließ sie von vorne beginnen. Darauf aber verdüsterte sich wieder seine Miene, als er die aufgetragenen Speisen sah, die alle – wie es im Palast die Vorschrift verlangte – entweder reliefartig oder gleich bunten Bildern in der Gestalt der kaiserlichen Symbole Drachen und Phoenix angerichtet waren. Er erkundigte sich, wie sie auf diesen Gedanken gekommen seien, und erfuhr, daß alles aus der Hand seiner eigenen Hofköche stammte, die der Alten für viel Geld die Gerichte bereitet hatten. Als er das vernahm, befahl er der Alten, die Speisen doch ganz wie ehedem aufzutischen, statt großspurig glänzen zu wollen. Dann kehrte er, noch ehe das Essen beendet war, ein wenig verstimmt in seine Residenz zurück.

In den folgenden Monaten aber überschüttete er Schï-schï förmlich mit allerlei Geschenken, worunter sich von eigener Hand gemalte Bilder ebenso befanden wie kostbare Leuchter, Edelsteine, Leckereien, Gold und Silber und manches mehr. In den Haremsgemächern wurde über diese Beziehung natürlich alsbald weidlich geklatscht. Als das Gericht auch der Kaiserin selbst zu Ohren kam, machte sie dem Kaiser ernstliche Vorwürfe.

»Diese gemeine Dirne!« rief sie aus, »es ist doch unverantwortlich, daß Ihr Euren hehren Körper dazu hergebt, sich mit ihr zu verbinden. Und daneben noch diese nächtlichen Ausflüge in Verkleidung! Mir bangt, daß daraus einmal unversehens eine üble Geschichte entstehen könnte. Ich wollte wirklich, Majestät achteten mehr auf sich selbst!«

Der Kaiser nickte verlegen, und tatsächlich wagte er es zwei Jahre lang nicht mehr, heimlich den Palast zu verlassen, um Schï-schï zu besuchen; doch blieb er ständig mit ihr in Verbindung und sandte ihr auch weiterhin reiche Geschenke.

Eines Tages hatte der alte Vertraute Dschang Di mit dem Kaiser eine Unterredung unter vier Augen und sprach: »Wenn Ihr, Majestät, dieses Mädchen Schï-schï besuchen wollt, müßt Ihr Euch doch erst immer verkleiden und dann bei Nacht gehen, so daß es Euch nicht vergönnt ist, mit ihr ständig zusammen zu sein. Nun erstreckt sich aber doch im östlichen Teil unserer Palastanlage des ›Heiligen Berges der Ausschweifung‹ das Kronland in nord-südlicher Richtung etwa zwei bis drei Meilen weit – gerade bis zum ›Friedensschutz-Viertel‹, wo Schï-schï lebt. Es wäre doch möglich, bis zu jenem Ort einen verborgenen Zugang zu bauen, so daß sich Majestät dann in aller Bequemlichkeit hin- und zurückbegeben könnten.«

»Gut«, erwiderte der Kaiser befriedigt, »leite du das irgendwie in die Wege!«

Dschang Di und seine Gesellen reichten hierauf ein offizielles Gesuch ein, in dem folgendes zu lesen stand: »Die Nachtwachen unseres Palastes müssen häufig auf freiem Felde kampieren. Wir würden es untertänigst begrüßen, wenn eine gewisse Summe für den Zweck bereitgestellt werden könnte, auf dem Kronland einige hundert Baracken zu errichten; sie wären zweckmäßig in einer langen Reihe anzulegen und rundherum mit Wänden einzufassen, um den Nachtwachen eine bequeme Unterkunft zu gewähren.«

Der Kaiser genehmigte diese Throneingabe. Alsbald bezogen die Wachtruppen, wie vorgeschlagen, ein Lager, das sich weithin bis an das ›Friedensschutz-Viertel‹ ausdehnte, so daß man fürderhin vor fremden Blicken verborgen in die Stadt gelangen konnte. Und wenig danach begab sich denn der Kaiser zum ersten Male auf diesem Wege zu seiner Geliebten.

Bei jedem Besuch aber empfing Schï-schï die ausgesuchtesten und köstlichsten Geschenke, wobei auch die Alte nicht leer ausging. Hätte man all das Gold- und Silbergeld, all die feinen Seidenstoffe, Geräte und leckeren Nahrungsmittel zusammengezählt, die Zahl wäre gewiß nicht unter hunderttausend gelegen. Alles wunderte sich über diese reiche Gunstbezeugung des Kaisers. Als er einmal in den Haremsgemächern mit seinen Lieblingsfrauen feiernd beisammensaß, fragte ihn daher eine Kebse insgeheim, was ihn, den Himmelssohn, an Schï-schï wohl in solchem Maß fessele. Da gab der Kaiser zur Antwort: »Ja, merkwürdig, eigentlich ist an ihr gar nichts Außergewöhnliches. Und doch – wenn man euch allen, wie ihr hier seid, geböte, die Gesichter abzuschminken und einfache schwarze Gewänder zu tragen, wie sie es tut, und diese Frau dann unter euch schickte, sie würde gewiß unverwechselbar hervorstechen. Ihr einzigartig geheimnisvoller Zauber läßt sich nicht in Worte fassen — er muß an etwas liegen, was jenseits der Schönheit beheimatet ist.«

Bald darauf begann der Kaiser sich mit allerlei dunklen magischen Künsten zu beschäftigen, um seine Lebenskraft zu steigern; er nannte sich ›taoistischer Großmeister‹ und zog sich zurück in einen Palast, dem er den Namen ›Große mystische Einheit‹ gab. Aber einer vorübergehenden Hochspannung der Sinne folgte alsbald ein rascher körperlicher Verfall. Eines Tages klagte Schï-schï der Alten gegenüber: »Ach, deinem Kindchen ist so trauervoll zumute! Ich weiß nicht, ein Unheil steht bevor.«

»Ei, wieso denn«, erwiderte die Alte. Doch Schï-schï sprach: »Ein Mensch wie du braucht dies nicht gleich mir wahrzunehmen, das ist etwas, was nur ich erahne.«

Im selben Jahr brach der Krieg mit den Nordbarbaren, den Tungusen aus. Als die Gebiete nördlich des Gelben Flusses um Hilfe baten, raffte Schï-schï alles Gold und Geld, das sie je bekommen, zusammen und sandte es mit einem Handschreiben an die Stadtbehörde von Kai-fëng: sie wünsche, daß der Betrag der Staatskasse einverleibt werde, um die Lebensmittelnot in den Nordprovinzen zu lindern. Dschang Di und seinen Gesellen aber gab sie Geld, damit sie an ihrer Statt den Kaiser baten, daß er ihren Wunsch billige, ihr Haus zu verlassen und taoistische Nonne zu werden. Der Kaiser genehmigte es und wies ihr das ›Weich-Wolken-Kloster‹ an als Bleibe. Doch nicht lange währte es, da eroberten die Barbaren Biän-djing, wo Schï-schï ja lebte. Der Führer der feindlichen Armee ließ allerorten nach ihr forschen. Er sagte: »Unser Herrscher kennt den Namen Schï-schï. Bestimmt will er sie lebend bekommen.«

Nachdem die Suche eine Reihe von Tagen ergebnislos verlaufen war, brachten endlich ein paar Verräter, ehemalige Minister, um ein Geschäft zu machen, die Barbaren auf die richtige Spur. Als sie alle, die Minister an der Spitze, bei Schï-schï erschienen, fuhr sie zornbebend die Verräter an:

»Ich bin zwar nur eine gemeine Hure, aber wenn ich jetzt die Geliebte eines Barbarenkaisers werden soll — wie gäbe es da für mich auch nur im geringsten einen anderen Gedanken als den Tod. Und Ihr Gesindel, mit Euren hohen Ehrentiteln und dicken Gehältern, wo hat wohl der Thron von Euch Unterstützung erfahren, habt Ihr nicht vielmehr durch Eure Ratschläge Schritt für Schritt unser Vaterland in den Untergang hineingesteuert? Und jetzt macht Ihr gar noch Eure Reverenz nach dem Norden, indem

Ihr bei bösartiger Gewalttat mithelft, und, ängstlich darauf bedacht, einen kleinen Gewinn einzuheimsen, mein Versteck verratet. Pfui, wie hab ich Euch Gesindel nur jemals Lammbraten und Gänsefleisch als Willkommensgruß in meinem Hause geben können!«

Und sie riß einen goldenen Haarpfeil vom Haupte und stieß ihn sich mit Macht durch die Kehle. Da sie nicht gleich tot war, zerbrach sie die Spitze und schluckte sie. So schied sie aus dem Leben.

Als der Kaiser vernahm, wie sie gestorben, konnte er seine Gefühle nicht ersticken, und in Strömen stürzten ihm die Tränen aus den Augen.

TJÜ YU 1341?–1427

Das Geisterland

Yüan Dsï-schï war ein Mann aus Shantung, von schlichter Wesensart und ungelehrt. Er war sehr vermögend und betrieb die Landwirtschaft als Gewerbe. In seinem Dorf lebte ein gewisser Herr Miu, der auf einen Beamtenposten in der Provinz Fukien berufen worden war, jedoch fehlte ihm noch Geld für die Kosten der langen Reise. So wandte er sich an Yüan Dsï-schï, um 200 Silberunzen von ihm zu leihen. Auf Grund ihrer alten Bekanntschaft als Dorfgenossen lieh Dsï-schï ihm diese Summe und verlangte nicht einmal eine Quittung dafür.

Gegen Ende der Regierungsepoche ›Höchste Ordnung‹ (1341 bis 1367) kam es in Schantung zu schweren Unruhen und Dsï-schï wurde von Räuberbanden völlig ausgeplündert, so daß er sein ganzes Hab und Gut verlor. Zu jener Zeit stand Fukien unter der Verwaltung von Tschën Yu-ding, und es herrschte in der ganzen dortigen Gegend tiefster Friede. Da nahm Dsï-schï Frau und Kinder und begab sich auf dem Seewege nach Fu-dschou, wo er Herrn Miu aufzusuchen und bei ihm Unterstützung zu finden gedachte. Als er in Fu-dschou eintraf, lebte dort tatsächlich Herr Miu als Angehöriger der Behörde von Tschën Yu-ding in einflußreicher Stellung, genoß weithin großes Ansehen, und auch sein Hauswesen war auf das prächtigste bestellt. Dsï-schï war sehr erfreut. Da aber nach all den Schwierigkeiten und Fährnissen der weiten Reise seine Kleidung schäbig und seine Miene abgehärmt war, wagte er nicht, sogleich einen Besuch zu machen. Er brachte vielmehr zunächst seine Frau und Kinder in einer Herberge in der Stadt unter, ließ seine Kleider in guten Zustand versetzen und suchte einen glückbringenden Tag aus, bevor er sich zu Miu begab.

Es traf sich, daß Miu gerade ausritt, und so mußte Yüan Dsï-schï ihn auf der Straße begrüßen. Miu tat zunächst, als ob er Yüan nicht kenne, und erst als dieser ihm die Namen von gemeinsamen Bekannten aus der alten Heimat aufzählte, entschuldigte er sich bestürzt und lud Yüan ein, ihn in seinem Haus zu besuchen. Dort behandelte er ihn formell nach den Riten, wie sie zwischen Gastgeber und Gast vorgeschrieben sind, trank eine Zeitlang Tee mit ihm und ließ es dabei bewenden.

Am nächsten Tage ging Yüan wieder hin. Diesmal gab es drei Becher Wein, aber nichts weiter, und Miu machte keine Miene, irgend etwas für Yüan tun zu wollen, noch erwähnte er mit einem einzigen Wort die Geschichte mit den Silberunzen. Als Yüan in seine armselige und kalte Herberge zurückkehrte, machten ihm Frau und Kinder in ihrer Enttäuschung bittere Vorhaltungen: »Du bist zehntausend Meilen weit gereist, um dich an diesen Menschen zu wenden, und was hast du erreicht? Du hast dich um drei Becher dünnen Wein verkauft und überhaupt nicht von der Geldsache gesprochen. Was haben wir denn da noch zu hoffen?«

Da mußte Yüan, ob er wollte oder nicht, am nächsten Tage wiederum einen Besuch machen. Diesmal schien er Miu schon lästig zu fallen, und dieser sagte, noch bevor Yüan den Mund auftun konnte: »Die Sache damals mit dem Darlehen für meine Reisekosten habe ich keineswegs vergessen, sondern mir sehr wohl gemerkt. Zwar habe ich nur einen traurigen Posten hier und meine Gehaltseinnahmen sind dürftig, aber wie könnte ich eine einmal erwiesene Wohltat vergessen? Ich hoffe, daß du in der Lage bist, mir den Schuldschein zurückzugeben, dann will ich sofort dir den entsprechenden Betrag zurückzahlen.«

»Wir beide stammen doch aus dem gleichen Heimatdorf«, sagte Yüan voll Schrecken, »und kennen uns gut seit unserer Jugend. Als du mir nahelegtest, dir aus deiner Notlage zu helfen, da habe ich keinen Schuldschein ausgestellt. Warum sprichst du nun heute davon?«

Mit strenger Miene entgegnete Herr Miu: »Ein Schuldschein

war ganz bestimmt vorhanden, nur wird er dir bei den Plünderungen und Kämpfen verlorengegangen sein. Wenn aber kein Schein vorliegt, kann ich die Sache nicht genau nachprüfen und muß um Verlängerung der Frist bitten. Du aber strenge dich an, den Schein herzuschaffen!«

Yüan verabschiedete sich demütig und wunderte sich, wie Miu die Wahrheit so verdrehte und den Anstand derart mit Füßen trat. Er kam sich vor wie ein Widder, der sich mit seinen Hörnern im Zaun verfangen hat, und wußte nicht aus noch ein.

Einen halben Monat später machte Yüan wiederum einen Besuch bei Miu in dessen Wohnung, doch der fand nur schöne Worte für ihn und dachte nicht daran, ihm auch nur ein Kupferstück zu geben, sondern erfand immer neue Ausflüchte. So ging es ein halbes Jahr lang.

Auf dem Marktplatz, dort wo Yüan vorbeikam, wenn er zu dem Hause Mius ging, stand eine kleine Hütte, in der pflegte er immer ein wenig zu rasten. Dort wohnte ein alter Mann namens Hsiän-yüan, ein Taoist, der den Stand der Vollkommenheit erreicht hatte. Er hatte Yüan oft vorbeikommen sehen und war mit ihm ins Gespräch gekommen, so daß im Laufe der Zeit die beiden gute Freunde wurden.

Inzwischen war der letzte Wintermonat herangekommen und das Neujahrsfest stand vor der Türe. Yüan war in größter Not und wußte sich nicht mehr zu helfen. So ging er wieder zu Herrn Miu, verneigte sich und sprach unter Tränen: »Bald ist Neujahr, aber meine Frau und Kinder hungern und frieren. Ich habe kein einziges Kupferstück in der Tasche und kein Korn Reis im Krug. Ich wage gar nicht mehr, die Silberunzen von damals zu fordern, sondern bitte nur um eine Kleinigkeit, um mich vor dem Schlimmsten zu bewahren. Ein Maß Wasser ist ja schon genug, um einem Fisch, der aufs Trockene geraten ist, das Leben zu retten, und ein Topf voll Speise kann jemanden retten, der schon drei Tage lang nichts gegessen hat. Das zu gewähren, wäre im Sinne unserer alten Bekanntschaft. Ich hoffe und flehe dich an, Mitleid mit mir zu haben und dich meiner zu erbarmen!«

Damit warf er sich vor Miu zu Boden. Der hob ihn auf und wies auf den Kalender hin, wobei er sagte: »Noch sind es zehn Tage bis zum Neujahrsabend. Warte ruhig zu Hause. Ich werde dir dann von meinem Gehaltreis zwei Zentner schicken, dazu noch zwei Scheine Geld. Das sollen dir meine Leute ins Haus bringen, damit du etwas hast für deine Auslagen zu Neujahr. Ich wäre dankbar, wenn du meine Gabe nicht als zu gering ansehen würdest.« Auch gab er ihm mehrfach zu verstehen, daß es nicht erforderlich sei, nochmals einen Besuch zu machen. Yüan verabschiedete sich, nachdem er sich bedankt hatte, und berichtete Frau und Kindern, was Miu ihm gesagt hatte.

Als der Neujahrstag kam, war die ganze Familie voller Hoffnung. Yüan saß in würdiger Haltung auf seiner Bettstatt und befahl seinem jüngsten Sohn, an der Tür Ausschau zu halten. Bald kam das Kind auch angelaufen: »Da kommt jemand mit Reis!« Sogleich ging Yüan vor die Tür, um den Mann zu empfangen, aber der ging an dem Haus vorbei und schaute sich nicht einmal um. Yüan meinte, der Mann kenne vielleicht sein Haus nicht, lief ihm nach und fragte ihn, erhielt aber zur Antwort: »Das ist für einen in der Herberge wohnenden Gast des Herrn Rats Dschang.« Da verstummte Yüan und kehrte wieder um. Kurz danach kam wieder sein jüngster Sohn herein und meldete: »Da kommt ein Mann, der Geld bei sich hat!« Eilends ging Yüan hinaus, aber auch dieser Mann ging an seiner Türe vorbei und nicht hinein. Yüan lief ihm auch diesmal nach, um zu fragen, doch bekam er die Auskunft: »Das ist ein Geschenk des Herrn Landrat Li für einen durchreisenden Gast.« Da war Yüan niedergeschlagen und beschämt. Das gleiche ereignete sich noch mehrmals, aber bis zum Abend zeigte sich nicht die geringste Spur eines Geschenks.

Am nächsten Tage sollte Neujahr sein, aber Yüan war betrogen worden. Er hatte nicht ein Körnchen Reis oder ein Bündel Brennholz vorrätig, und wie nun Frau und Kinder zusammen in Tränen ausbrachen, konnte er seine Wut nicht mehr bezähmen. Heimlich schliff er sein Messer scharf und blieb wartend auf bis zum Morgengrauen. Als dann die Hähne krähten und die nächtlichen Paukenschläge verstummt waren, ging er stracks zu dem Hause des Miu und wollte dort warten, bis dieser herauskäme, um ihn zu erstechen.

Zu jener Stunde war die Sonne noch nicht aufgegangen und kein Mensch auf den Straßen. Nur der alte Hsiän-yüan in seiner Hütte saß beim Schein einer Lampe vor seinen heiligen Schriften nahe der Türe. Er sah, wie eine Schar von seltsam gestalteten Teufeln vor Yüan herging, und auch hinter ihm war ein ganzes Gefolge von Geistern. Einige trugen Messer und Schwerter, andere Keulen und Meißel. Ihr Haar war aufgelöst, ihr Körper nackt, und ihr Aussehen verhieß das Übelste.

Nach einer Zeit, die so lange währte, wie man für eine Mahlzeit braucht, kam Yüan wieder zurück, begleitet von einem Gefolge von Soldaten mit vergoldeten Helmen und Jadeabzeichen. Einige trugen Fächer und Schirme, andere Fahnen und Banner. Ihre Miene war freundlich und heiter, ihr Sinn schien friedlich und gelassen. Der alte Hsiän-yüan konnte sich diese Erscheinung nicht erklären und sagte sich, daß Yüan wohl gestorben sein müsse. Sowie er seine heiligen Bücher zu Ende rezitiert hatte, suchte er eilends Yüan auf, traf ihn jedoch wohlbehalten an. Er nahm Platz und fragte: »Wohin wolltest du denn heute im Morgengrauen gehen, und warum bist du so eilig hingegangen, aber ganz gemächlich zurückgekommen? Ich würde darüber gerne etwas erfahren.«

Yüan wagte nicht, etwas zu verheimlichen, sondern erzählte ihm den ganzen Hergang: »Durch die Ungerechtigkeit dieses Mannes bin ich in bitterste Not gestürzt worden. Da habe ich heute in der Frühe tatsächlich eine geschliffene blanke Klinge in meinem Gewand versteckt und wollte zu ihm gehen, um ihn umzubringen und so meinen Mut an ihm zu kühlen. Als ich aber an seine Türe kam, da dachte ich plötzlich bei mir: Zwar hat dieser Mann verbrecherisch an mir gehandelt, aber was haben denn seine Frau und Kinder mir Böses getan? Auch hat er noch eine alte Mutter, die in seinem Hause lebt. Wenn ich ihn töte, dann steht seine ganze Familie hilflos da. Lieber will ich dulden, daß andre schlecht an mir handeln, als daß ich selbst mich an andren versündige! So habe ich meinen Zorn bezwungen und bin nach Hause zurückgegangen.«

Als der alte Hsiän-yüan das hörte, verneigte er sich tief und ehrfürchtig: »Ihr, mein Herr, werdet sicher in späteren Jahren reich und glücklich werden, denn göttliche Klarsicht hat dies schon jetzt erkannt.« Auf Yüans Frage, wie er dazu komme, fuhr der Alte fort: »Als Ihr Böses im Sinne trugt, da kamen üble Geister und als Ihr wieder Gutes dachtet, erschienen glückbringende Genien, die Euch folgten wie der Schatten dem Körper, wie das Echo dem Schall. Jetzt weiß ich mit Sicherheit, daß niemand, ob im heimlichen Kämmerlein oder in der Verwirrung des Augenblicks, schlechte Gedanken hegen und Böses tun noch auch Verbrechen begehen und gegen die Tugend verstoßen darf.« Danach erzählte der Alte ausführlich, was er gesehen hatte, sprach Yüan gut zu und linderte darüber hinaus seine Not durch etwas Geld und Reis.

Dennoch blieb Yüan verzweifelt und niedergeschlagen. Als der Abend kam, ging er an den Fuß des Berges der ›Drei Götter‹ und stürzte sich dort in den ›Achteckigen Brunnen‹. Dessen Wasser aber teilten sich plötzlich, und zu beiden Seiten zeigten sich steinerne Mauern, die so glatt waren, als wenn sie poliert wären. Zwischen ihnen lag ein schmaler Fußpfad. Yüan schritt ihn hinan, indem er sich an den Wänden entlangtastete. Als er einige hundert Schritte gegangen war, hörten die Mauer und der Pfad auf, und er trat hinaus auf eine Straße, wo Himmel und Erde sich klar zeigten, wo Sonne und Mond schienen, und es war alles wie in einer zweiten Welt. Sein Blick fiel auf einen großen Palast, an dem mit goldener Schrift auf einem Schilde stand ›Glücksland der Drei Berge der Seligen‹. Ehrfürchtig in die Höhe schauend, betrat Yüan die hellen, stillen Korridore und altertümlichen Hallen, in denen Weihrauchduft hing. Hin und her wandernd schaute er sich nach allen Seiten um, erblickte aber keine Spur von einem Menschen, sondern vernahm nur geheimnisvolle Töne von Glocken und Klangsteinen aus den Wolken herab.

Vor Hunger und Schwäche vermochte Yüan nicht, weiterzugehen und hatte sich gerade erschöpft zur Seite eines steinernen Altars niedergelassen, als plötzlich ein Taoist mit einem schleppenden blau und rosa Gewand und mit Jadeanhängern, die wie der Mond schimmerten, herzukam und ihm zurief, aufzustehen. Lachend sprach er zu Yüan: »Nun, Herr Akademiker, habt Ihr Geschmack an Eurer Reise gefunden?« Yüan erhob die Hände zum Gruß und erwiderte: »Meinem Geschmack am Reisen habe ich völlig Genüge getan. Allein warum betitelt Ihr mich denn irrtümlich als Akademiker?«

»Erinnert Ihr Euch denn nicht, wie Ihr in der ›Akademie zur Förderung der Erhabenheit‹ die für Tibet bestimmten Kaiserlichen Erlasse zu entwerfen pflegtet?« erwiderte der Taoist.

»Ich bin aber nur ein einfacher Mann aus Schantung und ein schlichter Bürger ohne Stellung. In den vierzig Jahren meines Lebens habe ich nichts Geschriebenes gekannt und bin auch noch nie in die Hauptstadt gereist, um mich dort umzuschauen. Warum redet Ihr denn da, ich hätte Erlasse aufgesetzt?«

»Es muß wohl so sein«, sprach der Taoist, »daß der brennende Hunger Euch so zugesetzt hat, daß Ihr nicht mehr dazu kommt, Euch Eurer früheren Tätigkeit zu erinnern.«

Dann nahm er aus seinem Ärmel einige Birnen und Jujuben

und gab sie Yüan zu essen, wobei er sprach: »Das sind Zauberfrüchte. Wer sie ißt, der vermag Vergangenes und Zukünftiges zu erkennen.« Und kaum hatte Yüan davon gegessen, als ihm klar die Erinnerung kam, gleich einem Erwachenden, wie er früher als Gelehrter in der ›Akademie zur Förderung der Erhabenheit‹ die Erlasse für Tibet aufgesetzt hatte, und zwar erinnerte er sich so deutlich, als wenn es erst gestern gewesen sei.

»Was habe ich denn«, so fragte Yüan, »in meinem früheren Leben verbrochen, daß ich in meiner nunmehrigen Existenz diese Vergeltung leiden muß?«

»Ihr habt zwar nichts verbrochen«, sagte der Taoist, »aber während der Zeit, als Ihr im Amt wart, habt Ihr Euch auf Euer großes Wissen viel zugute getan und die Talente der später ins Amt gekommenen Leute nicht gewürdigt. Deshalb seid Ihr in Eurer jetzigen Existenz so ungebildet geblieben, daß Ihr kein Schriftzeichen kennt. Und auf Grund Eurer hohen Stellung habt Ihr Euch eingebildet, etwas Besonderes zu sein, und wolltet Euch der herumziehenden Gelehrten ohne Amt nicht annehmen. Deshalb seid Ihr in Eurer jetzigen Existenz in die Fremde verschlagen und habt niemanden, an den Ihr Euch anlehnen könnt.«

Danach kam Yüan auf die hohen Beamten der diesseitigen Welt zu sprechen und erkundigte sich: »Der und der ist jetzt Kanzler. Seine Habgier kennt keine Grenzen und seine ganze Amtsführung ist käuflich. Was wird eines Tages seine Vergeltung sein?« – »Dieser Mann gehört vor den Teufelskönig der Habgierigen. In der Unterwelt hat er zehn Öfen, in denen man seine Schlechtigkeit aus ihm herausschmelzen wird. Seine Glückszeit ist abgelaufen, und in der Hölle wird er ins Unglück gestürzt werden.«

»Der und der ist Vizekanzler«, fragte Yüan weiter, »er hört nicht auf mit Kriegführen und mordet friedliche Bürger. Was wird mit ihm später werden?«

»Für den ist der Teufelskönig der Mordgierigen da. Er hat dreihundert Unterweltsoldaten, alle mit ehernem Schädel und eisernen Stirnen, die ihm beim Quälen der Sünder helfen. Das Schicksal des Vizekanzlers neigt sich schon, und er wird hier die Strafe der Zerstückelung erleiden.«

Yüan aber fuhr fort zu fragen: »Da ist ein Gefängnisaufseher, der straft ohne Gnade; ein anderer ist Bezirkspräfekt, der Steuern und Frondienst nicht gerecht und gleichmäßig verteilt; ein anderer ist Regierungskommissar, aber er hört nicht auf das, was ihm vorgeschrieben wird; wieder ein anderer ist Sicherheitskommissar, aber er kümmert sich nicht um die Gebiete, die ihm unterstehen. Welche Vergeltung wird all denen später zuteil?«

»Diese alle werden mit Handschellen und Halsketten gefesselt werden; mit faulendem Fleisch und zerfallenden Knochen werden sie ihre Hinrichtung erwarten, und es wird ihr Leib in zahllose Stücke zerrissen werden.«

Schließlich erzählte Yüan auch, daß Herr Miu sich ihm gegenüber schuldig gemacht habe. »Der wird als Lagerverwalter zum Schatzhaus des Generals Wang kommen, wo er nicht mehr eigenmächtig mit fremdem Gut schalten kann«, sagte der Taoist und fuhr fort: »In weniger als drei Jahren wird es auf Erden eine Umwälzung geben, und großes Unheil wird allenthalben hereinbrechen, vor dem man Angst haben muß. Ihr solltet ein Stück Erde suchen und dort für Euch leben, sonst muß ich befürchten, daß es Euch geht wie dem Fisch in der brennenden Stadt, der im Teich umkam als unschuldiges Opfer der Katastrophe.«

Yüan bat sodann den Fremden, er möchte ihm doch eine Gegend benennen, wo er vor dem Krieg sicher wäre. »Fu-tjing wäre gut, aber noch besser ist wohl Fu-ning«, sagte der Taoist und setzte hinzu: »Ihr seid schon lange hier, und Eure Angehörigen werden sich ängstigen. Drum solltet Ihr jetzt nach Hause heimkehren.« Yüan aber meinte, er wüßte nicht, auf welchem Wege. Da wies ihm der Taoist einen Pfad, den er gehen sollte, und Yüan nahm unter zweimaliger Verneigung Abschied.

Er war etwa zwei Meilen gegangen, da fand er hinter einem Berg eine Höhle, die hinaus in die irdische Welt führte. Als er zu Hause eintraf, war seit seinem Verschwinden bereits ein halber Monat vergangen. Sogleich nahm er Frau und Kinder bei der Hand und begab sich in ein Dorf im Kreise Fu-ning. Dort rodete er sich ein Stück Land und baute sich eine Hütte, in der er lebte. Wie er einmal auf dem Felde die Hacke schwang, da klirrte es, und er entdeckte im Boden vergraben vier Silberbarren von je 50 Unzen Gewicht. Von da an ging es ihm und seiner Familie besser.

Später ereignete es sich, daß Dschang Schï-tschëng sich Amtsgewalt und Siegel anmaßte und den Kanzler Tasch Temür gefangen setzte und daß große Heeresmacht auf die Stadt rückte. Der Vizekanzler Tschen wurde ergriffen, und von den Beamten seines

Stabes verloren viele Kopf und Kragen. Auch Herr Miu wurde umgebracht und zwar durch einen General namens Wang, der auch das ganze Vermögen des Miu an sich brachte. Der Zeit nach waren knapp drei Jahre vergangen, so daß die Voraussage des Taoisten sich in jeder Hinsicht erfüllte.

TJÜ YU 1341?–1427

Der Turm des zweifachen Duftes

In Su-Dschou, der Bezirksstadt von Wu, gab es einen reichen Mann namens Hsiä, der zu Beginn der Regierungsepoche ›Höchste Ordnung‹ (1341) draußen vor dem ›Tore des Ho-lü‹ wohnte und von Beruf Reishändler war. Er hatte zwei Töchter, deren ältere Orchideenblüte hieß, die jüngere aber Epidendrumblüte. Die beiden Mädchen waren sehr klug, von anmutigster Schönheit und verstanden sich auf die Dichtkunst. Ihr Vater hatte ihnen im rückwärtigen Teil seines Anwesens einen Turm bauen lassen, der ihre Wohnung wurde und den Namen ›Turm des zweifachen Duftes von Orchidee und Epidendrum‹ trug. Es traf sich, daß dazumal ein Mönch mit Namen ›Schneefenster‹ im Kloster der Himmlischen Gabe berühmt für seine Tuschgemälde von Orchideen war, und so ließ Hsiä alle vier Wände des Turms weißen und von dem Mönch bemalen. Wenn man hinaufstieg, so war es, als träte man in ein von sanftem Frühlingswind durchwehtes Gemach voller Blumen. Tag und Nacht verbrachten die beiden Mädchen dort mit Dichten. Mehrere hundert ihrer Verse wurden zu der ›Sammlung des zweifachen Duftes‹ zusammengestellt und immer wieder im Kreise der Kunstliebhaber von Hand zu Hand gegeben und rezitiert.

Zu jener Zeit hatte gerade Yang We-Dschën aus Kuai-dji seine Lieder ›Bambuszweige vom Westsee‹ verfaßt, die bald Hunderte von Nachahmern fanden und auch gedruckt in den Buchläden zu haben waren. Als die beiden Mädchen die Sammlung Yangs zu Gesicht bekamen, lachten sie und meinten: »Am Westsee bei Hang-dschou gibt es Lieder von den Bambuszweigen – warum sollte es bei uns im östlichen Wu keine geben?« So verfaßten sie

Gedichte im Stile des Yang und nannten sie ›Bambuszweig-Lieder der Terrasse von Su-dschou‹. Es waren insgesamt zehn Lieder, unter denen sich die folgenden befanden:

›Am Tor gehen Boote vor Anker,
über zehntausend Meilen nach Su-dschou gekommen.
Es krächzen die Krähen, der Mond sinkt am Himmel,
und schon ertönen die Glocken vom Tempel.
Lieder der Fischer, am Stromesrand unter Platanen,
verstören der Reisenden Ruhe.

Grün sind Pappeln und Weiden, gelb werden Pappeln und Weiden.
Grüne Farbe wandelt sich zu gelb im Jahreslauf.
Wir Mädchen gleichen seidenzarten Zweigen der Trauerweide,
leicht zu Kummer gestimmt,
Jünglinge aber den flockigen Samen der Weide,
die sich gar wild umhertreiben lassen.

Eisvögel fliegen in Paaren,
keiner wartet erst, bis der andre ihn ruft.
Die Mandarinenenten wohnen zu zweien beisammen,
nie sind sie einsam.
Stets schien drum hassenswert
die ›Brücke des Edelsteingürtels‹,
weil dort die Wasser sich teilen,
zum Wu-Fluß die eine Hälfte,
die andre zum Großen See.

Ihre Phoenixfrisur, mit purpurnem Band umwunden,
ist dunkler als Wolken.
Ihr elfenbeinerner Kamm, wie das Zeichen für ›Acht‹ geformt,
ist weiß wie Silber.
Hingelehnt steht sie am tiefrot bemalten Tor
gehobenen Hauptes.
Wie vielen mag sie schon das Herz gebrochen haben?

Hundert Fuß hoch ragt der Turm,
gelehnt an den türkisblauen Himmel.
Zierlich sind seine Geländer,
drinnen steht ein bemalter Wandschirm an andern.

Seit wir die ›Lieder der Su-dschou-Terrassen‹ haben,
brauchen wir nicht mehr zum Westsee zu fahren,
um dort das ›Lied beim Lotospflücken‹ zu singen.

Auch die anderen Dichtungen der Mädchen fanden allgemeinen Beifall, so daß man daraus sieht, wie begabt sie waren. Als Yang We-dschën einmal eine Handschrift der oben erwähnten Lieder in die Hand bekam, schrieb er dahinter die folgenden zwei Gedichte:

›Mag man in Djin-djiang noch soviel reden
von den Schriften der Hsiä Tau –
Heute gibt man in Su-dschou von Hand zu Hand
die Werke von Orchis und Epidendrum,
elegant und verliebt zugleich,
ein Perlenpaar, zwei Jaderinge,
die bunte Matte widerspiegelnd.

Ob die ältere, ob die jüngere,
beide genießen gleichen Ruhm,
so wie Ying-ying sich nicht zu schämen brauchte
vor Tjiung-tjiung, der andren Lautenistin.
Gern setzte ich den Pinsel an zu Versen,
voll Frühlingswind,
erfände gern Weisen für die Saiten
der Jaspislaute.‹

Seitdem verbreitete sich ihr Ruf nah und fern. Alle Welt meinte, eine neue Ban Dschau und die Tochter des Tsai Yung seien erschienen, und man verglich die beiden Mädchen mit den Dichterinnen Li I-an und Dschu Schu-dschën. Ihr Turm schaute herab auf den Staatlichen Kanal, wo alle Boote und Schiffe durchkamen.

Nun lebte in Kun-schan ein junger Mann namens Dschëng, der aus gutem Hause stammte. Sein Vater war mit Herrn Hsiä von langer Hand befreundet und ließ deshalb seinen Sohn in Su-dschou ein Geschäft eröffnen. Als er dort eintraf, legte sein Boot unterhalb des Turmes an, und Herr Hsiä behandelte den jungen Mann wegen der alten Freundschaft zu dessen Vater wie einen Sohn der eigenen Familie, so daß Dschëng seitdem im Hause Hsiä ein und aus ging. Dschëng stand in der Blüte seiner

Jugend; er war von elegantem, anmutigen Wesen und fein gebildet. Einmal, während der Sommermonate, stand Dschëng im Bug seines Bootes und badete sich. Die beiden Mädchen schauten aus ihrem Fenster heimlich zu und warfen zwei Laitschi-Früchte zu ihm herunter. Der Jüngling erriet ihre Absicht, aber als er hinaufschaute, sah er, wie das Gebäude so hoch in den Himmel ragte, daß man ohne Flügel am Körper nicht hinaufgelangen konnte.

Als die Uhren die tiefste Nacht anzeigten und der Mond sank, während die Milchstraße schräg am Himmel stand und alles in nächtlicher Ruhe lag, da stellte sich Dschëng an den Bord seines Bootes und tat, als ob er auf etwas wartete. Plötzlich hörte er oben an den Fenstern des Turmes unterdrücktes Flüstern. Wie er noch verstohlen hinaufschaute, da ließen die beiden Mädchen an einem Schaukelseil einen Tragstuhl herunter bis dorthin, wo Dschëng stand. Der Jüngling stieg hinein und wurde hochgezogen. Seine Freude kannte keine Grenzen mehr, als er die beiden zu Gesicht bekam. Sie nahmen ihn bei der Hand und führten ihn in ihr Schlafzimmer, wo sein Wunsch nach liebender Vereinigung in Erfüllung gehen konnte.

Die ältere Schwester begrüßte den Jüngling mit einem Gedicht:

»Zwei Blüten hinter geschnitztem Geländer
zwischen jadegleichen Mauern –
wie gut, sie anzutreffen, da sie noch nicht geöffnet!
Ihre zarte Anmut ist noch nicht vertraut
mit Wind und Regen.
Sie bitten den Frühlingsgott,
er möge sie liebend beschützen.«

Und die jüngere fuhr fort:

»Der Rauch des Beckens löst sich schon auf.
Tief liegen die Schatten der Lampe.
Der Wandschirm hinter dem Bett bewegt sich,
und auch der beschwerte Vorhang.
Liebeslust ist vergleichbar
mit Fischen, die sich im Wasser tummeln,
nach Westen sich wendend, kaum daß sie nach Osten
geschwommen.«

Als der Morgen graute, wurde Dschëng wieder herabgelassen. Von da an verging keine Nacht, in der er nicht mit den beiden zusammentraf. Die Mädchen dichteten so viel, daß nicht alles hier verzeichnet werden kann, und der Jüngling schämte sich, daß er seinerseits ihnen noch nicht poetisch geantwortet hatte. Eines Abends sah er auf dem Tisch einen Bogen feinstes Briefpapier aus Yän-tji liegen und schrieb darauf folgende Verse:

›Auf den Gipfel des Bergs der Seligen bin ich verirrt,
umgeben hier von Hibiscus, dort der Päonie.
Mir ist wie einem Schmetterling, der Düfte naschend
den ganzen Tag zwischen der Blütenfülle umherfliegt.‹

Die Mädchen freuten sich sehr über das Gedicht und legten es in ein Täschchen, welches sie unter dem Kopfkissen versteckten. Der Jüngling aber erbat sich weitere Verse von ihnen, worauf die ältere Schwester begann:

»Zweige, die ineinander verflochten,
zwei Blüten am gleichen Stengel gewachsen,
Leuchtende Perlen unschätzbaren Wertes,
Jade rein und ohne Fehl –«

und die jüngere fortfuhr:

»In Freude vereint hatten sie beide das Glück,
einen Hsiau Schï zu treffen, den göttlichen Spieler.
Von solchem Rausche erhoben wird nicht die Sehnsucht
ermatten.«

Die ältere setzte den Vers fort:

»Auf den seidenen Strümpfen liegt Staub.
unruhig bewegt ist die Seele.
Aufs Kissen fiel die Spange aus Jaspis,
aufgelöst wallen die Haare herab –«

während die jüngere beschloß:

»Mag auch später einmal von unserer Liebe
nach außen dringen die Kunde,
wird es uns niemals gereuen, daß in der heutigen Nacht
der sehnlichste Wunsch war zu irren.«

Alle ihre Verse zusammen waren später so viel, daß ein ganzes Buch Gedichte im strengen Stil daraus wurde.

Es war an einem späteren Abend, schon nach Mitternacht, als der Jüngling mit einem Mal schweren Herzens sagte: »Eigentlich bin ich ja nur ein Fremder, der hier im Hause Fuß gefaßt hat. Euer Vater weiß von dem, was sich in all diesen Tagen abgespielt hat, noch nichts. Von heute auf morgen kann alles ans Tageslicht kommen, und die Freundschaft wird ein Ende finden. Ich fürchte, wir müssen uns von heute an trennen, und ich weiß nicht, wann wir wieder zusammenfinden werden.« Dabei schluchzte er, und seine Tränen flossen.

Die beiden Mädchen sagten: »Zwar sind wir nur geringe Personen, das wissen wir sehr genau. Immerhin haben wir lange Zeit in der Abgeschlossenheit unseres Frauengemachs uns oberflächlich mit den Klassikern und den Geschichtswerken beschäftigt. So ist uns auch nicht unbekannt, daß unerlaubter Verkehr zwischen Mann und Frau verabscheut wird und man es gut findet, wenn ein Edelstein in der Truhe eingeschlossen bleibt. Und trotzdem: es tat uns immer wieder weh, daß wir die Zeit, ob Herbstmond oder Frühlingsblüten, nutzlos vergeudet haben und daß wir nicht dazu kamen, die liebende Neigung zu befestigen, die sonst flüchtig wäre wie Wolken oder Wasser. Es ging uns wie vor alters dem Mädchen, das dem schönen Sung Yü über die Mauer zuschaute, und wenn wir aus eignem Entschluß den Edelstein, mag er noch so unscheinbar erscheinen, verschenkten, so hoffen wir, daß Ihr uns nicht zurückstoßt. Wir wären dankbar, wenn Ihr Euch dem nicht verschlösset. Zwar sind die Riten der Eheschließung noch nicht vollzogen, aber Ihr dürft darauf bauen, daß unser Beschluß schon feststeht. Wir möchten mit Euch das eheliche Lager teilen und auf ewig Euch zu treuen Diensten sein. Warum äußert Ihr denn unversehens solche Worte und seht nur Bedenken und Hindernisse? Oh, Herr Dschëng, wenn wir beide auch nur Mädchen sind, so haben wir doch alles genau durchdacht! Sollte eines Tages die Geschichte ans Tageslicht kommen, wird unser Vater uns bitter schelten. Wenn Ihr unserer Bitte folgt, werden wir Euch Gattinnen sein können. Andernfalls, wenn Ihr unseren Plan nicht ausführt, dann mögt Ihr uns in der Unterwelt bei den Gelben Quellen suchen, denn keinesfalls wollen wir Frauen eines anderen Mannes werden!«

Als der Jüngling diese Worte vernahm, wurde er von tiefster Rührung erfaßt. Kurz danach erhielt er von seinem Vater brieflich den Befehl, nach Hause zurückzukehren. Der Vater der Mädchen aber bemerkte, daß der junge Mann unentschlossen war, ob er überhaupt reisen sollte, und begann, Verdacht zu schöpfen. Eines Tages stieg er in den Turm hinauf und fand in dem Täschchen das Gedicht, das der junge Mann geschrieben hatte. Er bekam einen Schrecken, aber da die Affäre schon so weit gediehen war, fügte er sich in das Unvermeidliche. Er fand, daß Dschëng jung und hübsch, und auch, daß die Familie durchaus der seinen ebenbürtig war. So schrieb er denn an dessen Vater und teilte ihm mit, daß er die Absichten des jungen Mannes erkannt habe. Der Vater des Jungen entsprach auch wirklich der Bitte und beauftragte einen Heiratsvermittler, die Verbindung zwischen den beiden Familien herzustellen. Die vorgeschriebenen Erkundigungen wurden eingezogen, die Brautgeschenke übersandt, und der Jüngling lebte fortan als Schwiegersohn in der Familie Hsiä.

Damals war der junge Dschëng 22 Jahre alt, die ältere Schwester 20, die jüngere 18. Unter den Leuten in Wu wußten viele von der Geschichte, die auch Schriftstellern als Vorwurf gedient hat, wie es heißt.

TJÜ YU 1341?–1427

Die Päonienlaterne

Es war zu der Zeit, als der Usurpator Fang Guo-dschën über Dschödjiang herrschte. Damals war es in Ming-dschou Brauch, jedes Jahr vom Neujahrsabend an fünf Nächte lang Laternen auszuhängen, und die ganze Stadt, Männer und Frauen, pflegten sich dieses Schauspiel anzuschauen. Im Jahre 1360 nun lebte ein junger Mann namens Tjiau am Fuß des Dschën-ming-Berges im Süden der Stadt. Da seine Gattin vor kurzem gestorben war, lebte er einsam als Witwer und ohne sonstige Angehörige. Er ging nicht wie andere Leute aus, um zu spazieren, sondern blieb an seiner Türe stehen. Am 15. Tage, zur Zeit der dritten Nachtwache, als nur noch wenig Spaziergänger unterwegs waren, sah er eine Dienerin mit einer doppelten Päonienlaterne, der eine schöne Frau folgte, die wohl 17 oder 18 Jahre alt sein mochte. Sie trug einen roten Rock und ein Gewand mit eisvogelblauen Ärmeln. Mit feinen, graziösen Bewegungen schritt sie vorbei und in westlicher Richtung weiter. Als der junge Mann im Mondschein ihr ebenmäßiges Antlitz und ihre zarte Jugend erblickte, erschien sie ihm in der Tat als die Schönste im Lande, und seine Seele wurde von Unruhe erfaßt. Er verlor die Beherrschung und ging ihr nach; bald überholte er sie, bald blieb er hinter ihr. Kaum war er einige Dutzend Schritte gegangen, da drehte das Mädchen sich plötzlich um, lächelte ihm leise zu und sagte: »Eigentlich hatte ich nicht erwartet, daß es zu einem Stelldichein kommen würde, aber daß wir uns so im Mondschein begegnen, ist doch sicherlich kein Zufall!«

Da trat der junge Mann rasch vor, verbeugte sich und sprach: »Meine niedrige Behausung ist nur ein paar Schritte von hier. Würdet Ihr, schöne Frau, es über Euch bringen, mir die Ehre zu geben?«

Das Mädchen sträubte sich nicht, sondern rief ihre Dienerin: »Goldlotos, nimm die Laterne und geh mit uns!«

Goldlotos kehrte um, während der junge Mann und das Mädchen Hand in Hand zu seinem Haus gingen. Er freute sich über alle Maßen ihrer Nähe und glaubte, daß selbst die Begegnung mit einer Göttin oder Fee nicht schöner sein könne. Auf seine Frage, wie sie heiße und so sie wohne, erwiderte das Mädchen: »Ich heiße Fu Schu-fang und mit Beinamen Li-tjing. Ich bin die Tochter des früheren Bezirksrichters von Fëng-hua. Als mein Vater starb, ging es mit unserer Familie bergab. Ich habe keine Brüder und kaum Verwandte oder Bekannte, so daß ich jetzt mit Goldlotos westlich des Sees wohne.«

Der junge Mann behielt sie über Nacht bei sich. Ihr Wesen war von verführerischem Zauber und ihre Worte atmeten hingebende Liebe. Sie ließen den Vorhang herunter und teilten das Lager in grenzenloser Freude und Liebe. Als der Morgen graute, nahm sie Abschied und ging fort. Sobald es aber Nacht wurde, kam sie zurück.

So ging es wohl einen halben Monat, bis ein alter Mann, der nebenan wohnte, Verdacht schöpfte. Er machte ein Loch in die Mauer und spähte hinüber. Da erblickte er voll Grausen ein gepudertes und geschmücktes Gerippe, das zusammen mit dem jungen Tjiau unter der Lampe saß. Am nächsten Tag ging er hinüber, um seinen Nachbarn auszufragen, doch Tjiau wich aus und wollte nicht mit der Sprache heraus. Da sagte der alte Nachbar: »Weh über Euch, daß Ihr dem Unheil verfallen seid! Die Menschen gehören der Fülle des reinen Lichts an, die Geister aber der übelbringenden Fäulnis des Dunkels. Ihr wohnt mit einem Gespenst der Finsternis zusammen und wißt es nicht, und verbringt die Nacht mit einem üblen, unreinen Wesen, ohne es gewahr zu werden. Bald wird sich Eure Lebenskraft erschöpfen und das vergiftende Unheil Euch ganz nahe kommen. Es tut mir leid um die Blüte Eurer Jahre und würde mich betrüben, wenn Ihr so bald schon unter die Erde kämet!«

Da bekam es Tjiau auf einmal mit der Angst und erzählte ihm den ganzen Hergang ausführlich.

»Wenn sie gesagt hat, sie wohne westlich des Sees, so solltet Ihr einmal dahin gehen und nachforschen, wie es sich damit verhält und Genaueres erfahren«, sagte der alte Nachbar, und der junge Mann folgte seinem Rat.

Er begab sich in die Gegend westlich des Mondsees und ging dort auf den Deichen und bei den Brücken hin und her, fragte bei den dort wohnenden Leuten nach und erkundigte sich nach durchreisenden Fremden. Niemand aber konnte ihm Auskunft geben. Inzwischen war der Abend hereingebrochen. So ging er zum Tempel der Seenmitte, um sich dort etwas auszuruhen. Er durchschritt den östlichen Korridor und wandte sich dann in den westlichen. An dessen Ende stieß er auf eine dunkle Kammer. Darin stand ein Sarg von der Art, wie sie für Leute, die fern der Heimat sterben, verfertigt werden, und auf dem Sarg stand auf weißem Papier geschrieben: »Sarg der Fu Li-tjing, Tochter des ehemaligen Bezirksrichters von Fëng-hua.« Vor dem Sarg hing eine doppelte Päonienlaterne, und unter der Laterne stand die Grabfigur einer Dienerin, auf deren Rückseite geschrieben stand ›Goldlotos‹.

Als der junge Mann das sah, sträubten sich ihm die Haare und es überlief ihn eiskalt. Er rannte aus dem Tempel hinaus und wagte nicht, sich umzuschauen. In dieser Nacht schlief er bei dem alten Nachbarn, eine Beute des Schreckens und der Angst.

Der Alte sagte zu ihm: »Der Meister der Lehre We im Tempel der Dunklen Mysterien ist ein Schüler des Taoisten Wang und versteht sich wie kein zweiter sonst auf Amulette und Schutzzauber. Ihr solltet sofort zu ihm gehen und ihn um Hilfe bitten!«

Tags darauf ging der junge Mann auch wirklich dorthin, um den Meister der Lehre in seinem Tempel aufzusuchen. Als der ihn von weitem kommen sah, rief er voll Schrecken aus: »Dich umgibt eine dichte Aura des Unheils. Was kommst Du noch zu mir?«

Tjiau verneigte sich vor dem Sitz des Meisters und erzählte ihm ausführlich seine Geschichte. Da gab ihm der Meister zwei purpurrote Amulette und hieß ihn eines an der Türe befestigen und eines an sein Bett hängen. Auch warnte er ihn, er dürfe nicht wieder zu dem Tempel der Seenmitte gehen. Der junge Tjiau nahm die Amulette entgegen, ging nach Hause und tat, wie ihm geheißen. Von da an kam das Mädchen nicht mehr zu ihm.

Mehr als ein Monat war vergangen, da ging Tjiau einen Freund besuchen, der bei der ›Brücke der bestickten Gewänder‹ wohnte. Der Freund behielt ihn zu einem Trunk da. In seinem Rausch vergaß Tjiau gänzlich die Warnung des Meisters und ging nach Hause über den Weg, der an dem Tempel der Seenmitte vorbeiführte. Als er das Tempeltor erreicht hatte, sah er Goldlotos, die ihm entgegenkam, sich verneigte und sagte: »Das gnädige Fräulein wartet schon lange auf Euch. Warum achtet Ihr in der letzten Zeit ihre Gefühle so gering?« Mit Tjiau ging sie in den westlichen Korridor und geradenwegs in die Kammer hinein. Dort saß das Mädchen und machte ihm Vorwürfe: »Wir beide haben uns früher nicht gekannt und sind uns durch Zufall im Lampenschein einmal begegnet. Durch deine Gefühle bewegt, bin ich dir gänzlich zu Willen gewesen und habe dich während all dieser Tage und Nächte nie vernachlässigt. Aber warum hast du den Worten dieses trügerischen Taoisten geglaubt und dir Zweifel einreden lassen, so daß du dich für immer von mir trennen willst? Weil du es so an deiner Liebe fehlen ließest, mußte ich dir böse sein, doch ist es ein Glück, daß wir uns heute treffen — können wir es übers Herz bringen, aufeinander zu verzichten?« Damit ergriff sie die Hand des Mannes und schritt mit ihm vor den Sarg. Der öffnete sich plötzlich, sie zog ihn mit hinein, worauf er sich wieder schloß.

Als der junge Mann in dem Sarg sein Ende gefunden hatte, wunderte sich der alte Nachbar, daß er nicht zurückkam und stellte nah und fern Nachforschungen an. schließlich kam er auch in diesen Tempel und sah in dem Raum, wo der Sarg stand, noch einen Gewandzipfel des Jungen aus dem Sarg heraushängen. Er bat die Mönche des Tempels, den Sarg zu öffnen, doch da war er schon lange tot; sein Leichnam lag drinnen auf dem des Mädchens, die noch aussah wie ein lebender Mensch.

»Sie ist die Tochter des Bezirksrichters Fu aus Fêng-hua«, sagten die Mönche bestürzt, »und ist mit 17 Jahren verstorben. Man hat sie einstweilen hier beigesetzt. Die ganze Familie ist nach dem Norden verzogen, und man hat seit zwölf Jahren nichts mehr von ihnen gehört. Wir wußten nichts von diesem Spuk.«

Darauf begrub man den Sarg mit den beiden Leichen vor dem Westtor der Stadt. Von da ab erschienen an wolkendunklen Tagen oder in düsteren Nächten manchmal der junge Mann und das Mädchen. Sie gingen Hand in Hand, und vor ihnen schritt eine Dienerin mit einer doppelten Päonienlaterne. Jeder, der sie erblickte, verfiel sogleich in schwere Krankheit mit Fieber und Schüttelfrost. Wer einen tugendhaften Wandel aufzuweisen hatte und den Göttern opferte, der hatte Aussicht, geheilt zu werden; wer nicht, der erholte sich niemals wieder. Die Einwohner fürchteten sich sehr und liefen in Scharen zum Meister der Lehre We im Tempel des Dunklen Mysteriums, um Klage zu führen. Der Meister erwiderte ihnen: »Meine Amulette können nur vorbeugend wirken. Jetzt aber ist das Unheil zur Reife gediehen. Ich weiß mir keinen Rat mehr, doch habe ich gehört, daß der Taoist Eisenhut, der auf dem Gipfel des Berges der Vierfachen Klarheit haust, Geister zu bannen vermag und seine magischen Künste von wunderbarer Wirkung sind. Zu ihm müßt Ihr gehen und ihn um Hilfe bitten!«

Daraufhin begab sich die ganze Schar auf den Berg und stieg durch dichtes grünes Gestrüpp und Geranke und über Bäche hinweg bis zum höchsten Gipfel empor. Dort stand wirklich eine strohgedeckte Hütte, in der der Taoist an einem Tische saß und gerade zuschaute, wie sein Dienerknabe einen Kranich abrichtete. Die Besucherschar verneigte sich vor der Hütte und erzählte von dem Anlaß ihres Kommens. »Ich bin ein Einsiedler, der in Wäldern und Bergen haust«, sagte der Taoist, »ein alter Mann, der jeden Tag sterben kann. Was sollte ich für geheimnisvolle Künste besitzen? Ihr seid zu vertrauensselig!«

Nachdem er sie derart streng abgefertigt hatte, sagten die Leute: »Wir selbst haben zunächst gar nichts von Euch gewußt; vielmehr hat der Meister We im Tempel des Dunklen Mysteriums uns an Euch gewiesen.«

Da erst gab der Taoist nach und sagte: »Ich alter Mann habe schon sechzig Jahre lang diesen Berg nicht mehr verlassen. Aber wegen der lästigen Klagereden dieses kleinen Mannes will ich doch mit Euch gehen«, und stieg, von seinem Knaben begleitet, leichten und kräftigen Schrittes den Berg hinunter.

Vor dem Westtor angekommen, errichtete er einen Altar von einem Klafter im Geviert und nahm davor auf einer Matte in würdiger Haltung sitzend Platz. Dann schrieb er einen Zauberspruch auf und verbrannte das Papier. Plötzlich erschienen, durch den Zauber herbeizitiert, eine Menge von Bütteln des Jenseits, mit gelben Kopftüchern, brokatenen Gewändern, vergoldeten Panzern und verzierten Hellebarden, jeder von ihnen wohl über einen Klafter lang. Sie stellten sich vor dem Altar in ihrer ganzen Größe auf, verneigten sich und fragten respektvoll nach Befehlen.

Der Taoist sprach: »Hier herum gibt es Gespenster, die Unheil anrichten und die Menschen erschrecken. Wie kommt es, daß ihr nichts davon gemerkt habt? Ihr müßt sie schleunigst hierherbringen!« Kaum hatten die Büttel den Befehl erhalten, zogen sie los und kamen nach kurzer Zeit wieder an mit dem Mädchen, dem jungen Mann und Goldlotos. Sie waren gefesselt, trugen den hölzernen Verbrecherkragen und wurden mit Ruten gepeitscht, daß das Blut floß. Der Taoist hielt ihnen ihre Untaten vor, und der Oberscherge ließ sie mit Pinsel und Papier ein schriftliches Geständnis aufsetzen.

Das Geständnis des jungen Tjiau lautete: »Demütig bekenne ich folgendes: Nachdem meine Ehefrau verstorben, lebte ich allein als Witwer. Allein an meiner Tür stehend, habe ich der Warnung vor der Wollust zuwidergehandelt und wurde von übermäßigem sinnlichen Begehren angestachelt. Ich brachte es nicht fertig, dem Sun Schu-au gleichzukommen, der die verderbliche zweiköpfige Schlange tötete, um andre vor dem Verderben zu retten, sondern bin eher dem Herrn Dschëng zu vergleichen, der in Liebe und Mitleid zu dem neunschwänzigen Fuchsdämon entbrannte. Meine Taten sind nicht wieder gutzumachen. Wie soll ich meine Reue nun beweisen?«

»Demütig bekenne ich folgendes«, so lautete das Geständnis der Tochter Fu, »in meiner Jugendblüte habe ich diese Welt verlassen müssen und hatte in weiter Welt niemanden. Zwar hatte meine Seele sich schon vom Körper getrennt, doch war die Lebenskraft noch nicht ganz erloschen. Bei der Lampe im Mondschein traf ich einen Liebhaber, mit dem ich fünfhundert Jahre gemeinsame Wonne hätte genießen können und Abertausenden von Menschen Stoff zu wollüstigen Erzählungen bieten. Ich weiß nicht, wie ich von meinem Irrweg wieder zurückkommen und ob ich meiner Strafe entgehen kann!«

Das Geständnis der Goldlotos besagte: »Demütig bekenne ich:

So wie frischer Bambus am Feuer verdorrt wird, wurde meine Jungfräulichkeit befleckt und ich empfing ein Kind. Man begrub mich in einem Grabhügel. Irgend jemand nahm Erde davon und machte daraus eine Tonfigur als Grabbeigabe, mit Gesicht und Augen, wie einen richtigen Menschen in verkleinerter Form. Sobald jemand die Figur mit einem Namen benannte, fehlte nur noch, daß eine Seele eingehaucht wurde. So bin ich ein Opfer fremder List geworden – wie hätte ich von mir aus es wagen können, zu spuken?«

Als die Geständnisse aufgenommen waren, wurden sie dem Anführer der Büttel zur Weiterleitung übergeben, während der Taoist mit großen Pinselzügen dieses Urteil schrieb:

»Vor alters, als der große Kaiser Yü die Neun Dreifüße goß als Abbilder der Welt, da vermochte kein Geist und kein Gespenst seine Gestalt zu verbergen. Als We Tjiau seine aus Rhinozeroshorn gefertigte Laterne in den Abgrund hinabließ, da mußten in den Palästen der Wasserwelt, wo die Drachen wohnen, alle ihr wahres Aussehen zeigen. Die Wege der Toten und der Lebenden sind verschieden. Wo sie sich durch List und Trug kreuzen, da bringt es den Menschen Unheil, und die Wesen erleiden Schaden. Darum starb der Herzog Djing von Djin, als das Gespenst Da-li zur Tür hereintrat, und es fand Herzog Hsiang von Tji den Tod, nachdem er dem spukhaften Eber begegnet war, der auf der Heide Klagelaute ausstieß. Wer Unheil beschwört, wird zum verderblichen Spuk, und wer Schaden stiftet, wird zur Plage. Deshalb wurden in den himmlischen Bereichen Sendboten beauftragt, die Spukwesen zu vernichten und in der Unterwelt Gerichte eingesetzt, um die Übeltäter zu bestrafen, so daß kein Unwesen von Drachen und Gespenstern mehr geduldet wird und die menschenfressenden Dämonen nicht mehr Schrecken verbreiten dürfen. Seitdem herrscht Sauberkeit, Ordnung, Ruhe und Zufriedenheit. Und doch verwandeln die Gespenster trügerisch ihre Gestalt in die von Pflanzen, und in bewölkter, regnerischer Nacht oder im Morgengrauen, wenn der Mond und die Gestirne sinken, stöhnen sie im Gebälk und schauen einem ins Zimmer, obwohl man niemand sieht. Gleich einem Fliegenschwarm oder einer Hundemeute, gierig wie die Wölfe eilen sie einher wie ein Wirbelwind und rasen wie eine Feuersbrunst.

Im Leben hat der junge Herr aus der Familie Tjiau dies nicht bemerkt und verdient deshalb nach dem Tode auch kein Mitleid. Die Tochter aus dem Hause Fu gierte noch im Tode nach Wollust, so daß man erkennen kann, wie es im Leben mit ihr stand! Und was die Goldlotos mit ihrer phantastischen Geschichte angeht, so hat sie sich trügerisch einer Grabbeigabe bedient, um die Menschen in die Irre zu führen. Sie alle haben den Gesetzen zuwidergehandelt, verstohlen und voller Bosheit. Das Maß ihrer Übeltaten ist voll, und für ihr Verbrechen gibt es keine Gnade. Diese Fallgrube für die Menschen muß heute zugeschüttet werden, die Verführung, die die Seelen in die Irre leitete, hat ein Ende zu finden. Die Doppellaterne ist zu verbrennen, und die Übeltäter sind in der untersten Hölle ins Verlies zu werfen.«

Kaum hatte der Taoist sein Urteil gesprochen, da wurde eilends zur Tat geschritten und der Befehl ausgeführt. Man konnte sehen, wie die drei unter heulenden Klagen fast zusammenbrachen und von dem Anführer der Büttel davongetrieben wurden, bis alles verschwunden war. Der Taoist schüttelte seine Ärmel mit einer Gebärde des Ekels und begab sich wieder in die Berge. Als am nächsten Tag die Bevölkerung zu ihm gehen wollte, um sich zu bedanken, traf sie ihn nicht mehr an; nur die strohgedeckte Hütte stand noch da. Darauf gingen die Leute zum Tempel des Dunklen Mysteriums, um beim Meister der Lehre We Näheres zu erfahren, doch der war durch eine Krankheit verstummt und brachte kein Wort mehr heraus.

TJÜ YU 1341?–1427

Der Spender von Reichtum und Ehren

Im Jahre Bing-hsü der Regierungsperiode ›Höchste Ordnung‹ (1346) lebte in Tai-dschou ein Gelehrter namens Ho Yu-jën. Er wurde von Armut und Entbehrungen niedergedrückt und wußte nicht mehr, wie er sein Leben fristen sollte. Da ging er in den Tempel des Stadtgottes. Als er den östlichen Flügel durchschritt, sah er einen Altar mit einer Tafel, welche die Aufschrift trug: »Amt für die Zuteilung von Reichtum und Ehren.« Ho betete vor dem Götterbild und redete es also an:

»Ich bin nun schon 45 Jahre alt und habe doch für kalte Tage nur einen einzigen Pelz, für die Hitze nur einen billigen Sommerrock, und meine Mahlzeit ist eine einzige Schale Reisbrei für den ganzen Tag. Dabei habe ich von Jugend an keine unnützen oder schlechten Taten getan, und doch schwebte ich stets in Angst und Sorge, daß ich nicht das Allernötigste mehr hätte. Selbst ein noch so milder Winter ließ mich unter Kälte leiden, und auch in Jahren reichlichster Ernte mußte ich Hunger leiden. Wenn ich ausging, hatte ich keinen Freund, an den ich mich wenden konnte; blieb ich zu Haus, so war da keine Habe, auf die ich hätte aufpassen müssen. Frau und Kind haben mich verachtet, die Genossen meiner alten Heimat haben den Verkehr mit mir abgebrochen. Niemanden habe ich, dem ich meine Nöte und Kümmernisse klagen könnte. Nun erfahre ich so nebenbei, daß Ihr, großer Gott, dem Tribunal für Ehren und Reichtum vorsitzt und die Macht habt, die Menschen zu fördern. Wenn man sich an Euch wendet, wird man erhört werden, wenn man Euch bittet, alles gewährt. Deshalb lasse ich es darauf ankommen, von Euch gescholten zu werden, und belästige Eure Hoheit mit meiner Bitte, indem ich bescheiden vor Eurem Richterhof mich verneige in der demütigen Hoffnung, Ihr möget mir mitteilen, was die Zukunft bringen wird, und kundtun, was für Gelegenheiten wohl noch zu erwarten sind. Das wäre mir ein Fingerzeig für die Irrungen meines Lebensweges und würde mich auch über die dunkelsten Pfade leiten. Mein Leben würde so gerettet werden können wie das eines Fischs auf dem Trocknen, für den ein Maß Wasser ausreicht, und ich fände Sicherheit wie ein Vogel in Bedrängnis, der nur einen einzigen Ast für sein Nest braucht. Zwar liegen vergangene Dinge fest und es gibt keinen Weg zurück, und das Schicksal mag kaum zu ändern sein, wie vielleicht auch mein eignes dürftiges Geschick im Unglück enden wird. Trotzdem hoffe ich auf eine erleuchtende Antwort, damit ich es wenigstens im voraus erfahre!«

Nachdem er sein Gebet beendet hatte, kauerte er sich hinter einem Vorhang beim Altar nieder. In jener Nacht wurden in allen Flügeln des Tempels rechts und links vor den einzelnen Abteilungen Lichter angezündet, und es fand sich eine Menge Menschen dort ein. Nur vor dem Gott, nahe dem sich Ho versteckt hielt, war kein Mensch zu sehen, und kein Licht leuchtete. Alles blieb in einsamer Finsternis bis Mitternacht. Da hörte er plötzlich von ferne die Stimme eines Ausrufers, die sich allmählich dem Tor des Tempels näherte. Alle die Götterbeamten gingen in großer Eile hinaus, um die Ankömmlinge zu begrüßen, und herein trat zwischen zwei Reihen von Gazelaternen und umgeben von prächtigem Gefolge der Stadtgott. Angetan mit einem Hofgewand und mit Schriftstücken in der Hand, stieg er in die Haupthalle hinauf und nahm dort Platz. Nachdem die Götterbeamten alle ihre Aufwartung gemacht hatten, kehrten sie wieder zu ihren Amtsgeschäften zurück. Auch der Spender von Reichtum und Ehren kam aus der Halle, denn da er zum Gefolge des Stadtgotts gehörte, hatte er an der Audienz im Himmel teilnehmen müssen und kam jetzt erst zurück. Nachdem er seinen Platz eingenommen hatte, erschienen einige Götterbeamte mit Kopftuch und Gürtel, gekleidet in purpurne Seide, und stellten sich vor, wobei jeder über die von ihm bearbeiteten Fälle berichtete.

Einer sagte: »In dem und dem Landkreis hat jemand zweitausend Zentner Reis im Speicher. Kürzlich kam es dort wiederholt zu Dürre und Heuschreckenplage, so daß der Preis des Reises in die Höhe schnellte. Da aus den Nachbarbezirken kein Reis abgegeben wurde, starben die Leute auf dem Felde vor Hunger. Jener Mann aber öffnete seine Speicher, um zu helfen, nahm jedoch für den Reis nur den früheren Preis und strebte nicht nach fettem Profit. Auch ließ er Reisbrei an die Armen verteilen, so daß vielen Leuten das Leben gerettet wurde. Dies ist kürzlich durch den Gott jenes Landkreises an unsere Behörde gemeldet worden, und wir unterbreiten diesen Fall dem Stadtgott, der ihn seinerseits dem himmlischen Gerichtshof zur Kenntnis brachte. Wir möchten beantragen, daß die Lebenszeit dieses Mannes um dreimal zwölf Jahr verlängert wird und er zehntausend Scheffel zum Lohn erhält.«

Ein anderer meldete: »In dem und dem Dorf ist eine Frau, die diente ihrer Schwiegermutter mit äußerster Pietät. Als ihr Mann einmal verreist war, wurde die Schwiegermutter schwer krank, und weder Ärzte noch Medizinmänner konnten helfen. Da fastete und badete sie, verbrannte Weihrauch und flehte den Himmel an, er möchte ihr eignes Leben an Stelle der Schwiegermutter nehmen. Auch schnitt sie sich ein Stück Fleisch aus ihrem Schenkel und reichte es ihr dar, worauf die Krankheit geheilt wurde. Gestern ist nun folgender himmlischer Spruch ergangen: Die Pietät dieser Frau durchdringt Himmel und Erde, sie rührt Geister und Götter. Es wird angeordnet, daß sie zwei Knaben das Leben schenken wird, die es im Staatsdienst zu hohen Ehren bringen und fürstliche Gehälter bekommen werden. Die Familie wird zu großem Ansehen gelangen, so daß die Frau zur Belohnung für ihre Tat ihr Leben als Dame einer Beamtenfamilie beschließen wird. Diese Weisung ist uns vom Stadtgott erteilt worden, und wir haben bereits eine entsprechende Eintragung im Glücksregister vorgenommen.«

Wieder ein anderer berichtete: »Ein Beamter des und des Namens hatte bereits eine hohe Stellung erreicht und bezog ein dickes Gehalt. Er dachte aber nicht daran, sich dem Staat gegenüber dankbar zu erweisen, sondern war nur darauf aus, sich zu bereichern. Er hat dreihundert *Ding* Papiergeld angenommen, um in einem Prozeß das Recht zu beugen und gegen eine Bestechung von fünfhundert Silberunzen einen friedlichen Bürger geschädigt. Der Stadtgott hat diesen Fall dem Himmel vorgetragen und um Bestrafung des Übeltäters gebeten. Ursprünglich war für diesen Mann trotz seiner Fehler ein überaus glückliches Schicksal und langes Leben vorgesehen, aber jetzt hat er das Unheil, daß seine ganze Familie ausgelöscht wird, auf sich herab gezogen. Heute früh haben wir Weisung erhalten, dies in das Unglücksregister einzutragen, und wir brauchen nur zu warten, bis seine Zeit abgelaufen ist.«

Schließlich meldete einer: »Ein gewisser Ortsvorsteher in dem und dem Landbezirk besaß schon einige Dutzend Hektar Felder und war doch immer noch so habgierig und maßlos, daß er sich bemühte, das angrenzende Feld eines Nachbarn auch noch an sich zu bringen. Da jener allein für sich dastand und keinerlei Hilfe fand, konnte der Vorsteher ihn betrügen und seine Felder zu einem ganz billigen Preis erwerben, aber den Kaufpreis zahlte er noch nicht einmal. So kam es dazu, daß der andere vor lauter aufgestautem Groll starb. Das Unterwelttribunal hat schon einen Haftbefehl für unser Amt ausgestellt und seine Einlieferung ins Höllengefängnis angeordnet. Nach beendetem Verfahren wird er als Rind wiedergeboren werden, und zwar wird er sein Leben auf dem Hof jenes Nachbarn verbringen, um sein früheres Vergehen abzubüßen.«

So trugen alle ihre Fälle vor. Als sie fertig waren, blickte der Gott verwundert in die Runde und sagte zu den Anwesenden nach einem tiefen Seufzer: »Ihr alle habt eure Amtspflichten erfüllt und die vorliegenden Fälle entschieden, indem ihr die Guten belohnt und die Bösen bestraft habt. Das muß man wirklich loben. Aber es liegt in der Vorbestimmung des Schicksals im Himmel und auf Erden, daß für die Lebenden eine Zeit des Unglücks kommen wird. Die Verhältnisse im Reich beginnen sich zu lockern, und große Not steht bevor. Was hat da all eure gute Amtsführung genützt?«

»Was meint Ihr damit?« fragten alle.

»Ich war zufällig dabei, als der Stadtgott beim Himmelskaiser zur Audienz empfangen wurde, und habe mit angehört, wie die dort versammelten Heiligen die Ereignisse der Zukunft besprachen. In einigen Jahren wird ein großer Krieg ausbrechen, und südlich des Großen Flusses, nördlich des Langen Stromes, im ganzen Land also werden insgesamt mehr als dreihunderttausend Menschen hingeschlachtet werden. In jener Zeit kann niemand, der nicht von reinster Güte, Menschlichkeit, Vaterlandsliebe und Pietät ist, diesem Unheil entgehen. Genießen die lebenden Wesen wirklich so wenig Schutz, daß sie in solche Not geraten müssen? Und ist alles vom Schicksal so vorherbestimmt, daß niemand entrinnen kann?«

Die Umstehenden sahen einander mit düsterer Miene an und sagten: »Das haben wir nicht gewußt.« Dann gingen sie auseinander.

Da kroch Ho unter dem Altar hervor, verneigte sich und erzählte, weshalb er gekommen war. Der Götterbeamte musterte ihn lange. Dann ließ er sich von einem Amtsgehilfen ein Register bringen, sah es selbst genau durch und sprach zu Ho: »Ihr werdet es später zu großem Glück und einer einkömmlichen Stellung bringen und nicht mehr lange in Armut und Not sein. Von jetzt an wird es Euch Tag für Tag besser gehen, und aus dem Dunkel werdet Ihr Euch zum Licht wenden.«

Ho wünschte, Genaueres zu erfahren. Da nahm jener einen Pinsel und Purpurfarbe, und schrieb damit sechzehn große Schriftzeichen auf, die er Ho aushändigte. Sie lauteten:

›Sonne treffen bringt Sicherheit.
Mond treffen bringt Aufstieg.
Wolke treffen bringt Abstieg.
Blitz treffen bringt Tod.‹

Ho steckte das Schriftstück zu sich, verneigte sich zweimal, verabschiedete sich und ging hinaus. Als er das Tempeltor erreichte, ging gerade die Sonne am Himmel auf. Hastig griff er nach dem Papier, das er in sein Gewand gesteckt hatte, aber es war plötzlich verschwunden. Er kehrte nach Hause zurück, wo er Frau und Kindern zum Troste sein Erlebnis erzählte.

Wenige Tage später ereignete es sich, daß ein reicher Mann aus der Stadt, der Fu und mit persönlichem Namen Jï-ying ›Sonnenglanz‹ hieß, Ho aufforderte, bei seinen Kindern Hauslehrer zu werden. Als monatliches Honorar erhielt er für den Unterricht fünf *Ding,* wodurch es Hos Familie etwas besser ging. Nachdem Ho einige Jahre in dessen Haus verbracht hatte, brach der Aufstand des Dschang Schï-tschëng in Gau-yu aus. Der Kaiserhof der Yüan erteilte dem Toqto den Befehl, den Rebellen mit Heeresmacht zu bestrafen. Der damalige Großlehrer bei Hofe Dali Yüä-scha, dessen zweite Namenshälfte sich ›Mond-Sand‹ schrieb, verstand sich auf Literatur und schätzte die Gelehrten. Als er einmal vorbeigeritten kam, überreichte ihm Ho politische Pläne, die den Beifall des Großlehrers fanden, so daß er ihn daraufhin in den Stab des Toqto empfahl. Seitdem folgte Ho als Berater dem Heereszug und besaß mit einemmal prächtige Wagen, Pferde, Dienerschaft und Gefolge. Als Toqto wieder zurück in die Hauptstadt befohlen wurde, wurde Ho am Hofe angestellt und durchlief die Ämter und Abteilungen in raschem Aufstieg. Jetzt hatte er wirklich eine ehrenvolle Stellung erreicht und wurde sogar Hofzensor mit dem Titel eines ›Rats im Literatur-Wald‹. Unter seinen Kollegen dort war aber einer, der hieß Yün-schï ›Wolkenstein‹ und war ihm an Fähigkeiten weit unterlegen. Dieser Mann verleumdete Ho bei den Vorgesetzten, so daß er als Registrator nach Le-dschou, dem ›Donner-Bezirk‹, strafversetzt wurde.

Ho erinnerte sich gar wohl der Worte des Götterbeamten. Der Sinn der drei Worte Sonne, Mond und Wolke hatte sich bereits bewahrheitet, und so ermahnte Ho sich eindringlich zur Vorsicht und wagte nicht, irgendeine schlechte Tat zu begehen.

Zwei Jahre war Ho schon auf diesem Posten, als irgendein Vorgang der Provinzialregierung gemeldet werden mußte. Ein Amtsdiener brachte das Schriftstück zu Ho herein, der mit Namen und Titel unterzeichnen mußte ›Le-dschou Bezirk, Registrator Ho‹. Gerade als er den Pinsel führte, da wehte ein Windstoß das Blatt Papier etwas in die Höhe, so daß an dem Zeichen ›Donner‹ unten ein Strich hinzukam, und es aussah wie das Zeichen für ›Blitz‹. Ho erzürnte sich sehr darüber und befahl, das sofort zu ändern und abzuschicken. In dieser Nacht fühlte er sich plötzlich krank und fühlte, daß er nicht mehr gesunden würde. Da bestellte er sein Haus, nahm Abschied von Frau und Kindern und starb.

Was aber im einzelnen die von dem Götterbeamten berichteten Worte der Heiligen und Ereignisse der Zukunft anging, so machte tatsächlich 1351 Dschang Schï-tschëng seinen bewaffneten Aufstand in der Provonz Huai-dung, während die jetzige Dynastie in der Provinz Huai-hsi den Grund zu ihren Erfolgen legte. Hin und her wogte der Kampf zwischen beiden, und in allen Bezirken längs des Huai-Flusses wurden die meisten Leute von dem Unglück betroffen. Was aber die Zahl der durch die Kämpfe und Unruhen Getöteten angeht, sind dreihunderttausend noch niedrig gegriffen.

Hieraus kann man erkennen, daß unter dem allumfassenden Himmel und in den Grenzen der bewohnten Erde alles vorherbestimmt und unabänderlich ist: im Kleinen Glanz und Elend, Erfolg und Scheitern des einzelnen Menschen, im Großen Aufstieg und Verfall, Ordnung und Unordnung des ganzen Reiches. Zwar möchten verblendete Alltagsmenschen in der Zwischenzeit schon durch allerlei Kunstgriffe alles im voraus wissen, aber das ist vergebene Mühe, und sie schaffen sich nur ihr eigenes Unheil.

TJÜ YU 1341?–1427

Eisvogel

Eisvogel war die Tochter eines Bürgers aus Huai-an namens Liu. Sie war schon früh von großer Klubheit und konnte das klassische ›Buch der Lieder‹ und das ›Buch der Urkunden‹ auswendig. Ihre Eltern schickten sie in die Schule, um ihren Wünschen entgegenzukommen. Unter ihren Mitschülern war auch ein Sohn der Familie Djin, der mit Beinamen Ding hieß und im gleichen Jahre geboren war wie das Mädchen. Auch er war intelligent und von feiner Erziehung. Die Schulkameraden scherzten über die beiden und sagten: »Da ihr gleichaltrig seid, müßt ihr Mann und Frau werden.« Die beiden Kinder versprachen sich daraufhin wirklich insgeheim einander, und der junge Djin widmete Eisvogel folgendes Gedicht:

›Mit zwölffach gewundenem Geländer ist der Turm verziert,
mit siebenerlei Juwelen geschmückt.

Lieblichster Glanz entfaltet sich, wohin der Frühlingswind kommt.
Im östlichen Garten wächst ein Pfirsichbaum, im westlichen eine Weide.
Warum verpflanzt man sie nicht, damit sie am gleichen Orte wachsen können?‹

Eisvogel antwortete darauf im gleichen Reim:

›Immer wieder habe ich Dschu Ying-tai bedauert,
daß sie ihr Gefühl im Herzen bewahrend
sich nicht offenbaren wollte.
Mein Wunsch ist, es möge der Herr des Ostens, der Frühlingsgott,
hilfreich sein unsrem Vorsatz,
auf das bald der blühende Baum
umgepflanzt werde, der Sonne entgegen.‹

Als Eisvogel herangewachsen war, ging sie nicht mehr länger zur Schule. Nun war sie sechzehn Jahre alt geworden, und die Eltern planten, sie in die Ehe zu geben. Sie aber klagte und weinte und aß nicht mehr, so daß die Eltern in sie drangen, was sie denn hätte. Zuerst wollte sie nicht mit der Sprache heraus, schließlich aber gestand sie: »Ich habe mich schon unserem westlichen Nachbarn Djin Ding fest verlobt, und wenn ich nicht die Seine werde, bleibt mir nur noch der Tod übrig. Ich habe den Schwur getan, niemals die Frau eines andren zu werden!« Vater und Mutter blieb da nichts andres übrig, als ihre Zustimmung zu geben.

Nun war aber Liu reich und Djin arm. Wenn auch der junge Djin klug und gebildet war, so konnte sich doch seine Familie in keiner Weise mit den Lius messen. Als nun die Heiratsvermittlerin in das Haus Djin kam, lehnte der Hausherr in der Tat die Heiratsverbindung ab, weil er zu arm sei und sich schäme ob der zu großen Ehre. Die Vermittlerin aber entgegnete:

»Das junge Fräulein der Familie Liu möchte unter allen Umständen den jungen Herrn Djin haben, und auch ihre Eltern sind damit einverstanden. Wenn Sie jetzt wegen Armut nein sagen, so würde das ihrem aufrichtigen Wunsch zuwider sein und eine einmalig gute Verbindung vereiteln. Nun wird manch einer sagen: ›Wenn eine arme Familie einen Sohn hat, der ein wenig Ahnung von Dichtung und Riten hat, und ein reiches Haus fordert ihn auf, so sollte man es doch über sich bringen, dieser Aufforderung nicht Folge zu leisten.‹ Dazu ist zu bemerken, daß ein junger Mann in solcher Lage sicherlich nicht lange in Armut und Niedrigkeit bleiben wird, auch wenn er aus einem schlichten Hause stammt. Was nun die Verpflichtung zu Verlobungs- und Heiratsgeschenken angeht, so mögen Sie vielleicht fürchten, das alles nicht beischaffen zu können. Da aber die andere Familie ihre Tochter so sehr liebt, wird sie es nicht so genau damit nehmen.«

Da gab Djin seine Einwilligung, und die Vermittlerin berichtete bei Liu über ihren Auftrag. Und wirklich meinten beide Eltern: »Es wäre niedrig und barbarisch, wollte man bei einer Eheschließung auf Geld sehen. Ich weiß, daß ich einen Schwiegersohn gefunden habe, alles andere geht mich nichts an. Die drüben leiden Mangel, wir haben Überfluß. Wenn meine Tochter nach drüben geht, wird sie sich sicher nicht mit den Umständen abfinden können. Das beste ist drum, wenn der junge Mann zu uns zieht und als Schwiegersohn im Hause lebt.«

Als die Vermittlerin mit diesem Bescheid zu Djin kam, herrschte dort große Freude, und ein glückbringender Tag für die Hochzeit wurde ausgewählt. Alle Hochzeitsgeschenke wie Seide und Brokat und alle Festspeisen wurden von der Familie des Mädchens gestellt. Nachdem die Ehe geschlossen war, die zeremoniellen Verbeugungen gewechselt, und das junge Paar einander wiedersah, da kann man sich ihre Freude vorstellen. Am Abend jenes Tages widmete Eisvogel, auf dem Bettrand sitzend, dem jungen Mann ein Lied auf die Melodie ›Der Genius am Flußrand‹, welches lautete:

›Vorzeiten benutzten wir im Schulhaus gemeinsam Pinsel und Tuschstein.
Aus dem alten Freund wurde der junge Gatte.
Bemalte Kerzen erfüllen das Brautgemach mit Frühling und Liebe.
Durchnäßt vor Scham ist der Puder, der dem Staub von Schmetterlingsflügeln gleicht.
Vom Körper duftet süß das Moschusparfüm.
Verwirrt bin ich und weiß noch nicht
von tränkendem Regen und üppigen Wolken,
am Bettrand schamrot die Brauen krausziehend.
Laß es dich nicht verdrießen, wenn du oft ein wenig Mitleid mit mir haben mußt.

Ich wünsche mir, daß mein Bräutigam
von heute an mich jeden Tag wie den andern liebte.‹

Dann forderte Eisvogel den jungen Mann auf, das Lied fortzusetzen, was er auch mit folgenden Worten im gleichen Reim tat:

›Noch denke ich, wie wir im Schulhaus
gemeinsam lernten und übten.
Die Braut von heute ist niemand anders
als die frühere Kameradin.
Auf leichtem Kahn fuhr ich in den Lenz des Landes der Seligen,
den Wohnsitz der Geister, den Himmelspalast,
weit fort von der Welt der sterblichen Menschen
und ihrem staubigen Treiben.
Schwüre, tief wie das Meer und hoch wie die Berge,
hab ich im Herzen dir schon gewährt.
Wann immer du zart lächelst
oder ein wenig die Stirne nur runzelst,
immer wird es mir sein, als sei von mir selber die Rede.
Kein Gedanke an Trennung lebt mir im Sinn,
denn wen sollte ich lieben nach solcher Liebe?‹

Die Freude, daß die beiden einander gefunden hatten, war nicht auszudrücken, und selbst der Vergleich mit Pfau und Eisvogel im purpurnen Himmelsraum oder einem Mandarinenentenpärchen, das sich im grünen Wasser tummelt, würde kaum ausreichen.

Ein Jahr war noch nicht vergangen, da erhob sich Dschang Schï-tschëng mit seinem Bruder zu Gau-yu mit Waffengewalt und brachte alle Bezirke am Huai-Fluß in seine Gewalt. Einer seiner Generale namens Li raubte Eisvogel. Gegen Ende der Regierungsperiode ›Höchste Ordnung‹ (1341–1367) hatte Dschang Schï-tschëng sein Gebiet weiter und weiter ausgedehnt, herrschte über das Gebiet zu beiden Seiten des Yangtse und besaß die ganze Provinz West-Dschödjiang. Dann erklärte er der Dynastie Yüan seine Unterwerfung und bat um Anerkennung. Erst seit jener Zeit konnte man auf allen Straßen wieder ungehindert reisen. Da nahm der junge Djin von seinen Eltern und Schwiegereltern Abschied, um seine Gattin zu suchen. Er schwor, nicht eher heimzukehren, als bis er sie gesehen habe. Zuerst ging er nach Pingdjiang, erfuhr dort aber, daß General Li sich gegenwärtig als Verteidiger der Stadt in Schau-hsing aufhalte. Als Djin aber in

Schau-hsing eintraf, war Li inzwischen schon mit seiner Truppe nach An-fëng versetzt worden, und als er An-fëng erreicht hatte, mußte er erfahren, daß Li in Hu-dschou stationiert worden war. So wanderte der junge Mann im Gebiet des Huai und des Yangtse hin und her, ein volles Jahr lang, und bestand mancherlei Gefahren. Auch nachdem seine Reisekasse leer war, ließ er nicht von seinem Entschluß ab, wanderte durch das Land und schlief im Freien unter nächtlichem Tau, wobei er sich seine Nahrung von fremden Leuten erbetteln mußte.

Als er nun endlich bis Hu-dschou gekommen war, da kommandierte dort General Li als hochangesehener Mann in ehrfurchtgebietendem Prunk. Vor seinem Tor stand nun der Jüngling, unentschlossen wartend, und versuchte hineinzuspähen. Er war drauf und dran, einzutreten, brachte es aber nicht fertig, wollte reden und wagte es nicht. Der Torhüter wunderte sich darüber und stellte ihn zur Rede. Da sagte der junge Mann: »Meine Wenigkeit ist ein Mann aus Huai-an. Ich habe erfahren, daß seit dem Ausbruch der Unruhen eine jüngere Schwester von mir in diesem ehrenwerten Hause weilt. Da habe ich tausend Meilen nicht gescheut und bin hierher gekommen mit der Bitte, sie ein einziges Mal sehen zu dürfen.«

»Wenn das stimmt«, sagte der Türhüter, »so sage mir deinen vollen Namen und beschreibe deine jüngere Schwester nach Alter und Aussehen. Gib genau Auskunft, damit ich feststellen kann, ob es sich wirklich so verhält.«

»Mein Familienname ist Liu, und mein Beiname Djin-ding. Meine Schwester heißt Eisvogel. Sie kann lesen und schreiben. Als wir sie verloren, zählte sie gerade 17 Jahre, so daß sie jetzt nach dem Ablauf all dieser Jahre gerade 24 alt sein muß.«

Als der Türhüter das vernahm, sagte er: »In unserem Hause gibt es in der Tat eine geborene Liu, die aus Huai-an stammt, und ihr Alter stimmt mit dem überein, was du sagtest. Sie kann lesen, versteht sich gut aufs Dichten und ist überhaupt sehr klug, so daß unser Herr sie vor allen anderen begünstigt. Weil deine Angaben Vertrauen verdienen, will ich es drinnen melden. Bleib hier und warte auf mich.«

Dann eilte er ins Innere des Hauses, kam bald darauf wieder zurück und führte den jungen Mann hinein. In der Halle saß obenan der General. Djin verneigte sich zweimal, richtete sich auf und erzählte, warum er käme. Nun war der General ein alter Haudegen und glaubte ihm alles, ließ einen Hausdiener kommen und Eisvogel ausrichten: »Dein älterer Bruder ist aus eurer Heimat hierher gekommen; du mußt dich zeigen und ihn begrüßen.«

Eisvogel folgte dem Befehl und kam in die Halle, wo sie und Djin sich nach dem Ritus begrüßten, wie er zwischen älterem Bruder und jüngerer Schwester vorgeschrieben ist. In tiefer Bewegung erkundigte sie sich nach Vater und Mutter, doch brachte sie darüber hinaus kein einziges Wort hervor, sondern stand ihm nur stumm in erstickter Klage gegenüber.

Der General sagte zu Djin: »Da du von so weit her über Land und Wasser bis hier gereist bist, wirst du wohl an Körper und Geist erschöpft sein. Du solltest dich in meinem Hause etwas ausruhen. Ich will dir gleich einen Platz herrichten lassen.« Damit ließ er eine Garnitur neuer Kleider holen und hieß den jungen Mann sich umziehen, stellte ihm Bettzeug zur Verfügung und ließ alles in einem kleinen Pavillon am Westtor schaffen, den er dem neuen Gast als Aufenthalt zuwies.

Am nächsten Tage sagte der General zu ihm: »Deine jüngere Schwester kann lesen. Verstehst du dich auch auf die Schreibkunst?«

»In meiner Heimat«, entgegnete Djin, »habe ich das Studium der Konfuzianer zu meiner Beschäftigung erkoren und mich der Literatur verschrieben. Alle vier Klassen des Schrifttums, Kanonische Bücher, Geschichtswerke, Philosophen und die Schöne Literatur habe ich von vorne bis hinten durchgeackert. In alle dem bin ich von Jugend auf geübt. Ihr braucht also keinerlei Bedenken zu haben.«

Erfreut sagte der General: »Ich selbst habe es in meiner Jugend verabsäumt, etwas zu lernen und bin seit dem Ausbruch der Unruhen durch die Zeitumstände emporgetragen worden. Ich habe sehr viele Gefolgsleute und das Haus voller Gäste, aber niemanden, der sich um sie kümmert. Die Korrespondenz häuft sich auf meinem Schreibtisch, und ich habe keinen, der sie für mich erledigt. Du solltest eigentlich in meinem Hausstand bleiben und die Stelle eines Privatsekretärs übernehmen.«

So geschah es, und der junge Mann erwies sich als überaus anstellig. Er war von freundlicher Gemütsart und reicher Begabung und all die Zeit, die er im Hause des Generals weilte, achtete er ganz besonders auf sein Benehmen, so daß oben wie unten alle mit ihm zufrieden waren. Auch traf er bei der Erledigung der Korrespondenz stets aufs beste die Absichten seines Herrn, so daß der General meinte, nun habe er den Richtigen gefunden, und er behandelte ihn auf das freigebigste.

Nun war aber Djin auf der Suche nach seiner Gattin dorthin gekommen und hatte sie nur ein einziges Mal in der Halle sehen dürfen. Seitdem gelang es ihm nicht, eine zweite Begegnung herbeizuführen, denn sie lebte in der tiefen Abgeschlossenheit der Frauengemächer, zu denen er keinen Zugang hatte. Er wollte ihr wenigstens ein einziges Mal seine Gefühle offenbaren, fand aber nie eine Gelegenheit dazu. So vergingen einige Monate, und der neunte Monat hatte bereits begonnen. Des Abends erhob sich Westwind, und der weiße Tau gefror zu Reif. Einsam in seiner kahlen Behausung lebend, fand Djin die Nächte über keinen Schlaf mehr. Da machte er folgendes Gedicht:

Die geliebte Blume ist nun verpflanzt hinter ein Gitter
aus Jade.
Ihre Frühlingsschönheit zu erblicken ist mir nicht
nochmals beschieden.
Wer in Freuden lebt, der weiß nicht, wie dem Betrübten
zumute.
So leicht kommt es zur Trennung, so schwer zum Wiedersehn.
Wann wird das verlaufene Roß von jenseits der Grenze
heimkehren?
In dieser Nacht muß der Phoenix in der Halle einsam
tanzen.
Wie dicht weben Nebel und Wolken um Türe und Fenster!
Wie traurig, daß der Mond gefühllos sich zur Fülle
rundet!‹

Als er das Gedicht beendet hatte, schrieb er es auf ein Stück Papier, trennte den Kragen seines Pelzgewandes auf und nähte es hinein. Dann gab er einem Dienerknaben hundert Kupferstücke und befahl ihm: »Das Wetter ist schon kalt geworden und mein Gewand ist abgeschabt. Bitte gib es meiner jüngeren Schwester; sie möchte es waschen und flicken, damit ich etwas zum Schutz gegen die Kälte habe.«

Der kleine Diener tat, wie ihm geheißen, und brachte Eisvogel das Gewand. Sie merkte gleich, worum es ging, trennte das Gewand auf, und das Gedicht kam zum Vorschein. Sie empfand tiefste Rührung, und ihre Tränen flossen, während sie leise vor sich hin schluchzte. Dann verfaßte auch sie ein Gedicht und nähte es in den Rock ein, damit Djin es auf diese Weise bekäme. Die Verse lauteten:

Seit sich Waffenlärm in der Heimat erhob,
häufte sich neuer Kummer auf alten Schmerz.
Er zerriß mir das Herz, doch meine Liebe nicht.
Kann ich dir lebend nicht folgen, will ichs im Tode.
Solch ewige Liebe ließ Dö-yän bewahren
die Hälfte des zerbrochenen Spiegels,
ließ Dsï-djiän besingen die Schöne voll Anmut,
gewundenen Drachen vergleichbar.
Wie es im Herzen von Grünperle und Blaujade aussah,
das berührt auch mich,
doch wer weiß das heute?‹

Als der junge Mann dieses Gedicht erhielt, da wußte er, daß Eisvogel ihren Tod als beschlossen ansah, gab alle Hoffnung auf, sie wieder zu erlangen, und wurde immer schwermütiger. Schließlich verfiel er durch seinen Kummer in schweres Siechtum. Eisvogel wandte sich bittend an den General, und so durfte sie ein einziges Mal an sein Bett gehen, um nach seinem Befinden zu sehen, aber der Jüngling war schon auf den Tod erkrankt. Eisvogel stützte seinen Arm und half ihm, sich aufzurichten. Er hob seinen Kopf und blickte sie von der Seite verstohlen an, während seine Augen voll Tränen standen. Danach seufzte er einmal noch tief auf und verschied bald danach.

Der General bedauerte seinen Tod und ließ ihn am Fuß des Dau-tschang-Berges beisetzen. Eisvogel begleitete den Sarg bis zum Grab und kehrte wieder um. In der folgenden Nacht wurde sie krank, weigerte sich, Heilmittel zu nehmen, und warf sich auf ihrem Bett hin und her. So ging es zwei Monate lang, dann ließ sie eines Morgens den General kommen und sagte ihm: »Seit ich meine Familie verlassen mußte und dir gefolgt bin, sind schon acht Jahre vergangen. Ich bin in die Fremde verschlagen worden, und wohin ich auch blickte, nirgends hatte ich Verwandte, nur diesen einen älteren Bruder. Nun ist auch er gestorben. Ich werde mich sicherlich von dieser Krankheit nicht mehr erholen und bitte darum, daß meine Gebeine an der Seite meines Bruders beigesetzt werden. Dann habe ich doch wenigstens in der Unterwelt bei den Gelben Quellen jemanden, an den ich mich anlehnen kann, und brauche nicht in fremdem Land als einsame Seele umherzuirren.«

Kaum hatte sie diese Worte gesprochen, so verschied sie. Der General versagte sich ihren Letzten Willen nicht und setzte sie links neben dem Grab des Jünglings bei, so daß nun zwei Hügel dort standen, einer im Westen, einer im Osten.

Zu Beginn der Regierungsperiode ›Umfassendes Kriegertum‹ (1368), als Dschang Schï-tschëng geschlagen war, kam ein ehemaliger Diener von Eisvogels Familie, der den Beruf eines reisenden Händlers ergriffen hatte, auf seinem Weg auch durch Hu-dschou. Als er am Dau-tschang-Berge vorbeikam, erblickte er dort ein hübsch verziertes Haus mit rot bemalter Tür, von Akazien und Weiden vor der Sonne beschattet. Eisvogel und der junge Djin standen dort, Schulter an Schulter gelehnt, und riefen ihm zu, hereinzukommen. Sie fragten, ob ihre Eltern noch lebten, und erkundigten sich nach den Begebenheiten in ihrer alten Heimat. Der Diener sagte: »Wie kommen das gnädige Fräulein und der junge Herr denn hierher?«

Eisvogel erwiderte: »Ich bin seinerzeit, als die Unruhen ausbrachen, vom General Li entführt worden. Mein Gatte hat mich von weit her gesucht, und der General konnte nicht umhin, mich ihm zurückzugeben. So haben wir uns hier in der Fremde niedergelassen.«

»Wenn ich jetzt nach Huai-an zurückkehre, könnte ich doch einen Brief des gnädigen Fräuleins mitnehmen und den Eltern Nachricht überbringen«, meinte der Diener. Eisvogel behielt ihn über Nacht als Gast und setzte ihm köstliche Speisen vor, Duftreis aus Wu-hsing, Karpfen vom Tiau-Fluß, und kredenzte ihm Wein aus Wu-tschëng.

Am nächsten Morgen schrieb sie folgenden Brief an Vater und Mutter:

»Voll Demut gedenke ich, daß Vater und Mutter mich erzeugt und erzogen haben, und wie schwer es ist, ihre unendliche Güte zu vergelten. Der Gatte leitet, die Gattin folgt ihm. Ihre dreifache Folgsamkeit gegenüber Eltern, Gatte und Sohn ist eine seit alters her offenbare Pflicht. So sind alle menschlichen Beziehungen festgelegt. Wann würde man ihre Erfüllung jemals lästig finden?

In alter Zeit neigte sich die Sonne von Han und erhoben sich üble Miasmen über Tschu. So auch jetzt, wo der Untertan zum Schwert griff und Usurpatoren eigenmächtig zum Krieg schritten. Während alles sich gegenseitig zerfleischte wie jener Wildeber und die Riesenschlange der alten Geschichte, mußten Mann und Frau wie Biene und Schmetterling jeder für sich um das nackte

Leben fliehen. Ich brachte es nicht fertig, in Wirrwarr und Trennung lieber zu sterben wie ein zersplittertes Stück Jade, sondern es kam dazu, daß ich als unzerbrochener Ziegel von den Ereignissen überrascht wurde. Einem Kriegsroß gleich von den Feldzügen mitgerissen, schaute ich nach dem höchsten Firmament aus, doch fehlte mir der letzte Flügel, mich hinaufzuschwingen. Ich dachte an mein altes Reich, und meine Seele zerflatterte in alle Winde. Die glücklichen Zeiten waren vergangen, und ich litt darunter, als junges Phoenixweibchen einem hölzernen Hahn Genossin sein zu müssen. Ich grollte dem verhaßten Gefährten und mußte befürchten, daß die finstere Krähe den Sieg über den zinnoberroten Phoenix davontragen würde. Obgleich ich im geselligen Verkehr Fröhlichkeit heuchelte, so bereitete mir doch seine Dankbarkeit dafür nur Kummer. In mondheller Nacht beim Schrei des Kuckucks wie im Frühlingswind träumend, in einen sorglosen Schmetterling verwandelt zu sein. Die Zeiten aber ändern sich stetig, und Altes vergeht. So endete auch mein Gram, und Süßigkeit kam wieder, denn jetzt ist mir geschehen wie der Gattin, die Yang Su an ihren ersten Mann zurückgab, wie ja auch Wang Dun die Haremstür öffnete und seine Konkubinen freiließ. So konnte die Abrede eingehalten werden wie mit jenem Mädchen aus den Gefilden der Seligen, und es gab ein Wiedersehen wie an den Flüssen Hsiau und Hsiang. Nachdem das Schicksal mich einmal so hart angefaßt hatte, klage ich nicht mehr darüber, daß für mich die Erfüllung so spät kam. Obgleich der Weidenzweig von Dschang-tai durch einen anderen gebrochen wurde, ist die himmlische Blüte doch nicht anders denn früher. Sollte jemand meinen, ich habe meine Treue gebrochen wie jene Frau, die ihren Krug in den Brunnen versenkte und ihre Haarspange zerbrach –, durfte man denn überhaupt hoffen, daß das Kleinod unversehrt zurückgegeben werden konnte? So aber ist es wie beim Mädchen Jadeflöte, das mit ihrem Geliebten über zwei Existenzen hinweg verbunden blieb, oder jener Dienerin mit dem roten Wedel, die dem Entschlusse eines Augenblicks folgend sich mit ihrem Liebhaber zusammentat.

Daß der Himmel dieses Glück gewährte, geschah wohl nicht von ungefähr. Nachdem so die zerbrochenen Ehebande durch ein Wunder aufs neue geknüpft wurden, kam es zu einer zweiten harmonischen Vereinigung, und ich vertraue mein Schreiben den Fährnissen und Zufällen der Beförderung an, um Euch meine Ehrfurcht kundzutun. Bevor ich Euch persönlich meine Aufwartung machen kann, will ich zunächst Euch dieses Schreiben ergebenst zukommen lassen.«

Als Eisvogels Eltern diesen Brief erhielten, waren sie überglücklich, und der Vater mietete sogleich ein Boot, in dem er von Huai aus zusammen mit jenem Diener nach Dschödjiang fuhr. Sie erreichten auch bald Wu-hsing. Als sie aber an den Fuß des Dautschang-Berges dorthin kamen, wo der Diener damals genächtigt hatte, da fanden sie nur eine einsame Wildnis, in der die Spuren der Füchse und Hasen die Wege kreuzten. Dort, wo das Haus gestanden hatte, erhoben sich nebeneinander zwei Grabhügel, einer im Westen, einer im Osten. Wie die beiden Männer voll Verwunderung dort standen, kam zufällig ein frommer Einsiedler auf seinen Stab gestützt vorbei. Sie fragten ihn, und er gab zur Auskunft: »Das sind die Gräber des jungen Herrn Djin und von Eisvogel, die der frühere General Li seinerzeit hier hat beisetzen lassen. Wieso soll es denn hier menschliche Behausungen geben?«

Der alte Liu erschrak sehr und holte Eisvogels Brief hervor, um nachzulesen, doch der war zu einem Stück weißen Papiers geworden. Nun war zu jener Zeit auch der General Li bereits durch unsere jetzige Dynastie hingerichtet worden, so daß keine Möglichkeit bestand, genaue Kunde einzuholen. Da weinte der Vater bitterlich vor dem Grabe und sprach: »Du hast mich durch deinen Brief getäuscht und über tausend Meilen hinweg hierher kommen lassen. Es war mein sehnlichster Wunsch, dich einmal zu sehen, und nun, wo ich hier bin, bleibst du mir verborgen. Wir waren im Leben Vater und Kind – wie kann der Tod dieses Band zertrennen? Wenn du über Zauberkräfte verfügst, so lasse es dich nicht verdrießen, mir wenigstens ein einziges Mal zu erscheinen, damit meine quälenden Zweifel beruhigt werden!«

In jener Nacht schlief Liu bei den Gräbern. Um die dritte Nachtwache erschien Eisvogel mit dem jungen Djin, verneigte sich, kniete vor dem Vater nieder und weinte lange und bitterlich. Der Vater fragte sie unter Tränen liebevoll nach ihren Schicksalen, und Eisvogel erzählte ihm den Hergang von Anfang bis Ende: »Damals, als die Unruhen in unserer Heimat ausbrachen und unser Bezirk eine Beute der Soldateska wurde, da vermochte ich mich nicht zu der Standhaftigkeit jener Töchter der Familie Dou aufzuschwingen, die lieber Selbstmord begingen, sondern ließ mich entführen wie vor alters die Frau, die von dem General Scha-to-li geraubt wurde, und erkaufte mir schmählich das Leben, indem ich die Schande erduldete. Fern von der Heimat mußte ich gramvoll mit meinem zarten orchideengleichen Leibe dem aus minderwertigem Holz geschnitzten rohen Patron Gefährtin sein. Ich fühlte Sympathie mit jener Frau aus dem alten Staate Hsi, die kein Wort mehr sprach, nachdem sie einem zweiten Gatten anzugehören gezwungen war. Ich rief den Himmel an, aber es führte kein Weg hinauf; ein Tag schien mir so lange wie drei ganze Jahre zu dauern. Mein Gatte aber vergaß nicht seine alte Liebe und gab sich erdenklichste Mühe, mich in der Ferne aufzusuchen. Er gab vor, daß wir Bruder und Schwester seien, und trotzdem konnten wir uns nur ein einziges Mal sehen. So stand eine Schranke zwischen unserer ehelichen Liebe, und wir konnten niemals zueinander finden. Er verfiel vor Kummer in Siechtum und starb zuerst, ich aber folgte ihm vor lauter unterdrücktem Kummer in den Tod nach und bat nur darum, neben ihm beigesetzt zu werden. Auf diese Weise waren wir endlich glücklich vereint. Dies ist das Wesentlichste unserer Geschichte, die auch noch so tiefe Worte nicht erschöpfend ausdrücken könnten.«

»Als ich hierher kam«, sagte ihr Vater, »da war mein Wunsch, dich wieder zu uns nach Hause mitzunehmen, damit du eine Stütze meines Alters wärest. Nun bist du aber dahingeschieden, und so will ich wenigstens deine Gebeine mitnehmen und in der Grabstätte unserer Ahnen beisetzen. Dann hätte ich wenigstens die Reise nicht umsonst gemacht.«

Eisvogel aber brach aufs neue in Tränen aus: »Das Unglück wollte es, daß es mir zu Lebzeiten nicht vergönnt war, Vater und Mutter zu Diensten zu sein, und auch als ich starb, war ich ohne die Meinen und konnte nicht meine letzte Ruhestätte in der Heimat finden. Und doch – im irdischen Leben strebt man nach Ruhe, und die Seele sucht Frieden. Wenn man mich von hier fortbrächte, so schüfe es mir Unruhe und Störung. Überdies sind Bäche und Hügel hier von lieblicher Anmut, Pflanzen und Bäume von üppiger Pracht. Hier habe ich meinen Frieden gefunden und will nicht mehr fort!«

Damit umarmte sie ihren Vater und weinte laut auf. Ihr Vater erwachte und wurde inne, daß alles ein Traum gewesen war. Am nächsten Tage brachte er an den Gräbern ein Weinopfer dar und begab sich zusammen mit dem Diener auf die Heimreise.

Noch heute aber zeigt man dort dem Fremden die Gräber von Djin und Eisvogel.

LI TSCHANG-TJI 1376–1452

Die Bäume am Grab

Schan-guan Schou-yü, ein Mann aus Djiang-du, diente als Lehrer für die klassischen Bücher in der Kaiserlichen Akademie in der Hauptstadt, wo er den Historiographen Djia Hsü-dschung zum Nachbarn hatte, der seinerseits mit dem berühmten Ko Djiu-sï befreundet war. Djia war ein ausgezeichneter Dichter und Maler, aber auch ein Musikfreund. Drei antike Zithern besaß er in seiner Sammlung, die alle Namen hatten, ›Jaspisklang‹, ›Juwelenklang‹ und ›Paradiesklang‹, und kein Geringerer als Herr Ko selbst hatte die Echtheit und das Alter der Instrumente durch ein Gutachten bestätigt. Auch der Klassikerlehrer Schang-guan war ein feingebildeter Mann, der gerne dichtete und zudem leidenschaftlich gern Zither spielte, was dazu führte, daß sich zwischen ihm und Herrn Djia ein herzlicher und freundschaftlicher Verkehr entwickelte. Die beiden Herren pflegten ihre dienstfreie Zeit gemeinsam zu verbringen, indem sie bei einem Becher Wein dichteten, musizierten oder Schach spielten, frei von aller Förmlichkeit und manchmal ganze Tage lang. Djia hatte keinen Sohn und Erben, nur drei Töchter, von denen er zu sagen pflegte: »Meine drei Mädchen sind meinen Zithern vergleichbar«, denn er hatte ihnen Namen gegeben, die denen der Zithern entsprachen: ›Jaspis‹, ›Juwel‹ und ›Paradies‹.

Herr Schang-guan hatte einen Sohn von erlesener Bildung und regem Verstand, der Sui ›Splitter‹ hieß. Der Name war ihm gegeben worden, weil gerade, als er geboren wurde, jemand seinem Vater ein Exemplar der Anthologie ›Splitter der Tang-Literatur‹ geschenkt hatte, und so gab man ihm den Kindernamen Sui-nu ›Splitter-Sklave‹. Als der Junge zehn Jahre alt geworden war, wurde er als Schüler zu Herrn Djia in die Familie gegeben, wo man ihn wie einen leiblichen Sohn behandelte und er mit den Mädchen des Hauses wie mit Schwestern aufwuchs. Mit Paradies, der jüngsten, zusammen studierte er oft seine Bücher, und die beiden lernten auch zusammen malen. Da der Junge und das Mädchen einander sehr gerne hatten, sagte Frau Djia einmal im Scherz: »Es wäre wohl doch das Richtige, wenn Paradies eines Tages den kleinen Sui heiratete.« Das erzählte der Junge sofort zu Hause, worauf sein Vater meinte: »Das ist ganz in meinem Sinne« und eine Heiratsvermittlerin beauftragt, um die Sache zu bereden. Beide Familien waren einverstanden; die beiden jungen Leute aber freuten sich heimlich über alle Maßen.

Nach kaum einem Jahr traf es sich, daß Herr Djia plötzlich sein Amt aufgeben und in seine Heimat Fukien zurückkehren mußte. Von einer Heirat konnte nun nicht mehr die Rede sein. Drei Jahre später wurde Herr Schang-guan an die Regierung in Fukien versetzt und nahm in einem schönen, geräumigen Anwesen Wohnung. Auf der gegenüberliegenden Straßenseite befand sich ein auffallend elegantes Haus. Auf seine Fragen hin stellte es sich heraus, daß kein anderer als Herr Djia sein Eigentümer war. Sofort machte Schang-guan Besuch dort und erfuhr, daß die beiden Töchter Jaspis und Juwel bereits verheiratet waren; nur Paradies befand sich noch bei ihren Eltern, doch war sie inzwischen an einen Herrn Liu verlobt worden.

Sui war, als er das vernahm, aufs äußerste niedergeschlagen, und auch Paradies, die doch nunmehr von ihren Eltern einem anderen versprochen war, fand diese neue Verlobung gar nicht nach ihrem Sinn. Sowie sie erfuhr, daß Sui in der Stadt war, wollte sie sich mit ihm wenigstens ein einziges Mal treffen, aber es fand sich keine Möglichkeit. Nur ganz gelegentlich konnten die beiden jungen Leute einander von ferne erblicken, wenn sie einsam und traurig auf dem Balkon ihres jeweiligen Elternhauses standen, kamen aber nie dazu, auch nur ein Wort zu wechseln. Eines Tages nahm Paradies eine Schachfigur, wickelte ein Stück Papier darum und warf sie dem jungen Mann über die Straße hinweg zu. Als Sui das Papier entfaltete, war ein Pfirsichzweig darauf gemalt und ein Gedicht, in dem das Mädchen in versteckter Anspielung zu erkennen gab, daß sie ihn noch immer liebe. Sui erriet sofort den Sinn der Verse, aber wie er bei sich über alles nachdachte, fand er keinen Ausweg, denn jene anderer Heirat war ja nun einmal beschlossene Sache. So malte er seinerseits einen Zweig Pflaumenblüten und schrieb ein Antwortgedicht dazu, welches gleichfalls in versteckter Anspielung zu erkennen gab, daß er von dem Verlöbnis mit Liu Kenntnis hatte. Er wickelte das Papier um drei Stimmwirbel einer Zither, band das Ganze mit einer bunten Schnur zusammen und warf es zu Paradies hinüber. Als das Mädchen das Blatt Papier entfaltete, mußte sie erkennen, daß ihr Freund sich mit dem Verlöbnis an den anderen abgefunden hatte, und war tief betrübt darüber.

Inzwischen kam das Neujahrsfest heran. Es war in Fukien Brauch, allenthalben Laternen auszuhängen, und Männer wie Frauen pflegten auszugehen, um sich dieses Schauspiel anzusehen. Sui fand heraus, daß die ganze Familie Djia ausgehen werde, und wartete deshalb an deren Tor in einem Versteck. In tiefer Nacht, als sonst schon alles zur Ruhe gegangen war, öffnete sich denn auch das Tor, und heraus zog eine lange Reihe von Sänften, in denen Paradies, ihre Mutter und noch drei oder vier andere Damen saßen, gefolgt von Mägden und Nebenfrauen des Hauses in großer Zahl. Siu ging dem Zug nach wohl durch ein Dutzend Straßen, doch bekam er seine Geliebte nicht zu Gesicht. Da stimmte er, neben der Sänfte von Paradies hergehend, ein Lied an, in dem von Trennung und Abschiedsschmerz die Rede war. Paradies merkte gleich, daß der junge Sui der Sänger war, und hätte gar zu gerne mit ihm gesprochen und ihm offenbart, wie es in ihrem Herzen aussah, doch wagte sie vor all den vielen Leuten ihrer Dienerschaft nicht, das Wort an ihn zu richten. So sang sie denn in ihrer Sänfte leise vor sich hin:

»Ich grolle nicht der Pflaumenblüte,
daß sie meine Liebe leicht genommen
und die Schwüre beständiger Treue vergessen scheinen.
Doch möchte die treue Gefährtin die Wahrheit erfahren,
die einst versprochen dem verliebten Dichter.«

Als Sui diese Verse hörte, war er sich darüber klar, daß sie eine Antwort auf sein eigenes Gedicht waren, und fühlte sich aufs tiefste bewegt. Zu Hause angekommen, dachte er lange über die treue Liebe des jungen Mädchens nach, aber er glaubte, daß an der bevorstehenden Heirat mit Herrn Liu nichts mehr zu ändern sei. Er setzte sich hin und schrieb einen Liebesbrief in Versen, wußte aber nicht, wie er ihn dem Mädchen zustellen sollte. Da traf es sich, daß eine Dienerin aus dem Hause Djia in seines Vaters Haus kam, um eine Schüssel Laitschi-Früchte als Geschenk abzugeben. Sui benutzte die Gelegenheit und log der Dienerin vor: »Deine Herrin Paradies ist früher in der Hauptstadt zusammen mit mir in die Schule gegangen, und sie hat von damals her noch einige Bücher von mir. Gib ihr diesen Brief, der sie mahnen soll, die Bücher so bald als möglich zurückzugeben.«

Die Dienerin merkte nicht, daß es sich bei diesem Brief in

Wirklichkeit um Verse handelte, nahm ihn und übergab ihn ihrer jungen Herrin. Als diese ihn las, sagte sie bei sich unter Tränen:

»Ach, er hat mir noch nicht ganz vergeben!« und schrieb eine Antwort, in der sie ohne alle Umschweife ihre Liebe bis zum Tode bekannte. Dieses Blatt versteckte sie in einem Exemplar der Anthologie ›Echte Juwelen aus der alten Literatur‹ und gab das Buch der Dienerin mit den Worten: »Hier ist das Buch des jungen Herrn Sui; bring es hinüber und gib es ihm zurück!«

So gelangte der Brief denn in die Hände des jungen Mannes. Als er ihn durchgelesen hatte, sagte er sich: »Welch ein erlesenes Talent aus ihren gewählten Worten spricht! Da ist nichts von billiger Weiberart zu spüren, sondern alles atmet den Stil eines Li Tai-bo. Wie kann man sie nur zur Gattin irgendeines gewöhnlichen Klotzes machen wollen?«

Als die Dinge soweit gekommen waren, brach plötzlich in Fukien eine gefährliche Seuche aus. Ihr fiel auch der junge Herr Liu zum Opfer. Da erinnerten sich die Eltern Djia daran, daß ja Sui noch nicht verheiratet war, schickten zu seinem Vater und ließen ihren Wunsch mitteilen, doch die alte Verbindung wieder neu zu knüpfen. Aufs höchste erfreut, willigte der Vater ein, und die Hochzeit wurde beschlossen. Am Abend des betreffenden Tages, beim Schein der bunten Hochzeitskerzen, kam Sui mit Paradies zusammen, und es war ihm, als sei eine Fee aus dem Himmel zu ihm herabgestiegen. Es war dies aber am zweiten Tag des achten Monates im 19. Jahre der Regierungsepoche ›Höchste Ordnung‹ (1359).

Nachdem Paradies in die Familie Schang-guan eingeheiratet hatte, diente sie in pietätvollster Weise ihren Schwiegereltern und erwies sich als brave, folgsame Gattin und Schwiegertochter, so daß man sie im ganzen Hause und darüber hinaus als tugendhafte Frau lobte. In ihren Mußestunden pflegte sie mit Sui gemeinsam zu dichten und sich mit Zitherspiel oder Malen zu vergnügen. Die von ihr verfaßten Gedichte bildeten ein ganzes Buch, dem Sui den Titel ›Schneeflocken‹ gab. Auch schrieb er eine Vorrede dazu.

Weil nun Sui durch seine Begabung auffiel, wollten ihn einige der maßgebenden Beamten am Ort für die Ämterlaufbahn empfehlen. Paradies aber warnte ihn mit eindringlichen Worten: »Heute, wo die Verhältnisse im Reich so unsicher sind, ist die Hauptstadt weiter entfernt, als wenn sie im höchsten Himmel läge. Und willst du wirklich die Aufgabe, für deine Eltern zu sorgen, im Stiche lassen und statt dessen in der Ferne irgendwelchen Ehren nachjagen?«

Sui gab ihr Recht, verzichtete auf alle Absichten, sich in der Welt hervorzutun, und lehnte das an ihn ergangene Ansinnen mit der Begründung ab, daß seine Eltern schon hochbetagt seien.

Ein Jahr später starb sein Vater. Im nächsten Jahr – es war das 22. der Regierungsepoche (1362) – griffen Rebellen die Hauptstadt von Fukien an, und die angesehenen Familien flohen fast alle in die Berge. Auch Sui mit den Seinen ergriff die Flucht, wurde aber von den Rebellen eingeholt, welche die ganze Familie niedermachten bis auf Paradies, die der Rebellenführer zu seiner Gattin zu machen gedachte. Paradies wußte, daß ihr kein Ausweg mehr blieb, und so fügte sie sich scheinbar, indem sie zu den Banditen sagte: »Meine ganze Familie ist tot, und ich habe kein Heim mehr. Wie soll ich denn leben, wenn Ihr, Herr General, mich im Stich laßt? Ich möchte darum für immer bei Euch bleiben und Euch dienen. Nur bitte ich darum, daß Ihr meinen toten Gatten bestattet. Wenn das besorgt ist, kann ich mit Euch ziehen.«

Erfreut willigte der Bandenführer ein und ging mit ihr zu der Stelle, wo der Leichnam des Sui lag. Er griff zu seinem Schwert und hob damit eine Grube aus. Als er fertig war, steckte er das Schwert in den Boden, setzte sich daneben und sagte: »Oh, ich bin müde!« Er bedeutete Paradies, sie solle das Schwert nehmen und die Grube, in der der Leichnam lag, wieder mit Erde zuschütten. Die Frau aber hob die Waffe, um sich die Kehle zu durchschneiden. »Mich kümmert nichts, wenn wir nur im Tode vereint sind.« Der Rebell stürzte herbei, um ihr das Schwert zu entreißen, aber schon hatte sie sich damit umgebracht. Da sagte er voll Wut: »Du bist tot, gut, aber ich will dafür sorgen, daß ihr nicht im Tode vereint seid!« und ließ sie zwanzig Schritt entfernt begraben.

Noch im gleichen Jahr wurde Eldschi Buqa Provinzialstatthalter von Fukien und stellte in allen Landkreisen eine Bürgerwehr auf, mit der er schließlich die Stadt zurückeroberte, so daß die Bevölkerung wieder ihrer Arbeit nachgehen konnte. Es dauerte aber noch einige Jahre, bis durch Leute, die seinerzeit mit geflohen waren, die Geschichte von Paradies bekannt wurde, und der Statthalter schickte Leute aus, die das Paar der Sitte gemäß beisetzen sollten. Als sie an die Stelle kamen, da war auf jedem Grab ein Baum gewachsen. Die Zweige der beiden Bäume aber hatten sich so dicht ineinander verflochten, daß man sie nicht voneinander zu lösen vermochte. Als dem Statthalter das gemeldet wurde, begab er sich selbst dorthin und fand alles so, wie es ihm beschrieben worden war. Da wagte er nicht die Bäume zu fällen, sondern ließ nur die Gräber in Ordnung bringen und ein Gedenkopfer verrichten. Die Leute in dieser Gegend nannten dieses Wunder ›Die verflochtenen Bäume der Gräber‹, und bis heute erzählt man sich in Fukien diese Geschichte.

LI TSCHANG-TJI 1376–1452

Die tanzenden Schwerter

Zur Zeit der Regierungsperiode ›Höchste Ordnung‹ (1341–1367) lebten in Wu-tschang zwei Taoisten namens Dschen Bën-wu und Wën Gu-hsü. Es ist nicht bekannt, woher sie stammten, doch weiß man, daß sie Gefolgsleute eines Prinzen aus dem mongolischen Kaiserhaus waren, der den Lehenstitel ›Fürst von We-schun‹ führte. Beide Männer waren im Schwertfechten und allen anderen Waffenkünsten wohl beschlagen, und umfassendem Wissen und hoher Begabung in allen Angelegenheiten friedlicher wie kriegerischer Art. Obgleich der Fürst ihnen Unterhalt bot, hatte er nicht erkannt, daß die beiden Männer außergewöhnliche Persönlichkeiten waren. Nur ein gewisser We Djün-me, ein Mann aus Fan-kou, würdigte die beiden und schätzte sie hoch ein.

Eines Tages ging der Fürst mit den beiden Taoisten in einem seiner Parks spazieren. Sie benutzten die Gelegenheit zu zwangloser Unterhaltung und forderten ihn heraus, indem sie sagten: »Schon lange herrschen im Reich Frieden, Fülle und Wohlstand. Von Eurem Standpunkt aus könntet Ihr Euch damit zufrieden geben, in aller Bequemlichkeit Euren Neigungen freien Lauf lassen und Eure Tage ausschließlich mit Musik und Frauen, Pferden und Hunden hinbringen. Woher solltet Ihr es auch anders wissen? Wir aber glauben unserer unmaßgeblichen Ansicht nach, daß die Dinge durchaus nicht so in Ordnung sind. Der Kaiser ist alt und schwach, die neue Kaiserin eine verderbte Favoritin; die Minister Qama und Süsüg mit ihrer Rotte haben durch laszive Riten den Sinn unseres Herrschers vergiftet. Die Staatsregierung ist käuflich, die Begriffe von Recht und Unrecht sind auf den Kopf gestellt. Der Himmel bereitet einen Umsturz vor, und niemand wird dessen gewahr. Auf Erden leidet das Volk, und keiner der Oberen merkt es. Das Heer taugt nichts, die Verwaltung ist unfähig. Minderwertige Leute machen sich breit, während die Edlen sich verbergen. Alles hängt an einem Haar, und jede Stunde kann fürchterliches Unheil über alle hereinbrechen. Es gibt einen alten Ausspruch von Su Hsün: ›Auch schon die Keime des Umsturzes verraten sein Kommen.‹ Ihr, o Fürst, seid ein naher Verwandter des Kaiserhauses und zum Schutz für diese Gegend bestellt. Ihr solltet tüchtige und gebildete Leute an Euch ziehen, die richtigen Offiziere ausfindig machen und die Truppen durch sie ausbilden lassen, sowie durch äußerste Sparsamkeit Vorräte ansammeln und für all das heimlich Eure Vorbereitungen treffen. Wenn dann der zerstörende Sturm über das Land brausen und das Reich anfangen wird zu zerbröckeln, dann müßt Ihr Euch an der Spitze freiwilliger Kämpfer den Gefahren entgegenwerfen. Sofern die Oberen die Gesinnung eines wahren Fürsten und Vaters haben und die Untertanen sich entsprechend als treue Bürger und Söhne verhalten, kann es nicht ausbleiben, daß die Herrschaft über China wiederhergestellt wird und der Glanz früherer Zeiten zurückkehrt. Nach vollbrachter Heldentat solltet Ihr Euch jedoch bescheiden auf Euer Lehen zurückziehen und kein großes Wesen aus den Verdiensten machen. Auf solche Art werden die Mongolen für immer ihre Herrschaft über den Süden bewahren können, und ihre Taten würden von den Geschichtsschreibern für alle Zeiten ehrenvoll aufgezeichnet werden. Wäre das nicht großartig?«

Der Fürst aber fand das alles seltsam und sprach: »Seid ihr eigentlich irre geworden, daß ihr so sinnloses Zeug daherredet? Ich müßte euch eigentlich verhaften und den Behörden übergeben lassen!«

Da schwiegen die beiden, zogen sich zurück und berieten miteinander: »Der da ist an Leib und Seele verrottet und unbelehrbar. Warum suchen wir denn nicht einen wahren Helden, dem wir uns anschließen können? Dieser Taugenichts ist es ja nicht wert, daß man für ihn Pläne macht. Außerdem müssen wir fort von hier, sonst ereilt uns das Verderben!«

Darauf schrieben sie einige Verse an die Wand des ›Turmes des Gelben Kranichs‹ und zogen davon.

Die Verse des Bën-wu lauteten:

›Wer kluge Pläne hegt im Herzen,
wische den herbstlichen Reif vom Schwert.
Heldenhaft wölbt sich sein Atem zum Regenbogen.
Er schämt sich listiger Beredsamkeit;
ihn lüstet es nach Taten an der Seite kühner Helden.‹

Gu-hsü hatte folgende Verse geschrieben:

›Wer kühnen Mutes ist und stark im Herzen,
sieben Fuß hoch aufgeschossen,
was schiert den faules Treiben der Gelehrten?
Er braucht nur ein einzig Buch:
die Kriegskunst weiser Männer grauer Vorzeit.‹

So sehr der Fürst auch nach den beiden Männern suchen ließ, sie waren und blieben verschwunden. Nicht lange danach brachen Aufstände aus, und es kam alles so, wie sie es vorausgesagt hatten. Im Jahre I-we (1355) überwältigte ein Rebell die Stadt Miän-yang. Der Sohn des Fürsten zog ihm zusammen mit dem General Aslan entgegen und kämpfte mit ihm zu Wasser und zu Lande. In den seichten Gewässern des Han-Flusses blieb ihre Flotte aber stecken und wurde von den Rebellen mit Brandpfeilen beschossen, so daß alle Schiffe verbrannten. Auch der Sohn des Fürsten kam dabei ums Leben. Sobald der Fürst das erfuhr, erinnerte er sich der beiden Männer und setzte alles daran, sie zu finden. Auch der Rebellenführer Tschën Yu-liang, der erfahren hatte, daß sie in einer bestimmten Gegend umherzögen, forderte sie durch ein höfliches Schreiben auf, in seine Dienste zu treten, doch erschienen sie nicht, sondern begaben sich in die Provinz Sï-tschuan. Dort versuchte ein örtlicher Machthaber, der von ihrem Ruf gehört hatte, gleichfalls, sie an sich zu ziehen, doch vermochte er ihren Aufenthalt nicht ausfindig zu machen.

Als unsere jetzige Dynastie alle die Rebellen geschlagen und das ganze Reich wieder geeint hatte, da wurde der Bruder des oben erwähnten We-Djün-me Landrat in der Provinz Sï-tschuan, und Djün-me reiste nach der Provinzhauptstadt, um sich dort mit dem Bruder zu treffen. Auf der Rückfahrt aber kenterte sein Boot, und alle, die sich darauf befanden, kamen um und fanden ein Grab im Bauch der Fische. Nur Djün-me konnte sich an eine Planke klammern und erreichte lebendig das Ufer, doch war seine ganze Habe und sein Gepäck verloren, bis auf ein paar Stückchen

Bruchsilber, die er im Gürtel bei sich trug. Er suchte am Flußufer ein Haus, wo er seine Kleider am Feuer trocknen und eine Mahlzeit bekommen konnte, wußte aber nicht, wohin er sich wenden sollte. Schließlich bemerkte ihn ein alter Mann, der dort wohnte, und erkannte, daß er keinen gewöhnlichen Menschen vor sich hatte. So behandelte er ihn freigebig und behielt ihn für einige Tage bei sich.

Einmal ging We Djün-me in der Gegend spazieren, da erschienen plötzlich die beiden Taoisten, begrüßten ihn und sagten: »Herr We, wie kommt es, daß Ihr in solche Bedürftigkeit geraten seid?«

Djün-me schaute sich die Männer an, und es waren wirklich seine beiden alten Freunde. Er erzählte ihnen sein Unglück, doch sie erwiderten nur: »Macht Euch bitte keine Sorge«, und nahmen ihn mit sich zu ihrer Behausung. Sie lag auf dem ›Berg der grünen Mauer‹ und war ein prächtiges Anwesen mit hohen Mauern, fein verzierten Gebäuden, weitläufigen Höfen und Gemächern. Eine ganze Schar Diener wartete zur Rechten und Linken auf, die Schüsseln enthielten die kostbarsten Speisen, die Land und Wasser zu bieten vermochten, und Musik und Tanz wurden in prächtigste Fülle geboten. Die beiden Taoisten unterhielten sich mit ihrem Gast über die alten Zeiten und waren fröhlich wie einst. Auf seine Frage, wie sie durch all die Wirren im Reich hindurchgekommen seien, gaben sie zur Antwort:

»Nach unserem Abschied vom ›Turm des Gelben Kranichs‹ gingen wir in die Gebirge von Sï-tschuan und hielten uns lange Zeit hier nahe der ›Grünen Mauer‹ verborgen. Hier trafen wir auf einen Mann, der uns nach Verdienst würdigte. Weil aber im Reich alles drunter und drüber ging und wir keine einzige bedeutende Tat verrichten konnten, zogen wir es vor, hier in Muße zu leben. Eigentlich müßten wir uns deshalb vor unseren alten Freunden schämen.«

Die drei Männer begannen nun zusammen ausgiebig zu zechen, und vom Wein befeuert, sprühte ihr Gespräch von Ideen und Plänen. Bën-wu meinte: »In der Politik im Reich kommt alles darauf an, daß man die verborgenen Anzeichen der sich anbahnenden Entwicklungen erkennt. Wer das kann, dem liegen Glück und Unglück der Zukunft klar vor Augen. Das geht ja auch aus dem Buch der Wandlungen hervor, wo es heißt: ›Der Edle handelt, wenn er die ersten Anzeichen bemerkt hat, und wartet nicht, bis der Tag zu Ende ist!‹ Ebenso sagt ein Meister des Altertums: ›Ein Edler erkennt die geheimen Anzeichen!‹ Im Lauf der Geschichte hat es nicht wenige tapfere Edelleute gegeben, aber wie viele unter ihnen haben schon die Begabung besessen, die Anzeichen richtig zu erkennen? Ich finde da als einen der wenigen den Dschang Liang in der Hanzeit.« Dann schilderte der Taoist, wie Dschang Liang als einziger der drei heldenhaften Helfer des Dynastiegründers künftige Gefahren vorausgesehen und sich deshalb rechtzeitig nach vollbrachten Taten, als das Reich geordnet war, auf ein kleines Lehen zurückgezogen hatte.

»Ich weiß noch einen«, entgegnete Gu-hsü, »nämlich den Tschën Tuan in der Sung-Zeit. Vorher, zur Zeit der Fünf Dynastien, herrschten Unruhen, wie es sie bis dahin noch nie gegeben hatte, und ohne einen hervorragenden Helden hätten Ruhe und Ordnung niemals hergestellt werden können. Tschën erkannte wohl die Zeichen der Zeit und war zu Großem entschlossen. Aber als er hörte, daß Dschau die Dynastie Sung begründet und den Kaiserthron bestiegen hatte, da mußte er so lachen, daß er darüber von dem Esel fiel, auf dem er gerade ritt. Daher rührt auch sein Ausspruch: ›Der im Schweinejahr Geborene trägt jetzt kaiserliche Gewänder‹. Dann kehrte er angewidert in die Bergeinsamkeit zurück, um dort ganz in der Natur zu leben. Er war ein Weiser, der sich nach außen den Anschein der Dummheit gab. Spätere Geschlechter betrachteten ihn nur als einen Genius und verborgenen Weisen, aber keiner hat erkannt, daß er ein Mann war, der das Geheimste und Tiefste zu durchschauen vermochte. Darin hat er den Dschang Liang bei weitem übertroffen. Es ist ohne Zweifel richtig, wenn man von solchen Leuten sagt: Ein Held, der sich im Innersten wandelt, wächst zum Heiligen empor!«

»Ihr beiden«, meinte Djün-me, »bemüht euch um Vervollkommnung eures Ich hier in den Bergen und achtet Reichtum und Ehren wie Staub. Früher, als ich euren hochfliegenden Plänen lauschte, da schien es mir, als ob ihr damals noch nicht so asketisch waret, und ich frage mich, ob euch dieses moralische Vervollkommnen nicht lästig wird.«

Da lachten die beiden Männer laut und sagten: »Habt Ihr denn nicht selbst früher große Ideen gehabt und seid jetzt von so geringem Takt? Was haben wir denn zu schaffen mit Druckerschwärze und dem gedankenlosen Nachplappern der Klassiker, diesem nutzlosen Zeug, das die Konfuzianer treiben? Oder auch mit den Atem- und Gymnastikübungen jenes Abschaums, der taoistischen Heiligen? Was wir moralische Besserung nennen, ist von ganz anderer Art.«

Dann führten die beiden den Gast herum und zeigten ihm ihr ganzes Haus. Überall war Überfluß an kostbaren Stoffen, und Gold und Jade häuften sich bergeweis. Alles aber wurde von hübschen Mädchen verwaltet. Zuletzt kamen sie an eine Höhle im Berg, wo wohl an die hundert Totenschädel lagen. »Das waren Leute, die ein ungerechtes Leben führten und von uns bestraft worden sind«, sagten die beiden. We Djün-me aber wurde durch diesen Anblick von Schreck und Ekel fast überwältigt.

Den nächsten Tag fand ein großes Bankett statt, mit Djün-me als Ehrengast. Dabei überreichten ihm zwei schöne Mädchen zehn elfenbeinerne Schalen, mit Perlen angefüllt, sowie hundert Unzen Gold. Djün-me wagte nicht, diese Geschenke abzulehnen, und murmelte bescheiden seinen Dank. Dann hub eine gewaltige Zecherei an, bis alle trunken waren. Auch wurde gedichtet, und alle trugen Verse vor. In den Gedichten der beiden Gastgeber war von den vielen Kriegen der Geschichte die Rede, und das des Gu-hsü schloß mit den Worten:

›Bedauernwertes Land der Mitte,
brüllende Tiger, auffahrende Drachen
kämpften gar oft um dich.‹

Wenngleich Djün-me auch wußte, daß er mit seinen Versen nicht an die der beiden Freunde heranreichen konnte, so improvisierte er doch ein Lied, brachte aber vorher zur Entschuldigung einen Trunk auf die Gastgeber aus. In seinem Lied fand sich die Strophe:

›Der Lauf der Welt ist wie ein Schachspiel.
Wer herrscht, erkennt, wie schwer es ist zu spielen.
Sieg und Niederlage gleichen einem kurzen Traum.
Was soll man sich darum erregen?‹

Als Djün-me sich am nächsten Morgen verabschieden wollte, sagten seine Freunde: »In der Tangzeit gab es das Mädchen Rotfaden, wir haben hier eine, die Blaufaden heißt. Sie soll Euch begleiten.«

Damit führten sie ein junges, hübsches Mädchen von etwa 17 oder 18 Jahren herbei. Sie nahm einen Bambuskasten auf den Rücken und folgte hinter den beiden Männern her, die ihrem

Freund noch ein Stück Weges auf der Straße nach dem Ort Tjing-tschëng ›Grüne Mauer‹ das Geleit gaben. Dann machten sie halt und sagten: »Es ist schwer zu sagen, wann wir uns einmal wiedersehen werden. Darum möchten wir einmal tanzen.« Das Mädchen öffnete den Kasten und nahm vier runde weiße Kugeln heraus, so groß wie ein Hühnerei. Es waren dies aber zwei Paar männlicher und weiblicher Schwerter. Die beiden Männer zogen sie in die Länge und streckten sie und schwangen sie auf und nieder. Im Nu wurde es am Himmel und auf Erden finster, Sturm und Wolken zogen schrecklich einher, und in dem aufgewirbelten Staub zuckten leuchtend Blitze von allen Seiten. Djün-me zitterte vor Furcht und vermochte keinen Schritt zu tun. Überall ringsumher gähnten steile Abgründe, und kein Pfad war zu sehen. Er wagte kaum zu atmen und erst recht nicht die Augen zu schließen; ständig war es ihm, als ob er die umherfahrenden Klingen an seinem Halse fühlte, und alle Lebensgeister drohten ihn zu verlassen.

Als der Tanz zu Ende war, da waren die beiden Männer verschwunden; nur das Mädchen Blaufaden stand neben Djün-me und holte Wein aus einem Beutel, worauf sie gemeinsam tranken. Bei Einbruch der Nacht faßte sie Djün-me bei der Hand und führte ihn in südöstlicher Richtung. Aber erst um die dritte Nachtwache trafen sie auf eine menschliche Behausung. Dort angekommen, erblickte Djün-me wohl sein Gold und seine Perlen auf dem Bett, aber Blaufaden war verschwunden, und er konnte nicht herausbekommen, durch welche Künste sie das fertig gebracht hatte.

Im 20. Jahr der Regierungsperiode ›Umfassendes Kriegertum‹ (1387) wurde ein Schwiegersohn des Herrn We Djün-me Kassenbeamter und hat gelegentlich anderen Leuten diese Erlebnisse seines Schwiegervaters erzählt und zwar genau das gleiche, was auch unsere Geschichte berichtet.

LI TSCHANG-TJI 1376–1452

Phoenix

Phoenix war die Tochter des Dschau Djü aus Dung-ping in der Provinz Schantung. Als sie noch ein Kind war, mischten ihre Eltern immer wohlriechende Substanzen in ihre Speisen und Getränke, so daß später, als sie herangewachsen war, ihr ganzer Leib duftete und man ihr den Beinamen ›Parfum‹ gab. Sie war ebenso begabt wie hübsch und hatte große Freude am Dichten, doch zeichnete sie sich auch in weiblichen Handarbeiten wie Nähen und Sticken aus. Ihr Vater wollte sie mit einem Nachbarssohn, dem begabten Liu Ying, verheiraten, und auch Phoenix wünschte nichts sehnlicher als ihm anzugehören. Die Verlobung war schon abgesprochen, aber noch nicht förmlich vollzogen, da wurde unvermutet die Familie Liu in einen Strafprozeß verwickelt, und es ging bergab, so daß die Mutter von Phoenix das Verlöbnis gereute und die Tochter einem Herrn Miu in die Ehe gegeben wurde. Die Familie Miu war zwar reich, doch waren ihre Sprößlinge alles grobe Klötze, die nichts Geschriebenes unterscheiden konnten.

Nach ihrer Heirat verfiel Phoenix in tiefe Melancholie, weil ihre Hoffnungen sich nicht erfüllt hatten. Jedesmal, wenn ein Fest- oder Feiertag war oder wenn es seltene Blumen zu bewundern gab, schloß sie sich von all dem aus, verhängte ihren Spiegel und brach in Klagen aus oder brütete traurig hinter verschlossener Türe vor sich hin. Alles, was sie in ihrer Lage erlebte und in ihrem Herzen empfand, sprach sie in Versen aus, die zum Schluß ein ganzes Bändchen bildeten, dem sie den Titel gab ›Zerbrochene Zither‹.

Nach drei Monaten starb der junge Herr Miu, und Phoenix kehrte in das Haus ihrer Eltern zurück. Im nächsten Jahre starb auch die Gattin, die man dem jungen Liu angetraut hatte. Sofort schickte Liu jemand zu den Dschau, um mitzuteilen, daß er das früher gegebene Versprechen einzulösen bereit sei und Phoenix zur Ehe begehrte. Die Eltern Dschau wollten sich zunächst nicht darauf einlassen. Liu Ying aber war fest entschlossen, das Mädchen zu heiraten, denn er hatte erfahren, wie tugendhaft und schön Phoenix war. Er machte eine Perlenstickerin namens Mutter Wang ausfindig, die im Hause Dschau gut bekannt war und dort aus und ein ging. Auch war sie von großer Beredsamkeit und Überzeugungskraft. Liu beschenkte sie und bat sie, für ihn bei der Familie Dschau zu werben. Gleichzeitig beauftragte er sie, heimlich sich bei Phoenix zu erkundigen und festzustellen, wie sie über die Verbindung dächte.

Mutter Wang war mit allem einverstanden, ging zu Herrn Dschau und versuchte ihn zu überreden: »Ich trage da schon lange eine Sache mit mir herum, die ich gerne Euer Gnaden vortragen möchte, bin aber wegen anderweitiger Geschäfte erst jetzt dazu gekommen und möchte nicht länger diese Angelegenheit hinausziehen. Ich habe aber noch nicht feststellen können, was Euer Gnaden und die gnädige Frau wohl davon denken.«

»Worum handelt es sich denn?«

»Eure tugendhafte Tochter, die jetzt einsam als Witwe lebt, wird bald ihre Trauerzeit hinter sich haben. Nun ist mir zu Ohren gekommen, daß damals, als die Familie Liu den Heiratsplan aufbrachte, Euer Gnaden sehr dagegen waren. Außerdem wurde damals davon gesprochen, daß Ihr eine vornehme Partie darstellt, während die Lius in bedrückten Verhältnissen lebten, so daß die ursprüngliche Absicht aufgegeben wurde und jeder der beiden jungen Leute jemand anderen heiratete. Damals schien es so, als ob man alle Hoffnung aufgeben müßte. Wer hätte aber gedacht, daß Euer Fräulein Tochter ihren Gatten verlieren würde und auch Liu Ying seine Frau? Das ist doch sicherlich kein Zufall und zeigt, daß die beiden schon in einer früheren Existenz für einander bestimmt gewesen sein müssen. Überdies ist Liu Ying ein gebildeter und begabter Mensch, der den Herrn Miu selig bei weitem übertrifft, welcher übrigens auch im Alter nicht zu Eurer Tochter paßte. Vermutlich wird Phoenix wohl auch nichts gegen Liu haben, der jetzt schon viel besser gestellt ist als seinerzeit, als er noch ein Jüngling war. Er wird keinesfalls im Elend enden! Wie könnte man es über sich bringen, einen solchen Schwiegersohn abzulehnen?«

Als Herr Dschau diese Worte gehört hatte, war er auf der Stelle einverstanden. Daraufhin eilte Mutter Wang sofort zu Phoenix und sagte ihr unter vier Augen: »Ying sehnt sich so nach Euch wie ein ausgedörrter Acker nach Regen. Euer Herr Vater hat bereits seine Einwilligung gegeben, und die Sache wird in Ordnung gehen. Wenn Ihr aber schon einen so guten Freund in ihm habt, müßt Ihr ihm unbedingt ein Zeichen von Euch zukommen lassen als Antwort auf seine tiefe Neigung zu Euch. Dann braucht Ihr Euch später nichts vorzuwerfen, wenn Ihr einmal die Seine seid!«

Phoenix war mit dem Vorschlag sehr einverstanden, fand es aber schwierig, ihre Gefühle mündlich zu übermitteln und schrieb deshalb einen wohlgesetzten Brief an Ying, den sie der Alten mitgab. In diesem Brief gab Phoenix zu erkennen, daß sie Ying für das Leben angehören und ihm eine gute Gattin sein wollte.

Als Mutter Wang zu Ying kam, gratulierte sie ihm und sagte: »Die Sache wird in Ordnung gehen! Bitte gebt mir hundert Goldstücke zur Belohnung!«

»Wenn mein Wunsch erfüllt wird, dann sollen mich die Goldstücke nicht gereuen«, sagte Ying, nahm den Brief von der Alten entgegen, las ihn und meinte hocherfreut: »Wirklich, das ist eine ›tugendhafte, sittsame Frau‹, wie es im Lied heißt. Es ist gar nicht anders möglich, als mit ihr in innigster Harmonie zu leben.«

Alsdann wurde ein glückbringender Tag ausgesucht, die Hochzeitsgeschenke wurden übersandt, und so konnte Ying schließlich seinen neuen Ehebund eingehen. Am Abend des Hochzeitstages sagte Phoenix leise zu ihrem Mann: »Zwar bin ich Witwe, doch bin ich noch Jungfrau. Das muß ich dir doch auf alle Fälle sagen.«

»Wieso?« fragte Ying überrascht.

»Der verstorbene Herr Miu war krank und konnte nicht mit Frauen zu tun haben. Obgleich ich fast vier Monate seine Gattin war, ist es doch nicht dazu gekommen, daß wir wie Mann und Frau zusammen lebten. Dann starb er. Aber von diesem Umstand weiß nur meine Mutter, sonst niemand.«

Noch immer wollte Ying das nicht glauben, aber Phoenix bat ihn, sich zu überzeugen, und in der Tat stellte sich heraus, daß sie nicht gelogen hatte.

In ihrer neuen Ehe diente Phoenix ihren Schwiegereltern mit respektvoller Pietät und vertrug sich auf das beste mit ihren neuen Basen. Dem Dienstpersonal begegnete sie stets huldvoll und freundlich und erwies sich als fleißige und haushälterische Gattin. Arme und bedürftige Nachbarn unterstützte sie nach Kräften, und wenn Verwandte des Mannes zu Besuch kamen, behandelte sie sie mit größter Höflichkeit. Deshalb lobte man sie auch weit und breit und pries ihre Tugenden. In ihren Mußestunden pflegte sie mit Ying zusammen zu dichten und ihre Gefühle in Versen auszudrücken, so daß man sie an Begabung den berühmten Dichterinnen des Altertums gleichstellte.

Eines Tages kam ein Vetter von Ying aus der Hauptstadt zurück und brachte eine Abschrift von sechs Gedichten des Guan Yün-schï ›Scherzhafte Verse aus dem duftenden Gemach‹ mit. Ying lieh sich die Abschrift aus und las sie mit Phoenix zusammen durch. Er bemühte sich, Vese im gleichen Stil zu schreiben, was ihm aber trotz aller Anstrengung nicht gelang. Phoenix aber verfaßte sogleich Gedichte über die sechs Themen des Herrn Guan:

›Wolkengleiche Frisur

Nah sind mir die duftenden Wolken,
noch ungetrocknet, voll kühlem Salbenglanz,
wie Rabenfedern, wie Zikadenflügel.
Schräg darin steckt die Phoenixagraffe aus Gold.
Jetzt ist die Frisur beendet —
der Gatte betrachtets und lächelt.

Weidenblattgleiche Brauen

Schön gekurvt sind sie, gleich Weidenblättern,
melancholisch verzogen.
Traurig sitzt sie vorm betauten Spiegel;
doch wie verführerisch!
Keine teure Brauenschminke ist vonnöten.
Die Linien zart, gewölbt wie Frühlingshügel,
malte ihre Stimmung auf die Stirne.

Sandelholzroter Mund

Zart bewegen sich kirschfarbene Lippen,
wenn sie aus dem Becher trink.
Die wohlgesetzten Worte atmen leichten Jasminduft.
Kirschrot ist der Mund
wie ihn Bo Djü-i besungen.
Die Zähne ebenmäßig weiß
wie Kerne der Melone
einer dem anderen gleich wie Granatäpfel.

Milchweiße Brüste

Der Duft des Puders hängt noch in den Wirbeln
der kostbaren Zither.
Frühling läßt die Brüste weiß und voll erblühen,
nach dem Bade ein Ort zarten Spiels
für den Geliebten.
Kühl wie betaute Blumen,
mit purpurner Beere.

Schlanke Finger

Biegsam zart wie weicher Jade,
wie glatte Frühlingszwiebelsprossen
gewachsen aus duftender Seide hervor,
dem eisvogelblauen Ärmel.
Gestern wurde Laute gespielt,
und noch zeigen sich an den Saiten deutlich
Spuren tiefroten Nagellacks.

Zarte Füße

Wenn dichte Frühlingswolken leicht umfangen
den Abendmond,
so ragt doch eine Spitze graziös hervor.
Doch wann zeigen sich die Füße,
da gar zu lang der schmetterlingsbestickte Rock?
Nur auf dem Brett der Schaukel,
wenn sie auf- und abwärts schwingt.‹

Diese Verse schrieb Phoenix und gab sie ihrem Mann, der sie so hübsch und gewählt fand, daß er es unterließ, ähnliches zu schreiben.

Im Jahre Wu-hsü der Regierungsperiode ›Höchste Ordnung‹ (1358) verwüstete der Rebellengeneral Tiän Fëng die Stadt Dung-ping. Durch die Kriegswirren wurde Phoenix von ihrem geliebten Mann getrennt, und keiner wußte, wo der andere sich aufhielt.

Zu jener Zeit wurde ein gewisser Yü, der von den Rebellen als Staatssekretär tituliert wurde, Statthalter der Stadt. Dieser Yü war ein überaus rechtlicher Mann. Er ließ Plakate aushängen, in denen die Leute aufgefordert wurden, alle geraubten Männer und Frauen ihrer Familien zu identifizieren und wieder abzuholen. Als Ying von dieser Aktion erfuhr, vermutete er, daß Phoenix unter den geraubten Frauen wäre, suchte sie allenthalben ungeachtet des Waffenlärms, fand sie aber nirgends. Gerade als er so recht niedergeschlagen war, erzählte ihm jemand von einem gewissen taoistischen Nonnenkloster und meinte, er solle sich doch dort einmal erkundigen. Yin tat wie ihm geraten und fand auch wirklich etwa ein Dutzend Frauen und Mädchen, die dort festgehalten wurden. Auf seine Frage nach Phoenix gab eine der Frauen zur Antwort:

»Sie ist schon vor einigen Monaten fortgeholt worden und

nicht mehr hier. Jammerschade um sie, denn sie war eine tugendhafte Frau.«

»Wißt Ihr denn Genaueres über sie?«

»Ich stamme selbst aus einer anständigen Familie und bin seinerzeit geraubt worden. Mit der geborenen Dschau war ich fünf Monate zusammen. Alle die Damen, die geraubt worden sind, wurden von den Räubern mißbraucht und nachher gleich wieder zurückgeschickt. Nur die geborene Dschau, ich und die paar anderen hier hatten uns geschworen, eher zu sterben, als solche Schande zu erdulden, und deshalb hat man uns hier eingesperrt. Wann werden wohl jemals wieder bessere Tage für uns kommen?« Während sie dies erzählte, flossen ihre Tränen, und auch Yings Augen wurden feucht. Leise sagte er zu der Frau:

»Die geborene Dschau ist meine Gattin. Wißt Ihr nicht, wo sie jetzt ist.

»Soweit ich gehört habe, ist sie von einem gewissen Zehntausendschaftsführer namens Dschou abgeholt worden, doch weiß ich nicht, wohin sie gebracht worden ist. Aber während sie noch hier mit uns gefangen saß, war sie fest davon überzeugt, daß Ihr sie suchen würdet, und hat mir deshalb einen Brief an Euch hinterlassen, den ich Euch geben soll.«

Mit diesen Worten holte sie aus dem Kragen ihres Gewandes den Brief hervor und gab ihn Ying mit der Bitte, doch schleunigst wieder zu gehen, bevor der Wächter etwas davon merke, denn sonst würde sie sicherlich geschlagen werden.

Als Ying den Brief öffnete, war es wirklich ein Schreiben von Phoenix, in dem sie über ihre Entführung klagte. Auch teilte sie ihm mit, daß sie zu einem Zehntausendschaftsführer namens Dschou in Tsinan gekommen sei, und beschwor ihn, alles zu tun, um sie von diesem Mann loszukaufen, der kein Mongole sondern ein Chinese sei und übrigens nicht einmal der schlimmste. Sofort machte sich Ying auf die Reise und gelangte auch schließlich nach Tsinan. Dort stand der Zehntausendschaftsführer in Garnison an der Spitze einer großen Truppenmacht und war überhaupt ein großmächtiger Herr, so daß Ying es nicht wagte, ihm einfach ins Haus zu fallen, sondern zunächst einmal Unterkunft in einem benachbarten Hause nahm.

Nach einigen Tagen hatte er den gegenwärtigen Aufenthaltsort von Phoenix herausgefunden, wußte jedoch keinen Weg, auf dem er mit ihr in Verbindung hätte treten können. Deshalb stellte er sich am Tor des Hauses Dschou auf, um eine günstige Gelegenheit abzuwarten. Dabei bemerkte er, daß eine alte Schamanin oft ein und aus ging, und sagte sich, das müsse sicherlich eine besonders intime Vertraute der Hausinwohner sein. So wartete er ab, bis sie wieder einmal aus dem Haus kam, und folgte ihr dann bis in ihre Wohnung. Er gab ihr eine ganze Silberunze als Geschenk und erzählte ihr sein Anliegen. Die Alte antwortete: »Die Hauptgemahlin unseres Generals ist überaus eifersüchtig. Darum müssen die von ihm erbeuteten Frauen und Mädchen alle in einem besonderen Gebäude wohnen, das sie nur zum Wäschewaschen und Kochen verlassen dürfen. Neulich ist es sogar vorgekommen, daß eine von ihnen an ihre Angehörigen zurückgegeben wurde. Wenn Eure Frau Gemahlin noch da ist, kann ich die Sache für Euch in Ordnung bringen.«

Tags darauf erkundigte sich die Alte unter der Hand, fand Phoenix in der Tat und berichtete, daß ihr Mann da sei. Phoenix holte heimlich einen Brief hervor und übergab ihn der Alten, die ihn sofort an Ying weitergab. Nachdem er ihn unter Tränen gelesen hatte, bat er die Alte inständigst, sie möchte der Hauptgemahlin des Generals Dschou vorschlagen, Phoenix sollte freigekauft werden. Die Dame meinte dazu nur: »Für mich ist sie nutzlos, und warum sollte ich sie behalten, wenn ihr Gatte noch lebt? Ich will sie ihm sofort zurückgeben!«

Darauf übergab Ying der Dame einen Ohrring mit echten Perlen und eine goldene Haarspange, Phoenix wurde gerufen, und Ying mußte sie auf der Stelle mitnehmen. Nachdem beide Hand in Hand sich vor der Dame verneigt hatten, nahmen sie Abschied und zogen davon.

Die wiedervereinigten Gatten berieten nun miteinander, was zu tun sei. »Die Zeit ist aus den Fugen, und keiner ist seines Lebens mehr sicher. Zwar sind wir wieder zusammen, aber wer weiß, ob wir es auch in Zukunft noch bleiben können. Das beste ist, wir gehen weit weg in die Einsamkeit der Natur, um all dem Schmutz zu entgehen, und warten dort bessere Zeiten ab.«

So geschah es, und die beiden ließen sich in der Verborgenheit am Fuße des Tsu-lai-Gebirges nieder, wo er pflügte und sie jätete. Freude und Entbehrungen teilten sie getreulich und blieben bei all dem höflich und respektvoll zueinander, ganz wie jene berühmten Paare des Altertums, die sich fern der großen Welt auf das Land zurückgezogen hatten. Ihr Vorbild wirkte in allen Dörfern der Umgegend und verbesserte die Sitten der Einwohner.

Eines Tages ging Ying mit einer Last Reis in die Stadt und

wurde unterwegs von Rebellen angehalten. Sie sagten: »Schon lange haben wir von Eurem guten Namen gehört und sollen Euch zum General Tiän führen. Er will Euch ein Amt übertragen, was Euch sicher zu Reichtum und Ansehen verhelfen wird.«

Ying aber blickte die Rebellen voller Zorn an und beschimpfte sie: »Ihr Räuber und Mörder! Wie könnte ich mich denn Eurem Aufstand anschließen!«

Wutentbrannt hieben die Rebellen ihn auf der Straße zusammen. Leute aus den umliegenden Häusern liefen sofort zu Phoenix, die unter lauten Klagen herbeieilte und den Leichnam ihres Gatten mit sich heimführte. Sie reinigte ihn vom Blut und sargte ihn eigenhändig ein, schichtete einen Scheiterhaufen und verbrannte die Leiche des Gatten. Als die Flammen gerade am höchsten loderten, warf sie sich in das Feuer und fand so den Tod. Die Umstehenden waren starr vor Schrecken und sagte: »Sie wird von keiner der treuen Gattinnen des Altertums übertroffen.«

Als das Feuer niedergebrannt war, sammelten Nachbarn die Gebeine und bestatteten sie. Auf der Grabstätte stellten sie eine Steintafel auf mit der Inschrift: ›Grab des getreuen Paares.‹

Ein edeldenkender Mensch muß sich angesichts dieser Geschichte sagen: Treue und Pflichtgefühl sind die Grundpfeiler der menschlichen Gesellschaft, wie uns hervorragende Männer immer wieder gelehrt haben. Wenn aber unerwartet Schicksalsschläge hereinbrechen, dann vermögen die wenigsten, an diesen Prinzipien festzuhalten. Phoenix war als Mädchen wie als Frau von zurückhaltender Art und brachte es deshalb fertig, inmitten der Revolutionswirren und getrennt von ihrem Mann ihre Keuschheit zu bewahren und der Schändung zu entgehen. Schließlich starb der Gatte als Opfer seiner Loyalität, die Gattin für die Treue. Ihre Belesenheit, ihr Anstand, ihre vornehme Natur und ihr ganzes Wesen dürfen nicht der Vergessenheit anheimfallen. Alle die Frauen, die heutzutage so leichthin ›die Laute ergreifen und in ein anderes Boot umsteigen‹, müssen sich wirklich schämen, wenn sie von dem Beispiel der Frau Phoenix hören!

LI TSCHANG-TJI 1376–1452

Jaspis

Jaspis war eine Tochter der Familie Wang aus Tschang-schan. Mit zwei Jahren verlor sie ihren Vater. Ihre Mutter, eine geborene Tung, verheiratete sich in zweiter Ehe mit einem reichen Manne namens Schën Bi-gue, welcher selbst kinderlos war und seine Stieftochter wie ein leibliches Kind liebte. Als Jaspis kaum vierzehn Jahre alt war, verstand sie es, auf die eleganteste Weise Lieder zu dichten und sie in Musik zu setzen. Ihre Redeweise, Sittsamkeit, Kunstfertigkeit und ihr Benehmen waren so vollendet, daß Männer von nah und fern um sie anhielten.

Damals lebten in der gleichen Gegend zwei Leute namens Hsü Tsung-dau und Liu Djün-yü, die beide das Mädchen als Schwiegertochter haben wollten. Hsü stammte aus einer alten und vornehmen Familie, war jedoch völlig verarmt, während Liu in kleinen Verhältnissen aufgewachsen und dann zu großem Reichtum gelangt war. Hsü hatte einen Sohn namens Tiau-lang, Liu einen namens Han-lau. Beide waren wohlerzogen und gebildet und überdies mit Jaspis gleichaltrig. Der alte Schën hätte einerseits gerne das Mädchen den Lius versprochen, doch stieß er sich an dem niedrigen Herkommen der Familie; andererseits machte er sich Sorgen wegen der bedrängten Umstände der Hsüs, wenn er seine Stieftochter dorthin in die Ehe gäbe. So schwankte er unentschlossen zwischen beiden hin und her und konnte sich zu keiner Entscheidung aufraffen. Eines Tages beriet er sich mit den verständigsten Verwandten aus seiner eigenen Familie und bekam von diesen zu hören: »Die Hauptsache ist doch, daß du einen tüchtigen Schwiegersohn bekommst; alles andere spielt keine Rolle!«

»Das mag schon richtig sein«, erwiderte Schën, »aber wie soll ich herausfinden, welcher der beste ist?«

»Das ist leicht zu bewerkstelligen«, riet man ihm. »Du brauchst nur ein großes Fest zu geben und die beiden jungen Leute einzuladen. Außerdem mußt du einige ältere erfahrene Leute zu dir bitten, die sich auf die Beurteilung von Menschen verstehen, und sie heimlich ihre Beobachtungen machen lassen. Dann können sie erstens Charakter und Persönlichkeit beurteilen und zweitens prüfen, wie es mit der literarischen Bildung der jungen Leute steht. Wenn du dir dann als Schwiegersohn den nimmst, der am besten abschneidet, ist die Frage doch gelöst.« Schën war mit diesem Ratschlag einverstanden.

Das geplante Bankett fand im Frühling, am 15. Tag des zweiten Monats statt. Alle angesehenen und berühmten Leute der Gegend erschienen als Gäste, und sowohl Hsü als auch Liu kamen mit ihren Söhnen. Der junge Liu Han-lau zeigte sich in reinlich-korrekter Kleidung und benahm sich freundlich und zuvorkommend, konnte jedoch einen gewissen Hochmut nicht ganz verbergen. Hsü Tiau-lang war ein Junge von offenem, frischem Gesichtsausdruck und fein gebildeter Ausdrucksweise; Gewand und Mütze waren schlicht, doch war sein Benehmen natürlich und ungezwungen. Den Ehrenplatz an der Tafel hatte der Sippenälteste der Familie Schën inne, ein Mann namens Gëng-yün, der berühmt für seine Menschenkenntnis war. Sowie er die beiden jungen Leute erblickte, stand sein Urteil über ihre Eigenschaften fest, und er sagte zu den Gästen: »Mein Neffe Bi-gue hat eine Tochter im heiratsfähigen Alter, und die beiden Herren Hsü und Liu haben den Wunsch, mit ihr einen Ehebund zu knüpfen. Die jungen Leute dieser beiden Familien sind als Persönlichkeiten wohl gleich vortrefflich, aber es ist noch nicht heraus, für welchen das Mädchen vorherbestimmt ist!«

Bi-gue erhob sich und antwortete: »Es wäre wohl das beste, wenn Ihr als Ältester diese Angelegenheit in Eure Hände nähmt.«

»Nun«, meinte Gëng-yün, »im Altertum hatte man die verschiedensten Arten, sich Schwiegersöhne auszusuchen, und überließ oft dem Zufall die Auswahl unter mehreren. Ich aber will es anders machen.«

Damit rief er die beiden jungen Leute heran und zeigte auf vier Gemälde, die an der Wand hingen und betitelt waren ›Bedauern darüber, daß man im blühenden Frühling früh aufsteht‹, ›Man hält den Mond in der Hand, wenn man spiegelndes Wasser schöpft‹ und ›Man genießt es, wenn der Blütenduft im Gewand hängt‹. Dann sagte er zu ihnen: »Die jungen Herren sollten einmal ihren Geist anstrengen und versuchen, über die Bilder Gedichte zu machen, damit wir sehen können, wer als erster das Thema richtig trifft und mit dem Gedicht fertig ist. Fangt hier auf der Stelle gleichzeitig an!«

Nun war Liu Han-lau in einem reichen Hause aufgewachsen und hatte sich nur widerwillig mit Dichtung und Schriftkunst abgegeben. Als er die Weisung des Alten vernahm, stand er mit verlegenem Ausdruck da und brachte nichts zustande. Hsü Tiau-lang aber griff mit gelassener Miene zum Pinsel und hatte seine Gedichte in kaum einer Viertelstunde fertig. Als er sie dem Gëng-yün überreicht hatte, brach dieser in lauten Beifall aus und lobte sie über die Maßen. Der alte Liu aber, der zusehen mußte, wie sein Sohn kein einziges Wort zustande brachte, schämte sich darüber sehr und verließ das Festmahl mit seinem Sohn, noch bevor es zu Ende gegangen war. Die übrige Versammlung aber war sich darüber einig, daß Tiau-lang seine Sache vortrefflich gemacht hatte, und seine Heirat mit Jaspis war von da an eine beschlossene Sache. Es verging kein ganzer Monat, bis man einen glückbringenden Tag für die Übersendung der Brautgeschenke gefunden hatte. Der alte Schën, welcher seinen künftigen Schwiegersohn sehr lieb gewonnen hatte, wünschte oft mit ihm zusammenzutreffen, und veranlaßte deshalb, daß er in seinem eigenen Anwesen Wohnung nahm, um dort seine Studien forzusetzen.

Nun begab es sich, daß die geborene Tung, die Mutter von Jaspis, krank wurde. Als Tiau-lang einmal einen Besuch machte, da traf er am Krankenbett auf Jaspis, die ihre Mutter pflegte und nicht mit dem Kommen des jungen Mannes gerechnet hatte. So bekam er sie zu Gesicht und stellte fest, daß sie von einzigartiger Schönheit war. Darüber freute er sich heimlich sehr und versiegelte ein Blatt roten Briefpapiers, welches er Jaspis zukommen ließ. Als diese es öffnete, stand nichts darauf. Sie mußte lachen und schrieb daraufhin für Tiau-lang diese Verse nieder:

»Das Brieflein, rotgefärbt wie Abendwolken,
spiegelt das Erröten wider.
Wie kommt es, daß der edle Bräutigam
solch Übermaß an Liebe hat?
Verliebte sind um schöne Phrasen sonst nicht so verlegen.
Er aber bringt noch nicht einmal zustande,
die Worte ›Liebendes Gedenken‹ hinzuschreiben!«

Dieses Gedicht führte Tiau-lang bei sich und prahlte auch einmal damit vor dem jungen Liu, der darob in Neid über seinen glücklicheren Nebenbuhler entbrannte. Auch erzählte er das dem alten Liu, seinem Vater. Anstatt nun seinem Sohn Vorwürfe zu machen, daß er so wenig gelernt hatte, grollte er den beiden Familien Hsü und Schën und begann, sie bis aufs Blut zu hassen. Er zeigte sie wegen irgendwelcher Affären verleumderisch an, und da es den Beschuldigten nicht gelang, sich reinzuwaschen, kam es dazu, daß die ganze Sippe Hsü zur Zwangsarbeit in einer Garnison der Provinz Liau-yang im äußersten Norden verschickt wurde, während die Familie Schë zum Militärdienst in die Gegend von Kanton, also in den südlichsten Teil des Reichs einrücken mußte. Als die Stunde des Abschieds da war, konnten die Verlobten ihre überwältigende Liebe nicht einmal offen zeigen, was alle, die zugegen waren, bis zu Tränen rührte. Dann gingen sie auseinander, die eine Familie nach Süden, die andre nach Norden und hörten nichts mehr voneinander.

Bald starb der alte Schën, und sein ganzer Hausstand löste sich auf. Nur seine Frau, die geborene Tung, mit ihrer Tochter Jaspis blieben zurück, hausten in einer bescheidenen Hütte am Straßenrand und richteten dort eine Weinschenke ein. Trotz aller Not und Entbehrungen war Jaspis, wenn auch nicht mehr von so glänzender Erscheinung wie in früheren Tagen, so doch nach wie vor eine jugendliche Schönheit geblieben, die aus der Menge hervorstach. Nun lebte damals in jener Gegend ein Oberst namens Wu, der an ihr Gefallen gefunden hatte und sie zur Nebenfrau begehrte. Die Mutter aber lehnte ab, weil ihre Tochter bereits jemand anderem versprochen sei. Als Wu die näheren Umstände erfuhr, schickte er eine Heiratsvermittlerin zu der geborenen Tung und ließ ausrichten: »Der Verlobte namens Hsü dient bei einer Garnison in Liau-yang, und man weiß gar nicht, ob er überhaupt noch lebt oder schon gestorben ist. Aber selbst wenn er am Leben sein sollte — wie kann er denn hierher kommen und die Ehe schließen? Während Ihr so eine leere Hoffnung hegt, vergehen die Jahre und Monate. Warum wollt Ihr nicht zu mir in ein vornehmes Haus kommen, wo Euch beiden, Mutter und Tochter, Lebensunterhalt geboten werden könnte — dann brauchtet Ihr doch nicht Euer ganzes Leben nutzlos zu vertrauern?«

Jaspis aber blieb hartnäckig und willigte nicht ein. Da schickte Wu wieder eine alte Frau als Vermittlerin, um den beiden zuzureden, und versuchte auch, sie durch die Behörden unter Druck setzen zu lassen. Die Mutter wurde von Furcht und Sorge erfaßt und gab der Tochter zu bedenken: »Seit der junge Hsü fort ist, sind nun schon fünf Jahre ins Land gegangen, aber die Erde ist groß, der Himmel weit, und man hat nichts wieder von ihm gehört. Das ist wirklich, wie es in den alten Büchern heißt ›Der Mann weilt am Nordmeer, die verlassene Frau am Südmeer‹

oder ›So weit sind unsre Lande auseinander, daß Hengst und Stier nicht zu Stute und Kuh finden‹. Ich fürchte in der Tat, daß du dich müßigen Hoffnungen hingibst. Und nun kommt noch dazu, daß der Vater dahingeschieden ist und wir in die Fremde verschlagen worden sind. Wenn jetzt dieser einflußreiche Mann seine Augen auf dich geworfen hat und uns mit Gewalt seinen Willen aufzwingen will, da weiß ich nicht, was wir beide, die Halbwaise und die Witwe, dagegen machen können.«

Weinend erwiderte Jaspis: »Daß die Familie Hsü ins Unglück gestürzt wurde, liegt doch letztlich an mir selbst. Wenn ich jetzt einen anderen nähme und untreu würde, wäre das nicht recht. Was uns Menschen von den wilden Tieren unterscheidet, sind ja Treu und Glauben. Ein früheres Verlöbnis brechen und ein neues Eheband knüpfen, hieße Treu und Glauben vergessen. Lieber will ich sterben als so etwas tun!«

Dann schrieb sie ein Lied, in dem sie unwandelbare Treue gelobte, und erhängte sich noch in derselben Nacht in ihrem Zimmer. Ihre Mutter aber entdeckte das noch rechtzeitig, schnitt sie ab, und es gelang ihr auch, sie nach einiger Zeit wieder zum Leben zu erwecken. Als aber Oberst Wu davon erfuhr, geriet er in Zorn und schickte einige seiner Leute los, die in der Weinschenke alle Flaschen und Gefäße zerschlugen und die beiden Frauen vertrieben, und wollte sie so ins Elend stürzen.

Nun lebte dort ein alter Postkommissar namens Du, der auch aus Tschang-schan stammte und zu Lebzeiten des Herrn Schën mit diesem befreundet gewesen war. Der erbarmte sich der Mutter und Tochter in ihrer Not und ließ sie in einem Zimmer des Postgebäudes wohnen, so daß sie dort Unterkunft fanden.

Eines Tages kamen ein paar Fremde in militärischer Uniform und nahmen in der Poststation Unterkunft. Herr Du fragte, wo sie herkämen. Einer antwortete: »Meine Kameraden und ich sind von einer Kompanie des und des Regiments in Liau-dung und hierher nach den Südprovinzen geschickt, um Soldaten auszuheben. Wir möchten hier nur übernachten.«

Frau Tung, die zufällig am Türvorhang stand, bemerkte unter den Ankömmlingen einen Jüngling, der durch sein anständiges Betragen auffiel und durchaus nicht wie ein gewöhnlicher Soldat aussah. Er ging wiederholt auf und ab, schaute sich nach ihr um, und es war offensichtlich, daß irgendein Kummer an ihm nagte. Frau Tung ließ sich von diesem Anblick rühren, ging zu ihm und fragte ihn, wer er sei.

»Ich heiße Tiau«, erwiderte der junge Mann, »bin aus der Familie Hsü und in Tschang-schan in der Provinz Dschö-djiang zu Hause. In meiner Jugend hatte mich mein Vater mit der Tochter des Herrn Schën Bi-gue aus der gleichen Stadt verlobt, aber bevor es zur Heirat kam, wurden die beiden Familien in eine Affäre verwickelt. Die Schëns wurden ans Südmeer verschickt, während ich in Liau-dung Soldat werden mußte. Seit vielen Jahren haben wir nichts mehr voneinander gehört. Als ich nun zufällig hier in der Post Euch sah, da saht Ihr meiner Frau Schwiegermutter so ähnlich, daß ich unversehens von Kummer überwältigt wurde. Das ist der Grund.«

»Wo ist denn Herr Schën jetzt, und wie hieß denn seine Tochter?« fragte Frau Tung weiter.

»Sie hieß Jaspis und war zur Zeit unserer Verlobung gerade vierzehn Jahre alt, so daß sie jetzt neunzehn Jahre zählen müßte. Ich weiß nicht, wo die Familie sich jetzt aufhält, und es ist auch schwer, das herauszufinden.«

Frau Tung ging zu ihrer Tochter und erzählte dies. »Das muß mein Gatte sein«, sagte Jaspis.

Am nächsten Tag rief Frau Tung den Jüngling wieder zu sich und fragte ihn erneut genau aus, und es konnte kein Zweifel mehr sein, daß es wirklich der junge Hsü war, der in der Zwischenzeit nur einen anderen Namen angenommen hatte. Auch hatte er noch keine andere Frau genommen. Weinend sagte Frau Tung: »Ich bin deine Schwiegermutter. Dein Schwiegervater ist schon tot, und ich bin mit meiner Tochter hierher verschlagen worden. Das ist wirklich, als wenn man aus zehntausendfachem Tod wieder zu neuem Leben erwacht, denn es war nicht zu erwarten, daß wir noch einmal zusammenkommen würden.«

Dann erzählte sie die ganze Geschichte dem Kommissar Du und den Kameraden des jungen Hsü, und alle meinten erstaunt, daß die beiden jungen Leute schon in einem früheren Leben füreinander bestimmt gewesen sein müßten. Herr Du sammelte Geld und sorgte für die Hochzeitszeremonie, durch die jetzt endlich Jaspis und Hsü vereint wurden. Am Abend ihres Hochzeitstages konnte die Freude über das Wiederfinden doch nicht gänzlich über die Trauer siegen, denn Jaspis war betrübt, weil sie fürchtete, eine neue Trennung nicht ertragen zu können.

Hsü redete ihr besänftigend und nachdrücklich zu: »Bitte sorge dich nicht, denn nachdem wir jetzt auf immer zusammengehören, werde ich dich in Zukunft immer bei mir haben. Wir gehen zusammen nach Liau-yang, werden dort so glücklich wie die Fische im Wasser miteinander leben können und ich will dich für immer beschützen.«

Nun war unter den Kameraden des Hsü ein Korporal, ein rechtlicher und großzügiger Mensch, der zu Hsü sagte: »Nachdem Ihr jetzt Eure junge Frau hier habt, geht es doch nicht gut an, Euch gleich wieder zu trennen. Es ist ja nicht nötig, daß Ihr auf unserer Dienstreise dabei seid, und während wir übrigen bei den einzelnen Präfekturen die Akten abgeben, könnte Ihr Euch in Ruhe um Eure Frau kümmern und auf unsere Rückkehr warten. Wenn wir unsere Aufträge alle erledigt haben, reisen wir dann zusammen nach Liau-yang zurück.«

Hsü richtete darauf ein Gastmahl mit Wein für seine Kameraden, und diese machten sich dann auf den Weg.

Plötzlich erfuhr Oberst Wu, was sich zugetragen hatte. Er gab an, Hsü hätte sich unerlaubt von der Truppe entfernt, ließ ihn verhaften und im Gefängnis totprügeln. Den Leichnam versteckte er in einem alten Ofen. Dann befahl er einer Vermittlerin, der Frau Tung mit folgenden Worten Furcht einzujagen: »Der Mann ist tot, und es hat keinen Zweck mehr, an ihn zu denken. Ich werde einen günstigen Tag aussuchen und die Sänfte schicken, um deine Tochter abzuholen. Wenn du nicht gehorchst, wird es euch schlimm ergehen.«

Als die Vermittlerin auf ein Jawort drang, bat Jaspis ihre Mutter, einzuwilligen, und die Vermittlerin zog davon. Dann sagte das Mädchen: »Wenn ich nicht sterbe, muß ich durch diesen wilden Wüstling Schande erleiden. Ich will die Nacht erwarten und mir dann den Tod geben.« Die Mutter war gleichfalls völlig ratlos. An jenem Abend traf unerwartet der Inspektionszensor Herr Fu in der Poststation ein. Jaspis rief aus: »Jetzt muß das Verbrechen an meinem Mann gerächt werden«, und setzte eine Klageschrift für den Zensor auf. Sofort nahm er sich des Falles an und meldete ihn an die vorgesetzte Behörde, die auch nach zwei Monaten das Gesuch um Einleitung eines Verfahrens bewilligte. Aber so sehr man auch suchte, konnte man doch den Leichnam nicht finden. Da erhob sich mit einem Male, noch während die Gerichtsverhandlungen in vollem Gange war, ein Wirbelwind vor der Gerichtshalle. Der Zensor stand auf zum Gebet und sprach: »Die abgeschiednen Seelen wissen die Wahrheit. Mögen sie mich den rechten Weg führen.« Sogleich änderte der Wirbel seinen Lauf und zog vor allen Leuten her bis vor den Ofen, wo er die

Kohlen- und Aschenreste zur Seite fegte, so daß der Leichnam sichtbar wurde. Der Zensor ließ ihn durch Beamte untersuchen, und es wurde festgestellt, daß er noch die Spuren der Verletzungen aufwies. Da brach Wu zusammen und gestand sein Verbrechen.

Der Zensor gab dem Präfekten des Bezirks Anweisung, den Leichnam des jungen Hsü vor der Stadt beisetzen zu lassen.

Jaspis aber folgte unter Tränen dem Sarg und warf sich schließlich in einen Weiher nahe dem Grabhügel. Auch sie wurde dort begraben, und Herr Fu meldete den Fall dem Kaiserhof. Es erging daraufhin eine Weisung an das Ritenministerium, es solle an ihrem Grab eine Ehrentafel aufgestellt werden mit der Inschrift: ›Grab einer tugendhaften und treuen Gattin.‹ Ihre Mutter, die geborene Tung, erhielt jedoch von der Behörde Kleidung und Nahrung, so daß sie bis ans Ende ihres Lebens versorgt war.

Der Hibiscusschirm

Im Jahre Hsin-mau der Regierungsperiode ›Höchste Ordnung‹ (1351) lebte zu Dschën-dschou ein junger Mann namens Tsui Ying, der aus einer sehr reichen Familie stammte. Wegen der Verdienste seines Vaters wurde ihm die Protektion zuteil, auf den Posten des Stadthauptmanns von Yung-djia in der Provinz berufen zu werden, und er begab sich mit seiner Frau, einer geborenen Wang, auf die Reise, um das Amt zu übernehmen.

Die Reise führte auch an den Dschui-Bergen bei Su-dschou vorbei, wo Tsui sein Boot anlegen ließ, um eine kleine Ruhepause einzulegen. Er ließ Papiergeld, Opferspeisen und Wein einkaufen und dem Gott in dem dortigen Tempel opfern. Alsdann hielt er mit seiner Gattin im Boot ein kleines Bankett. Die Bootsleute aber bemerkten, daß die Trinkgefäße alle aus Gold oder Silber waren, und sofort ergriff sie böses Verlangen. Noch in der gleichen Nacht warfen sie Tsui ins Wasser und ermordeten alle Diener und Mägde. Zu der geborenen Wang aber sprach der Bootsführer: »Weißt du auch, warum du nicht zu sterben brauchtest? Mein jüngerer Sohn hat noch keine Frau. Er ist jetzt mit meinen Leuten weiter nach Hang-dschou gefahren und kommt in ein bis zwei Monaten wieder zurück; dann wirst du ihn heiraten. Da du nunmehr zu unserer Familie gehörst, brauchst du nichts zu fürchten.«

Als er seine Rede beendet hatte, raffte er alle Habe der geborenen Wang zusammen und redete sie mit ›Neue Frau‹ an. Sie heuchelte Zustimmung und zwang sich zur Rolle einer Hausfrau, die mit großer Umsicht ihrer Aufgabe waltete. Der Schiffer aber freute sich heimlich, daß er sie als Gattin für seinen Sohn bekommen würde, und in dem Maße, wie er allmählich bekannter mit ihr wurde, hielt er sie nicht mehr in so strenger Hut.

So verging etwa ein Monat, und das Mittherbstfest kam heran. Die Bootsleute richteten sich ein reichliches Gelage mit Wein und zechten so stark, daß sie alle schließlich betrunken waren. Die junge Frau wartete, bis alle in tiefen Schlaf versunken waren, und stieg, ohne lange zu überlegen, ans Ufer und lief davon. Nach zwei oder drei Meilen hatte sie sich völlig verlaufen; rings umher lag sumpfiges Gelände voller Schilf und Binsen, soweit das Auge reichte. Da sie in einem vornehmen Hause aufgewachsen war, vermochten ihre zarten Füße kaum mehr, die Anstrengung des Laufens und Watens zu ertragen, und sie fürchtete, daß ihre Verfolger sie einholen könnten. Sie bot alle Kräfte auf und lief weiter, bis endlich nach langer Zeit der Himmel im Osten langsam hell wurde. Wie sie sich umschaute, bemerkte sie inmitten eines Wäldchens Gebäude und lief eilig dorthin, um eine Zuflucht zu finden. Als sie ankam, fand sie das Tor noch geschlossen und vernahm undeutlich den Klang von Glocken und Gebeten. Kurz darauf wurde das Tor geöffnet, und es stellte sich heraus, daß dort ein Nonnenkloster war. Die geborene Wang trat ein, aber als die Oberin nach dem Grund für ihr Kommen fragte, wagte sie nicht, die volle Wahrheit zu sagen, sondern erzählte folgende Geschichte:

»Ich stamme aus Dschën-dschou. Als mein Onkel als Beamter nach Dschö-djiang reiste, nahm er die ganze Familie mit. Kaum hatte er sein neues Amt angetreten, da starb mein Gatte, und ich lebte mehrere Jahre lang als Witwe. Dann gab mich mein Onkel als zweite Frau dem Stadthauptmann We aus Yung-djia in die Ehe. Die Hauptfrau war grausam und schwer zufriedenzustellen, so daß ich Prügel und Erniedrigungen aller Arten zu spüren bekam. Kürzlich wurde ihr Mann abgelöst, und wir sind mit einem Schiff hierher gefahren. Um während des Mittherbstfestes den Mondschein zu genießen, wurde mir aufgetragen, Weinbecher zu holen für die Herrschaft. Dabei fiel mir unversehens ein goldener Becher aus der Hand in den Fluß. Das hätte mich, wenn es nach der Herrin ging, sicher den Tod gekostet, und so bin ich hierher gekommen, um mein Leben zu retten.«

»Ihr könnt es also nicht wagen, auf Euer Boot zurückzugehen, und Eure Heimat ist weit von hier. Falls Ihr aber wünschen solltet, einen neuen Ehegefährten zu finden, so fehlt es uns an einem tüchtigen Vermittler. Wohin wollt Ihr in Eurer Verlassenheit Euch da wenden?«

Die Frau sagte nichts, sondern brach in Tränen aus. »Ich alte Person«, fuhr die Nonne fort, »hätte schon Rat für Euch, aber ich weiß ja noch nicht, wie Euere eignen werten Absichten sind. Wenn Ihr, meine Lehrerin, einen Platz für mich wüßtet, würde ich selbst gerne den Tod darum erleiden.«

»Unser Haus ist bescheiden und liegt in der Uferwildnis, wohin keines Menschen Weg sich je verirrt, wo Schilf und Rohr unsere Nachbarn und Möwen und Reiher unsere Freunde sind. Doch habe ich hier zum Glück eine oder zwei Genossinnen, alle schon über fünfzig, und ein paar dienende Schwestern, die auch von reinem und strebsamen Wandel sind. Zwar seid Ihr noch zart an Jahren und von hübschem Aussehen, aber wie wollt Ihr die Schläge des Schicksals und Ungunst der Zeiten bestehen? Warum nicht der Liebe entsagen, sich von der Verblendung lösen und inne werden, daß unser Selbst nur eine Täuschung darstellt? Nehmt die Kutte und laßt Euer Haar scheren, kommt zu uns und entsagt der Welt. Ein Imbiß des Morgens, etwas Reisbrei am Abend, auf dem Meditationssitz unter Lampen zu Ehren Buddhas — so fändet Ihr eine Zuflucht über die Zeiten hinweg. Ist das nicht besser, als die Favoritin eines andern Mannes zu werden? Wollt Ihr nicht in diesem Leben Entbehrungen auf Euch nehmen, wofür Euch in einer kommenden Existenz Vergeltung zuteil würde?«

Die geborene Wang verneigte sich dankend und sprach: »Dies soll mein Entschluß sein.« Ihr Haar fiel vor Buddha, und sie erhielt den Klosternamen Hui-yün ›Vollendete Einsicht‹. Da sie nicht nur lesen und schreiben, sondern auch malen konnte, dauerte es kein Jahr, bis sie sich die heiligen Schriften Buddhas gänzlich zu eigen gemacht hatte, so daß die Oberin ihr mit großer Höflichkeit begegnete. In allen Angelegenheiten, gleich ob wichtig oder unwichtig, pflegte die Oberin nichts ohne den Rat von Frau

Wang zu unternehmen, doch blieb diese dabei von sanftem und freundlichem Wesen, so daß alle sie gerne hatten. Jeden Tag verneigte sie sich vor dem weißgekleideten Guan-yin-Bodhisattva über hundertmal und beichtete dort, was im heimlichsten Winkel ihres Herzens verborgen war, gleich ob Hitze oder Kälte herrschten. Dann pflegte sie sich in ihre einsame Zelle zurückzuziehen, und nur selten bekam jemand ihr Gesicht zu sehen.

Über ein Jahr war vergangen, da kam ein Mann auf einem Ausflug zu dem Kloster, blieb für eine fleischlose Mahlzeit dort und ging dann wieder fort. Am nächsten Tag kam er wieder und brachte eine Bildrolle mit, die Hibiscus darstellte, und schenkte diese dem Kloster. Die alte Oberin zog die Rolle auf einem ungeschmückten Wandschirm auf. Als die geborene Wang das Bild erblickte, erkannte sie sofort, daß es die Pinselzüge ihres Gatten, des Tsui Ying waren.

Auf ihre Frage, woher das Bild stamme, gab die Oberin zur Antwort: »Das hat neulich ein Gönner gestiftet.«

Frau Wang erkundigte sich, wie er denn heiße, wo er denn wohne und was sein Lebensunterhalt sei.

»Das sind Gu A-hsiu und seine Brüder aus dem hiesigen Landkreis, die von Beruf Bootsleute sind. Seit einigen Jahren freilich erzählen sich die Leute, daß er auf den Flüssen und Seen dem Raube nachgeht, doch weiß ich nicht, ob das der Wahrheit entspricht.«

Frau Wang fragte weiter, ob er denn oft käme.

»Er kommt nur selten«, war die Antwort, worauf sie sich beruhigte.

Dann griff sie zum Pinsel und schrieb auf den Schirm:

›In Jugendzeit ein Maler voll Lebenslust,
voll ehelicher Liebe –
zahllos sind seine Werke nach der Natur,
ein Meister der Gegenwart war er.
Selbst der gemalte Hibiscus
atmet noch Frische und Anmut.
Weiß er noch von Frauenschönheit,
wo Vergeltung besteht auf Leben und Tod?
Nachdem die Farben kalt ertötet,
bleibt nichts als trügerischer Stoff.
Wer erbarmt sich dessen, der verlassen?

Der schlichte Schirm ist schweigender Gefährte
beim Meditieren über das Ersterben.
Zerrissen die Bande im jetzigen Leben,
bleibt Sehnsucht, sie im nächsten neu zu knüpfen.‹

Dies war ein Lied nach der Melodie ›Der Genius am Flußrand‹. Die Nonnen aber verstanden alle nicht seinen Sinn.

Eines Tages traf es sich, daß ein Herr namens Guo Tjing-tschun aus der Stadt in irgendwelchen Geschäften in das Kloster kam. Als er das Bild und die Aufschrift sah, war er begeistert über seine vollendete Schönheit und kaufte den Schirm, nahm ihn mit nach Hause und betrachtete ihn als erlesenes Kunstwerk. Der ehemalige Zensor Herr Gau Na-liän lebte zu jener Zeit im Ruhestand in Su-dschou und war ein großer Liebhaber von Kalligraphie und Malerei. Guo Tjing-tschun schenkte ihm den Schirm, und der Zensor stellte ihn in seinem Wohnhaus auf, fand jedoch nicht die Zeit, sich genau nach seiner Herkunft zu erkundigen.

Einmal kam ein junger Mann zu ihm in sein Vorzimmer und wollte vier Rollen Kalligraphie in Konzeptschrift verkaufen. Als Herr Gau sie näher betrachtete, fand er, daß die Zeichen im Stile des großen Meisters Huai-su geschrieben waren und eine durchaus ungewöhnliche Klarheit und Kraft verrieten. Er fragte, wer das geschrieben habe, und bekam zur Antwort: »Das sind Schriftübungen von mir.« Da der junge Mann seinem Aussehen nach nicht von niedriger Herkunft schien, fragte Gau ihn nach Namen und Herkunft.

Mit trauriger Miene erwiderte der Mann: »Ich heiße Tsui Ying und mit Mannesnamen Djün-tschën, stamme aus Dschën-dschou und habe wegen der Verdienste meines Vaters den Posten eines Stadthauptmannes von Yung-djia erhalten. Mit meinem ganzen Hausstand begab ich mich auf die Reise an den Amtssitz, war aber unvorsichtig und bin das Opfer eines Anschlages meiner Bootsleute geworden. Ich wurde ins Wasser geworfen, und mein ganzes Hab und Gut und meine Frauen habe ich nicht wiedergesehen. Zum Glück war ich von Jugend auf mit dem Wasser vertraut und tauchte unter den Wellen hinweg, bis ich weit genug fort war und ans Ufer steigen konnte, wo ich Zuflucht bei einfachen Leuten fand, durchnäßt und ohne ein Kupferstück. Der Hausherr war sehr gütig zu mir, gab mir Kleider zum Wechseln und bewirtete mich mit Speisen und Wein. Dann schenkte er mir etwas Reisegeld und sagte: ›Daß du unter die Räuber gefallen bist, wird sicher bald der Behörde zu Ohren kommen, und so wage ich nicht, dich länger hier zu behalten, damit ich nicht in die Angelegenheit verwickelt werde.‹ Ich selbst erfragte mir dann den Weg in die Stadt und meldete alles der Bezirksverwaltung von Ping-djiang. Inzwischen ist ein Jahr vergangen, doch die Untersuchung hat nicht den geringsten Fingerzeig ergeben. So verkaufe ich Schriftzeichen, um mich durchzubringen, und würde es niemals wagen, diese als gute Kalligraphien auszugeben. Ich bin so frei, diese ungeschickten Schriftzüge hier Euer Gnaden zur Prüfung vorzulegen.«

Als Gau das hörte, faßte ihn tiefes Mitleid mit dem jungen Mann, und er sagte: »Da Eure Sache so steht, bleibt eigentlich keine andere Möglichkeit, als daß ich Euch hier behalte als Hauslehrer, der meinen Enkeln das Schreiben beibringt. Seid Ihr damit einverstanden?«

Tsui war überglücklich, und Herr Gau lud ihn ein, in die Hauptgemächer einzutreten und dort mit ihm zu trinken. Da erblickte Tsui plötzlich unter den Wandschirmen einen mit Hibiscus, und seine Tränen begannen zu strömen. Als Gau ihn verwundert fragte, gab er zur Antwort: »Das ist eins der Stücke, die mir auf dem Boot damals gestohlen wurden, und zwar ist es von meiner eignen Hand gemalt. Wie kommt es hierher?« Dann las er das Lied laut und sagte: »Das ist von meiner Frau.«

»Woran erkennt Ihr das«, wollte Gau wissen.

»An ihren Schriftzügen, und auch daraus, daß in den Worten ein besonderer Sinn enthalten ist, erkenne ich, daß es zweifellos von meiner unbegabten Frau stammen muß.«

»Wenn dem so ist«, sagte Gau, »dann will ich gerne die Aufgabe übernehmen, dafür zu sorgen, daß die Räuber dingfest gemacht werden. Haltet das aber bitte noch geheim!«

Darauf gewährte er Tsui in seinem Hauswesen Unterkunft und schickte am nächsten Tage heimlich nach Guo Tjing-tschun, von dem er erfuhr, daß der Schirm in dem Nonnenkloster gekauft worden sei. Sofort ließ er durch einen Mittelsmann bei den Nonnen nachfragen, von wem diese den Schirm hätten und wer das Gedicht darauf geschrieben hätte. Bald traf die Antwort ein: »Der Schirm ist von dem A-hsiu aus unserem Kreis gestiftet worden, und die Gedichtaufschrift stammt von der Nonne Hui-yüan.«

Alsbald schickte Gau jemanden zu der Oberin des Klosters und ließ ausrichten: »Die gnädige Frau Gau rezitiert gerne die heiligen Schriften Buddhas und hat niemanden, der ihr dabei Gesellschaft leistet. Sie hat erfahren, daß die Nonne Hui-yüan von vollendeter Erleuchtung ist, und möchte sie deshalb gerne als Lehrerin haben. Es ist ihr Wunsch, daß diese Bitte nicht abgeschlagen werde.«

Die Oberin wollte zunächst nicht ihre Einwilligung geben. Hui-yüan aber hegte Verlangen, einmal nach draußen zu kommen, um vielleicht eine Gelegenheit zu finden, das erlittene Unrecht zu vergelten. Auch konnte sich die Oberin schließlich dem Verlangen von Herrn Gau nicht gut widersetzen.

So ging die junge Frau denn hin und wurde von Herrn Gau zusammen mit seiner Frau im gleichen Raum einquartiert. Frau Gau forschte eines Tages die Nonne nach Herkunft und Vergangenheit aus. Die geborene Wang erzählte daraufhin unter mühsam verhaltenen Tränen ihre ganze Geschichte und erwähnte auch die Sache mit dem Hibiscusschirm. Dann sagte sie: »Die Räuber können nicht weit sein. Wenn Sie das, gnädige Frau, Ihrem Gatten melden, können die Verbrecher gefangen und die Schande von früher kann getilgt werden, so daß für meinen Gatten Vergeltung geübt wird. Das wäre eine große Gnade von seiten Eures Gemahls!« Sie wußte jedoch noch nicht, was aus ihrem Mann seitdem geworden war.

Als nun Frau Gau ihrem Mann dies alles berichtete und hinzufügte: »Sie ist gebildet und von keuschem Wesen. Sicher stammt sie nicht aus geringen Verhältnissen!«, da hatte Herr Gau keine Zweifel mehr, daß sie wirklich die Gattin des Tsui war. Bei seinen Nachforschungen am Wohnsitz des Räubers fand er auch heraus, zu welchen Zeiten er immer aufzutauchen und zu verschwinden pflegte, doch wagte er noch immer nicht, leichtsinnig eine Aktion ins Werk zu setzen. Dafür ließ er durch seine Frau der geborenen Wang nahelegen, sie solle ihr Haar wieder wachsen lassen und ihre alte weltliche Kleidung anlegen.

Ungefähr ein halbes Jahr später unternahm der Doktor ersten Grades und Inspektionszensor Serig Buqa eine Dienstreise durch den Bezirk. Buqa war ein früherer Untergebener des Herrn Gau gewesen, und dieser wußte, daß er ein intelligenter und geschickter Mann war. So erzählte er ihm von dem Fall und riet ihm, die Haussuchung und Verhaftung vorzunehmen. Dabei stellte sich heraus, daß das Ernennungsschreiben des Tsui und auch sein ganzer Hausrat noch vorhanden war. Nur von Frau Wang fehlte jede Spur. Als man den Delinquenten hierüber verhörte, gestand er: »Ich wollte sie wirklich als Frau für meinen zweiten Sohn behalten. Ich habe aber nicht auf sie aufgepaßt, und deshalb ist sie mir am Mittherbstfest im achten Monat entflohen. Ich weiß nicht, wo sie hingelaufen ist.« Buqa verhing daraufhin über den Verbrecher strenge Strafe und sorgte auch dafür, daß Tsui seinen ursprünglich vorgesehenen Posten antreten konnte.

Als Tsui sich bei Herrn Gau vor seiner Abreise an den neuen Dienstsitz verabschieden wollte, sagte dieser: »Ich habe für Eure Exzellenz den Heiratsvermittler gespielt und möchte, daß Ihr erst eine Frau nehmt, bevor Ihr abreist. Dazu ist noch Zeit genug.«

Tsui aber bedankte sich und sprach: »Meine Frau hatte lange genug Armut und Niedrigkeit mit mir geteilt und ist jetzt unglücklicherweise in irgendeiner Gegend verschollen. Es ist nicht sicher, ob sie noch lebt oder schon den Tod gefunden hat. Wenn ich allein an meinen Amtssitz gehe und dort die Jahre verbringe, so werden Himmel und Erde sicher Erbarmen mit mir zeigen. Wenn sie aber noch leben sollte, so kann ich die Hoffnung nicht aufgeben, daß ich doch noch einmal mit ihr glücklich vereint werde. Ich bin durch Eure Güte aufs tiefste gerührt und werde sie bis zum Tode niemals vergessen. Eine zweite Heirat aber ist nicht nach meinem Sinn!«

Gau stellte sich traurig und sagte: »Eurer Exzellenz hohe Rechtlichkeit wird sicherlich dereinst vom Himmel gesegnet werden. Wie sollte ich Euch da weiter belästigen wollen! Gewährt mir aber, daß ich vor Eurer Abreise ein Festmahl für Euch richten darf!«

Am Tage darauf fand das Mahl statt, zu dem sich alle Beamten der Provinzverwaltung und die angesehenen Leute in der Gegend vollzählig einfanden. Herr Gau hob seinen Becher und begrüßte die Anwesenden: »Ich alter Mann habe heute für den Stadthauptmann Tsui die Bande des jetzigen Lebens neu geknüpft.«

Keiner der Gäste verstand das. Da ließ Gau die Nonne Hui-yüan rufen. Als sie in den Saal trat, war sie niemand anders als die frühere Gattin des Tsui. Die beiden faßten sich voll tiefster Bewegung bei der Hand und konnten es nicht fassen, daß sie sich hier begegneten, bis Herr Gau den ganzen Hergang erzählte. Auch er ließ den Hibiscusschirm holen und den Gästen vorzeigen. Jetzt verstanden sie auch, warum Gau von Banden des jetzigen Lebens gesprochen hatte, denn diese Worte kamen ja in dem Gedicht der Frau Tsui auf dem Schirm vor, und Hui-yüan war ihr Klostername gewesen. Die ganze Gesellschaft war bis zu

Tränen gerührt, und alle lobten die einzigartige Güte des Herrn Gau. Dieser schenkte dem Tsui noch einen Diener und eine Magd, bevor er sich auf die Reise begab.

Als die Amtszeit des jungen Mannes abgelaufen war, kam er wieder durch Su-dschou, doch war Herr Gau inzwischen schon verstorben. Gatte und Gattin beweinten ihn, als ob sie den eigenen Vater verloren hätten, und brachten drei Tage und Nächte Seelenopfer an seinem Grabhügel dar, um ihrem Dank Ausdruck zu geben, bevor sie weiterreisten. Frau Tsui beobachtete dazu noch eine lange Fastenzeit, während der sie unaufhörlich zum Bodhisattva Guan-yin betete.

LI TSCHANG-TJI 1376–1452

Das Schaukelfest

Im zweiten Jahr der Regierungsperiode ›Große Tugend‹ unter dem mongolischen Kaiserhaus (1298) war ein gewisser Bolod zum Kommissar des Versorgungsamts für die Kaiserliche Küche ernannt worden, weil er der Sohn eines mit dem Herzog-Titel von Tji ausgezeichneten verstorbenen Kanzlers war. Ein Mann namens Yendula war dort Regierungsrat und ein gewisser Wang Yung-fu aus Dung-ping Registrator. Die Häuser dieser drei Familien lagen nebeneinander im Westen der ›Teich-Brücke‹. Bolod, der aus einer Kanzlerfamilie stammte, war überaus reich und erfreute sich einer geehrten Stellung. Sein Haus war so geräumig und schön, daß kein anderer sich mit ihm vergleichen konnte. Er war aber bei all dem belesen, verstand sich auf Literatur und behandelte verdiente Gelehrte stets mit Ehrfurcht und großer Höflichkeit, so daß er deswegen allgemein von seinen Zeitgenossen gepriesen wurde. Hinter seinem Wohnhaus befand sich ein Aprikosengarten, der wirklich den Versen entsprach: *›Die Fülle der Frühlingsfarbe im Garten ist nicht zu bändigen – ein rötlicher Aprikosenzweig ragt über die Mauer hinaus.‹* Mit seinen seltenen Blütenpflanzen und lieblichen Pavillons war er der schönste Garten unter allen, die den vornehmen Familien gehörten. Jedes Jahr im Frühling pflegten die jüngeren Schwestern und die Töchter des Kommissars Bolod die Damen der beiden Nachbarsfamilien in diesen Garten einzuladen, wo sie eine Schaukel aufgestellt hatten, dazu reichlich zu essen und zu trinken, so daß fröhliches Gelächter den ganzen Tag über erklang. Die einzelnen Familien stellten dafür abwechselnd die Erfrischungen. Das ging so vom Ende des zweiten Monats bis zum Frühlingsfest im dritten Monat, und man nannte diese Zusammenkünfte ›Schaukelfest‹.

Nun traf es sich einmal, daß Baidschu, der Sohn des Regierungsrats im Geheimen Staatsrat Temür Buqa, an jenem Garten vorüberritt und das Gelächter dort drinnen vernahm. Um hineinzuschauen, drehte er sich auf seinem Pferde um und konnte gerade sehen, wie die Mädchen sich mit Schaukeln vergnügten und fröhlicher Ausgelassenheit hingaben. Im Schatten einer Weide verborgen, konnte er die Mädchen betrachten, die alle wunderhübsch waren und brachte es lange Zeit nicht über sich, weiterzureiten. Da bemerkte ihn ein Torhüter und meldete es im Hause, worauf Bolod ihn hereinholen wollte, doch da war Baidschu schon fort und nach Hause. Dort erzählte er alles seiner Mutter, die wohl merkte, was ihr Sohn im Sinne trug, und deshalb einen Heiratsvermittler zu der Familie des Kommissars schickte, um eine Ehe anzubahnen. Bolod sagte: »Ist das nicht der Junge, der da über die Mauer geschaut hat? Wenn ich mir einmal einen Schwiegersohn aussuche, dann muß er mir hergeschickt werden, so daß ich ihn mir einmal ansehen kann. Sollte er wirklich etwas taugen, kann ich ja meine Zustimmung geben.« Dies meldete die Vermittlerin der Familie der Rats, und Baidschu mußte sich für den Besuch herausputzen. Als Bolod sah, wie hübsch und jugendlich er war, freute er sich insgeheim, doch wußte er noch nicht, ob der junge Mann auch gebildet war, und stellte ihn auf die Probe, indem er sagte: »Du hast ja deinen Spaß daran gehabt, beim Schaukelspiel zuzusehen. Kannst du darüber ein Lied machen, und zwar eine Strophe in südlicher Art nach der Melodie ›Bodhisattva-Barbaren‹?« Sofort griff Baidschu zum Pinsel und schrieb in mongolischer Schrift folgendes nieder:

›Rotes Seil, bemaltes Brett und zarte Finger.
Gleich Schwalbenpärchen im Ostwind geht es in die Lüfte.
Stolz auf die Anmut versucht man, wer am höchsten kommt.
Drum binden sie den Rock noch fester.
Das Bett aus Elfenbein gewährt den Müden freundlich Ruhe.

Eine gar duldet, daß zu Boden fällt die goldene Spange,
schiebt zur Seite das Kissen, erhebt sich langsam,
zur Stunde, wenn schon der Mond aufgeht
hinter dem seidenen Fenster.‹

Zwar hatte Bolod seine Freude an der raschen Intelligenz des Jungen, doch fürchtete er, daß er vielleicht das Gedicht schon vorher sich zurechtgelegt hätte oder daß es ein anderer für ihn gemacht haben könnte. Darum lud er Baidschu zu einem Mahle ein und ließ ihn während der Mahlzeit ein Lied zum Preise des Pirols dichten nach der Melodie ›Den Fluß erfüllendes Rot‹. Baidschu strich ein Blatt feinstes Papier glatt, schrieb darauf das Lied mit chinesischen Schriftzeichen und überreichte es sodann Herrn Bolod. Der war hoch erfreut, sagte: »Jetzt habe ich einen Schwiegersohn gefunden!« und versprach Baidschu ins Angesicht seine dritte Tochter Sugaschiri zur Frau. Dann rief er seine Frau und die Tochter herbei und stellte ihnen Baidschu vor, während die andren Töchter heimlich durch einen Fensterspalt zuschauten und bei sich die Sugaschiri beglückwünschten, indem sie sagten: »Da kann man wirklich sagen, wie es im Gedicht heißt: *›Viel Freude und Lust herrscht hinter dem Türschirm, wo Tochter und Tochtermann jüngst den Drachen bestiegen‹*!«

Alsdann wurde ein glückbringender Tag für die Verlobung ausgesucht und die Geschenke übersandt. Die Fülle der Gaben und die Feinheit der Glückwünsche wurden bald in der ganzen Stadt bekannt, und man hielt die Verlobung für ein großes Ereignis.

Nun war aber der Vater des Baidschu ein Verschwender und in seiner Amtsführung so nachlässig und habgierig, daß er zu guter Letzt wegen einer Bestechungsaffäre in das Gefängnis des Zensorats geworfen wurde. Dort zog er sich in der Kerkerhaft eine Krankheit zu. Zwar wurde er später wieder wegen seiner Eigenschaft als hoher Beamter entlassen und durfte nach Hause zurückkehren und sich in ärztliche Behandlung begeben. Aber es vergingen kaum zehn Tage, so starb er. Seine ganze Familie wurde von der Krankheit angesteckt und starb gleichfalls, nur Baidschu blieb als einziger am Leben. Gleich geschmolzenem Eis und zerbrochenen Ziegeln verflüchtigte sich das Vermögen der Familie, und auch die ganze Dienerschaft lief davon. Bolod trug sich mit dem Gedanken, den Baidschu zu sich zu holen und ihm in seinem eigenen Haus ein Unterkommen zu bieten, jedoch war seine dritte Gemahlin hartnäckig dagegen. Man muß wissen, daß Bolod viele Konkubinen hatte, aber die dritte Gemahlin erfreute sich als einzige der Gunst des Herrn und hatte alles zu sagen. Sie sah, daß die Töchter aller anderen Nebenfrauen in reiche und vornehme Familien eingeheiratet hatten, während gerade ihre eigene Tochter einen Mann bekommen sollte, dessen Familie derart heruntergekommen war, und so beschloß sie, die Verbindung zu lösen. Sugaschiri aber sagte tadelnd: »Ein Verlöbnis bedeutet ein Band der Pflicht und des Rechts. Was einmal beschworen wurde, kann man nicht wieder ändern. Mir ist nicht unbekannt, wie reich die Familien sind, in die meine übrigen Schwestern geheiratet haben, und ich bewundere sie deshalb. Aber wenn man einmal auch nur das geringste Versprechen geleistet hat, kann man Geister und Götter nicht mehr betrügen. Wie könnte ich ihn aufgeben, nur weil er jetzt arm und erniedrigt ist?«

Ihre Eltern aber hörten nicht auf sie, sondern verabredeten, daß sie Sëng-djia-nu, den Sohn des Vizekanzlers Kökötschü heiraten solle. Die Zeremonien der Verlobung waren noch prächtiger als damals. Als die Ehe geschlossen und Sugaschiri auf dem Wege zum Hause des Bräutigams war, da löste sie heimlich in der Sänfte einen Strumpf und erdrosselte sich damit. Als die Sänfte eintraf, war sie schon leblos. Weil es sich um ihre Lieblingstochter handelte, ließ Frau Bolod die Mitgift des Mädchens und alle Hochzeitsgeschenke der Familie des Bräutigams zurückholen und mit in den Sarg geben, der in dem buddhistischen ›Tempel des Reinen Friedens‹ untergestellt wurde.

Baidschu hörte von dem Ereignis und ging heimlich des Nachts dorthin, um sie zu beweinen. Er klopfte an den Sarg und sagte: »Baidschu ist hier.«

Plötzlich vernahm er aus dem Sarg die Antwort: »Du mußt den Sarg öffnen, ich lebe noch.«

Der junge Mann schaute den Sarg ringsum an, aber er war auf allen Seiten mit Lack und Nägeln gesichert, und er wußte nicht, wie er ihn aufbekommen sollte. Da wandte er sich an die Mönche und sagte: »Ich brauche eure Hilfe. Das Verbrechen, den Sarg zu öffnen, nehme ich ganz und gar auf mich, aber ich will nicht, daß andre mit hineingezogen werden, und möchte euch an dem Inhalt teilhaben lassen.«

Nun wußten die Mönche, daß es sich um eine reiche Bestattung handelte, und die Habgier erwachte in ihnen. So öffnete er den Deckel mit einer Axt – wirklich, das Mädchen war noch lebendig.

Die beiden freuten sich über alle Maßen. Die Hälfte ihrer goldenen Armreifen und ihres Kopfschmucks gab er den Mönchen als Entschädigung, doch auch der Rest war noch immer mehrere Zehntausend Geldschnüre wert. Dann beauftragte er die Mönche, Lack zu besorgen und den Sarg damit zu verschließen, damit die Sache nicht ruchbar würde. Baidschu aber floh mit Sugaschiri nach der Sommerresidenz Schang-du.

Dort lebten sie ein Jahr zusammen, und niemand erkannte sie. Was sie an Sachen mithatten, war reichlich, und zudem gab Baidschu noch Unterricht an junge Mongolen, so daß er ein zusätzliches monatliches Einkommen hatte und recht bequem leben konnte.

Da traf es sich, daß Bolod zum Präfekten von Schang-du ernannt wurde. Als er dort eintraf, suchte er nach Leuten, die er als Gast in sein Haus aufnehmen konnte, aber es gab in Schang-du sehr wenige gebildete Leute. Jemand sagte ihm daraufhin: »In der Nachbarschaft lebt ein Gelehrter, der von Peking aus hierher verzogen ist, und zwar ist er auch ein Innerasiate. Er hat eine Schule für die Bevölkerung gegründet und besitzt wirklich gelehrte Bildung. Wenn der Herr Präfekt nach einem Hauslehrer sucht, so kann ich nur diesen Mann empfehlen.«

Bolod ließ ihn holen und erkannte Baidschu, den er bisher verdorben und gestorben geglaubt hatte, der nun aber ein gemachter Mann war. Er wunderte sich sehr und fragte, wie er dorthin käme, und auch, wen er geheiratet hätte. Da erzählte ihm Baidschu die ganze Wahrheit. Bolod wollte es zunächst nicht glauben und befahl Trägern, die Frau zu holen: da war es tatsächlich Sugaschiri. Alle waren aufs tiefste bestürzt und bewegt und zwischen Trauer und Freude hin und her gerissen. Noch aber fürchtete Bolod, daß es ein Geist sein könne, der menschliche Gestalt angenommen und den jungen Mann verführt haben möchte. Deshalb schickte er heimlich einen Boten zu dem Tempel des ›Reinen Friedens‹ und ließ bei den Mönchen nachfragen. Aber auch deren Auskunft besagte genau das gleiche, und als der Sarg geöffnet wurde, stellte sich heraus, daß er völlig leer war. Nach seiner Rückkehr berichtete der Bote das alles, und sowohl Bolod als auch seine Frau wurden von Reue ergriffen, behandelten deshalb Baidschu mit um so größerer Freigebigkeit und nahmen ihn als Schwiegersohn in ihr Hauswesen auf, wo er bis ins hohe Alter lebte.

Baidschu hatte drei Söhne. Der älteste, Djiau-hua, brachte es in der Ämterlaufbahn bis zum Provinzialstaatssekretär zur Linken der Provinz Liau-yang. Er starb aber früh. Der mittlere Sohn Manggudai und der jüngste He-sï wurden beide Gardeoffiziere im Palast und mit hohem Rang bedacht. Manggudai starb als erster, während He-sï noch bis zum Mitglied des Geheimen Staatsrat aufstieg.

Als die himmlischen Truppen der Dynastie Ming Peking erreichten, begab sich der Kaiser Schun-di in die Halle der Reinen Ruhe und versammelte dort seine Familie, die Kaiserinnen und den Kronprinzen um sich, um zu beraten, wie man der Kriegsgefahr entgehen könne. He-sï und der Kanzler Schiremön mahnten den Kaiser unter Tränen: »Unser Reich ist doch das Reich des Qubilai Qan, und wir müssen es bis zum Tode verteidigen.« Aber der Kaiser hörte nicht darauf, sondern ließ um Mitternacht das ›Tor der Festen Tugend‹ öffnen und entfloh. He-sï folgte ihm in die Steppe, und niemand weiß, was aus ihm wurde.

DSCHU YÜN-MING 1460–1524

Einen Scherz machen und eine Braut gewinnen

In dem Kreise Yü-hang lebte einst ein Mann mit Namen Djiang Ting. Eines Tages befand er sich, begleitet von zwei Freunden, auf der Rückkehr von einer weiten Geschäftsreise und kam dabei durch die Gegend in der Nähe des Weilers Dschu-dji. Der Zufall wollte es, daß gerade die Dämmerung hereinbrach, so daß sich die drei nach einer Unterkunft umsehen mußten. Da entdeckten sie in der Ferne ein weitläufiges Anwesen mit einem Herrenhaus. Eilig strebten sie darauf zu. Als sie aber näher kamen, sahen sie die Fensterläden geschlossen, und auch als sie die ein wenig aufzogen, vernahmen sie nicht den geringsten Laut, der auf die Anwesenheit von Menschen hingedeutet hätte. Enttäuscht verharrten sie so wartend eine Weile.

Plötzlich fing es an, in Strömen zu regnen, so daß ihre Stimmung noch verdrießlicher ward. Da machte sich Djiang kurz entschlossen an der Eingangspforte zu schaffen und wollte unbekümmert ins Haus eindringen. Seine Freunde hielten ihn zurück und sagten, das sei doch ungehörig, Djiang aber erwiderte scherzend:

»Was tut das schon! Dies ist doch das Haus meines Schwiegervaters!«

Die beiden Freunde brachen in Gelächter aus, hielten ihn aber immer noch fest. In diesem Augenblick öffnete sich mit einem Male geräuschlos das Tor, und ein alter Mann trat auf die Schwelle. Er verneigte sich vor den drei Freunden und sprach: »Ich habe eben gehört, daß einer von Euch eine recht unpassende Bemerkung getan hat. Wer war das?«

Djiangs Freunde baten bloß demütig um Verzeihung, Djiang selbst aber stieg die Schamröte ins Gesicht, und er konnte dem alten Herrn nicht gerade in die Augen sehen. Da wußte der Alte Bescheid. Mit ausgesuchter Höflichkeit wandte er sich an die beiden Freunde und sagte: »Darf ich Euer Ehren bitten, bei dieser Kälte in meinem Hause zu übernachten und vor dem Regen Schutz zu suchen?«

Nach diesen Worten sprach er zu Djiang: »Was aber dich angeht, so bist du ja bloß mein Schwiegersohn. Die gute Sitte verbietet es, daß du mit meinen Gästen zusammen an einem Tisch sitzest. Du magst ruhig draußen stehen bleiben und vor der Türe warten!«

Die beiden Freunde Djiangs konnten sich dieser Entscheidung des Alten nicht gut widersetzen, so folgten sie ihm denn ins Haus, während er ungerührt das Tor hinter ihnen verriegelte. Drinnen in der Empfangshalle begrüßte er dann seine beiden Gäste mit vollendetem Zeremoniell, und alle stellten sich gegenseitig vor, wobei der alte Herr sagte, daß er selbst Tau heiße. Als diese Förmlichkeiten erledigt waren, erhob sich der Alte, ging noch einmal hinaus vor die Tür und sagte zu Djiang: »Wie kann man sich nur erlauben, ohne jede Not als fremder Reisender solch eine Ungehörigkeit zu begehen. Ist das etwa eine Art?« Dann ging er wieder hinein ins Haus.

Djiangs Freunde versuchten nun in aller Höflichkeit für ihn ein gutes Worte einzulegen, doch der alte Herr blieb unerbittlich. Er ließ Wein und Speisen für seine Gäste auftragen, war aber durch nichts dazu zu bewegen, auch Djiang hereinzubitten. So saß denn Djiang mutterseelenallein draußen neben der Regenröhre und ward von Stunde zu Stunde trübseliger.

Mit einem Male aber hörte es auf zu regnen, und der Mond trat ein wenig hinter den Wolken hervor. Da schon gut eine

Doppelstunde vergangen war, seit die drei Freunde sich zuerst nach einer Herberge umgesehen hatten und das Tor weiterhin verschlossen blieb, beschloß Djiang, sich jetzt aufzumachen und woanders um eine Unterkunft zu bitten. Just in diesem Augenblick vernahm er plötzlich eine leise Stimme, die durch die Tür, hinter der schon alles im Dunklen lag, zu ihm sprach:

»Geh nicht weg«, flüsterte es, »wir haben hier noch ein paar Sachen. Wenn du ein wenig wartest, kannst du sie wohl mitnehmen!«

Djiang erklärte sich einverstanden. Er war nämlich überzeugt, seine zwei Freunde hätten zu ihm gesprochen, die, nachdem sie reichlich bewirtet worden waren, den Hausherrn noch dazu um einige Dinge erleichtern wollten. Es dauerte eine Weile, da plumpsten vom oberen Rand der Gartenmauer zwei Beutel herab. Djiang nahm sie in Empfang. Als er hineinblickte, sah er, daß sie vollgestopft waren mit lauter Schmucksachen, Trinkbechern und anderen Gegenständen aus Silber und Gold. Eilends warf er die Beutel über die Schulter und machte sich damit davon. Gleich danach vernahm er hinter sich ein Geräusch, als sei abermals etwas von der Mauer herabgefallen. Als er sich umblickte, gewahrte er aber nur die Gestalten zweier Menschen, die offensichtlich über die Mauer gestiegen waren. Es war zu dunkel, als daß er sie genauer hätte erkennen können, doch glaubte er mit Gewißheit, es handle sich um seine zwei Freunde, die sich heimlich aus dem Staube machten. So schöpfte er denn keinen weiteren Verdacht. Er öffnete noch einmal die beiden Beutel, holte rasch einige Goldsachen heraus und barg sie an seiner Brust; dann nahm er die Bündel wieder auf seine Schultern und lief geschwind weiter. Die beiden Gestalten eilten immer hinter ihm her, vermochten aber nicht, ihn einzuholen.

Als endlich der Morgen graute und Djiang sich umblickte, erkannte er zu seiner Überraschung in seinen Verfolgern eine junge Frau und deren Dienerin. Aufs äußerste erschrocken, blieb er stehen und fragte die beiden, als sie näherkamen, was dies alles zu bedeuten habe. Die junge Dame schien ebenfalls bestürzt, als sie Djiang gewahr wurde, und sagte hastig: »Laßt mich bitte mit Euch in irgendeine Herberge gehen, damit wir ungestört reden können.«

Djiang gab sein Einverständnis, und so zogen sie zusammen weiter, bis sie schließlich ein Gasthaus erreichten, wo sie einkehren konnten. Dort, unter vier Augen, bat nun Djiang die junge

Dame um eine Erklärung des merkwürdigen Zusammentreffens. »Ich bin«, erwiderte sie hierauf, »die Tochter jenes alten Herrn, der Eure Freunde gestern abend als Hausherr bewirtete. Als ich noch ganz klein war, hat er mich einem bejahrten Mann zur Ehe versprochen, einem Mann, der in der jüngsten Zeit sogar noch blind geworden ist. Ich hatte begreiflicherweise nicht die Absicht, ihn zu heiraten, sondern trug ständig den Wunsch mit mir herum, eine andere Eheverbindung einzugehen. Nun hatte ich mich gerade heute nacht mit einem jungen Mann verabredet, mit dem ich zusammen heimlich meinem Elternhaus den Rücken kehren und fliehen wollte. Ich wartete auf ihn am Abend schon eine ganze Weile, aber er kam nicht. Da hörte ich plötzlich meinen Vater in die Halle hereinkommen und darüber schelten, daß ein Fremder vor der Tür die dumme Bemerkung gemacht habe, er wolle in seines Schwiegervaters Haus. Da meinte ich, das sei mein heimlicher Bräutigam, packte in aller Hast einige wenige Wertsachen zusammen und stieg über die Hausmauer, daß ich mich Euch dann so lange nicht näherte, geschah aus Sorge, die Leute könnten auf uns aufmerksam werden, wenn wir zusammen gingen. Jetzt, da alles schon einmal so geschehen, bleibt mir nichts anderes übrig, als sämtliche Entscheidungen Euch zu überlassen. Ich selbst bin unfähig, im Augenblick einen Rat zu finden!«

Djiang hatte seine Wahl rasch getroffen. Er wartete nicht mehr auf seine beiden Freunde, sondern nahm die junge Frau mit heim in seine Familie. Den Verwandten gegenüber gab er vor, daß er die Frau auf der Reise ordnungsgemäß geheiratet habe.

Die Fremde aber, die er auf solche Weise auf der Straße aufgelesen und in sein Haus genommen hatte, erwies sich als ein ungemein tugendhaftes und tüchtiges Weib, und es dauerte nicht lange, da schenkte sie Djiang auch einen Sohn.

Doch es lag ein Schatten über ihrem Zusammensein: wieviel Zeit auch verging, die Sehnsucht nach Vater und Mutter konnte die junge Frau nicht aus ihrem Herzen bannen. Eines Tages klagte sie Djiang ihr Leid und sprach: »Weil ich einem blinden Mann nicht in die Ehe folgen wollte, habe ich bis heute alle gute Sitte in den Schmutz getreten. Jetzt aber, da das Verlangen nach meinen Eltern mir keinen Augenblick mehr Ruhe gönnt, so daß ich nahe daran bin, krank zu werden, wie soll ich mir da helfen? Meine Eltern haben mich allezeit so recht von Herzen geliebt. Wenn sie wüßten, wie es heute um mich steht, würden sie mir vielleicht nicht mehr böse sein. Du solltest wohl versuchen, einen Ausweg zu ersinnen!«

Djiang holte sich Rat bei einem Freund.

»Du müßtest«, meinte der, »um zum Erfolge zu gelangen, ein bißchen krumme Wege gehen.«

Und er teilte ihm mit, wie er das meinte. So ging denn Djiang nach dem Vorschlag seines Freundes als Händler verkleidet zum Hause seines Schwiegervaters und bot dort irgendwelche Waren zum Verkauf an. Als das Geschäft erledigt war, lud der alte Herr den unerkannten Fremdling ein zu einem gemütlichen Plauderstündchen. Als sie auf die Neuigkeiten in Djiangs Heimatstadt zu sprechen kamen, erzählte Djiang wie von ungefähr: »Vor zwei oder drei Jahren brachte bei uns ein Mann aus Yü-hang von einer Geschäftsreise ein Mädchen mit nach Hause, das er mitten auf der Landstraße nur durch ein paar Worte kennengelernt hatte. Es war eine Frau, die aus Eurer ehrwürdigen Herkunftsstadt stammte. Wißt Ihr darüber irgend etwas Näheres?«

»Kennt Ihr denn denn Familiennamen der Frau?« fragte der alte Herr.

»Ich habe gehört, sie soll eine geborene Tau sein«, erwiderte Djiang scheinbar arglos.

Da zuckte der alte Herr zusammen und rief erregt aus: »Wenn das nicht gar meine Tochter ist!«

Nun nannte Djiang auch ihren persönlichen Namen und beschrieb ihr Alter, ihr Aussehen und noch manche andere Kleinigkeit.

»Wahrhaftig, das ist meine Tochter«, sprach jetzt der Alte erschüttert.

»Würdet Ihr sie wohl wiedersehen wollen?« fragte Djiang.

»Oh, von Herzen gern!« war die Antwort.

In diesem Augenblick stürzte die Gattin des alten Herrn, die alles heimlich mit angehört hatte, hinter einem Wandschirm hervor, wandte sich tränenüberströmt an den Gast und sprach: »Wir beiden Eheleute haben immer nur für unser Töchterlein gelebt. Seit sie verschwunden ist, hat unser Leben seinen Sinn verloren. Wenn Ihr, o Fremdling, es wirklich vermöchtet, daß wir sie wiedersähen, so würden wir Euch unser halbes Vermögen zum Danke überlassen!«

»Da Ihr beide mit solcher Inbrunst wünscht, Eure Tochter wiederzusehen«, bemerkte Djiang, »wird Eure Tochter es dann nicht schwer haben, Euch mit Eurem Schwiegersohn zu versöhnen?«

»Wenn durch das Glück eines solchen Wiedersehens alle Sorgen geschwunden wären, wie könnten da noch irgendwelche Gefühle des Hasses und der Rache in uns wohnen!« antwortete der alte Herr.

Da sprach Djiang: »Wenn dem so ist, verehrter Schwiegervater, so möchte ich Euch bitten, mit mir die Reise zu Eurer Tochter anzutreten.« Und er gab sich zu erkennen.

Hierauf wurde für die Fahrt gerüstet, und Djiang und der alte Herr machten sich zusammen auf die Reise. Als Vater und Tochter einander wieder von Angesicht sahen, hielten sie einander lange Zeit ergriffen bei den Händen, und ihre Freude war unermeßlich. Gleich sandte man einen Wagen ab, um auch die Mutter herbeizuholen.

Als nun alle froh vereint waren, sprach die junge Frau unter Tränen: »Als ich damals von Euch schied, schien es ein Abschied zu sein für immer. Wer hätte wohl den heutigen Tag voraussehen können!«

Djang aber warf sich reuevoll zu Boden und bat seinen Schwiegervater wegen seines ungehörigen Benehmens um Verzeihung. Jetzt kam auch allgemein die Sprache auf die scherzhafte Bemerkung, die Djiang damals im Regen getan hatte.

»Der Himmel hat es so gefügt«, sagte der alte Herr, »daß gerade vermöge dieser deiner Worte deine Worte selbst Erfüllung fanden — und ist es viellicht ein Unglück gewesen?«

Hierauf rief er den ganzen Klan zu einem großen Fest in seinem Heimatdorf zusammen, um die Heirat nachzuholen und die junge Frau mit vollendetem Zeremoniell und reicher Mitgift in das Heim ihres Gemahls geleiten zu lassen. Auch Djiang entsprach der guten Sitte und ließ durch seine Heiratsboten Geschenke überreichen in Hülle und Fülle. So konnte denn am Ende die Hochzeit des jungen Paars doch noch mit aller Pracht gefeiert werden.

Die kühne Gattin

Die Tochter der Familie Yang aus Fëng-tschëng war eine außergewöhnliche Frau. Sie war an einen Herrn Li verheiratet. Als die Soldaten des Tan die Stadt Nan-tschang eingeschlossen hatten, durchstreiften sie die ganze Gegend zu Pferde und entführten die kräftigen jungen Männer, um sie in ihrem Heere zum Dienst zu zwingen. Bei einer solchen Gelegenheit wurde auch Frau Li geraubt, und zwar durch einen gewissen Major Wang. Dieser Major stammte aus der Provinz Schantung und hatte bereits eine Hauptgattin, doch mußte Frau Li ihm wider ihren Willen zu Diensten sein und sich auch seine Vertraulichkeiten gefallen lassen. Schließlich gebar sie ihm sogar einen Sohn.

Mit der Zeit ging es aber im Hause des Majors immer mehr bergab und er zog wieder ins Feld davon. Die geraubte Frau Li aber redete der Hauptfrau mit listigen Worten zu: »Wenn uns irgend etwas zustoßen sollte, stehen wir ganz arm und verlassen da. Schade, daß ich keine Flügel am Leib habe, um davonzuziehen.«

»Wie meinst du das?« sagte die Majorsfrau.

»Mein früherer Gatte stammte aus einer sehr angesehenen Familie, und seine Vorfahren haben Generationen hindurch große Reichtümer angesammelt, die er geerbt hat und die ihm für Zeiten der Not dienen sollten. Seinerzeit hat er einige Krüge voll Gold und Perlen an einer heimlichen Stelle im Haus vergraben. Jetzt ist er tot, und ich bin entführt; das ganze Anwesen liegt in Schutt und Asche, und die Schätze sind bedeckt von Ziegeln und Steinen. Wenn ich nur dorthin gelangen könnte, dann brauchten wir uns um Geld keine Sorgen mehr zu machen.«

Die Majorsfrau war sofort begeistert und meinte: »Wenn das sich wirklich so verhält, warum können wir dann nicht einfach jemanden dorthin schicken, der den Schatz herausholt?«

»Ich habe ihn selbst mit eigner Hand vergraben helfen, und niemand sonst weiß, wo er liegt«, war die Antwort, und enttäuscht mußte die Majorsfrau diesen Plan aufgeben.

Aber ein paar Tage später wandte sie sich doch wieder an Frau Li, die dieses Mal antwortete: »Ich habe das alles sehr genau durchdacht. Die Sache ist so, daß wir nur dann an das Gold herankönnen, wenn ich selbst dorthin reise. Nun bin ich aber die Frau eines andern und kann doch deshalb nicht auf eine so weite Reise gehen. Darum muß ich wohl oder übel mich als Mann verkleiden. Aber die Hin- und Rückreise wird wohl einige Monate dauern — wie kann ich mein armes Kind so lange allein lassen?«

Die Majorsfrau freute sich sehr und sagte: »Reise nur ruhig, denn ich werde schon selbst für deinen Sohn sorgen.« Und je mehr Frau Li aus Anhänglichkeit an ihr Kind zögerte, desto eifriger redete die Majorsfrau ihr zu, bis schließlich doch ein glückbringender Tag für die Reise ausgesucht wurde. Frau Li entfernte ihre Haarspangen, die sie als Ehefrau trug, und schnitt sich ihre Zöpfe ab, zog Stiefel und Hosen an, gürtete sich mit Bogen und Schwert und ritt auf einem Pferde, gefolgt von zwei kräftigen Burschen, gen Süden davon.

Als sie den Dschang-Fluß überschritten hatte, war sie nur noch einige Dutzend Meilen von ihrer alten Heimat entfernt. Dort machte sie in einer Herberge Rast und bewirtete ihre beiden Burschen mit Wein so lange, bis diese völlig betrunken waren. Mitten in der Nacht stand sie heimlich auf, schnitt den beiden die Köpfe ab und galoppierte eilends davon bis in ihren Heimatort. Dort klopfte sie mit ihrer Reitpeitsche an das Tor ihres Hauses und begehrte Einlaß.

Ihr Gatte schaute durch eine Öffnung in der Wand hinaus und sah, daß ein junger Offizier draußen stand. Er wagte nicht, das Haus zu verlassen. Inzwischen hatten sich einige alte Leute aus dem Ort eingefunden, die sich erkundigten, was der Fremde denn wolle.

»Ich habe da eine besondere Sache zu erledigen, die euch nichts angeht!« sagte Frau Li, und als ihr daraufhin das Tor geöffnet wurde, stieg sie vom Pferde. Sie setzte sich breitbeinig mitten in der Empfangshalle hin und verlangte laut fluchend und rufend ihren früheren Mann zu sehen. Die umwohnenden Leute fürchteten, daß es sich um eine Affäre handelte, in die sie verwickelt werden könnten, und drängten schließlich den Gatten, herauszukommen. Unter ständigem Verbeugen kam er endlich hervor, warf sich zu Boden und wagte nicht, sich zu erheben.

»Kennst du mich wirklich nicht?« fragte Frau Li.

»Und wenn ich zehntausend Tode erleiden müßte — ich kenne den Herrn General nicht«, erwiderte ihr Gatte.

»Dann versuche doch einmal, dich zu erinnern«, entgegnete sie, aber wiederum verneinte ihr Gatte unter höflichen Entschuldigungen, während er von der Seite her zu ihr aufschielte, völlig kopflos und außer Fassung.

Da seufzte seine Frau und sagte: »Also kennt er mich wirklich nicht!«, schob den Tisch zur Seite, schritt auf ihren Gatten zu und umarmte ihn, indem sie unter Tränen ausrief: »Ich bin doch niemand anders als deine geraubte Gattin, die geborene Yang.«

Dann erzählte sie ihm ausführlich, wie sie sich verkleidet und durch ihre List gerettet hatte.

Das Gerücht von diesem Ereignis verbreitete sich im Nu, und alle Freunde und Verwandten der Familie kamen in Scharen, um Herrn Li zu gratulieren, daß er seine Gattin wieder hatte. Auch der Mandarin des Ortes erfuhr davon und ließ ihr ein ehrenvolles Schreiben überreichen. Die würdigsten unter den Gebildeten wetteiferten darin, ihr Lob in Gedichten zu singen, und alle waren sich darin einig: »Wirklich, eine ungewöhnliche Frau!«

Diese Begebenheit spielte sich im Jahre Djia-wu (1654) ab.

GU TSAI ENDE 17. JAHRHUNDERT

Der bärtige Holzfäller

Gegen das Ende der Ming-Zeit lebte in der Gegend des Dungting-Gebirges in dem Landkreis Wu ein Holzsammler, ein bärtiger Mann von riesenhafter Gestalt und überaus großer Körperstärke. Sein Name ist leider nicht überliefert. Dieser Mann durchstreifte vom frühen Morgen bis zum Abend ganz allein die Berge, um Reisig zu sammeln, wobei er sich weder vor Schlangen noch Tigern fürchtete. Während sonst eine Traglast Holz hundert Pfund zu wiegen pflegte, konnte dieser Mann 240 Pfund auf die Schulter nehmen, doch wenn er dieses Bündel dann an andere verkaufte, forderte er nur den Preis, den man sonst für hundert Pfund zu zahlen hatte. Als jemand sich darüber wunderte und ihn nach dem Grund fragte, gab er zur Antwort: »Die Leute, die Holz in den Bergen sammeln, müssen alle von ihrer körperlichen Arbeit leben. Die anderen haben nicht etwa keine Lust, mehr zu tragen, sie sind nur nicht stark genug. Ich selbst bin um vieles stärker als sie, aber ich esse nicht mehr als diese anderen auch. Darum ist mein Holz billiger. Übrigens verkauft sich mein Holz leicht, weil es so billig ist. So habe ich auch einen gewissen Vorteil davon.« Alle, die das hörten, hielten das für äußerst merkwürdig und vermochten es kaum zu glauben.

Der Holzfäller konnte nicht lesen, liebte es aber, zuzuhören, wenn andere Leute sich über geschichtliche Ereignisse aus alter und neuer Zeit unterhielten. Dabei war er immer ganz begeistert, wenn von treuer Pflichterfüllung die Rede war; ergriff er aber selbst einmal das Wort, um zu sagen, was er für Recht oder Unrecht hielt, dann konnten ihm selbst die konfuzianischen Gelehrten nicht widersprechen. Einmal kam er mit seiner Traglast Holz auf einen Platz, wo Theater gespielt wurde, und schaute sich das Stück ›Der Patriot‹ an. Als der Darsteller des verräterischen Kanzlers Tjin Gue auftrat, da sprang der Holzfäller voller Zorn auf die Bühne, und drosch so auf den Schauspieler ein, daß Blut floß und dieser beinahe darüber zu Tode gekommen wäre. Das Publikum eilte aufgeregt zu Hilfe, worauf der Täter sich rechtfertigte: »Wenn einer Reichskanzler ist und so treulos handelt, muß man ihn doch totschlagen!«

»Aber das ist doch nur ein Schauspiel – das ist ja gar nicht der echte Tjin Gue«, rief die Menge.

»Ich weiß, daß es nur Theater ist – wenn es der echte Tjin Gue gewesen wäre, hätte er meine Axt zu spüren bekommen«, war die Antwort. Dieser Vorfall zeigte, wie kompromißlos sein Charakter war und mit welcher Inbrunst er jegliche Bosheit verabscheute.

Der Holzfäller hatte auch einen älteren Bruder, der eines Tages im Hsiang-mau-Gebirge von einer Klippe stürzte, sich die Rippen brach und darüber starb. Unter dem Volk verbreitete sich das Gerücht, daß er angeblich Tag und Nacht betrunken gewesen und deshalb von dem Höllenrichter Wang totgeschlagen worden sei. Als der jüngere Bruder das hörte, ergrimmte er sehr und ging eines Abends auf den Berg in den Tempel, betrank sich ausgiebig und beschimpfte alsdann den Höllenrichter: »Du hast drei Fehler. Wenn einer seinen Schutzpatronen Weihrauch opfert, hat er sicher ein gutes Herz. Sich ein wenig zu betrinken, ist doch kein todeswürdiges Verbrechen. Du aber hast meinen Bruder deswegen ermordet – das ist dein erstes Vergehen. Die göttlichen Schutzpatrone haben ihre Schutzbefohlenen in reichem Maß mit Güte gesegnet, du aber stehst in geringerem Rang, und dein grausames Vorgehen beweist, daß du dich nicht an den Willen der Götter gehalten hast. Also ist dein zweites Vergehen, daß du respektlos warst. Mein Bruder ist ein kleiner Mann gewesen; er hat dir Weihrauch gebracht und vielleicht ein wenig dazu getrunken, und doch hast du ihn umgebracht. Ich aber bringe dir keinen Weihrauch und habe mich gestern abend toll und voll getrunken und außerdem komme ich jetzt und beschimpfe dich. Wenn du mich nicht umbringst, dann bist du ein Feigling. Das ist dein drittes Vergehen. Man sollte dich in Stücke schlagen – wozu sitzt du überhaupt da mit deiner Peitsche und deinen Glotzaugen?« Und damit wollte der Holzfäller der Statue die Peitsche entreißen und sie zertrümmern, so daß die anderen Tempelbesucher ihm gütlich zuredeten und ihn fortschaffen mußten. Dann nahm er den Leichnam seines Bruders und setzte ihn bei.

In Dung-ting lebte damals ein junger Mann namens Tschën Hsüä-tji, der seine beiden Eltern verloren hatte. Er war mit einer Tochter aus der Familie Dsou verlobt, und der Tag für die Hochzeit stand bereits fest. Der ältere Bruder dieses Mädchens aber setzte sich plötzlich über den erklärten Willen seiner Schwester hinweg und gab sie einem gewissen Beamten in Sudschou als Nebenfrau. Der junge Tschën erhob Klage vor dem Magistrat, doch die Behörden hatten Angst, es mit dem mächtigen Mann in Su-dschou zu verderben, und so führte seine Klage zu nichts. Dann wollte er gegen den Bruder seiner Braut prozessieren, aber der hohe Beamte hielt seine schützende Hand über den Bruder, und so kam Tschën auch hier nicht weiter, so daß er in tiefe Trauer verfiel.

Eines Tages traf er den Holzsammler auf der Straße, erzählte ihm, was ihm zugestoßen war, und fügte hinzu: »Du bist doch so für das Recht begeistert; kennst du nicht einen Weg, um mir zu helfen?«

»Gerne«, sagte der Holzsammler, »ich verspreche es, aber die Sache dauert ihre Zeit, und du darfst mich nicht drängen.« Tschën war zu Tränen gerührt, der bärtige Holzfäller aber ging davon und verdingte sich als Knecht bei dem bewußten großen Herrn, wo er Sänftenträger wurde. Sein Herr schenkte ihm großes Vertrauen und gewann ihn lieb, weil er so kräftig und fleißig war, so daß er im ganzen Hause, auch in den Gemächern der Frauen, ein- und ausgehen durfte. Und wirklich fand er heraus, daß das Mädchen aus der Familie Dsou die dritte Nebenfrau seines Herrn war. Auch fand er eine Gelegenheit, ihr zu sagen, daß Tschën sie noch immer liebe. Das Mädchen brach in Tränen aus und klagte ihm, wie sie ihre Freiheit verloren habe, und bat ihn, sie aus dem Hause zu entführen. Der Holzfäller versprach das und bat sie nur, sich zu gedulden.

Eines Tages wollte die Dame des Hauses mit allen Frauen einen Ausflug zum Tiän-ping-Berg machen, und ihr Gatte konnte sie nicht von dieser Absicht abbringen. Der Holzfäller aber sagte sich im stillen, daß jetzt sein Plan in die Tat umgesetzt werden könne, und bestellte heimlich ein Boot an eine bestimmte Stelle des Flußufers. Alle Nebenfrauen des Beamten saßen in Sänften; der Holzfäller trug aber die dritte Sänfte mit, in der Fräulein Dsou saß. Den anderen Trägern log er vor, daß sie einen Umweg machen müßten, und kam so mit der Sänfte an das Flußufer. Dort sagte er dem Mädchen: »Steig in das Boot«, und gesagt getan segelte das Boot wie der Wind davon. Die anderen Träger waren völlig bestürzt und verdattert und schrien laut, man solle das Boot verfolgen. Der Holzfäller schlug mit seinen bloßen Fäusten drei von ihnen zu Boden, so daß sie keinen Laut mehr hervorbrachten. Während er gemächlich davonschritt, hatte das Mädchen mit dem Boot schon bald die Wohnung des jungen Tschën erreicht.

Tschën war von tiefster Dankbarkeit bewegt, daß er seine Braut wiederbekommen hatte, und meinte, daß selbst die gerechten Männer des Altertums nicht besser hätten handeln können. Der Holzfäller jedoch redete Tschën zu, er solle sofort beim Magistrat melden, daß er seine Gattin wieder gefunden habe. Der Mandarin, der es zunächst nicht mit dem großen Herrn hatte aufnehmen wollen, war nun des Lobes voll, als er auf Grund der Untersuchungen des Falls merkte, daß die rechtliche Tat von dem Holzfäller ins Werk gesetzt worden war, und beschenkte ihn zum Dank mit Wein und gemustertem Seidenstoff. Der bewußte große Herr aber schämte sich sehr und tat allen Leuten gegenüber, als ob nichts gewesen wäre. Der Ruhm des gerechten Holzfällers verbreitete sich dadurch noch mehr als vorher.

Als er etwa fünfzig Jahre alt war, kam das Jahr Djia-schën (1644), und die Rebellen eroberten in plötzlichem Überfall die Hauptstadt des Landes. Die Nachricht vom Tode des Kaisers verbreitete sich rasch, und jemand erzählte auf dem Markt: »Der Li Dsï-tschëng sitzt jetzt auf dem Drachenthron.« Der Holzfäller wollte das nicht glauben und fragte noch bei drei oder vier anderen Leuten nach, doch alle erzählten sie dasselbe. Da brauste der Holzfäller auf und sagte: »Seit ich mich erinnern kann, ich war sieben oder acht Jahre alt, habe ich gelernt, daß der Familienname

Seiner Majestät unseres Kaisers Dschu ist. Was will jetzt dieser Bandit Li? Und wieso ist unser früherer Herrscher fort? Wozu hatte er seine ganze Beamtenschaft am Hof, wenn kein einziger sich die Mühe gemacht hat, ihn zu retten? Ich bin jetzt ein alter Mann und kann es nicht über mich bringen, Untertan eines Banditen zu werden.« Sprachs, rief dreimal laut den Himmel an und ertränkte sich im See. Noch am Tage seines Todes aber verbreitete sich die Nachricht von seiner Treue in der ganzen Gegend von Su-dschou.

HSÜ SCHI-DJÜN 17. JAHRHUNDERT

Wang vierzehn

Wang, der Vierzehnte seiner Sippe, stammte aus Hsin-an. Sein eigentlicher Name und sein Rufname sind nicht bekannt. Er war von großzügiger und ritterlicher Wesensart, zu hohen Taten aufgelegt und ein trefflicher Reiter und Bogenschütze, kurzum, er war aus dem gleichen Holz geschnitzt wie die tapferen Recken des Altertums in den Staaten Yän und Dschau. Wang pflegte in dem Land Schu im Westen umherzustreifen. Dort in den Bergen, in Stromtälern und gefährlichen Engpässen hatten sich viele Räuberbanden zusammengefunden, und alle Kaufleute, die jene Gebiete durchreisten, wurden ausgeplündert und beraubt. Da nun Wangs Ruhm diesen Kaufleuten zu Ohren gekommen war, versammelten sie sich und knieten alle vor seinem Roß zu Boden und flehten ihn an, er solle sie beschützen. Wang versprach das auch, und so zog er denn mit einer Karawane von einigen hundert Leuten los. Kaum hörte man von den Bergen her das Zischen eines Pfeils, da spannte Wang sofort seinen Bogen und schoß so genau, daß die beiden Pfeile mit ihren Spitzen aufeinandertrafen und zerbrochen aus der Luft zu Boden fielen. Das Räubervolk aber hatte deshalb große Angst vor Wang und wagte niemandem mehr ein Haar zu krümmen, so daß die reisenden Kaufleute einen vielfachen Profit einstreichen konnten. Die Rotte der Banditen dagegen verarmte darüber zusehends und geriet in rechte Not; sie haßten Wang, konnten jedoch nichts gegen ihn ausrichten.

Nicht lange darauf sagte Wang einmal seufzend: »Ich werde langsam alt und habe mir noch immer keine Gedanken an eine Rückkehr in die Heimat gemacht. Das ist doch nichts, weswegen einen ein rechtschaffener Mann hochschätzen könnte: mit Pfeil und Bogen tapfere Taten vollbringen und die Berge und Täler zu durchstreifen, und sich Ruhm zu erwerben, in einer Gegend voll Affen, Wölfen und Tigern. Ich habe mich jetzt entschlossen, heimzukehren und mir mit meinem Feld und einem Stückchen Garten ein angenehmes Leben zu machen. Ich will nichts mehr von anderer Leute Angelegenheiten hören.«

So geschah es. Die Reisenden jedoch, die nunmehr durch die Provinz zogen, wurden wiederum ausgeplündert, und die Wege durchs Gebirge waren nicht mehr gangbar. Darum eilten sie schleunigst nach Hsin-an und stellten sich demütig bittend vor seiner Türe auf: »Wir möchten gerne darum bitten, daß Ihr, o starker Kämpfer, uns wiederum durch das westliche Schu geleitet. Auf die Weise könnte unsere Schwäche gestärkt werden und die Verarmten könnten wieder zu Reichtum gelangen, wenn die Rotten der Räuber nicht mehr ihren Mutwillen an uns auslassen können. Wäret Ihr, o starker Kämpfer, damit einverstanden?«

Nun war dazumal in Wang der heldenhafte Geist noch nicht erloschen; laut lachend ergriff er Bogen und Pfeile und ritt mit den Kaufleuten davon. Als die Banditen davon erfuhren, daß die Hufspuren von Wangs Pferd wiederum durch die hohen Gebirge führten, wurde sie von Angst und Aufregung ergriffen und sannen darauf, wie sie den Wang überwältigen könnten. Sie meldeten dies ihren Göttern der Berge, Flüsse, des Donners und Regens und versprachen, ihnen den Kopf des Wang als Opfer auf den Altar zu stellen. Dann wählten sie einige Berittene aus, die sich als Kaufleute verkleiden mußten, und es gelang diesen auch, sich unter die Karawane der übrigen Reisenden zu mischen. Kaum waren sie bis in die Nähe des Schlupfwinkels der Räuber gekommen, als auch schon die Pfeile in dichten Scharen heranschwirrten; Wang ergriff sofort seinen Bogen, um zu schießen, aber hinter ihm hatte sich einer aufgestellt, der mit einem scharfen Messer auf die Sehne des Bogens hieb, so daß sie zersprang und der Pfeil herunterfiel. Nun war Wang hilflos, wurde überwältigt und in die Bergfeste der Räuber geführt. Die Entführer brachten Gold mit und wurden dafür von der ganzen Räuberbande beglückwünscht, doch war ihre Absicht ja in erster Linie gewesen, den Wang zu entführen, damit er nicht mehr die Reisenden beschützen konnte. So brachten sie ihn denn in ein leeres Zimmer und banden seine Hände und Füße, daß er sich nicht rühren konnte. Sie wollten warten bis Sonnenuntergang, um dann seinen Kopf in einem Opfergefäß ihren Göttern darzubringen.

Plötzlich riß Wang erstaunt seine Augen auf, denn er sah, wie ein hübsches Mädchen auf ihn zukam und lachend sagte: »Du bist zwar wirklich ein tapferer Held, aber wieso kommst du gefesselt hierher?«

Halb ärgerlich, halb freundschaftlich bewegt, erwiderte Wang: »Redet nicht soviel daher; wenn Ihr mir helfen könnt, so helft mir, denn für eine kriegerische Frau wie Euch, ist das ja wohl nichts Besonderes.«

»Ich bin einverstanden«, sagte das Mädchen, »aber ich habe nur vor einem Angst; wenn ich dich nämlich gerettet habe, wirst du wie ein hungriger Falke oder ein wütender Drache werden und weiß der Himmel wohin ziehen; ich aber bin ganz allein und einsam, und mit meiner zarten Gestalt und meiner lieblichen Stimme bin ich ja nur der Schatten eines Kriegers. Was soll ich nun tun?«

»Keineswegs ist das so. Das wäre kein guter Plan, Hilfe anzunehmen und den anderen im Stich zu lassen. Mir macht es nichts aus, ob ich in einem Heer von Millionen marschiere; die alle wären nur Luft für mich. Und nun erst diese paar lumpigen Räuber – die taugen ja kaum als Vorhut für einen Mann wie mich!« Und weil er so heldisch zu ihr sprach, zerschnitt die junge Schöne mit einem Messer, welches sie am Gürtel trug, seine Fesseln und ließ ihn heraus. Wang verschwendete keine Zeit mit Dank, sondern griff sich Dolch, Schwert, Bogen und Pfeile, die er neben der Hütte fand und ging mit dem Mädchen davon, wobei er sie mit der Linken führte und in der Rechten seine Waffen hielt. Kaum waren sie ein paar hundert Schritte gegangen, als sie ein treffliches Reitpferd trafen. Die beiden schwangen sich hinauf, aber die Räuber hatten ihn inzwischen bemerkt und setzten eilends zur Verfolgung an.

»Kommt nur her«, rief Wang, »jeder Schuß von meinem Bogen bringt einen von euch zu Fall!« Und damit schoß er einige Dutzend Pfeile ab, und jedesmal fiel einer der Räuber, so daß sie nichts ausrichten konnten und ihn ziehen lassen mußten. Während die beiden nun weiter dahinritten, fragte Wang das Mädchen nach ihrem Namen. Unter Tränen erwiderte sie: »Ich bin die

Tochter eines Beamten; mein Vater war Rat in der Provinzialverwaltung von Lan-dschou und wohnt jetzt in der Hauptstadt. Als er dieses Jahr mit den Seinen in die Hauptstadt reisen wollte, wurde er überfallen, und meine alte Mutter wurde mit allen ihren Mägden ermordet; nur ich blieb am Leben, mußte mir aber die erniedrigendste Behandlung gefallen lassen, die kaum mit Worten zu beschreiben ist. Was mich am Leben hielt, war nichts als der Wunsch, meinen Vater noch einmal wiederzusehen, sonst hätte ich meinem Leben sofort ein Ende gemacht. Auch hegte ich heimlich die Hoffnung, daß es vielleicht doch in der Welt einen Helden gäbe, der mich aus dieser Höhle von Tigern in Menschengestalt rettete, und so schleppte ich mein Dasein dahin bis zum heutigen Tage. Nun aber, da ich Euer Gnaden getroffen habe, wird es mir auch vergönnt sein, meinem Vater noch einmal meine Aufwartung zu machen; dann aber kann ich in Ruhe sterben.«

»Daß ich dem Leben wiedergeschenkt bin, danke ich niemandem als Euch, und wenn auch der Weg in die Hauptstadt gar weit ist, so will ich doch gerne Euch Schutz und Schirm sein und Euch auf der Reise behüten«, entgegnete Wang, und er zog mit ihr, zu Lande mit Wagen, zu Wasser mit dem Boot, auf die wohl Tausende von Meilen weite Reise. Er teilte Tag für Tag alles, Unterkunft, Essen und Trinken mit dem Mädchen, doch niemals zeigte er auch nur die geringste Absicht, unziemlich mit ihr zu verkehren. Am Ziel angekommen, übergab er sie ihrem Vater; er selbst aber kehrte aus der Hauptstadt wieder in seine Heimat Hsin-an zurück, wo er bis zu seinem Ende lebte.

Als er in hohem Alter verstorben war, waren die Leute in seiner Heimat des Lobes voll über seinen ungewöhnlich aufrechten Charakter, den er ein ganzes Leben hindurch bewiesen hatte, und errichteten einen Tempel für ihn, der den Namen ›Opfertempel für Herrn Wang Vierzehn‹ erhielt. Jede Bitte, mit der man bei ihm vorsprach, wurde erfüllt. Im Frühling und Herbst erfreute man seine Manen mit Liedern und Tänzen, und bis zum heutigen Tage haben die Opfer dort nicht aufgehört.

LI YÜ 1611–1680?

Der starke Mann vom Tjin-huai

Zur Zeit der Regierungsperiode ›Ausgezeichneter Frieden‹ (1522 bis 1566) lebte unter dem Volk in der Gegend des Tjin-huai-Flusses bei Nanking ein junger Bursche, der war von riesenhafter Gestalt und dunkler Gesichtsfarbe. Schon ein paar Monate nach seiner Geburt saugte er nicht mehr an der Brust, sondern aß und trank mit den Erwachsenen zusammen. Seine Eltern wollten nichts mehr mit ihm zu tun haben und gaben ihn deshalb zu den Verwandten mütterlicherseits. Als er heranwuchs, zeigte sich, daß er von gewaltiger Körperstärke war. Besonders tüchtig war er im Faustkampf, und einmal schlug er mit einem einzigen Schlag seiner Faust einen Hund tot, so daß er allgemein von den Leuten nur ›der Starke‹ geheißen wurde. Wenn er sich mit Kindern seines Alters herumschlug, so mochten sich ruhig einige Dutzend zusammentun, denn er pflegte dann so mit seinen Fäusten auf alle zugleich loszugehen, daß sie unter Geschrei und Klagen beschämt wieder abziehen mußten. Sie beklagten sich bei dem Bruder seines Vaters, welcher denn auch sofort herzukam und den Jungen ausschalt:

»Woher kommt dieses ungeratene Schweinchen, das vielleicht sogar noch auf alte würdige Leute losgeht?«

»Wie sollte ich mir nichts dir nichts auf andere losgehen wollen? Das tu ich nur dann, wenn man mir einen Schritt in die Quere kommt!« Und damit ging er auf seinen Onkel los, erfaßte dessen Schienbeine mit beiden Händen und hob ihn vom Boden hoch wohl über zwei Fuß, ging mit ihm herum, hob ihn bald höher, bald ließ er ihn wieder etwas herunter, so daß der Onkel fürchten mußte, umzukippen. Keiner wagte etwas zu unternehmen, sondern alle lachten laut auf, und die Nachbarschaft stimmte lauthals mit ein.

Der starke Junge hatte wohl Freude an körperlicher Betätigung, aber gar keine Lust zum Lernen. Die Familie hieß ihn, zu einem Lehrer zu gehen, doch folgte er dem Unterricht nicht. Als der Lehrer ihn deshalb prügeln wollte, entriß der Junge ihm seinen Stock und schrie ihn mit vor Zorn weit aufgerissenen Augen an: »Um etwas zu vollbringen, braucht es nur die bloßen Hände. Was nützt denn all die kleinliche Buchstabenklauberei?« Und kaum war der Lehrer gegangen, fing er sofort mit seinen Mitschülern eine solche Schlägerei an, daß ihnen kein Stück Haut heil blieb.

Ein andermal stahl er seinen mütterlichen Verwandten Haarnadeln, Ohrringe und Kleider, die er in einer Weinwirtschaft vertrank. Als er betrunken war, fing er an, sich wie toll aufzuführen und auch hier Unruhe zu stiften. Die Familie bekümmerte dieses Verhalten sehr, und sie jagte ihn deshalb aus dem Hause.

Der Junge verdingte sich nun als Schafhirt. Mehr als einmal stahl er ein Schaf und setzte es in Wein um; dem Herrn der Herde aber log er vor, das Schaf hätte sich verlaufen und sei so abhanden gekommen. Der Herr erzürnte sich so sehr darüber, daß er ihn wieder fortschickte.

Zu jener Zeit, als der Junge noch minderjährig war, kam ihm zu Ohren, daß japanische Seeräuber einen Überfall unternommen hätten. Da freute er sich sehr und sagte: »Jetzt ist die Zeit da, wo ich tun kann, was mir Spaß macht.« Er begab sich zur Küste und wurde dort Soldat und brachte es sogar wegen seiner Leistungen zum Major und gar Oberst. Aber bei einer Trinkerei mit Kameraden kam es zu einer Schlägerei, in deren Verlauf er einen von ihnen erschlug. Das war ein Verbrechen, auf dem der Tod stand. Er verlor seinen Posten und floh in die Gegend von Sï.

Nachdem er einen anderen Namen angenommen hatte, hielt er sich verborgen, indem er als Metzger eine Stelle einnahm. Jemand an diesem Ort besaß Kühe. Der Starke stahl um Mitternacht eine von ihnen und führte sie davon, während er laut ausrief: »Ich bin auf einer Kuh von Euch ein wenig ausgeritten.« Dann setzte er sich verkehrt herum rittlings auf den Rücken der Kuh und schlug mit seiner Axt auf ihr Hinterteil ein, so daß sie aus Furcht vor dem Schmerz wie der Wind davonstürmte und keiner ihn einholen konnte. Am nächsten Tag ging der Eigentümer der Kuh auf den Markt, um nachzuforschen. Da meldete sich der Starke und sagte ihm: »Der gestern die Kuh aus Eurem Haus davongetrieben hat, war ich. Wenn man jemandem das mitteilt und dann erst was fortnimmt, so ist das doch in Ordnung. Wie kann das Diebstahl sein?« Inzwischen war aber die Kuh bereits zu Dörrfleisch verarbeitet worden und nichts mehr zu wollen.

Mit einem jugendlichen Taugenichts in der Marktstadt schloß der Starke Brüderschaft und verbrachte mit ihm den ganzen Tag beim Würfelspiel; die Nächte hindurch aber trieben sie lockere Streiche mit Frauen und wurden immer übermütiger. Einmal sagte der Starke ganz niedergeschlagen: »Unter den Zeitgenossen ist mir kein einziger gewachsen. Es ist wirklich schade, daß ich tausend Jahre zu spät geboren bin, denn sonst könnte ich meine Kräfte mit den Helden des Altertums messen, die einen Berg ausreißen und den schweren Dreifuß stemmen konnten.«

Nun traf es sich, daß der Kommissar für die betreffende Landstadt das Schlachten von Kühen verbot. Damit verlor der Starke seine Stellung und Arbeit. Er nahm die Häute, Knochen und Hörner der geschlachteten Kühe und brachte sie nach der Gegend von Gua-dschou, wo er sie verkaufte und dreißig Geldstücke dafür erzielte. Als er auf der Heimkehr in einer Herberge einkehrte, um zu trinken, legte er das Geld vor sich auf den Tisch. Der Wirt sah das und sagte ihm: »Hier werden sicher gewalttätige Fremde vorbeikommen. Du solltest lieber deine Habe gut verstecken.«

Da warf der starke Mann den Becher fort, schlug auf den Tisch und rief: »Dreißig Jahre ziehe ich nun schon durch die Welt, und noch nie habe ich jemanden getroffen, der mir gewachsen ist. Wenn es einer fertigbringen sollte, mir das fortzunehmen, was ich im Gürtel trage, will ich gerne vor ihm Kotau machen und mich ihm unterwerfen.«

Am Nebentisch saßen einige junge Leute beim Zechen, die das mit anhörten. Unsicher standen sie auf und fragten den Starken nach Namen und Herkunft. »Mein Name tut nichts zur Sache«, wurde ihnen erwidert, »aber früher habe ich mir im Dienst an den Landesgrenzen Verdienste erworben. Dann mußte ich meine Soldatenmütze an den Nagel hängen und wieder schlichtes Zivil anziehen. Seitdem habe ich alles mögliche in der Gegend des Flusses Sï getrieben.«

»Mit wieviel Leuten zugleich könnt Ihr es denn aufnehmen?«, fragten die Jünglinge.

»Wenn zehntausend kommen, dann mit zehntausend, wenn tausend, dann mit tausend. Soviel auch immer nur kommen mögen, ich würde sie alle bezwingen.«

Die jungen Leute wurden daraufhin noch unsicherer und verwirrter. Als der Starke ausgetrunken hatte, packte er sein Bündel und ritt davon. Kaum war er einige Meilen weit, da kam hinter ihm ein Reiter herangaloppiert. »Das ist sicher einer von den gewalttätigen Gesellen, von denen der Wirt sprach«, sagte er sich, Als der Reiter aber näher kam, war es einer der Jünglinge, und der Starke maß dem weiter keine Wichtigkeit bei.

»Wo reitet ihr hin?« fragte ihn der Jüngling.

»Ich kehre heim nach Sï.«

»Ich Unwürdiger bin auch von dort und habe mich auf dem Weg verirrt. Nun suche ich jemand Erwachsenen, der mir den Weg zeigt.«

So ritten denn beide zusammen, der Starke vorneweg, und unter Plaudern und Lachen begann er Gefallen an dem Jungen zu finden. Er fragte ihn:

»Ihr tragt Pfeil und Bogen mit Euch. Sicher seid Ihr ein trefflicher Schütze?«

»Ich habe unermüdlich geübt.«

Der Starke ergriff den Bogen, um sich daran zu versuchen, doch konnte er mit aller seiner Kraft den Bogen nicht spannen. Er warf ihn fort und sagte: »Das Ding da taugt nichts. Warum tragt Ihr ihn mit Euch herum?«

»Das Ding taugt schon etwas, wenn der etwas taugt, der es benutzt«, entgegnete der Jüngling und wollte selbst eine Probe zeigen. In diesem Augenblick flog gerade eine Wildente schreiend durch die Lüfte; mit einem einzigen Schuß durchbohrte sie der Pfeil des Jünglings, und die Ente fiel vor seinem Pferd zu Boden.

Der Starke aber fand dies höchst seltsam.

»Ihr tragt einen Dolch am Gürtel – da seid Ihr doch sicher auch gut im Zustechen?« fragte nun der Jüngling.

»Sicher«, antwortete der Starke, »das ist gerade meine Stärke, nicht das andere.« Damit reichte er dem anderen seinen Dolch hin. Der Jüngling jedoch warf nur einen Blick darauf und meinte geringschätzig:

»Das Ding da ist gerade gut genug, um Hühner zu schlachten oder den Hundemetzger zu spielen. Was soll man denn mit so etwas anfangen?« Mit diesen Worten ergriff er den Dolch und bog ihn mit seinen bloßen Händen so krumm wie einen Fischerhaken. Dann streckte er ihn wieder gerade wie zuvor. Der Starke erbleichte und sagte sich, daß er seine Habe wohl nicht länger werde behalten können. Obgleich er mit dem jungen Mann zusammen reiste, bekam er es doch mit der Angst, zitterte am ganzen Leibe und verlor all sein Selbstvertrauen. Der Jüngling aber besänftigte ihn mit freundlichen Worten, bis sie nach einigen Meilen Weges an eine Stelle kamen, wo weit und breit kein Mensch zu sehen war. Dort schrie der Jüngling seinen Begleiter so laut an, daß der vom Pferde stürzte. Der Jüngling schlug dem Pferd den Kopf ab und sagte: »Was heute geschah, soll dir eine

Warnung sein. Dir geht es wie deinem Pferd, wenn du mir nicht folgst.«

Der Starke warf sich nieder und fragte was er denn wolle.

»Du Nichtsnutz, warum gibst du mir nicht das Geld, das du im Gürtel trägst?«

Sogleich überreichte ihm der Starke seinen Beutel und fragte demütig, was er sonst noch tun solle.

»Das Geld in deinem Beutel reicht mir gerade, um ein paar Tage lang zu zechen. Du aber bist ja nur ein Stück Unkraut, kaum wert, daß man es mit der Hacke ausmerzt!« Und mit diesen Worten trieb er sein Pferd an und ritt auf dem gleichen Wege wieder zurück und davon.

Der Starke war völlig benommen und konnte kaum einen Fuß vor den anderen setzen. Er sagte sich im stillen: »Die dreißig Geldstücke sind eine Kleinigkeit, aber daß ich als erwachsener tapferer Mann in der Mitte meines Lebens von diesem Milchjüngelchen besiegt wurde, das macht, daß ich meinen Schwurbrüdern nicht mehr unter die Augen treten kann.«

So beschloß er, nicht mehr zurückzukehren nach Sï, sondern ließ sich in einem Dörfchen nieder, wo er eine Hütte baute und sich als Weinwirt durchschlug. Jedesmal wenn er an sein Erlebnis dachte, wollte er sich zu Tode schämen.

Eines Tages, als der Frühlingswind lau wehte, kamen einige junge Leute in seine Wirtschaft und forderten zu trinken. Ihre Kleidung und ihre Pferde waren so vornehm, als wenn sie Prinzen aus der Hauptstadt wären, und ihr Gehabe war heldenhaft und ungezwungen, wie das der Recken aus alter Zeit. Sie schlugen auf die Tische und sangen wild, als ob kein anderer zugegen wäre. Einer meinte: »Der Alte, der uns die Becher spült, scheint mir kein gewöhnlicher Mensch zu sein. Wir sollten ihn zu uns holen.«

Als der Starke an ihren Tisch geholt worden war, sah er sich die Leute näher an: es waren neun Leute, alle noch minderjährig, und einer trug sogar noch die kindliche Haartracht. Er hatte eine weiße Haut wie ein Mädchen. Am gewöhnlichen Gespräch beteiligte er sich überhaupt nicht, aber er brauchte nur den Mund aufzutun, und sogleich hörten alle anderen ihm zu. Er nahm den Ehrenplatz am Tische ein, und ihm wurde auch immer als erstem eingeschenkt. Der Starke vermochte sich nicht zu erklären, aus welchem Grunde das so war. Am Ende des Tisches saß einer, der dem Starken bekannt vorkam. Er schaute ihn genauer an: da war es derjenige, der früher einmal sein Pferd enthauptet und ihm das Geld genommen hatte. Zu dem Starken gewendet, sagte er: »Nun, kennen Euer Hoheit denn einen alten Freund nicht mehr?«

Der Starke wagte nicht, etwas zu entgegnen, worauf der andere fortfuhr: »Nicht wahr, Ihr seid doch kein anderer als der, der mir seinerzeit unterwegs das Geld aus seinem Gürtel gegeben hat? Ich und meinesgleichen, wir ziehen nicht etwa in der Gegend herum, um zu stehlen. Aber in den Posthäusern und Schenken am Wege habe ich immer wieder gehört, wie Ihr durch Eure großspurigen Reden die Leute in Furcht setztet. Deshalb kam ich damals, um meine Kräfte mit Euch zu messen, nicht um Euch auch nur eine Kleinigkeit fortzunehmen. Jetzt will ich deshalb den Schaden wiedergutmachen.«

Unter diesen Worten holte er aus seinem linken Ärmel dreißig Geldstücke, legte sie auf den Tisch und sprach: »Das ist das Kapital. In diesem einen Jahr hat es auch Zinsen in gleicher Höhe getragen.« Damit griff er in seinen rechten Ärmel und holte nochmals dreißig Geldstücke hervor, die er alle zusammen dem Starken gab. Der wollte sie zunächst nicht annehmen, aber einer der Jünglinge, der dabei saß, zog sein Schwert und blitzte ihn zornigen Auges an: »Was ist das für ein Schwächling, der nicht sich zurückholen konnte, was man ihm genommen hat, und jetzt noch nicht einmal wagt, das anzunehmen, was ihm freiwillig zurückgegeben wird!«

Der Starke bekam nun Angst und beeilte sich, das Geld in seinen Ärmel zu stecken. Dann richtete er Hühner und Hirse zum fröhlichen Mahl. Die Jünglinge wollten nicht länger verweilen, doch derjenige, der ihm das Geld zurückgegeben hatte, sagte: »Der Alte ist wirklich zu bedauern. Er könnte es schwer verwinden, wenn wir das Mahl ablehnten.« Daraufhin blieben alle.

Nun war inzwischen der Ofen schon niedergebrannt und das Brennholz ausgegangen. Der Starke bat die Gäste, ob er zu einem Nachbarn gehen dürfe, um welches zu holen. Der Jüngling zeigte aber auf einen vertrockneten Baum, der neben der Wirtschaft stand und sagte: »Warum nicht mit einer Axt da herangehen?«

»Es tut mir wirklich leid, aber ich habe keine Axt.«

Der Jüngling ging ein paarmal um den Baum herum und meinte: »Das ist eine Sache, die wir unserem zehnten Bruder überlassen müssen. Wir anderen können das nicht.« Der Junge mit der Kinderfrisur erfaßte mit beiden Händen den Baumstamm, rüttelte ein paarmal nach rechts und links, und schon lag der Baum am Boden. Dann zog er sein Schwert und hieb damit die Zweige ab als Brennholz. Nachdem die ganze Gesellschaft über alle Maßen getrunken hatte, nahm sie Abschied und zog davon. Niemand hat jemals erfahren, woher diese Leute kamen.

Der Starke aber wollte von jenem Tage an nie mehr seine Kräfte mit anderen messen, und wenn jemand ihm gegenüber tätlich wurde, so steckte er die Hände in seine Ärmel und vergalt nicht Gleiches mit Gleichem. Als jemand ihm sagte: »Wo ist denn deine frühere Tapferkeit geblieben?«, da entschuldigte er sich mit Schwäche und Gebrechlichkeit. Daß er die ihm vom Himmel zugemessene Zahl von Jahren erreichte, muß man das nicht dem Wirken jenes Jünglings zuschreiben?

WANG SCHI-DSCHENG 1634–1711

Das verlorene Geld

Ein Regierungsrat führte einmal eine Inspektionsreise in den Provinzen am Großen Strom durch und schickte eines Tages einen seiner Amtsboten mit einer Geldsendung von mehreren tausend Goldstücken in die Hauptstadt zurück. Unterwegs übernachtete der Bote in einem alten Tempel und verschloß das Geld sehr sorgsam. Am nächsten Morgen jedoch war das Geld verschwunden, doch waren die Türen und Schlösser in bester Ordnung. Er fand das höchst seltsam und kehrte sogleich zurück, um es seinem Herrn zu melden. Der Rat war darüber sehr böse und legte ihm die strenge Verpflichtung auf, den Schaden zu ersetzen.

»Wie könnte ich wagen, einen Schadenersatz abzulehnen?« erwiderte der Amtsbote, »aber die Sache kommt mir doch höchst merkwürdig vor. Ich bitte Sie, mir einen Monat Zeit zu gewähren, um dem Verbleib des Geldes nachzuforschen; meine Frau und Kinder werde ich so lange als Bürgschaft hierlassen.«

Der Rat war damit einverstanden, und sogleich begab sich der Bote an den Ort, wo ihm das Geld abhanden gekommen war. Er erkundigte sich allenthalben eine längere Zeit hindurch, konnte aber nichts ausfindig machen. Schließlich, als er schon daran dachte, wieder umzukehren, sah er auf dem Marktplatz einen blinden Greis, der vor seiner Brust eine Tafel umgehängt trug, auf welcher zu lesen stand: »Bin geschickt darin, schwierige Fragen zu lösen.« Der Amtsbote wollte sich zunächst ganz allgemein erkundigen, da sagte der Alte: »Wieviel Geld habt Ihr denn verloren?«

»Soundso viel«, lautete die Antwort.

»Ich habe eine Ahnung von dem Verbleib. Ich will mit Euch suchen; Ihr müßt mich nur in einen offenen Wagen setzen und mir folgen, dann können wir alles wiederbekommen.«

Der Amtsbote tat, wie ihm geheißen. Am ersten Tage der Reise kamen sie durch eine dichtbevölkerte Gegend mit Dörfern und Weilern. Am nächsten Tage führte sie der Weg mitten ins Gebirge, und viele Meilen hindurch sahen sie kein einziges Dorf. Am dritten Tag endlich um die Mittagszeit erreichten sie eine größere Marktstadt.

»Wir sind da«, sagte der Greis. »Geht nur hinein; dort werdet Ihr nähere Nachrichten bekommen!«

Unwillig folgte der Amtsbote diesem Rat und betrat die Stadt, wo ein dichtes Treiben von Menschen und Wagen herrschte und wo ein Haus am anderen stand. Plötzlich kam ein Mann auf ihn zu und fragte ihn: »Der Herr ist sicher nicht von hier – wie kommt Ihr hierher?«

Der Amtsbote erzählte ihm den Grund seines Kommens und ging mit dem Fremden zum Stadttor zurück, um nach dem blinden Greis zu suchen. Der war aber verschwunden. Dann führte ihn sein neuer Begleiter auf gewundenen Wegen durch mehrere Straßen, bis sie vor ein großes Gebäude kamen, das wie eine fürstliche Residenz aussah. Sie stiegen einige Stufen empor und erreichten die Haupthalle. Alles war verlassen, und nirgends ein Mensch zu sehen. Hier befahl der Fremde dem Boten, ein wenig zu warten. Nach kurzer Zeit rief er ihm zu, er möge eintreten, und er wurde nun durch das Gebäude bis zu der hinteren Halle geführt. Dort stand ein Ruhebett, auf dem ein Mann von riesiger Größe barfüßig saß. Seine Haare waren so lang, daß sie ihm bis über die Knie reichten. Rechts und links von ihm, standen ein paar Dienerknaben mit Fächern in den Händen.

Nachdem der Amtsbote sich verbeugt hatte und niedergekniet war, erkundigte sich der Mann nach dem Grund seines Kommens und erhielt auch ausführliche Antwort. Dann winkte er mit einer Bewegung des Kopfs den Dienern zu und sagte: »Bringts her!« Und sogleich kamen einige Jünglinge herein und brachten das ganze Goldpaket, dessen Siegel und Aufschrift noch völlig unversehrt waren.

»Willst du das Gold haben?« fragte der Unbekannte.

Der Amtsbote warf sich nieder, machte Kotau und sprach: »Ich wäre überglücklich und wage kaum, diese Bitte zu äußern.«

»Da du einmal hier bist, mußt du dich auch etwas ausruhen.«

Unter diesen Worten kam ein Diener, der den Boten in ein Zimmer führte, in dem er ihn einschloß. Dort waren Speisen gerichtet, und zwar ein überreichliches Mahl. In jener Nacht schien der Mond, so daß es taghell draußen war. Als der Amtsbote das Fenster aufmachte und sich draußen umschaute, entdeckte er, daß irgend etwas entlang der getünchten Außenmauer aufgeschichtet war. Er schaute genauer hin – es waren Ohren und Nasen von Menschen. Heftiger Schreck überfiel ihn, doch war da kein Spalt, durch den er entkommen konnte, und so wanderte er unruhig in dem Zimmer die ganze Nacht hindurch auf und ab, bis der Tag anbrach.

Plötzlich erschien der Diener vom Vortage wieder und rief ihn, er solle kommen. Dann wurde er wieder vor den riesenhaften Mann geführt, der wie am Vortage barfüßig auf seinem Ruhelager saß.

»Du kannst das Gold doch nicht bekommen«, sagte der Fremde. »Aber ich will dir dafür einen Brief mitgeben.« Und damit schrieb er, auf einen Tisch gestützt, ein paar Zeilen, warf dem Amtsboten das Schreiben zu und befahl, ihn fortzuführen.

Sogleich erschien wieder der Diener und führte ihn hinaus vor das Stadttor, wo er völlig verwirrt und wie in einem Traum befangen stehenblieb. Er erkundigte sich nach dem Weg und kam schließlich wieder bei dem Rat an, dem er der Reihe nach alle seine Erlebnisse schilderte. Der Rat war sehr zornig und wollte ihn wegen seiner Nachlässigkeit beschimpfen, da händigte ihm der Amtsbote den Brief aus. Kaum hatte der Rat das Siegel erbrochen, als er sich verfärbte und wortlos in sein Zimmer ging.

Nach kurzer Zeit ließ er den Befehl übermitteln, der Bote könne in seine Wohnung zurückgehen, und auch seine Frau und Kinder ließ er freigeben. Ja, er erließ ihm sogar, den Verlust des Geldes zu ersetzen, worüber der Mann überglücklich war.

Eine ganze Zeit später kam heraus, daß der Brief schwere Anklagen gegen den Rat enthalten hatte, und zwar wegen seiner maßlosen Habgier. Es stand darin, der Rat dürfe von dem Boten keinen Schadenersatz für das Geld fordern. Sollte er das doch beabsichtigen, so wäre die Vergeltung unausbleiblich, denn die Macht des Briefschreibers reiche weit: an dem und dem Tage sei die Gattin des Rats um die Zeit der dritten Nachtwache aus dem Schlaf erwacht, und man habe ihr eine drei Zoll lange Haarsträhne abgeschnitten als Warnung, damit der Rat ja nicht vergäße, nach der brieflichen Weisung zu handeln. – Als der Rat sich bei seiner Frau erkundigte, mußte sie das bestätigen. Jetzt erst merkten alle, daß man es mit einem Schwerthelden zu tun hatte.

NIU HSIU 17. JAHRHUNDERT

Der ehrliche Finder

Es war im zehnten Jahre der Regierungsperiode ›Gehorsame Herrschaft‹ (1653), im dritten Monat, als ein alter Bauer aus Lung-tji mit Namen Huang Dschung mit seinem kleinen Boot in Begleitung seines Sohns Hsiu a-san unterwegs war, um vor dem Osttor der Stadt Dschang-dschou Dünger für seine Felder einzukaufen. Er machte sein Boot dort am Ufer fest, wo sich in der Nähe eine Unratgrube befand, deren Inhalt der Alte gekauft hatte. Nachdem Vater und Sohn gegessen hatten, gingen sie in den Abort hinein, um den Unrat fortzutragen. Dabei sahen sie ein Bündel, das in ein Tuch eingeschlagen war, dort liegen und nahmen es mit sich ins Boot. Als sie das Tragetuch öffneten, um nachzusehen, fanden sie darin sechs Silberbatzen versiegelt und verpackt.

»Das hat sicher jemand auf dem Ort verloren«, meinte der Alte zu seinem Sohn. »Und zwar kann es kein reicher und vornehmer Mann gewesen sein, denn der würde sicher nicht so etwas im Gürtel mit sich herumtragen. Wenn es aber ein armer und bedürftiger Mensch ist, dann hängt für ihn sicher Tod und Leben an einer solchen Summe Silber. Wir können doch nicht den Fund einfach wie Betrüger für uns behalten. Ich will warten, bis der Verlierer zurückkommt.«

Diesen Vorschlag hielt der Sohn für völlig abwegig. Beide stritten sich lange hin und her, bis der Sohn voll Ärger sich auf den Rückweg nach Lung-tji machte. Der Alte versteckte das Bündel im Heck seines Kahns und setzte sich, nachdem er seine Stakstange festgebunden hatte, gemächlich hin, um zu warten. Nach langer Zeit sah er, daß von ferne ein Mann wie wahnsinnig hergelaufen kam, in den Abort ging, überall herumsuchte und dann unter lautem Rufen und Klagen auf und ab lief, als ob er in größter Not sei.

Der alte Huang rief ihn zu sich und fragte, was denn los sei. Da erzählte ihm dieser Mann seine Geschichte:

»Mein Vater wurde fälschlich angeschuldigt, ein Räuber zu sein, und sitzt jetzt deshalb im Gefängnis in der Präfekturstadt. Gestern habe ich nun einen vornehmen Mann aufgesucht, der es übernehmen will, dem Präfekten gut zuzureden. Diesem Mann habe ich eine Belohnung von 120 Goldstücken versprochen und zu diesem Zweck meine Felder und mein Haus verkauft und außerdem Verwandte und Freunde angeborgt, konnte aber nur die Hälfte dieser Summe zusammenbringen. Falls der Präfekt meinen Vater gegen Bürgschaft freiläßt, muß ich versuchen, irgendwie die ganze Summe zu bekommen, dann wird die Sache schon gut ausgehen. So packte ich denn das Silber in meinen Gürtel und ging in die Präfekturstadt. Dort verspürte ich ein dringendes Bedürfnis, ging auf diesen Ort und legte das Gürteltuch auf dem Brett ab. In meiner Aufregung habe ich dann, wie ich wieder mich anzog, das Silber vergessen. Ich bin wirklich in einer äußerst traurigen Lage, denn wie kann ich jetzt noch meinen Vater vor dem sicheren Tode retten?«

Als er dies gesprochen hatte, begann er bitterlich zu weinen. Der alte Huang erkundigte sich nun nach der Zahl der Silberbatzen und der Farbe des Tuchs. Als alles mit seinem Fund übereinstimmte, beruhigte er den Fremden und sprach: »Dein Silber ist noch da. Ich habe schon lange auf dich gewartet.« Dann überreichte er ihm das Tuch mit dem Geld, dessen Siegel noch unverletzt waren. Der Verlierer war, nachdem er schon alle Hoffnung aufgegeben hatte, auf das freudigste überrascht und wollte dem Alten einen der Batzen als Zeichen seines Dankes überreichen. Huang aber sagte: »Das hieße doch nur, in mir Habgier erwecken. Lieber verzichte ich auf alle sechs, als daß ich auch nur einen annähme.« Damit schickte er den Verlierer fort.

Huangs Boot war inzwischen mit dem Dung vollgeladen, und da sein Sohn nicht wiederkam, machte er sich allein auf die Heimfahrt, indem er es selbst vorwärtsstakte. Unterwegs brach mit einem Male ein Unwetter mit Sturm und Regen los, so daß er gezwungen war, sein Boot am Flußufer in der Nähe eines verlassenen Dorfes festzumachen. Die Regengüsse aber hatten die Uferwand unterhöhlt und ausgewaschen, und plötzlich stürzte unter lautem Gerumpel ein Stück des Ufers in sich zusammen. Dabei kam ein Krug zum Vorschein, dessen Ausguß mit Zinn zugegossen war, so daß Huang nicht ohne weiteres feststellen konnte, was er enthielt. Er dachte sich aber, er könne den Krug zu Hause zum Aufbewahren von Reis benutzen, mußte jedoch feststellen, daß der Krug so schwer war, daß er ihn kaum tragen und nur mit aller Mühe in sein Boot bringen konnte.

Nach kurzer Zeit hörte der Regen auf, und nachdem der Wind sich gelegt hatte und der Mond zwischen den Uferweiden erschien, fuhr Huang weiter, nur begleitet von dem Ächzen der Ruderstange, bis er um Mitternacht sein Heim erreichte. Sein Sohn hatte inzwischen die Geschichte des Fundes schon seiner Mutter erzählt, und beide waren auf den Alten böse und zogen über ihn her. Als Huang nun endlich eintraf, und an die Tür klopfte, wollten ihm Sohn und Gattin zuerst gar nicht aufmachen. Da verfiel er darauf, den beiden etwas vorzumachen und rief: »Ich habe einen kostbaren Krug in meinem Boot, den müßt ihr beide zusammen heraustragen.« Sofort standen Mutter und Sohn auf und liefen eiligst zum Boot, wo die Strahlen des Mondes den Krug wie Schnee erglänzen ließen. Als sie den Krug heraufgeholt und das Zinn durchstoßen hatten, schütteten sie den Inhalt aus — alles Silbermünzen im Werte von zusammen wohl tausend Goldstücken. Der alte Huang war völlig verdutzt, als er sah, daß sein glücklicher Fund kein leerer Traum war.

Nun hatte er einen Nachbarn, der nur durch eine dünne Schilfwand von ihm getrennt, von seinem Lager aus genau mit angehört hatte, was Huang und seine Frau sich über den Fund heimlich zutuschelten. Dieser Mann ging am folgenden Tage zur Behörde und zeigte Huang an, weil er angeblich eigenmächtig ein fremdes Versteck erbrochen habe. Der Landrat von Lung-tji ließ Huang verhaften und in der Gerichtshalle verhören, wobei Huang keine einzige Einzelheit verheimlichte, sondern ganz unbefangen und ausführlich erzählte, wie er die gefundenen Silberbatzen zurückerstattet und auf dem Heimweg den Topf mit Geld gefunden hatte.

Da entschied der Landrat: »Das ist ein Lohn des Himmels für diesen Mann — weil er gut gehandelt hat, ist ihm zum Dank vergolten worden. Wie kann ich ein Verfahren einleiten, wenn jemand einen Fund gemacht hat?«

Und damit ließ er dem Nachbarn eine Tracht Prügel verabreichen und setzte Huang auf freien Fuß. Der Alte zog mit dem Geld in die Stadt und führte dort ein angenehmes Leben bis an sein Ende.

AUS DEM TJIU-DENG LU ANONYM 18. JAHRHUNDERT

Fräulein Wolke

Der General Wang aus Guang-ling hatte einen Diener namens Wang Dschung, der in der Weinwirtschaft eines gewissen Li zu verkehren pflegte und mit der Zeit sich so sehr mit Li anfreundete, daß dieser ihm seine Tochter, Fräulein Wolke, in die Ehe gab. Sie war damals achtzehn Jahre alt. Als der General von seinem Posten in Mi-yün abgelöst wurde, schickte er sich an, nach Guang-ling heimzukehren, und befahl deshalb seinem Diener Wang Dschung, die Wagen und das Gepäck für die Reise zu rüsten. Auch Wolke sollte mitfahren. Sie meinte dazu:

»Das Gepäck unseres Herrn ist sehr umfangreich. Wenn wir den Weg durch die Gegend nördlich des Gelben Flusses wählen, so müssen wir bedenken, daß die Straßen dort sehr unsicher sind. Ich bitte deshalb darum, daß ich Soldatenkleidung anlegen darf, um mit Pfeil und Bogen dafür zu sorgen, daß dem Transport nichts zustößt. Darf ich das?«

General Wang hörte von diesem Wunsch und wunderte sich sehr. Er rief Wolke zu sich und gab ihr einen schweren Bogen in die Hand, der nur mit einer Kraft, die dem Gewicht von fünf Zentnern entsprach, gespannt werden konnte. Die junge Frau zerbrach ihn beim Spannen wie einen dürren Zweig. Dann tauschte man ihn gegen andere Bogen aus, aber auch diese fanden alle nicht ihren Beifall, bis schließlich der General zu seinem Diener sagte: »Du mußt doch wohl meinen eigenen Bogen holen.«

So geschah es; Wolke gürtete sich den Bogen um, steckte den Köcher voller Pfeile und ritt auf einem flinken Pferd dem Troß nach.

Dies war im Jahre Dji-mau (1699), als Räuberbanden alle Straßen unsicher machten. Der Weg der Reisegesellschaft führte schließlich auf eine einsame Ebene. Hier ritt Wolke auf ihrem Renner den anderen voran und erspähte dabei in der Ferne eine Schar von wohl einem Dutzend Reitern, die in eine Staubwolke gehüllt herangesprengt kamen. Ein Pfeil kam geflogen und traf Wolkes Ärmel, doch sie schüttelte nur ihren Arm, und der Pfeil fiel herunter. Ein zweiter Pfeil kam geflogen; Wolke fing ihn auf und legte ihn selbst auf ihren Bogen, spannte und schoß. Voll Schrecken wandte sich der feindliche Reiter zur Flucht, doch Wolkes Schuß traf seinen Hals, und er stürzte zu Boden. Dann holte Wolke einen Pfeil aus ihrem Köcher und erschoß damit einen weiteren der berittenen Räuber. Der Rest floh nach allen Seiten auseinander. So erreichte die Reisegesellschaft sicher die Heimat des Generals, und nicht einmal ein Löffel oder Eßstäbchen war geraubt worden.

Nun war Wolke überaus hübsch von Aussehen, so daß der Sohn des Generals, als er sie zum ersten Mal erblickte, sogleich von Liebesverlangen bewegt wurde. Er wollte sie verführen, doch sie entgegnete:

»Ich unmaßgebliche Person bin von geringem Herkommen und konnte eigentlich gar nicht damit rechnen, daß Ihr, junger Herr, mir Eure Zuneigung schenkt. Aber da ist noch mein Mann Wang Dschung – wie könnte er zulassen, daß so etwas geschieht? Die beste Lösung wäre, wenn Ihr Wang Dschung fortschicktet und mich dann regelrecht, wie die Riten es vorschreiben, zu Euch nehmt. In diesem Falle würde ich Euch gerne folgen.«

Der junge Herr freute sich über alle Maßen und beschenkte den Dschung in großzügigster Weise, während Wolke ihrem Mann den Wink gab, sich auf und davon zu machen. Dann ließ der Generalssohn das Hochzeitsmahl richten, aber nur in der Weise, wie die Riten es für eine niedrige Konkubine vorschreiben. Da zog Wolke wieder ihre Soldatenkleider an, ergriff ihr Schwert, stellte sich mitten in der Halle hin und schalt den jungen Mann aus:

»Eure ganze Familie ist des hohen Rangs unwürdig und hat nichts geleistet, um dem Staat den gebührenden Dank abzustatten. Als wir mit den Räubern zusammentrafen, da habt Ihr wie ein Gras im Winde vor Angst gezittert und ich allein, als Frau, habe Euch auf der langen Reise beschützt. Dadurch sollte ich eigentlich Anspruch auf Eure Dankbarkeit haben. Aber Ihr seid zügellos und habt keinen Sinn für Gerechtigkeit, denn Ihr wollt nur meine Ehre schänden!«

Unter diesen Worten drang sie mit ihrem Schwert auf den jungen Mann ein, lief vor, dann wieder zurück und rief aus: »Wer mich verfolgen will, dem schlage ich den Kopf ab wie jenen Räubern im Norden des Flusses!«

Der Generalssohn wußte vor Angst nicht aus noch ein, Wolke aber war inzwischen bis zum Tor gekommen. Dort wartete schon ein blaugekleideter Diener auf sie, der ein Pferd führte. Wolke schwang sich hinauf, galoppierte davon und wurde nie wieder gesehen.

Als ich in Peking in einem Gasthaus wohnte, hat mir ein Magister aus Guang-ling diese Geschichte erzählt.

Die Rache

Der Rebellenführer Yüan Luan-ör stand mit seinen Scharen nördlich des Gelben Flusses und setzte häufig über den Fluß, um dort zu rauben und zu plündern. Etwa zwanzig Meilen von Tschëndschou entfernt lebte ein einfacher Bürger namens Huang Ming-wu, dessen Vater bei einem dieser Raubzüge von Yüan ermordet wurde. Damals war Huang noch jung und sann Tag und Nacht darauf, wie er seinen Vater rächen könne. Er sagte sich, daß die Rebellen in der Überzahl waren und er als einzelner ihnen nicht gewachsen war. So trat er zum Schein dem Heer der Banditen bei und war bald sehr gut bei ihnen angeschrieben, da er reiten und Bogen schießen konnte und überdies ein guter Lautenspieler war. Sieben Monate war er schon bei den Aufrührern und suchte die ganze Zeit heimlich nach dem Mann, der seinen Vater ermordet hatte. Endlich fand er ihn heraus. Es war Yuan der Dritte, ein jüngerer Bruder des Anführers.

Einmal schickte Yüan seinen dritten jüngeren Bruder in die Stadt Tschën-dschou, um dort die Lage bei den Regierungstruppen auszuspionieren. Huang sollte ihn bei diesem Unternehmen begleiten. Er hatte aber schon heimlich vorher Verbindung mit seiner Familie aufgenommen und sich mit achtzig todesmutigen Leuten seiner Sippe und seines Anhangs verabredet. Diese überfielen bei Nacht das Lager der Rebellen und führten Yüan, den Mörder des Vaters, gefangen mit sich fort.

Gerade zu der Zeit trafen Regierungstruppen ein, und die ganze Räuberschar floh auseinander.

Huang merkte, daß der gefangene Yüan so tat, als ob er nichts von dem Tod des Vaters wüßte, und sagte zu ihm: »Du brauchst dich nicht aufzuregen; ich bin ja dein Gastgeber.« Dann nahm er ihm seine Fesseln ab und gab ihm gut zu essen und Wein zu trinken.

Bald jährte sich wieder der Tag, an dem Huangs Vater umgebracht worden war. Huang ging auf Yüan zu, ergriff sein Schwert und sagte mit zorniger Miene: »Yüan Drei, hast du nicht vor einem Jahr an diesem Tage meinen Vater ermordet? Wer mordet, muß sterben!« Und damit zog er ihm sein Gewand aus, fesselte ihn wie ein zum Opfer bestimmtes Schwein und legte ihn in einen Weidenkorb, den er am Grabe seines Vaters niedersetzte. Alsdann brachte er ein Weinopfer dar und sprach unter schmerzlichen Klagen seine Opferrede. Als er damit fertig war, schlitzte er Yüans Leib auf und nahm Herz und Leber heraus, verbrannte sie und begrub die Asche.

Nun stand etwa drei Meilen vom Hause des Huang entfernt ein Weidenbaum, unter dem seinerzeit sein Vater den Tod gefunden hatte. An diesem Baum hing Huang den Kopf des Yüan auf und kehrte dann wieder heim.

Ein halbes Jahr später wurde in seinem Hof ein Esel mit schwarzem Fell geboren, der sehr kräftig und willig war. Jemand wollte ihn um zehn Geldstücke kaufen, doch Huang mochte das Tier nicht hergeben. Eines Tages ritt er auf dem Esel in die Kreisstadt und kam auf dem Rückweg auch an jenem Weidenbaum vorbei. Da fing der Esel plötzlich mit menschlicher Stimme an zu sprechen: »Ich bin der dritte Yüan. Ich habe deinen Vater getötet und dadurch meinen Tod verdient. Aber wozu warst du so grausam, mir den Leib aufzuschneiden und mich zu schlachten?« Unter diesen Worten schnappte der Esel nach Huangs linkem Bein und warf ihn zu Boden. Dann biß er ihn so, daß an Schultern und Rücken keine heile Stelle mehr blieb, und zerbiß ihm auch einen Arm. Wenn nicht Huangs Mütze verrutscht wäre und seinen Hals geschützt hätte, so hätte das Tier ihm sogar die Gurgel durchgebissen. Nachdem Huang so mit knapper Not dem Tode entronnen war, konnte er sich gerade noch schnell in einen ausgetrockneten Brunnen wälzen, der sich dort befand. Der Esel aber schaute in den Brunnen hinunter und begann, um den Brunnen herumzulaufen, immer wieder, und das Blut Huangs, das am Brunenrand klebte, aufzulecken. Endlich kam ein Mann aus dem Dorf vorbei, der Huang in dem Brunnen entdeckte, ihn herausholte und nach Hause brachte.

Mehrere Monate dauerte es, bis Huang von seinen Wunden genesen war. Dann wollte er den Esel töten lassen. Ein Freund aber redete ihm folgendermaßen zu: »Wann soll das denn jemals ein Ende finden, wenn eine Rachetat mit einer neuen beantwortet wird? Das beste ist, wenn du dem Tier vergibst.«

Huang fand, daß diese Worte das richtige trafen, und befahl einem Knecht, das Tier fortzubringen und auf dem Markt zu verkaufen. Er erzielte dafür sechs Silberunzen. Huang lebt heute noch, doch blieb sein verletzter Arm für immer krumm.

DSCHANG HUNG MITTE 18. JAHRHUNDERT

Der Tempel des Herrn Tschëng

Der Tempel des Herrn Tschëng liegt draußen vor dem kleineren westlichen Tore der Stadt Jun gleich neben einer Balkenbrücke über den Fluß. Tschëng war der Familienname eines Mannes von aufrechter Gemütsart und großer Wohltätigkeit. Als er alt geworden war, baute er sich eine kleine Hütte am Ufer des Flusses und ernährte sich durch Fischerei.

Eines Abends gegen Einbruch der Dunkelheit kam ein Fremder zu ihm mit völlig durchnäßter Kleidung und fing an zu weinen. Weil Tschëng glaubte, daß jener ins Wasser gestürzt sei und sich mit genauer Not das Leben habe retten können, ließ er ihn in seine Hütte eintreten, bewirtete ihn mit Wein und Speisen und richtete ihm ein warmes Feuer zu. Der Fremde aber fuhr fort zu weinen und sagte zu ihm: »Ich bin kein Mensch, sondern der Geist eines gerade Ertrunkenen. Weil ich keinen Ort der Ruhe fand, habe ich mich vom Wind dahertreiben lassen und bin bei Euch gelandet.«

Tschëng erschrak zunächst sehr, doch der Geist sagte: »Fürchtet Euch nicht. Die Geister haben Menschliches an sich, und die Menschen Geisterhaftes. Was sie unterscheidet, ist nur, ob sie zur lichten oder dunklen Urkraft gehören. Warum solltet Ihr Euch vor mir fürchten? Ich bin keiner von denen, die Unheil über die Menschen bringen!«

Da beruhigte sich Tschëng und fing an, sich mit dem Fremden über seine Heimat zu unterhalten, und weil jener sich in nichts von gewöhnlichen Menschen unterschied, behielt er ihn über Nacht bei sich. Von da ab kam der Geist hin und wieder zu ihm, und Tschëng freundete sich so mit ihm an, daß er schließlich völlig vergaß, mit wem er es in Wirklichkeit zu tun hatte.

Eines Tages kam der Fremde wieder und erzählte dem Alten voller Freude: »Morgen werde ich wieder neugeboren werden können. Um die Mittagsstunde wird eine Frau mit einem weißen Kleid angetan über den Fluß setzen; sie wird ertrinken und mich dann ablösen.« Tschëng freute sich mit dem Fremden und beobachtete am nächsten Tage genau die Fähre über den Fluß. Um die Mittagsstunde kam wirklich eine verheiratete Frau in weißer Trauerkleidung und setzte über den Fluß. Sie überquerte ihn aber, ohne daß ihr etwas zustieß, und bis zum Abend kam auch keine weitere Frau in weißen Kleidern, so daß Tschëng schon glaubte, der Geist habe sich geirrt.

Nach Einbruch der Dunkelheit erschien der Fremde wieder und sagte mit Tränen in den Augen: »So lange habe ich schon auf eine Ablösung gewartet, aber als heute die Frau mit dem weißen Kleid kam, sah ich, daß sie im sechsten Monat schwanger war, und ich konnte es nicht übers Herz bringen, gleich zwei Leben für das meine zu nehmen.« Der alte Tschëng fand das sehr rechtlich gedacht.

Wieder einige Monate später kam der Geist fröhlich lachend und erzählte seinem Freund: »Jetzt ist es wirklich so weit, daß ich von hier fort kann. Morgen wird einer kommen, der mit einem eisernen Kessel auf dem Kopf über den Fluß setzen wird. Ganz bestimmt wird der mich ablösen!«

Der Alte merkte sich dies und sah in der Tat am nächsten Morgen, daß jemand mit einem Kessel kam, um überzusetzen, und nach dem Fährboot rief. Als das Boot die Mitte des Stromes erreicht hatte, fing es an zu kentern, doch konnte es seine Fahrt ungefährdet fortsetzen. In der Nacht nach jenem Tage erschien der Geist wieder und sagte: »Der mit dem Kessel war ein pietätvoller Sohn und dazu noch das einzige Kind. Deshalb faßte mich plötzlich Mitleid und ich ließ ihn den Strom lebend überqueren. Ich aber muß weiter im Dunkel am Ufer des Wassers begraben bleiben, und es dauert mich, daß ich Euch so oft zur Last falle.«

Der alte Tschëng redete dem Geist tröstlich und mit freundlichen Worten zu.

Es waren einige Tage vergangen, als der Geist aufs neue voller Freude erschien, so daß der alte Tschëng schon sagte: »Nun jetzt habt Ihr sicher eine Ablösung gefunden?«

»Nein, so ist es nicht. Aber weil ich mich mit meinem bitteren Schicksal so gut abgefunden hatte und es nicht übers Herz brachte, einen pietätvollen Sohn oder eine schwangere Frau zu töten, hat der Gott dieses Bezirks das dem Himmlischen Kaiser gemeldet, und ich bin durch kaiserliches Dekret wegen meiner guten Taten zum Stadtgott von Gua-dschou ernannt worden. Morgen schon muß ich die Reise an meinen neuen Amtssitz antreten. Nun habe ich aber eine ganze Reihe von Jahren in Eurer Nähe geweilt, und nicht leichten Herzens kann ich eine solche Freundschaft von heut auf morgen abbrechen. Wenn Ihr einmal Zeit haben solltet, müßt Ihr nach Gua-dschou reisen und mich dort besuchen. Ich werde mich gerne dort für alles, was ich von Euch erfahren habe, erkenntlich zeigen.« Mit diesen Worten verschwand er.

Der alte Tschëng glaubte jedoch das alles nicht so recht. Am Abend des nächsten Tages aber vernahm er plötzlich Paukenschall, Musik und den Lärm eines großen Gefolges, worüber er sich sehr verwunderte. Als er in den Tagen danach einmal zur Bezirksstadt Gua ging, um Salz einzukaufen, bemerkte er einen Tempel, in dem viel Weihrauch zum Opfer gebrannt wurde. Er erkundigte sich bei den Einwohnern und erfuhr, daß den Abend zuvor der Stadtgott dem Priester des Tempels erschienen sei und ihm mitgeteilt habe, daß er jetzt sein Amt neu übernommen habe und alle Gebete erhören werde. Aus diesem Grunde opferten alle Leute aus der Stadt so eifrig.

Als Tschëng das hörte, wunderte er sich sehr und kaufte auch auf dem Markt Weihrauchstäbchen und ging damit in den Tempel vor das Götterbild. Kaum hatte er seine Opferriten verrichtet, da fiel er ohnmächtig zu Boden, und es erschien ihm der Geist, angetan mit schwarzer Beamtenmütze und brokatenem Gewand, und schlug ihm wie einem alten Freund auf die Schultern: »Ihr seid wirklich ein zuverlässiger Mann, daß Ihr wie versprochen mich hier besucht. Aber nun hört zu: Ich habe festgestellt, daß im Bezirk Jun eine schwere Seuche ausbrechen wird. Ihr braucht nur aus meinem Opferkessel Asche herauszunehmen und sie mit etwas Wasser zu Pillen zu formen, dann könnt Ihr damit Zehntausende von Menschen heilen. Von jetzt an kann es nicht fehlen, daß Ihr auf Eure alten Tage noch ein reicher Mann werdet. Ich sage Euch das zur Vergeltung für Eure Freundschaft.«

Sowie der Geist seine Rede beendet hatte, kam Tschëng wieder zu sich und tat, wie ihm geheißen, indem er die ganze Asche aus dem Opferkessel mit nach Hause nahm. Nach ein paar Tagen brach wirklich eine schwere Seuche aus; Tschëng nahm die Asche und machte Pillen daraus, die er auf dem Markt an die Apotheker verkaufte. Jeder, der sie einnahm, genas auf der Stelle, und Tschëng wurde dadurch ein reicher Mann. Da er sich sagte, daß er allein in der Welt dastehe, und auch keinerlei Nachkommenschaft hatte, stiftete er Geld und ließ dafür an der Stelle, wo jener Geist ertrunken war, eine Brücke bauen, um den Verkehr über den Fluß zu ermöglichen. Sie steht noch bis zum heutigen Tage, so daß keiner mehr den Gefahren des Übersetzens im Boot ausgesetzt ist. Die Leute jenes Bezirks waren Herrn Tschëng hierfür von Herzen dankbar und ließen für ihn einen Tempel mit einer Inschrifttafel neben der Brücke errichten.

So kam es, daß jener Geist, weil er seine Gedanken von Menschlichkeit leiten ließ, zum Gott erhöht wurde und daß Herrn Tschëng wegen seiner gemeinnützigen Gesinnung Opfergaben im Tempel zuteil wurden. Zwar sind das alles Ereignisse, die das Übernatürliche streifen, doch können sie der stumpfen Menge zur Belehrung dienen, und nur deshalb habe ich sie hier aufgezeichnet.

PU SUNG-LING 1640–1715

Die kluge Nachbarin

Hung Da-yä war ein Mann aus der Hauptstadt, der mit einer geborenen Dschu verheiratet war, einer überaus anmutigen und hübschen Frau, die er genauso liebte wie sie ihn. Nach einiger Zeit nahm sich Hung ein Mädchen namens Bau-dai als Nebenfrau, und obgleich sie bei weitem nicht so schön war wie Frau Dschu, zog ihr Gatte die Konkubine seiner Gattin vor. Frau Dschu grämte sich darüber, und es kam zu ehelichem Streit zwischen beiden. Obgleich Hung nicht wagte, seine Nächte vor aller Augen in den Räumen der Konkubine zu verbringen, so zog er sie doch in jeder Hinsicht vor und vernachlässigte seine Gattin.

Später verzog Hung in ein anderes Haus und wurde dadurch Nachbar eines Textilkaufmannes namens Di. Dessen Gattin, Frau Hëng mit Namen, machte von sich aus Besuch bei Frau Dschu. Frau Hëng mochte schon über dreißig Jahre zählen und war von kaum durchschnittlicher Schönheit, aber ihre Unterhaltung war so lustig und gewitzt, daß Frau Dschu sie lieb gewann und ihr am folgenden Tag einen Gegenbesuch abstattete. Dabei stellte sie fest, daß auch Herr Di eine jüngere Konkubine hatte, die ebenso hübsch wie liebenswürdig war. Aber selbst nachdem Hung mit seiner Familie fast ein halbes Jahr neben Herrn Di gewohnt hatte, hörte man niemals etwas von Streit und Zank in dessen Haushalt. Herr Di schätzte und liebte einzig und allein seine Frau Hëng, während die Konkubine in ihrem ›Seitengemach‹ nichts war als eine bloße Dekoration.

Eines Tages besuchte Hungs Gattin ihre Nachbarin und fragte sie: »Früher habe ich immer gedacht, daß mein Mann eine Nebenfrau liebt, eben weil sie Nebenfrau ist, und hätte am liebsten den Titel einer Gattin gegen den einer Nebenfrau getauscht. Jetzt aber weiß ich, daß es nicht daran liegen kann. Wie habt Ihr das zustande gebracht? Ich würde gerne, falls Ihr mir Euer geheimes Mittel verratet, Eure ergebene Schülerin werden.«

»Ei, Ihr müßt Euch eben zurückhalten und den Mann einmal abweisen! Ihr solltet ihn den ganzen Tag über mit nichtssagenden Reden hinhalten. Im Handumdrehen wird er dann durch die Trennung von Euch begehrlich werden, doch müßt ihr ihm völlig freie Hand lassen. Nur sobald er von selbst zu Euch kommt, dürft Ihr ihn nicht zu Euch lassen. Nach einem Monat will ich dann sehen, was ich Euch für weitere Ratschläge geben kann.«

Frau Dschu folgte diesen Worten und schmückte das Mädchen Ban-dai immer schöner heraus und ließ auch ihren Mann bei ihr die Nächte verbringen. Ebenso sorgte sie dafür, daß Herr Hung alle Mahlzeiten mit der Konkubine gemeinsam einnahm. Sowie er sich aber einmal freundlich seiner Frau nahte, wies sie ihn mit aller Kraft zurück. Herr Hung lobte darum seine Hauptfrau überall als tugendhaft. Als dies über einen Monat gewährt hatte, ging Frau Dschu wieder zu Frau Hëng hinüber zu Besuch.

»Gut gemacht«, meinte die Nachbarin, »nun müßt Ihr, wenn Ihr nach Hause kommt, Euch häßlich machen. Tragt keine schönen Kleider und pflegt Euren Teint nicht mehr; mit schmutzigem Gesicht und abgetragenen Schuhen mischt Euch unter Eure Mägde und verrichtet Hausarbeiten. Nach einem Monat könnt Ihr dann wieder zu mir kommen.«

Frau Dschu folgte auch diesem Rat, zog sich verschlissene, geflickte Kleider an und hielt sich absichtlich nicht mehr sauber. Dabei widmete sie sich ausschließlich dem Spinnen, ohne nach etwas anderem zu fragen. Herr Hung bekam daraufhin Mitleid mit ihr und wies Bau-dai an, der Gattin bei ihrer Arbeit zu helfen, doch Frau Dschu lehnte alle Hilfe ab und schickte das Mädchen unter Scheltworten wieder fort.

Nach einem Monat besuchte sie Frau Hëng und erhielt neue Weisung: »Ihr seid wirklich gelehrig! In ein paar Tagen ist das Frühlingsfest. Ich werde Euch dann einladen, die Blütenpracht im Garten zu bewundern. Bei dieser Gelegenheit legt Eure alten Kleider ab und zieht Euch die schönsten und neuesten Gewänder, Schuhe und Strümpfe an, die Ihr habt, und kommt vorher zu mir.«

Frau Dschu versprach, das zu tun, setzte sich, als der Festtag kam, vor ihren Spiegel, und schmückte sich auf das feinste heraus, ganz wie Frau Hëng es ihr geraten hatte. Als sie ihre Toilette beendet hatte, ging sie zu Frau Hëng hinüber, die voller Freude meinte: »So ist es richtig!« Dann brachte die Nachbarin mit eigner Hand die Phoenixfrisur in Ordnung, so daß man sich in dem schwarz glänzenden Haar spiegeln konnte. Und da der Schnitt des Kleids nicht mehr der letzten Mode entsprach, trennte sie die Nähte auf und änderte das Kleid um. Auch meinte sie, daß die Schuhe von uneleganter Form seien und holte aus ihrer eigenen Truhe ein noch nicht ganz fertiges Paar hervor, das die beiden Frauen gemeinsam mit Stickereien fertig machten. Als Frau Dschu die Schuhe angezogen hatte, kredenzte Frau Hëng ihrem Gast vor dem Abschied noch ein Glas Wein und schärfte ihr ein: »Wenn Ihr jetzt nach Hause kommt und Euer Mann Euch gesehen hat, schließt Euch früh in Euer Zimmer ein und legt Euch zu Bett. Falls er an Eure Türe klopft, so hört zunächst nicht darauf. Wenn er dreimal nach Euch ruft, so dürft Ihr ihn höchstens einmal zu Euch einlassen, und wenn sein Mund nach Eurer Zunge, seine Hände nach Euren Füßen streben, dann seid mit Euren Reizen sparsam. Nach einem halben Monat müßt Ihr dann wieder zu mir kommen.«

Zu Hause angelangt, zeigte sich Frau Dschu im Glanze ihrer

Toilette dem Gatten, der nicht müde wurde, sie anzuschauen von oben bis unten, und mit ihr lachte und scherzte, wie er es sonst nie getan hatte. Frau Dschu aber sprach bei dem Fest wenig und schaute sich den Garten im Herumgehen an, den Kopf in die Hand gestützt und mit gleichgültiger Miene. Und noch bevor die Sonne unterging, zog sie sich in ihr Schlafzimmer zurück, verriegelte die Tür und legte sich schlafen. In der Tat kam kurz darauf Herr Hung und klopfte an die Türe, aber Frau Dschu blieb liegen und stand nicht einmal vom Bett auf, so daß Hung wieder gehen mußte. Am nächsten Tage spielte sich genau das gleiche ab, und erst am dritten Tage, als Hung höflich zu drängen begann, sagte Frau Dschu: »Eigentlich habe ich mich ja daran gewöhnt, allein zu schlafen, und fühle mich nicht imstande, wieder solche Belästigungen zu ertragen.« Als die Sonne gen Westen sank, ging Herr Hung in das Schlafzimmer, wo seine Frau schon auf ihn wartend saß. Die Lampen wurden ausgelöscht, und die beiden bestiegen das Lager. Hung fühlte sich, als ob er mit einer jung verheirateten Frau zu tun habe, und genoß die Umarmung mit höchster Lust. Er wollte sich mit ihr für den folgenden Abend verabreden, aber Frau Dschu meinte, das ginge nicht, und gestattete ihm als höchstes die Abrede, daß er alle drei Tage kommen dürfe.

Nach einem halben Monat besuchte sie wiederum Frau Hëng. Die Nachbarin schloß die Türe hinter dem Gast und sagte zu ihr: »Von nun an habt Ihr im Schlafzimmer die Oberhand. Aber Ihr seid nicht verführerisch, wenn Ihr auch schön seid. Wenn Eure Anziehungskraft so groß wäre wie Eure Schönheit, müßtet Ihr bei den Männern mindestens eine Gunst genießen wie die berühmte Schönheit Hsi-schï!«

Darauf ließ sie Frau Dschu zur Probe Blicke werfen und meinte dann: »Falsch gemacht! Der Fehler liegt im äußeren Augenwinkel.« Dann mußte Frau Dschu zur Probe lächeln, aber auch hierzu sagte die Nachbarin: »Wiederum falsch! Mit Eurer linken Wange steht es noch nicht richtig!« Dann warf Frau Hëng selbst Blicke, in denen die Verführung der feuchten Herbstwelle glänzte, und lächelte so anmutig, daß ihre ebenmäßigen weißen Zähne ein wenig dabei sichtbar wurden. Frau Dschu mußte dies alles nachmachen, wohl an ein paar Dutzend Mal, bevor sie es ungefähr getroffen hatte. Dann sagte Frau Hëng: »Jetzt geht nach Hause und übt das alles genau mit dem Spiegel in der Hand. Weiter wüßte ich keine Taktik zu lehren. Was das Verhalten im Bett angeht, so handelt, wie es die Gelegenheit erfordert, und gebt Euch in der

Weise hin, wie er es liebt. Das kann ich nicht mit bloßen Worten lehren.«

Frau Dschu ging nach Hause und handelte in allen Punkten nach dem Ratschlag ihrer Nachbarin. Herr Hung war überglücklich und verfiel seiner Gattin mit Leib und Seele, so daß er nur eines fürchtete, nämlich von ihr zurückgewiesen zu werden. Wenn der Tag zur Neige ging, pflegte er sie freundlich anzulächeln, und seine Schritte nahmen nicht mehr den Weg zu dem Gemach der anderen. So ging es Tag für Tag, und schließlich konnte er nicht mehr dazu gebracht werden, zu der Nebenfrau zu gehen. Frau Dschu aber behandelte Bau-dai immer besser, und jedesmal, wenn sie in ihrem Schlafzimmer ein Souper richtete, mußte Bau-dai mit ihr auf dem gleichen Bett sitzen. Herr Hung aber begann, Bau-dai immer häßlicher zu finden, und schickte sie gewöhnlich schon vor dem Ende des Mahls fort. Auch spielte Frau Dschu bei solcher Gelegenheit ihrem Mann den Streich, selbst in das Zimmer von Bau-dai zu gehen und sich dort einzuschließen, so daß Hung die ganze Nacht hindurch keinen Ort fand, wo er seine Lust sättigen konnte. Über all dem fing Bau-dai an, Herrn Hung zu grollen und auch vor anderen Leuten über ihn zu schimpfen, so daß Hung ihrer immer überdrüssiger wurde, über sie erboste und sie sogar zu prügeln begann. Aus Kummer hierüber vernachlässigte Bau-dai ihre Toilette und lief mit schlechten Kleidern, schmutzigen Schuhen und wirrem Haar herum, so daß sie kaum noch menschlich aussah.

»Wie haben meine Künste gewirkt?« fragte eines Tages die Nachbarin Frau Dschu.

»Eure Methode ist wirklich wunderbar, aber obgleich ich sie als Eure Schülerin befolge, vermag ich doch nicht einzusehen, wie das alles zustande kommt.«

»Habt Ihr denn noch nicht gehört, wie es sich mit diesen Dingen verhält? In der Liebe schätzt man das Neue und findet das Alte verdrießlich; man wirft sich auf das Schwere und verachtet das Leichte. Wenn ein Ehemann die Konkubine liebt, so geschieht das nicht, weil sie etwa schön ist. Er findet es vielmehr süß, wenn er sie durch ein unerwartetes Abenteuer besitzen kann, und ist glücklich, wenn er nur unter Schwierigkeiten mit ihr zusammenkommen kann. Laßt jemanden sich nach Belieben sättigen, dann wird er bald auch der kostbarsten Speisen überdrüssig werden — und nun gar erst, wenn man ihm Grütze bietet!«

»Und warum sich erst häßlich machen, bevor man in Schönheit erglänzt?«

»Richtet man es so ein, daß man keine Blicke auf sich zieht, dann ist das soviel wie eine lange Trennung. Sieht der Mann einen dann plötzlich in verführerischer Anmut, dann ist das so gut, als wenn man das erstemal zu ihm käme. Wenn ein armer Mann plötzlich Fleisch und Hirse zu essen bekommt, dann findet er, daß der grob enthülste Reis ihm nicht mehr schmeckt. Und wenn man dem Mann nicht leichthin alles gewährt, dann ist die Folge, daß die andere für ihn alt ist, man selbst aber neu, die andere leicht zu bekommen, man selbst aber schwer errungen ist. Das nämlich ist meine Methode: von einer Hauptfrau zur Konkubine des Mannes zu werden!«

Frau Dschu war hocherfreut und blieb auch in der Folge eine Reihe von Jahren lang die vertraute Freundin ihrer Nachbarin.

Eines Tages sagte Frau Hëng: »Wir beide haben uns so gern, als wenn wir einen Körper gemeinsam hätten, und ich darf von mir aus nicht Euer Leben verdüstern. Schon früher wollte ich offen zu Euch reden, aber ich fürchtete, daß Ihr mir dann mißtrauen würdet. Jetzt aber müssen sich unsere Wege trennen, so daß ich es wagen kann, Euch die Wahrheit zu erzählen. Ich bin nämlich ein Fuchsgeist. In meiner Jugend hatte ich das Unglück, eine Stiefmutter zu bekommen, die mich in die Hauptstadt verkaufte. Weil aber mein Gatte mich so gut behandelte, brachte ich es nicht übers Herz, mich von ihm zu trennen, und unsere Liebe hat bis zum heutigen Tage gewährt. Morgen aber wird mein alter Vater seine leibliche Existenz aufgeben; ich muß deshalb zu meiner Familie zurück und werde nicht wiederkommen.«

Frau Dschu ergriff ihre Hände und nahm unter Schluchzen Abschied. Als sie am nächsten Morgen wieder hinüberging, war die ganze Nachbarsfamilie in heller Aufregung denn Frau Hëng war spurlos verschwunden.

PU SUNG-LING 1640–1715

Das Purpurtuch

Tschang Da-yung war ein Mann aus Lo-yang, der Päonien über alles liebte. Als er einmal hörte, daß die Päonien von Tsau-dschou die prächtigsten von ganz Schantung seien, entstand in ihm der Wunsch, dorthin zu reisen. Es traf sich auch wirklich bald so, daß er in Geschäften nach Tsau-dschou reisen mußte, wo er sich in dem Park eines reichen und vornehmen Mannes einmietete. Da es aber erst im zweiten Monat war, blühten die Päonien noch nicht, und so konnte er einstweilen nur in dem Garten spazierengehen und dabei die verschiedenen Knospen betrachten in der Erwartung, daß sie bald aufbrechen würden. Auch verfaßte er hundert Kurzgedichte über das Thema »Liebe zu den Päonien.« Bald danach begannen die Blüten sich zu öffnen, doch war seine Reisekasse inzwischen erschöpft, und er mußte seine Sommergewänder ins Pfandhaus tragen. So lebte er denn in den Tag hinein und vergaß völlig den Gedanken an die Heimkehr.

Eines Tages ging er in der Kühle des frühen Morgens in den Garten und erblickte dort ein junges Mädchen in Begleitung einer alten Frau. Da er vermutete, sie gehörten zu einer vornehmen Familie, zog er sich schleunigst zurück. Als er am Abend wieder in den Garten ging, waren die beiden wieder da, entfernten sich aber sofort, als sie den jungen Mann gewahrten. Tschang schaute ihnen heimlich nach und stellte fest, daß die junge Dame reich gekleidet und von größter Schönheit war. In seiner Verwirrung kam ihm plötzlich der Gedanke: »Das muß sicher ein Geist sein, denn wie kann es in der Menschenwelt ein solches Mädchen geben?« Und auf der Stelle beschloß er, ihr nachzugehen. Als er an einen künstlichen Felsen kam, traf er auf die junge Dame, die dort mit der Alten auf einem Stein saß. Das Mädchen erschrak, als sie den jungen Mann erblickte; die Alte stellte sich schützend vor sie und herrschte ihn an: »Ihr seid wohl verrückt — was habt Ihr hier zu schaffen?«

Tschang verneigte sich ehrfurchtsvoll und sagte: »Das Fräulein ist doch sicher ein göttliches Wesen?«

»Was sind das für wahnwitzige Reden«, schimpfte die Alte zurück, »man müßte Euch verhaften und vor Gericht bringen lassen!«

Tschang erschrak, doch das Fräulein lächelte leise und sprach: »Wir wollen fortgehen.« Damit verließen die beiden Frauen den Felsen und gingen fort; Tschang aber vermochte auf seinem Rückweg kaum einen Fuß vor den andern zu setzen, denn er glaubte, nun würde das Mädchen sicherlich zu Hause ihren Eltern von dieser Begegnung berichten und das müsse ihm Schimpf und Schande eintragen. Er legte sich in seinem einsamen Pavillon zur Ruhe und machte sich Vorwürfe wegen seines ungeschliffenen Benehmens, doch tröstete es ihn auch wiederum etwas, daß das Mädchen keine böse Miene gezeigt hatte. Aber so sehr er auch versuchte, nicht mehr daran zu denken, so wurde er doch von Reue und Furcht derart überwältigt, daß er nach Ablauf der Nacht krank wurde. Als im Laufe des nächsten Morgens niemand gekommen war, um sich über sein Verhalten zu beschweren, beruhigte er sich ein wenig. So oft er aber an Stimme und Aussehen des Mädchens zurückdachte, wandelte sich seine Furcht in Sehnsucht.

Drei Tage ging das so, und vor lauter Gram war er dem Tode nahe. Um Mitternacht hatte er noch Licht brennen, während seine Diener schon längst in tiefem Schlaf lagen, als plötzlich die Alte erschien und ihm einen Becher mit den Worten reichte: »Hier ist ein giftiger Trank, den Fräulein Purpurtuch mit eigener Hand für Euch gemischt hat. Ihr müßt ihn auf der Stelle austrinken!«

Als Tschang das hörte, schrak er zusammen und sprach: »Ich, Euer unwürdiger Diener, bin mit Eurem Fräulein nicht durch Groll entzweit — warum also sollte sie mir den Tod zugedacht haben? Da der Trank aber von ihrer eignen Hand gemischt ist und ich aus Liebe zu ihr krank geworden bin, ists wohl das beste, wenn ich durch ihr Gift sterbe. Reicht ihn also nur her!«

Die Alte lachte, gab ihm den Becher und ging fort. Tschang trank und merkte, daß sein Inhalt eine duftige Kühle aushauchte und gar nicht wie Gift schmeckte. Unversehens löste sich die Spannung in seiner Brust, in seinem Kopf fühlte er sich heiter und klar und versank in tiefen, süß berauschten Schlaf. Als er aufwachte, schien die Sonne schon rötlich durchs Fenster. Er versuchte aufzustehen — seine Krankheit war wie weggeblasen. Nun meinte er erst recht, daß das Fräulein ein Geisterwesen sein müßte und daß es kein Mittel gäbe, um zu ihr zu gelangen. Doch ging er immer, wenn sonst kein Mensch in den Gärten war, dorthin, wo sie gestanden oder gesessen hatte, um sich ehrfurchtsvoll zu verneigen und sie schweigend anzubeten.

Als er eines Tages wieder so spazieren ging, fand er sich plötzlich in einem dichten Gehölz dem Mädchen von Angesicht zu Angesicht gegenüber. Freudig überrascht verneigte er sich bis zum Boden; das Fräulein aber kam näher auf ihn zu und streifte ihn. Ein übernatürlicher Duft hüllte ihren ganzen Körper ein. Er reichte ihr die Hand und umfaßte ihre jadegleichen Handgelenke und richtete sich auf. Ihre Finger hatten eine so weiche und glatte Haut, daß ihm die Glieder fast den Dienst versagen wollten. Gerade wollte er das Wort an sie richten, als plötzlich die alte Frau herzukam. Das Mädchen sagte Tschang, er solle sich hinter einem Felsen verstecken, zeigte in südlicher Richtung und fügte hinzu: »Steigt bei Nacht mit der Gartenleiter über die Mauer — ich wohne in dem Haus, das auf allen vier Seiten rote Fenster hat!« Unter diesen Worten entfernte sie sich eilig, der junge Mann aber blieb völlig verwirrt und seiner Sinne nicht mächtig zurück und wußte kaum, wohin er seine Schritte wenden sollte.

Als die Nacht hereingebrochen war, legte Tschang die Gartenleiter an und stieg auf die südliche Mauer. Droben bemerkte er, daß auf der anderen Seite schon eine Leiter stand. Voller Freude stieg er auf ihr herunter und fand auch wirklich das Haus mit den roten Fenstern. Aus dem Zimmer heraus vernahm er den Klang von Schachfiguren auf dem Brett, blieb stehen und wagte nicht näher heranzugehen. So stieg er denn wieder über die Gartenmauer zurück. Nach einer Weile ging er wieder zu jenem Haus. Der Klang der Schachfiguren war aber noch stärker geworden, und so schlich er sich diesmal näher, um hineinzusehen. Das junge Fräulein saß einer schönen weißgekleideten Frau gegenüber und spielte Schach. Neben ihr saß die Alte, während eine junge Dienerin ihr zur Seite stand. Wieder kehrte er unverrichteter Dinge zurück, und auch beim dritten Versuch mußte er umkehren. Schon war die Zeit der dritten Nachtstunde herangekommen, als der Jüngling oben auf der Leiter seines Gartens hörte, wie die Alte herauskam und sagte: »Wer hat denn die Leiter hierher gestellt?« Dann befahl sie den Mägden, die Leiter fortzunehmen. Der Jüngling oben auf der Mauer konnte nun nicht mehr auf der anderen Seite des Gartens heruntersteigen und machte sich betrübt auf den Heimweg.

Als er aber den nächsten Abend an die alte Stelle ging, stand die Leiter von drüben schon auf ihrem alten Platz. Zu seinem Glück war alles ringsum still und kein Mensch in Sicht. So ging er denn hinein in das Haus und fand das Mädchen dort in Gedanken verloren sitzen. Sie schrak empor, als sie den jungen Mann gewahrte und blieb halb gebeugt stehen, als wenn sie sich schämte. Der junge Mann ergriff ihre Hände und sprach: »Bis zum heutigen Abend habe ich immer geglaubt, daß ich kein Glück hätte, und mußte befürchten, daß ich niemals mich einer solchen Göttin nähern könnte.« Dann umarmte er sie. Ihre zarte Taille war so schmal, daß sie gerade eine Hand füllte, und ihr Atem duftete wie Orchideen. Sie wehrte ihn aber ab: »Warum denn so stürmisch?«

»Man muß das Eisen schmieden, solange es heiß ist. Den Langsamen ereilt der Teufel.« Noch hatte er nicht ausgesprochen, als sich von draußen Stimmen näherten. Schnell sagte das Mädchen: »Da kommt meine jüngere Schwester Jadetafel. Ihr könnt Euch unter dem Bett verstecken.« Tschang tat wie ihm geheißen, und wirklich kam ein paar Augenblicke später ein Mädchen herein, das lachend rief: »Kann man mit einem geschlagenen General noch über den Kampf reden? Nach getaner Arbeit sollte man Tee kochen. Darf ich Euch zu einem nächtlichen Gelage auffordern?«

Das junge Mädchen lehnte ab, da sie sich melancholisch fühle, doch Jadetafel drang immer inständiger in sie. Als das Mädchen keine Anstalten machte, mitzukommen, sagte Jadetafel: »Nun, wer solchen Liebeskummer hat, der hat doch sicher keinen Mann im Schlafzimmer versteckt«, zog das Mädchen mit sich hinaus durch die Türe, und beide verschwanden.

Da kroch Tschang unter dem Bett hervor. Er war zutiefst enttäuscht und machte sich nun daran, unter dem Kopfkissen und den Decken des Mädchen zu suchen, ob er nicht irgend etwas, das ihr gehörte, finden und als Andenken mitnehmen könnte. Im ganzen Zimmer war aber kein Parfümdöschen oder dergleichen zu sehen. Nur am Kopfende des Bettes lag ein Zepter aus Bergkristall, eingehüllt in ein purpurnes Kopftuch, das einen reinen lieblichen Duft ausströmte. Das steckte er ein und kehrte damit über die Gartenmauer zurück nach Hause.

Als er seine Kleider wieder in Ordnung brachte, duftete sein eigener Körper noch nach dem Tüchlein, und seine Sehnsucht wurde immer stärker. Aber nachdem er schon Angst ausgestanden hatte, als er versteckt unter dem Bett gelegen, ergriff ihn jetzt die Furcht vor Strafe, und er beschloß bei sich, nicht wieder zu ihr zu gehen. Das Kristallzepter aber bewahrte er sorgfältig auf, denn er hoffte, daß das Mädchen danach suchen würde.

Und wirklich, am nächsten Abend erschien sie und sagte lachend: »Ich habe Euch früher für einen Ehrenmann gehalten und konnte nicht wissen, daß Ihr eigentlich ein Dieb seid!«

»Das mag schon stimmen! Wenn ich trotzdem nicht ganz wie ein Edler gehandelt habe, so nur deshalb, weil es mir um das Zepter zu tun war.« Unter diesen Worten umfaßte er das Mädchen und zog es an seine Brust. Er löste den Knoten ihres Rocks, so daß ihre jadegleiche Haut zum Vorschein kam, die einen warmen Duft ausströmte. Als er sie fest in seine Arme schloß, bemerkte er, daß auch ein jeder ihrer Atemzüge wie parfümiert duftete.

»Von Anfang an habe ich Euch für einen seligen Geist gehalten – jetzt merke ich, daß ich mich nicht getäuscht habe. Wenn Ihr Euch dazu herabgelassen habt, mich Eurer Aufmerksamkeit zu würdigen, so muß das wohl eine Fügung des Schicksals sein. Aber ich fürchte, daß ich doch zum Schluß herben Schmerz der Trennung erfahren muß, falls Ihr Euch als Geistermädchen mir verbindet.«

»Eure Befürchtung geht wirklich zu weit«, entgegnete das Mädchen lachend. »Ich bin nichts als ein Mädchen, das den Kopf verloren hat und unversehens von Liebe ergriffen wurde. Wir müssen aber unsere Affäre ganz geheim halten, denn ich fürchte, das Gerede der Leute wird Weiß in Schwarz verkehren. Ihr habt keine Flügel, um davonzufliegen, und ich kann nicht auf dem Wind in die Lüfte entfahren. Eine Trennung, die uns durch ein widriges Schicksal aufgezwungen würde, wäre wohl noch trauriger als ein freiwilliges Auseinandergehen.«

Der Jüngling stimmte ihr zu, doch glaubte er immer noch, sie sei ein seliger Geist, und begann sie nach ihrem Namen zu fragen.

»Wenn Ihr mich schon für einen Geist haltet – warum muß denn ein Geist unbedingt seinen Namen sagen?«

»Wer ist denn die Alte!«

»Das ist Mutter Sang. Als ich klein war, hat sie mir Obdach gewährt; deshalb ist sie für mich nicht eine gewöhnliche Magd.«

Dann erhob sie sich, um zu gehen, und sagte: »In meinem Haus gibt es viele Augen und Ohren, drum darf ich mich nicht zu lange hier festhalten lassen. Wenn ich eine Gelegenheit finde, mich davonzustehlen, komme ich wieder.«

Beim Abschiednehmen forderte sie das Zepter zurück: »Es gehört nicht mir, sondern ist das Eigentum von Jadetafel.«

»Wer ist Jadetafel?«

»Sie ist meine Base väterlicherseits.« Damit nahm sie das Zepter entgegen und ging fort. Aber auch, nachdem sie fort war, strömten Decken und Kissen einen zauberischen Duft aus.

Von nun an kam sie alle zwei bis drei Nächte zu dem Jüngling, der ihr völlig verfallen war und nicht mehr an Rückkehr in seine Heimat dachte. Sein Beutel war aber inzwischen wieder leer, und er wollte deshalb sein Pferd verkaufen. Als das Mädchen davon erfuhr, sagte sie:

»Ihr habt um meinetwillen schon Euer Geld ausgegeben und sogar Eure Gewänder verpfändet. Das ist ein Gedanke, den ich nicht zu ertragen vermag. Wenn Ihr jetzt auch noch zu Fuß reisen müßtet – wie wollt Ihr da überhaupt den über tausend Meilen weiten Weg in die Heimat zurücklegen? Aber ich habe etwas eigenes Vermögen, womit ich Euch aufhelfen kann.«

Doch das wies Tschang zurück: »Für Eure Liebe bin ich Euch so tief dankbar, daß selbst die höchsten Schwüre es kaum vergelten könnten. Wenn ich aber jetzt auch noch wegen meiner Armut Euer Eigentum in Anspruch nähme, wofür müßtet Ihr mich dann halten?«

Das Mädchen aber drang weiter in ihn und sagte: »Ich will Euch ja nur vorübergehend etwas leihen.« Dann ergriff sie seinen Arm und führte ihn in den Garten bis unter einen Maulbeerbaum, zeigte auf einen Stein und sagte: »Dreht ihn herum.« Als Tschang getan hatte, wie ihm geheißen, nahm das Mädchen eine Haarnadel aus ihrer Frisur und stach damit wohl ein Dutzendmal in die Erde, bis sie sagte: »Jetzt müßt Ihr hier die Erde fortkratzen.« Auch das tat Tschang, und alsbald zeigte sich die Öffnung eines Topfes. Das Mädchen hob ihn heraus und entnahm ihm soviel Silberbarren, daß sie wohl an die fünfzig Unzen wiegen mochten. Der Jüngling erfaßte ihren Arm, um sie zurückzuhalten, aber sie ließ sich nicht abbringen und nahm noch zehn Barren mehr heraus. Schließlich gab er ihr die Hälfte des Silbers zurück, diesen Rest taten sie wieder in den Topf und deckten alles wieder zu.

Eines Abends sagte das Mädchen zu ihm: »Es hat Gerede gegeben – unser Verhältnis kann so nicht weitergehen. Wir müssen unter allen Umständen einen Plan für die Zukunft machen.«

»Was ist da zu tun?« entgegnete Tschang voller Schrecken, »ich habe es Euch gegenüber an Rücksicht fehlen lassen. Aber nach all Eurer Hilfe wäre ich in der Lage einer einsamen Witwe und ohne Halt im Leben, wenn ich Euch nicht hätte. Befehlet nur, und wenn es auch wäre, daß ich mich in Stücke hauen lassen sollte, ich würde vor nichts zurückschrecken.«

Da riet ihm das Mädchen, zusammen zu fliehen, und zwar solle Tschang zuerst allein in seine Heimat zurückkehren; sie selbst werde ihn dann in Loyang treffen. So packte denn der Jüngling seine Habe und machte sich auf den Heimweg, nachdem er verabredet hatte, daß das Mädchen ihn nach seiner Rückkehr aufsuchen solle. Als er aber zu Hause ankam, stand ihr Wagen schon vor dem Tor. Er schritt mit ihr in die Halle und stellte sie seiner ganzen Familie vor. Auch die Nachbarn gratulierten ihm alle in freudiger Überraschung, doch wußte niemand, daß die junge Dame heimlich davongelaufen war. Tschang meinte, das könne gefährlich für ihn werden, doch das Mädchen zeigte sich darüber gänzlich unbesorgt und sagte: »Das macht nichts, denn tausend Meilen weit in der Ferne wird man nicht nach mir suchen. Und wenn wirklich jemand erfährt, wie es mit uns steht, so bin ich doch immerhin die Tochter einer adligen Familie. Und Ihr wißt, daß auch Dscho Wang-sun, als seine Tochter mit dem Dichter Sï-ma Hsiang-ju davongelaufen war, nichts dagegen ausrichten konnte.«

Tschang hatte einen jüngeren Bruder mit Namen Da-tji, der siebzehn Jahre alt war. Als das Mädchen ihn kennengelernt hatte, sagte sie: »Der ist ein kluger Mann und wird es in Zukunft noch weit bringen, weiter noch als Ihr selbst.« Für den Bruder war schon eine Heirat festgesetzt worden, doch starb die Braut plötzlich. Da meinte das Mädchen: »Ihr habt doch meine Base Jadetafel damals gesehen. Sie ist wirklich nicht häßlich und paßt auch im Alter gut zu ihm. Wenn die beiden Mann und Frau würden, wäre das eine glückverheißende Ehe.«

Tschang mußte lachen, als er das hörte, und forderte sie scherzend auf, doch den Heiratsvermittler zu spielen.

»Wenn Ihr die Base wirklich zu holen wünscht, wäre das gar nicht schwer!« Hocherfreut fragte Tschang, wie sie es denn anstellen wolle.

»Ich stehe mich mit meiner Base auf das beste. Wir brauchen nur einen leichten Wagen und zwei Pferde und die Kosten für Hin- und Rückreise der alten Sang.«

Tschang aber fürchtete, daß die Vorgeschichte der Begegnung mit seiner jetzigen Gefährtin dadurch ans Tageslicht kommen könnte, und wagte nicht, ihren Rat zu befolgen. Aber das Mädchen sagte, es sei gar keine Gefahr dabei, und so schickte er Mutter Sang mit einem Wagen auf die Reise. Nach ein paar Tagen hatte sie Tsau-dschou erreicht und stieg dort kurz vor dem Anwesen aus dem Wagen aus, nachdem sie dem Kutscher befohlen hatte, sie auf der Straße zu erwarten. Bei Nacht ging sie in das Haus hinein, blieb dort eine ganze Weile und kam dann mit dem jungen Mädchen wieder. Sie bestiegen den Wagen, fuhren sogleich ein Stück Weges weiter und verbrachten die Nacht im Wagen. Um die fünfte Nachtwache, im Morgengrauen, traten sie dann die Rückreise an.

Go Djin hatte inzwischen errechnet, wann die Base eintreffen müßte, und schickte Da-tji ihr entgegen. In seinem besten Staat fuhr er ab und traf nach etwa fünfzig Meilen auf seine Braut. Sie kehrten zusammen in sein Haus zurück, wo alsbald mit Pauken, Flöten und bunten Kerzen Hochzeit gefeiert wurde. So hatten denn Tschang und sein Bruder jeder eine schöne Frau, aber auch der Wohlstand der Familie mehrte sich von Tag zu Tag.

Eines Tages nahte sich eine große Räuberbande, und einige Dutzend Reiter drangen in das Anwesen der Familie Tschang ein. Tschang erkannte, wie gefährlich die Lage war, und ließ seine ganze Familie im Turmgebäude des Hauses in Sicherheit bringen. Als die Räuber den Turm umzingelt hatten, fragte Tschang, ob sie für irgendwen Rache üben wollten.

»Wir haben keine Rache vor«, lautete die Antwort, »doch fordern wir zwei Dinge von Euch. Wir haben gehört, daß zwei Frauen hier im Hause sind, die so schön sind wie sonst niemand in der Welt, und bitten darum, daß wir sie einmal sehen dürfen. Das ist das eine, und außerdem fordern wir für jeden von uns, achtundfünfzig insgesamt, fünfhundert Goldstücke.« Dann begannen sie, Holz um den Turm aufzuhäufen, um es in Brand zu setzen und den Insassen dadurch ihren Willen aufzuzwingen. Da versprach man ihnen, ihre Forderung nach dem Gold zu erfüllen. Aber damit gaben sich die Räuber nicht zufrieden, sondern waren drauf und dran, den Turm anzuzünden, und die ganze Familie geriet in größte Angst. Nun wollten Go Djin und Jadetafel vom Turm herabsteigen; Tschang versuchte, sie davon abzubringen, aber Go Djin hörte nicht darauf und stieg, mit ihrem schönsten Schmuck angetan, die Treppe herunter. Auf der dritten Stufe angelangt, rief sie den Räubern zu:

»Meine Schwester und ich sind Geistermädchen, die nur für eine kurze Zeit in den Staub der Welt herabgestiegen sind.

Warum sollten gerade wir vor Räubern Angst haben? Gerne wollen wir Euch zehntausend Goldstücke geben, doch fürchten wir, Ihr könntet nicht wagen, dies von uns anzunehmen.«

Die ganze Räuberbande verneigte sich, und man hörte, wie sie dankend ablehnten. Schon wollten die beiden Frauen den Rückweg antreten, da rief ein Räuber »Betrug!«. Kaum hatte Go Djin dies gehört, blieb sie stehen, drehte sich um und sagte: »Was wollt ihr denn jetzt noch? Wenn ihr euch alles früher überlegt hättet, wäre es jetzt nicht zu spät!« Die Räuberbande schaute einander an, und vor Betroffenheit brachte keiner ein Wort heraus. Die beiden jungen Frauen aber gingen ganz gemächlich und unangefochten wieder hinauf in den Turm. Als die Räuber sahen, daß die beiden verschwunden waren, lärmten sie noch eine Weile und zerstreuten sich.

Zwei Jahre nach diesem Vorfall brachte jede der beiden Frauen einen Sohn zur Welt. Bei dieser Gelegenheit brachten sie von sich aus allmählich das Gespräch auf ihre Familie und sagten, sie seien aus der Sippe We und ihre Mutter trage den Titel einer Herzogin von Tsau. Tschang aber zweifelte, denn ihm war in Tsau keine adlige Sippe namens We bekannt, und er konnte sich auch nicht denken, daß aus einem vornehmen Haus zwei Mädchen verschwinden und zusammen in einem Haushalt leben könnten, ohne daß die Angehörigen Nachforschungen anstellten. So wagte er nicht, weiter zu fragen, und wunderte sich nur im stillen sehr darüber. Er schützte einen anderen Grund vor und begab sich selbst nach Tsau. Allenthalben in der ganzen Gegend erkundigte er sich nach einem adligen Hause We, aber niemand kannte eine solche Familie.

Schließlich nahm er wieder Wohnung bei seinem alten Hauswirt von früher. Dort erblickte er plötzlich an der Wand ein Gedicht auf eine ›Herzogin von Tsau‹. Nun war er doch bestürzt und fragte seinen Wirt. Der aber lachte nur und sagte: »Ich will Euch gerne die Herzogin zeigen«, und ging mit ihm in den Garten zu einer Päonienstaude, die so hoch war, daß sie bis an die Dachtraufe reichte. Tschang fragte, warum man die Päonie denn so benannt habe.

»Weil sie die schönste in ganz Tsau ist, hat ein Blumenliebhaber sie im Scherz mit einem Adelstitel versehen.«

»Und was für eine Sorte ist das?«

»Sie heißt Go Djin Sï, Kletterndes Purpurtuch.«

Jetzt erschrak Tschang noch mehr, denn er vermutete nun, daß die beiden Frauen Spukgeister der Blumen sein mußten. Zu Hause angelangt, wagte er nicht, mit direkten Worten zu fragen, sondern erzählte seiner Frau nur von dem Gedicht auf die ›Herzogin von Tsau‹, um sie auf diese Weise auszuhorchen. Mit einem Schlag veränderte sich ihre Miene, und zornig lief sie hinaus, rief Jadetafel, und beide Frauen erschienen wieder mit ihren Kindern im Arm.

»Vor drei Jahren war ich gerührt darüber, daß Ihr mich liebtet, und ich habe mein ganzes Ich Euch überantwortet, um meine Dankbarkeit zu bezeigen. Jetzt sehe ich, daß ich von Euch verdächtigt werde – wie können wir da weiter zusammenbleiben?« Die beiden Frauen nahmen ihre Kinder und warfen sie von sich fort. Sowie die Kinder aber zu Boden fielen, verschwanden sie alle beide. Erschreckt wollte sich Tschang den Frauen zuwenden, aber auch sie waren wie ein Rauch verschwunden, und Tschang blieb in nicht endenwollender Reue und Verzweiflung allein zurück.

Nach ein paar Tagen begannen an der Stelle, wo die beiden Kinder zu Boden gefallen waren, zwei Päonienstauden zu wachsen. In einer Nacht wuchsen sie um einen ganzen Fuß, und übers Jahr trieben sie Blüten, eine purpurfarben, die ander weiß, mit Knospen von Tellergröße. Im Verlgeich zu den üblichen Blüten der Sorten ›Purpurtuch‹ und ›Jadetafel‹ wiesen sie auch viel üppigere und zahlreichere Blütenblätter auf. Als sie nach einigen Jahren zu einem dichten Busch herangewachsen waren, verpflanzte man die Stauden an einen anderen Ort, wo sie sich zu einer ganz neuen, merkwürdigen Sorte entwickelten, von der niemand den Namen angeben konnte. Seit jener Zeit hatte Lo-yang, was die Pracht seiner Päonien anging, nicht seinesgleichen.

Zur Aussprache

ë: dumpfes e, wie französisches gedämpftes e in menu
ï: ganz kurzes dumpfes i
Vokalhäufungen (ia, iau, ua, üä, u.ä.) einsilbig zusammenziehen!
y: wie deutsches Jot
j: ähnlich französischem j (Jean) und englischem r (run)
b, d, g, s: stimmlos wie im Süddeutschen
p, t, k: stark aspiriert wie im Norddeutschen
hs: Zischlaut über die Seitenränder der Zunge weg
Die Transkription der chinesischen Namen und Wörter folgt dem deutschen System von Lessing und Othmer, nur das Wort ›Tao‹ wurde in seiner dem englischen System entsprechenden, auch bei uns eingebürgerten Schreibung belassen, da die seiner Aussprache gemäße Schreibung ›Dau‹ allzu ungewohnt wäre und verwirrend wirken könnte.

Erläuterungen

S. 7 Yü Jang:
Die Zeit der ›Kämpfenden Staaten‹ im alten China (5.—3. Jahrhundert v. Chr.) ist erfüllt von Kriegen, Annexionen, Bündnissen und bald wieder verratenen Friedensschlüssen. Kleinere Staaten wurden eine Beute der mächtigeren, während manche große Lehen — wie Djin — durch Bürgerkriege rivalisierender Adelsfamilien zerfielen. 458 v. Chr. vernichteten die Teilstaaten von Djin, an der Spitze Dschau, die kleineren Lehen Fan und Dschung-hang und teilten deren Ländereien unter sich auf. 455 kam es zum Kriege über die Verteilung der Beute; 453 wurde der Staat Dschï, der sich zuvor an der Koalition gegen Fan und Dschung-hang beteiligt hatte, ausgeschaltet. Der Herrscher von Dschau, an dem Yü Jang Rache zu üben suchte, regierte 457 bis 425 v. Chr. Der Novelle liegen also Ereignisse zugrunde, die sich kurz nach 453 zugetragen haben mögen.

S. 9 Niä Dschëng:
Während der Held der vorigen Novelle für seinen früheren Herrn Rache üben wollte, ist Niä Dschëng ein Attentäter, der für die Tat von einem anderen geworben wurde. Aber vom gedungenen Meuchelmörder unterscheidet ihn das Festhalten am Ehrenkodex der adligen Schicht und das Streben nach Nachruhm. Sein Attentat auf den Kanzler Han Kue ist historisch und wird von einigen Quellen für das Jahr 397 v. Chr. berichtet.

S. 10 Hundemetzger:
Im alten China wurde Hundefleisch gegessen, doch galten die Hundemetzger als verachteter Stand.

S. 12 Liebe zu mir:
Das heißt, um seine Schwester vor der Sippenhaftung zu schützen, die im alten China auch die Familienangehörigen eines Verbrechers traf.

S. 12 Recken des Altertums:
Mëng Bën war ein für seine Körperkraft und Tapferkeit bekannter Mann, der in der älteren Literatur öfters als Beispiel genannt wird, vgl. R. Wilhelm, ›Frühling und Herbst des Lü Bu We‹, S. 53, 202; ders. ›Mong Dsi‹, S. 27. Auch Hsia Yü und Tschëng Djing waren berühmte Helden der Vorzeit; letzterer ist erwähnt in ›Frühling und Herbst des Lü Bu We‹, S. 96.

S. 13 Prinzessin Purpurjade:
Dschau Yä, dem die Novelle ›Prinzessin Purpurjade‹ zugeschrieben wird, ist bekannt als der Verfasser des ›Wu-Yüä tschun-tjiu‹, eines wichtigen historischen Werkes über zwei Staaten in Südost-China während des 12. bis 5. vorchr. Jahrhunderts.

S. 13 Land Wu:
Die Erzählung spielt zu einer Zeit, da China noch in eine Anzahl verschiedener Lehnsstaaten zerfiel. König Fu-tschai regierte 495 bis 474 v. Chr.

S. 16 Der Kaiser und die beiden Schwestern:
Die Novelle ›Der Kaiser und die beiden Schwestern‹ ist in einem auffallend ungepflegten und nicht immer leicht verständlichen Stil geschrieben. Der Verfasser war Subalternbeamter in einem kaiserlichen Ministerium und dürfte sich bei der Niederschrift auf Augenzeugenberichte gestützt haben. Einige Stellen mußten wegen ihrer allzu krassen Sprache etwas gemildert werden. Das gleiche Thema wurde später von Tjin Tschun, dem Verfasser der Novelle ›Der Gelehrte und die Kurtisane‹ (vgl. S. 144) noch einmal behandelt.

S. 16 Pëng-dsus Adernsystem:
Pëng-dsu gilt als der chinesische Methusalem.

S. 18 Kaiser:
Es handelt sich um Kaiser Hsiau-tschëng-di (32—6 v. Chr.).

S. 19 Unglückbringendes Wasser:
Nach der chinesischen Fünf-Elementen-Theorie (Wasser — Feuer — Metall — Erde — Holz) kam den verschiedenen Dynastien jeweils ein Element zu, durch dessen Macht sie herrschten. Die Han-Dynastie regierte nach allgemeiner Ansicht mit Hilfe des Elementes Feuer und mußte daher der Theorie nach von einer Dynastie, die unter dem Schutze des Elementes Wasser stand, abgelöst werden (vgl. auch S. 25).

S. 20 Wu-Huang-di: Regierte 140—86 v. Chr.

S. 20 Reich der Weißen Wolken:
Eine der verschiedenen Bezeichnungen für den taoistischen Himmel.

S. 21 Tauchwasser-Holz: Aquilaria agallocha. Der chinesische Name bezieht sich darauf, daß das Holz im Wasser untersinkt.

S. 22 ›Großer Saft-See‹, ›Schiff des Palastes der Vereinigung‹, ›Paradiesturm‹: Die Namen enthalten erotische Anspielungen.

S. 28 Der Freund aus dem Jenseits:
Das Sou-schën-dji, aus dem die Novelle ›Der Freund aus dem Jenseits‹ entnommen ist, ist eine Sammlung von meist ganz kurzen Erzählungen, die sich mit übernatürlichen Dingen befassen und damit typisch sind für die Novellistik des 4.—6. nachchristlichen Jahrhunderts.

S. 28 Meister Biän:
Eigentlicher Name: Biän Schau, Konfuzianer aus dem 1. Jahrhundert n. Chr.

S. 31 Tai-schan:
Der östliche der fünf altchinesischen, heiligen Berge.

S. 37 Die Fuchsfee:
Die Novelle ›Die Fuchsfee‹ ist auch im Westen sehr bekannt geworden und fand dabei sogar eine neue Bearbeitung (David Garnett, Meine Frau, die Füchsin). Der Verfasser war kurze Zeit kaiserlicher Zensor.

S. 45 Kalt-Mahl-Fest:
Chinesisches Frühlingsfest am 5. Tag des 3. Monats.

S. 51 Goldamsel:
Der Verfasser dieser berühmten Novelle ›Goldamsel‹ war auch ein recht bekannter Lyriker. Zwei umfangreiche Sammlungen seiner Werke sind noch erhalten. Er versah verschiedene Ämter bei Hofe, verscherzte sie sich aber durch sein etwas formloses Auftreten. Die Novelle wurde

verschiedentlich dramatisiert, so in erster Linie von Wang Schï-fu (14. Jahrhundert) in einem Schauspiel, das unter dem Namen ›Das Westzimmer‹ auch in Deutschland bekannt geworden ist.

S. 51 Dëng-du-dsï: Ein berühmter Liebhaber aus dem Altertum.

S. 52 Goldamsel, komm ...:
Der Name Goldamsel wurde hier und an allen folgenden Stellen vom Übersetzer eingefügt. Im Gegensatz zu anderen, späteren Fassungen des Textes bezeichnet die der Übersetzung zugrunde gelegte das Mädchen immer als ›Fräulein Dsui‹ und gibt den Namen nur im Kolophon und in der Überschrift an.

S. 60 Dienen bei ›Tuch und Kappe‹: Als Ehefrau dienen.

S. 60 Hsiang-ju, die keusche Gau:
Sï-ma Hsiang-ju (179?—117 v. Chr.), ein berühmter Dichter, gewann die Liebe seiner späteren Gemahlin durch seine Lieder. Das Mädchen Gau (5. Jahrhundert n. Chr.) warf einem zudringlichen Mann ihr Weberschiffchen ins Gesicht, so daß er seine Vorderzähne einbüßte.

S. 62 Dschou-hsin und Yu:
Die letzten und, der Tradition nach, dem Wohlleben ergebenen Herrscher der zwei ältesten chinesischen Dynastien.

S. 63 Die Dame in der Hauptstadt:
Die Novelle ›Die Dame in der Hauptstadt‹ ist eine der bekanntesten Liebesgeschichten Chinas. Der Verfasser war ein Bruder des berühmten Dichters Bo Djü-i und wirkte bei Hofe als Zeremonienmeister. Das Thema wurde später wiederholt als Dramenstoff verwendet, so von Schï Djün-bau (um 1260) und Hsiä Djin-gun (um 1550). Die Erzählung beginnt und schließt mit einigen, in der Übersetzung nicht wiedergegebenen Bemerkungen des Verfassers über die Moral, die aus der Geschichte zu ziehen sei.

S. 63 Tausend-Meilen-Pferd:
Der Ausspruch spielt an auf ein Wort des Tsau Tsau (155—220 n. Chr.), eines berühmten Kriegshelden.

S. 63 Kreisprüfung:
Das ausgeklügelte Prüfungssystem, das die Grundlage des chinesischen Beamtenstaates bildete, bestand vom 2. vorchristlichen Jahrhundert bis 1905. Die höchste Prüfung war die Doktorprüfung (Djin-schï). Sie konnte nur in der Hauptstadt abgelegt werden.

S. 63 Friedens-Tor:
Die einzelnen Stadtteile waren durch Tore voneinander getrennt, die nachts geschlossen wurden.

S. 66 Zweite Nachtwache: 9 bis 11 Uhr nachts.

S. 73 Weiße Federn: Die Trauerfarbe in China war weiß.

S. 73 Vergänglicher Tau auf Schalottenkraut:
Ein altes Trauerlied aus dem 3. vorchristlichen Jahrhundert.

S. 81 Ritus von Tjin und Djin:
Tjin und Djin waren zwei altchinesische Lehnsstaaten, deren Fürstengeschlechter wiederholt ineinander heirateten.

S. 82 Der Fremde mit dem Lockenbart:
Über die Verfasserschaft der Novelle ›Der Fremde mit dem Lockenbart‹ besteht Uneinigkeit. Sie wird sowohl Dschang Yüä (667—730) zugeschrieben, der, nebenbei dichtend, malend und schriftstellernd — zwei umfangreiche Sammlungen seiner Werke sind erhalten —, eine recht wechselvolle Beamtenkarriere durchlief, als auch, und wahrscheinlich zu Recht, Du Guang-ting (850—933), der nach einem intensiven taoistischen Studium sich im Staat als Berater einen Namen machte und am Ende seines Lebens nach taoistischem Ideal in die Einsamkeit zog. Von seinen zahlreichen Werken, unter denen sich viele moralisierende Schriften befanden, aber auch ein Kommentar zum ›Dau-dö-djing‹, ist nur wenig erhalten. Ob der Novelle in der Gestalt des Fremden mit dem Lockenbart eine historische Begebenheit zugrunde liegt, ist schwer zu entscheiden. Dafür spricht die nicht recht erklärbare Episode mit dem abgeschlagenen Menschenhaupt, die auf ein bestimmtes Ereignis anzuspielen scheint, dagegen die unklaren geographischen Vorstellungen. Das Thema wurde von Dschang Fëng-i (1527—1613) in einem Drama behandelt.

S. 82 Kaiser Yang-di:
Der erste und im Grunde einzige Herrscher der kurzlebigen Sui-Dynastie (605—618), die der Tang-Dynastie den Boden bereitete.

S. 82 Yang Su:
Historisch. Gestorben 606.

S. 82 Li Djing:
Ebenfalls historisch (571—649).

S. 88 Der Jüngling Li:
Es handelt sich um Li Schï-min, der mit seinem Vater zusammen die Tang-Dynastie begründete.

S. 92 Fu-yü:
Das Reich Fu-yü befand sich allerdings nicht im Südosten, sondern im Nordosten Chinas, etwa in der Gegend der heutigen Mandschurei.

S. 92 Rotfaden:
Auch die Novelle ›Rotfaden‹ wird zwei verschiedenen Verfassern zugeschrieben. Einmal Yang Djü-yüan (2. Hälfte des 8. Jahrhunderts), der als Lehrer für Dichtkunst an der kaiserlichen Akademie tätig war — eine Sammlung seiner Gedichte ist noch erhalten — zum anderen, mit größerer Wahrscheinlichkeit, Pe Hsing (um 860), der zu den Dienstmannen eines Militärgouverneurs zählte. Die Geschichte erinnert an die bekannte Episode aus dem Alten Testament, in der David heimlich den schlafenden Saul in seinem Zelt besucht und ein Stück seines Gewandes abgetrennt.

S. 93 Blutige Aufstände:
Es handelt sich um die Rebellion des Türken An Lu-schan in den Jahren 756—757, der Hunderttausende von Menschen zum Opfer gefallen sein sollen.

S. 95 Geburtsdatum:
Wörtlich: ›Die acht magischen Zeichen‹ — je zwei zyklische Zeichen für Jahr, Monat, Tag und Stunde der Geburt — die für die Stellung der Horoskope ausschlaggebend waren.

S. 96 Fremdling:
Sung stellt den Sachverhalt nach außen so dar, als ob er mit der Angelegenheit nichts zu tun habe, um Tschëng-sï das Einlenken zu erleichtern.

S. 98 Kräuterbuch des ›Heiligen Landmannes‹:
Der ›Heilige Landmann‹ gilt als ›Erfinder‹ des Ackerbaus, zugleich aber auch, soweit es sich um Heilkräuter handelt, als Schutzpatron der Medizin.

S. 99 Ling-Kastanien-Pflückerinnen-Lied:
Ein bekanntes Lied aus dem 6. nachchristlichen Jahrhundert. Die Ling-Kastanie ist unsere Wasser-Kastanie.

S. 99 Prinzessin Lo:
Die Tochter des mythischen Kaisers Fu-hsi, die im Lo-Fluß ertrank und daher als Göttin des Lo-Flusses Verehrung fand.

S. 99 Guo Yüan-dschën:
Eigentlicher Name Guo Dschën (656—713).

S. 101 Dschung-i, Dji-dsï, Su Wu, Li Ling:
Alle vier, Gestalten des Altertums, galten wegen ihrer Standhaftigkeit als Vorbilder für unerschrockene Gefangene, die den Mut nicht sinken ließen.

S. 104 Guo war ...:
Im Grundtext ist dieser ganze folgende Abschnitt, der sich mit Guos Schicksal in der Gefangenschaft befaßt, an das Ende der Novelle gestellt.

S. 107 Die verlassene Geliebte:
Die Novelle ›Die verlassene Geliebte‹ wurde zu einem Drama verarbeitet von Tang Hsiän-dsu (1550—1617).

S. 112 Fee vom Zauberberg, Geistermädchen vom Flusse Lo:
Zwei als Göttinnen verehrte Mädchen aus dem mythischen Altertum (vgl. oben).

S. 114 Osthauptstadt:
Gemeint ist die Stadt Lo-yang.

S. 121: Liebesbohnen:
Es handelt sich bei den aufgezählten Gegenständen um Aphrodisiaka.

S. 128 Rotes Laub in den Wellen:
In einem Anhang an die Novelle ›Rotes Laub in den Wellen‹, der nicht mit übersetzt wurde, folgt ein Preisgedicht des Kanzlers Dschang Djün (gest. 904) auf die wunderbare Schicksalsfügung, die in der Novelle aufgezeigt wird.

S. 129 Niu Hsiän-ko:
Name eines Ministers der Tang-Zeit (gest. 742 n. Chr.), steht hier jedoch fälschlich für Wang Hsiän-ko, den Helden der Tang-Novelle ›Ohnegleich‹ (vgl. Edwards, ›Chinese Prose Literatur of the T'ang Period‹ vol. 2, 127—136). Nach dem Rat eines in dieser Novelle auftretenden ›Alten Meisters‹ wurde Wang Hsiän-ko mit seiner Geliebten ›Ohnegleich‹ dadurch vereinigt, daß sie mit Hilfe eines Scheintodmittels ihr Elternhaus verlassen konnte.

S. 134: Beide Metropolen:
Gemeint sind die beiden Hauptstädte Tschang-an im Westen und Loyang im Osten.

S. 134 Ein wahrer Kanzler . . .:
Das Gedicht will besagen, daß der Kanzler seiner hohen Stellung wegen keine Liebesbeziehung zu Jungjade anknüpfen könne, ihr aber helfen wolle, in den kaiserlichen Gemächern Aufnahme zu finden.

S. 136 Rotglühende Abendwolken: Ausdruck für Paradies.

S. 144 Der Gelehrte und die Kurtisane:
Die Novelle ›Der Gelehrte und die Kurtisane‹ lehnt sich in der Thematik stark an die älteren Novellen ›Goldamsel‹ und ›Die verlassene Geliebte‹ an. Der Verfasser war als Beamter bei der Heereskommandantur einer Provinz tätig.

S. 147 Gegenvers:
Der Reiz beim Dichten solcher Gegenverse bestand darin, zu dem vorgegebenen Vers einen nach Rhythmus, Parallelismus und Gleichzahl der Glieder entsprechenden Gegenvers zu finden, der möglichst überraschend dem Gedanken eine neue Wendung gab.

S. 148 Unterm Saum der weißen Wolken:
Die Antwort I-gos enthält zugleich eine erotische Anspielung.

S. 148 Richtige Namen:
Der Name I-go ist eine Art Spitzname. Einfachere Personen, zu denen natürlich auch die Kurtisanen zählten, konnten gewöhnlich nur solche Namen tragen.

S. 148 Fischschwanz-Brief:
Das Wortspiel ist im Deutschen nicht wiederzugeben. Der Ausdruck ›zwei Fische‹ (wörtlich ›Doppelfisch‹), den Liu verwendet hatte, bedeutet zugleich ›Brief‹.

S. 157 Die Insel der Schwarzröcke:
Die Novelle ›Die Insel der Schwarzröcke‹ zeigt eine reizvolle Verschmelzung des Sindbad-Motivs mit der alten chinesischen Vorstellung von der Schwalbe als Liebesboten.

S. 160 ›Schwarzrock-Reich‹:
Schwarzrock ist eine etwas ausgefallenere chinesische Bezeichnung für ›Schwalbe‹.

S. 163 Beide Seelen:
Nach altchinesischer Auffassung löst sich der Mensch nach dem Tode in zwei Seelen auf: in eine Körperseele, die zur Erde, und eine Geistseele, die zum Himmel zurückkehrt.

S. 163 Götterberg Kun-lun:
Die Gebirge im heutigen Tjing-hai-Gebiet, die als Sitz vieler Götter und Geister galten.

S. 167 Hui-dsung:
Kaiser Hui-dsung führte durch seine ungewöhnliche Liebe zu Kunst und Luxus sein Reich dem Untergange zu. 1127 ging ganz Nord-China infolge der militärischen Schwäche des Landes an die Tungusen verloren. Kaiser Hui-dsung selbst und sein Sohn, den er kurz vorher noch den Thron an seiner Stelle hatte besteigen lassen, gerieten mit ihren Frauen in Gefangenschaft und wurden nach dem Norden verschleppt, wo sie den Tod fanden.

S. 175 Tschën Yu-ding:
Ein örtlicher Machthaber in Fukien, der sich zum Herrn der Provinz aufgeschwungen hatte und 1364 vom Mongolenhof die Anerkennung als Provinzgouverneur erhielt. 1368 wurde er von den Truppen der neuen Dynastie Ming gefangen und hingerichtet.

S. 182 Fu-tjing und Fu-ning:
Landkreise im Innern der Provinz Fukien.

S. 182 Dschang Schï-tschëng:
Machthaber der Provinz Dschödjiang, der 1364 den Provinzialkanzler Tasch Temür absetzte und sich selbst zum Gouverneur der Provinz machte.

S. 183 Mönch mit Namen ›Schneefenster‹:
Malername des buddhistischen Mönchs Pu-ming, der als Orchideenmaler berühmt wurde. Bilder von ihm sind namentlich in japanischen Sammlungen erhalten.

S. 183 Yang We-dschën
Berühmter Dichter und Schriftsteller, 1296—1370.

S. 185 Hsiä Tau:
Kurtisane der Tang-Zeit (9. Jahrhundert) aus Sï-tschuan, die sich als Dichterin auszeichnete.

S. 185 Ying-ying:
Singmädchen und Lautenspielerin der Tang-Zeit.

S. 185 Tjiung-tjiung:
Haremsdame des 8. Jahrhunderts, die für ihr Lautenspiel berühmt war.

S. 185 Ban Dschau:
Schwester des Historikers und Schriftstellers Ban Gu (32—92 n. Chr.), die die Arbeit ihres Bruders an der offiziellen Dynastiegeschichte der Han fortsetzte und sich auch als Dichterin hervortat.

S. 185 Tsai Yung:
Staatsmann und Literat, 132—192 n. Chr. Seine Tochter Tsai Yän wurde um 195 von hunnischen Soldaten entführt und konnte erst Jahrzehnte später freigekauft werden. Ihre in der Steppe verfaßten Lieder wurden berühmt und oft imitiert.

S. 185 Li I-an:
Eigentlich Li Tjing-tschau, 1801—um 1149, bekannteste Lieddichterin der Sung-Zeit.

S. 185 Dschu Schu-dschën
Dichterin der Sung-Zeit, Verfasserin einer Sammlung elegischer Lieder, die sie in ihrer unglücklichen Ehe mit einem banausischen Gatten verfaßte.

S. 187 Hsiau Schï:
Legendärer Flötenspieler des Altertums, dem Herzog Mu von Tjin (reg. 659—621 v. Chr.) seine Lieblingstochter Lung-yü zur Frau gab.

S. 188 Sung Yü:
Der Dichter Sung Yü lebte im 3. Jahrhundert v. Chr. und war einer bekannten Anekdote zufolge so schön, daß ein Nachbarmädchen entgegen aller Sitte über die Mauer schaute, um den jungen Mann zu betrachten.

S. 189 Fang Guo-dschën:
Örtlicher Machthaber in Dschödjiang, früherer Salzschmuggler und Bandenführer. Er unterwarf sich zuerst den Mongolenkaisern, die ihn als Provinzialgouverneur anerkannten, dann 1367 den Ming. Gest. 1374.

S. 193 Kranich:
Symbol des langen Lebens.

S. 194 Sun Schu-au:
Minister des Königs Dschuang von Tschu (reg. 616—591 v. Chr.). Die Legende erzählt, daß er einmal eine zweiköpfige Schlange erschlug, deren Anblick allen Menschen den Tod brachte. Darum begrub er sie, damit nicht andere Menschen Unheil erlitten. Als Lohn für seine gute Tat brauchte er nicht zu sterben.

S. 194 Herr Dschëng:
Anspielung auf die Novelle ›Jën-schï dschuan‹, die von der Liebe des Dscheng zu einem Fuchsgeist erzählt. Vgl. E. Edwards, ›Prose Literature of the T'ang Dynasty‹ vol. 2, S. 367—377.

S. 195 Gespenst Da-li:
Eine Episode aus dem ›Dso-dschuan‹, J. Legge, ›Chinese Classics‹ vol. V, S. 372—373 (581 v. Chr.).

S. 195 Spukhafter Eber:
Auch dieser Spuk wird im ›Dso-dschuan‹ berichtet, Ch. Cl. vol. V, S. 81 (685 v. Chr.).

S. 199 Ding:
Papiergeldeinheit der Mongolenzeit, die fünfzig Schnüren Kupfermünzen entsprach.

S. 203 Dschu Yin-tai:
Heroine des 3. Jahrhunderts, die in Männerkleidern auszog, um ihrem Geliebten Liang Schan-bo zu folgen. Der Stoff ist oft behandelt worden und als Theaterstück noch heute in China sehr beliebt.

S. 209 Dö-yän:
Der zerbrochene Spiegel symbolisiert die Trennung der Ehegatten. Hier ist auf eine bekannte Novelle angespielt, die erzählt, wie Hsü Dö-yän mit Hilfe der von ihm behaltenen Spiegelhälfte seine Gattin, die Prinzessin Lo-tschang wiederfand, welche in die Hände eines gewissen Yang Su gefallen war. Vor Rührung über die Treue der Gatten gab Yang die Frau wieder zurück.

S. 209 Dsï-djiän:
Mannesname des Dichters Tsau Dschï (192—432), Verfasser der Dichtung ›Die Nixe am Lo-Fluß‹, auf die hier angespielt wird. Vgl. K. P. K. Whitaker in ›Asia Major‹, N. S. vol. IV, 1 (1954).

S. 209 Grünperle und Blaujade:
Lü-dschën (Grünperle) hieß ein Mädchen, das der reiche Schï Tschung (249—300) in Annam für zwei Maß Perlen einhandelte. Als er sie einem anderen Mann schenken wollte, beging sie Selbstmord. — Bi-yü (Blaujade) war eine Konkubine des Tjiau Dschï-dschï (gest. 697), die ihm geraubt wurde und gleichfalls aus Anhänglichkeit an ihren früheren Herrn Selbstmord beging.

S. 210 Neigte sich die Sonne von Han:
Ein schlechtes Omen. Diese Anspielung wie auch viele weitere in dem

Brief der Eisvogel konnte nur unvollkommen wiedergegeben werden, da ein Zurückgehen auf die zugrunde liegenden Literaturstellen zu weit geführt hätte.

S. 211 Zersplittertes Stück Jade — unzerbrochener Ziegel:
Gleichnis für jemand, der es vorzieht, sein Leben durch Anpassen an niedrige Umstände zu retten, anstatt für seine Ehre in den Tod zu gehen.

S. 211 Yang Su:
Siehe oben unter Dö-yän.

S. 211 Wang Dun:
Lebte 266—324. Er soll seinen Konkubinen die Freiheit geschenkt haben, um nicht in Wollust zu verfallen.

S. 211 Wiedersehen an den Flüssen Hsiau und Hsiang:
Anspielung auf einen Vers des Tang-Dichters Liu Yün ›Am Hsiau und Hsiang treffe ich meinen alten Freund wieder‹.

S. 211 Weidenzweig von Dschang-tai:
Anspielung auf eine bekannte Tang-Novelle von Hsü Yau-dso, übersetzt von E. Edwards in ›Chinese Prose Literature of the T'ang Period‹ vol. 2, S. 170—173. Der Weidenzweig steht für Trennung von der Geliebten.

S. 211 Krug im Brunnen versenkt:
Anspielung auf ein Gedicht von Bo Djü-i, in dem eine laszive Frau verspottet wird.

S. 211 Jadeflöte:
Ein Mädchen, das vor Kummer starb, als ihr Geliebter nicht wie versprochen, nach zehn Jahren zu ihr zurückkam. Sie wurde als Mädchen wiedergeboren und mit ihrem Liebhaber vereint, wenn auch erst in einer zweiten Existenz.

S. 211 Roter Wedel:
Ein Heldenmädchen, das mit einem jungen Mann davonlief, vgl. die Tang-Novelle ›Der Fremde mit dem Lockenbart‹, unsere Sammlung S. 127, E. Edwards, ›Prose Literature‹ vol. 2, S. 35—44.

S. 212 Töchter der Familie Dou:
Eine Episode aus der Tang-Zeit. Um nicht von Räubern entführt zu werden, zerkratzte sich die eine Tochter ihr Gesicht und entstellte sich für immer, während ihre Schwester sich von einer Klippe herabstürzend den Tod gab.

. 212 Scha-to-li:
Der Entführer der geborenen Liu, der Heldin der Novelle von den Weidenzweigen, s. o.

S. 214 Ko Djiu-sï:
Maler, Kalligraph und Dichter der Mongolenzeit, 1312—1365.

S. 223 Dschang Liang:
Einer der Helfer und Ratgeber des ersten Han-Kaisers, geb. zwischen 254 und 249 v. Chr., gest. 187 oder 189 v. Chr. Er zog sich von seiner politischen Tätigkeit zurück und stand in späteren Jahren den taoistischen Geheimlehren nahe. Vgl. W. Bauer ›Der Fürst von Liu‹, in ›Zeitschrift der Deutschen Morgenländischen Gesellschaft‹ Bd. 106 (1956), S. 166—205.

S. 223 Dschau der die Dynastie Sung begründet hatte:
Dschau Kuang-yin ließ sich 960 zum Kaiser mit dem Dynastienamen Sung ausrufen. Er war 927 geboren, also in einem Jahr, welchem das Tierkreiszeichen Schwein entsprach.

S. 224 Rotfaden:
Die Heldin in der Tang-Novelle ›Rotfaden‹, s. o.

S. 249 Das Schaukelfest:
Die Namen der Personen in der Novelle ›Das Schaukelfest‹ sind echte mongolische Namen, wie sie zur Yüan-Zeit (1280—1366) häufig belegt sind. Trotz des mongolischen Milieus sind Handlung und Stimmung der Novelle durchaus chinesisch.

S. 260 Soldaten des Tan:
Vermutlich ist Tan hier ein Anführer der Mandschutruppen, die 1649 Nan-tschang erobert hatten.

S. 263 Tjin Gue:
Kanzler der Sung, der mit den Dschurdschen einen Verständigungsfrieden schloß und wegen seiner Feindschaft mit dem patriotischen General Yo Fe den Chinesen als Prototyp des verräterischen Erfüllungspolitikers galt. Gest. 1155.

S. 265 Li Dsï-tschëng:
Aufstandsführer im 17. Jahrhundert, der 1644 die Hauptstadt Peking einnahm und damit das Ende der Dynastie Ming herbeiführte. Kurz danach wurde er von den durch einen Ming-General zu Hilfe gerufenen Mandschu vertrieben. Im Frühjahr 1644 hatte er sich zum Herrscher ausrufen lassen.

S. 279 Schwerthelden:
Es handelt sich bei diesen Helden, die in der Dichtung oft zum Vorwurf dienten, weniger um Edelräuber als um mit magischen Kräften versehene Männer, die für Gerechtigkeit eintreten und Unterdrückten helfen. Unsere Novelle ›Die tanzenden Schwerter‹ ist typisch für diese zauberkräftigen Einzelgänger.

S. 292 Hsi-schï:
Die Helena des chinesischen Altertums (5. Jahrhundert v. Chr.), über deren Schönheit ein Staat zu Fall kam.

S. 299 Mutter Sang:
Sang heißt ›Maulbeerbaum‹, also der Baum, der die Päonie beschützt hat, als sie im Garten aufwuchs.

S. 301 Sï-ma Hsiang-ju:
Dichter des 2. Jahrhunderts v. Chr. (179—171), dessen Verse und Lautenspiel die Tochter des reichen Kaufmanns Dscho Wang-sun so betörten, daß sie sich von ihm entführen ließ.